HEYNE <

Das Buch

Augsburg, 1742: Zur Krönung Kaiser Karls VII. soll der Goldschmied Drentwett die Hauskrone erschaffen. Doch eine rätselhafte Krankheit raubt ihm sein Augenlicht. Darum macht er seine Magd Juliane zu seiner rechten Hand und lehrt sie im Verborgenen die Kunst des Goldschmiedens. Die junge Frau muss sich fortan als sein Geselle Julian ausgeben und unter schwierigsten Bedingungen die Krone anfertigen. Bis zur Krönung bleiben ihr nur noch fünfzehn Tage Zeit. Juliane nimmt die Herausforderung an und macht den Wunsch des Meisters zu ihrem eigenen, hohen und für eine Frau jener Tage vermessenen Ziel. Aber schon bald bekommt sie die Drohungen eines unbekannten Widersachers zu spüren. Die Erschaffung der Krone wird zum Wettlauf gegen die Zeit.

Die Autorin

Sina Beerwald, 1977 in Stuttgart geboren, studierte Wissenschaftliches Bibliothekswesen und arbeitet heute als stellvertretende Leiterin einer Fakultätsbibliothek. »Die Goldschmiedin« ist ihr erster Roman. Mehr über die Autorin erfahren Sie auf ihrer Homepage www.sina-beerwald.de.

SINA BEERWALD

DIE GOLDSCHMIEDIN

ROMAN

WILHELM HEYNE VERLAG
MÜNCHEN

Produktgruppe aus vorbildlich
bewirtschafteten Wäldern und
anderen kontrollierten Herkünften

Zert.-Nr. SGS-COC-1940
www.fsc.org

Verlagsgruppe Random House FSC-DEU-100
Das für dieses Buch verwendete
FSC-zertifizierte Papier *München Super*
liefert Mochenwangen

Originalausgabe 12/2007

Printed in Germany 2007
Umschlaggestaltung: init.Büro für Gestaltung, Bielefeld
Satz: Leingärtner, Nabburg
Druck und Bindung: GGP Media GmbH, Pößneck
ISBN: 978-3-453-26542-4

www.heyne.de

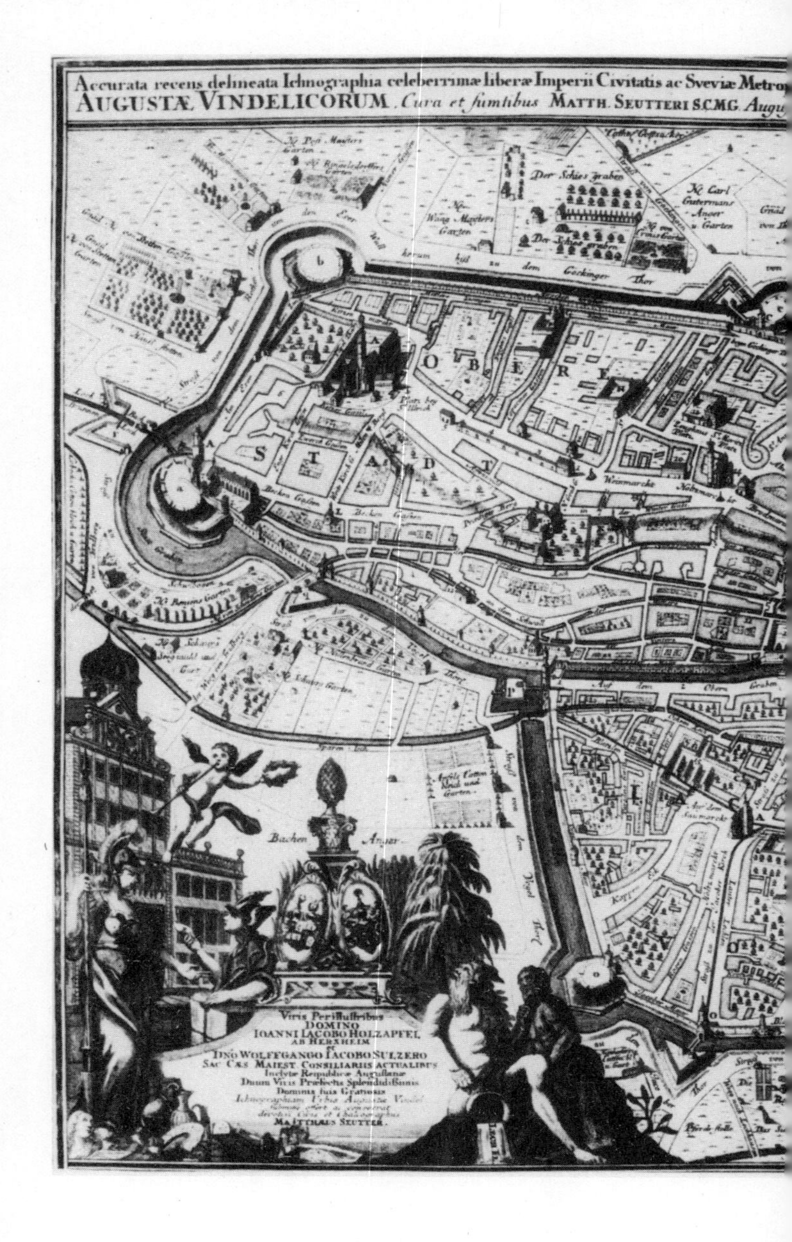
Accurata recens delineata Ichnographia celeberrimæ liberæ Imperii Civitatis ac Sveviæ Metro
AUGUSTÆ VINDELICORUM. Cura et sumtibus MATTH. SEUTTERI S.C.M.G. Augu
Der Schies graben
Weinmarckt
Auf dem Obern Graben
Viris Perillustribus
DOMINO
IOANNI IACOBO HOLZAPFEL
AB HERXHEIM
et
DNO WOLFFGANGO IACOBO SULZERO
SAC CÆS MAIEST CONSILIARIIS ACTUALIBUS
Inclytæ Reipublicæ Augustanæ
Duum Viris Præfectis Splendidissimis
Dominis suis Gratiosis
MATTHÆUS SEUTTER.

verfertigt accurater Grund Riß der Hochberühmten deß Heil. Rom. Reichs Freyen u. deß Schwäbi-
n Creyses Haupt Statt AUGSPURG, in Kupfer gestochen und verlegt von M. SEUTTER, I.R.K.M. GEOGR.

UNTERE
STADT
Die Richt statt
Unters Anger
Mittlere Anger
Obere Anger
Auf dem Pfannen stihl
Lech

Prolog

Unser Allerdurchlauchtigster, Großmächtigster und Unüberwindlichster Fürst und Herr, nunmehro Römischer König und künftiger Kaiser, geruht dem berühmten Goldschmied zu Augsburg, Meister Philipp Jakob VI. Drentwett, den Auftrag zu erteilen, binnen 19 Tagen zur kaiserlichen Krönung am 12. Februar 1742 eine Hauskrone in Nachahmung der ottonischen Reichskrone zu erschaffen. Golden, mit kostbaren Steinen und Perlen besetzt und von feiner Hand gefertigt soll sie sein. Ferner wird zur Krönung ein Tafelservice aus 50 Teilen und diverses Zubehör, sowie ein silberner Buchbeschlag für die Hausbibel Ihro Römisch-Kaiserlichen Majestät erwünscht. Es soll nur das edelste Material verwendet werden. Zur allgefälligen Ausführung liegt ein Musterbuch mit detaillierten Zeichnungen anbei.

Die Überbringung des Materials erfolgt durch uns vertraute Boten in mehreren Chargen, auf verschiedenen Routen und in unterschiedlichen Zeitabständen, um einer Behelligung durch Räuber und ähnlichem Gesindel zu entgehen. Auch innert der Werkstatt soll wegen der Diebstahlgefahr erhöhte Umsicht herrschen. Damit keine verdächtigen Subjekte angelockt werden, ist bis zur Lieferung über die Sache vollkommenes Stillschweigen zu bewahren!

Bei erfolgreicher Ausführung wird dem werten Goldschmiedemeister und seiner Familie nebst der Entlohnung eine Einladung in die Reichsstadt Frankfurt zum Akt der Krönung und den anschließenden Feierlichkeiten in Aussicht gestellt.

Actum, den 24. Januar 1742, am Tage der Erwählung Karl Albrechts zum Römischen König und künftigen Kaiser.

1. Tag

Sonntag, 28. Januar 1742,
noch 15 Tage bis zur Krönung

Ich hab ebenso Verstand wie ihr und bin nicht geringer als ihr; wer wüsste das nicht?

Hiob 12,3

Die nächtlichen Schatten wichen der aufgehenden Wintersonne, als die ersten Glockenschläge über Augsburg erklangen. Milchige Lichtstrahlen schoben sich zum Fenster der Goldschmiede herein, gaben dem Tisch seine Konturen zurück, erhellten den Dielenboden und das Werkzeug an der Wand. Juliane schaute auf. Im Nachbarhaus regten sich die ersten Stimmen und vermischten sich mit den Geräuschen der erwachenden Stadt. Ein Fuhrwerk zog vorbei, die Pferde schnaubten und die Räder pflügten mit malmenden Seufzern Spuren in den frischen Schnee.

Juliane unterdrückte ein Gähnen und legte das Fangleder auf ihrem Schoß zurecht, damit kein Gran des kostbaren Silbers verloren ginge. Auch in dieser Nacht war ihr Bett kalt geblieben. Sie atmete tief durch. Ihr Rücken schmerzte, die Augen brannten und selbst die Finger wollten ihr nicht mehr gehorchen. Wie gerne hätte sie sich jetzt ausgeruht und die Arbeit einfach vergessen, sich in ihr behagliches Federbett gelegt und geschlafen. Doch der Brief des Römischen Königs und künftigen Kaisers lag auf der Werkbank und gemahnte sie an ihre Disziplin. Nur noch fünfzehn Tage und Nächte, bis dahin mussten alle kaiserlichen Wünsche erfüllt und die Hauskrone erschaffen sein. Und noch in dieser Stunde wollte sie ihrem Meister beweisen, dass eine Goldschmiedsmagd ebenso viel leisten konnte wie ein Geselle. Der Meister durfte seine Entscheidung nicht bereuen, sie bei sich aufgenommen zu haben.

Juliane zog die mit Wasser gefüllte Glaskugel näher, in der sich das schwache Morgenlicht bündelte. Es fiel auf ein Ornament aus dünnen Silberdrähten, das vor ihr auf dem zerfurchten Holztisch lag. Juliane warf einen letzten Blick in das Musterbuch, in dem mit erfahrener Hand eine Zeichnung angefertigt worden war. Sie wollte ganz sicher gehen. Es musste perfekt werden. Der schwierigste Arbeitsgang stand ihr unmittelbar bevor. Noch nie hatte sie diesen Schritt selbst ausgeführt, sie könnte das silbern schimmernde Ergebnis dieser Nacht mit einem Schlag zunichtemachen.

Vor ihr lagen zahllose Blüten, Blätterranken und Zierdrähte, die sich nach dem Löten zu einem prächtigen Buchbeschlag für die Hausbibel des Kaisers vereinen sollten – oder bei zu starker Hitze zur Unkenntlichkeit verschnurren würden. Juliane hob die filigran geformten Kunstwerke auf einen Holzkohlescheit, ließ genügend Tragant darüberfließen und schob die Teile in der zähflüssigen Masse in die richtige Lage. Nachdem der Brei leicht angetrocknet war, bepinselte sie das zarte Drahtwerk mit Boraxlösung und streute die Lotpaillen darüber.

Dass mit dem Silber womöglich etwas nicht stimmte, durfte sie sich gar nicht vorstellen. Es erschien ihr leicht rötlich, es war nur ein Hauch, aber genug, um ihre ohnehin blank liegenden

Nerven anzugreifen. Der Gedanke an minderwertiges, sogar verbotenes Silber keimte in ihr auf. Aber das war ausgeschlossen, schließlich stammte es vom königlich-kaiserlichen Boten, der ihnen vor zwei Tagen die erste Charge Schmelzsilber überbracht hatte. Trotzdem war irgendetwas damit nicht in Ordnung. Sie beschloss dem Meister ihren Verdacht mitzuteilen, falls er heute geneigt sein würde, mit ihr zu sprechen.

Gedankenverloren verfolgte Juliane die verschlungenen Pfade ihres silbernen Buchbeschlags. Während sie das Öl in der Lötlampe entzündete und nach dem Lötrohr griff, hielt sie unwillkürlich die Luft an. Sie schmeckte das trockene Holzmundstück an ihren Lippen, rückte ihr Kunstwerk noch einmal mit den Fingerspitzen zurecht, und nach einem flehenden Blick zur Decke stieß sie den Atem durch das dünne Rohr. Eine gelbe Feuerzunge schoss hervor, rauschte über die silberne Fläche, und als sie die Augen öffnete, offenbarte sich das angerichtete Unheil. Das Silber war zu heiß geworden, die glatte Oberfläche hatte sich zu eigenwilligen Formen gefaltet, glich der Haut eines Greises. Juliane starrte den Buchbeschlag mit geweiteten Augen an. Das durfte nicht wahr sein. Die Blüte in der Mitte war bis zur Unkenntlichkeit verschmolzen, die Blätterranken wie Herbstlaub zusammengefallen und die Zierdrähte hatten nur noch Ähnlichkeit mit Wurzelwerk. Fassungslos schob sie das Lötrohr beiseite. Aus und vorbei. Die nächtelange Arbeit vergebens.

***

Auch in dieser Nacht habe ich dich beobachtet, meine Sonne. Jeden deiner Handgriffe, während du an der Werkbank sitzt und ein Kunstwerk aus deinen Händen entsteht. Es wird dir nicht gelingen, das weiß ich. Du wirst das missglückte Stück wieder über dem Feuer einschmelzen müssen und mit einem Lächeln werde ich zusehen, wie deine Träume zerfließen. Deine Arbeit wird auch dieses Mal nicht von Erfolg gekrönt sein. Die zahllosen Stunden, in denen du gebeugt über dem Brett sitzt, die Hoffnungen, die du dir vergebens machst – ein wunderbares Gefühl. Deine Verzweiflung wird meine Wunden lecken und ich werde mich an deinem Kummer weiden, weil es das Einzige ist, was mich noch glücklich macht. Ich komme meinem Ziel immer näher. Doch leider ein wenig zu langsam, denn du bist beharrlich und dickköpfig. Und das macht mich ungeduldig. Du bist sehr geschickt, aber du musst auf deine zarten Fingerchen achtgeben. Wenn du sie zu weit ausstreckst, berührst du Dinge, die dich nichts angehen, und das könnte ziemlich unangenehm für dich werden.

Ich habe einen guten Rat für dich, meine Sonne: Gib auf, bevor ich dich dazu zwingen muss.

***

Nachdem Juliane eine Weile reglos dagesessen hatte, erhob sie sich mit schweren Beinen, um ihr Meisterstück in einen der bereitstehenden Schmelztiegel bei der Feuerstelle zu werfen. Dabei vergaß sie das Fangleder auf ihrem Schoß. Wie ein feiner Regenschauer fielen die kostbaren Silberstückchen auf den Boden und verschwanden in den trockenen Rissen des Dielenholzes. Ihr Blick schoss instinktiv zur Tür. Hatte sie eben die Schritte des Meisters gehört? Schnell ließ sie ihr verunstaltetes Werk in einem Schmelztiegel verschwinden, bevor sie niederkniete, um in fieberhafter Eile ein Körnchen nach dem anderen aufzusammeln.

»Guten Morgen, Blümlein. Hörst du schlecht? Ich habe nach dir gerufen.«

Juliane fuhr herum und schaute zu Meister Drentwett auf, der mit verschränkten Armen wie das Abbild eines Reiterdenkmals in der Tür stand. Seine wuchtige Gestalt und die straffe Haltung hätten jedem Feldherrn zur Ehre gereicht. Einzig die nachlässig frisierte Perücke und die schief geknöpfte goldfarbene Seidenweste gaben ihm menschliche Züge. Sein Blick irrte durch den Raum. »Blümlein? Komm sofort her und hilf mir. Ich kann meinen Ausgehrock nicht finden.«

Juliane räusperte sich. »Ich sitze hier auf dem Boden.« Zaghaft fügte sie hinzu: »Könnt Ihr mich vielleicht nicht mehr richtig sehen, Meister Drentwett?« Schon seit Tagen hegte sie diesen Verdacht, hatte ihn aber bisher nicht auszusprechen gewagt. Stattdessen hatte sie in den letzten Nächten für zwei gearbeitet. Heimlich. Denn er erklärte seine wellenförmigen Teller, ovalen Trinkpokale und verzogenen Besteckgabeln nach wie vor für formvollendet und eines Kaisers würdig.

Ihr wiederum fehlte es neben der Routine am nötigen Wissen, denn der Meister hütete seine Kenntnisse wie sein vergoldetes Werkzeug. Kein Wort der Erklärung kam je über seine Lippen. Jeden Handgriff musste sie sich bei ihm abschauen, jeder Bewegung nachlauern, wissend, dass er sie nur duldete wie ein König seine Mätresse. Seine Gunst konnte jeden Augenblick ein Ende haben.

Eine Zornesfalte erschien auf der Stirn des Meisters. »Ich pflege meine Augen nicht auf Bettler zu richten, also erheb dich gefälligst und hilf mir.«

Juliane stand auf. Unwillkürlich schloss sich ihre Hand um die aufgesammelten Silberkörnchen. »Gewiss, Meister Drentwett. Aber nennt mich nicht immer Blümlein. Ich habe einen richtigen Namen.«

»Namen sind nur dazu da, dass der Mensch sie vergessen kann. Du wiederum solltest dich daran erinnern, deinem Meister dienstbar zu sein und ihm aufs Wort zu gehorchen. Außerdem ist Blümlein doch ein hübscher Name, ich weiß gar nicht, was du hast.«

Juliane lag eine Erwiderung auf der Zunge, aber sie blieb stumm.

»Was hast du überhaupt die ganze Nacht gemacht? Wieder einmal aus dem kostbaren Material des Händlers Kunstwerke für den Misthaufen geschaffen? Hätte dich dein Vater nicht irgendwo in der Kirche unterbringen können? Ist ihm als Pfarrer nichts Besseres eingefallen?«

Es verletzte sie, wie abfällig er von ihrem geliebten Vater sprach, um den sie seit einigen Monaten trauerte, und den sie so sehr vermisste.

»Aber Ihr habt doch zugestimmt, dass ich als Goldschmiedsmagd bei Euch lernen darf.«

»Weil ich klug genug war, mich nicht dem letzten Willen deines Vaters zu widersetzen! Ein Goldschmied, der das Testament eines Pfarrers missachtet – glaubst du, ich würde noch einen Auftrag bekommen?«

Juliane schwieg und ballte ihre Hände zu Fäusten. Aus ihr würde eine Goldschmiedin werden, ihr Vater hatte ihr diesen Weg geebnet und nun wollte sie ihn gehen. Niemand hatte behauptet, dass es einfach werden würde.

»Ich will wissen, was du heute Nacht in der Werkstatt getrieben hast! Wenn einer der Verordneten vom Handwerksgericht das Licht gesehen hat ... man wird uns Fragen stellen! Ganz abgesehen davon versteht der Rat keinen Spaß, was nächtliche Arbeit angeht, das weißt du! Da braucht kein Weibsbild am Brett gesessen zu haben.«

»Ich glaube nicht, dass einer der Handwerksverordneten etwas bemerkt hat.«

»Sodann bete lieber, wenn der Glaube helfen soll. Ich werde

dir jedenfalls nicht helfen, so man dich in den Turm stecken will. Im Gegenteil. Alsdann wäre ich dich endlich los. Der Herrgott hat mich schon lang genug mit dir gestraft. Wenn ich nur wüsste, womit ich das verdient habe. Einen Gesellen wollte ich, eine echte Hilfe! Nicht so jemanden wie dich! Such jetzt gefälligst meinen Ausgehrock, damit ich deine Nützlichkeit vielleicht doch noch erkenne, und sag meinem Weib, sie soll mir eine Fleischsuppe kochen.«

»Wir haben kein Fleisch mehr im Haus ...«

»Dann eben einen deftigen Gemüseeintopf.«

»Es fehlt uns auch am Gemüse.«

»Dann soll mir mein Weib ein Schmalzbrot machen.«

»Auch das haben wir nicht.«

»Ja, Himmelherrgott! Was haben wir denn dann?«

»Nichts. Nur noch zwei Scheiben trockenes Brot und ein fingerbreites Stück Rauchschinken. Das ist alles.« Weil die Kundschaft ihre Rechnungen ohne Ermahnung nicht bezahlt, wollte sie hinzufügen, verkniff es sich aber. Sie wusste, dass er die Eintragungen in seinen Büchern nicht mehr erkennen konnte, doch das würde er niemals zugeben. Er war ein Mensch ohne Fehler und Schwächen.

»Gut. Sodann soll mir mein Weib das Brot und den Schinken bringen.«

»Das kann ich nicht.« Friederike war hinter ihrem Mann in der Tür erschienen und schaute ihn wehklagend an. Die achtundvierzig Jahre ihres Lebens hatten sie gezeichnet, Kummer und Arbeit hatten sich als tiefe Falten in ihrem runden Gesicht verewigt. Aber in ihren welligen grauen Haaren, die sie zu einem Nackenknoten gebunden trug, hielten sich wie zum Trotz immer noch einige dunkle Strähnen. Zeichen eines stummen Kampfes gegen das Unvermeidliche. Angsterfüllt duckte sich Friederike wie eine Katze vor dem knurrenden Hofhund, alle Muskeln ihrer zierlichen Gestalt waren angespannt, aber sie floh nicht.

»Was hast du da gesagt, Weib?«

»Das Brot ist schimmlig geworden ... und ... den Rauchschinken habe ich gestern Abend einer Frau mit einem Säugling gegeben, als sie an unserer Tür um eine milde Gabe bat. Die beiden hatten Hunger, und da habe ich ... ich dachte, wir hätten noch genug Geld, um uns ...«

»Sei still, Weib! So wie du wirtschaftest, wundert es mich nicht, dass du selbst kein Kind ernähren konntest!« Mit hochgezogenen Augenbrauen wanderte sein leerer Blick über seine Frau wie über eine unaufgeräumte Werkbank. Er verharrte bei ihren Händen, die Friederike vor dem Schoß gefaltet hielt. Juliane wusste, dass er dem Bernsteinring galt, auch wenn die Augen des Meisters ihn vermutlich nur noch unscharf erkennen konnten. Der Stein war von honiggelber Farbe mit braunen Sprenkeln, in wertvolles Gold gefasst und zierte Friederikes linken Ringfinger.

Der Goldschmiedemeister holte tief Luft, als wolle er etwas sagen, überlegte es sich dann aber anders. Juliane ahnte, was ihm angesichts der Geldnot auf der Zunge lag, er verlor jedoch kein Wort über diesen Ring. Nicht heute und auch früher nicht. Juliane wusste nur, dass Friederike ihn als Erinnerung trug. Seit dem Tod ihres kleinen Sohnes. Ihres ersten und einzigen Kindes. Doch wie so viele Kinder hatte der Herrgott ihn nach einigen Monaten auf der Erde wieder zu sich geholt. Danach war die Frau des Meisters nie mehr schwanger geworden. Ihr verstorbener Sohn war durch den Bernsteinring und darüber hinaus allgegenwärtig, denn Friederike schloss ihn in ihr Morgengebet ein, versank bei Kummer oft in Zwiesprache mit ihm, und jeden Abend erzählte sie ihm flüsternd alle Geschehnisse des Tages.

Seit ihrer Aufnahme bei den Drentwetts teilte sich Juliane mit Friederike eine Kammer, und anfangs hatte sie krampfhaft versucht wegzuhören, doch in den vergangenen Wochen hatte sie sich daran gewöhnt. Nur der Meister grollte, weil sein Weib dem ehelichen Lager entflohen war. Er hätte deswegen zwar niemals die Hand gegen sie erhoben, doch seine Worte und Gesten sprachen Bände.

Friederike sah ihren Mann lange an, legte dann schützend eine Hand über den Ring und ging wortlos hinaus in die Küche, die sich an die Werkstatt anschloss. Eine Stube gab es in diesem Haus nicht. Wozu auch? Schließlich drehte sich alles nur um die Bedürfnisse des Meisters. Neben der Arbeit waren dies ein paar Stunden Schlaf, wofür ihm die zweite Kammer im oberen Stockwerk diente, und für die seltenen Mahlzeiten gab es einen großen Holztisch in der Küche.

Friederike kam mit einem Stück Speck zurück – wo auch immer sie diesen noch aufgetrieben hatte – und stellte ihrem Mann den Teller wortlos auf die Werkbank.

»Na also, geht doch.« Noch während sich der Meister auf seinem Schemel niederlassen wollte, hämmerte es gegen die Werkstatttür.

»Meister Drentwett? Hier ist Geschaumeister Biller!«

Juliane fuhr zusammen. Sie ließ das Krümelsilber aus ihrer Faust in die Rocktasche gleiten.

»Was will denn dieser Spitzel hier?«, zischte der Gerufene und wandte sich im selben Atemzug an Juliane. »Schnell, lass das kaiserliche Pergament von der Werkbank verschwinden!«

***

Ein ungeduldiges Pochen folgte. »Das Handwerk hat eine allgemeine Visitation angeordnet.«

Juliane wurde vom Goldschmiedemeister am Arm gepackt. »Das hier sind alles Waren für die Frankfurter Messe, verstanden?«, raunte er. »Und du hast keines dieser Stücke hier gefertigt. Du bist niemals am Brett gesessen, hast nur Gold und Silber eingeschmolzen, die fertigen Stücke abgewischt und aufgeräumt. Nichts weiter! Ist das klar?«

Es klopfte erneut. »Ich als Geschaumeister habe diese Kontrolle durchzuführen. Man möge mir öffnen.«

Friederike schüttelte den Kopf. »Er wird dir niemals glauben, dass du all die Sachen allein geschaffen hast. Wenn du Juliane nicht aus dem Raum schickst, wird ihm sofort klar sein, wer dir geholfen hat! Er nimmt dir deine Meistergerechtigkeit, er nimmt uns alles, falls ihm hier irgendetwas auffällt.«

»Ich wusste, dass das mit ihr nicht gut geht!«

Juliane spürte, wie sich der Griff um ihren Arm verstärkte. Es brannte, als wäre sie in Brennnesseln geraten.

»Will man mir nicht öffnen? Muss ich zur Anzeige schreiten?«, rief die Stimme wie durch ein blechernes Rohr.

»Juliane muss sich verstecken!«, drängte Friederike. »Mich kennt er. Gegen mich wird er keinen Verdacht hegen.«

»Los, geh!«

Juliane wurde vom Meister in Richtung Küche dirigiert, gleichzeitig scheuchte er seine Frau mit einer wedelnden Handbewegung zur Tür. »Worauf wartest du? Mach ihm auf!«

Juliane bemerkte, wie der Blick des Meisters die Tür verfehlte und er stattdessen die Wand fixierte. Sie atmete tief durch. Mit vier schnellen Schritten gelangte sie in die Küche und versteckte sich dort hinter der Tür. Wie um alles in der Welt sollte Friederike seine schlechte Sehkraft verheimlichen?

Juliane wusste, wen sie zu erwarten hatten. Geschaumeister Biller war stadtbekannt, ebenfalls Goldschmied und für die nächsten zwei Jahre hatte er das Beschauamt inne. Jeder andere hätte sich über diese zusätzliche Bürde beschwert, aber Juliane wurde den Eindruck nicht los, dass Biller diese Kontrollaufgaben mehr liebte als seinen Beruf.

In der Werkstatt erschien ein hagerer Mann mit einer schwarzen Klappe über dem rechten Auge, ein Andenken an den letzten Krieg, wie man sich erzählte. Seine gewellte Perücke reichte ihm bis über die Schultern, akkurat geformte Locken, kein Haar tanzte aus der Reihe, als wäre die Allonge aus Stein gemeißelt. Wie immer hielt er ein ledergebundenes Heft unter dem Arm, und in seiner Rocktasche steckte die Feder bereit.

Er schaute sich um, sein gesundes Auge schien alle Gegenstände zugleich zu erfassen, wachsam wie das eines Greifvogels. »Geduld ist nicht eben meine Stärke. Ich hoffe, Ihr hattet einen triftigen Grund, mich warten zu lassen. Andernfalls könnte Euch das noch leidtun, werter Drentwett.«

Juliane duckte sich, spähte aber trotzdem weiter durch den Türspalt.

»Gott zum Gruße, Herr Geschaumeister«, entgegnete der Goldschmiedemeister ruhig.

»Seit wann so fromm, lieber Drentwett? Ihr werdet doch nichts zu verbergen haben?« Biller zog das Heft unter dem Arm hervor und blätterte. »Ihr wart schon lange nicht mehr in der Kirche. Mein diesbezüglich letzter Eintrag ist vom ...« Mit spitzem Finger fuhr er die Zeilen entlang. »August letzten Jahres. Überhaupt sieht man Euch in letzter Zeit sehr selten auf der Gasse. Ihr habt wohl viel zu tun?«

Juliane hielt den Atem an, als der Geschaumeister zu dem langen Werktisch ging, der den Raum in zwei Hälften teilte, und sich ungefragt auf dem Schemel in der Nähe des Fensters niederließ, dort, wo sie eben noch gesessen hatte.

Das Werkzeug an der Wand gegenüber erregte seine Aufmerksamkeit. Die zahlreichen Feilen, Stahlscheren, kleineren

Schlaghämmer, Prägestempel und unterschiedlichen Zangen hatten vergoldete Griffe und trugen die Initialen PD, wie auch alles andere Werkzeug, das einzig für die Hände des Meisters bestimmt war. Die Pendants in gewöhnlicher Ausführung hingen griffbereit auf ihrer Seite.

Juliane erstarrte, als Biller den unaufgeräumten Tisch und das noch aufgeschlagene Musterbuch ins Visier nahm.

»Hier wurde vergangene Nacht gearbeitet?« Es klang weniger nach einer Frage, denn nach einer Feststellung. Sein hellbraunes, fast gelbes Auge richtete sich auf den Meister. »Oder wollt Ihr mir weismachen, dass Ihr ausgerechnet heute den helllichten Morgen ausgenutzt habt, wo Ihr Euch doch sonst nicht vor der zehnten Stunde aus Eurer Bettstatt erhebt?«

Friederike stellte sich dicht neben ihren Mann und lenkte seinen massigen Körper unauffällig in die richtige Blickrichtung.

»Ich habe viel zu tun, wie Ihr schon festgestellt habt«, entgegnete der Goldschmied knapp.

»So, so.« Der Geschaumeister zückte seine Feder, ließ sich von Friederike ein Tintenfass reichen und machte sich einige Notizen. Mit einem Kopfnicken deutete er auf das Musterbuch. »Ich wusste gar nicht, dass Ihr so gut zeichnen könnt, werter Drentwett. Hübscher Buchbeschlag, den Ihr da fertigen wollt.«

Julianes Magen krampfte sich zusammen.

»Ihr habt mich von jeher verkannt«, antwortete der Meister mit einem feinen Zittern in der Stimme.

Biller erhob sich, verschränkte die Hände mit dem Pergamentheft hinter dem Rücken und durchwanderte gemessenen Schrittes die Werkstatt. »Ihr erlaubt, dass ich mich ein wenig umsehe? In Anbetracht der bevorstehenden Warenmesse in Frankfurt hat unser Rat beschlossen, sämtliche Goldschmiede einmal mehr einer Visitation zu unterziehen, alle Vorgänge zu kontrollieren und minderwertige Ware zu konfiszieren, damit der hervorragende Ruf unserer Stadt über die Grenzen des Reichs hinaus erhalten bleibt.«

»Nur zu. Ich habe nichts zu verbergen.«

Der Geschaumeister lächelte. »Gewiss.«

Sein erstes Augenmerk galt dem dicken Brett, das über die Länge des Werktisches unter der Decke hing. Darauf lagerten die Kunstwerke für die Frankfurter Messe. Wie jedes Jahr. Schließlich durfte auch ihr ständiger Händler nichts vom kaiserlichen Auftrag erahnen. Aus dessen Gold- und Silberlieferung hatte Meister Drentwett mit letzter Mühe und nachlassender Sehkraft drei filigrane Kerzenleuchter, Schmuckschatullen unterschiedlicher Größe und mindestens 30 Paar Eheringe gefertigt.

Das Ergebnis ihrer nächtlichen Arbeit war ein Stapel getriebener Teller, einige Schalen und Kelche, eine Suppenterrine, Löffel und ein Beutel mit Ablasspfennigen aus Messing, manche mit einem Goldrand eingefasst.

»Eine beachtliche Menge«, murmelte Biller und etwas lauter fügte er hinzu: »Für die Arbeitskraft eines Mannes ungewöhnlich viel, findet Ihr nicht?«

Meister Drentwett schwieg.

»Nun, wie ist das zu erklären?« Der Geschaumeister zückte seine Feder.

Der Goldschmied senkte den Kopf, als stünden die richtigen Worte am Boden geschrieben. In ihm arbeitete es. Er furchte die Stirn und starrte ohne zu blinzeln auf einen Punkt. Es blieb still in der Werkstatt.

Gerade als Biller ungeduldig wurde und eine Antwort einfordern wollte, verschränkte der Meister die Arme vor der Brust und holte tief Luft. »Ich habe seit Jahresbeginn einen Gesellen.«

»Einen Gesellen?« Billers fragender Blick streifte durch die Werkstatt und blieb für einen endlos langen Moment an der Küchentür haften. »Und wo ist er?«

»Er macht Besorgungen. Dagegen werdet Ihr ja wohl nichts einzuwenden haben.«

»Gewiss nicht. Merkwürdig nur, dass er mir bisher nicht auf dem Amt unter die Augen gekommen ist. Überhaupt habe ich keines Eurer Werke seit Jahresbeginn auf meinem Prüftisch gehabt. Oder erinnere ich mich nur nicht? Bei über zweihundert hiesigen Goldschmieden wäre das kein Wunder. Vor allem, weil Eure Kunstwerke ziemlich nichtssagend sind. Irgendwie ... Einheitsware.«

»Das verbitte ich mir! Ich habe erst letztes Jahr als einer der wenigen auserwählten Goldschmiede am vierhundertteiligen Tafelservice für den Kurfürsten Karl Albrecht mitgearbeitet, und er war hochzufrieden.«

Der Name des künftigen Kaisers ließ Juliane zusammenzucken.

Der Geschaumeister lächelte. »Ach ja, natürlich. Ich vergaß. Der neue Kaiser. Allerdings kann Eure Arbeit so herausragend nicht gewesen sein. Oder hat Euch etwa ein neuer Auftrag vom Hofe erreicht?«

Der Meister schwieg mit eisiger Miene.

»Nun ja, mein lieber Drentwett. Ich für meinen Teil wäre ja schon zufrieden, wenn die hier herumstehenden Waren alle die Stadtbeschaumarke tragen würden.«

»Mein Geselle hätte die Werke morgen auf das Beschauamt gebracht, um den Pyr aufstempeln zu lassen. Der Händler für die Frankfurter Messe kommt erst in drei Tagen.«

»So, so, morgen hätte er es gebracht.«

»Lasst Euren Argwohn sein. Das Jahr ist schließlich erst 28 Tage alt. Außerdem weist mein Gold wie vorgeschrieben einen Feingehalt von 18 Karat auf. Gemäß der Verordnung habe ich dem reinen 24karätigen Gold also lediglich sechs Teile Kupfer hinzugefügt, um den gewünschten Härtegrad zu erzielen. Ebenso hat mein Silber wie gefordert 13 Lot, kein Gran weniger! Ich habe es nicht nötig, mein Material mit Messing oder Zinn zu strecken und geringlötig zu arbeiten!«

»Ach, demzufolge steht es mit Eurem Verdienst recht gut? Gratulation. So darf ich Euch an die vierteljährliche Kollekte zur Unterstützung mittelloser Meister erinnern? Gerne dürft Ihr mir Euren Pflichtbeitrag sogleich entrichten.«

»Nun, so viel Geld habe ich gerade nicht im Haus.«

»Ach?« Mit hochgezogenen Augenbrauen steckte Biller seine Feder wieder in die Rocktasche. Er ging weiter um den Tisch in der Mitte des Zimmers, am Amboss vorbei und spielte an der Ziehbank mit dem Rad zum Aufwickeln des Drahtes. Danach wandte er sich scheinbar gelassen der gemauerten Feuerstelle zu. Die kümmerlichen Flammen nagten an den letzten Kohlen, die noch nicht zu Asche zerfallen waren.

Als habe er nichts Besseres zu tun, nahm Biller den kleinen Blasebalg von der Wand und versetzte der Glut noch ein paar Luftstöße. Unter gebrechlichem Knistern bäumten sich die Flammen ein letztes Mal auf. Zufrieden setzte der Geschaumeister seinen Rundgang fort. Wie durch ein Wunder hatte er die Schmelztiegel neben dem Feuer außer Acht gelassen.

»Ich würde mir gerne Eure Materialvorräte besehen. Würdet Ihr mir bitte den Schrank aufschließen, Drentwett?«

Glücklicherweise lagerten die kaiserlichen Vorräte unter dem Dielenboden versteckt, doch wie sollte der Meister diesem Biller plausibel erklären, warum Friederike, seine Frau, den Schrankschlüssel für die Vorräte verwaltete? Etwa, weil er den Schlüssel nicht mehr selbst ins Schloss führen konnte? Juliane wurde es heiß und kalt.

Auch der Meister wand sich zusehends. »Ich habe den Schlüssel verlegt.«

Biller lächelte. »Wie leichtsinnig. Sodann solltet Ihr ihn suchen, sonst macht Ihr Euch verdächtig, findet Ihr nicht? Schließlich habe ich das Recht und die Pflicht, alles zu kontrollieren. Alles.« Biller schaute sich um, und sein Blick blieb erneut an der Küchentür haften.

Für einen Moment glaubte Juliane, der einäugige Geschaumeister könne in sie hineinschauen. Seine gelbliche Pupille war starr auf sie gerichtet.

»Ich habe den Schlüssel.« Friederike stellte sich vor Biller, sah ihn aber nicht an.

»Oh, Ihr habt aber sehr viel Vertrauen in Eure Frau, Drentwett. Bemerkenswert.«

Friederike ging auf den bemalten Schrank zu, den das Konterfei des Meisters zierte. Er hielt eine Goldwaage in der Hand, um ihn herum waren einige seiner Werke dargestellt, darunter ein mannshoher Leuchter, ein silberner Tisch mit Stuhl sowie einige prachtvoll verzierte Goldgefäße. Im Hintergrund erhoben sich schemenhaft zwei Burgen und ein Königsschloss, auf das der Meister mit der anderen Hand deutete. Es war sein Ziel, der einzige Sinn seines Daseins, eines Tages zu Reichtum und höchstem Ansehen zu gelangen.

Als die Meistersfrau die weiten Flügeltüren des Schranks öffnete, schimmerten nur ein paar wertlos gewordene Münzen und ein wenig Bruchsilber matt aus der Dunkelheit hervor.

»Mhm«, machte der Geschaumeister. »Fast keine Vorräte mehr. Merkwürdig. Habt Ihr noch etwas auf der Schmelze, Drentwett?«

Juliane hielt den Atem an, als Biller sich zum zweiten Mal der Feuerstelle zuwandte. Der Geschaumeister nahm alle Tiegel in die Hand und prüfte deren Inhalt. Beim vorletzten stutzte er. Juliane wusste, was er entdeckt hatte.

Stirnrunzelnd fischte Biller ihr misslungenes Meisterstück wie ein Haar aus der Suppe. Mit spitzen Fingern untersuchte er das Corpus Delicti, und ein gefährliches Lächeln breitete sich auf seinem Gesicht aus. »Eine interessante Kreation, Meister Drentwett. Eine neue Mode aus Frankreich?«

Juliane hielt sich die Hand vor den Mund, ließ sich zu Boden sinken und schloss die Augen.

***

Philipp Drentwett versuchte den Geschaumeister zu fixieren. Er bewegte die Augen hin und her, um diesem verdammten dunklen Fleck auszuweichen. Es war, als ob ihn eine Stichflamme geblendet hätte, doch es war über Nacht gekommen und wurde mit jedem Tag schlimmer. Er sah nur noch einen großen Kreis, in dem sich das Nichts befand. Als würde er sich die Fingerspitzen zu dicht vor die Augen halten. Am Rande dieses Nichts erkannte er noch unscharfe Bruchstücke seiner Umgebung, aber sobald er seinen Blick darauf richtete, war da wieder dieser dunkle Fleck. Darin löste sich die Person auf, die er ansehen wollte, der Gegenstand, an dem er arbeitete, der Becher, aus dem er trank, und die Tür, die er öffnen wollte. Er konnte nicht einmal davonlaufen. Selbst wenn er bis auf die Straße käme – keine drei Schritte, und er würde der Länge nach auf diesen gottverdammten Erdboden donnern. Dort könnte er dann mit ansehen, nein, nicht einmal mehr das, er müsste tatenlos dasitzen und erleben, wie alles, was er sich aufgebaut hatte, langsam um ihn herum zusammenbrach. Zuerst würden die Aufträge ausbleiben, dann würde sein Weib ihn verlassen wollen, schließlich müsste man ihm wegen seiner schlechten Arbeit die Meistergerechtigkeit nehmen und er fände sich in der Gosse wieder. Doch so weit würde er es nicht kommen lassen. Seine letzte Hoffnung war der kaiserliche Auftrag. Sein Meisterzeichen sollte die Krone zieren und ihn für die Nachwelt unsterblich machen. Allerdings musste jemand an seiner Stelle die Hauskrone für den künftigen Kaiser fertigen, er bräuchte einen fähigen Gesellen, der ihm seinen Lebenstraum verwirklichte – keine Goldschmiedsmagd. Und diesen Gesellen würde er bekommen.

»Meister Drentwett? Wollt Ihr mir nicht antworten?«

Er neigte den Kopf, um Billers schemenhafte Gestalt im Augenwinkel einzufangen. Es machte ihn fast wahnsinnig, dessen Gesichtsausdruck nicht erkennen zu können, ihn nicht mehr einschätzen zu können. Biller hatte sich in einen verschwommenen Schatten verwandelt. Aus der weißen Perücke war ein heller Fleck geworden, irgendwo dort war sein Gesicht. Und das schwarze Tuch, das langsam auf ihn zukam, war Billers Körper. Philipp Drentwett wich einen Schritt zurück.

Er spürte die Hand seiner Frau am Arm. »Ist dir nicht gut? Du bist so bleich! Willst du dich nicht besser hinlegen?«

»Ich kann mir gut vorstellen, warum Euer Mann plötzlich unpässlich ist, gnädige Frau. Er ahnt schon, was passieren wird. Ich habe nämlich allen Grund anzunehmen, dass es in dieser Werkstatt schlimmer zugeht als dereinst im Haus des biblischen Zöllners! Ich muss mich doch sehr wundern, wie Ihr zu diesem Mann stehen könnt.«

Philipp Drentwett hörte, wie sein Weib tief Luft holte. »Allerdings waren unserem Herrn Jesus die Zöllner allemal lieber als die Pharisäer, die sich für etwas Besseres hielten!«

Mit einem Schlag herrschte Stille in der Werkstatt. Warum lernten die Weiber nicht endlich, ihr Maul zu halten!

»Verzeihung, werter Geschaumeister Biller.« Seine Stimme bebte. »Mein Weib weiß nicht, wovon es spricht. Nehmt seine Ausdünstungen nicht weiter zur Kenntnis.«

»Immerhin hat sie die Bibel gelesen, ganz im Gegensatz zu Euch.«

»Seid Ihr gekommen, um Euch mit mir über meinen Glauben zu unterhalten? Meine Zeit ist leider äußerst knapp bemessen. Da mit meinem Gold und Silber alles in Ordnung ist, dürfte ich Euch nun bitten zu gehen.«

»Ach? Und woher seid Ihr Euch so sicher, dass das Material den geforderten Feingehalt aufweist? Hat es der Händler auf die Probe gebracht, bevor er es an Euch auslieferte?«

»Nein«, gab Philipp Drentwett zu.

»Ihr habt die Ware also ohne Probzettel angenommen? Und was war der Grund für diesen Leichtsinn, wenn ich fragen darf? Gesetzt den Fall, der Händler hat geringlötiges Silber gekauft, damit ihm mehr Geld für seine eigene Tasche bleibt, und er übergibt Euch das verbotene Material zur Verarbeitung. Woher soll ich wissen, dass Ihr mit dem Händler nicht unter einer Decke steckt?«

»Weil Ihr gar nichts wisst! Das Material ist einwandfrei!«

»Ein Händler macht Geschäfte. Gute Geschäfte. Besonders, wenn er billiges, verbotenes Material einkauft und die Ware alsdann teuer verkauft. Dazu braucht es nur ein paar Menschen in seiner Umgebung, die für ein paar Münzen die Augen geschlossen halten. Und so ein paar zusätzliche Gulden sind schließlich nicht zu verachten, nicht wahr, mein lieber Drentwett? Oder kann ich etwa Eure Schulden beim Metzger, beim Weinhändler und beim Köhler aus meinem Berichtsheft streichen?«

»Darüber bin ich Euch keine Rechenschaft schuldig! Und was Eure wahren Amtspflichten betrifft, so werdet Ihr nichts Verdächtiges bei mir finden.«

»Sodann dürfte es Euch ja nicht stören, wenn ich dieses … nun ja, sagen wir, seltene Stück zur Prüfung mit auf das Beschauamt nehme?«

»Tut, was Ihr nicht lassen könnt. Ich habe ohnehin keine Wahl. Ihr seid der Geschaumeister. Ihr habt das Recht, alles zu überprüfen, und meinetwegen könnt Ihr meine ganze Werkstatt auf den Karren laden und in Euer Spitzelnest überführen! Ihr werdet nichts finden!«

Er hörte, wie Biller durch den Raum ging, und versuchte dem dumpfen, schlurfenden Geräusch mit seinem Blick zu folgen. Sein Gefühl sagte ihm, dass der Geschaumeister zur Tür gegangen sein musste, doch als er sich dorthin wandte, wurde er von seiner Frau sanft in die Gegenrichtung geschoben. Er schüttelte ihre Hand ab, als wäre er in Dornengestrüpp geraten. Er wollte Biller ohne ihre Hilfe finden. Wenigstens das wollte er alleine können.

Das trockene Knirschen von Schuhleder verriet den Geschaumeister vor dem Werktisch. Ein länglicher Schatten streckte sich zur Decke, dort wo das Brett mit den Waren hing.

»Ich nehme noch den goldenen Leuchter zur Überprüfung mit, mein lieber Drentwett. Hm, sieht ein bisschen aus wie der schiefe Turm zu Pisa, meint Ihr nicht auch? Wenn Ihr noch einen Unterteller für das tropfende Wachs beigebt, so wird man sich auf der Messe bestimmt darum reißen.«

»Wir werden ja erleben, wer von uns beiden bald mehr Münzen in der Truhe hat!«

»So?«, fragte Biller gedehnt. »Ihr meint wohl, wenn Ihr Euren Prägestock zweckentfremdet? Da hättet Ihr aber nicht lange Freude an Eurem Reichtum. Ihr wärt nicht der erste Goldschmied, der wegen Falschmünzerei am Galgen aufgeknüpft wird.«

»Und Ihr wisst hoffentlich, wie man mit Verleumdern umzugehen pflegt?«

»Ich kläre Euch lediglich über Gesetz und Strafe auf. Insbesondere darüber, dass ich diese beiden sonderbaren Werkstücke konfisziere. Die Ware wird am morgigen Tag vor Zeugen geprüft und im Zweifelsfall eingeschmolzen. Über die weiteren Konsequenzen, bis hin zum Entzug der Meistergerechtigkeit, dürftet Ihr Euch im Klaren sein. Ich erwarte Euch also morgen zur neunten Stunde auf dem Beschauamt. Einen schönen Tag noch.«

Seine Frau eilte zur Tür, um den Schatten mit dem weißen Perückenfleck hinauszulassen.

»Ach, da fällt mir noch ein, Drentwett: Falls ich morgen keine Gnade mit Euch kennen sollte, so wundert Euch nicht. Das ist erst der Anfang. Wir sind noch nicht fertig miteinander. Und der Tag der Abrechnung wird kommen, das verspreche ich Euch. Und noch etwas: Ihr solltet die Leute ansehen, mit denen Ihr sprecht. Euer ausweichender Blick wirft ein schlechtes Licht auf Euch.«

***

Juliane hastete die Stiege hinauf und beobachtete vom Kammerfenster aus, wie Friederike den Geschaumeister bis zum Hoftor begleitete und ihn so freundlich wie möglich verabschiedete. Er legte ein breites Grinsen auf, verbeugte sich und ging dann hinaus.

Friederike lehnte sich schwer atmend gegen die mannshohe Mauer und schaute ihm nach, wie er im Gegenlicht der Wintersonne die Pfladergasse hinunterging. Die orangegelb leuchtenden Dachfirste der Häuser berührten sich fast über ihm, sie beugten sich über den engen Weg, als wollten sie die Passanten beobachten, die dort entlanggingen.

Juliane überlegte für einen Moment, die Goldschmiede über die schmale hölzerne Außentreppe zu verlassen, die sich von der Hofseite her an das Haus schmiegte, doch sie traute sich nicht. Zurück in die Werkstatt wollte sie aber auch nicht gehen. Solange der Meister nicht nach ihr rief, würde sie in der Kammer ausharren. Friederike hingegen ging kurz zurück in die Werkstatt, um dann den Hof zu verlassen und in Richtung Marktplatz zu verschwinden.

Juliane wandte sich vom Fenster ab und mit einem Seitenblick auf die Tür holte sie das Krümelsilber aus der Schürze. Sie barg es unentschlossen in der Hand. Sollte sie das Silber verstecken? Sie wusste, dass es falsch war, aber sie tat es dennoch. Vielleicht war es Trotz, eine kleine Rebellion gegen den Meister, vielleicht aber auch der schlichte Wunsch, etwas zu besitzen. Etwas zu haben, das man ihr verweigerte. Und da man Liebe bekanntlich nicht stehlen konnte, wollte sie wenigstens dieses Krümelsilber behalten. Sie wickelte die Körner in ein Taschentuch, verknotete es und vergrub das Bündel unter dem Kissen. Danach setzte sie sich aufs Bett und horchte in die Werkstatt hinunter. Es war still.

Sie zog die großformatige Bibel ihres Vaters aus dem Nachtkasten hervor und zündete eine Kerze an. Das in schwarzes Leder gebundene Buch wog schwer auf ihren Knien. Einige der dicken Seiten waren bereits lose oder leicht eingerissen, doch das störte sie nicht. Im Gegenteil. Es waren die Seiten, die ihr Vater besonders gerne gelesen hatte. Die Erinnerung an ihn schmerzte und war doch gleichzeitig von schönen Gefühlen durchwoben.

Jedes Kapitel begann mit einem farbig verzierten Buchstaben, und immer wieder stieß sie auf Seiten mit Holzschnitten, Kompositionen aus schwarzen und weißen Linien, die sich wie durch ein Wunder zu einem Bild fügten. Sie blätterte und vertiefte sich schließlich in das Kapitel über den Einzug Jesu in Jerusalem.

Plötzlich hörte sie in der Werkstatt Stimmen. Juliane sah

auf. Sprach dort unten ein Mann oder eine Frau? Sie schlug die Bibel zu und schlich aus der Kammer zum schmalen Treppenabsatz, der in die Küche hinunterführte.

Es war Friederike. Sie stellte gerade ihren Marktkorb auf den Küchentisch. Er war leer.

»Wo warst du, Weib?«

Friederike füllte einen Eimer mit Wasser und ging mit Bürste und Lappen bewaffnet zurück in die Werkstatt. »Auf dem Markt, aber bei keinem der Händler durfte ich mehr anschreiben lassen.«

Nach kurzer Überlegung trat Juliane leise die Stiege hinunter und stellte sich wieder hinter die offene Küchentür, um durch den Spalt in die Werkstatt zu sehen.

Friederike bearbeitete die Werkstatttür mit der Bürste und wandte ihrem Mann den Rücken zu.

»Was hat er noch gesagt?«

»Wer?«

»Wer wohl? Biller natürlich!«

»Nichts mehr.« Friederike ging weiter zur Feuerstelle. »Wir brauchen dringend Geld, sonst verhungern wir.« Sie wischte mit dem Lappen über die Tiegel und schließlich über den Schemel, auf dem Biller gesessen hatte.

»Hat er dir gedroht oder war er freundlich?«

»Beim Metzger am Jakobertor könnte ich vielleicht noch fragen.« Friederike kniete sich auf den Boden und arbeitete sich mit der Bürste zur Tür vor.

»Hör endlich auf mit dieser verdammten Putzerei. Was bist du nur für ein Weib? Sobald du dich morgens gewaschen hast, putzt du, und wenn du geputzt hast, dann wäschst du dich. Bald hast du keine Haut mehr auf dem Leib und die Dielenbretter haben sich aufgelöst!«

»Lass mich!«

»Sag mir, was ich gegen Biller tun kann, verdammt noch mal!«

Friederike richtete sich auf. »Nichts. Vermutlich.«

Meister Drentwett schaute sich um. »Blümlein? Bist du in der Küche? Die Stiege hat doch vorhin geknarrt, ich habe es gehört. Komm her!«

Schamesröte stieg ihr ins Gesicht. Unsicher, als ginge sie über Ackerschollen, betrat Juliane mit wackligen Knien die Werkstatt.

»Und?«, fragte er mit scharfem Unterton. »Was sagst du?«

Unschlüssig schaute Juliane zwischen Friederike und ihrem Meister hin und her. Noch bevor sie antworten konnte, schlug der Goldschmied mit der Faust auf den Tisch.

»Ihr Weiber seid doch zu nichts zu gebrauchen. Die Männer ins Verderben reißen, mehr könnt ihr nicht! Was glaubt ihr denn, was morgen auf dem Beschauamt los sein wird?«

»Es wird schon nicht so schlimm werden«, wandte Juliane vorsichtig ein.

»Nicht so schlimm?«, donnerte der Goldschmied. »Ich stehe am Abgrund und soll die Aussicht bewundern? Was hat Biller überhaupt in dem Schmelztiegel gefunden? Rede!«

»Es war der Buchbeschlag für die Hausbibel des ...«

»Was in drei Teufels Namen hatte das Stück auf der Schmelze zu suchen?«

»Es ist mir ... misslungen. Beim Löten. Letzte Nacht. Es ist zu heiß geworden.«

»Da sieht man es wieder! Ein Weib sollte kein Werkzeug in die Hand nehmen. Dafür ist euer schwaches, von Gefühlen durchweichtes Hirn einfach nicht geschaffen! Ihr werdet mich morgen beide auf das Beschauamt begleiten, Juliane wird ihren Ungehorsam erklären und ihre Strafe für die nächtliche Arbeit bekommen! Vielleicht bin ich sie dann sogar los und kann mir endlich einen Gesellen leisten.«

»Das stellst du dir vielleicht so vor!«, ergriff Friederike mit bebender Stimme das Wort. »Biller wird dein Material trotzdem konfiszieren. Oder willst du ihn glauben machen, deine Magd hätte freiwillig mehr gearbeitet? Ohne dein Wissen? Noch dazu eine Arbeit, die ihr als Frau verboten ist?«

Der Meister schwieg.

»Außerdem erwartet er einen Gesellen an deiner Seite!«

»Den werde ich bis morgen früh auch haben, nur keine Sorge! Und jetzt verschwindet! Alle beide! Ich will euch heute nicht mehr sehen!«

***

Sehen, dachte Juliane bitter, als sie die Tür hinter sich zuschlug und die Pfladergasse hinauf in Richtung Barfüßerkirche rannte. Die Kälte drängte sich unter ihren Rock, der eisige Wind schnitt ihr ins Gesicht und trieb ihr die Tränen in die Augen. Trotzdem hörte sie nicht auf zu laufen, bis sie vor dem schmalen Haus stand, das sich im Schatten der Kirche duckte. Hier wohnte der alte Goldschmied Jakob. Juliane legte den Kopf in den Nacken und schaute an dem bauchigen Kirchenschiff hinauf zur kleinen Kuppel des Glockenturmes. Er saß wie ein zu groß geratener Hut auf dem Kirchendach, überhaupt wirkte das Gebäude wie ein einfaches Haus, das man in die Länge und in die Höhe gezogen hatte. Jede Strebe, jedes Fensterglas, selbst das fleckige Mauerwerk, von dunkelgrün über ockergelb bis hin zu schießpulverschwarz, kannte sie in- und auswendig. Oft genug hatte sie im gegenüberliegenden Pfarrhaus hinter ihrem Kammerfenster gestanden und abwechselnd die Wirkungsstätte ihres Vaters und das Kommen und Gehen in Jakobs kleiner Goldschmiede beobachtet.

Juliane drehte sich langsam um. In ihr altes Zuhause war bereits der neue Pfarrer eingezogen. An der Fassade hatte sich nichts verändert, sie sah aus wie immer, und trotzdem war ihr alles fremd geworden. Unwirklich. Hier hatte sie also noch bis vor kurzem mit ihrem Vater gelebt. Aufgewachsen war sie in einem kleinen Dorf vor den Toren der Stadt, obwohl sie in Augsburg, der Heimat der Familie, geboren worden war. Kurz nach ihrem 14. Geburtstag starb ihre Mutter an Typhus, und sie zogen zurück in die Stadt. Der Umzug war furchtbar gewesen. Juliane konnte sich noch gut an den Tag erinnern. Sie hatte nicht aus ihrem Dorf weggewollt, nicht fort von ihren Freunden, besonders nicht von Mathias. Er war als Findelkind bei ihrem Vater abgegeben worden, sie waren zusammen aufgewachsen, hatten Streifzüge in die Umgebung unternommen, gemeinsam die Welt entdeckt. Mathias hatte zurückbleiben müssen, weil er alt genug geworden war, um im Dorf eine Lehre bei einem Kaufmann anzufangen und somit nicht mehr der Fürsorge des Pfarrers bedurfte. Stumm hatte Mathias beim Beladen des Fuhrwerks geholfen und Juliane erinnerte sich genau, wie er unsicher nach ihrer Hand gefasst und gesagt hatte: »Wir sehen uns bestimmt bald wieder.« Obwohl er nur ein Jahr älter war als sie, hatte er sich schon immer reifer verhalten als seine Altersgenossen. Und das hatte sie an ihm gemocht.

Bei dem Gedanken an ihn krampfte sich etwas in ihrer Brust zusammen. Vielleicht war es ihr Herz, auf jeden Fall aber der Ort, wo all jene Menschen und Dinge eine Heimat gefunden hatten, die sie vermisste. Das galt besonders für die Zeit mit Mathias.

In Augsburg war der alte Goldschmied Jakob ihr Trost geworden. Sobald sie daheim ihre Aufgaben erledigt hatte, war sie zu ihm in die Goldschmiede gegangen. Stundenlang hatte sie mit angezogenen Beinen auf einem Stuhl gehockt und ihm über den Rand ihrer Knie zugesehen, jeden seiner Handgriffe verfolgt. Bald durfte sie kleinere Aufgaben übernehmen, er lehrte sie die Grundlagen der Goldschmiedekunst, und sie revanchierte sich, indem sie ihm die Werkstatt sauber hielt und manchmal für ihn kochte. Ihr Vater hatte die Besuche bei dem alten Goldschmiedemeister nicht nur geduldet, sondern diese sogar gefördert und mit seinem Testament dafür Sorge getragen, dass sie nach seinem Tod als Goldschmiedsmagd bei Meister Drentwett eingestellt wurde. Ausgerechnet Meister Drentwett. Aber ihr Vater hatte es gut gemeint.

Juliane wandte sich dem Werkstattfenster zu, mit einem Seufzer vertrieb sie ihre Erinnerungen und klopfte an. Sie hörte Jakobs schlurfende Schritte. Als er die Tür öffnete, war sie in die Gegenwart zurückgekehrt.

Ein Lächeln stand in Jakobs hellblauen wässrigen Augen, eingerahmt von schneeweißen buschigen Brauen. Auch seine langen Haare waren weiß, mit einem leichten Stich ins Gelbliche. Niemand kannte sein genaues Alter, auch er selbst nicht. Im Kirchenbuch hatte sich nie ein Taufeintrag gefunden, und der alte Jakob war mittlerweile der Meinung, Gott habe ihn darum auf Erden vergessen.

»Juliane! Mein Mädchen! Schön, dass du kommst! Ich dachte schon, du hättest den alten Jakob vergessen.«

»Natürlich nicht! Verzeiht, Meister Jakob, dass ich so lange nicht mehr bei Euch war, aber ...«

»Dafür freut's mich nun umso mehr! Nun komm erst mal herein. Und lass endlich den ollen Meister weg. Bin's nicht mehr wert, dass man mich so nennt.«

»Doch. Schließlich arbeitet Ihr immer noch, trotz Eurer Gicht.«

»Ach, die paar Broschen, Marienmedaillen und Kruzifixe, die noch von zwei, drei alten, betuchten Damen bei mir in Auftrag gegeben werden. Aber du hast Recht, ohne Arbeit kann ich nicht sein. Und solange ich noch alle fünf Sinne beieinander habe ...«

Im Gegensatz zu Meister Drentwett, hätte sie beinahe gesagt, doch stattdessen fragte sie: »War der Geschaumeister heute auch bei Euch?«

»Gewiss.«

»Aber er konnte nichts bei Euch beanstanden, oder?«

»Ach, mach dir um einen alten Mann wie mich keine Sorgen, Kind. Der Tod stand schon genauso oft mit begehrlichem Blick auf meiner Türschwelle wie dieser scheinheilige Teufel Biller. Und doch sind beide wieder gegangen. So, wie alle fortgehen.«

Juliane senkte den Kopf. »Es tut mir leid, ich wäre gerne bei Euch geblieben, aber mein Vater meinte wohl, es wäre besser ...«

»Du musst dich nicht grämen! Du hast dein Leben noch vor dir. Ich bin sehr froh und stolz, dass du eine Goldschmiedsmagd bei Meister Drentwett geworden bist.«

»Und ich dachte, Ihr hegt vielleicht einen Zorn gegen mich, weil ich nicht mehr so oft zu Euch kommen kann, seit ich dort bin.«

»Unsinn!« Seine Stimme schwankte zwischen Überzeugung und Enttäuschung. »Erzähl mir lieber, wie ergeht es dir bei dem anderen Meister?«

***

Es war Abend geworden, als Juliane das Haus des alten Goldschmieds Jakob verließ. Nach und nach hatte sie ihm erzählt, was sie bedrückte. Von der nachlassenden Sehkraft ihres Meisters, von dem missglückten Buchbeschlag, von Biller, dem Termin auf dem Beschauamt und schließlich von der Hauskrone, die in zwei Wochen fertig sein sollte. Jakob hatte nicht schlecht gestaunt, aber Juliane wusste, dass das Geheimnis bei ihm gut aufgehoben war. Vielmehr nagte das schlechte Gewissen an ihr, weil Jakob ihr seine Hilfe angeboten hatte. Sie dürfe jederzeit kommen, falls sie es bei den Drentwetts nicht mehr aushalten könne oder einen Rat bräuchte.

Juliane atmete tief durch und bog in die Hauptstraße ein. Sogleich stieg ihr der Geruch von frisch gebratenem Fleisch in die Nase. Ihr Magen reagierte mit einem heißen, schmerzhaften Knurren. Mit dem Wind wehten auch die Geräusche aus dem Gasthof *Zu den drei Mohren* zu ihr herüber. Die Zecher lärmten, Krüge schlugen dumpf gegeneinander, und plötzlich brandete Applaus auf. Jubelnde Zurufe, trampelnde Füße.

Juliane näherte sich dem Gasthaus, von dessen stuckverzierter Fassade die drei steinernen Mohrenbüsten hinunterschauten. Daneben schwebte ein vergoldetes Schild an einer eisernen Angel über der Straße, um Gäste werbend. Auch sonst tat der Wirt alles, um den großen Schankraum bis auf den letzten Stehplatz zu füllen. Heute war es bestimmt wieder ein Theaterstück, das nur vordergründig von erbaulichem Inhalt war. Alle Ratsherren, die sich deshalb zu einer Beschwerde veranlasst sehen könnten, bekamen wie immer einen Platz in der ersten Reihe und ein paar Gulden aus den üppigen Einnahmen.

Selten jedoch hatte Juliane die Leute derart begeistert erlebt. Vorsichtig trat sie an eines der vielen Fenster nahe der Tür und stellte sich an dem kalten Steinsims auf die Zehenspitzen. Durch die verrauchte, graue Luft hindurch sah sie am anderen Ende des Raumes einen Zauberer auf der Bühne stehen, nicht viel älter als sie selbst. Seine Hosen hatten Löcher, die Kniestrümpfe waren geflickt, und sein dunkelgrüner Rock hing ihm weit wie einer Vogelscheuche am Körper. Das Publikum näherte sich ihm wie eine Rabenschar und suchte mit Schrecken und Erstaunen erfüllt sein Geheimnis zu ergründen. Als er ankündigte, das Papier in seinen Händen in einen Feuerball verwandeln zu wollen, wichen einige zurück. Ein Mann jedoch schrie, das sei mit einem Brennglas keine Kunst, und ein anderer hob grölend seine Tabakspfeife in die Luft.

Der Zauberer brachte das Publikum mit einem kaum sichtbaren Lächeln zum Schweigen, es umspielte seine Grübchen und wanderte über das kantige Gesicht hinauf zu den Augen, wo es sich in kleine Fältchen auffächerte.

Er nahm das Papier und zeigte es in die Runde. Die Leute nickten und schauten einander nach Sicherheit suchend an. Der Zauberer deutete auf seine Zunge und benetzte das Papier. Beschwörend rieb er es zwischen den Fingern und im nächsten Moment fiel es lichterloh brennend zu Boden. Ein Raunen wanderte durch den Saal und mündete in tosendem Applaus. Der Zauberer verbeugte sich mehrmals, ein paar Strähnen lösten sich aus seinem Zopf und fielen ihm ins Gesicht. Er warf der kellnernden Magd eine Kusshand zu, nach einer weiteren Verbeugung sprang er vom Rand der Bühne und ließ sich von der Menge feiern. Juliane beobachtete die Magd, wie sie verzückt mit hochrotem Kopf stehen blieb, unbeweglich mit Tellern und Krügen in den Händen, und versuchte, den Augenblick des Kusses festzuhalten. Wie kindisch. Wie konnte man sich von einem wildfremden Menschen nur so faszinieren lassen?

Einige Augenblicke später wurde ihr bewusst, dass sie selbst wie gebannt am kalten Fenstersims hing. Es wäre wohl angebracht, wenn sie sich jetzt auf dem schnellsten Weg zurück in die Goldschmiede begeben würde.

Unvermittelt ging neben ihr die Tür auf.

»Guten Abend. Ganz schön stickig die Luft da drinnen.«

Blitzschnell wandte sie sich vom Fenster ab und trat einen Schritt zurück. Der Zauberer. Schamgefühl breitete sich mit einem heißen Schwall in ihrem Gesicht aus.

»Ich bin Raphael Ankler.«

Sie erwiderte nichts. Er war zwar ein Zauberer, aber auch die kochten nur mit Wasser.

»Wie ist Euer Name, wertes Fräulein?«

»Ich wüsste nicht, was Euch das angeht.«

»Verzeihung.« Er lächelte. »Hat Euch die Vorstellung gefallen?«

»Es ging so. Ich habe nicht viel davon mitbekommen.«

Sein Lächeln wurde breiter. »Kein Wunder von diesem Fensterplatz aus.«

»Ich war nicht Euretwegen hier. Ich bin auf dem Weg nach Hause.«

»Darf ich Euch begleiten?«

»Danke, ich finde selbst nach Hause.«

»Arbeitet Ihr als Bauernmagd und habt Ausgang bekommen?«

»Ich bestimme meinen Ausgang selbst. Abgesehen davon arbeite ich bei dem berühmtesten Goldschmied Augsburgs.« Hoffentlich genügte das, um ihm Respekt einzuflößen und das Gespräch zu beenden.

»Oh. Sodann seid Ihr Juliane, die Goldschmiedsmagd des Meister Drentwett?«

Ihr blieb vor Überraschung die Erwiderung im Hals stecken.

Der Zauberer zog zwei Münzen aus der Tasche seines übergroßen Rocks und legte die goldene in die linke, den Silberling in die rechte Handfläche. »Goldschmiedsmagd bei Meister Drentwett«, wiederholte er. »Bestimmt keine leichte Aufgabe.« Er schloss die Finger um die Münzen und streckte die Arme zur Seite aus. Seine Augen suchten ihren Blick und hielten ihn fest. Nach geraumer Zeit zog er die Arme wieder an sich und öffnete die Fäuste. Die Geldstücke hatten die Plätze getauscht. Der Silberling lag jetzt in der linken, die Goldmünze glänzte in der rechten Hand. »Vor allem weiß man nie, woran man ist«, sagte er sanft. »Gute Nacht, Juliane.«

Bevor sie etwas erwidern konnte, drehte Raphael sich um und ging davon.

***

Die Begegnung mit dem Zauberer hielt Juliane gefangen, während sie am Stadtfluss entlang nach Hause ging. Warum hatte er ihr dieses Kunststück gezeigt? Und wie hatte er das gemacht? Wahrscheinlich hatte er die Münzen irgendwie vertauscht oder aus dem Ärmel gleiten lassen. Bestimmt nur ein billiges Kunststück, nichts weiter. Hauptsache, er konnte die Leute damit beeindrucken.

Trotzdem ging ihr der Mann nicht aus dem Sinn. Wie sie zurück zur Drentwett'schen Goldschmiede gelangt war, konnte sie sich nicht erinnern. Plötzlich stand sie vor der Tür.

Juliane betrat die dunkle Werkstatt. Es war still im Haus. Friederike und Meister Drentwett lagen wohl schon oben in ihren Kammern. Der Rauch des Feuers hing noch immer beißend in der Luft. Sie entzündete eine Öllampe, ging wie gewohnt zu der leeren Truhe in der Ecke und schob sie beiseite, um unter der Bodenluke nach den kostbaren Materialvorräten für den kaiserlichen Auftrag zu sehen. Silber im Wert von einigen zehntausend Gulden schimmerte ihr entgegen. Wieder beschlich sie ein ungutes Gefühl. Sie kniete sich an den Rand der Luke, angelte sich etwas von dem Bruchsilber und hielt es vor die Öllampe, drehte es und suchte nach einem Hauch von Rot, der auf zu viel Kupfer hindeuten könnte. Hatte das Silber ihres Buchbeschlags nur den Schein des Feuers widergespiegelt? Was würde die Probe morgen ergeben? Ihre Faust schloss sich um das Silberstück, bis ihr Arm zitterte.

Raphaels Worte gingen ihr durch den Kopf. Man weiß nie, woran man ist.

Zögerlich setzte sie sich an den Werktisch und griff nach dem Musterbuch für den kaiserlichen Auftrag. Das Licht der Öllampe erhellte die Zeichnung für den Buchbeschlag. Es grenzte an ein Wunder, dass ihr die Filigranarbeit gelungen war, doch das Löten war zu kompliziert. Juliane blätterte weiter. Niemals würde sie den Auftrag erfüllen können. Eine Vorlage für silberne Tafelbecher, getrieben und punziert, unzählige Winkel und Maßangaben, um die Kronenplatten akkurat auszusägen und zurechtzufeilen, verzierende Reliefdarstellungen, die sie nicht einmal auf dem Papier zu Wege bringen würde, und zu guter Letzt noch die Vergoldung der Krone und das Einfassen der Juwelen und Perlen. Juliane schlug das Buch zu und löschte die Öllampe. In der Küche hing noch die Wärme des Tages und Juliane überlegte, ob sie sich zum Schlafen auf die Bank neben dem Herdfeuer legen sollte, aber dann ging sie doch die Stiege hinauf zur Kammer. Leise betrat Juliane ihr Zimmer.

Sofort erklang Friederikes Murmeln: »Ach mein Junge, was muss ich noch aushalten? Nur du weißt, wie schwer das alles für mich ist, du siehst, wie ich Tag für Tag unter ihm leiden muss.«

Juliane räusperte sich. Friederike verstummte, setzte sich auf und zog die Bettdecke bis über ihre Schultern. Im Mondschein sah sie aus wie ein Gespenst.

»Guten Abend, Juliane. Wo bist du so lange gewesen?«

»Bei Meister Jakob.«

»Wie geht es ihm?«, fragte Friederike geistesabwesend.

»Soweit gut«, gab Juliane unsicher zurück. »Und du, was ist mit dir? Ich habe gerade gehört, was …«

»Ach, ich bin erschöpft. Manchmal wird mir einfach alles zu viel. Aber das geht auch wieder vorüber. Nun bin ich seit dreißig Jahren verheiratet, und schwere Zeiten hat es immer wieder gegeben. Doch die Ehe ist etwas sehr Wichtiges. Nur der Tod darf scheiden, was der Herrgott zusammengefügt hat. Nicht der Mensch ... und ich schon gar nicht. Ich bleibe bei ihm, egal, was geschieht.«

»Ja, wir müssen jetzt zusammenhalten. Der ...« Sie senkte die Stimme. »Der Auftrag unseres künftigen Kaisers. Die Krone, das Silber für die Festtafel. Der Meister wird es nicht mehr alleine schaffen.«

»Der Meister, der Meister!« Friederike seufzte. »König Philipp ruft, und seine Untertanen gehorchen! Hoffentlich reicht meine Kraft, seine Wünsche zu erfüllen.«

»Bitte Friederike. Mir ergeht es doch nicht besser. Der Meister lehrt mich nichts, und doch muss ich seit ein paar Tagen all die Arbeit für ihn tun. Dafür bekomme ich nicht einmal Anerkennung. Ich habe Tag und Nacht gearbeitet und höre keinen Dank von ihm. Denn in seinen Augen müsste ich das ja nicht tun. Schließlich will er nicht zugeben, dass er beinahe blind ist. Dafür war sein Zorn umso größer, als er von dem misslungenen Buchbeschlag erfuhr. Aber das Löten zeigt er mir ja nicht!«

»Gehst du morgen mit auf das Beschauamt?«

»Gewiss.« Juliane verzog den Mund zu einem Lächeln. »König Philipp hat es schließlich so befohlen.«

»Bald wird er dich genauso behandeln wie mich. Aber lass dir das nicht gefallen, hörst du? Wenn er nicht aufhört, musst du gehen. Ich bin seit dreißig Jahren für ihn da und habe nie ein Wort des Dankes von ihm gehört.« Friederike richtete ihren Blick in die Ferne. »Ach, aber ich darf mich nicht beschweren. Schließlich will ich ihm ein gutes Eheweib sein. Du darfst ihm keins meiner Worte verraten. Schwörst du mir das?«

»Natürlich.« Juliane hob die Hand. »Wir halten zusammen. Gemeinsam schaffen wir das.«

»Wenn du meinst? Schlaf jetzt, Juliane. Wir brauchen beide Kraft.«

»Friederike? Darf ich dich noch etwas fragen? Was hat Biller gemeint, als er sagte, er sei mit Meister Drentwett noch nicht fertig?«

»Ach das!« Friederike lachte trocken auf. »Das ist schon so lange her, und er hat es immer noch nicht verwunden.« Sie zuckte mit den Schultern. »Seinerzeit war ich Biller versprochen, wir waren allerdings nicht einmal verlobt. Er und seine Eltern hatten nur Interesse bekundet. Bald darauf habe ich Philipp kennengelernt, und er hat bei meinem Vater um meine Hand angehalten. Dann sind meine Eltern am Fieber gestorben, und die Meistergerechtigkeit meines Vaters ging auf mich über. Biller und Philipp waren zu dieser Zeit Gesellen und warteten darauf, zum Meisterstück zugelassen zu werden oder besser gesagt einen der sechs freien Plätze im Jahr zu ergattern. Bei über zweihundert hiesigen Goldschmieden und dementsprechend wohl ungefähr sechshundert Gesellen fast unmöglich. Wenn aber ein Geselle durch ein Eheversprechen eine Handwerksgerechtigkeit in Aussicht gestellt bekommt, wird er außerordentlich zum Meisterstück zugelassen. Schließlich will der Rat keine Werkstatt verwaist und keine Frau unverheiratet sehen. Ich wurde also plötzlich von beiden Männern mehr begehrt denn je zuvor. Nun ja. Ich habe Philipp Drentwett den Vorzug gegeben. So war das, und Biller plagt die Eifersucht wohl bis auf den heutigen Tag. Deshalb sein Ausspruch.« Friederike lächelte. »Das ist ein alter Hut. Denk dir nicht zu viel dabei und lass uns schlafen.«

Juliane nickte. Gerade als sie sich ausziehen wollte, hörte sie ein Geräusch auf dem Flur. Nur einen Augenblick später breitete sich die Gestalt des Meisters im Türrahmen aus. Er trug noch immer seinen Hausrock, die Knöpfe seiner Weste bildeten nun allerdings eine schnurgerade Linie wie Soldaten an der

Front, die Perücke war frisiert und saß ordentlich auf seinem Kopf. Er musste den ganzen Abend dazu gebraucht haben.

»Blümlein? Friederike?«

»Ja?«, antworteten sie beide wie aus einem Mund.

»Gebt mir einen Stuhl, ich will mich setzen.«

Pflichtbewusst führte Friederike ihren Mann zwischen den Betten hindurch und half ihm, sich auf dem Schemel am Fenster niederzulassen.

»Was wünschst du?«, fragte Friederike höflich, aber ihr Unterton ließ keinen Zweifel daran, dass sie ihn nicht hereingebeten hatte.

»Ich habe nachgedacht.«

»Und?«, fragte Friederike.

»Wie gefällt euch der Name Julian?«

Juliane wurde es siedend heiß. Sie suchte Friederikes Blick.

»Was willst du damit sagen?«, hakte Friederike an ihrer Stelle nach.

»Dass ich dem Mädchen ihren größten Wunsch erfüllen werde. Sie wird mein Geselle. Sie wird für mich arbeiten und mich begleiten.«

Der Meistersfrau blieb vor Entsetzen der Mund offen stehen. »Das kannst du nicht machen! Wie willst du das den Leuten erklären? Das geht nicht! Hör auf mit dem Unsinn!«

»Julian ist mein Patenkind, er war Geselle bei einem meiner Brüder, nun kam er aus dem fernen München zu mir, besagter Bruder ist verstorben. Julian wird mir werktags zur Hand gehen, Juliane lässt sich falls nötig sonntags mit Haube und Kleid in der Barfüßerkirche sehen. Damit wäre auch für das Kirchgängervolk die Welt in Ordnung.«

»Das glaubst du! Wenn das auch nur einem Menschen in der Stadt auffällt, können wir unsere Sachen packen, man wird uns mit Schimpf und Schande davonjagen.«

»Und wenn ich morgen früh nicht mit einem Gesellen auf dem Beschauamt erscheine, kann ich schon morgen früh meine Meistergerechtigkeit abgeben, und dann sitzen wir schon morgen früh auf der Straße! Ist das vielleicht besser? Biller erwartet einen Gesellen an meiner Seite und ...«

»Aber doch nicht Juliane!«

»Wir können uns keinen richtigen Gesellen und damit noch einen hungrigen Magen ins Haus holen! Es ist auch nur so lange, bis wir den kaiserlichen Auftrag erfüllt und die Hauskrone nach Frankfurt gebracht haben. Das sind nur noch vierzehn Tage! Keine Ewigkeit! Bis dahin werden wir die Leute täuschen können, vor allem diesen Biller! Danach habe ich bis zum Lebensabend ausgesorgt, und wir können uns gleich in Frankfurt niederlassen. Was meinst du dazu, Blümlein?« Seine Augen suchten ihre Gestalt.

Juliane sah ihren Meister unverwandt an. »Ich stelle eine Bedingung: Ihr müsst mir alles beibringen, was ein Geselle können muss. Ohne Unterschied! Und Ihr werdet mich nie mehr Blümlein nennen!«

Der Goldschmied streckte seine Hand aus. »Abgemacht – Julian.«

Sie zuckte bei dem Namen zusammen, als hätte er den Allmächtigen gefrevelt, doch dann erhob sie sich und schlug mit einem Seitenblick auf Friederike ein. Seine schwielige Hand hinterließ ein raues Kratzen, als hätte sie versucht, einen zu hohen Baum hinaufzuklettern.

»Juliane«, jammerte Friederike. »Weißt du denn nicht, was das heißt? Du musst dich benehmen wie ein Junge, Hosen tragen und deine Brüste einschnüren. Willst du das wirklich? Dein Vater, Gott hab ihn selig, hätte das niemals geduldet. Du musst das nicht tun.«

»Red ihr nicht drein!«, zürnte Meister Drentwett.

Juliane kaute auf der Unterlippe. »Mein Vater würde verstehen, warum ich mich als Junge ausgebe, auch wenn es eine Lüge ist. Außerdem ist es ja nur für zwei Wochen.«

»Gut«, sagte der Goldschmied mit einem erleichterten Seufzer. »Alsdann müssen wir dir nur noch die Haare schneiden. Weib, hol die Schere aus der Werkstatt!«

»Meine ...?« Juliane griff nach ihrem Nackenknoten. Ihre dichten Haare ließen sich kaum mit einer Hand fassen.

»Willst du nun, oder willst du nicht?«, fragte der Meister in ihre Richtung.

»Doch, doch. Es muss ja sein.« Sie zog die Nadeln aus dem Dutt und flocht den Zopf auf. Die Haare fielen in langen Wellen bis über die Brust. Sie zog eine Strähne zwischen den Fingern hindurch, zwirbelte die Spitzen und beobachtete den rotbraunen Schimmer im Kerzenlicht.

Friederike kam mit der Schere zurück.

Der Meister erhob sich.

Juliane ließ sich so langsam auf dem Schemel am Fenster nieder, als lägen glühende Kohlen darauf. Sie strich ihre Haare auf den Rücken.

»Wie kurz?«, fragte sie.

»Ganz kurz«, befahl der Meister.

Hinter ihr raschelte Friederikes Nachtgewand. Juliane schaute zum Fenster hinaus, um nicht sehen zu müssen, was um sie herum vorging. Sie heftete ihren Blick auf den Glockenturm der Barfüßerkirche, dessen Umrisse sich schwach vor dem nächtlichen Himmel abzeichneten.

Friederike griff ihr ins Haar. Es tat weh, obwohl sie nicht daran zog. Juliane schloss die Augen und dachte an ihren Vater. Ob er sie jetzt von dort oben sehen konnte?

Die Schere legte sich kalt in ihren Nacken, mit einem Zischeln spannte sie sich auf wie der Kiefer einer Schlange. Ein scharfes Geräusch, und die Haare fielen zu Boden. Nach und nach sammelten sie sich auch in ihrem Schoß, im Nacken, in jeder Falte ihrer Kleidung.

Als die Kirchturmuhr das nächste Mal schlug, ließ Friederike die Schere sinken und trat zurück. Juliane fühlte an ihren Hinterkopf. Ihre Finger bekamen noch eine Spitzenlänge zu fassen. Mit gesenktem Blick stand sie auf. Solange sie keinem der beiden in die Augen schauen musste, konnte sie sich einbilden, dass sich nichts an ihr verändert hatte. Die übrigen Haare rieselten von ihrer Kleidung. Juliane sah ihnen nach und fühlte sich wie ein Baum, der seine Blätter verlor. Sie hob eine Strähne vom Boden auf und setzte sich aufs Bett.

Der Goldschmied verließ wortlos die Kammer. Friederike sammelte die Haare in einen Eimer, kroch über den Boden, kehrte und wischte. Juliane war froh, als sie das Zimmer endlich verließ, um den Kehricht auszuleeren.

Friederike kam erst nach einer Weile wieder zurück. Über ihren Armen hingen zwei abgetragene dunkle Kniebundhosen, wollene Kniestrümpfe, zwei Leinenhemden, zwei beigefarbene Westen und zwei schwarze Röcke, die am Ellenbogen fadenscheinig waren. »Vom Meister.« Friederike legte Nadel und Faden auf ihren Nachtkasten. Ihr schien jedes Wort schwerzufallen. »Deine Maße. Es muss passen, morgen früh.«

Juliane zog sich aus und legte ihre Schürze, den Rock, das Mieder und die Chemise sorgfältig auf den Stuhl neben dem Bett. Sorgfältiger als sonst. Zitternd vor Kälte stellte sie sich in die Mitte des Raumes. Friederike legte ein Stoffband um ihre Handgelenke, die Hüften, den Bauch und den Hals und jedes Mal fühlte es sich an, als würde sich eine Fessel schließen. Endlich notierte Friederike die letzte Zahl, und die Prozedur war beendet.

Zähneklappernd schlüpfte Juliane in ihr Schlafgewand. Es

war klamm und kratzte auf der Haut, als wolle es sich weigern, seine wärmende Aufgabe zu erfüllen.

»Soll ich dir noch beim Nähen helfen, Friederike?«

»Unsinn. Geh ins Bett und wärm dich. So kannst du ja nicht mal eine Nadel halten. Ich schaffe das schon. Reich mir noch deine Kerze und dann schlaf. Morgen früh auf dem Beschauamt wird es anstrengend, und du wirst einen hellwachen Geist brauchen.«

Juliane wickelte sich in die Federdecke ein und schloss die Augen. Der Schlaf wollte jedoch nicht kommen. Irgendetwas hielt sie noch wach. Sie dachte an ihre Haare, daran wie sie jetzt aussehen mochte. Äußerlich war sie plötzlich ein anderer Mensch geworden. Der vergangene Tag zog in Gedanken vorüber. Biller in der Werkstatt, ihr Besuch beim alten Meister Jakob und schließlich die Begegnung mit dem Zauberer. Doch die Ursache für ihr merkwürdiges Gefühl konnte sie nicht finden. Wahrscheinlich war der Tag zu schnell vorbeigegangen. Und mit ihrer Arbeit war sie auch nicht vorangekommen. Morgen würden es nur noch 14 Tage bis zur Kaiserkrönung sein.

2. Tag

Montag, 29. Januar 1742,
noch 14 Tage bis zur Krönung

Er sagte ihnen aber auch ein Gleichnis: Kann auch ein Blinder einem Blinden den Weg weisen? Werden sie nicht alle beide in die Grube fallen?

Lukas 6,39

Dunkle Schneewolken hatten sich an diesem Morgen wie ein schweres, graublaues Samttuch über die Stadt gelegt. Mit steifen Schritten tasteten sich die Leute über das Kopfsteinpflaster, setzten vorsichtig einen Fuß vor den anderen, um nicht an einer vereisten Stelle auszurutschen. Kaum jemand hob den Blick, die Menschen gingen grußlos ihrer Wege, niemand blieb stehen.

Konzentriert führte Juliane ihren Meister am Arm durch die Gassen, immer für ihn mitdenkend und vorausschauend. Besonders schwierig wurde es auf der viel begangenen Wegsteigung, die neben dem Rathaus zur Hauptstraße hinaufführte.

Das Gebäude war so an den Hügel gebaut worden, als säße es auf einer großen Treppenstufe, die Füße ruhten unten im Handwerkerviertel, der Körper thronte oben auf der Hauptstraße und zeigte seine prächtige Fassade.

Als sie die große Straße erreicht hatten, atmete Juliane tief durch und ließ für einen Augenblick das Treiben auf sich wirken. Sie betrachtete die Welt nun mit Julians Augen. Julian. Immer wieder flüsterte sie den Namen vor sich hin. Dabei wurde ihr Atem schneller, doch das eng geschnürte Stoffband über ihrer Brust hinderte sie am Luftholen. Außerdem scheuerte es unter den Achseln, und die Brüste schmerzten unter dem ständigen Druck. Die Oberkleidung hatte Friederike allerdings weit genug gelassen, damit niemandem vorschnelle Zweifel kämen. Trotzdem befürchtete Juliane jeden Augenblick entdeckt zu werden. Oder hatte sie sich durch die kurzen Haare und die Männerkleidung wirklich so stark verändert, dass niemand sie erkennen würde? Sie selbst fühlte sich plötzlich fremd in der Stadt, so als hätte sie all ihre Erinnerungen gestern Abend mit der Kleidung abgelegt.

Am Merkurbrunnen schöpften Frauen Wasser in ausladende Bottiche, während ihre Kinder mit den kleinen Eisschollen auf dem Wasser Kahnfahrt spielten. Langsam führte sie ihren Meister an ihnen vorbei, sie wichen einem Mann aus, der seine mit Brennholz beladene Schubkarre wie einen Rammbock benutzte, und ließen ein mannshoch beladenes Heufuhrwerk passieren. Es hielt bei der Stadtwaage, vor der sich bereits eine lange Schlange gebildet hatte.

Meister Drentwett blieb wie angewurzelt stehen. »Der Donner? Was war das?«

Instinktiv sah Juliane zum Himmel hinauf, dann begriff sie, was den Meister verängstigt hatte. »Das war ein großes Weinfass. Ein Mann rollt es zur Abgabe ins Siegelhaus.«

Der Meister atmete tief durch. »Gut. In diese Richtung müssen wir auch. Dahinter liegt das Beschauamt.«

»Ich weiß. Wir sind auf dem Weg dorthin. An der Moritzkirche sind wir soeben vorbeigekommen.«

»Sicher?«

»Ja«, presste sie zwischen den Zähnen hervor.

»Wer kam uns da eben entgegen? Die beiden Frauen? Eine der Stimmen kannte ich.«

»Das glaube ich kaum. Es waren katholische Bürgerinnen.«

»Bist du sicher?«

»Ich werde doch deren Kopfputz von meiner einfachen Haube unterscheiden können!«

»Meine Haube? Habe ich da eben richtig gehört, Blümlein?«

»Ihr sollt nicht Blüm... Entschuldigung.«

»Schon in Ordnung, Julian. Gewöhn dir an zu denken, bevor du den Mund aufmachst.«

»Gewiss, Meister Drentwett.«

»Außerdem musst du mir ab sofort berichten, wer des Weges kommt. Nicht auszudenken, wenn ich einen der Ratsherren nicht grüßen würde.«

»Den Katholischen oder den Lutherischen?«

»Beide!«

»Jaja, nicht, dass sich einer ungerecht behandelt fühlt. Wie wäre es, wenn man die Begrüßung selbst auch noch teilen würde. Guten Tag oder Grüß Gott würde sich dafür doch anbieten. Zuerst ›Grüß‹ an den Evangelischen und dann ›Gott‹ an den Katholischen und bei der nächsten Begegnung in umgekehrter Reihenfolge, damit keine der Parteien bevorzugt oder benachteiligt wird.«

»Erstens lautet der katholische Gruß: ›Gelobt sei Jesus Christus – in Ewigkeit. Amen‹, und zweitens wirst du wohl mit der Parität leben müssen, hier in dieser Stadt, die seit zweihundert Jahren ein Paradebeispiel für Religionsfreiheit ist. Aber was für ein bedeutendes Dokument der Augsburger Religionsfrieden ist, davon hast du ja keine Ahnung. Geschichte und Politik sind viel zu kompliziert, als dass es der bescheidene Verstand eines Weibes begreifen könnte. Also halte deine Äußerungen im Zaum, werde ein vernünftiges Weib und bereite dich aufs Kinderkriegen vor. Da mischen wir Männer uns schließlich auch nicht ein.«

Juliane runzelte die Stirn, konnte sich dann aber ein Grinsen nicht verkneifen. »Meister Drentwett? Wieso unterhaltet Ihr Euch mit Eurem Gesellen übers Kinderkriegen?«

Der Meister blieb stehen, holte tief Luft, entschloss sich jedoch, seine Worte für sich zu behalten.

Das war auch gut so. Außerdem hatte sie dank ihres Vaters mehr Bücher über Geschichte gelesen, als der Goldschmied in seinem Leben je zu Gesicht bekommen hatte. Zudem war die Paritätsmanie in der Stadt so absurd, dass man sie gar nicht ignorieren konnte. Alle Ämter, vom Stadtpfleger über den obersten Richter bis hin zum niedersten Amtsdiener, waren zweifach besetzt. Eine Stadt wie im Spiegel. Ständig hatte man das Gefühl, doppelt zu sehen. Auf dem einen Auge katholisch, auf dem anderen evangelisch. Selbst die beiden Kirchen von St. Ulrich klebten so dicht aneinander, als müssten sie sich um den Platz streiten, als wären es zwei Körper, die auf einem Paar Füße zu stehen versuchten. Die beiden Friedhöfe wiederum lagen so weit wie möglich auseinander, und fand man einen Toten, dessen Konfession nicht auszumachen war, glich das sich anschließende Prozedere einer Kriegsmanöverberatung. Nicht auszudenken, wenn der falsche Mann vom falschen Pfarrer auf dem falschen Friedhof beigesetzt worden wäre.

Neben ihnen öffnete sich ein Fenster. »He, Meister Drentwett! Wie wäre es, wenn Ihr endlich Eure Schulden bei mir begleichen würdet?«, schrie der Mann herunter. »Die Striche sind derer bald mehr, als ich Bretter für ein Haus bräuchte!«

***

Philipp Drentwett machte sich vom Arm seiner Magd los und brüllte in die Richtung, aus der die Stimme gekommen war: »Das müsst Ihr mir erst einmal beweisen! Kerben kann jeder ins Holz schnitzen!« Er wusste nicht, wem er sich da gerade widersetzte. Es könnte der Bäcker, der Weinhändler oder der Köhler sein. Sicher war nur, dass dieser Mann mit seiner Forderung Recht hatte.

Er zog seine Magd mit sich fort und bemühte sich, seinen Bewegungen Sicherheit zu verleihen, wie ein angesehener Bürger auszuschreiten, doch seine Schritte glichen eher denen eines Zechers, der seine Trunkenheit vor dem Büttel zu verbergen suchte. Bislang war er immer gerne in der Stadt unterwegs gewesen, um sich den Leuten zu zeigen und um die kunstvoll bemalten Häuserfassaden zu betrachten, die oft ganze Geschichten darstellten und ihm das Gefühl gaben, durch ein riesiges Gemälde zu spazieren. Nun war es zu einem Gang durch die Hölle geworden. Schlimmer konnte es dort nicht sein. Schatten, vage Gestalten, Stimmen aus allen Richtungen, jeder Schritt eine Qual, verurteilt weiterzugehen.

»Wie weit ist es noch bis zu Billers Haus?«, fragte er seine Magd, die ihn wieder am Arm untergehakt hatte. Sie war seine einzige Stütze, ohne ihre Hilfe wäre er verloren. Aber das würde er niemals zugeben. Lieber wollte er seine Stimme opfern, als dass auch nur ein Wort über seine Lippen käme.

»Wir sind gleich da. Wir sind eben in die Kapuzinergasse eingebogen und somit weg von der großen Straße. Hier sind kaum noch Leute.«

Die Ruhe hatte er sofort bemerkt. Keine Schritte mehr, die wie ein Paradeorchester an ihm vorbeizogen, keine Stimmen mehr, die ihn wie Geister umfingen. Für sein Gefühl befanden sie sich jedoch eher irgendwo im Domviertel, am anderen Ende der Stadt. Doch er widersprach nicht. Sein Orientierungssinn hatte ihn verlassen. Wie in der Tiefe eines Sees. Die Wege hatten keinen Anfang und kein Ende mehr, verliefen im Kreis, führten nicht mehr zum Ziel. Himmelsrichtungen waren nur noch Wörter ohne Bedeutung, die Sonne längst im Nichts verschwunden.

»Wir sind da«, sagte seine Magd nach einer Weile.

Eine sachliche Feststellung, ohne Zwischentöne gesprochen, und doch hörte er ihren unruhigen Atem, wie ein feines Tremolo, das ihre Worte erzittern ließ.

In ihm tobte ein Sturm, der Wind wirbelte all seine Empfindungen durcheinander, er wusste nicht mehr, was er denken sollte. Er wusste nur, er würde in einer halben Stunde nicht mehr derselbe sein. Entweder, er verließ das Beschauamt als endgültiger Sieger im Kampf gegen Biller, oder aber sein Leben als Goldschmied war vorbei. Aus und vorbei. Drei Jahrzehnte seines Lebens mit einem Handstreich beendet. Von Biller.

Er stieß sich den Zeh an der Türschwelle und unterdrückte einen Schmerzenslaut. Stimmengemurmel drang aus dem hinteren Raum, zu dem ihn seine Magd führte. Er kannte Billers Haus. Zuerst die Werkstatt, links die Küche, rechts das Zimmer, das als Beschauamt diente. Er kannte die Farbe des Holzbodens und die schiefen Kalkwände. Allerdings erzeugte seine Erinnerung diese Bilder, seine Augen präsentierten ihm das Nichts. Sie gaukelten ihm eine andere Welt vor, gegen die sein Verstand rebellierte. Diese weißen Kugeln rechts und links seiner Nase waren zu Feinden geworden, Gegner, die er nicht mehr vertreiben konnte, die bald die Übermacht gewonnen hatten.

Er spürte Julianes Hand an seinem Arm, er musste die Berührung ertragen, obwohl er sich am liebsten losgerissen hätte wie ein Hund von der Kette. Die Stimmen schwollen an, er machte noch einen Schritt und plötzlich vernahm er die Stimmen klar und deutlich. Seine Magd hatte die Tür zum Beschauamt für ihn unhörbar geöffnet. Er unterdrückte ein Fluchen.

»Ah, Meister Drentwett. Gesellt Ihr Euch auch schon zu uns?«

Es war Biller. Er drehte den Kopf in Richtung der eisigen Stimme, die er schon tausendmal gehört hatte, und doch hatte er gerade zum ersten Mal den schabenden Klang wahrgenommen. Ein feines Zischeln wie beim Schleifen eines Messers.

»Schön, dass Ihr den Weg noch gefunden habt, lieber Drentwett. Ach, und das scheint Euer Geselle zu sein. Name und Herkunft?«

»Er heißt …«

»Ich habe nicht mit Euch gesprochen, oder schiele ich? Also, Name und Herkunft?«

»Julian, gebürtig aus München«, flüsterte seine Magd mit stolpernder Stimme.

»Etwas schüchtern, der hübsche Junge. Nun ja. Wir sprachen gerade über Ehrlichkeit, Ordnung und Gesetz und was mit Goldschmieden geschieht, die sich für dergleichen nicht interessieren.«

»Was fällt Euch ein, in meiner Abwesenheit über mich zu urteilen?«

»Oh, wer spricht denn von Euch? Ich berichtete lediglich über den Fall des Goldschmieds Andreas Weinberger. Ist er Euch bekannt?«

»Nur dem Namen nach.« Schon wieder dieses Zittern in seiner Stimme. Er hasste es.

»Weinberger wurden falsche Gold- und Silberarbeiten in großem Umfang nachgewiesen, sowie Münzfälschungen zur Linderung der eigenen Not. Ich nehme an, das Urteil der Juristenfakultät zu Würzburg wird alle Anwesenden und besonders Euch interessieren, lieber Drentwett.«

Alle Anwesenden? Wer war noch im Raum? Der Meister hörte, wie Biller ein Schriftstück entrollte. Es klang wie ein helles Flüstern. Zum ersten Mal in seinem Leben nahm er dieses Geräusch wahr. Pergament konnte flüstern.

»Urteil in Inquisitionssachen verschiedener, von Andreas Weinberger, gebürtig zu Augsburg, betrügerisch gefertigter Gold- und Silberarbeiten und von ihm gegossener und ausgegebener falscher Münz. Bürgermeister und Rat in der Heiligen Römischen Reichsstadt Augsburg sollen auf eingeholte Empfehlung unparteiischer Rechtsgelehrter zu Würzburg folgendes für Recht sprechen: Der Inquisit Andreas Weinberger solle begangener Straftaten wegen dem Publikum zur Satisfaktion und anderen zum abscheulichen Exempel bei lebendigem Leib alsbald gehängt und auf dem Scheiterhaufen verbrannt werden.«

Philipp Drentwett schluckte. Sein Mund war ausgetrocknet wie der eines Gefangenen.

»Jaja, so ist das«, schloss Biller ungerührt. »Wieder ein Konkurrent weniger in der Stadt. Dafür könnte es in der Hölle so langsam eng werden. Aber jedem, wie er es verdient. Darum wollen wir nun auch zur Kontrolle Eurer Werke schreiten, Drentwett. Nehmt Platz.«

***

Mit weichen Knien führte Juliane ihren Meister zu einem der freien Stühle gegenüber von Billers Tisch. Dort, in der vordersten Reihe, hockte der alte Goldschmied Jakob. Sie schaute schnell zur Seite, doch er hatte bereits die Stirn gerunzelt. Rechts neben ihnen saß Meister Thelott, einer der angesehensten Goldschmiede der Stadt, ihn kannte sie nur flüchtig. Seine Werke standen ebenfalls zur Prüfung bereit.

Von all dem bemerkte Meister Drentwett nichts. Er zog darum nicht einmal den Dreispitz zum Gruß, bevor er sich umständlich niederließ.

»Sieh an«, ließ sich Meister Thelott vernehmen. Seine tiefe Stimme passte nicht zu dem schlanken, fast hageren Körper. Seine Wangen waren hohl, Kinn und Jochbein hoben sich scharf dagegen ab, am markantesten waren jedoch die leicht hervortretenden Augen, einer Heuschrecke ähnlich. »Der kleine Drentwett. Mein Schwager ist wohl etwas Besseres geworden. Braucht sich nicht mehr mit der katholischen Verwandtschaft abzugeben.«

Meister Drentwett fuhr herum. »Thelott!«

»Ganz recht. Willst du jetzt behaupten, du hättest deinen Schwager nicht gesehen?«

»Ich war in Gedanken. Außerdem, für dich immer noch Philipp Jakob VI. Drentwett, wenn ich bitten darf.«

»Gewisslich. Worüber hast du denn nachgedacht? Über verbotenes Silber?«

»Lass mir meine Ruhe, Schwager.«

»Für dich immer noch Johann Andreas Thelott. Ich habe nicht so viele Ahnen gleichen Namens, meine Vorfahren waren auch in dieser Hinsicht etwas erfindungsreicher als die deinen. Du selbst hast auch noch nie etwas zustande gebracht, wovon die Welt reden würde. Von daher würde es mich interessieren, warum du dir plötzlich eine Magd und einen Gesellen leistest?«

»Nicht zuletzt, weil du etwas dagegen hast, Thelott. Was machst du überhaupt hier? Für dich ist doch der katholische Geschaumeister zuständig.«

»Er ist verhindert. Und warum sollte ich meine Werke nicht von einem lutherischen Geschaumeister prüfen lassen? Ich habe nichts zu verbergen, weder vor dem einen, noch vor dem anderen. Wohl im Gegensatz zu dir.«

»Du machst dich lächerlich mit der ewigen Streiterei. Sieh ein, dass du mir nicht das Wasser reichen kannst, dann hätten wir beide endlich Ruhe.«

»Drentwett!« Mit hochgezogenen Augenbrauen zückte Biller sein Pergamentheft und schrieb einige Worte. »Wollt Ihr es auf ein Verwarngeld ankommen lassen?«

»So fangt endlich mit der Beschau meiner Werke an, alsdann werde ich meinem Schwager gerne wieder aus dem Weg gehen.« Meister Drentwett verschränkte die Arme vor der Brust.

»Wohlan!«, polterte Thelott. »Meine Werke sind bereits geprüft, und das Material ist vollkommen in Ordnung!«

Der Geschaumeister nickte. »Wollen wir also fortfahren. Der Geselle soll zu mir kommen und mir bei der Prüfung des Materials zur Hand gehen. So kann er gleich bezeugen, dass alles mit rechten Dingen zugeht. Das ist Euch doch recht, lieber Drentwett, oder wollt Ihr diese Aufgabe übernehmen?«

Ihr Meister knurrte etwas Unverständliches, woraufhin Juliane sich erhob.

»Zuerst werden wir diesen goldenen ... nennen wir es Leuchter überprüfen.« Biller setzte sich an den Eichentisch und zog den schief geratenen Leuchter zu sich heran. Juliane stellte sich neben den Geschaumeister und verbarg ihre zitternden Hände hinter dem Rücken. Das enge Brustband ließ die Bewegung kaum zu.

Meister Drentwett räusperte sich. »Wollt Ihr nicht erst den Schwur sprechen, Biller?«

Die Lippen des Geschaumeisters wurden schmal. »Gewiss.« Er hob die rechte Hand. »In meiner Eigenschaft als vom Rat bestellter und vereidigter Geschaumeister schwöre ich bei Gott, meine Arbeit pflichtgemäß und unbestechlich zu verrichten.« Biller ließ seine Worte verklingen. »Bevor alles seinen korrekten Verlauf nehmen soll, möchte der werte Meister

Drentwett gewiss noch die Beschaugebühr von zwölf Kreuzern entrichten, oder …?« Biller tunkte die Feder in die Tinte.

»Ihr müsst es anschreiben. Ich habe kein Geld mitgenommen.«

»Dachte ich mir schon.« Billers Feder kratzte über das Papier. Er legte das Notizheft beiseite und nahm sich den Leuchter vor. Anerkennend deutete er auf den runden Sockel. »Immerhin habt Ihr Eure Meistermarke aufgeschlagen, sogar einigermaßen gerade. Aber vielleicht solltet Ihr künftig statt Eurer Initialen PD das Kürzel MA verwenden – für mangelhafte Arbeit.«

Thelott brach in schallendes Gelächter aus, und Biller schaute vergnügt in die Runde.

Juliane sah, wie ihr Meister die Fäuste um die Sitzfläche seines Stuhls schloss.

»Geselle, gib mir den Probierstein«, befahl ihr Biller, noch immer grinsend.

Sie schaute sich um. Was meinte er? Welchen Stein?

Biller stand auf, machte einen Schritt nach vorn und pochte vor ihr auf den Tisch. »Diesen Kieselschiefer hier hätte ich gerne.«

Juliane reichte ihm die schwarze Steinscheibe. Der Blick aus seiner gelben Pupille bohrte sich in sie hinein. Erst nach einer scheinbaren Ewigkeit wandte er sich von ihr ab, legte den Schiefer vor sich auf den Tisch und zog mit dem Leuchterfuß kräftig darüber, sodass ein hellgolden schimmernder Strich darauf zurückblieb.

»Jetzt gib mir die Probiernadeln.«

Sie rührte sich nicht vom Fleck.

»Für einen Gesellen weiß er recht wenig, meint Ihr nicht auch, Drentwett? Da werdet Ihr ihm noch einiges beibringen müssen. Das würde ich mir allerdings gut überlegen.« Biller nahm aus dem Regal hinter sich einen Schlüsselring und ließ die dünnen goldenen Stäbchen daran baumeln. Das Klimpern hörte sich an wie Hohngelächter.

»Welche der neunzehn Probiernadeln soll ich nehmen? Wir haben die Auswahl von sechs bis vierundzwanzig Karat. Am besten, Ihr sagt mir gleich, welche Nadel dem Goldgehalt Eures Werkes entspricht. Oder soll ich bei der Gaunerlegierung anfangen und es mit der Nummer eins probieren?«

»Es sind vierzehn Karat, wie vorgeschrieben«, gab Meister Drentwett zurück, und Juliane fragte sich, ob er diese Sicherheit nur vorgab oder ob sie echt war.

Biller nahm den neunten Nadelstift und zog damit zum Vergleich einen zweiten Strich auf den schwarzen Schieferstein. Dieser schimmerte in derselben Farbe wie die Goldprobe des Leuchters. Keine Spur heller oder dunkler.

»Nun gut.« Biller verzog das Gesicht. »Es sind vierzehn Karat, und damit ist es auf der Frankfurter Messe zugelassen. Aber dieses Ding wird Euch ohnehin niemand abkaufen. Nun wollen wir sehen, was es mit dem Silber des ... was sollte das für ein Objekt sein?«

»Ein Buchbeschlag«, knurrte Meister Drentwett.

»Jetzt, wo Ihr es sagt! Natürlich, ein Buchbeschlag. Künstlerisch ungemein wertvoll.« Er führte eine neue Probe auf einem anderen Stein aus. Der Vergleichsstrich mit der dreizehnten Silbernadel glich eindeutig der Farbe, die der Buchbeschlag auf dem Schieferstein hinterlassen hatte.

Juliane entwich ein erleichterter Seufzer. »13lötiges Silber, wie vorgeschrieben!«, raunte sie in Richtung des Meisters.

Biller schüttelte den Kopf. »So leicht lasse ich mich nicht täuschen.« Seine Stimme hob zum Spott an. »Natürlich wisst Ihr nicht, was passiert, wenn man Silber in einen kochenden Sud aus Weinstein und Kochsalz legt, nicht wahr? Jeder kennt diesen faulen Zauber. Ich will es Euch sagen: Weißsieden nennt man das!

Oder ganz einfach Betrug! Die oberflächliche Strichprobe ergibt bestes Silber, dabei ist es so minderwertig wie ein Weib, das sich mit Galanteriewaren verputzt. Wartet nur! Ich werde der Sache auf den Grund gehen und eine Kupellenprobe durchführen.«

Meister Drentwett nickte. »Wohlan. Ihr werdet nichts davon haben.«

Biller griff nach einem Gravierstichel, schabte damit in der üblichen kleinen Zickzacklinie über den verschmolzenen Buchbeschlag und nahm etwas Silber auf. »Gib mir die Pendelwaage aus dem Regal«, befahl ihr der Geschaumeister.

Juliane gab ihm sofort das kleine Gerät, dessen Schalen kaum größer waren als eine Münze.

Biller legte das Silber darauf und wog es genau aus. Sein Kopf neigte sich mit der Waage hin und her, bis sie ihr Gleichgewicht gefunden hatte. »Vier Gran«, verkündete er. »Ich bin auf das Gewicht gespannt, nachdem sich das Kupfer abgetrennt hat. Kann der Geselle mir erklären, wie das vonstattengeht?«

Juliane sah zu Boden. Der alte Jakob hatte ihr das Verfahren einmal gezeigt, aber es war zu lange her, als dass sie sich noch daran erinnern konnte.

»Findet Ihr recht, was Ihr da macht, Geschaumeister Biller?« Jakob erhob sich. »Schließlich ist das hier keine Gesellenprüfung. Er weiß eben noch nicht alles, und darum sollte man ihm die Vorgänge erklären: Also, Julian, das Silber wird mit Blei zusammen eingeschmolzen, und bei diesem Vorgang lösen sich alle falschen Metalle aus dem Silber und werden von der Knochenasche aufgesaugt. Nur das reine Silber bleibt auf dem Tiegelboden zurück und ...«

»Was recht ist, bestimme immer noch ich!«, herrschte der Geschaumeister ihn an. »Setz dich, Jakob, und sei vorsichtig. Misch dich nicht in Dinge ein, die dich nichts angehen, und handle nicht wider meinen Willen. Diesen guten Rat gebe ich dir. Der Geselle hätte zumindest wissen müssen, dass die Kupellenprobe im Gegensatz zur herkömmlichen Strichprobe ein sehr genaues und zuverlässiges Verfahren ist.«

»Sodann hättet Ihr ihn danach fragen müssen, nicht nach dem Vorgang selbst.«

Biller enthielt sich einer Antwort. Stattdessen gab er das Silber in einen Tiegel aus Knochenasche, fügte abgewogenes Blei hinzu und setzte die Kupelle der Hitze aus. Er beobachtete das Feuer im Muffelofen. Er starrte in die Flammen, als könne er mit ihnen reden und das Ergebnis beeinflussen. Kurze Zeit später nahm er die Kupelle wieder heraus und kam zurück zum Tisch. Mit einem feinen Klingeln fiel eine kleine Silberkugel in die Waagschale.

Es war, als ob alle im Raum die Luft anhielten. Nur das Schaben der pendelnden Waage war zu hören. »Nur noch zweieinhalb Gran. Das ergibt ...« Biller machte sich einige Rechennotizen. »... 10lötiges Silber. Wie ich es vermutet habe. Verbotenes Material!«

Wie Messerspitzen drangen die Worte in sie ein. Das kaiserliche Silber? Das durfte nicht wahr sein. Und jetzt?

»Hat jemand irgendwelche Einwände?« Biller ließ seinen Blick über die Anwesenden schweifen. Ihr Meister war kreideweiß. »Nein? Sodann stelle ich fest, dass der Goldschmied Drentwett minderwertiges Silber verarbeitet und begangener Straftat wegen eine Meldung an den Rat der Stadt und das Handwerksgericht erfolgt. Strafmildernd würde sich auswirken, wenn der Goldschmied unwissentlich Opfer einer Betrügerei geworden wäre. Um dies festzustellen, braucht das Beschauamt den Namen des Händlers, der Euch das Silber überbrachte.« Biller schlug sein Notizheft auf.

»Den Namen werde ich Euch nicht nennen«, antwortete Meister Drentwett scheinbar gelassen.

»Bitte? Das heißt, Ihr steckt mit dem Händler unter einer Decke? Euch dürfte klar sein, dass Ihr damit Euer eigenes Urteil beschlossen habt! Aber keine Sorge, wir werden Euren Komplizen schon ausfindig machen und dann das Gerichtsverfahren eröffnen, auf dass alle ihr gerechtes Urteil bekommen. Eure Werke sind einstweilen konfisziert, ebenso Eure Vorräte, und es ist Euch unter Strafe verboten, weiter zu arbeiten. Ich will niemanden mehr in Eurer Werkstatt sehen, bis die Sache geklärt ist! Gemäß dem Stand der Dinge könntet Ihr Euer Werkzeug allerdings auch gleich verkaufen. So würdet Ihr immerhin noch etwas Klugheit beweisen. Die Verarbeitung von verbotenem Silber ist kein Kavaliersdelikt!«

»Julian! Wir gehen!« Der Brustkorb des Meisters bebte, als wäre er gerannt. »Sofort!«

Juliane ging um den Tisch herum, ohne den Geschaumeister noch eines Blickes zu würdigen. Als sie an Jakob vorbeikam, raunte er ihr zu: »Komm zu mir, wenn du Hilfe brauchst. Wie früher.«

Juliane nickte kaum merklich, während sie ihrem Meister den Arm bot. Er machte einen Schritt nach vorn, stolperte über Jakobs Fuß und stürzte mit einem wutentbrannten Schrei zu Boden.

Thelott, der bereits in der Tür gestanden hatte, drehte sich um und lachte: »Der kleine Drentwett! Oh Schwager, solange du lebst, wird kein Komödiant in Augsburg Fuß fassen können. Vielleicht kannst du damit ja bald dein Geld verdienen, während ich an deiner Stelle die Aufträge vom Hofe bekomme.«

***

»Wir haben es gleich geschafft, Meister Drentwett.«

»Gut.« Sein Gesicht war aschfahl, Schweißtropfen perlten ihm trotz der kühlen Witterung von der Stirn. Er hielt ihren

Arm umklammert, während er neben ihr herging, lief und stolperte, beinahe wie ein Kleinkind.

»Meister Drentwett?« Juliane konnte ihre Überlegungen nicht länger für sich behalten. »Glaubt Ihr, Euer Schwager Thelott ahnt etwas von dem kaiserlichen Auf...«

»Sei still«, zischte er.

»Aber es ist doch niemand in der Nähe. Wie hat Thelott das gemeint ... wenn er bald an Eurer Statt die Aufträge vom Hofe bekommt?«

»Ich glaube nicht, dass er von meiner Arbeit für den künftigen Kaiser erfahren hat«, flüsterte Meister Drentwett kaum hörbar. »Woher sollte er? Wahrscheinlich hat er es ganz allgemein gemeint. Auch Thelott hat damals an dem Großauftrag für den Kurfürsten mitgearbeitet und hofft nun auf ein neues Angebot. Er hält sich einfach für den Besseren von uns beiden. Ich gebe zu, er ist ein recht passabler Zeichner. Außerdem hat er ganz nette Ideen in der Ausführung, in die er immer wieder seine Kenntnisse in der alten Geschichte einfließen lässt. Auf seinem opulenten Meisterstück hat er sämtliche Figuren aus der heidnischen Götterwelt verewigt. Aber er wird mir nie das Wasser reichen können. In seinem tiefsten Inneren weiß er das und darum wollte er mir schon immer schaden. Das wird ihm allerdings auch diesmal nicht gelingen.«

»Mir scheint, er macht mit Biller gemeinsame Sache. Habt Ihr bemerkt, wie er mich prüfen wollte?«

»So wissen wir wenigstens, mit wem wir es zu tun haben.«

»Ihr wollt den Auftrag also nicht an den Kaiser zurückgeben?«, fragte Juliane, als sie vor der Tür zur Goldschmiede angelangt waren.

»Wo denkst du hin? Ich ... Was ist das?«, unterbrach er sich selbst und hielt den Kopf schräg, wohl in der Hoffnung, im Augenwinkel mehr erkennen zu können. Juliane wusste zuerst nicht, was er meinte. Dann fiel ihr Blick auf einen Schneeglöckchenstrauß, der auf einen Fichtenzweig gebettet vor der Haustür lag.

»Oh«, machte sie, verbot sich aber im selben Augenblick an den Zauberer zu denken und suchte fieberhaft nach einer Erklärung.

»Du solltest mal wieder Unkraut jäten, das wächst ja sogar schon im Winter über die Schwelle.« Meister Drentwett trat auf den Fichtenzweig, und Juliane unterdrückte einen Schrei. Während er in die Werkstatt ging, hob sie schnell die Schneeglöckchen auf, deren Köpfe nicht zerdrückt worden waren, und verbarg sie unter ihrem Umhang.

»Kann ich noch etwas für Euch tun, Meister Drentwett?«, fragte sie wie gewohnt, nachdem sie die Tür geschlossen hatte. Die Bedürfnisse des Meisters hatten Vorrang, auch wenn sie jetzt in Gedanken woanders war.

»Nein danke. Du hast heute schon genug falsch gemacht.«

Traurige Wut breitete sich als Kloß in ihrem Hals aus. Sie schluckte und ging an ihrem Meister vorbei in die Küche, wo sie die Schneeglöckchen hervorholte. Sie schaute sich suchend um. Es gab keine Vase, nicht einmal eine kleine.

»Was tust du?«, rief der Goldschmied aus der Werkstatt.

Juliane fuhr zusammen. »Ich ... ich trinke etwas.« Schnell tauchte sie einen Zinnbecher in den Wassereimer und stellte die Schneeglöckchen hinein.

»Na wunderbar. Immer denkt das Weib nur an sich. Könnte dir vielleicht in den Sinn kommen, dass auch ich Durst habe?«

»Aber ich habe Euch doch eben gefragt, ob ...« Juliane sprach den Satz nicht zu Ende, kniff die Lippen zusammen und füllte einen zweiten Becher mit Wasser. Sie stellte die Blumen auf den Küchentisch, bevor sie in die Werkstatt ging.

»Bitte, Meister Drentwett. Wasser.«

»Was soll ich jetzt damit? Bring es in meine Kammer, ich will mich ein wenig hinlegen.« Der Goldschmied tastete sich an der Wand entlang in Richtung Küche.

»Ich führe Euch bis zur Stiege.«

»Lass mich! Das ist meine Werkstatt, mein Haus! Ich bin hier der Herr und ich kann mich frei bewegen, wo und wie es mir beliebt! Ohne dass mich eine Magd daran hindert!«

»Euer Geselle, meint Ihr wohl.«

»Geselle! Bilde dir das nur nicht ein. Hier im Haus bist du immer noch meine Magd. Tu jetzt, was ich dir gesagt habe, und stell das Wasser in meine Kammer.«

»Gewiss.« Juliane wollte ihm die Stiege hinauf folgen, doch dann fiel ihr Blick noch einmal auf den Küchentisch. Der Meister konnte warten. Sie nahm die Schneeglöckchen, ging in die Werkstatt zurück und stellte den Zinnbecher vorsichtig auf das Fensterbrett neben ihrem Platz an der Werkbank. »Hier habt ihr ein wenig Licht. Einen besseren Ort habe ich leider nicht. Ich hoffe, ihr nehmt es mir nicht krumm.« Mit einem Lächeln verabschiedete sie sich von den weißen Blüten und folgte dann dem Meister.

»Meister Drentwett, ich möchte mich auch ein wenig ausruhen. Ich habe die letzten Nächte kaum ...«

»Kommt nicht in Frage! Du gehst jetzt sofort in die Werkstatt und prüfst das Silber aus Frankfurt! Biller hat dir ja vorhin gezeigt, wie das geht. Ich muss wissen, ob er uns auf dem Beschauamt betrogen hat oder ob es der Bote unseres künftigen Kaisers war. Sofort!«

»Gewiss, Meister Drentwett. Ihr habt ja Recht. Danach kann ich mich immer noch ausruhen.«

Juliane stieg die ausgetretenen Stufen wieder hinab. Obwohl es erst früher Nachmittag war, drang kaum Licht in die Werkstatt. Nur die Köpfe der Schneeglöckchen hoben sich hell am Fenster hervor.

Sie entzündete eine Öllampe, schob die Truhe beiseite und öffnete die Bodenluke. Das Versteck war kaum eine Armlänge tief. Sie angelte ein handtellergroßes Silberstück hervor, betrachtete es von allen Seiten und versuchte sich daran zu erinnern, wie Biller vorgegangen war.

Zuerst schürte sie das Feuer. Eine kleine Kupelle stand bereits neben dem Ofen. Auf der Suche nach einem Gravierstichel ging Juliane an ihrer Wandseite entlang und suchte das Werkzeug ab.

Nichts. Feilen in unterschiedlicher Größe, Punzenstifte mit Prägeköpfen in Form von Kreisen, Rechtecken bis hin zu Sternen. Hämmer aus Holz, mit Leder umwickelt, mit flachen oder runden Köpfen – alles da, nur kein Gravierstichel. Merkwürdig. Gestern hatte er noch hier gehangen. Juliane schielte zu dem vergoldeten Werkzeug des Meisters hinüber und entdeckte dort auf Anhieb, was sie brauchte. Nach kurzem Zögern ging sie um den Tisch und nahm den Gravierstichel mit den Initialen des Meisters an sich.

Konzentriert setzte sie sich an ihren Platz, entnahm mit einer zickzackförmigen Linie ein wenig Silber und legte es auf die Waage. Vier Gran. Sie gab es wie Biller zusammen mit ein wenig Blei in die Kupelle und stellte diese ins Feuer. Mit angehaltenem Atem stand sie davor, wartete und sah dabei Billers Gesicht vor sich.

Nach geraumer Zeit holte sie die Kupelle mit der Zange heraus und ließ die kleine Silberkugel in die Waagschale fallen. Die Waage pendelte, und die Schalen fanden schließlich ihr Gleichgewicht – bei dreieinhalb Gran. Juliane ahmte die Rechnung nach, die Biller auf dem Beschauamt angestellt hatte. Das Silber war in Ordnung. Sogar mehr als das. Biller!

Juliane stürmte die Stiege hinauf in die Kammer des Meisters. »Das Frankfurter Silber ist 14lötig!«

Der Goldschmied fuhr auf. »Ist das ein Grund, mich derart zu erschrecken? Mir war längst klar, dass Biller dahintersteckt. Lass mich jetzt in Frieden schlafen und mach dich an die Arbeit. Bis zur Krönung muss alles fertig sein.«

Juliane sah ihn fassungslos an, dann zog sie die Tür geräuschvoll hinter sich zu. Unschlüssig blieb sie im engen Flur stehen. In die Werkstatt? Nein. Jetzt nicht mehr. So nicht! Ob Friederike in der Kammer war?

Juliane öffnete die Tür und sah sie auf einem Schemel am Fenster sitzen. Friederike verstummte sogleich und schaute nach draußen. Sie hatte sich wieder mit ihrem verstorbenen Sohn unterhalten.

»Verzeih Friederike, ich wollte dich nicht stören.« Juliane ging zu ihrem Kleiderstuhl auf der rechten Seite des Zimmers.

»Schon gut. Was machst du da? Warum ziehst du dich um? Das wird der Meister nicht erlauben!«

»Oh doch. Das wird er. Er hat vorhin selbst gesagt, dass ich in der Goldschmiede nach wie vor nur seine Magd bin, also werde ich mich auch so kleiden!«

»Das wird ihm sicher nicht behagen.«

»Mir behagt auch vieles nicht!«

Es blieb still zwischen ihnen, während Juliane sich umzog. Die Meistersfrau schnürte ihr nach einigem Zögern das Mieder, brachte aber keine Einwände mehr vor.

»Wie war es auf dem Beschauamt?«, fragte Friederike stattdessen.

»Furchtbar.«

»Biller hat also ...«

»Nein, er hat meine Verkleidung nicht durchschaut, aber er hat deinem Mann schlechtes Silber nachgewiesen. Wahrscheinlich mit Absicht. Der Rest der Vorräte ist in Ordnung! Nun will Biller herausfinden, wer uns das Material geliefert hat. Wenn er dadurch von dem Auftrag erfährt ... Vielleicht hat ihn auch Thelott dazu angestiftet. Er war bei Biller auf dem Amt. Und der alte Jakob. Warum sie allerdings ausgerechnet ihn vorgeladen haben, wo er doch kaum mehr arbeitet, verstehe ich nicht. Jedenfalls wurde bei den beiden nichts beanstandet.«

»Und was hat Biller noch gesagt?«

»Er gibt die Sache an das Gericht weiter, er will unser übriges Material konfiszieren und hat uns jegliche Arbeit in der Werkstatt untersagt. Gott sei Dank weiß er nichts von dem Gold und Silber unter der Bodenluke.«

»Du willst also weiterarbeiten?«

Juliane band sich gerade die Schürze um. »Ja! Schließlich trifft uns keine Schuld.« Sie holte tief Luft. »Die Kaiserkrönung in Frankfurt wird mit einer Hauskrone und einem Tafelservice aus der Werkstatt Drentwett stattfinden!«

»Du bist sehr mutig.«

»Ich würde es eher als wahnsinnig bezeichnen. Aber ich kann nicht anders. Ich werde schneller sein, als der, der uns ein Bein stellen will.«

»Wenn du nur wüsstest, wer es ist.«

»Ja«, seufzte Juliane. »Thelott, Biller ... oder vielleicht Jakob.«

»Von wem waren eigentlich die Schneeglöckchen vor der Tür?«, fragte Friederike in die Stille hinein.

»Du hast sie gesehen?« Juliane spürte, wie sie rot wurde. Sie legte ihre Gesellenkleidung über den Stuhl und setzte sich Friederike gegenüber auf das Bett.

»Ja«, antwortete die Meistersfrau. »Aber ich dachte mir, dass sie kaum für mich sein werden. Mein erster und zugleich letzter Blumenstrauß stand auf meiner Hochzeitstafel. Nachdem uns der Pfarrer zusammengetan hatte, saßen wir im Gasthaus an fünfzehn Tischen. Es gab Spanferkel, Lebersulz, gesottenen Hecht, Hähnchen, gebratene Tauben und vielerlei Käse und

Obst. König Philipp nahm sich reichlich davon, mich hat er nicht einmal angerührt. Seither habe ich immer von einer Liebe geträumt, die meine ganze Seele erfüllt, die mich an nichts anderes mehr denken lässt, aber es blieb ein quälender Wunsch. So ist das eben, aber die Vernunft ist ein stabiler Träger unserer Ehe.« Friederike starrte ins Leere, dann lächelte sie. »Und, von wem hast du die Blumen bekommen? Oder willst du mir das nicht verraten?«

Juliane zupfte an der Bettdecke, formte sie zu einem Gebirge und strich sie wieder glatt. »Ich weiß es nicht. Vielleicht von einem Künstler, dem ich gestern Abend nach seiner Aufführung begegnet bin.« Nach anfänglichem Zögern erzählte Juliane ihr von der Begegnung mit dem Zauberer, dem Kunststück mit den Münzen und was Raphael gesagt hatte. »Man weiß nie, woran man ist. Wie er das gemeint haben mag?«

»Du wirst ihn bestimmt wiedersehen. Aber bitte erst in vierzehn Tagen, wenn alles vorbei ist.«

»Wer sagt, dass ich das möchte?« Juliane stand auf. Es war ihr unangenehm über etwas zu reden, über das sie sich selbst noch nicht im Klaren war. »Ich gehe jetzt in die Werkstatt.«

»Sei vorsichtig!«, rief Friederike ihr nach.

***

Juliane schloss die Läden vor den Werkstattfenstern, bevor sie frische Kohlen auf die Feuerstelle legte. Der Vorrat an schwarzem Gold ging zur Neige. Doch für ihren Meister würde selbst der für Goldschmiede verbilligte Preis nunmehr unbezahlbar sein.

Konnte man von draußen sehen, dass die Werkstatt erleuchtet war? Sie musste arbeiten. Sie musste es riskieren. Sicherheitshalber verließ sie im Schutz der Dunkelheit das Haus, schaute sich um und betrachtete die Goldschmiede aus ein paar Schritten Entfernung. An den Seiten des großen Fensters schimmerte der gelbe Schein des Feuers hindurch, doch er vermischte sich mit dem Licht des Vollmonds, der das Haus anstrahlte, ihm einen unschuldigen weißen Glanz verlieh. Genügend, um unentdeckt zu bleiben.

Entschlossen ging sie zurück in die Werkstatt und holte zwölf dünne, runde Silberplatten aus dem Versteck, die sie bereits zugesägt hatte, damit der Meister die Trinkbecher für das Tafelsilber daraus fertigen konnte. Nun war dies ihre Aufgabe.

Sie wählte einen Hammer mit einer schmalen Schlagfläche aus Holz, legte die erste runde Silberplatte auf eine Holzform und arbeitete mit vorsichtigen Schlägen eine schalenartige Vertiefung heraus.

Es war still in der Werkstatt. Nur das Knistern des Feuers und das dumpfe Pochen des hölzernen Aufziehhammers begleiteten ihre Arbeit. Ihre Gedanken trugen sie in die Werkstatt des alten Jakob und zu ihrem Vater, dann dachte sie an die ersten Tage bei den Drentwetts. Unweigerlich drängte sich der heutige Tag auf dem Beschauamt dazwischen, Biller, sein falsches Lächeln, und plötzlich stand ihr wieder der Zauberer vor Augen. Juliane schaute auf und blinzelte, um ihn zu vertreiben.

Sie konzentrierte sich wieder auf die Arbeit. Mit einem feinen Zittern in den Fingern überprüfte sie, ob das Silber durch die Hammerschläge nicht schon hart und spröde geworden war. Sollte sie es gleich im Feuer erwärmen, oder war es noch geschmeidig genug? Juliane entschied sich für die sichere Variante, auch wenn das Zeit kostete.

Nach dem Ausglühen legte sie die wieder erkaltete Silberschale über eine Vorrichtung, die aussah wie ein waagrechtes Horn. Damit ließ sich die gewünschte Krümmung erzielen.

Stolz verfolgte sie, wie aus der unförmigen Silberplatte nach und nach ein Becher entstand. Durch ihre Hand, durch den Hammer, den sie führte. Sie hielt inne, als sich ein zweites Geräusch daruntermischte. Es klopfte an der Werkstatttür.

Juliane gefror das Blut in den Adern. Langsam ließ sie den silbernen Becher in der Schürze verschwinden und starrte ins Feuer, als könne es dadurch verlöschen. Wieder klopfte es. Juliane sank in die Knie und verbarg sich unter dem Werktisch.

»Juliane«, rief eine gedämpfte Männerstimme.

Sie stutzte. Das war nicht Billers Stimme! Das musste Raphael sein. Der Zauberer! Ein erleichtertes Lächeln flog auf ihre Lippen. Doch dann regten sich Zornfalten auf ihrer Stirn. Was fiel diesem Mann ein? Es war bald Mitternacht. Er kannte offenbar keinen Anstand! Obwohl ... vielleicht wollte er sich verabschieden, wahrscheinlich war seine Vorstellung eben erst zu Ende gegangen, und nun wollte er Augsburg wieder verlassen. Allerdings würde sie ihm deshalb noch lange nicht die Tür öffnen, schließlich wusste sie kaum, wer er war! Andererseits ... vielleicht war dies die letzte Gelegenheit, es herauszufinden.

»Juliane? Hab keine Angst. Erkennst du mich nicht wieder?«

Sie ging langsam zur Tür, kippte den Riegel beiseite und öffnete vorsichtig.

»Mathias?« Entgeistert starrte sie ihren Freund aus Kindertagen an. »Was machst du denn hier?«

»Juliane! Das klingt ja nicht gerade erfreut. Ich habe halb Augsburg auf den Kopf gestellt, um dich nach all den Jahren wiederzufinden.«

»Doch! Natürlich freue ich mich! Verzeih. Ich hatte nur nicht mit dir gerechnet.«

»Wen hast du dann erwartet? Um diese Uhrzeit?«

»Nichts. Niemanden. Ich bin nur ein wenig durcheinander.

Das ist vielleicht eine Überraschung! Wieso hast du dich überhaupt getraut, zu dieser nächtlichen Stunde zu klopfen?«

»Ich habe dich vorhin vor dem Haus gesehen, war mir aber nicht sicher, ob du es wirklich bist. Gerade eben konnte ich dich allerdings beobachten ...«, er deutete schmunzelnd auf einen Spalt im Türholz, »... und habe dich erkannt.«

Juliane durchfuhr es siedend heiß.

»Warum hast du denn so kurze Haare?«, fuhr Mathias fort.

Juliane griff sich in den Schopf. »Ach das, ja. Das waren Läuse. War einfacher so, sie loszuwerden.«

»Oh, schade um deine schönen Haare, aber sie wachsen ja wieder. Heute Nachmittag war ich schon einmal hier«, erzählte Mathias munter weiter. »Aber da war niemand zu Hause. Hast du meine Schneeglöckchen nicht gefunden?«

»Deine ...« Juliane sammelte sich. »Doch, doch! Hier stehen sie. Vielen Dank. Ich habe mich schon gewundert, wer mir Blumen schenkt.« Sie atmete tief durch und schob den Gedanken an den Zauberer beiseite. »Erzähl! Wie kommst du nach Augsburg?«

»Ich bin sozusagen auf der Durchreise. Ich wohne im Gasthof *Zu den drei Mohren*. Dort tritt zurzeit ein sagenhaft guter Zauberer auf. Hast du schon von ihm gehört? So raffinierte Kunststücke habe ich noch nie gesehen. Soll ich dich mal mitnehmen, solange ich noch in der Stadt bin?«

»Komm doch erst einmal herein.« Sie hielt ihm die Tür auf.

»Aber es ist mitten in der Nacht!«

»Nun ja, da du mich nicht eher finden konntest ... außerdem bist du doch kein Fremder.«

»Nein? Bin ich das nicht?«

Juliane schaute ihn freimütig von oben bis unten an. Mittlerweile war er etwa einen Kopf größer als sie, hatte blonde, zu einem kurzen Zopf frisierte Haare, schmale Schultern und den drahtigen Körperbau eines Menschen, der viel in Bewegung war. Sein einmaliges Kennzeichen jedoch waren die unterschiedlichen Augen. Das rechte hellbraun, das linke grün. Selbst im Halbdunkel war das gut zu erkennen.

»Du hast dich kaum verändert«, stellte sie fest. »Bis auf den Bart vielleicht.« Sie lächelte.

Verlegen fuhr er sich über das Kinn. »Das bringt wohl das Leben als Reisender mit sich. Ich bin Händler geworden. Ich war lange in Spanien, Paris, London und Frankfurt.«

»Frankfurt!«, entfuhr es Juliane.

»Ja, auch. Warum, was ist damit?«

»Nichts! Nun komm erst mal herein. Aber sei leise.«

Mathias trat ein und schaute sich um. »Der Meister arbeitet zu dieser späten Stunde? Das ist aber nicht erlaubt.«

»Setz dich.« Juliane deutete auf ihren Schemel am Werktisch. »Der Meister liegt im Bett und schläft. Ich bin allein in der Werkstatt.« Juliane holte tief Luft und erzählte ihm in kurzen Zügen von ihrem Leben als Goldschmiedsmagd bei Meister Drentwett. Er hörte ihr voller Erstaunen zu und betrachtete sie wie einen Baum, der nach einem langen Winter die ersten Blüten trägt. Bewunderung stand in seinen Augen, wie damals, als sie die tollsten Streiche ausgeheckt hatte und mit ihm durch den Wald gestreift war. Sie berichtete ihm vom Buchbeschlag für den künftigen Kaiser und dem Tafelservice. Nur die Sache mit der Hauskrone und ihr Doppelleben als Geselle verschwieg sie ihm. Sie wusste selbst nicht warum. Es war so ein Gefühl.

»Du? Du arbeitest an einem Tafelservice für unseren künftigen Kaiser?«

»Leise! Na ja, nicht so richtig. Bisher waren es erst ein paar Kleinigkeiten … zum Beispiel dieser Silberbecher hier.« Juliane holte das halbfertige Stück aus ihrer Schürze hervor. »Davon muss ich noch elf Stück machen. Und dann noch zwölf Teller, einige Vorlegplatten, Löffel und vier Gewürzstreuer. In vierzehn Tagen muss alles fertig sein.«

»Unglaublich, was du dich als Magd traust. Du weißt schon, dass dir die Arbeit am Brett verboten ist?«

»Natürlich weiß ich das!«, fuhr sie ihn an. »Soll ich dir erzählen, gegen welche Regeln du schon als Kind verstoßen hast?«

»Du meinst, wir beide ...« Mathias lächelte. »Komm, zeig mir, was du kannst.« Er erhob sich. »Und sag mir, wie ich dir helfen kann.«

Erst im Morgengrauen verabschiedete sich Mathias mit einer kurzen Umarmung von ihr. Auf dem Werktisch standen zwölf fertige Silberbecher. Juliane konnte es kaum glauben. Sie hatte die Stücke geformt und eine kleine Randverzierung mit unterschiedlichen Prägepunzen aufgebracht. Mathias war ihr zur Hand gegangen, wo er nur konnte. Er hatte ihr unter anderem das Zwischenglühen abgenommen und schließlich hatte er das Silber auf dem Polierstock mit einem lederumwickelten Hammer zum Glänzen gebracht.

Juliane legte die Becher sorgfältig in die dafür vorgesehene, mit blauem Samt ausgeschlagene Holzkiste, berührte noch einmal ihre Werke, als müsse sie ihren Händen das Unbegreifliche beweisen, und versenkte die Kiste dann in das Versteck unter dem Boden. Ohne Mathias wäre sie niemals so weit gekommen.

Sie löschte das Feuer. Als sie durch die Küche ging, um in die Kammer hinaufzusteigen, knurrte ihr prompt der Magen. Sie trank Wasser, damit er sich beruhigte. Danach schlich sie sich gähnend, aber mit einem erschöpften Lächeln hinauf zu Friederike ins Zimmer. Doch es dauerte lange, bis sie einschlafen konnte.

Du möchtest wissen, wer ich bin, meine Sonne? Es ist wie mit dem Hunger, ihn kann man auch nicht sehen, und trotzdem ist er da. Man kann ihn nur spüren. Du bist hungrig, nicht wahr? Ich weiß, dieses heiße Bauchgrimmen ist ziemlich unangenehm, aber der Körper kann sehr lange ohne Nahrung auskommen. Ich nehme höchst selten etwas zu mir. Stattdessen trinke ich nur abgekochtes Wasser. Es macht mein Gewissen rein und unschuldig. Darauf könnten wir doch übrigens mit deinen Silberbechern anstoßen? Hübsch sind sie geworden. Du denkst, ich hätte davon nichts mitbekommen? Du unterschätzt mich. Ich bin überall, mit Aug' und Ohr.

Allerdings wirst du an den schönen Bechern nicht lange deine Freude haben. Alles, worüber du dich freust, werde ich mit einem Lächeln im Gesicht zerstören. So ist das Gesetz. Und an Gesetze muss man sich halten. Das weißt du doch, oder? Gib acht, was du tust. Sonst werde ich dich bestrafen müssen. Du hast bestimmt das Urteil für den Goldschmied Weinberger gehört? Tod durch Erhängen. Ein wunderschöner Tod. Mein Leben jedoch fängt erst an. Ohne dich. Schlaf gut, meine Sonne.

3. Tag

Dienstag, 30. Januar 1742,
noch 13 Tage bis zur Krönung

Im Finstern bricht man in die Häuser ein; am Tage verbergen sie sich und scheuen alle das Licht.

Hiob 24,16

»Steh auf! Schnell!«

Juliane zuckte zusammen und schlug die Augen auf. Es war hell in der Kammer. Friederike stand über sie gebeugt und rüttelte sie am Arm.

»Wach auf! Heute Nacht war jemand in der Werkstatt!«

»Das war ich.« Seufzend drehte sie sich auf die andere Seite.

»Nein! Das musst du dir ansehen! Es ist furchtbar!«

Juliane fuhr auf. »Was? Die Silbervorräte?«

Friederike schüttelte den Kopf. »Es fehlt nichts«, sagte sie tonlos. »Aber … komm mit.«

Juliane nahm sich kaum die Zeit, ihre Gesellenkleidung ordentlich anzuziehen. Sie schlüpfte in die Schuhe, während Friederike ihr eilends das Brustband schnürte und die Weste zuknöpfte. Dann hastete sie die Stiege hinunter und rannte in die Werkstatt. Im Türrahmen blieb sie wie angewurzelt stehen.

Sie drehte sich nach Friederike um, als könne das nur ein Albtraum sein. Friederike jedoch schüttelte den Kopf und schob sie weiter. In der Werkstatt sah es aus wie nach einem Soldateneinfall. Die Tür stand noch offen, Werkzeuge lagen am Boden und ... Juliane stutzte. Es lagen nur ihre Werkzeuge am Boden, die vergoldeten Gerätschaften des Meisters hingen unberührt an der Wand. Sie ging näher und hob eine ihrer Zangen auf. Wie aufgereiht hatte diese zwischen den anderen gelegen. Juliane runzelte die Stirn. Das war keine blinde Zerstörungswut, das Ganze schien einem Plan zu folgen.

»Ein Galgen!«, rief Friederike aus und deutete auf den Boden. »Herr Jesus!«

Juliane trat einen Schritt zurück. Jetzt erkannte auch sie es. Ein Galgen. In Menschengröße. Aus ihrem Werkzeug geformt. Die Feilen bildeten den Stamm, die Zangen den Balken und die Stichel das Seil. Sie sank auf den Schemel. Dabei fiel ihr Blick auf die Schneeglöckchen am Fenster. Mit den Köpfen nach unten standen sie im Wasser, die grünen Stiele fielen leblos über den Rand des Zinnbechers. Sie schauderte bei dem Gedanken, tief geschlafen zu haben, während dieser Mensch wie ein Geist durch die Werkstatt geschlichen war. Was wollte er von ihr?

»Wo ist Meister Drentwett? Geht es ihm gut?«

»Ja. Ich habe ihn geweckt, bevor ich zu dir gerannt bin.«

Wenigstens waren das Werkzeug und ihr Material noch da. Doch beim Blick auf das aufgeschlagene Musterbuch erstarrte sie. Ein Gravierstichel durchbohrte die Zeichnungen für die Hauskrone des Kaisers. An der Stelle, wo die Verzierungen und Reliefs im Detail dargestellt waren. Auf der linken Seite der Apostel Paulus und daneben Petrus mit einem Buch. Der Gravierstichel steckte mitten in seiner Brust. Juliane wich das Blut aus dem Gesicht.

»Juliane ... um Gottes willen! Wer auch immer das war – er meint es ernst! Der Galgen, das Musterbuch! Juliane! Das ist kein Spiel mehr!« Friederike ließ sich zitternd auf dem Schemel neben ihr nieder. »Er wird dich umbringen, wenn du weiterarbeitest. Bitte, lass es nicht so weit kommen. Das ist es nicht wert!«

Juliane strich über ihre Gänsehaut an den Armen, versuchte die Angst zu bändigen. Ihr Hals war wie zugeschnürt, sie bekam kaum noch Luft. Jeder Muskel war angespannt. Trotzdem fühlte sie sich stark genug. »Nein, Friederike. Ich werde nicht aufgeben. Ich werde den Lebenstraum des Meisters erfüllen. Meinen Traum. Der Weg ist gefährlich, und ich habe die Warnung verstanden. Aber ich lasse mich nicht einschüchtern.«

»Das ist doch der helle Wahnsinn!«

»Nein, denn ich bin mir sicher, dass es Biller gewesen ist. Zuerst dachte ich, er hätte uns auf dem Beschauamt betrogen, aber er hatte das Silber längst mit einer verbotenen Menge Kupfer versetzt. Hier in der Werkstatt. Er war heute Nacht nicht zum ersten Mal da.«

»Biller? Um Gottes ...« Es klopfte.

Juliane fuhr herum.

»Soll ich öffnen?«, bot Friederike mit schwacher Stimme an.

»Nein«, entgegnete sie fest. »Ich gehe.« Mit weichen Knien, jedoch äußerlich gelassen, durchquerte sie die Werkstatt.

Vor der Tür stand eine junge Frau mit schmutzigem Gesicht und langen, ungekämmten Haaren. In ihren Armen wiegte sie ein braunes, fadenscheiniges Leinenbündel, das sie mit Hilfe eines löchrigen Tuches vor dem Bauch trug. Das kleine Kind mochte ungefähr ein dreiviertel Jahr alt sein. Es fing an zu schreien und wandte den Kopf nach der Brust der Mutter.

»Bitte, werter Geselle, habt Ihr vielleicht etwas zu essen für mich und das Kind? Er hat Hunger. Ich bin zu schwach, um ihn noch zu stillen.« Die Frau bot dem Kleinen ihren Daumen. Er nuckelte daran, entdeckte jedoch bald den Betrug und schrie von neuem. Sein Gesichtchen wurde rot vor Anstrengung, seine vorgeschobene Unterlippe bebte, dicke Tränen quollen ihm aus den Augen.

»Die Frau war schon einmal da«, raunte Friederike, die sich hinter der Tür versteckt hielt. »Vorgestern. Ich habe ihr unser letztes Stück Rauchschinken gegeben.«

»Bitte habt Mitleid!« Die junge Frau schielte in die Werkstatt. »Wir müssen im Wald hausen, und ich habe bald keine Kraft mehr. Nur ein paar Schlucke Milch für mein Kind, bitte.«

Erst jetzt fand Juliane ihre Sprache wieder. Sie räusperte sich und klang noch tiefer als gewollt: »Es tut mir leid, wir haben selbst nichts mehr.«

Die Hoffnung zerfiel im Gesicht der Mutter. »Nichts mehr? Ach so ... Ich verstehe. Ihr wollt einer Bettlerin wie mir nichts mehr geben.« Sie schlug die Augen nieder. Ihr Kinn zitterte. »Habt trotzdem Dank, Geselle, dass Ihr mich nicht gleich davongejagt habt.«

»Nein! So ist es nicht! Ich ... unsere Magd wird später auf den Markt gehen. Dann haben wir wieder etwas im Haus. Etwas Milch und Brot werden sicher dabei sein, wovon wir abgeben können.«

Ein Lächeln breitete sich im schmutzigen Gesicht der Frau aus. »Danke! Vielen, vielen Dank! Ich komme also später noch einmal wieder.« Sie knickste unbeholfen, streichelte ihrem Kind über die Wange und küsste es, bevor sie mit dem kleinen Leinenbündel auf dem Arm in Richtung Stadttor verschwand. Vermutlich war der angrenzende Wald ihr Zuhause. Juliane wollte gar nicht wissen, wie sich die junge Frau womöglich den Einlass in die Stadt bei einem Wachsoldaten hatte erkaufen müssen.

»Und womit willst du auf dem Markt bezahlen?«, fragte Friederike in ihre Gedanken hinein.

»Ich werde versuchen, einen Kelch zu verkaufen, der für die Handelsmesse in Frankfurt gedacht war. Eine der katholischen Kirchen hat bestimmt Bedarf. Ich fange bei St. Ulrich an.« Juliane nahm den vergoldeten Messkelch vom Regal.

Friederike schüttelte den Kopf. »Und was ist mit dem Stadtbeschauzeichen? Biller wird dir den Probzettel nicht ausstellen.«

»Einer der Pfarrer hat sicherlich Verständnis für unsere Notlage. Der Verkauf ist nicht rechtens, das wird auch der Pfarrer wissen. Da ich deshalb nicht viel Geld für den Messkelch verlangen kann, könnte er wiederum für die Kirche ein Geschäft machen.«

»Und von welcher Not willst du dem katholischen Herrn Pfarrer erzählen? Dass dein Meister erblindet? Dass du dich als Geselle ausgibst? Ach, er wird dich ohnehin nicht anhören, solange du nicht seinem allein seligmachenden römischen Glauben angehörst.«

»Meinst du?« Juliane wiegte den Kopf. »Wo steckt eigentlich der Meister?«

Friederike lächelte. »König Philipp ist wohl wieder eingeschlafen und träumt von der Krone.«

»Irrtum«, dröhnte es aus der Küche. »Ich sitze hier und warte auf mein Essen.«

Friederike hielt sich die Hand vor den Mund und zog das Genick ein. Einen Augenblick später fasste sie sich, sie strich ihre rotbraune Schürze glatt und eilte zu ihrem Mann.

»Verzeihung«, hörte Juliane sie sagen.

»Wofür?«, höhnte der Goldschmied. »Dass du meinen Gesellen von der Arbeit abhältst? Dass du ihm sagst, was er zu tun und zu lassen hat? Oder dass du nicht wirtschaften kannst?«

»Aber wie soll ich denn ...«

»Blümlein! Komm her!«

Juliane setzte sich widerstrebend in Bewegung und blieb mit gesenktem Kopf im Türrahmen stehen.

»Blümlein?« Der Meister hob fragend die Augenbrauen.

»Mein Name ist nicht ...« Juliane hielt inne. »Hier bin ich.«

»Das weiß ich! Wie wäre es stattdessen mit ›Guten Morgen‹?«

Juliane schluckte. »Guten Morgen, Meister Drentwett.«

»Wir hatten doch eine Vereinbarung mit Biller, oder?«

Juliane stutzte. »Verzeihung, ich dachte nicht, dass ich mich daran halten soll. Ich meine ... ich dachte ... ich wollte doch nur arbeiten, damit der Auftrag vielleicht noch rechtzeitig fertig wird.«

»Du wolltest?«, hakte der Meister nach.

»Ja. Es tut mir leid. Das war nicht richtig. Darum hat Biller wohl auch die Werkstatt so zugerichtet.«

»Lässt du dich davon beeindrucken?«

»Nein, ich ...«

»Gut. Auch mir ist gleichgültig, was Biller sagt. Das Silber ist einwandfrei. Wenn der Geschaumeister uns an den Karren fahren will, muss er früher aufstehen. Mir war aber wichtig zu wissen, wie du darüber denkst. Dass du mir aus freien Stücken hilfst! ... Julian.« Er sprach ihren neuen Namen so langsam aus wie ein Vater, der seinen neugeborenen Jungen zum ersten Mal anspricht. Mit Freude, aber auch voller Erwartungen.

»Das tue ich!«, rief Juliane aus. »Nur müsstet Ihr mir noch einiges beibringen.«

»Selbstverständlich! Aber zuvor brauche ich etwas in den Magen. Du wolltest einen Kelch beim Pfarrer in bare Münze verwandeln? Ein guter Einfall, mein Weib ist jedenfalls nicht daraufgekommen. Besser ließen sich allerdings die Ablassmünzen an die Kirche verkaufen. Mit diesem Kleinsilber müsstest du auch nicht auf das Beschauamt.«

Juliane schlug sich vor die Stirn. »Danke! Daran habe ich gar nicht mehr gedacht. Ich mache mich sofort auf den Weg, wenn Ihr erlaubt?«

»Bist du ordentlich angezogen, Julian?«

Die Meistersfrau hatte wie immer in vorauseilendem Gehorsam gehandelt, sodass Juliane ihr den Rock und den Umhang nur abnehmen musste. Juliane schaute an sich herab, steckte das Hemd in die Hose und zupfte am Leinenstoff, damit man ihre Brüste nicht einmal erahnen konnte. Sie nickte, und als der Meister nicht reagierte, fügte sie schnell ein ›Ja‹ hinzu.

»Dann geh! Und bring etwas Gutes von der Metzg mit!«

»Auf bald!« Juliane angelte den Beutel mit den Ablassmünzen aus dem Werkstattregal, ließ ihn klimpernd in einem Marktkorb verschwinden und verließ das Haus.

»Aber beeil dich gefälligst!«, rief der Meister ihr nach.

***

Stine strich mit ihrem kleinen Jungen auf dem Arm durch die belebten Straßen. Bald würden sie beide wieder etwas zu essen haben. Ein paar Kinder rannten ihr nach und machten sich einen Spaß daraus, an ihrem Rock zu ziehen und ihn hochzuheben. Ein Mann mit einem rumpelnden Leiterwagen machte hingegen einen großen Bogen um sie, und vor der Kornschranne unterbrachen drei Frauen ihre Plauderei, eine zeigte mit dem Finger auf sie. Stine drückte ihr Kind noch enger an sich und ging weiter. Schneeflocken schwebten vom Himmel, ließen sich auf den Dächern nieder, verzierten die Kleider der Leute mit weißen Tupfen und schmolzen auf den geröteten Wangen ihres Kindes.

»Vielleicht können wir deinen Vater bald bei uns haben, dann geht es uns besser«, flüsterte sie ihm zu, während eine Kutsche an ihnen vorbeiratterte. »Du weißt ja, er ist viel unterwegs. Aber jetzt haben wir ihn gefunden, und wenn er erst von dir erfährt, wird er sicher zu uns halten. Oder glaubst du, er begehrt diese andere Frau?« Ihr Kind schlug die Augen auf, während sie die Schneeflocken zärtlich von seiner weichen Haut wischte. Das Näschen war eiskalt. »Nein, das ist Unsinn. Komm, wir wollen uns dort in der Kirche aufwärmen. Vielleicht gibt mir der Pfarrer etwas zu trinken für dich.«

***

Juliane näherte sich den Kirchen zu St. Ulrich, die wie Geschwister dicht beieinanderstanden, eins miteinander schienen und doch vollkommen verschieden waren. Vor der mächtigen, weiß getünchten Ulrichsbasilika präsentierte sich die ockergelbe, verschnörkelte Fassade der jungen evangelischen Kirche, die an ein Stadtpalais erinnerte, wäre da nicht der Kirchturm gewesen, dessen goldene Spitze dem großen Bruder jedoch kaum bis zur Hüfte reichte. Vom Kirchenschiff der kleinen Schwester war überhaupt nichts zu sehen, als wäre es von der Basilika verschluckt worden, nur die Front trotzte den übermächtigen Verhältnissen und bot dem Älteren die ockergelbe Stirn. Auf dem Ulrichsplatz hatte sich eine Menschentraube gebildet. Sie hörte, wie zwei Männer miteinander stritten. Einige der Umstehenden applaudierten, andere schrien Buh-Rufe.

Der katholische Pfarrer Kumreit stand im Ornat vor dem Portal der kleinen Kirche. Mit hochrotem Gesicht und wild gestikulierend redete er auf seinen Kontrahenten, den evangelischen Pfarrer von St. Ulrich ein. »Der Geist der lutherischen

Kirche ist kein Heiliger Geist! Ihr Protestanten wollt etwas Besonderes sein, aber ihr seid es nicht! Schaut euch doch nur eure Kirchen an. Schmucklos und nüchtern wie eine Friedhofskapelle! Euer Altar sieht aus wie eine Werkbank, nicht einmal ein fein besticktes Parament ist euch der Tisch des Herrn wert, nur ein braunes Tuch, wie es jeder Handwerker an billigen Tagen auf dem Esstisch hat!«

»Na und? Dafür müssen wir nicht allerorten, in der Kirche, in den Häusern und am Wegrand Kreuze aufstellen, um uns unseres Glaubens zu versichern.«

»Das ist eine faule Ausrede! Ihr Protestanten spürt doch selbst, dass eure Religion nicht die wahre ist! Sonst würdet ihr euren Glauben auch öffentlich zeigen!«

»Irrtum. Im Gegensatz zu euch müssen wir Kreuz und Licht nicht auf Händen vor uns hertragen, unser Glaube wohnt in unseren Herzen!«

»Dass ich nicht lache! Darum ist wohl auch das heilige Abendmahl bei euch eine reine Vesperveranstaltung mit einem Pfarrer, der kein Priester ist, und im Glauben an eine Kirche, die keine Heiligen hervorgebracht, kein einziges Wunder gewirkt hat und nur zwei Sakramente kennt?«

Juliane schüttelte den Kopf und beschloss nicht länger zuzuhören. Es gab schließlich genug andere Kirchen in Augsburg, deren Hirten vielleicht nicht gerade in einen Streit verwickelt waren.

»Dafür brauchen wir Lutheraner keinen Ablasshandel, der die Leute in die Armut treibt, der sie vor dem Herrn auf die Knie zwingt, auf dass Er ihnen das Fegefeuer ersparen möge! Wir Lutheraner erfahren unseren Trost und Zuspruch aus der Bibel, weil wir sie selbst lesen, nicht indem wir von einem Priester römisch-katholische Lehrsätze rezitiert bekommen, für die es ein eigenes Studium braucht!«

»Für euch ist die Bibel doch nichts weiter als ein mit süßen Seufzern gefülltes Andachtsbüchlein!«

Juliane schälte sich aus dem Kreis der Zuhörer und suchte derweil im Marktkorb nach dem Beutel mit den Ablassmünzen. Sie griff ins Leere. Stocksteif blieb sie stehen. Panisch drehte sie den Korb um. Ihr Blick raste über die Köpfe. Wo war ihr Beutel? Plötzlich zischte ein faustgroßer Stein knapp an ihrem Kopf vorbei. Nur weil sie sich bewegt hatte, hatte er sein Ziel verfehlt und schoss nun geradewegs auf den katholischen Pfarrer von St. Ulrich zu.

»Pfarrer Kumreit!«, schrie Juliane geistesgegenwärtig und mit viel zu hoher Stimme.

Er drehte sich zu ihr, und so verfehlte das Wurfgeschoss glücklicherweise knapp seinen Kopf. Dafür traf es einen der Umstehenden, der schreiend zu Boden ging und sich die blutende Stirn hielt. Die Leute gerieten in Bewegung, einige liefen zu dem Verletzten, andere stoben davon.

Mit eingezogenem Genick erwartete Juliane das nächste Geschoss. Ein Stein, der diesmal vielleicht nicht vorbeischießen, sondern sie treffen würde. Sie rannte los. Die Angst lenkte ihre Beine und trieb sie atemlos durch die Stadt. Rechts und links ihres Weges nahm sie nichts mehr wahr ... bis sie sich plötzlich vor ihrem Elternhaus wiederfand. Keuchend blieb sie stehen. Es hatte ihr immer Schutz vor Gefahr geboten. Doch diese Zeiten waren vergangen. Wenigstens war Jakob noch da! Sie wandte sich dem kleinen Haus im Schatten der Barfüßerkirche zu. Der alte Goldschmied würde sich alles in Ruhe anhören, sie beruhigen und ihr Rat geben können. Ihr falsches Gesellendasein hatte er ohnehin schon durchschaut.

»Mein Mädchen?« Jakob äugte hinter der halb geschlossenen Tür hervor, die seinen gebeugten Körper wie eine Mauer schützte. »Bist du's wirklich? Hab auf dem Beschauamt schon gedacht, meine Sinne würden verrückt spielen. Was haben sie mit dir gemacht? Wie läufst du denn herum?«

»Bitte, lasst mich herein!«

Kurze Zeit später saß sie bei ihm am Tisch. Seine buschigen, weißen Augenbrauen hatten sich zu einem Gebirge aufgeworfen, während er ihr zuhörte.

»... und nach all dem, was heute Morgen schon passiert ist, flog der Stein nur knapp an mir vorbei, ein Mann fiel verletzt zu Boden, und dann bin ich losgerannt«, schloss sie ihren Bericht.

»Ich glaube nicht, dass der Stein dir gelten sollte. Warum bist du dir so sicher? Hab doch keine Angst, mein Mädchen. Viel schlimmer ist, was Meister Drentwett mit dir anstellt! Er benutzt dich als Kanonenfutter! Nur damit er in Frankfurt den Sieg davontragen kann!«

»Aber es ist der einzige Weg, der zum Ziel führt. Und es ist auch mein Ziel. Versteht Ihr das nicht?«

Jakob nickte gedankenverloren. »Warst schon immer ein ehrgeiziges Mädchen.«

»Was nützt mir das, wenn ich so unaufmerksam bin und mir den Beutel mit den Ablassmünzen stehlen lasse? Jakob, könntet Ihr mir vielleicht helfen?«

»Jederzeit! Für mein Mädchen tue ich alles, das weißt du doch!«

»Würdet Ihr mir vielleicht etwas aus Eurer Vorratskammer geben?« Sie deutete auf den Marktkorb zu ihren Füßen.

Der alte Goldschmied schüttelte bedauernd den Kopf.

»Es muss auch nicht viel sein! Wenn ich allerdings ohne Essen zurückkomme und dem Meister sagen muss ...«

»Tut mir leid, aber bei mir wirst du kaum fündig werden. Ich nehme nur noch selten etwas zu mir. Seit einiger Zeit habe ich kaum mehr Hunger, und so reicht mir ein Brotlaib und eine schmale Scheibe Rauchfleisch eine ganze Woche lang. Ich bin eben ein alter Mann, der nicht mehr viel essen kann, damit er für die Arme des Sensenmanns leicht genug wird.«

»Oh Jakob, sagt bitte so etwas nicht!«

»Ich schaue nur den Tatsachen ins Auge, mehr nicht. Nach meiner Schätzung zähle ich über achtzig Jahre, und vergangenen Monat kurz vor dem Christfest ist wieder eines hinzugekommen.«

Juliane senkte den Kopf und verknotete den Umhang zwischen den Fingern. »Jakob, was soll ich jetzt tun? Ich kann ohne Geld oder Essen nicht zurück. Vielleicht ist es besser, wenn ich fortbleibe.«

Jakob schien einen Augenblick nachzudenken. »Unsinn. Du gehst jetzt für die Drentwetts auf dem Markt einkaufen. Und ich gebe dir das Geld dafür. Ich habe genug gespart, und ein paar Kreuzer reichen einem alten, klapprigen Mann, auch wenn er vom Herrn auf Erden vergessen wurde.«

»Nein, Jakob. Das kann ich nicht annehmen.«

»Dann nimm wenigstens von den Ablassmünzen mit, die ich geprägt habe. Kannst einen ganzen Beutel voll haben und ihn verkaufen. Bis zur Kirche wär's mir ohnehin zu weit gewesen.« Jakob überging ihren neuerlichen Widerspruch, holte das Säckchen aus dem Regal und drückte es ihr in die Hand.

Mit einem schlechten Gewissen, aber gleichzeitig von Dankbarkeit erfüllt, verließ Juliane das Haus des alten Goldschmieds. Den Beutel hielt sie diesmal fest umschlossen.

Bei St. Ulrich fand sie sogleich einen Kirchendiener, der ihr die Ablassmünzen abkaufte, und als sie wieder auf der Straße stand, überlegte sie, auf welchem Platz heute der Wochenmarkt stattfand. Montags auf dem Ulrichsplatz, mittwochs und samstags bei der Metzg, freitags um den Augustusbrunnen sowie die Straße entlang bis zum Domviertel. Und heute war ... Dienstag! Kein Markttag. Das durfte nicht wahr sein! Warum hatte keiner daran gedacht? Warum gab es diese irrsinnige, komplizierte und pedantische Marktordnung, die heute nur den Verkauf von Holz, Kohlen, Heu und Stroh erlaubte? Sollten sie denn zu Tieren werden, nur weil sie Hunger hatten?

»Ach, der Geselle hält wohl nach einer neuen Arbeitsstelle Ausschau?«

Thelott war an ihre Seite getreten und musterte sie wie einen Sack Mehl, der zum Verkauf stand. »Wäre eine sehr kluge Entscheidung, meinem Schwager nicht weiter zu dienen. So wie du dich auf dem Beschauamt angestellt hast, wirst du ihm allerdings auch keine Hilfe sein. Was heutzutage so alles herumläuft und sich Geselle schimpft – unglaublich.« Seine heuschreckenartigen Augen nahmen sie gefangen.

»Was wollt Ihr von mir? Lasst mich in Ruhe!«

»Oh, gewiss doch. Ich wollte nur ein wenig mit dir plaudern. Netten Einkaufskorb hast du da am Arm hängen. Seit wann geht ein Geselle auf den Markt? Ich dachte, der kleine Drentwett hätte seit einer Weile eine Magd bei sich aufgenommen?«

»Ich bin nicht auf dem Weg zum Markt«, antwortete sie fast ein wenig zu schnell. Sie besann sich. »Ich habe als Geselle andere Besorgungen zu erledigen, wie Ihr schon richtig erkannt habt. Und nun würde ich gerne weitergehen.«

»Nur zu. Ich halte dich nicht auf. Ach, und falls du Hunger bekommen solltest: Heute gibt es wie jeden Dienstag Äpfel, Nüsse und gedörrte Früchte auf dem Obstmarkt zu kaufen. Mir haben besonders die eingelegten Kirschen geschmeckt. Soll ich dir den Weg zeigen?«

Juliane wandte sich ohne eine Erwiderung ab. Zuerst wollte sie vor dem Gang zum Obstmarkt zur Goldschmiede zurückgehen, um sich vom Gesellen in eine Magd zu verwandeln, doch das erschien ihr zu riskant. Was, wenn Biller des Weges käme? Also stapfte sie den Schmiedberg hinauf und trat dabei all ihre Wut in den Boden. Biller und Thelott steckten doch unter einer Decke!

Erst beim Anblick des Obstmarktes verrauchte ihr Zorn allmählich. Der feinsäuerliche Geruch von Äpfeln und die süße Schwere der eingelegten Früchte zogen sie näher. Vor dem zinnenbekrönten Imhofhaus präsentierten die Händler ihre Waren in Fässern und Körben unterschiedlicher Größe.

Gleich beim ersten Stand waren drei Frauen stehen geblieben. Der Händler zog seinen Hut und bot jeder Dame einen rotbackigen Apfel zum Kosten an. Juliane lief das Wasser im Mund zusammen.

Kurz darauf lagen drei Pfund seiner süßen und saftigen Ware in ihrem Korb, auch wenn der Händler kein Interesse daran gehabt hatte, einem Gesellen einen guten Preis zu machen. Beim nächsten Karren erstand sie gedörrte Pflaumen und eingelegte Birnen, an den Kirschen ging sie vorbei. Schließlich kaufte sie noch zwei Pfund Walnüsse und verstaute sie in ihrem Korb, der nun bis zum Rand gefüllt war.

Einen Apfel und ein paar von den gedörrten Pflaumen aß sie sogleich, und der Hunger wich einem leichten, süßen Schweregefühl im Magen. Mit einem zufriedenen Lächeln wandte sie sich zum Gehen. Sie setzte die Beine steifer auf als sonst, damit ihre Bewegungen etwas eckiger und damit männlicher wirkten. Als sie am letzten Stand vorbeischritt, stieß sie mit einem Mann in löchriger Kleidung zusammen und murmelte eine Entschuldigung.

»Keine Ursache«, kam es beiläufig zurück.

Sie sah auf. Direkt in zwei dunkle, fast schwarze Augen, die von Lachfältchen umgeben waren – und schaute sofort wieder weg. Der Zauberer. Ohne ein weiteres Wort stob sie davon. Den schweren Korb am Arm lief sie nach Hause, doch ungleich schwerer wog nun die Last, vielleicht erkannt worden zu sein.

Kaum hatte sie die Tür zur Werkstatt geöffnet, begann der Goldschmied zu toben. »Weiber sollte man einfach nicht auf die Straße lassen! Selbst zum Einkaufen brauchen sie Stunden, nur weil sie ihr Mundwerk schneller bewegen als ihre Füße! Wo hast du dich so lange herumgetrieben? Was bist du: Ein Weib oder mein Geselle? In der Zwischenzeit war ein Bote aus Frankfurt da!« Mit gesenkter Stimme fuhr er fort: »Er hat das Gold für die kaiserliche Krone gebracht.«

***

»Oh.« Juliane sah sich um. In der Werkstatt herrschte wieder Ordnung, als sei am Morgen nichts gewesen. »Verzeihung, dass ich mich verspätet habe. Ich war auf dem Obstmarkt und habe eingelegte Birnen, Nüsse und ...«

»Das bisschen Vogelfutter soll alles sein?«

»Heute findet kein anderer Markt statt. Außerdem hatte ich nicht so viel Geld ...«

»Warum? Was war mit den Ablassmünzen?«

»Die konnte ich nicht verkaufen, weil ...«

»Weil du zu dumm bist! Wie soll das nur weitergehen? Zu nichts bist du zu gebrauchen!«

»Doch, ich habe letzte Nacht zwölf Silberbecher gefertigt.«

»So? Zeig her!«

Juliane holte sie eilig aus dem Versteck.

Der Goldschmied befühlte ihre Werke, wie Juwelen lagen sie in dem blauen Samt. »Hm«, brummte er. »Scheint ganz ordentlich zu sein.«

»Meint Ihr wirklich?« Sie glaubte sich verhört zu haben.

»Hätte ich es sonst gesagt?«

»Sodann will ich mich gleich an die Arbeit machen und mit der Krone für den Kaiser beginnen!«

»Du? Wir fangen an. Du hast schließlich noch einiges zu lernen.«

»Soll ich Euch Euren Schemel neben meinen richten?«

»Schemel! Mein Platz ist nun dort drüben.«

Ihr Blick folgte seinem Zeigefinger in die Ecke neben der Küchentür.

»Was ist das? Ein Diwan?« Fassungslos starrte sie auf die vergoldete Lehne des Möbels.

»Ja, glaubst du denn, ich hocke die ganze Zeit an deiner Seite und züchte mir dabei Geschwüre an den Hintern?«

»Aber? Wo habt Ihr denn das Stück her? Wir haben doch gar kein Geld?«

»Mein Weib war so nett, mir ihren Bernsteinring zu überlassen. Schließlich will ich residieren wie ein König, wenn man mich schon so nennt.« Der Meister bettete seinen stattlichen Körper zufrieden seufzend auf den Diwan. »Worauf wartest du, Blümlein? Gib mir ein paar Walnüsse aus dem Korb.«

Juliane tat, wie ihr geheißen. Danach blieb sie vor ihrem Meister stehen und betrachtete ihn von der Seite. »Was soll ich jetzt tun?«

»Das Silber schmelzen. Genauso, wie ich es dir sagen werde. Wir brauchen sieben Platten für die Krone. Du rußt die Gussform mit einer Kerzenflamme ein, damit das Metall ohne Widerstand einfließen kann. Sobald das Silber flüssig ist, lässt du es ohne abzusetzen mit ruhigem, dünnem Strahl in die eingerußte Kokille laufen. Achte darauf, dass der Gießstrahl keinen zu weiten Weg hat, sonst nimmt das Silber zu viel Luft auf und kühlt zu schnell ab. Am besten nimmst du ein brennendes Holzscheit zur Hilfe und gießt das flüssige Metall durch die Flamme aus. Verstanden?«

»Gewiss!« Juliane konnte das Zittern ihrer Hand nicht verhindern, als sie den Grafittiegel über die Gussform neigte und ein zäher Silberstrom in die schmale Öffnung floss. Plötzlich schoss ihr die zähe Masse entgegen, wie aus einem Vulkan. Sie konnte gerade noch den Kopf abwenden, um das Gesicht zu schützen. Feine Silberkörnchen fielen als Ascheregen auf sie herab. »Oh nein! Meister Drentwett! Was war das?«

»Himmelherrgott! Was passiert wohl, wenn man heißes Metall in eine kalte Form gießt? Genau das! Wiederum ein Beweis, dass ein Weib nicht eigenständig denken kann und darum für solcherlei anspruchsvolle Arbeit nicht geeignet ist! Nun mach es richtig und wärm die Kokille vor. Die Silberkörnchen sammelst du später auf. Das Ganze kannst du jetzt siebenmal üben. Ich erwarte perfekte Silberplatten ohne Risse und Einschlüsse, aus denen man makellose Bleche walzen kann.«

Sie atmete kaum, während sie ihre Arbeit wiederholte. Sie schwitzte und zitterte, doch am Ende hatte sie die Aufgabe gemeistert. Siebenmal hatte sich das flüssige Metall in eine silberne Platte verwandelt.

»Es ist mir gelungen«, verkündete sie nach langer Zeit mit einem Hauch von Stolz in der Stimme, während sie den gebeugten Rücken streckte. Die Muskeln schmerzten.

»Gut«, war der einzige Kommentar des Meisters. Es war eine Feststellung, kein Lob. »Nun hol das Gold her und gib es zusammen mit etwas Borax als Flussmittel in einen Schmelztiegel.«

»Verliert es durch dieses Mittel nicht an Farbe?«

»Ganz recht.« Der Goldschmied nickte anerkennend. »Und was hilft dagegen?«

Juliane kräuselte die Stirn. Sie starrte auf das Gold im Schmelztiegel, als stünde dort die Antwort geschrieben. Vor einigen Wochen hatte sie dem Meister beim Einschmelzen zugesehen, sie hatte das Bild genau vor Augen, aber es wollte ihr nicht einfallen.

»Nun denn, wieder ein Beweis für den Übermut der Weib…«

»Salpeter!«, platzte sie heraus. »Salpeter ist es!«

Der Goldschmied wandte überrascht den Kopf. »Blümlein, du scheinst dir doch einiges gemerkt zu haben.«

»Natürlich!«, gab sie angriffslustig zurück.

»Alsdann gib alles in den Schmelztiegel und stell ihn ins Kohlenfeuer.«

»Aber das Silber kommt erst hinzu, wenn das Gold geschmolzen ist, richtig?«

»Richtig.«

Juliane erhitzte das Silber in einem zweiten Tiegel, bedeckte den ersten mit einer Tonscherbe und häufte die glühenden Kohlen auf, bis er darin verschwand. Der Ruß brannte ihr in den Augen.

»Hast du die Holzkohle gut verteilt? Die Hitze muss den Topf stark und gleichmäßig umschließen ...«

»Aber mit dem Zublasen fange ich erst an, wenn der Tiegel rotglühend geworden ist, sonst bekommt er Risse.«

»Sehr schön. Warum halte ich mich hier überhaupt noch auf?« Der Meister knackte gemütlich eine Walnuss nach der anderen.

Juliane lächelte vor sich hin, als sie die Tonscherbe mit der Zange vorsichtig abhob und das flüssige Gold betrachtete. Sie genoss den Anblick einen Moment, bevor sie das Silber langsam dazufließen ließ.

»Hat sich das Silber in einer sauberen Schicht über das Gold gelegt?«, hakte der Meister nach.

»Ja. Und ich weiß auch, warum sie sich nicht freiwillig verbinden: Wegen ihrer schwachen Verwandtschaft.«

Er nickte. »Ich bin überrascht, ich bin wirklich überrascht.«

Ein Freudenschauer durchrieselte sie. Um die Legierung zu vollenden, nahm sie ein Rührstäbchen und begann die Metalle zu vermischen.

In diesem Augenblick brauste die zähe Flüssigkeit auf. Wie überkochende Milch schoss sie über den Tiegelrand und verteilte sich zischend im Ofen.

Starr vor Schreck vernahm sie Meister Drentwetts Stimme: »Himmelherrgott! Lösch sofort das Feuer und sammle jedes Körnchen aus der Asche! Jedes! Und wenn du morgen früh noch dasitzt! Wie konnte ich nur glauben, meine Meinung von dir ändern zu müssen?« Er erhob sich, tastete sich zielstrebig zur Stiege und ging hinauf in seine Kammer.

Mit einer heftigen Bewegung goss Juliane Wasser über die Kohlen. Beißender Dampf quoll ihr entgegen. Doch sie wich nicht aus, sie blieb einfach stehen. Der Kloß in ihrem Hals wurde immer dicker, bis ihr endlich die Tränen über die Wangen liefen. Reglos betrachtete sie die in der Asche glänzenden Gold- und Silberkörnchen. Als die Kohlen erkaltet waren, zwang sie sich, mit dem Aufsammeln zu beginnen, doch ihre Hand wollte sich nicht rühren.

Nach einer Weile wandte sie sich unverrichteter Dinge ab und ging müde in die Küche. Friederike war nicht da. Juliane schlich die Stiege hinauf, ohne dass auch nur eine Stufe knackte. Auch in der Kammer war Friederike nicht. Ihr Blick blieb an ihrem Kleiderstuhl hängen. Ohne lange zu überlegen, zog Juliane Hemd und Hose aus, legte die Brustbinde ab und stieg in ihr Kleid. Das Mieder verschaffte ihr ein Gefühl vollkommener Freiheit. Sie genoss es, ihren Körper wieder zu spüren. Während sie die Haube schnürte, entdeckte sie eine kleine Spinne, deren Netz zwischen Fensterbank und Stuhllehne schwebte, lediglich von vier langen, seidenen Fäden gehalten. Einem Trieb folgend, wollte sie diese klebrigen Fäden mit einem Fingerstreich wegwischen, um den achtbeinigen Bewohner möglichst schnell wieder loszuwerden. Doch stattdessen trat sie nur einen Schritt näher. Ganz ruhig saß das kleine schwarze Tier in der

Mitte seines seidenen Kunstwerkes. An den kurzen Beinen hatte es winzige gelbe Pünktchen, als wäre es mit Gold besprenkelt worden, der Leib war prall und rund wie ein Korn. Ihr Atem versetzte das Netz in ein zartes Beben. Sie schaute es genau an, verfolgte jeden Faden, doch von all dem blieb die Spinne unbeeindruckt. Schließlich kannte ihr Dasein nur einen Grund: Das Warten auf reiche Beute. Alles, was sonst um sie herum geschah, interessierte das Tier nicht. Unweigerlich fühlte sie sich an ihren Meister erinnert. Friederike hatte schon Recht. Wie ein König saß er in seinem Refugium, hielt alle Fäden zusammen und wartete auf den großen Reichtum, während die Wirklichkeit trostlos und leer war.

»Na, König Philipp?« Juliane pustete den dickbauchigen Bewohner an. In das Netz geklammert, schoss die Spinne auf und ab, so schnell, dass sie zu einem schwarzen Strich wurde und sich erst nach unzähligen Schwingungen wieder zurückverwandelte. Für einen Augenblick ließ Juliane Gnade walten, dann begann sie das Spiel von vorn. »Merkst du jetzt, wie das ist?«

Als es an der Tür klopfte, blieb sie einfach stehen. Niemanden hören, niemanden sehen.

»Juliane?« Der Meister schaute herein. Im ersten Moment wollte sie sich verbergen, aber er konnte ja nicht mehr sehen, welche Kleidung sie trug.

»Juliane?«

Er nannte sie bei ihrem Namen.

»Ja?«

»Geh in die Werkstatt und sammle die Körnchen ein. Bitte.« Ohne eine Antwort abzuwarten, schloss er leise die Kammertür.

Der Meister hatte sie um etwas gebeten. Das erste Mal, seit sie bei ihm war.

Juliane wartete noch eine Weile, überlegte und ging schließlich wieder in die Werkstatt hinunter.

Nur mühsam gelang es ihr, die Gold- und Silberkörnchen aus der Asche zu fischen. Hinter ihrem Tränenschleier konnte sie kaum etwas erkennen. Immer wieder musste sie innehalten.

Sie wusste nicht, wie lange sie schon dagestanden hatte, als es an der Werkstatttür klopfte.

»Juliane?«

»Mathias? Bist du das?«

»Ja!«

Kurz entschlossen öffnete sie ihm.

Er strahlte sie an. »Ich wollte vorbeikommen und sehen, wie es dir ... Was ist denn mit dir los? Hast du geweint?«

Stumm bat sie ihn herein, und als er ihr an der Werkbank gegenübersaß, erzählte sie ihm, was vorgefallen war. Natürlich nur, dass sie dem Meister bei der Legierung zur Hand gegangen war.

Mit zusammengekniffenen Lippen hörte Mathias zu, dann ging er zur Feuerstelle und besah sich das Unglück. »Hm, weißt du was? Geteiltes Leid ist halbes Leid. Was hältst du davon, wenn ich den Schaden behebe, während du am Tafelservice für den Kaiser weiterarbeitest?«

»Aber du musst mir nicht ...«

»Richtig, ich muss nicht. Ich will aber. Also ...« Er drückte sie sanft auf ihren Schemel. »Wozu hat man Freunde?«

»Danke.«

Während sich Mathias der Feuerstelle zuwandte, studierte sie im Musterbuch die Seite mit der Zeichnung für die Kronenplatten und versuchte dabei das Loch zu ignorieren, das der Gravierstichel hinterlassen hatte. Das Werkzeug selbst war erneut verschwunden. Mit einem Seitenblick auf Mathias schlug sie das Buch wieder zu und beschloss, mit der Arbeit an den

Kronenplatten zu beginnen. Noch war schließlich nicht zu erahnen, was es werden sollte.

Nach dem Abbeizen begann eine schweißtreibende Abfolge von Hämmern, Zwischenglühen und Walzen, bis aus der Gussplatte endlich ein brauchbares Silberblech geworden war. Anhand der Angaben maß sie zwei Handbreit in der Länge ab, sägte und feilte anschließend die obere Kante zu einem Rundbogen.

»Wie lange ist es her, seit wir uns zuletzt gesehen haben?«, fragte sie irgendwann in die Stille hinein.

Mathias hielt inne, seine Hand zu einer ascheschwarzen Schale geformt. Er ließ den kostbaren Inhalt in einen Schmelztiegel rieseln. »Acht Jahre.«

»Acht Jahre? So lange? Erzähl, was hast du in der ganzen Zeit gemacht? Bist du verheiratet?«

»Ich?«, Mathias lachte auf. »Wo denkst du hin. Ich bin Händler, vergiss das nicht. Bin kaum zu Hause, heute hier, morgen dort ... welche Frau würde das mitmachen?«

»Ich«, erwiderte sie grinsend. »Ich würde nämlich einfach mitreisen.«

»Ja, du!«, gab Mathias leichthin zurück.

»Ja. Ich.«

Verlegenes Schweigen entstand und schlich wie ein ungebetener Gast durch den Raum.

»Und wie ist es bei dir?« Mathias sammelte ein Silberkorn ums andere auf und blies die Asche fort. »Gibt es einen Mann in deinem Leben?«

»Sogar zwei!«

Mathias sah sie sprachlos an.

»Ach, was denkst du von mir?«, fragte sie mit gespielter Empörung. »Ich rede von meinem Vater und dem alten Goldschmied Jakob, der für mich wie ein Großvater ist. Wer würde denn ein Weibsbild heiraten, das nach dem Beruf eines Mannes trachtet und das Goldschmiedehandwerk erlernen will?«

»Ich!«, gab Mathias spontan zurück.

»Ja, duuu ...« Sie sah ihn von der Seite an. Er war reifer geworden, die jugendliche Unbeschwertheit war verschwunden, und doch war er ihr noch immer vertraut.

»Was ist? Warum schaust du mich so an?«

»Nichts.« Juliane feilte an der Kronenplatte weiter.

»Was tust du da eigentlich? Was wird das?«

»Das?« Sie hielt inne. »Das werden Schalen. Sieben Dessertschalen für Konfekt.«

»Aha.«

Sie hätte ihm auch die Wahrheit sagen können, schließlich vertraute sie ihm, doch sie hatte sich anders entschieden.

»Wie bist du überhaupt zu den Drentwetts gekommen?«, fragte Mathias weiter. »Das hast du mir noch gar nicht erzählt.«

Auch diese Antwort blieb sie ihm schuldig, da die Tür aufging und Friederike von draußen hereinkam.

»Oh.« Kaum hatte die Frau des Goldschmieds Mathias entdeckt, lief sie in die Küche, kam aber sofort wieder zurück. »Juliane! Was macht der Mann hier? Er muss verschwinden, bevor König Philipp ihn bemerkt!«

»König Philipp?«, mischte sich Mathias stirnrunzelnd ein.

Juliane besann sich und schob ihren Freund zur Tür. »Das erkläre ich dir später«, raunte sie ihm zu. »Friederike hat Recht, es ist besser, wenn du jetzt gehst. Ich melde mich bei dir. Sei mir nicht böse.«

***

Stine wanderte im Handwerkerviertel umher, am Stadtfluss entlang, kehrte auf die Hauptstraße zurück, ging am Gasthof

Zu den drei Mohren vorbei, bog schließlich am Rathaus wieder ins Handwerkerviertel ein und umkreiste aufs Neue die Pfladergasse. Der Kleine stemmte die Knie im Tragetuch gegen ihren Bauch, machte sich steif und schrie. »Ich weiß, du hast Hunger. Aber soll ich wirklich noch einmal zur Goldschmiede gehen?« Seine Wehklage ging ihr durch Mark und Bein. »Ja, du hast ja Recht. Hauptsache, du bekommst etwas zu essen.« Sie konnte gar nicht anders, als schnurstracks zur Werkstatt zu laufen und erneut anzuklopfen.

»Ja?« Die Meistersfrau streckte den Kopf zur Tür heraus. »Ach … Augenblick.« Sie kam mit einem Arm voller Äpfel zurück, schlug sie in ein Tuch und übergab ihr das Bündel. »Leider keine Milch. Aber vielleicht mag das Kind schon Apfelbrei. Ich würde es versuchen. Und aus dem Tuch lässt sich geschwind eine Windel machen.«

»Danke. Habt vielen Dank für Eure Güte. Ihr seid bestimmt eine gute Mutter.«

»Ich habe keine Kinder.«

»Oh, aber der junge Mann, der bei euch lebt?«

»Er ist unser Geselle. Ein Fremder.«

»Ach, nur Euer Geselle. Ja, dann. Vielen Dank für Eure Gabe. Auf Wiedersehen.« Stine verließ den kleinen Hof, hielt aber an dem schwarzen Holztor inne. Als sie sich unbeobachtet fühlte, zog sie ihr Messer hervor und brachte ein Zeichen am Holzpfosten an. Zuerst einen Kreis, den sie dann sorgfältig durchkreuzte. Eine Mitteilung an alle nachfolgenden Bettler: Hier war nichts zu holen. Eine Lüge, ein Verstoß gegen den Ehrenkodex, aber sie konnte nicht anders.

Den Beutel mit den Äpfeln in der linken Hand, den anderen Arm um den Rücken ihres Kindes gelegt, machte sie sich auf den Weg zum Gögginger Tor. Im Handwerkerviertel herrschte reger Betrieb, in einem Haus wurde gehämmert, im nächsten knarzten die Webstühle, und am Ende der Gasse sortierte ein Schneider seine Stoffreste im Tageslicht nach Farben.

Stine vermied den Blickkontakt, man wusste nie, wie die Leute auf eine Bettlerin reagierten. Sie schaute stattdessen nach links und beobachtete das schnelle Wasser des Flusses dicht an den Häusern entlang, deren Eingänge nur über Stege zu erreichen waren. Dem Fluss gehörte lediglich ein beengtes Bett und doch bestand seine Hauptaufgabe darin, die Stadt, beinahe jedes Haus mit dem lebenswichtigen Nass zu versorgen, Handwerkern zu dienen und Abfälle fortzutragen. Es gurgelte und gischtete an den künstlichen Steinstufen, unaufhörlich wurde das Wasser vorangetrieben, bis es sich schließlich vor den Toren der Stadt wieder mit dem breiten Lech vereinigte. Der Wachsoldat am Gögginger Tor schenkte ihr keine Aufmerksamkeit, er unterhielt sich gerade mit einem Weinhändler, von dessen Fracht er sich im Augenblick wohl mehr versprach.

Ihr Weg führte sie über die Wertachbrücke, über vereiste Felder und schließlich einen Waldpfad stetig bergauf. Ihre Wangen glühten trotz der Kälte, und ihr inzwischen schlafendes Kind wog immer schwerer. Bei jedem Schritt schmerzten die eiskalten Füße, und es schien ihr eine Ewigkeit vergangen zu sein, als sie den dichten Nadelwald durchquerte, den letzten schweren Zweig zur Seite bog und die kleine Lichtung betrat.

Das Feuer war längst erloschen, rundum lagen noch einige grobe Leinendecken, Krüge und ein paar Holzschüsseln, so, wie sie und die Männer das Lager am Morgen mit unterschiedlichen Zielen verlassen hatten.

Von Ferne hörte sie Hundegebell. Es würde nicht mehr lange dauern, bis auch die anderen zurückkehrten. Doch anstatt aufzuräumen, setzte sie sich auf einen Baumstumpf, wischte eine Holzschale mit ihrem Schürzenzipfel aus und zerdrückte einen Apfel darin. Anschließend setzte sie ihren Sohn zum Füttern auf ihre Oberschenkel. Er saugte den Brei von ihren Fingern, seine kleine, warme Zunge und die weichen Lippen berührten ihre kalte Haut. Sie drückte ihr Kind an sich und in diesem Moment war die Welt wieder in Ordnung, wie von einer unsichtbaren Hand behütet – bis das Gebell näher kam und drei Hirtenhunde auf die Lichtung stürmten, gefolgt von sechs Männern im Siegestaumel. Zuvorderst ihr Mann Silberbart. Intuitiv duckte sie sich angesichts seiner kräftigen Statur, sie kannte seine rohen Umarmungen, wollte nicht gegen seinen Brustkorb gepresst werden. In seinen prankenartigen Händen schwenkte er ein paar Beutel, in denen die Münzen nur so klimperten. Hinter ihm schleppten Narbenpaule und Holzfußbert eine Kiste heran. Den Schluss bildeten die beiden ältesten der Bande. Sie stießen abwechselnd das Posthorn als Trophäe in die Luft, zwischen sich schleiften sie das jüngste Mitglied, Weidenkätzchenkarl, und ließen den sichtlich Lädierten an der Feuerstelle fallen. Er stöhnte und hielt sich die Hand an die blutende Nase.

»Männer!« Stine erhob sich mit einem Seufzer, um den Verletzten zu versorgen. Wenigstens wusste sie nun, warum sie den Weinhändler am Gögginger Tor um eine Flasche erleichtert hatte. Zielsicher griff sie zwischen die Lagen ihres Diebesrocks. Sie hasste diese Erfindung – zwei zu einer Gole zusammengenähte Unterröcke, wie ein riesiger Beutel, durch einen unauffälligen Schlitz im faltenreichen Rock zu erreichen –, denn sie machte das Stehlen leicht. Den Handgriff beherrschte sie perfekt, schließlich lebte sie davon, doch oft wünschte sie sich nichts sehnlicher, als mit einem Korb auf den Markt zu gehen, Waren hineinzulegen, dem Händler das Geld zu überreichen und einen Dank dafür zu empfangen.

Silberbart trat an sie heran. Er wischte sich den Schweiß aus dem Gesicht in seine verfilzten Haare. »Schau her, Weib! Gold!

Ein ganzer Beutel voller Goldmünzen! Die Leute in der Kutsche wussten nicht mehr, wie ihnen geschah. Wir standen in unserem Hinterhalt, bliesen das Posthorn, die Kutsche hielt, um der vermeintlich entgegenkommenden den Weg freizugeben – da mussten wir nur noch aus dem Versteck springen und den Verschlag aufreißen.«

»Ganz so einfach kann es nicht gewesen sein.« Mit einem Kopfnicken deutete Stine auf Weidenkätzchenkarl.

»Soll er sich eben nicht so dumm anstellen.«

»Dumm?« Ihre Augen wurden schmal. Sie bückte sich zu dem Verletzten nieder und tupfte seine Wunden ab.

»Ist ja rührend, wie du dich um unser Kätzchen kümmerst. Diesmal brauchst du übrigens nicht zu den Überfallenen rennen und sie heimlich zu pflegen. Die haben sich längst vom Acker gemacht, konnten jedenfalls alle noch gehen.« Silberbart lachte und zeigte seine schwarzen Zahnstumpen. »Schlägst dich halt immer auf die Seite der Schwachen, hm? Was ziehst du überhaupt für ein Gesicht? Wir haben ’ne Kutsche überfallen, kommen mit reicher Beute zurück, und dir fällt nix Besseres ein, als mich so anzugiften. Dabei habe ich hart gearbeitet, um uns zu versorgen.«

»Arbeiten nennst du das?«

»Hast du was dagegen? Sag’s mir! Hier ins Gesicht!«

Bittersüßer Weingeruch drang ihr in die Nase. »Ja, ich habe etwas dagegen!« Mit Nachdruck gab sie ihm den Kleinen samt der Breischüssel in den Arm. »Soll auch er eines Tages zum Gauner werden?«

»Natürlich! Wir sind Kochemer – ein eingeweihter Kreis aus klugen, gerissenen Leuten, bei denen Vertrauen noch was zählt! Wenn du meinst, mit Ehrlichkeit weiterzukommen, dann verschwinde und geh zu den Dummköpfen, dem Volk der Wittischen! Aber eins ist klar: Unser Sohn bleibt bei mir. Und neben dem Stehlen wird er als Erstes lernen, wie man einem Menschen das Leben zur Hölle macht, der Verrat an seiner Gruppe begangen hat. Auch wenn es die eigene Mutter ist.«

»Das würdest du nicht tun, Silberbart. Du würdest mir meinen Sohn nicht nehmen. Du liebst ihn doch gar nicht, für dich ist er nur eine Zahl, ein Räuber, der deine Bande vergrößert und deine Macht stärkt.« Ihr Herz pochte bis zum Hals, doch sie zwang sich zur Ruhe. Sie kümmerte sich weiter um Weidenkätzchenkarls Nase. Allerdings ließ sich die Blutung kaum stillen.

»Oh doch. Mein Sohn wird es sehr gut bei mir haben.« Silberbart steckte seinen dicken, schmutzigen, mit Apfelbrei behafteten Zeigefinger in den Mund des Kleinen. Das Kind zappelte, würgte und begann zu weinen.

Stine wollte aufspringen, doch Silberbarts eisiges Lächeln hielt sie zurück. Ihr Magen wurde eng, ein heißes Gefühl stieg mit jedem Atemzug nach oben, eine Welle, die sie schließlich nicht mehr zurückhalten konnte. Keuchend übergab sie sich neben Weidenkätzchenkarl. Der Verletzte rappelte sich auf und taumelte hinüber zu den anderen. Stine sank in sich zusammen und wischte sich mit der Schürze über den Mund. In ihrer Kehle brannte die Galle wie Feuer. Sie atmete in Stößen, jeder Luftzug glich einem Schlag in den Magen. Wenn sie jetzt nur mit ihrem Kind weit, weit weg sein könnte.

4. Tag

Mittwoch, 31. Januar 1742,
noch 12 Tage bis zur Krönung

Sein Haupt ist das feinste Gold. Seine Locken sind kraus, schwarz wie ein Rabe. Seine Augen sind wie Tauben an den Wasserbächen, sie baden in Milch und sitzen an reichen Wassern.

Hohelied 5,11f.

Karl Albrecht sah die Silhouette der Reichsstadt Frankfurt vor sich auftauchen. Die Mauern und Türme jener Stadt, in der er in zwölf Tagen zum Kaiser gekrönt werden sollte. Heute würde der große Einzug stattfinden. Die kurfürstlichen Equipagen, Wahlbotschafter und Ratsherren, annähernd zweitausend Mann samt Pferden, Kutschen und Bediensteten sollten ihn begleiten. Am Tag seines Lebens, auf den er fünfundvierzig Jahre gewartet hatte. Ein Tag, auf den er sich freuen könnte, wären da nicht die Gicht und die Steinschmerzen in den Nieren. Schweißperlen standen ihm auf der Stirn.

»Was ist, Vater? Ist Ihnen nicht gut?« Sein jüngster, fast fünfzehnjähriger Sohn saß ihm in der mit rotem Samt ausgeschlagenen Kutsche gegenüber und schaute ihn besorgt an.

»Alles in Ordnung, mein Junge.« Er setzte sein maskenhaftes Lächeln auf, das ihn die Schmerzen gelehrt hatten: Mundwinkel auseinanderziehen, Augen geradeaus, die Lippen ein wenig geöffnet.

»Ihr solltet Euch noch ein wenig ausruhen. Vielleicht hättet Ihr besser daran getan, nicht an den Feierlichkeiten zur Doppelhochzeit der beiden Enkelinnen des Pfälzer Kurfürsten teilzunehmen. Das war der Anstrengung zu viel.«

»Erstens hätte ich die Einladung meines alten Freundes und Weggefährten Karl Philipp von der Pfalz niemals ausgeschlagen, zweitens war es politisch von großer Bedeutung, dort meine Einigkeit mit den anderen Kurfürsten zu demonstrieren, und drittens ...« Das Stechen in den Nieren nahm ihm den Atem. Er legte die Hand in den Rücken, dort wo der Schmerz am schlimmsten war, und betete, es möge bald vorübergehen.

»Vater, man sollte den Einzug in die Stadt verschieben. Es ist noch genügend Zeit bis zu den Krönungsfeierlichkeiten.«

»Kommt nicht in Frage! Die Übergabe des Stadtschlüssels und die Messe im Dom samt Wahlkapitulation sind auf den heutigen Tag festgesetzt. Ich werde meine Rolle als Oberhaupt des Römischen Reiches erfüllen, ungeachtet meiner gesundheitlichen Umstände. Wenn es mir an Kraft mangelt, so darf das nicht die Sorge meiner Untertanen sein, die heute ihren künftigen Kaiser beim Einzug in die Stadt bejubeln wollen. Sie haben sich auf das Fest gefreut, alles ist vorbereitet und in Aufregung versetzt. Niemals könnte ich mein zukünftiges Volk enttäuschen.« Er krümmte sich vor Schmerzen und versuchte zugleich Haltung zu bewahren. Haltung. Das war das Wichtigste. Was immer auch geschah. So wie vor zwei Jahren, als sich die Welt gegen ihn verschworen hatte, als seine Truppen im Krieg gegen Österreich auf eine Handvoll Männer zusammengeschrumpft waren und in der Schatztruhe nur noch ein paar einsame Münzen umherrollten. Selbst da hatte er die Hoffnung nicht aufgegeben, das gewaltige Habsburger Erbe anzutreten und den Kaisertitel nach vierhundert Jahren wieder in den Stamm der Wittelsbacher zu holen. Er wollte der Wahltradition ein Ende setzen, die Linie der österreichischen Kaiser unterbrechen und nach Ludwig dem Bayern der zweite Kaiser im bayerischen Herrschergeschlecht werden.

Diese Aussicht war von einem auf den anderen Tag in greifbare Nähe gerückt, als der Habsburger Kaiser Karl VI. vor eineinhalb Jahren im Oktober 1740 unerwartet verstorben war. Dessen erst 23 Jahre alte Tochter Maria Theresia übernahm unvorbereitet, aber mit Gottvertrauen und Hingabe die Regentschaft der habsburgischen Erblande, obwohl er selbst als Schwiegersohn Josephs I. ebenfalls Ansprüche auf den Thron erhob.

Schon bald wurde Maria Theresia von ihrem Volk als Mutter aller Untertanen gefeiert, und wie selbstverständlich ließ auch sie sich zur Kaiserwahl aufstellen, da es in ihrer Familie keinen direkten männlichen Erbnachfolger gab. Doch die Erzherzogin war zu siegessicher gewesen. Sie hatte sich zu früh auf der politischen Bühne ausgeruht, wo das Schauspiel doch erst begonnen hatte. In der Pragmatischen Sanktion von 1713 hatte der Vater seine Tochter zwar für erbberechtigt erklärt, damit sie sich zur Wahl stellen konnte, doch noch waren die Kurfürsten nicht überzeugt, wen sie zu ihrem Kaiser wählen sollten.

Das letzte Jahr hatte im Zeichen des Wahlkampfes gestanden. Und das bedeutete: Krieg zwischen den Ländern, diplomatische Verwicklungen und Versprechungen, Freundschaftsbekundungen allerorten, einem jeden Kurfürsten ausgiebig auf die Schulter zu klopfen und dabei auch die eine oder andere überzeugende Münze in seine Tasche gleiten zu lassen. Beide hatten sie diesen Weg gehasst, aber so waren die Spielregeln. Und er hatte letztendlich gewonnen. Im Grunde war Maria Theresia die Stärkere gewesen, trotz ihres handlungsmüden, unbeweglichen Hofes, mit Ministern, so grau und versteinert wie die Mauern. Ihr waren immer die besseren Karten zugefallen, doch den entscheidenden Trumpf hatte sie verspielt. Friedrich der Große hätte ihr seine Stimme gegeben und damit die Kaiserwahl zu ihren Gunsten entschieden, wenn sie sich über die Besitzung Schlesiens einig geworden wären. Doch sie war stur geblieben.

»Vater?«, unterbrach der Sohn seine Erinnerungen. »Irgendwann müsst Ihr vor den Schmerzen kapitulieren. Euer Körper fordert es.«

»Wir sind da«, kommentierte Karl Albrecht den Halt der Kutsche, als habe er die Worte seines Sohnes nicht vernommen. »Ich bin am Ziel meiner Träume angelangt. Nun wäre es doch allzu lächerlich, würde ich auf dem Weg zur Siegerehrung aufgeben.« Der künftige Kaiser erhob sich so aufrecht, wie es das vergoldete Dach der Kutsche und die Schmerzen zuließen.

Draußen empfing ihn trockene Winterkälte, doch die frische Luft tat ihm gut. Sie kühlte seine fiebrigen Wangen, selbst die Krämpfe im Rücken schienen ihm plötzlich erträglicher. Vielleicht lag es aber auch am Anblick tausender Menschen, die sich mitsamt geschmückter Kutschen und prachtvoller Rösser am Waldrand auf der Wiese vor den Rieder-Höfen zum Einzug in die Stadt bereithielten. Menschentupfer, so weit das Auge reichte.

Sein Bruder Clemens, Kurfürst zu Köln, trat mit ausgebreiteten Armen vor und umarmte ihn herzlich. Vor Schmerzen wurde Karl Albrecht einen Moment schwarz vor Augen.

»Wie du siehst, es ist alles für das große Ereignis bereit. Deine Frau wartet mit den übrigen vier Kindern im kaiserlichen Quartier, um von dort das Fest zu verfolgen und dich zu bejubeln. Du musst nur noch das Reisegewand gegen dieses feierliche Mantelkleid tauschen.«

Karl Albrecht nickte und hielt sich am Arm des Bruders fest. Ein drückendes Rauschen legte sich auf seine Ohren, und plötzlich gaben seine Beine nach. Als er wieder zu sich kam, lag er in einem der Forsthäuser auf einer harten Bank. Er blinzelte.

»Karl Albrecht? Geht es dir wieder besser?« Sein Bruder hielt ihm die Hand und fühlte gleichzeitig nach dem Puls. »Die Nerven? Sei unbesorgt. Alles ist bestens vorbereitet. Der Magistrat hat für die bevorstehenden Solemnitäten eine Ratsverordnung erlassen, insbesondere dass die Leute, vornehmlich das Weibsvolk, nicht auf den Gassen in großer Menge zusammenlaufen, nicht mit heftigem Ungestüm herbeidringen und auch die Jugend sich nicht durch unartiges Schreien zum Ärgernis erhebt. Alles wird in gebührlicher und glanzvoller Ordnung für dich errichtet sein.«

»Ich danke dir. Allerdings sind es nicht die Nerven. Seit ein paar Wochen leide ich an den Nieren. Die Ärzte sagen, es dauert, bis der Stein abgegangen ist. Solange soll ich viel trinken und mich bewegen – wenn ich das nur könnte, mit diesen Schmerzen.«

»Schaffst du es bis zur Staatskarosse? Die Kutsche steht vor dem Haus.«

»Natürlich!« Karl Albrecht stand langsam auf, prüfte, ob ihn seine Beine trugen, und trat, von seinem Bruder und einigen Bediensteten gefolgt, ins Freie.

Dort stand der von sechs Schimmeln gezogene Krönungswagen bereit. Filigrane, vergoldete Schnitzereien, wohin das Auge schaute. Auf drei Pferdelängen erstreckte sich die geschwungene Karosse, mittels bequemer Federung auf ebenfalls vergoldete, zwölfspeichige Räder gelagert. Der Kutschbock war mit reich besticktem Tuch überzogen, der Wind spielte mit den goldenen Fransen, schaukelte sie hin und her wie die Schweife der Pferde. Er ließ seinen Blick voller Stolz auf der Kutsche ruhen.

Ein Diener in Livree öffnete den Kutschenschlag und klappte den Tritt herunter. Karl Albrecht stieg ein und ließ sich im Wagen nieder. Mit einem Seufzer der Erleichterung strich er über den roten Samt und schaute durch eines der breiten Fenster nach draußen.

Ein berittener Bote näherte sich. Wild gestikulierend trieb dieser sein Pferd auf die Gruppe um die Kutsche zu. Sofort war die Anspannung wieder da. Karl Albrecht wechselte einen Blick mit seinem Bruder. Dieser machte eine beschwichtigende Handbewegung und trat dem Mann entgegen.

Das Pferd ließ sich kaum zum Stehen bringen, es tänzelte an der Hand des Boten im Kreis, während dieser seine Nachricht übermittelte. Sein Bruder nickte und kam zur Kutsche zurück.

»Schlechte Nachrichten, Karl. Eben erreichte eine Brieftaube deinen Schreiber. Einer deiner beiden Boten wurde vor Augsburg überfallen. Räuber haben die Kiste erbeutet, in der die Edelsteine für die Krone versteckt waren. Der Bote auf der anderen Route blieb unbehelligt und konnte seine Goldlieferung an den Meister aushändigen. Danach erst erfuhr der Bote vom Unglück des anderen.«

»Ausgerechnet die kostbaren Steine! Ich habe befürchtet, dass uns dieses unsichere Augsburg zum Verhängnis wird. Diese verdammten Banditen dort! Ich werde ihnen das Fell über die Ohren ziehen, sobald sie mir in die Finger kommen! Wenn ich mir vorstelle, wie diese Halunken jetzt meine Edelsteine mit gierig funkelnden Augen begaffen!« Wieder übermannte ihn reißender Schmerz. »Du weißt, ich kann mir diese Spesen nicht leisten«, presste er hervor. »Sollte eine weitere Edelsteinlieferung auch den Räubern in die Hände fallen, bin ich ruiniert und stehe ohne Hauskrone da.« Er hielt inne. »Wer ist der herausragendste und zuverlässigste Goldschmied Frankfurts?«

»Nikolaus Nell«, gab sein Bruder zögernd zur Antwort.

»Gut.« Der König wandte sich an einen seiner Diener. »Sodann beauftrage man ihn, er solle die Hauskrone für seine Kaiserliche Majestät fertigen.«

»Binnen zwölf Tagen?«, gab sein Bruder zu bedenken.

»Jawohl. Es wird ihm gelingen.« Seinem Diener gab er weitere Instruktionen. »Den Augsburgern möge man ausrichten, der Auftrag sei ihnen entzogen. Außerdem rufe man mir meinen Lakaien Michael Sickinger nach Frankfurt. Ich wünsche ihn zu sprechen.«

***

Juliane saß in der Werkstatt vor dem aufgeschlagenen Musterbuch. Versonnen wendete sie eine der Kronenplatten zwischen den Fingern hin und her, während sie nach draußen schaute und die Schneeflocken beobachtete. In federleichten Drehungen ließen sich diese auf der Straße und dem Fenster nieder. Dort, wo noch ein Tupfen auf der Scheibe fehlte, schloss Juliane Wetten mit sich selbst ab, dass dieser Fleck frei bleiben würde, und verlor im nächsten Augenblick gegen den unerschöpflichen Wolkenvorrat. Trotzdem nahm sie die Herausforderung immer wieder an, um sich nicht mit der Krone beschäftigen zu müssen. Ihr war heute einfach nicht nach Arbeit zumute. Irgendetwas hielt sie davon ab, als gäbe es eine unsichtbare Mauer zwischen ihr und dem Kunstwerk. Die Kommentare des Meisters über die verunglückte Goldlegierung nagten an ihr. Sie hatte das Gefühl, nichts von dem zu können, was sie tun sollte.

König Philipp lag noch oben in seiner Kammer, obwohl es längst zu Mittag geläutet hatte. Doch was kümmerte ihn, welche Stunde die Kirchturmuhr schlug? Er lebte nach seinen eigenen Gesetzen.

Friederike hingegen hielt sich schon den ganzen Morgen bei

ihr in der Werkstatt auf. Sie hatte den Boden gefegt, mit Wasser gescheuert und die Hocker poliert, als hielte sie einen Hobel in der Hand. Noch war kein einziges Wort zwischen ihnen gefallen.

Juliane erhob sich, um ihr nicht im Weg zu sein, und stellte sich an die Wand. Von der gegenüberliegenden Seite aus beobachtete sie Friederike eine Weile, bevor sie das Schweigen brach.

»Du möchtest wissen, wer der Mann gestern Abend hier in der Werkstatt war, stimmt's?«

»Ich bin nicht neugierig.« Friederike beschäftigte sich mit einem Hockerbein, bis es glänzte. »Außerdem weißt du, was ich davon halte.«

»Du oder König Philipp?«

Friederike sah zu Boden.

»Ich würde es dir nämlich gerne erzählen.«

Friederike schüttelte den Kopf. »Du musst nicht.«

»Also, er heißt Mathias und ist Händler. Wir sind zusammen aufgewachsen, haben uns aber lange nicht gesehen. Nun hat ihn sein Weg zufällig nach Augsburg geführt. Deshalb hat er mich gestern besucht. Er hat mir dabei geholfen, die Körnchen aus der Asche zu sammeln, nachdem mir die Goldlegierung misslungen ist. Das ist alles.«

»Bist du dir sicher?«

»Ach Friederike«, Juliane lächelte. »Dir kann man auch nichts vormachen. Ich habe ihn sehr gerne, wir haben uns schon immer gemocht, und ich habe mich unglaublich gefreut, als er plötzlich vor der Tür stand. Die Schneeglöckchen sind übrigens von ihm.«

»So, so.«

»Das klingt nicht eben begeistert, Friederike.«

»Ach, na ja.«

»Was ist los?«

»Nichts. Was ich sage, zählt ja ohnehin nicht.«

»Doch. Mich würde interessieren, was du denkst.«

Friederike setzte sich auf den frisch polierten Hocker. »Wie soll ich anfangen? Ihr kennt euch von früher und habt euch für einige Jahre aus den Augen verloren. Stell dir vor, du stehst nach langer Zeit wieder vor einem Bild, erkennst es, merkst aber nicht, dass sich einige Pinselstriche und Farbtöne verändert haben, vielleicht sogar etwas daran fehlt oder hinzugekommen ist.«

Ein Schmunzeln schlich sich in Julianes Mundwinkel. »Wir werden schon feststellen, ob wir noch zueinanderpassen oder nicht. Bisher habe ich jedenfalls ein recht gutes Gefühl.«

»Du weißt nicht, was ihm das Leben seither beschert hat.«

»Er ist jedenfalls nicht verheiratet, falls du das meinst.«

»Ich frage mich vielmehr ...«, Friederike schaute zur Tür, als riefe sie sich Mathias noch einmal in Erinnerung, »warum er gerade jetzt hier auftaucht.«

»Ganz einfach. Er ist Händler, das habe ich dir doch gesagt. Nun ist er eben für einige Zeit in Augsburg.«

»Ausgerechnet jetzt, wo du die Hauskrone für den Kaiser fertigen musst? Ich nehme an, du hast ihm davon erzählt?«

Wie Staubkörnchen rieselte ihr ein ungutes Gefühl in den Bauch. »Nein, das nicht. Aber so manch anderes.«

»Meinst du«, fuhr Friederike fort, »er ist nur deinetwegen gekommen, oder könnte das auch mit dem kaiserlichen Auftrag zu tun haben? Hast du dir das mal überlegt? Hätte er als Händler wirklich Zeit, sich so lange bei dir in der Werkstatt aufzuhalten?«

Nachdenklich ließ sich Juliane wieder auf ihrem Schemel nieder. »Und was soll ich jetzt tun? Was ist, wenn du Recht hast, Friederike? Ich dachte, ich könnte ihm vertrauen. So wie früher und … weil ich mich, glaube ich, ein bisschen in ihn verliebt habe.«

Friederike hob eine Augenbraue. »Liebe macht blind. An deiner Stelle würde ich versuchen, der Sache auf den Grund zu gehen. Was ist überhaupt mit dem Zauberer? Du hast doch vermutet, der Schneeglöckchenstrauß wäre von ihm. Hast du den Mann seither wiedergesehen?«

»Ja, habe ich.«

»Und?«

»Was und? Er ist nett, aber bei ihm weiß man nie, woran man ist.«

»Hat er das nicht selbst gesagt, als er dir das Zauberkunststück mit den Münzen zeigte? Als Zauberer kennt er den Unterschied zwischen Schein und Wirklichkeit wohl besser als jeder andere, darum wünscht er sich vielleicht auch mehr als alle anderen Ehrlichkeit und Vertrauen.«

»Könnte sein …«, gab Juliane mehr aus Höflichkeit, denn aus Überzeugung zurück.

»Wie auch immer. Überleg dir bitte gut, was du tust und an wen du dich bindest. Glaube mir, auch eine alte Frau weiß manchmal, wovon sie spricht.«

Juliane senkte den Blick. »Stimmt es, dass König Philipp dir den Bernsteinring abgenommen hat, damit er diesen Diwan kaufen konnte?«

»Ich habe den Ring freiwillig hergegeben. Es blieb mir nichts anderes …« Friederike wurde durch ein Klopfen unterbrochen. Jemand rieb ein Guckloch in die schneeverwehte Fensterscheibe und schaute herein.

»Mathias!« Juliane sprang auf. Doch dann besann sie sich auf Friederikes Worte, ging langsam zur Tür und öffnete sie nur einen Spaltbreit. »Grüß dich. Was führt dich her?«

»Was ist los? Ist jemand bei dir?« Mathias reckte den Kopf.

»Ja. Die Frau des Meisters.«

»Ich wollte dich für heute Abend einladen«, beeilte er sich zu sagen. »Zur Vorstellung des Zauberers im Gasthof *Zu den drei Mohren*. Beginn ist kurz nach dem Abendläuten. Oder hast du keine Zeit?« In seiner Stimme lag Verständnis, kein Vorwurf.

Juliane drehte sich zu Friederike um. Diese nickte und bedeutete ihr mit einer Handbewegung, sich wieder Mathias zuzuwenden.

»Vielen Dank, ich komme gerne.« Juliane lächelte ihn an, doch ihre Unsicherheit formte zitternde Linien um ihre Mundwinkel. Sie versuchte es durch ein Augenzwinkern zu überspielen.

Mathias zwinkerte zurück. In seinen unterschiedlich farbigen Pupillen spiegelte sich reine Freude. Nichts anderes konnte sie darin lesen.

»Also, bis später, Juliane. Ich hole dich hier ab, wenn ich darf.«

»Ja, sicher. Bis später.«

***

Der Schneefall hatte nachgelassen, nur vereinzelte Flocken tanzten noch im Kerzenschein der Straßenlaternen wie weiße Glühwürmchen, als Juliane an Mathias' Seite durch die abendlich erleuchteten Gassen ging.

Sie raffte ihren Umhang und schmiegte die Wange an den gefütterten Wollstoff. Trotz der Kälte genoss sie den Gang durch die Stadt. Dieses Gefühl von Freiheit, nach einem arbeitsamen Tag als Geselle, wieder für ein paar Stunden sie selbst sein zu dürfen, darauf hatte sie sich heute die ganze Zeit gefreut, mit einem Mal war ihr alles viel leichter von der Hand gegangen. Mit der Feile hatte sie den übrigen Kronenplatten ihre Form gegeben. Kurz bevor sie Feierabend machen wollte, war der Meister in der Tür erschienen. Im Geiste hatte sie sich sofort darauf eingestellt, eine weitere Nacht an der Werkbank zu verbringen. Sie hatte an seiner massigen Gestalt aufgeschaut, während er die Kronenplatten abgetastet, deren Rundungen und die Ebenheit geprüft hatte. Sie war auf ein Donnerwetter oder wenigstens eine kritische Bemerkung gefasst gewesen, stattdessen hatte er genickt, sie nach kurzem Zögern sogar gelobt und ihr für drei Stunden freigegeben. Dass sie ausgehen wollte, wusste er nicht. Das war Friederikes und ihr Geheimnis.

Juliane atmete tief durch, eine kleine, weiße Wolke bildete sich vor ihrem Gesicht und verlor sich in der Nacht.

»Was ist mit dir, Juliane? Du bist so still?« Mathias schaute sie von der Seite an.

»Nichts. Ich habe nur nachgedacht. Gerade fühle ich mich sogar recht glücklich.« Wenn nicht das Gespräch mit Friederike gewesen wäre, setzte sie im Stillen hinzu. Wenn sie nur wüsste, ob sie Mathias noch vertrauen konnte. Sie hätte ihm erzählen können, wie sie zu den Drentwetts gekommen war, doch über den Tod ihres Vaters wollte sie nicht sprechen.

»Hast du heute viel am Tafelsilber gearbeitet?«, fragte Mathias leise.

»Ja. Aber bitte, lass uns jetzt nicht davon reden.«

»Als Kinder hatten wir es leichter, da hatten wir noch keine Sorgen.«

»Wohl wahr«, seufzte sie. »Auch wenn wir in Haus und Hof helfen mussten, so ließ man uns auch unsere Zeit. Heute besteht mein Leben nur noch aus Arbeit, bis auf so seltene Momente wie diesen.«

»Weißt du noch, als du dich bei deiner Mutter beschwert hattest, dir sei langweilig, und sie dich fragte, ob du nichts zu nähen hättest? Ein anständiges Mädchen könne immer etwas nähen, notfalls müsse es eben ein Loch in die Kleidung schneiden. Natürlich hast du den Ratschlag bei nächster Gelegenheit befolgt und den Talar deines Vaters in ein einziges Flickwerk verwandelt.«

Juliane lachte auf. »Du bist gemein! Diese alten Geschichten aufzuwärmen. Du warst auch nicht besser. Hast gedacht, du könntest beim Kuchenbacken helfen, indem du die Zutaten auf dem Küchenboden aufgehäuft und ordentlich vermengt hast!«

»Stimmt! Nach dem ersten Ärger haben wir noch oft darüber gelacht.«

Erneut bot sich die Gelegenheit, ihm von der Aufnahme bei den Drentwetts zu erzählen, doch die schmerzhafte Erinnerung an den Tod ihres Vaters machte ihr den Entschluss zu reden schwer. Vielleicht würde Mathias nachfragen. Immerhin war er sein Ziehvater gewesen.

Vorsichtig schnitt sie ein ähnliches Thema an. »Hast du irgendwann mal nach deinen richtigen Eltern gesucht?«

»Ja, aber ich habe sie kaum kennengelernt. Ich war auf der Durchreise.«

»Interessiert es dich denn gar nicht, wo du herkommst?«

»Doch. Aber ich weiß auch so, wer ich bin.«

»So? Und wer bist du?«

»Ein Händler, der viel umhergereist ist, viel gesehen hat und nun in Augsburg endlich gefunden hat, wonach er suchte.«

»Und wonach hast du gesucht?«

»Ist das denn so schwer zu erraten?« Er blieb stehen. »Soll ich ehrlich sein? Ich freue mich, dass ich dich wiedergefunden habe. Ich hoffe noch auf viele Momente mit dir, in denen wir gemeinsam lachen können und wenn es sein muss auch weinen. Ich würde mir wünschen, dich wieder kennenlernen zu dürfen, meine Zeit mit dir zu verbringen.«

Sie lächelte, suchte seinen vertrauten Blick. »Ich glaube, ich mir auch.«

***

Im Gasthof *Zu den drei Mohren* drängten die Leute in den Saal, obwohl die Vorstellung bereits begonnen hatte. Juliane bekam einen Stoß in den Rücken, einen in die Seite, und schließlich trat ihr noch jemand auf den Fuß. Sie hielt sich an Mathias und war froh, als er endlich einen Stehplatz in der hinteren Ecke ergattert hatte.

Raphael führte gerade das Kunststück mit dem brennenden Papier vor. Er benetzte es wieder mit der Zunge, rieb es zwischen den Fingern und schon brannte es.

Mathias nickte anerkennend, und Juliane schloss sich dem Beifall an.

Vor der Bühne saßen einige hohe Herren an einer langen, weiß gedeckten Tafel und ließen sich ein erlesenes Mahl schmecken. Ein Truthahn, dargereicht auf einem Silbertablett, beherrschte die Tischmitte, daneben Hähnchenkeulen, Knödel und Gemüse, umrahmt von Weinkrügen und Kerzenleuchtern.

Keiner der Herren legte das Besteck aus der Hand, um dem Zauberer Beifall zu spenden. Einer von ihnen hielt es nicht einmal für nötig, von seinem Teller aufzusehen. Dieser Mann trug eine Augenklappe. Er ließ es sich Gabel für Gabel munden, leckte sich über die Lippen und lud sich noch ein Stück Braten auf den Teller. Biller. Der Geschaumeister tafelte zwischen den Ratsherren, als wäre dies sein gerechter Lohn. Juliane versteckte sich hinter Mathias, so gut es nur ging.

»Für das nächste Kunststück, meine verehrten Zuschauer, benötige ich einen Fingerring. Ich werde ihn mittels dieser Pistole ...«, Raphael zeigte auf deren weite Mündung, »... zum

Fenster hinausschießen und von einer Taube wiederbringen lassen.«

Ein Raunen ging durch das Publikum. Es saßen nur fünf oder sechs Damen im Saal, alle versteckten die Hände unter den Tischen und suchten Schutz bei ihren Männern. Auch diese schienen nicht bereit, das Zeichen ihrer Ehe zu opfern.

»Niemand?« Unsicherheit huschte über Raphaels kantige Züge.

Mathias trat einen Schritt vor. »Doch. Ich.« Er griff in seine Rocktasche und hielt einen Bernsteinring in die Höhe.

»Warte!« Juliane packte ihren Freund am Ellenbogen. »Wo hast du den her?«, zischte sie.

»Er gehörte der Frau deines Meisters. Ich habe ihn gekauft.«

»Gott sei Dank! Ich dachte schon, der Ring wäre für immer verloren.«

Der Zauberer bahnte sich einen Weg durch die Menge, und Mathias überreichte ihm den Bernsteinring.

»Nein!«, rief Juliane.

Die Leute reckten die Köpfe.

Raphael verbeugte sich vor ihr. »Der Schmuck gehört Euch, Madame?« Erst jetzt fiel ihr auf, dass seine Nase geschwollen war, obwohl er das mit einer gehörigen Menge weißen Puders zu überdecken versucht hatte. Die Nasenlöcher waren von Krusten umrandet.

»Nein, der Ring gehört nicht mir. Aber einer Frau, der er viel bedeutet.«

»Keine Sorge, Madame. Ich werde darauf aufpassen. Ihr werdet ihn unbeschadet zurückerhalten.« Sein nunmehr schon vertrautes Lächeln wirkte wie ein beruhigendes Streicheln. Sie blieb angespannt, ließ ihn jedoch gewähren, als er zurück zur Bühne ging.

Raphael reichte einem der Ratsherren die Pistole mit der

Bitte, diese mit Pulver zu laden. Nachdem sich der Herr außerdem noch zusammen mit seinem Tischnachbarn von der Gewöhnlichkeit der Waffe überzeugt hatte, reichte der Zauberer sie an den Geschaumeister weiter und forderte ihn auf, den Bernsteinring in den Lauf zu legen.

Biller zögerte. Ihr war, als schaute er in ihre Richtung, doch von seinem Platz aus konnte er hoffentlich nicht die Ähnlichkeit zwischen ihr und dem Gesellen, den er auf dem Beschauamt kennengelernt hatte, bemerken. Biller betrachtete die Pistole eingehend, schien zu überlegen, dann tat er wie ihm geheißen.

Der Zauberer ließ ein Fenster öffnen und ging durch den Saal auf Mathias zu.

»Möchte der Herr schießen?« Etwas Herausforderndes lag in Raphaels Augen.

»Natürlich. Ich habe keine Angst, das zu verlieren, was mir lieb und teuer ist.«

Juliane spürte die Rivalität zwischen den beiden. Und da war noch etwas. Der Blick, mit dem sie sich gegenseitig musterten. Er verriet, dass sie sich nicht zum ersten Mal gegenüberstanden.

Ohne Umschweife hob Mathias die Waffe, zielte auf die Fensteröffnung und schoss den Ring hinaus. »Wollen wir für Euch hoffen, dass Euer Täubchen da draußen den Schmuck findet.«

»Oh, Ihr irrt.« Raphael zog ein Vogelei aus der Tasche. »Die Taube befindet sich noch hier drinnen. Es kann sich nur noch um wenige Augenblicke handeln, bis das Tier schlüpft. Würdet Ihr mir bitte beim Brüten behilflich sein?«

Das Publikum brach in Gelächter aus.

»Ich lasse mich doch nicht zum Narren halten!« Mathias trat einen Schritt zurück.

»Bedauerlich. So kann ich das Kunststück leider nicht beenden und Euch den Ring wiederbringen lassen.«

»Dann gebt mir in Gottes Namen das Ding, wenn das unbedingt zu Eurer Zauberei gehört. Ich bin schließlich kein Spielverderber.« Mathias umschloss das Ei. Alle warteten gespannt und starrten auf Mathias' Hände.

Irgendwann schüttelte Raphael den Kopf. »Ich glaube, das wird nichts«, seufzte er enttäuscht. »Ihr habt einfach zu wenig Hitze in Euch.«

Wieder erntete der Zauberer einige Lacher und Applaus, während er zurück auf die Bühne stieg.

»So werde ich doch zaubern müssen.« Raphael nahm seinen Hut vom Tisch und strich mit der Hand zweimal darüber. Heraus flog eine Taube, an ihrem Fuß der Bernsteinring. Raphael fing ihn auf, sprang von der Bühne, präsentierte ihn der staunenden Menge, bis er mit einer Verbeugung vor Juliane stehen blieb und ihr den Ring überreichte.

Vor Überraschung und Begeisterung färbten sich ihre Wangen rot.

Raphael führte die Vorstellung unter großem Beifall zu Ende.

Als er die Bühne verlassen hatte, erhob sich Gemurmel gleich dem Summen eines Bienenschwarms. Jeder unterhielt sich mit seinem Nächsten, man erzählte sich das Gesehene, als könnte man es dadurch begreiflich machen. Nur langsam schob sich die Menge zum Ausgang. Juliane ließ sich hinter Mathias mittreiben, unbeachtet von Biller, der an seinem Tisch saß, als würde er noch auf den Nachtisch warten.

Vor der Tür atmete sie tief durch, die kalte Luft stichelte in den Lungen, der Kopf wurde wieder klar.

»Wo ist der Ring?«, fragte Mathias.

»Hier in meiner Schürzentasche. Bitte, mach den Handel rückgängig und bring Friederike gleich morgen den Ring zurück.«

Mathias runzelte die Stirn. »Zurückbringen? Warum sollte ich? Ich bin Händler, vergiss das nicht. Es war ein gutes Geschäft.«

Juliane starrte ihn an, als habe sie sich verhört. Fassungslosigkeit machte sich auf ihrem Gesicht breit und verwandelte sich in Wut, als er seine Worte nicht abschwächte oder zurücknahm.

»Was soll das?«, fauchte sie. »Warum soll Friederike ihn nicht zurückbekommen? Hast du denn kein Herz?«

»Doch. Aber du musst auch mich verstehen. Mein Beruf erfordert eine gewisse Härte. Mitleid und Menschlichkeit waren noch nie gute Geschäftspartner.«

»Ach, so ist das! Dann werde doch glücklich mit dem Ring, aber ohne mich!«

»Aber Juliane!«

»Nichts mehr mit Juliane! Verschwinde!«

»Was ist nur los mit dir?«

»Denk nach! Und wenn du es begriffen hast, kannst du gern wiederkommen. Aber so wie ich dich nun kenne, haben wir uns heute zum letzten Mal gesehen.«

»So ein Theater wegen eines Rings, den ich rechtmäßig erworben habe! Noch dazu zu einem fairen Preis! Tut mir leid, aber ich weiß wirklich nicht, was ich falsch gemacht haben soll.«

»Das interessiert dich doch auch gar nicht! Verschwinde!«

Mathias hob zu einer weiteren Rechtfertigung an, machte dann aber auf dem Absatz kehrt und ging zurück ins Gasthaus *Zu den drei Mohren*.

Erst als die Eichentür ins Schloss fiel, bemerkte Juliane, dass der Ring noch immer in ihrer Schürze lag. Im Streit hatten sie die Sache selbst vergessen. Juliane verspürte allerdings keine Lust, ihm nachzulaufen. Im Gegenteil. Im Geiste bedankte sie sich bei Friederike für deren warnende Worte, mit denen sie richtiggelegen hatte, und freute sich darauf, ihr den Ring wiederbringen zu können. Und wenn Mathias sich nicht mehr meldete, umso besser.

»Guten Abend, Juliane. Ich freue mich, dass Ihr zu meiner Vorstellung gekommen seid.«

Sie drehte sich um. Im Lichtschein des Gasthofs stand der Zauberer und verbeugte sich vor ihr.

»Keine Ursache. Ich war eingeladen.«

»Hat Euch die Vorstellung gefallen?«

Mit keinem Wort fragte er nach Mathias, er wollte nicht wissen, wer der Mann an ihrer Seite gewesen war.

»Ach, die Zauberei interessiert mich nicht besonders. Es sind doch nur billige und leicht zu durchschauende Kunststücke, wie sie jeder Mann aus dem fahrenden Volk zur Schau stellen kann.«

»Ach ja?« Raphael zog die Augenbrauen hoch und lächelte. »Zum Beispiel, Madame? Wollt Ihr mir das Kunststück mit den Münzen erklären, das ich Euch kürzlich zeigte?«

»Ja! Das ist doch ganz einfach! Ihr vertauscht die Goldmünze mit dem Silberling so schnell zwischen den Händen, dass es der Zuschauer nicht bemerkt.«

»Das wäre möglich, aber so ist es nicht. Ich will es Euch beweisen.« Raphael fasste in die Tasche seiner löchrigen grauen Hose und zog den Silberling und die Goldmünze hervor.

»Gebt mir Eure Hand.« Er schaute sie an. Ein freundlicher und zugleich ernster Ausdruck lag in seinem Gesicht.

Juliane zögerte, doch dann streckte sie den Arm aus. Als Raphael ihr den Silberling gab, berührte er ihre Handfläche. Ein Schauer durchlief sie.

»Schließt jetzt Eure Finger so fest um die Münze wie Ihr nur könnt. Spürt Ihr sie?«

Juliane nickte.

»Ich werde den Silberling aus Eurer Hand in meine wandern lassen, dafür wird meine Goldmünze gleich in Eurer Hand sein. Und wenn mir das gelingt, so wünsche ich mir, Euch nach Hause begleiten zu dürfen.«

Sie nickte.

Raphael strich über ihre Faust, berührte sie kaum und gab leise den Befehl: »Marsch.«

»Darf ich jetzt nachsehen?«, fragte Juliane neugieriger als gewollt.

Raphael nickte.

In ihrer Hand lag die Goldmünze. Juliane verschlug es die Sprache.

Der Zauberer lächelte und zeigte ihr den Silberling in seiner Hand. »Erlaubt Ihr nun, dass ich Euch begleite?«

Statt einer Antwort ging sie einfach los, und er folgte ihr. Schweigend liefen sie nebeneinander die Hauptstraße entlang durch die Dunkelheit, nur selten konnte sich das Auge noch am Licht einer brennenden Kerze in einem der Fenster festhalten.

Vorhin noch war sie mit Mathias hier gegangen, fröhlich und den Kopf voller Pläne. Sie schluckte. Aber sie hatte sich nichts vorzuwerfen. Er hatte sie enttäuscht und nun ließ sie sich von einem Mann nach Hause bringen, dem sie vertraute. Mehr nicht.

Juliane schaute ihren Begleiter an. Warum vertraute sie ihm eigentlich? Es war dieses Lachen, es breitete sich in kleinen Fältchen um seine Augen aus und brachte diese zum Strahlen. Dazu die Grübchen, in denen man versinken könnte.

Was dachte sie bloß, rief Juliane sich zur Ordnung. Es gab genug Frauen, die für ihn schwärmten, zu denen wollte sie nicht auch noch zählen.

»Was ist überhaupt mit Eurer Nase passiert?«, fragte sie. »Warum ist sie so geschwollen?«

»Oh, sieht man das? Habe ich nicht genügend Puder genommen?« Er tastete sich an die Nasenspitze und zuckte zurück. »Hat nur ein bisschen geblutet, sieht böser aus, als es ist.«

»Habt Ihr Euch mit jemandem geprügelt?« Ihr war klar, dass ihr diese Neugierde nicht zustand, aber sie wollte wissen, mit wem sie es zu tun hatte.

»Geprügelt?« Ihr Begleiter zögerte. »Nein, nein. Da habe ich einen Pferdehuf abbekommen, ist aber halb so schlimm.«

Juliane beschloss, ihm zu glauben, auch wenn seine Antwort nicht überzeugend geklungen hatte. Sie schaute zu Boden, wusste mit einem Mal nicht mehr, was sie sagen sollte. Alles, was ihr durch den Kopf ging, erschien ihr unpassend, plump oder albern.

»Ich freue mich wirklich sehr, dass Ihr heute unter meinen Zuschauern wart«, ergriff Raphael das Wort. »Dadurch ist meine letzte Vorstellung hier in Augsburg zu etwas Besonderem für mich geworden.«

Sie ging nicht auf das Kompliment ein. Stattdessen erwiderte sie höflich: »Ihr reist ab?«

»Ja, leider. Ich muss weiter.«

»Wohin?«

»Ach, Richtung Norden. Zuerst Frankfurt und dann mal sehen.«

»Frankfurt ...«

Raphael blieb stehen. »Ja, warum?«

»Weil ... weil ich doch noch wissen wollte, wie Ihr die Münzen von einer Hand in die andere wandern lassen könnt.«

Wieder bildeten sich die Grübchen in seinen Wangen. »Auch Zauberer haben ihre Geheimnisse.«

»Ach bitte …«

»Ich möchte Euch lieber etwas schenken. Meine Zauberpartnerin.« Er zog etwas unter seinem Mantel hervor.

»Eure Taube?« Juliane nahm das Tier entgegen und streichelte dessen silbergraues Gefieder. »Das kann ich nicht annehmen. Außerdem habe ich nicht mal einen Käfig.«

»Den mag sie auch nicht. Gebt ihr genügend Körner zu picken, dann wird sie sich bald bei Euch wohl fühlen. Falls sie trotzdem fortfliegen will, so wird sie ihr altes Zuhause wiederfinden.«

»Danke.« Sie legte ein Stück ihres Wollumhangs wie ein zweites Federkleid über die Taube. »Vielleicht sehen wir uns ja in Frankfurt wieder.«

»Wie kommt Ihr darauf?«

»Weil … ein Graf etwas bei uns in Auftrag gegeben hat.«

»Oh.« Raphael nickte. »Gefällt es Euch denn als Magd in der Drentwett'schen Goldschmiede? Ihr schätzt Euch bestimmt sehr glücklich, dort eine Anstellung gefunden zu haben. Der Meister ist sicher sehr gut zu Euch.«

»So gut, dass er kaum ein Wort mit mir redet. Aber das gehört nicht hierher.«

»Habt Ihr Euch über ihn geärgert?«

Sie schwieg.

»Verzeiht, ich war zu neugierig. Das ist sonst nicht meine Art.«

»Schon gut. Ich habe mich gestern nur geärgert, weil ich auf Anweisung des Meisters Gold mit Silber legieren sollte und dabei ist der Brei über den Rand des Tiegels geschossen, so schnell konnte ich gar nicht reagieren!« Mit ihren Worten quoll die verdrängte Wut empor.

»War der Meister denn nicht dabei?«

»Doch!«

»Und er hat Euch nicht gesagt, wie man das Überschießen verhindern kann?«

Wie vom Donner gerührt blieb sie stehen. »Nein.«

»Ihr hättet Kohlenpulver beigeben müssen.«

»Kohlenpulver?«, echote sie. »Einfach nur Kohlenpulver? Dann wäre nichts passiert?« Juliane bog im Stechschritt in die Pfladergasse ein. »Entschuldigt, aber ich habe es jetzt ziemlich eilig, meinen Meister zur Rede zu stellen.«

Raphael hielt sie sanft am Arm zurück. Die Berührung ging ihr durch und durch.

»Macht das. Ich wollte Euch nur noch sagen, dass ich mich freuen würde, Euch bald wiederzusehen.«

»In Frankfurt vielleicht.«

»Dann bis bald, Juliane.«

»Ja, bis bald!«

Erst auf dem Weg in die Werkstatt fiel ihr auf, dass sie Raphael gar nicht gefragt hatte, woher er das mit dem Kohlenpulver wusste.

***

»Meister Drentwett! Was macht Ihr denn da?«

Der Goldschmied saß an der Werkbank, vor ihm lagen wahllos verteilt Feilen, Punzen und Zangen. Dazwischen die sieben Kronenplatten. Das heißt, was davon noch zu erkennen war. Offenbar hatte er versucht, diese zusammenzulöten. Die Flamme brannte noch. Nun klebten die Platten aneinander wie unterschiedlich hohe Häuserfronten. Eine stand am Berg, die nächste rutschte den Hang hinab, die dritte stand im Tal, und dann ging es wieder im Kreis herum aufwärts.

Als Juliane sich ihrem Meister näherte, hämmerte er mit fahrigen Bewegungen auf einen der Rundbögen ein, wohl im Glauben, er könne damit den Höhenunterschied beheben.

Er traf seinen Finger, zog die Hand mit einem Schmerzenslaut zurück, klopfte weiter und schlug dabei auf den Gravierstichel. Dieser schnellte in die Luft und flog dicht am Bein des Meisters vorbei zu Boden.

»Vorsicht!«, schrie Juliane und hob den Gravierstichel auf. Als der Meister immer noch nicht aufhörte, entriss sie ihm den Hammer. »Es ist genug! Ihr verderbt mir alles!« Sie wunderte sich selbst über ihren Ton.

»Was bleibt mir denn anderes übrig? Drei Stunden habe ich dir freigegeben. Und du? Schleichst dich einfach davon! Und nicht nur das! Weißt du überhaupt, wie spät es ist? Hast du nicht auf den Nachtwächter gehört? Überhaupt ein Wunder, dass er dich nicht aufgegriffen hat. Es ist nach Mitternacht!«

»Oh.« Mehr brachte Juliane nicht über die Lippen. Wo war die Zeit nur geblieben? »Es tut mir leid, das war keine Absicht.«

»Verstehst du jetzt, warum ich hier gearbeitet habe? Ich dachte, du lässt mich im Stich.«

»Das würde ich nie tun! Doch Ihr? Warum lehrt Ihr mich nichts? Warum lasst Ihr mich Fehler machen? Mit Kohlenpulver wäre der Schmelztiegel nicht übergelaufen! Warum habt Ihr mir das nicht gesagt?« Die Worte sprudelten nur so aus ihr hervor.

»Entschuldigung. Das hatte ich vergessen. Für mich ist der Handgriff so selbstverständlich, dass mir das nicht mehr bewusst war.«

Hatte sie eben richtig gehört? Der Meister, König Philipp, bat sie um Entschuldigung?

»Es war wirklich keine Absicht, Julian.«

»Ist ja wieder alles in Ordnung. Alle Körnchen sind aus der

Asche gesammelt«, beeilte sie sich zu sagen. »Aber Ihr versteht hoffentlich, dass ich jetzt hier alleine weiterarbeiten möchte, um die Kronenplatten wieder in Ordnung zu bringen.«

»Natürlich, Julian. Du hast Recht. Ich gehe in meine Kammer. Ganz abgesehen von der späten Stunde ist meine Zeit wohl endgültig vorbei.« Er legte die Krone aus der Hand. Als er sich an ihr vorbei in Richtung Küche tastete, glaubte sie Tränen in seinen Augen zu erkennen.

Es tat ihr leid, ihn weggeschickt zu haben, doch sie wollte alleine sein. Außerdem war die Taube unter ihrem Umhang immer unruhiger geworden. Nicht auszudenken, wenn der Meister sie bemerkt hätte.

Raphaels silbergraues Geschenk flatterte hervor, kreiste in der Werkstatt und ließ sich schließlich auf ihrem Schemel nieder.

»Herzlich willkommen. Ich hoffe, es gefällt dir bei mir.« Juliane nahm die Taube und setzte sie auf ihren Tisch. »Hast du eigentlich einen Namen? Weißt du was ... ich nenne dich Amalia. Gefällt dir das? So heißt die Frau unseres künftigen Kaisers. Vielleicht bringt mir das Glück.«

Während Juliane die Kronenplatten an den falschen Lötstellen auseinanderschmolz, zurechtklopfte und einen der Rundbögen erneuerte, spazierte Amalia vor ihr auf und ab, pickte an einer Walnuss, blieb manchmal stehen, als wolle sie ihr bei der Arbeit zusehen, und wenn es ihr zu langweilig wurde, flog sie in der Werkstatt umher. So ging es Stunde um Stunde.

Juliane musste immer wieder an Raphael denken. Ob er noch in der Nacht aufgebrochen war?

Als die Dämmerung die Nacht vertrieb, schlich sie sich hinauf in die Kammer, jedoch nicht, um zu schlafen. Sie zog den Beutel mit dem Krümelsilber unter ihrem Kopfkissen hervor und ging wieder hinunter in die Werkstatt. Von Amalia neugierig beäugt, fertigte sie daraus einen dünnen, kaum fingergroßen Rahmen, holte zwei Glasscheibchen und schnitt sie zurecht. Danach suchte sie alle Federn zusammen, die Amalia in der Goldschmiede verloren hatte, und legte die schönste in den Rahmen. Ob er sich darüber freuen würde?

Todmüde blies sie die Kerze aus, nahm die Taube mit in die Kammer hinauf und schlich sich mit der Hoffnung ins Bett, Raphael am nächsten Morgen noch einmal zu sehen.

Guten Abend, meine Sonne. Ich finde, wir reden viel zu selten miteinander. Ich sollte dir mehr Aufmerksamkeit schenken. Hat dir mein Kunstwerk gefallen? Du hast dich gar nicht dafür bedankt, dabei habe ich mir mit dem Galgen so viel Mühe gegeben. Und der Gravierstichel in Petrus' Brust war doch eine Augenweide, nicht wahr?

Zugegeben: Ich habe mich dir noch nicht vorgestellt. Wie unhöflich von mir, wo wir doch gerade so nett miteinander plaudern. Aber was gibt es Schwierigeres, als die eigene Person zu beschreiben?

Kennst du Paulus, den Apostel neben Petrus? Geburt und Tod dieses Mannes liegen im Dunkeln, dennoch gibt es verschiedene Quellen über diese Gestalt des frühesten Christentums. Allerdings solltest du seinen autobiographischen Bekenntnissen die größte Bedeutung zumessen. Was immer du sonst hörst oder siehst, muss nicht der Wahrheit entsprechen. Man kann sich täuschen.

Paulus trug zwei Namen. Sein griechisch-römischer Beiname lautete Saulus. In meinen Ohren klingt das wie Musik. Saulus. Fanatisch verfolgte er die Christen, sein Leben verlief streng nach jüdischen Gesetzen, doch dann veränderte er durch ein Offenbarungserlebnis sein Gesicht. Er wurde der von Gott berufene Apostel Paulus. Eine perfekte Verwandlung, man könnte fast neidisch werden.

Ob er jemals eine Familie hatte? Ich weiß es nicht.

5. Tag

Donnerstag, 1. Februar 1742,
noch 11 Tage bis zur Krönung

Was ist denn leichter zu sagen: Dir sind deine Sünden vergeben, oder zu sagen: Steh auf und geh umher?

Matthäus 9,5

Über dem Wald kroch die Wintersonne am Himmel empor und breitete ihre milchigen Strahlen über den Wipfeln aus. Irgendwo zwischen den Bäumen lag Stine in Decken eingehüllt am Lagerfeuer, horchte auf jedes Geräusch und sehnte den Morgen herbei. Sie fühlte sich einsam. Alleingelassen und schutzlos. Endlich verschwanden die Schatten mit den tausend Armen und wurden wieder zu Bäumen, deren schneebedeckte Zweige sich unter ihrer Last bogen. Sie hatte die ganze Nacht kein Auge zugetan. Sie küsste ihren kleinen Sohn auf die Stirn. Dick eingewickelt und von ihrem Körper geschützt, schlief er friedlich. Alle paar Stunden war sie aufgestanden, um frisches Holz nachzulegen, weil die Wärme in ihrem Rücken nachgelassen hatte. Sie hatte Silberbart dabei niemals aus den Augen gelassen, aus Angst, er könnte aus seinem Rausch erwachen. Seit die Männer die kostbaren Edelsteine und Perlen in der

Truhe entdeckt hatten, waren sie nicht mehr nüchtern gewesen – und damit unberechenbar. Silberbart hatte sie noch nie gut behandelt, dafür genossen sie im Wald seinen Schutz.

Leise sprach sie mit ihrem Sohn, der langsam erwachte. »Ach, was soll ich nur tun? Wenn Silberbart herausfindet, dass du nicht sein Sohn bist, wird er uns fallenlassen wie ein glühendes Holzscheit. Und es wird bald so weit sein, denn du siehst deinem richtigen Vater immer ähnlicher.« Stine streichelte ihrem Kind über die Wangen. Es hatte nun die Augen offen, und es schien, als hörte es ihr zu. »Du willst jetzt bestimmt sagen, ich hätte mich nicht auf das Abenteuer einlassen sollen. Aber ich hatte mich in ihn verliebt und ich glaube, er mochte mich auch. Im Gegensatz zu Silberbart, dem egal ist, wer ich bin. Es hätte auch jede andere seine Frau werden können. Aber aus Vernunft bleibe ich bei ihm, so wie ich ihn aus Vernunft geheiratet habe. Vielleicht hat dein richtiger Vater in den letzten Monaten nicht ein einziges Mal mehr an mich gedacht? Er kennt dich nicht, er weiß nichts von dir. Ich habe mich nicht getraut ihm zu sagen, dass er Vater wird. Es war ein Fehler, ich weiß. Aber ich konnte nicht anders. Vielleicht ist er aber auch auf der Suche nach mir. Doch woher soll er wissen, dass seit Frankfurt nun der Augsburger Wald unser Zuhause geworden ist? Ich konnte seine Spur leichter verfolgen. Immer wieder kannte jemand den Namen deines Vaters, wies mir die Richtung, in die ich die Bande dann unauffällig gelenkt habe. Und nun …« Sie umschloss das Händchen ihres Sohnes und schaute ihn an. »Nun steht deine Mutter kurz vor dem Ziel, hat aber nicht den Mut, den letzten Schritt zu tun.«

Sollte sie Silberbart wirklich verlassen? Würde er ihr dann etwas antun? Ihr das Kind wegnehmen oder gar dem Kind selbst wehtun?

Stundenlang hatte sie in der Nacht ihren Plan gewälzt, Möglichkeiten durchdacht, wie sie ihrem Mann heil entkommen könnten, bevor es zu spät sein würde. Bis sie schließlich einen Entschluss gefasst hatte.

Hinter ihrem Rücken schälte sich jemand aus den Decken. Stine schloss die Augen. Lautlos zog sie ihren Sohn noch näher zu sich heran. Der Schnee knirschte. Das Geräusch kam näher. Vor ihr wurde es still.

Ergeben wartete Stine auf das, was passieren würde. Nichts bewegte sich mehr.

Endlich wagte sie es, die Augen zu öffnen.

Weidenkätzchenkarl schlich sich an ihr vorbei zur Beutetruhe. Weidenkätzchenkarl?

Vorsichtig nahm er die tarnenden Zweige von der Holzkiste herunter und hob den Deckel an. Weidenkätzchenkarl tastete sich zwischen Samtkleidern hindurch, legte ein Tuch nach dem anderen beiseite, stutzte, schaute sich nach den Hunden um, die neugierig die Köpfe hoben, und wühlte schließlich alles durcheinander, bis er gefunden hatte, wonach er suchte – die Juwelen.

Stine sprang auf, stand mit einem Satz neben ihm und presste ihm die Hand auf den Mund.

Mit geweiteten Augen starrte er sie an.

»Was soll das?«, zischte sie.

Sein Brustkorb bebte.

»Soll ich Silberbart wecken?«

Sein Kinn flog so schnell hin und her, dass sie ihm kaum mehr den Mund zuhalten konnte.

»Bitte, Stine!«, wisperte er. »Verrate mich nicht!«

»Gib zu, dass du dich mit den Juwelen davonmachen wolltest!«

»Ja! Es tut mir leid! Stine! Bitte! Ich konnte einfach nicht anders!«

Sie packte ihn am Handgelenk. »Was soll das? Du bist erst seit kurzem bei uns, Silberbart wird das hier kaum als Scherz verstehen können! Wenn ich ihn jetzt wecke, ist das dein Todesurteil.«

»Bitte nicht! Bitte!«

Sie suchte seinen Blick, fixierte ihn. »Wärst du bereit, etwas für mich zu tun?«

»Alles! Nur sag ihm nichts. Alles, was du willst!«

»Hilf mir, meinen Sohn vor ihm in Sicherheit zu bringen.«

»Ja, aber ...«

»Ich habe einen Plan.«

Weidenkätzchenkarl nickte gefügig.

Als die Männer um das Lagerfeuer erwachten, hatte sie ihnen bereits ein paar weitere Flaschen Wein geöffnet, in ihre Krüge gefüllt und dazu noch einen Laib Brot aufgeschnitten. Sie selbst brachte keinen Bissen herunter. Ihr Magen war ohnehin gewöhnt, auf Essen zu verzichten.

Silberbart kehrte aus dem Gebüsch zurück und versetzte ihr einen Klaps auf den Hintern. »Du bist ein gutes Weib! Sorgst dich um mein leibliches Wohl, kaum dass ich die Augen offen hab. Nur könntest du dich um meinen besten Freund auch mal wieder kümmern.«

Sie reckte ihm ihre Brüste entgegen. »Natürlich, Silberbart. Jetzt werde ich aber erstmal mit Weidenkätzchenkarl auf Beutezug gehen und Nachschub holen, was hältst du davon?«

»Gute Idee. Den können wir hier sowieso nicht brauchen. Frage mich überhaupt, warum ich ihn in unsere Horde aufgenommen hab. Ich muss besoffen gewesen sein. Nett ist er ja, aber er kann weder ordentlich rauben noch saufen.«

Stine atmete tief durch. »Na siehst du, deshalb nehme ich ihn mit in die Stadt. Und bis du dich gestärkt hast, sind wir wieder da.«

***

Juliane erwachte von einem Zupfen an der Bettdecke. Sie öffnete die Augen und entdeckte Amalia auf ihrem Bauch. Die Taube stakste über das Federbett, sank hier und da ein und pickte nach dem Ungetüm, das ihr das Gehen schwer machte.

»Guten Morgen.« Juliane streichelte ihrer neuen Freundin den Hals. Draußen war es bereits hell, vielleicht acht Uhr oder noch später. Friederike lag nicht mehr im Bett. Ein Wunder, dass sie beim Anblick der neuen Kammerbewohnerin nicht aufgeschrien und die Dreck verursachende Taube davongescheucht hatte.

Amalia setzte sich auf die Stuhllehne und schaute zu, wie sie in ihr Kleid schlüpfte. Anschließend flog ihr die Taube in die Küche hinterher. Dort bekam sie einen Walnusskern in den Schnabel, während Juliane in einen Apfel biss und noch einmal das kleine Geschenk für Raphael aus der Schürze holte. Sie betrachtete den Silberrahmen mit Amalias Feder von allen Seiten. Hoffentlich gefiel dem Zauberer diese Geste.

Eilig griff sie nach ihrem Umhang, doch beim Anblick des leeren Küchentischs kam ihr König Philipp in den Sinn. Wer kümmerte sich um ihn, wenn er erwachte? Friederike war bestimmt auf dem Markt, und das konnte dauern, weil durch den Verkauf des Bernsteinrings wieder Geld im Haus war. Eier, Mehl, Milch und Kohlgemüse befanden sich bereits in der Küche.

Juliane überlegte hin und her und beschloss, dem Meister ein schnelles Frühstück zu bringen. Sie durfte ihre Pflichten nicht vernachlässigen.

Sie hievte eine der schweren Pfannen auf das Dreibein über dem Feuer und schlug ein paar Eier in brutzelndes Fett. Als das Rührei goldgelb war, aß sie selbst ein paar Löffel voll gleich aus der Pfanne. Gerade als sie den Rest auf den Teller gab, stand der Meister plötzlich neben ihr.

»Blümlein?«

»Meister Drentwett! Ich habe Euch gar nicht gehört. Hier ist Frühstück für Euch. Ich habe es eben zubereitet. Es ist noch ganz heiß.« Sie garnierte den Teller flink mit einem getrockneten Petersilienzweig, obwohl König Philipp das ja gar nicht sehen konnte.

»Ich will kein Frühstück. Habe ich jemals zu dieser Stunde gegessen?«

Juliane unterdrückte einen Fluch.

»Trotzdem nett von dir, Blümlein.«

»Gern geschehen«, presste sie hervor. »Ich muss noch schnell fort, bin aber in spätestens einer Stunde zurück.«

»Was trägst du am Leib?«

»Mein Kleid.«

König Philipp brummte etwas Unverständliches.

»Danach beginne ich auch gleich mit der Arbeit! Ich habe die ganze letzte Nacht am Brett gesessen, heute kann ich mit dem Einprägen der Apostelbilder beginnen.«

»Ich möchte auf den Markt. Hol meinen Umhang, dann können wir los.«

»Jetzt? Außerdem seid Ihr noch nie auf den Markt gegangen. Seit wann kümmern Euch die Besorgungen?«

»Wir hatten auch schon lange nicht mehr so viel Geld im Haus. Ich wollte meinem Weib beim Einkauf helfen. Bei der Metzg würde man mir das bessere Fleisch verkaufen.«

Bestimmt, dachte Juliane bitter, hielt es dann aber für müßig, ihn auf seine schlechte Sehkraft hinzuweisen.

»Worauf wartest du? Zieh dich um, Julian.«

»Wir können gerne später gemeinsam zur Metzg, aber nun muss ich schnell alleine los ... etwas besorgen. Ich bin auch in einer halben Stunde zurück!«

»Du bist genau wie alle anderen. Immer nur auf dich bedacht! Wie konnte ich nur annehmen, du wärst anders? Weißt du, wie grauenvoll es für mich ist, hier in diesem Loch zu sitzen, immerzu auf Hilfe angewiesen zu sein und nicht einen Schritt vor diese gottverdammte Tür setzen zu können?«

»Ich verstehe Euch.« Ihr schlechtes Gewissen hielt sie fest. »Aber bitte, lasst mich gehen. Ich bin in einer Viertelstunde wieder zurück!«

Sie schlüpfte in ihre fellgefütterten Schuhe, nahm Amalia unter den Umhang und lief zur Goldschmiede hinaus.

»Blümlein!«

***

Ihre Beine fühlten sich schwer an, als versuchte der Meister sie an unsichtbaren Fäden zurückzuholen. Jeder Schritt kostete sie Überwindung, doch sie stapfte entschlossen die schneebedeckte Pfladergasse entlang.

Amalia wurde unruhig. Juliane ließ sie unter dem Umhang hervor, die Taube flatterte bis zum Kloster Maria Stern, spazierte dort auf der Mauer hin und her und flog weiter, als Juliane aufgeholt hatte. Am Fuße des Eisenbergs verlor sie die Taube aus den Augen, als sie drei rodelnden Kindern ausweichen musste. Juliane drehte sich mehrmals um die eigene Achse und suchte die Dächer der umliegenden Häuser ab. Selbst das Gefängnisgebäude, das wie ein ockergelbes Stück Dreck an dieser vom Leben abgewandten Seite des Rathauses klebte, streifte sie mit einem kurzen Blick. Mehr gestand ihr die Angst aber nicht zu. Jedes Mal, wenn sie an diesem Ort vorüberging, überkam sie dieses merkwürdige Gefühl. Dieses Zittern in der Magengrube war einfach da, und sie wusste nicht, woher es kam.

Auch auf dem Dachfirst des Rathauses war Amalia nicht zu entdecken, Juliane musste ihren Kopf weit in den Nacken legen, denn schon das dritte Stockwerk dieses Riesen überragte das Dach des gegenüberliegenden Klosters. Doch vergebens.

Sie stieg die steile Gasse beim Rathaus hinauf, neben ihr drängten sich die Häuserfassaden in die Höhe, jeden Mauervorsprung suchte sie nach Amalia ab, doch als der Gassenschlund sie schließlich auf die Hauptstraße spie, gab sie die Hoffnung auf, die Taube – und nicht nur sie – beim Gasthof *Zu den drei Mohren* wiederzufinden.

Ein auswärtiger Bäcker schob seinen zweirädrigen, überdachten Brotkarren an ihr vorbei und platzierte sich nicht weit von ihr entfernt neben seine Zunftbrüder. Diese waren bereits eifrig damit beschäftigt, ihre frischen Backwaren an die wartenden Frauen zu verkaufen. Es roch nach Hefe, Salz und Sauerteig. Ihr Magen erinnerte sie mit einem heißen Knurren daran, dass sie heute so gut wie nichts gefrühstückt hatte.

Ein paar Schritte weiter schmiegten sich die Stände der einheimischen Bäcker in den Schutz der Häuser. Hier kauften die Frauen lieber ein, denn die genau überwachte Bäckerordnung sah unter anderem auch vor, dass die Verkäufer sich stets hinter ihrem Tisch aufzuhalten hatten, damit sich keine der Einkaufenden bedrängt fühlte.

Obwohl sie von ihrem Besuch auf dem Obstmarkt noch einen Kreuzer übrig hatte, ging sie an den verlockend knusprig braunen Seelenbrezeln vorbei, die zwischen dem Schwarzbrot und den Semmeln aufgereiht lagen. Ihr Hunger war jetzt nicht wichtig. Sie ließ den Brotmarkt beim Merkurbrunnen hinter sich und legte den restlichen Weg bis zum Gasthof im Laufschritt zurück. Von Amalia war noch immer weit und breit nichts zu sehen.

Zögerlich betrat Juliane den Schankraum, in dem gerade die Spuren des letzten Abends beseitigt wurden. Sie machte den Wirt in der Küche ausfindig und fragte ihn nach dem Zauberer.

»Raphael Ankler? Der ist schon in der Nacht fort. Wollte nach Frankfurt, oder so. Der soll mir in die Finger kommen! Hat seine Zeche nicht bezahlt, der tolle Herr Künstler. Aber den werde ich noch kriegen!«

»Oh. Ja, dann. Vielen Dank für die Auskunft.«

Der Wirt sah sie von oben bis unten an. »Du bist die Magd des Goldschmieds Drentwett, nicht wahr?«

Sie nickte verhalten, während ihr die Angst in die Beine kroch.

»Dann habe ich etwas für dich. Marie! Komm her!«

Ein Mädchen mit verschwitztem Gesicht kam um die Ecke. Es war die Wirtsmagd, die den Zauberer bei seiner Vorstellung so bewundert hatte. Auf dem Arm hielt sie ein in fadenscheiniges Leinen gewickeltes Kind.

»Den Jungen fanden wir heute Morgen im Schankraum«, wisperte das Mädchen. »Zum Glück musste der Kleine nicht frieren, aber Hunger hat er bestimmt gelitten. Dieser Brief lag dabei.«

Ungläubig nahm Juliane das abgerissene Stück Papier entgegen. *»An die Bewohner der Goldschmiede Drentwett. Bitte nehmt meinen Sohn für ein paar Tage bei Euch auf. Er heißt Simon und ist neun Monate alt. Ich bin in großer Not und weiß nicht mehr weiter. Ich bitte Euch inständig um Hilfe. In ewiger Dankbarkeit. Stine.«*

Juliane brauchte einen Moment, bis sie begriff, was dort geschrieben stand. Der Junge sollte für ein paar Tage bei ihnen bleiben? Wo war Stine jetzt? Warum hatte sie ausgerechnet bei ihnen Hilfe gesucht? Juliane sah den Meister vor sich, wie er mit der Faust auf den Tisch schlug und sich weigerte, den Säugling bei sich aufzunehmen.

»Das ist unmöglich.« Juliane schüttelte den Kopf und gab dem Mädchen die Nachricht zurück. Erst jetzt fiel ihr Stines saubere Handschrift auf, in gleichmäßigen Bögen schwangen sich die Buchstaben übers Papier, alle Wörter waren richtig geschrieben. Erstaunlich für eine Frau, die im Wald lebte.

»Unmöglich?« Der Wirt furchte die Stirn. »Ich sage dir gleich, was unmöglich ist! Du wirst dieses Kind augenblicklich mitnehmen, sonst setze ich es auf die Straße! Ich habe selbst neun Bälger zu versorgen, und das nächste ist unterwegs!«

Vom Gezeter des Wirts erwachte Simon. Als er sich in den Armen des ihm fremden Mädchens wiederfand, begann er zu weinen. Er drehte den Kopf weg, stieß mit seinem Fäustchen gegen die Brust der Wirtsmagd und bäumte sich auf. Das junge Mädchen wirkte so hilflos, dass Juliane nicht anders konnte, als ihr den Jungen abzunehmen. Es wäre zumindest einen Versuch wert, den Meister zu fragen, ob der kleine Simon ein paar Tage bei ihnen bleiben durfte. Wenn nicht, müsste sie Stine irgendwie ausfindig machen. Jedenfalls konnte sie den Kleinen nicht einfach seinem Schicksal überlassen. Sie verabschiedete sich mit knappen Worten von dem Wirt, dankte dem Mädchen für seine Fürsorge und verließ die Küche. Vor dem Gasthof blieb sie in der Kälte stehen. Und jetzt?

Sie beobachtete das Treiben bei der Stadtwaage auf der gegenüberliegenden Straßenseite, während sie überlegte. Auch dort geschahen Dinge, die im Grunde undenkbar waren: Herr über die amtliche Stadtwaage war nicht etwa der Rat, sondern der Bischof, und als würde dies als rechtliches Kuriosum nicht genügen, erlaubte es sich der bischöfliche Waagmeister, nebenher auch noch einen lukrativen Schmalzhandel zu betreiben. Dem Rat blieb nichts anderes übrig, als das seit dem Mittelalter bestehende Bischofsprivileg als gegeben hinzunehmen und als Krönung sogar noch den Schmalzmarkt zu akzeptieren. Auch wenn der Rat mittels diverser Dekrete eine scheinbare Macht demonstrierte, hatte der Bischof trotzdem erreicht, was er wollte. Wenn ihr das bei Meister Drentwett nur auch gelingen würde.

Der kleine Simon hatte sich mittlerweile beruhigt. Seine Gesichtszüge waren entspannt, und er beobachtete sie aus großen Augen. Vielleicht in der Hoffnung, nun endlich wieder zu seiner Mutter gebracht zu werden. Ein Wunsch, den sie ihm nur zu gerne erfüllt hätte, wäre es so einfach, wie die kindliche Seele sich das vorstellte.

»Guten Morgen, Juliane.«

Sie erschrak, als der Zauberer plötzlich neben ihr stand.

»Raphael! Ich dachte, Ihr wärt fort.«

»Ich muss noch meine Schulden beim Wirt bezahlen. Schön, Euch noch mal zu sehen.«

»Ja.« Verlegen wich sie seinem Blick aus. »Ich freue mich auch.«

»Wie geht es Euch?«

»Gut.« Mehr brachte sie nicht heraus.

»Und der Taube?«

»Oh! Sie ... sie ist zu Hause.« Es war ihr unangenehm zuzugeben, sein Geschenk bereits verloren zu haben.

»Gut. Ja, dann ... also ...« Er kratzte mit der Schuhspitze über den festgetretenen Schnee. »Ich muss wie gesagt noch zum Wirt. Auf Wiedersehen und ... bis bald, vielleicht.«

Juliane sah ihm nach, wie er im Gasthaus verschwand. »Bis bald«, murmelte sie. Ihr kleines Geschenk blieb in der Schürze ruhen. Warum hatte er sie nicht nach dem Kind gefragt, das in ihren Armen lag? Ach, schalt sie sich selbst. Warum sollte ihn das kümmern? Weshalb sollte er sich überhaupt für sie interessieren?

***

Die Kälte kroch über den Waldboden. Stine fror. Sie rollte den schmalen Baumstamm näher ans Feuer, setzte sich wieder darauf und legte die Schüssel mit dem Apfelbrei auf ihren Schoß, als warte ihr Sohn darauf, gefüttert zu werden. Sie zitterte, immer wieder rann ihr eine Träne über die Wange und fiel in den Apfelbrei.

Seit Simon auf die Welt gekommen war, war sie jede Stunde bei ihm gewesen. Doch nun hatte sie ihren Jungen allein gelassen. Wenn Simon das nur schon verstehen könnte, wenn sie ihm das nur irgendwie hätte erklären können, ihm sagen können, dass sie ihn liebte, dass sie ihn nicht freiwillig verlassen hatte, vor allem, dass es nicht von Dauer sein würde.

Sie versuchte sich sein Gesichtchen vorzustellen. Ob er jetzt gerade lachte? Oder weinte er? Vermisste er sie? Wenn er am Abend seinen Apfelbrei bekommen hatte, würde er auf sein Gutenachtlied warten. Sie hatte vergessen, es den Drentwetts aufzuschreiben. Nun musste er auch noch die Melodie, sein Lied entbehren. War er überhaupt von den Leuten in der Goldschmiede aufgenommen worden, oder hatte ihn der Wirt irgendwo ausgesetzt? Sie beugte sich vor, nahm eine Handvoll Schnee auf und formte ihn mit sanftem Druck zu einer Kugel. Ihre Finger röteten sich, der Wind nagte an ihrer nassen Haut, bis es schmerzte. Hätte sie nicht gemeinsam mit ihrem Kind vor Silberbart davonlaufen können? Doch wohin? Der Wald war gefährlich, er war das Zuhause vieler Menschen geworden, die oft aus gutem Grund der Stadt verwiesen worden waren. Außerdem würde Silberbart sie binnen kürzester Zeit aufspüren, und wenn ihr Sohn dann bei ihr wäre, hätte sie ihn zum letzten Mal gesehen. Nein, sie hatte die richtige Entscheidung getroffen. Hoffentlich gelang ihr die Flucht, hoffentlich war ihr Plan gut genug.

Die Hunde hoben die Köpfe und lauschten. Da sie nicht bellten, war ihnen das Schrittgeräusch bekannt. Es konnte nur

Silberbart sein. Er hatte ihr Zeichen auf dem Boden und am Baum hinterlassen, Kombinationen aus Kreisen und Strichen, eine Sprache, die nur von Räubern verstanden wurde. Sie hätte den Gaunerzinken folgen können, aber sie war für jeden Pulsschlag dankbar, den sie noch für sich war.

Am Rande der Lichtung bogen sich die schneebedeckten Tannenzweige auseinander. Silberbart trat hoch erhobenen Hauptes auf die Lichtung, ihm folgten die vier übrigen Mitglieder der Bande. Von ihnen schaute keiner auf, sie folgten in einer Linie Silberbarts Fußspuren, wie Gefangene, die an ihren Wärter gekettet waren.

Silberbarts Äußeres hatte sich verändert. Seine Haare waren gewaschen, ordentlich zu einem Zopf gekämmt, und er trug die Kleidung eines Mannes von Stand. Das schwarze Justaucorps mit Samtaufschlägen, die silberfarbene Weste und die helle Kniebundhose hatte er vermutlich in der erbeuteten Truhe gefunden. Trotz seiner Leibesfülle passten ihm die Sachen erstaunlich gut.

Seine Miene verhieß nichts Gutes. Die Züge um seinen Mund waren verhärtet, die Augen schmal, als müsse er gegen einen Schneesturm ankämpfen. Kaum dass er seinen Kumpanen zugenickt hatte, machten diese sich davon wie Hunde, die man endlich von der Leine gelassen hatte. Sie verteilten sich in den dunklen Ecken des Lagers und überließen ihrem Herrn das Feld.

Silberbart kam schnurstracks auf sie zu. Er blieb neben ihr stehen, sah sie aber nicht an, sondern spuckte in die Flammen. Sie schaute halb zu ihm auf, diese winzige Bewegung gestand sie sich zu, blieb aber wie festgefroren auf dem Baumstamm sitzen.

»Ich war im Gasthof *Zu den drei Mohren*«, begann er, »und wollt' ein paar von den Juwelen zu Geld machen.«

Während sie den Atem anhielt, holte er umständlich aus der Tasche seines Justaucorps eine Handvoll kostbarer Steine heraus. Im Schein des Feuers funkelten sie wie Sterne. Zwischen den hellen leuchteten noch rote, blaue und gelbe auf.

»Leider wollt' der Händler sie mir nicht abkaufen, er war aber auch schon alt und grau. Wollt' sich wohl auf seine alten Tage auf kein Geschäft mehr einlassen, das ein bisschen Spannung verspricht. Außer dem Händler war sonst leider grad keiner im Gasthof, nur der Wirt und die Magd, deren Kind in der Küche geplärrt hat. Im Hinausgehen bin ich dann mit einem anderen Händler zusammengestoßen. Der war noch jung und sah komisch aus, weil er unterschiedlich farbige Augen hatte. Die haben beim Anblick der Juwelen ganz schön geglänzt, und während er vor sich hingerechnet hat, haben seine Lippen gezittert. Ihm hat mein Angebot gefallen, allerdings war ihm die ganze Sache dann wohl doch zu heiß. Er wusste allerdings jemanden, der sich für die Steine interessieren könnte. Hörst du mir überhaupt zu?« Silberbart rüttelte sie an der Schulter.

»Ja, ja, gewiss«, brachte sie holpernd hervor.

»Was ist überhaupt los mit dir? Und wo ist mein Kind? Wo steckt Weidenkätzchenkarl?«

Stine schöpfte nach Atem, ehe sie antwortete und die Sätze hervorbrachte, die sie sich lange überlegt und zurechtgelegt hatte: »Wir waren schon auf dem Heimweg, wir sind am Lech entlanggegangen, als uns ein Reiter entgegenkam, das Pferd im gestreckten Galopp. Ich konnte gerade noch ausweichen, doch der Weg war zu schmal. Ich bin abgerutscht und die Uferböschung hinuntergerollt. Dabei habe ich unser Kind aus den Armen verloren. Es fiel in den eiskalten Fluss. Weidenkätzchenkarl sprang hinterher – schrie und ruderte mit den Armen –, dann waren beide fort.« Mit einem dumpfen Seufzer ließ Stine alle Luft entweichen, die sich in ihr angestaut hatte. »Und nun kannst du mich davonjagen. Ich bin deiner nicht mehr wert. Ich habe nicht genügend auf unser Kind achtgegeben.« Sie starrte in die Flammen und wartete ab, was geschehen würde.

Sie erschrak, als er seine Hand auf ihre Schulter legte. Doch es war eine sanfte Geste, wie sie es ihm nie zugetraut hätte. Irritiert bemerkte sie seine zitternden Finger.

»Du meinst, Simon kommt nie mehr zurück?«

Sie nickte.

»Und ... was machen wir jetzt?«

Stine drehte sich verwundert zu ihm um. »Warum fragst du das? Warum jagst du mich nicht auf der Stelle davon?« Sie erkannte ihren Mann kaum wieder. Seit wann fragte er sie um Rat? Seit wann waren ihm ihre Gefühle wichtig?

»Warum sollte ich dich loshaben wollen?«, fragte Silberbart ehrlich entsetzt.

»Weil ich deiner nicht mehr würdig bin.«

»Papperlapapp. Du warst und bist die beste Mutter, die ich mir je für mein Kind hätt' wünschen können. Du hast dich Tag und Nacht um ihn gekümmert, immer auf ihn aufgepasst und ihn versorgt, Stunde um Stunde. Ich hab' das bewundert, ich hätt' das niemals gekonnt.«

»Du hast es ja auch gar nicht versucht«, sagte sie so leise, dass sich ihre Lippen kaum bewegten.

»Sag's ruhig laut, hast ja Recht.« Silberbart nahm die Hand von ihrer Schulter. »Und nun ist's zu spät. Aber was hätt' ich tun solln? Ihr wart von Anfang an wie eine Einheit, wie Baumstamm und Wurzel. Wo hätt' ich denn da noch dazwischengepasst? So hab' ich mich eben auf das besonnen, was ich gelernt hab'. Ich hab' geräubert, um dich und unseren Sohn ernähren zu können. Aber glaub' mir, ich hab' mir oft genug gewünscht, ein Weber, Schmied, Tuchmacher oder Wagner sein zu können. Doch meine Zeit ist vorbei, keine Zunft würd' mich heut' mehr aufnehmen. Ganz abgesehen von meiner Vergangenheit wär' ich auch schlicht zu alt, es können ja kaum die Jungen versorgt werden. Vor zwanzig Jahren lockte mich das Abenteuer, ich wollte meine Freiheit genießen und auf die schnelle Art Geld verdienen. Aber glaubst du wirklich, ich hätt' mir nie ein anderes Leben gewünscht? Mir, dir und unserem Sohn?«

Wieder legte er die Hand auf ihre Schulter. Sie hatte ihm überrascht zugehört, zwischen Ungläubigkeit und Verständnis schwankend. Seit sie bei ihm war, hatte er noch nie so viel gesprochen – und schon gar nicht über sich. Seine raue Hand glitt so zärtlich es nur ging über ihren Hals, hinauf zu ihrer Wange.

»Ich weiß, ich hab' nun viel geredet«, fuhr der Mann fort, den sie kaum noch wiedererkannte, »und vielleicht hätt' ich das schon viel eher tun solln. Aber Worte war'n noch nie meine Stärke, mit Fäusten bin ich schon immer weitergekommen. Wenn ich dich nicht heute Morgen zum Wein stehlen losgeschickt hätte, wär' das alles vielleicht gar nicht passiert.«

»Unsinn!«, stieß sie hervor, während sie sich innerlich wand. Was war nur in ihn gefahren? Er war wie ausgewechselt. Oder verstellte er sich? Die Furcht vor ihm blieb. Es gelang ihm, sie wie ein scheues Reh zu sich zu locken.

»Stine? Solln wir noch mal ganz von vorn anfangen? Ich weiß zwar nicht, ob ich von heut' auf morgen mit der Räuberei aufhören kann, aber wenn wir weiterziehen, in den Süden, wo keine Gefahr ist, dass mich jemand erkennt, wo ich mich nicht mehr verkleiden muss ... dort könnt' ich ehrliche Arbeit annehmen, als Tagelöhner auf einem Hof, das würd' mir nichts ausmachen, du weißt, ich kann zupacken. Wir hätt'n zwar keine Aussicht auf viel Geld, aber wenigstens ein festes Dach überm Kopf, jeden Tag eine warme Mahlzeit und vor allem einen Platz, an dem wir bleiben könnten. Was meinst du? Und vielleicht, in ein oder zwei Jahren, trägst du wieder ein Kind unter dem Herzen, und wir wär'n wieder eine Familie.«

Sie schüttelte den Kopf. Ein Kloß machte sich in ihrem Hals breit.

***

Zögernd betrat Juliane den Hof der Goldschmiede. Simon schlief in ihren Armen. Endlich. Auf dem Heimweg hatte er so herzzerreißend geschrien, dass sich die Leute nach ihr umgedreht hatten.

Sie atmete tief durch und öffnete die Tür zur Werkstatt, als betrete sie einen Gerichtssaal.

Friederike saß auf dem Platz des Meisters und blätterte im Musterbuch. »Ach, ich würde das alles auch so gerne können«, seufzte sie.

»Friederike, ich habe einen Gast mitgebracht.«

»Doch hoffentlich nicht diesen Mann?« Die Meistersfrau schaute auf.

»Nein, einen kleinen Mann. Er heißt Simon und ist neun Monate alt.«

»Ja, aber ... die Lumpen ... das ist doch das Kind von dieser Frau, die ...«

»Stine heißt sie«, fügte Juliane an und reichte ihr das Papier, wie es das Mädchen im Gasthof getan hatte.

»Oh Gott, das arme Kind. Die arme Frau.«

Friederike nahm ihr den kleinen Jungen ab. Sie prüfte, ob seine Finger warm genug waren, legte die Hand auf seinen Bauch, als könne sie dadurch in ihn hineinhören, und fühlte seine Stirn, ob er womöglich Fieber habe. Simon erwachte und fing an zu weinen. Friederike erhob sich, schaukelte ihn zuerst etwas unbeholfen hin und her, doch dann wurden ihre Bewegungen immer sicherer. Sie stützte sein Köpfchen, streichelte dabei wie zufällig über seine pausbäckigen Wangen und redete mit ihm. Nach geraumer Zeit beruhigte sich Simon und betrachtete seine neue Umgebung mit großen Augen.

»Er bekommt bestimmt bald Hunger. Machst du ihm einen Brei, Juliane? Und Windeln brauchen wir auch. Ach herrje, wo bekomme ich nur so viele Tücher her? Wir müssen ein paar Leintücher zerschneiden! Aber wozu habe ich schließlich meine große Aussteuer?«

»Das heißt, Simon darf für eine Weile bei uns bleiben?«

»Warum denn nicht!« Friederike drückte ihn vorsichtig an sich. »Wir behalten dich, bis deine Mutter wiederkommt!« Sie wickelte ihn behutsam aus dem Leintuch, als hielte sie einen Traum in Händen.

Juliane ließ sich erleichtert auf ihren Schemel fallen. So einfach hatte sie sich das nicht vorgestellt.

Nun galt es noch, den Meister günstig zu stimmen. Juliane holte die silbernen Kronenplatten aus dem Versteck hervor, um die Reliefdarstellungen von Petrus und Paulus zu vollenden.

***

Es war spät geworden. Die Sonne neigte bereits ihr Haupt und schaute ein letztes Mal zum Werkstattfenster herein, bevor sie unterging und dem Nachtfrost die Regentschaft überließ.

Juliane hatte sich seit Stunden nicht vom Brett wegbewegt. Sie streckte sich, rutschte auf dem Schemel hin und her, um eine Stelle zu finden, auf der sie noch sitzen konnte.

Die letzte Platte der siebeneckigen Krone war fast fertig. Kritisch begutachtete sie das Ergebnis. Zuerst hatte sie entlang des Rundbogens mit einem Dreuel Löcher gebohrt, dort sollten später die kostbaren Steine Halt finden. Danach hatte sie sich wieder dem schwierigsten Teil gewidmet: Dem Relief. Von der Rückseite hatte sie mit Stichel und Punzen die Form einer Person in fließendem Gewand eingedrückt, den Apostel Paulus, mit schmalem Kopf und langem Bart, in der rechten Hand ein Buch, in der linken das Schwert. Zu Füßen des Apostels hatte sie mit einer feinen Punze zum Schluss noch ein paar Blätterranken ausgearbeitet. Die Stücke schrien förmlich danach, zu einer Einheit verbunden zu werden. In ihr wuchs der Ehrgeiz, ein unbändiger Wille, es mit dem Löten noch einmal zu versuchen. Diesmal musste es ihr gelingen.

Wieder hatte sie einen trockenen Mund, als sie das Lötrohr ansetzte und auf die vorbereitete Lötstelle richtete. Als ihr erster Luftstoß kein Unheil anrichtete, wurde sie sicherer. Sie arbeitete sich mit höchster Konzentration Naht für Naht voran, bis sich das Band zu einer Krone schloss. Ein einzigartiges Gefühl, das ihr die Tränen des Glücks in die Augen trieb. Das Silber hatte sich durch das Löten dunkel verfärbt, eine normale Reaktion, doch es erschreckte sie immer wieder. Das Kunstwerk ähnelte einem Stück Schrott, überzogen von einem schwarz-rot-grauen Schleier. Schnell legte sie die unansehnliche Krone in die vorbereitete Beize, um die Flussmittelreste vom Löten abzulösen und dem Silber sein ursprüngliches Aussehen zurückzugeben.

Derweil verglich Juliane ihre Arbeit mit der Vorlage im Musterbuch. Was der Meister dazu sagen würde? Er hatte sich den ganzen Tag nicht mehr blicken lassen. Einerseits war ihr das gerade recht, denn umso länger würde Friederike ihre Freude an dem kleinen Simon haben können. Andererseits war es an der Zeit, die Krone zu vergolden. Doch dazu bräuchte sie die Hilfe des Meisters.

Simon jauchzte, als Friederike ihre Finger vor ihm tanzen ließ. Als er nach ihnen griff, ließ die Meistersfrau ihre Hand schnell hinter dem Rücken verschwinden. Fassungslos versuchte Simon das Geheimnis des Verschwindens zu ergründen. Als Friederike mit einem Lachen ihre Hand wieder hervorzog, jauchzte Simon, und das Spiel begann von vorn. In diesen wenigen Stunden war die Meistersfrau wieder jung geworden. Genauso hatte sie wahrscheinlich damals mit ihrem eigenen Sohn gespielt, der nicht viel älter als Simon geworden war.

Juliane beschloss, ohne den Rat des Meisters weiterzumachen. Ihre Erinnerung, wie man eine Vergoldung bewerkstelligte, war noch gut. Allerdings auch daran, dass sich der Meister selbst gerne mit dem edlen, reinen und unverwüstlichen Gold verglich, ein Metall, dem nichts etwas anhaben konnte. Weder Luft, noch Flüssigkeit konnten es angreifen. Nur Königswasser vermochte Gold aufzulösen, ein Gemisch aus Salzsäure und Salpetersäure, gefährlich in der Handhabung, und doch hatte der menschliche Geist nicht eher geruht, als bis er dem Schöpfer dieses Geheimnis entlockt hatte. Eine aus Goldzunder hergestellte Vergoldung war für die Ansprüche des künftigen Kaisers allerdings von zu geringer Beständigkeit, deshalb entschied sie sich für eine Feuervergoldung. Oft genug hatte sie Jakob dabei zugesehen, allerdings hatte er dieses Verfahren nie besonders gerne angewandt. Jedes Mal klagten sie beide danach über Kopfschmerzen und Übelkeit. Sie hatten nie herausgefunden, was die Beschwerden verursachte.

Um aus dem König der Metalle ein Amalgam herzustellen, gab sie einige dünne Streifen Feingold in einen hessischen Tontiegel und brachte es im Feuer zum schwachen Rotglühen. Gleichzeitig erhitzte sie Quecksilber in einem zweiten, mit Kreide ausgekleideten Tiegel, um dann die vorgeglühten Goldschnipsel hineinregnen zu lassen. Die Oberfläche funkelte wie ein See in der Abendsonne. Bald war die Flüssigkeit goldgelb, in einem Farbton, als hätte Gott einen Pinsel genommen und damit die Sonne, das Weizenkorn und die Wüste erschaffen.

Sie rührte noch eine Weile mit dem Eisenhaken, bis sie die Flüssigkeit schließlich mit Schwung in kaltes Wasser goss. Beim Abkühlen entstand ein zäher Brei, den sie durch ein Säckchen aus porösem Sämischleder presste.

Während die feinen Quecksilbertröpfchen aus dem Leder perlten, beobachtete sie Simon, und die Zeit verflog.

Als Friederike in die Küche ging, um den leeren Apfelbreiteller abzuwaschen, kontrollierte Juliane noch einmal das Ledersieb. Eine blassgelbe, butterähnliche Masse war zurückgeblieben. Zufrieden gab sie eine Spur Salpetersäure in den Wasserkessel und hängte ihn übers Feuer. Damit die Vergoldung besonders schön und glänzend werden konnte, musste die Krone vollkommen sauber sein. Wie eine Forelle schwamm das Silberstück in der siedenden Flüssigkeit, drehte und wendete sich so schnell, dass nur ein glitzernder Schatten zu erkennen war. Auf Buchenholzspänen ließ sie die Krone abtropfen.

Eine Hasenpfote, die sie in etwas Quickwasser tauchte, diente ihr dazu, das Goldamalgam gleichmäßig auf das Silber zu streichen.

Sie vergaß alles um sich herum. Sie sah nur noch die Kronenplatten vor sich, wie das Gold nach und nach die Oberfläche überzog. Sorgfältig fuhr sie alle Kanten und Vertiefungen entlang, hob die Krone gegen die Kerze, prüfte und besserte nach, bis sie schließlich zufrieden war.

Sie tauchte das Werkstück in klares Wasser und wartete, bis es wieder trocken und damit bereit zum Abrauchen war.

Dazu legte sie die goldglänzende Krone in die glühenden Kohlen, es knisterte und rauchte. Wieder setzten die Kopfschmerzen ein. Sie verspürte den Wunsch, sich von der Feuerstelle zu entfernen, doch sie musste die gleichmäßige Verteilung des Amalgams überwachen und den Zeitpunkt abpassen, an dem der Überzug seinen Glanz verlor und gleichmäßig mattgelb wurde. Sie prüfte, ob die Feuervergoldung gelungen war, indem sie einen Wassertropfen auf das heiße Metall fallen ließ, der sich zischend auflöste.

Juliane nahm die Krone heraus, spülte sie abermals mit Wasser ab, ließ sie trocknen und machte sich schließlich mit einem Lächeln an die Vollendung. Sie spannte ein weiches Leinwandstück über einen Korken und begann mit dem Polieren.

Doch das Gold wollte und wollte nicht vollkommen glänzen.

»Friederike?«

Die Gerufene kam mit Simon auf dem Arm aus der Küche.

»Schau, wie meine Vergoldung geworden ist. Ich habe Schwierigkeiten mit dem Glanz. Weißt du, was der Meister in so einem Fall macht?«

Simon beugte sich nach vorn und wollte nach der Krone greifen. Friederike hielt ihn zurück.

»Hast du mit Leinwand poliert?«

»Ja.«

»Es gibt, glaube ich, noch eine andere Poliermethode, aber ich weiß es nicht genau. Lass die Sachen einfach liegen. König Philipp wird es dir erklären. Mach eine Pause und leg dich ins Bett.«

»Friederike! Ich habe nicht Zeit bis in alle Ewigkeit! In elf Tagen muss die Krone fertig sein!«

»Das ist doch ohnehin viel zu knapp! Die Reise nach Frankfurt dauert schließlich auch noch einige Tage! Wahrscheinlich rechnet unser künftiger Kaiser sowieso nicht mehr mit einer pünktlichen Fertigstellung, sonst hätte er doch längst die kostbaren Steine liefern lassen, oder?«

»Meinst du?«

»Ich weiß es nicht. Aber bitte weck den Meister nicht auf.

Bitte! Er wird den kleinen Simon hier nicht dulden! Lass ihn mir wenigstens noch diese Nacht!«

»Gut. Ich laufe zu Jakob. Er kann mir bestimmt helfen.«

»Sei vorsichtig! Es ist schon spät!«

Juliane drehte sich in der Tür um. »Habe ich eine andere Wahl?«

***

Nächtliche Schneewolken hingen über dem Glockenturm der Barfüßerkirche, ein Rabe zog darunter krächzend seine Kreise. Nach einer weiteren Runde um den kleinen Turm ließ er sich auf dem Dachfirst von Jakobs Goldschmiede nieder, breitete seine schwarz glänzenden Flügel aus und hieb mit seinem Schnabel in das Strohdach. Juliane fröstelte. Sie ging auf das erleuchtete Haus zu, schielte aber immer wieder nach dem riesigen Tier, von dem sie seinerseits nicht minder genau beäugt wurde. Jetzt konnte sie von Glück reden, dass sie Amalia nicht mehr bei sich hatte, die Taube wäre ihm womöglich eine willkommene Beute gewesen. Seine Anwesenheit machte sie nervös. Vielleicht, weil man ihr schon als Kind erzählt hatte, dass ein Kolkrabe immer ein Zeichen nahenden Unglücks sei.

Es dauerte eine Weile, bis Jakob auf ihr Klopfen hin öffnete.

»Juliane? Was führt dich um diese Zeit zu mir?« Seine weißen Augenbrauenbüschel wanderten die Stirn hinauf. »Hältst du's bei Meister Drentwett nicht mehr aus? Wo sind denn deine Sachen? Hast du keine Kleidung mitgenommen?«

»Kleidung? Wie? Nein! Ich brauche nur Euren Rat.«

»Ach so. Nur das. Ja dann, komm herein. Das ist vielleicht ein Wetter. Petrus scheint es in diesem Winter nicht besonders gut mit uns zu meinen.«

Juliane klopfte den Schnee von den Schuhen und trat ein. Die kleine Werkstatt glich einer kerzenbeleuchteten Höhle. In der gegenüberliegenden Ecke glomm die Glut auf der Feuerstelle und verlieh den Wänden einen rotgoldenen Glanz. Wie früher schwebte ein besonderer Geruch, den es sonst nirgendwo gab, durch den Raum. Feuerrauch, vermischt mit dunkler Pflaume aus dem Holz des Werktisches und einem Hauch Zitrone aus Jakobs Waschschüssel. Ein Duft, den sie unter tausend anderen erkennen würde, weil ihr Herz darauf reagierte. Nur heute roch es auch nach etwas anderem, Anis vielleicht oder Lavendel.

»Setz dich. Was kann ich für dich tun? Möchtest du auch einen heißen Metwein haben?« Jakob stellte zwei Becher auf den Tisch.

Juliane zog einen Schemel zu sich heran. »Nein danke. Ich bin nur gekommen, um Euch etwas zu fragen. Ich habe heute die Reliefs auf die Kronenplatten geprägt und wollte sie anschließend vergolden. Das ist mir aber nur bedingt gelungen.«

»Hast du es zu Beginn rein und blank gemacht?«

»Ja.«

»Womit hast du poliert?«

»Mit einem Leinwandlappen über dem Korken, so wie es …«

»Das genügt bei dieser Art der Vergoldung nicht. Du hast alles richtig gemacht. Den nötigen Glanz bekommst du jedoch nur mit Blutstein. Damit verschwinden die letzten, feinsten Unebenheiten, und die Vergoldung ist gelungen.«

»Ist das der Stein, den man auch verwenden kann, um kleine Blutungen zu stillen?«

»Genau. Für gewöhnlich ist er schwarz, für unsere Zwecke wiederum geschliffen und poliert hat er einen metallischen Glanz, sodass er sich fast als Spiegel verwenden lässt. Löst man sein Pulver in Wasser auf, färbt es sich rot wie Blut.«

»Ich weiß nicht, wo Meister Drentwett so einen Stein aufbewahrt. Da werde ich suchen müssen.«

»Ich gebe dir einen mit!«

Jakob schlurfte zu seinem Vorratsschrank und steckte den Schlüssel hinein. Er klemmte. Der Goldschmied rüttelte, zerrte und stieß bald leise Flüche aus.

»Wartet, ich helfe Euch!« Juliane eilte zu ihm, steckte den Schlüssel hinein, drehte ihn langsam, und das Schloss öffnete sich.

»Ach, mein Mädchen! Wenn ich dich nicht hätte! Ich bin so ungeschickt geworden. Nichts will mir mehr gelingen. Jetzt kann ich nicht einmal mehr einen einfachen Schrank aufschließen.«

»Das kann doch jedem passieren.«

Jakob schüttelte den Kopf und gab ihr den Blutstein.

»Wenn mich der Herrgott doch eines Tages zu sich rufen sollte, dann stehe ich wahrscheinlich vor der verschlossenen Himmelspforte, Petrus reicht mir den Schlüssel, und ich bin zu dumm, sie zu öffnen. Die dort oben werden Tränen lachen, ganze Wolkenbrüche werden niedergehen, die Erde wird erzittern, und ich bin mal wieder der Dumme.«

»Jakob! Was redet Ihr denn da? Macht Euch doch nicht so schwere Gedanken! Außerdem werdet Ihr hier noch gebraucht. Ich brauche Euch. Und ganz abgesehen davon – wieso sollte Petrus seinen Spaß mit Euch treiben?«

»Das wäre ihm doch zuzutrauen. Warum hat Jesus ihn denn immer wieder mit seinem zweiten Namen Simon angesprochen? Dieser Mann hatte zwei Seiten. Er war oft ungestüm, manchmal unberechenbar und sagte immer geradeheraus, was er dachte.«

Juliane seufzte. »Er war aber auch der erste Apostel, und niemand bekannte sich so mutig und offen zu Christus wie er. Darum erhielt er die Schlüssel des Himmelreiches und wurde Petrus genannt. Der Fels. Auf dem erbaute Christus seine Kirche.«

»Schöne Kirche, wenn sie nicht einmal meinen Namen kennt! Wie um alles in der Welt soll der Herr dort oben dann von mir wissen? Ich möchte eines Tages von ihm abgeholt werden. Es muss ja nicht morgen sein, aber was ist, wenn er mich wirklich vergessen hat, Juliane? Ich will nicht auf ewig hier bleiben müssen.«

»Ich bin mir sicher, dass der Herrgott dich kennt. Ohne dazu in unleserlichen Kirchenbüchern blättern zu müssen! Aber wenn es dich beruhigt, werde ich den neuen Pfarrer der Barfüßerkirche bitten, noch einmal nachzusehen. Und ich bin mir sicher, dass sich ein Eintrag finden wird.«

»Danke.« Jakob brachte sie zur Tür und drückte ihr zum Abschied die Hand. »Hast schon Recht, war ein guter Mensch, unser Petrus.« Er schaute an ihr vorbei in den nächtlichen Himmel. »Und doch verleugnete er Jesus dreimal, noch ehe der Hahn krähte.«

***

Als Juliane in die Drentwett'sche Goldschmiede zurückkehrte, traf sie den Meister in der Werkstatt an. Er saß am Werktisch und hielt ihr den Rücken zugekehrt, obwohl er sie gehört haben musste. Von Friederike und Simon fehlte jede Spur.

»Meister Drentwett? Wo ist Eure Frau?«

»Das weiß ich nicht. Jedenfalls nicht an meiner Seite. Genauso wenig wie du.«

»Ich war kurz bei Jakob, dem alten Goldschmied.«

»Warum gehst du immer wieder fort, ohne mir etwas zu sagen? Sogar bei Dunkelheit? Warum lässt du mich allein? Vorhin hat es an der Tür geklopft, ich habe nach dir gerufen, nach meinem Weib, aber das Haus war leer. Was glaubst du, wie lange ich gebraucht habe, um die Tür zu finden? Ein Eilbote stand davor und übergab mir dieses Pergament. Meine Finger haben sofort das kaiserliche Siegel erkannt. Seit einer Stunde sitze ich vor diesem gottverdammten Brief, ohne ihn lesen zu können. Kannst du dir vorstellen, wie das ist?«

»Ja.« Sie nickte schuldbewusst, wusste aber gleichzeitig, dass es nicht die Zeit für Erklärungen war. Sie nahm den Blutstein aus der Rocktasche und legte ihn lautlos auf ihre Tischseite. »Soll ich Euch vorlesen, Meister Drentwett?«

»Natürlich sollst du, Julian!« Er betonte den Namen auf eine Weise, als wolle er die Welt damit wieder ins Gleichgewicht bringen.

Juliane holte tief Luft, entrollte das Pergament und begann zu lesen: *»Unser Allerdurchlauchtigster, Großmächtigster und Unüberwindlichster Fürst und Herr, nunmehro Römischer König und künftiger Kaiser geruht dem Goldschmied zu Augsburg, Philipp Jakob VI. Drentwett, mitzuteilen, dass die Erschaffung der kaiserlichen Hauskrone in die treuen Hände eines hervorragenden Frankfurter Goldschmieds gegeben wurde, da ...«* Sie stockte. *»... da Ihro Römisch-Kaiserliche Majestät der Drentwett'schen Werkstatt das Vertrauen entzogen hat. Verdächtige Subjekte haben von dem Auftrag Kenntnis erlangt. Ein kaiserlicher Bote wurde kurz vor Augsburg seiner Lieferung kostbarer Steine und Juwelen beraubt.«* Ihr blieb die Sprache weg. Der Meister wurde kalkweiß, und seine Gesichtszüge erstarrten. Wie in Stein gemeißelt saß er da, er schien sich meilenweit von seiner Umgebung entfernt zu haben

»Weiter!«, befahl er heiser.

»Um eine erneute räuberische Behelligung der Boten zu vermeiden, muss das bisher gelieferte Material auf gnädigsten Befehl Ihro Römisch-Kaiserlichen Majestät binnen vierzehn Tagen in die Reichsstadt Frankfurt rückgeliefert werden. Der Rücktransport soll von der Drentwett'schen Goldschmiede auf eigene Verantwortung

und Gefahr organisiert werden, da durch mangelndes Stillschweigen ein Selbstverschulden in der Sache nicht ausgeschlossen werden kann. Darum auch muss in Zukunft von Folgeaufträgen jedweder Art zu unserem Bedauern Abstand genommen werden.

Die Schmerzlichkeit dieser Absage ist Ihro Römisch-Kaiserlichen Majestät sehr deutlich bewusst, darum wird eine Einladung in die Reichsstadt Frankfurt zu den Feierlichkeiten hiermit trotz der Umstände gütigst ausgesprochen. Der Goldschmied darf dies als Anerkennung seiner bisherigen Mühe werten. Zwei mit Siegel versehene Einlasskarten werden mit nächster Ordinari-Post zugestellt.

Actum, den 31. Januar 1742, am Tage des Einzugs des Römischen Königs und künftigen Kaisers in die Reichsstadt Frankfurt.«

Juliane ließ das Pergament sinken. Stille breitete sich in der Werkstatt aus, drückend wie gewitterschwere Luft.

»Und jetzt?«, flüsterte sie. »Was machen wir jetzt?«

»Nichts«, gab der Meister mit tonloser, fast fremd klingender Stimme zurück. »Es gibt nichts mehr zu tun. Es ist aus und vorbei. Biller und Thelott haben gewonnen. Morgen wird es die ganze Stadt wissen, dann kann ich meine Sachen packen und mir meinen Platz unter den Bettlern suchen.«

»So weit wird es nicht kommen! Außerdem müsst Ihr an Eure Frau denken. Und ... was wird aus mir?«, setzte sie leise hinzu.

»Von dir habe ich genug! Deinetwegen wurde mir der Auftrag vom Kaiser entzogen!«

»Meinetwegen? Warum soll ich daran schuld sein?«

»Weil du dein Maul nicht halten konntest! Von mir hat niemand von der Hauskrone erfahren. Keine Silbe ist mir über die Lippen gewichen! Bei dir kann ich mir allerdings sehr gut das Gegenteil vorstellen! Und so hat die Neuigkeit natürlich schnell die Runde gemacht und irgendwann drang sie ans Ohr des Falschen. Andernfalls wäre der Bote wohl kaum überfallen worden! Und jetzt geh mir aus den Augen, ehe ich mich vergesse!«

»Darf ich trotzdem als Magd bei Euch in der Goldschmiede bleiben?«

»Gewiss«, presste er hervor. Es klang nicht überzeugend. Der Meister spielte mit dem Treibhammer auf der Werkbank. Seine Finger strichen über den Holzstiel bis zur Finne aus blankem Stahl. »Geh jetzt.«

»Gewiss, Meister Drentwett. Und habt vielen Dank. Gute Nacht.«

»Gute Nacht, Blümlein. Schlaf wohl«, gab er ruhig zur Antwort.

Juliane räumte die Krone und das Musterbuch leise ins Versteck, um sich dann aus der Werkstatt zu schleichen. Ihre Stunden hier waren gezählt. Das wusste sie.

Als Juliane die Kammer betrat, stutzte sie. Friederike saß auf ihrem Bett und hatte sich über etwas gebeugt, es sah aus, als ob sie Buchseiten sortieren würde. Simon lag neben ihr und schlief. Juliane trat einen Schritt näher. Es war die Bibel ihres Vaters. Unzählige Seiten waren herausgerissen worden, sie bedeckten nicht nur ihr Bett, sondern auch den Stuhl am Fenster und den Boden. Wie Laubwerk schichteten sich die Blätter übereinander. Hier und da lugte ein Stück Text hervor oder eines der Bilder. Juliane hob den Holzschnitt vor ihrem Nachtkasten auf. Er zeigte das Jüngste Gericht. Ineinanderverkeilte, in der Hölle schmorende Menschenleiber, darüber Jesus Christus auf dem Wolkenthron.

»Friederike?«

Die Meistersfrau schaute auf, Tränen glänzten in ihren Augen. »Oh Gott, Juliane! Sieh doch nur! Es ist so furchtbar. Alles ist zerstört.« Sie ordnete einige Seiten und schob sie mit zitternden Fingern zurück in den Buchblock.

»Wer war das?«, brachte Juliane hervor.

»Das weiß ich nicht! Ich habe solche Angst! Das muss passiert sein, als ich heute Vormittag gemeinsam mit dem Meister zur Metzg gehen musste. Als auch du unterwegs warst. Wir müssen die Tür unbedingt besser verriegeln. Es muss alles sicherer werden!«

»Wer ist nur zu so etwas fähig?« Ein Kloß machte sich in ihrem Hals breit. »Wer bringt es fertig, eine Bibel zu zerreißen?« Juliane besann sich. »Biller? Thelott?«

»Oder Jakob«, gab Friederike zu bedenken.

»Jakob? Das glaube ich nicht! Warum sollte er? Außerdem ist er alt und gebrechlich, wie sollte er zu so etwas fähig sein? Es mag zwar sein, dass er einen Zorn auf den lieben Gott hat, aber Jakob hat mir eben erst geholfen. Er hat mir sogar Blutstein mitgegeben und mir erklärt, wie ich polieren soll!« Sie wurde leise. »Auch wenn ich das nun nicht mehr zu tun brauche. Eben musste ich dem Meister einen Brief aus Frankfurt vorlesen. Der Kaiser hat seinen Auftrag zurückgezogen.« Juliane gab ihr in kurzen, abgehackten Sätzen den Inhalt des Schreibens wieder.

»Dem Himmel sei Dank!« Friederike sammelte sich. »Entschuldige! Aber ich bin so froh, dass die Zeit der Angst und Bedrohung endlich vorüber ist. Das darfst du bitte nicht dem Meister sagen, aber ich bin so erleichtert, dass er den Auftrag los ist und damit denjenigen, der nicht zuletzt dir Böses will. Es tut mir natürlich auch für meinen Mann leid, er wird seinen Lebenstraum begraben müssen und vermutlich noch unausstehlicher werden.«

»Noch ist nicht aller Tage Abend. Ich denke schon die ganze Zeit darüber nach, wie wir den Auftrag wieder zurückbekommen könnten. Ich will nicht einfach aufgeben.«

»Oh Juliane! Ich bewundere deinen Mut! Doch du weißt

nicht, wie hoch der Preis sein wird, den wir alle am Ende bezahlen müssen.«

»Nein, das weiß ich nicht. Aber deshalb besteht auch die Möglichkeit, dass wir gar nicht bezahlen müssen, vielleicht gewinnen wir ja auch und bekommen sogar etwas zurück. Ach, da fällt mir ein!« Juliane griff in ihre Rocktasche. »Sieh mal, was ich dir hier wiederbringe!«

»Meinen Ring?« Friederike starrte sie an, als brächte ihr der Leibhaftige den Schmuck zurück.

»Aber ... wie?«, stotterte sie.

»Mathias hatte den Ring. Das habe ich erfahren, als ich gestern Abend mit ihm in der Vorstellung des Zauberers war. Im Übrigen hattest du Recht mit deiner Warnung, mein Jugendfreund könne sich verändert haben. Mathias hat mir den Ring zugegebenermaßen nicht ganz freiwillig überlassen, aber jetzt hast du ihn wieder, und wir werden ihm das Geld dafür zurückgeben. Hauptsache, du bist wieder glücklich.« Sie hielt der Meistersfrau den Schmuck entgegen.

»Juliane! Nein! Wie konntest du nur?«

»Aber Friederike? Ich dachte, du hängst an dem Ring?«

»Sicher tue ich das! Ich hänge an vielen Dingen, doch was interessiert das den Meister? König Philipp kümmert sich nur um seine eigenen Interessen, das weißt du selbst! Soll ich nun etwa von ihm verlangen, er solle seinen Diwan wieder zurückgeben, damit der Händler sein Geld zurückbekommt? Nein, Juliane. Mach es mir nicht noch schwerer, als es ohnehin für mich ist. Ich kann und will mich meinem Mann nicht widersetzen! Du musst dem Händler den Ring wieder zurückbringen! Gleich morgen früh, hörst du? Bitte!«

Juliane wollte etwas erwidern, doch Friederikes Blick ließ keinen Widerspruch zu. Es spiegelte sich die pure Angst darin wider, gleichzeitig aber auch der Drang nach Selbstbestimmung, eine brennende Mischung, unter der Friederike zu leiden hatte.

Juliane nickte. »In Ordnung. Wie du möchtest.«

Friederikes Gesichtszüge entspannten sich erst wieder, als der kleine Simon langsam erwachte und mit schmatzenden Geräuschen seinen Hunger bekundete.

Die Meistersfrau nahm ihn auf den Arm und lächelte. »Ach Juliane, könntest du für mich in die Küche gehen und einen Brei kochen? Ich kann mich einfach nicht von dem Kleinen trennen. Falls König Philipp wissen will, was du tust, sag ihm, ich hätte mir den Magen verdorben. Er wird froh sein, wenn du dich um mich kümmerst, so kann er weiter um sich selbst kreisen.«

Mit einem Nicken verließ Juliane die Kammer und machte in der Küche einen Brei für Simon fertig.

Guten Abend, meine Sonne. Schade, dass du immer so beschäftigt bist. Weder meinen Kummer noch meine Freude teilst du mit mir. Das nehme ich dir ein wenig übel, wie du sicher verstehen kannst. Ach, habe ich dir eigentlich schon von Petrus und Paulus erzählt? Kennst du die Überlieferung, derzufolge sich die beiden Apostel in Rom trafen und dort den Magier Simon überführten? Der junge Mann war einfach zu übermütig, glaubte nicht an seinen Untergang und stürzte schließlich mit seiner Flugkunst zu Tode. Nero wiederum ließ Petrus und Paulus ins Gefängnis werfen, weil er den Verlust seines Hofkünstlers nicht ungesühnt lassen konnte. Vor der Hinrichtung gelang es Petrus allerdings mit Hilfe von Freunden, sich davonzumachen. Wie gut, wenn man Freunde hat. Ich war in meinem Leben viel zu lang allein, durfte nie die Menschen um mich haben, die ich geliebt habe. Alle haben sich von mir entfernt. Da kommt man leicht auf dumme Gedanken. Ob man vor so einer Hinrichtung eigentlich noch etwas zu trinken bekommt? Oder muss man durstig sterben? Falls du eines Tages vor dieser Frage stehen solltest, so verlange nach abgekochtem Wasser. Ich trinke nur abgekochtes Wasser. Es macht mein Gewissen rein und unschuldig.

Nebenbei bemerkt: Ein hübscher und wirklich lieber kleiner Junge, den du da heute mit in die Goldschmiede genommen hast. Du wirst doch sicher wollen, dass er noch eine Weile bleibt, oder?

Übrigens, hast du den Raben heute fliegen sehen? Aber das ist eine andere Geschichte, die ich dir beim nächsten Mal erzählen will. Nun schlaf gut, meine Sonne. Heute war für uns alle ein ereignisreicher Tag.

Ach, falls du noch etwas in den losen Seiten deiner wunderschönen Bibel blättern willst: Mir hat die Szene mit dem Jüngsten Gericht am besten gefallen, man sollte aber auch den sehr gelungenen Holzschnitt über Petrus' Verrat an Jesus nicht verachten. Dreimal hat Petrus Jesus verleugnet, noch ehe der Hahn krähte. Allerdings kannte Jesus seinen Verräter, im Gegensatz zu dir. Du meinst mich zu kennen, aber du weißt nichts von mir. Nichts.

***

Mitten in der Nacht schreckte Juliane von einem dumpfen Geräusch auf, dem ein Klirren folgte. Sie war sofort hellwach. Sie setzte sich auf, starrte mit aufgerissenen Augen in die Dunkelheit und versuchte, sich in der Kammer zu orientieren. Das Fensterglas war noch heil. Das blassgraue Mondlicht wies einen hellen Pfad zur Tür. Auch dort hatte sich nichts verändert, alles war in Ordnung.

Friederike bewegte sich in ihrem Bett.

»Hast du das gehört?«, flüsterte Juliane.

»Klang, als ob jemand eine Scheibe eingeworfen hätte.« Friederike zog den kleinen Simon näher und drückte ihn fest an sich. »Und jetzt?«, fragte sie heiser.

»Schritte!«, hauchte Juliane. »Unten in der Werkstatt! Hörst du das?« Sie hielt den Atem an, damit ihr kein Laut entging.

»Kommen sie näher? Die Stiege herauf?«

»Nein.«

»Oh Gott, hoffentlich will er uns nichts tun. Dem kleinen Sonnenschein darf nichts passieren.« Friederike legte die Hand vorsichtig über Simons Köpfchen. Sein Körper verursachte nur eine sanfte Wölbung der Bettdecke, ein unaufmerksamer Betrachter hätte ihn durchaus übersehen können.

Ein schabendes Geräusch – sie erstarrten. Als ob jemand etwas über den Boden schleifen würde.

Juliane schlug die Bettdecke zurück, besessen von dem Wunsch, den Eindringling loszuwerden.

»Ich wecke Meister Drentwett. Er muss etwas tun.«

»Was soll er denn ausrichten können? Du musst leise sein, wir dürfen uns nicht verraten.«

Juliane schüttelte den Kopf. »Wer auch immer es ist, er wird längst wissen, wo er uns findet. Ich kann ihm höchstens noch zuvorkommen.« Sie stand auf.

Friederike kroch tief unter ihre Bettdecke.

Barfuß schlich Juliane sich aus dem Zimmer. Sie spürte jede Unebenheit der kalten Dielen unter den Füßen, als sie den kurzen Flur entlang zu Meister Drentwetts Kammer ging. Ihre Muskeln verspannten sich. Sie zitterte.

Als sie vor seiner Tür stand, fiel in der Werkstatt etwas zu Boden, ein hohles Klimpern, darauf gleich zwei dumpfe Aufschläge.

Juliane nahm die Hand wieder von der Klinke. Sie beschloss alleine nachzusehen. Und zwar gleich. Der Meister würde ihr ohnehin mehr Hindernis als Hilfe sein.

Sie ging bis zum Treppenabsatz und schaute hinunter in die Küche. Dort war alles dunkel, selbst das Herdfeuer war erloschen. Lautlos wie eine Katze schlich sie die Stiege hinab in das schwarze Loch, es war finster wie in der Tiefe eines Brunnens.

Unten angekommen tastete sie sich weiter bis zur Küchentür. Dabei stieß sie mit dem Fuß gegen einen der grob gezimmerten Stühle. Es rumpelte. Wie versteinert hielt sie inne, ihr Herz schlug so kräftig, dass sie glaubte, der Eindringling müsse es hören können.

In der Werkstatt war es totenstill.

Ihr Zeh schmerzte, sie biss die Zähne zusammen und humpelte zur Küchentür. Sie wollte ihrem Feind Auge in Auge gegenüberstehen. Sie legte ihre Hand auf die kühle Metallklinke und verstärkte langsam den Druck. Als sie den Anschlag spürte, schob sie die Tür einen Spalt weit auf.

Sie sah den leeren Werktisch.

Ein Schatten wanderte an der Wand entlang, langsam, als falle demjenigen jeder Schritt schwer.

Eine böse Vermutung beschlich sie. Mit einem schnellen Schritt betrat sie den Raum.

»Meister Drentwett?«, stieß sie hervor. »Was macht Ihr denn hier?«

Der Goldschmied fuhr zusammen, als habe ihn der Blitz getroffen.

»Ich halte mich in meiner Werkstatt auf!«, keuchte er. »Das hier ist meine Werkstatt, und hier kann ich tun und lassen, was ich will! Du gehst sofort wieder in deine Kammer, Blümlein!« Er wollte einen Schritt vorwärtsgehen, stieß aber gegen die Truhe, die er aus der Ecke vorgezogen hatte. Sie war bis zum Rand gefüllt mit seinem Goldschmiedewerkzeug. Er hatte alles wahllos daneben- oder hineingeworfen. Nur den Treibhammer hielt er noch in der Hand.

»Hier!« Er stieß das Werkzeug wie einen Dolch in die Truhe. »Das hier steht alles zum Verkauf! Ich gebe auf! Es ist zu Ende, alles ist zu Ende!«

»Aber ...«

»Sei still! Habe ich dich gerufen? Du solltest mir dabei helfen, meinen Lebenstraum zu verwirklichen, ja, das solltest du! Stattdessen hast du alles zerstört! Alles!«

Juliane schossen die Tränen in die Augen. So schnell es ging verschwand sie wieder in ihre Kammer.

»War das König Philipp?«, flüsterte Friederike, kaum dass die Tür geschlossen war. »Was ist passiert?«

Juliane berichtete ihr stockend, was er gesagt hatte.

»Das war zu erwarten. Vielleicht beruhigt er sich ja wieder, aber wenn er es ernst gemeint hat, solltet ihr beiden euch morgen früh besser nicht begegnen.« Sie überlegte. »Du wolltest ja ohnehin zu dem Händler und ihm den Bernsteinring zurückgeben. Ich werde so lange allein mit dem Meister zurechtkommen. Auch wenn Simon hier ist. Und nun lass uns versuchen, die wenigen Stunden, die uns die Nacht noch schenkt, zu schlafen. Nehmen wir uns ein Beispiel an dem Kleinen. Er ist von dem ganzen Lärm nicht einmal wach geworden.«

Juliane nickte verkrampft und ließ sich ins Bett sinken. Wie sollte es nur weitergehen? Tränen rollten ihr stumm von den Wangen und benetzten das Kissen. Wie gerne hätte sie die Krone vollendet.

6. Tag

Freitag, 2. Februar 1742,
noch 10 Tage bis zur Krönung

Ein Wort, geredet zu rechter Zeit, ist wie goldene Äpfel auf silbernen Schalen.

Sprüche 25,11

Am nächsten Morgen wurde Juliane von den Strahlen der Wintersonne wachgekitzelt. Der Himmel war blau, ein wenig blass zwar, wie von Schneeflocken durchwoben, und doch von so strahlender Schönheit, dass er ihr ein Lächeln ins Gesicht zauberte.

»Guten Morgen, Juliane«, erklang Friederikes beschwingte Stimme im Raum. Die Meistersfrau saß ihr gegenüber auf dem Stuhl und wiegte Simon in den Armen. »Hast du noch gut geschlafen? Ich hoffe, wir haben dich nicht geweckt?«

»Wie spät ist es?«

»Eben hat es zur achten Stunde geläutet.«

»Ist der Meister schon auf?«

»Er schläft noch, keine Sorge. Ich habe mir erlaubt, ihm heute früh einen Becher Gewürzwein zu bringen, dem ich rein zufällig ein wenig Laudanum beigefügt habe.« Friederike lächelte.

»Ich schätze, die Wirkung wird bis zum Mittag anhalten. Ich werde die Zeit mit Simon genießen, und du kannst in Ruhe dem Händler den Ring zurückbringen. Sobald König Philipp erwacht, werden wir sehen, wie es weitergeht. Vielleicht wird das Laudanum sein Gemüt ein wenig besänftigen. Und nun zieh dich rasch an. Denk daran, heute ist Freitag. Du weißt, was am großen Markttag auf den Straßen los ist.«

»Und was soll ich anziehen?«

»Was für eine Frage! Dein Kleid! Schließlich kennt dich der Händler als Juliane, nicht als Julian, oder?« Friederike schaute sich um. »Wo hast du den Ring?«

Juliane kramte in der Schürzentasche, während sie sich anzog. »Hier ist er.«

»Gut.« Friederike schnürte ihr das Mieder so fest, dass ihr beinahe die Luft wegblieb. Oh, wie sie die Männer um deren lockere Kleidung beneidete, aber heute war sie froh, nicht als solcher gehen zu müssen. Friederike half ihr, die Haube so über den kurzen Haaren zu drapieren, dass man glaubte, sie trage die Haare hochgesteckt.

»So, fertig. Und nun geh!«

Juliane verschwand über die Außentreppe aus dem Haus, in die Werkstatt wollte sie keinen Fuß setzen.

Schnell verließ sie die Pfladergasse und bog am Kloster Maria Stern zum Rathausberg ab.

Den Weg hinauf ging es schon etwas langsamer voran, weil viele Leute auf den Beinen waren. Auf der Hauptstraße schließlich konnte sie kaum mehr einen Fuß vor den anderen setzen. Wie sollte es auch anders sein, wenn eine Stadt mit über zwanzigtausend Einwohnern, von denen die wenigsten Selbstversorger waren, ihren Markttag abhielt?

Die Verkäufer aus den umliegenden Dörfern mussten oft schon zu nachtschlafender Zeit aufbrechen, um im Morgengrauen – und damit rechtzeitig zu Marktbeginn – in der Stadt zu sein. Die Wohlhabenderen unter ihnen besaßen ein Fuhrwerk, die meisten aber kamen zu Fuß mit dem Handkarren oder der Kraxe auf dem Rücken. Nachdem der Marktmeister die Menge der Ware bestimmt, auf einwandfreie Beschaffenheit hin geprüft und die Marktgebühr erhoben hatte, nahmen die Händler ihre meist angestammten Plätze ein. Außer Fleisch und Brot durfte jeder alles an Viktualien verkaufen, gleich welchen Beruf er sonst ausübte. So gab es auch viele Gelegenheitsverkäufer, die Obst, Blumen oder eigens im Lech gefangenen Fisch verkauften. Nur die Fürkäufler waren dem Marktmeister ein Dorn im Auge, schließlich hatte er über die Einhaltung der Marktgesetze zu wachen. Und diese besagten, dass bei Viktualien keine Zwischenhändler als Preistreiber geduldet wurden, auch durften keine Waren bereits unter den Stadttoren aufgekauft werden. Es herrschte strikter Marktzwang.

Zwischen dem bunt bemalten Weberhaus und der Moritzkirche hatten sich vor der Schranne einige Bäcker und Müller versammelt, da heute auch Korn gehandelt wurde. Sowohl vor als auch in dem lang gezogenen Holzgebäude mit den arkadenartigen Öffnungen stapelten sich säckeweise Weizen, Roggen, Gerste und Schwabenkorn, eine uralte und anspruchslose Sorte. Wie betrunkene, müde Leiber lehnten die Kornsäcke an den Wänden, von den Käufern kritisch beäugt. Etwas genügsamer war da eine Schar von Tauben, die sich niederließ, um verlorengegangene Körner aufzupicken. Sofort dachte Juliane an Amalia. Sie verglich jede der Tauben mit ihr, die Gefieder schillerten in der Sonne, während die Vögel aufgeregt hin- und herliefen. Sie hätte gerne gewusst, wo Amalia jetzt war – und wenn sie ehrlich war, interessierte sie noch mehr, was der Zauberer gerade machte.

Weiter vorne, bei den fliegenden Händlern am Merkurbrunnen, herrschte ein Sprachwirrwarr, wie es nur an großen Markttagen zu hören war. Dialekte, fremde Laute und Sprachmelodien tanzten um sie herum, nur alle paar Schritte verstand sie, was angepriesen wurde. Linker Hand rief eine Frau bayerische Rüben aus, von rechts beantwortete eine Männerstimme den Ruf mit dem Anpreisen seiner Marmeladen, Kienhölzer und Gänsefedern. Manchmal erschloss sich der Sinn der Worte jedoch erst bei einem Blick in den Korb oder auf das Tabulet, das der Anbieter wie einen kleinen Kasten vor dem Bauch trug. Härene Schuhe erwiesen sich als Filzpantoffeln unterschiedlicher Größe, die von den Mägden und Hausfrauen zwar neugierig betrachtet und befühlt, aber dann doch nicht gekauft wurden. Ähnlich erging es den Händlern mit den Mausefallen und Wettergläsern. Etwas mehr los war bei den Besenverkäufern und weiter vorne bei einem Mann, der neben einer tragbaren Holzkiste stand. Drei Gänse streckten ihre Köpfe zu Löchern heraus, die gerade eben die Hälse durchließen. Auf dem Deckel stapelten sich in mehreren Lagen Gänseeier.

»Nun, junges Fräulein, wie wäre es mit einer Gans für den Hof oder den Herd? Oder ein paar Eier gefällig?«

»Oh, nein danke, vielen Dank.«

»Traut Ihr meiner Ware nicht? Ihr bekommt nirgendwo besser gemästetes Vieh als bei mir – und noch dazu so preiswert!«

»Ich brauche kein Federvieh im Moment, danke.«

»Aber Ihr seid doch stehen geblieben und habt meine Ware begutachtet, ich habe es genau gesehen! Ach, jetzt fällt es mir erst auf, du bist doch Juliane, die Tochter unseres verstorbenen Pfarrers, Gott hab ihn selig. Fast hätte ich dich nicht erkannt. Deine Haare, du hast dich irgendwie verändert. Aber es ist ja auch schon ein paar Jährchen her, seit ich für den Herrn Pfarrer als Mesner gearbeitet habe. Wo treibst du dich denn jetzt herum? Nicht mehr beim alten Jakob? Man munkelt, du seiest in der Drentwett'schen Goldschmiede.«

»Vorübergehend, ja«, wich Juliane aus. »Ihr entschuldigt mich, aber ich muss noch ein paar Besorgungen erledigen.«

Der Mann sprang ihr hinterher. Er war noch recht flink, trotz seines Buckels und der von körperlicher Arbeit gedrungenen Statur.

»Sodann komm doch auf dem Rückweg noch einmal bei mir vorbei! Wenn die Marktzeit dem Ende zugeht, darf ich dir die Gans günstiger überlassen!«

»Lasst nur. Ich weiß nicht, ob mich der Weg noch einmal herführt.«

»Das macht nichts! Ich bringe das Tier auch gerne in die Goldschmiede, hätte ich für deinen Vater schließlich auch getan. War ja so ein herzensguter Mensch, der Herr Pfarrer.«

»Das ist nicht nötig, wirklich nicht. Auf Wiedersehen, einen schönen Tag noch, werter ...«

»Merkle! Johannes Merkle ist mein Name. Kannst mich ruhig Johannes nennen, so wie dein Vater es immer getan hat. Er musste viel zu früh von uns gehen. So wie meine Frau Magdalene am Fieber gestorben ist, da warst du noch ein Säugling. Zu früh, viel zu früh.« Tränen traten ihm in die Augen. »Wir haben alles gemeinsam gemeistert, nichts brachte uns auseinander, auch wenn uns das Leben nicht nur Glückseligkeit schenkte. Bis der Herrgott sie zu sich holte. Schlimm war das, schlimm. Ich hatte doch nur sie. Aber ich rede schon wieder viel zu viel. Entschuldige. Hab nur so selten jemanden. Soll dich aber nicht interessieren. Einen schönen Tag noch, Juliane, und ich hoffe, wir sehen uns bald wieder.«

»Ja dann, auf Wiedersehen ... Johannes.« Juliane ging zügig weiter. Es war ihr peinlich, ihn mit ihrer Frage zu Tränen gerührt zu haben.

Vor dem Hallamt musste sie einen Bogen um ein Knäuel aus Menschen und Fuhrwerken machen. All diese Leute hatten bereits vor der Stadtwaage angestanden, und nachdem die Güterbestätter ihnen die Wiegezettel ausgestellt hatten, mussten sie beim Hallamt die entsprechenden Zollgebühren entrichten. Am benachbarten Siegelhaus waren wiederum nur die Abgaben für schwankende Ware zu bezahlen.

Juliane ging an einem Fuhrwerk vorbei, das Flachsbündel und Lederhäute geladen hatte, daneben wartete ein südländisch aussehender Mann in roter Hose auf die Erhebung des Zolls für seine Körbe voller Pomeranzen, deren Haupterntezeit in seinem Heimatland begonnen hatte. Die in verschiedenen Orangetönen schimmernden Früchte würde er, wie viele der anderen Händler, in der Hall einlagern lassen, damit sie von dort weiterverkauft werden konnten. Deshalb standen auch schon einige Männer bereit, um den Zuschlag für manch eine der frisch angelieferten Waren zu erhalten. Einer bekundete Interesse an Lorbeerblättern, der Nächste hatte es auf feinste Rosinen abgesehen. Besonders lautstark ging es zu, als der nächste Händler seine Kisten von den Hallbeamten öffnen ließ. Kegelförmig gepresster Schnupftabak lag darin, um den nun das Feilschen begann. Zwei aus der Gruppe waren Tabakreiber, Männer, die sich darauf spezialisiert hatten, die Kegel klein zu reiben und der feineren Gesellschaft in eleganten Tabaksdosen anzubieten. Die anderen wollten offenbar dringend ihren eigenen Vorrat auffüllen.

Nur ein Mann stand abseits mit dem Rücken zu ihr, er hatte es auf eine andere Kiste abgesehen. Er trug einen dunklen Umhang, die blonden Haare zu einem ordentlichen Zopf frisiert. Juliane erkannte ihn sofort – es war Mathias. Sein Profil war viel weicher als das des Zauberers, die Kleidung sauberer und der Rücken aufrechter.

Als Mathias sich zufällig in ihre Richtung drehte, verschwand sie schnell hinter einem der Fuhrwerke. Sie atmete tief durch und tastete nach dem Ring in ihrer Rocktasche. Sollte sie wirklich zu ihm gehen? Musste das sein? Sie hatte sich überhaupt noch nicht überlegt, was sie Mathias sagen wollte. Dass ihr der Streit leidtat. Dass sie gerne wieder mit ihm reden würde, sein Geschäftssinn ihr allerdings überhaupt nicht behagte? Dies war wohl der wahre Grund, warum sie zögerte. Hatten sie sich überhaupt noch etwas zu sagen? Oder würde es gleich wieder in einen Streit ausarten, weil er den Bernsteinring vielleicht längst hätte verkaufen können? Oder weil sie ihn schon wieder bei seinen Geschäften störte?

Juliane hielt über das Fuhrwerk hinweg nach ihm Ausschau, und in diesem Augenblick entdeckte er sie.

»Juliane!«

Langsam kam er auf sie zu. Er hatte ihr die Entscheidung abgenommen.

»Was machst du denn hier? Willst du auch handeln?«

»Nein«, lautete ihre einsilbige Antwort.

»Komm, dann lass uns ein wenig zur Seite gehen, hier ist es so laut, man versteht ja sein eigenes Wort nicht. Was hältst du davon, wenn ich dich im Gasthaus zu einem Pfannkuchen einlade? Mit Zimt oder Schokolade?«

»Und was ist mit der Ware hier? Die wolltest du doch kaufen, oder?«

Er sah zwischen ihr und der Kiste hin und her. »Ja. Wollte ich. Ist aber nicht so wichtig. Porzellan gibt es immer wieder zu kaufen.«

»Aber das sind doch sicher ganz bestimmte Stücke.«

»Es wird nicht das letzte Kaffeeservice sein, das nach Augsburg gebracht wird.« Er lächelte. »Komm mit.« Er umfasste ihr Handgelenk mit sanftem Druck und führte sie die wenigen

Schritte quer über die Hauptstraße bis zum Gasthof *Zu den drei Mohren*.

Drinnen war es mollig warm. Sie nahmen im Schankraum Platz, wo außer ihnen, nur einige Tische entfernt, vier Männer vor ihrem Bier saßen und eine Suppe löffelten. Juliane wurde von ihnen gemustert wie ein fremdes Tier im Revier, doch dann verloren sie das Interesse an ihr und vertieften sich wieder ins Gespräch.

Mathias bestellte beim Wirt zwei mit Schokolade gefüllte Pfannkuchen. Der feiste Hausherr nickte, doch als sich sein Blick mit dem ihren kreuzte, runzelte er die Stirn. Mathias interpretierte sein Zögern als Frage und bestellte noch zwei Becher Gewürzwein. Bei der Auswahl des Getränks musste Juliane an Friederike und den Meister denken, vor allem an den Ring, den sie Mathias zurückgeben sollte.

Der Wirt besann sich wieder auf seine Arbeit, offenbar hatte er in ihr die Frau wiedererkannt, die den kleinen Jungen mitgenommen hatte – und das genügte ihm.

Bis das Essen kam, saß Juliane ihrem Freund aus Kindertagen gegenüber, ohne dass einer das Wort an den anderen richtete. Schweigend schauten sie sich an. Manchmal forschend, dann wieder verlegen, hin und wieder lächelnd, jedoch immer mit ruhigem Blick und einander zugewandt.

Die Magd kam an den Tisch und brachte die zwei Becher Gewürzwein. Juliane hielt die Nase über den feinen Dampf.

»Mhmm«. Sie schloss die Augen und atmete die schwere Süße des Weins ein, den prickelnden Zimtgeruch, der von einem Hauch Orange überdeckt wurde.

Als sie aufschaute, stand die junge Magd noch immer neben ihr.

»Verzeihung«, das Mädchen knickste, »Ihr seid doch die Frau, die nun das Kind hat, nicht wahr?«

»Welches Kind?«, mischte sich Mathias ein.

Juliane deutete eine beschwichtigende Geste an.

»Oh, Verzeihung.« Der Blick des Mädchens irrte zwischen den beiden hin und her. »Ich wollte keinen Unfrieden stiften.«

»Schon in Ordnung«, beschied Juliane das Mädchen. »Nichts passiert.«

»Ich wollte auch nur fragen, wie es dem kleinen Jungen geht ... ich meine ... bestimmt geht es ihm gut bei Euch, natürlich, ich wollte ...«

Juliane nickte. »Es geht ihm gut, wir kümmern uns um ihn.«

»Das freut mich.« Dem Mädchen entwich ein erleichterter Seufzer. »Es ist ja nur, weil ich den Kleinen in der kurzen Zeit so in mein Herz geschlossen habe. Vielen Dank für die Auskunft.«

»Was ist denn das für eine Geschichte?«, fragte Mathias, als sich die Magd vom Tisch entfernt hatte.

»Eine lange Geschichte, die ich dir in aller Kürze erzählen will: Einer armen jungen Frau, die mit ihrem neun Monate alten Sohn im Wald hausen muss, gaben wir vor kurzem etwas zu essen. Nun bat sie uns, ihren Sohn eine Weile bei uns aufzunehmen. Sie scheint in großer Not zu sein.«

»Oh, das hört sich schlimm an. Und was ist mit dem Vater, weiß man etwas von ihm?«

»Die Kindsmutter wird seinen Namen wohl wissen, ich kenne die Umstände nicht.«

»Hoffentlich geht die Sache gut aus und das Kind kann bei seiner leiblichen Mutter aufwachsen, vielleicht sogar bei beiden Eltern.«

Juliane wusste, dass Mathias gerade an seine eigene Kindheit dachte.

»Das würde ich mir auch für Simon wünschen, aber Hauptsache ist, dem Kleinen geht es gut und er ist versorgt. Zwischenzeitlich kann die Mutter ihre Kräfte darauf verwenden, ihr Leben in Ordnung zu bringen. Und solange kümmert Friederike sich um ihn.«

Mathias senkte den Kopf. »Friederike ist der Name der Meistersfrau?«

»Ja, und um ihretwillen muss ich mit dir reden ...«

»Nein, ich bin zuerst dran. Ich möchte mich bei dir entschuldigen. Ich habe mich unmöglich aufgeführt.«

»Nein, nicht du«, wehrte sie ab. »Ich war es. Ich habe mich unnötig mit dir gestritten.«

»Unsinn. Du hast mich zum Nachdenken gebracht und wachgerüttelt. Selbstverständlich kann die Meistersfrau den Ring von mir zurückbekommen.«

»Aber sie will ihn doch gar nicht zurückhaben!«

Für einen Moment schaute er sie sprachlos an, dann mussten sie beide lachen.

Juliane übergab ihm den Schmuck, wie von Friederike gewünscht. Augenblicklich fühlte sie sich wohler.

Sie beschloss, ehrlich zu ihm zu sein. »Ich bin froh, dass das Problem aus der Welt geschafft ist. Allerdings habe ich den Eindruck, dass du dich sehr verändert hast. Das Leben hat dich härter gemacht, und das finde ich erschreckend.«

»Du hast mir einen Spiegel vorgehalten. Und glaube mir, ich konnte mich selbst nicht mehr leiden, als ich begriff, dass ich auf dem besten Wege war, für ein Geschäft eine Freundschaft zu opfern, dass ich Werte wirklich nur noch in Geldsummen aufwog. Es tut mir leid, Juliane. Es tut mir aufrichtig leid, wie ich mich verhalten habe.« Er schlug die Augen nieder. Seine Hand tastete sich eine Fingerlänge über den Tisch, verharrte dann aber dort.

»Warum bist du dann nicht in die Goldschmiede gekommen, um das Geschäft rückgängig zu machen?«

»Stunde um Stunde habe ich daran gedacht, dreimal am Tag bin ich in die Pfladergasse gegangen, und dann doch an der Goldschmiede vorbeigelaufen. Zum einen hat mich die Meistersfrau vor ein paar Tagen schon nicht eben freundlich empfangen, und zum anderen hatte ich wahnsinnige Angst davor, dass du mir die Tür vor der Nase zuschlägst, bevor ich auch nur ein Wort hätte sagen können.«

Juliane konnte sich ein Grinsen nicht verkneifen. »Das wäre durchaus möglich gewesen.«

»Siehst du. Deshalb habe ich mich in Gedanken tausendmal bei dir entschuldigt und gehofft, du könntest es vielleicht hören oder spüren. In deine Nähe habe ich mich aus Furcht vor Zurückweisung nicht mehr getraut.«

»Das war vielleicht auch besser so. Ich habe die Zeit gebraucht, um wieder ruhig zu werden.«

»Und jetzt? Bist du froh, dass es so gekommen ist?« Seine Hand tastete sich weiter, bis nur noch ein Hauch fehlte, ihre Fingerspitzen zu berühren.

Juliane lächelte ihn an und nickte. Das Knistern zwischen ihnen war ein neues, unbekanntes Gefühl, sie spürte etwas in sich erwachen, wenn er sie ansah. Wie oft hatte sie schon den Blick seiner verschiedenfarbigen Pupillen erwidert, doch jetzt entdeckte sie etwas Neues darin, vielleicht Bewunderung, oder war es sogar Begehren? Und da begriff sie, dass er nicht mehr das kleine Mädchen, sondern die Frau in ihr sah, ihr Inneres, das sich nach Zuneigung und Zärtlichkeit sehnte. Ein wohliger Schauer breitete sich in ihr aus, als er vorsichtig ihre Hand nahm. Ihre Haut kribbelte, als liefe sie durch einen warmen, feinen Sommerregen.

Mit der anderen Hand hob Mathias ihr seinen Becher entgegen und lächelte sie verschwörerisch an, als hätten sie eben ein Geheimnis miteinander verabredet.

»Auf dein Wohl, Juliane.«

»Auf dein Wohl, Mathias.«

Während sie tranken, schauten sie sich immer wieder an, und Mathias ließ ihre Hand nicht mehr los.

Erst als der Wirt die Schokoladenpfannkuchen auftragen wollte, fuhren sie verlegen auseinander.

»Einen Guten«, brummte der Wirt und verschwand wieder.

»Lass es dir schmecken«, ergänzte Mathias mit lustvollem Unterton.

Juliane nahm den heißen Pfannkuchen mit den Fingerspitzen auf, pustete und biss hinein. Der Teig schmiegte sich an den Gaumen, gab seinen Geschmack nach Butter und Mandeln frei, und mit jedem Kauen mischte sich ein wenig mehr von der flüssigen Schokolade dazu, verteilte sich im Mund und hinterließ nach dem Schlucken einen Hauch Vanille. So etwas Gutes hatte sie schon lange nicht mehr gegessen. Bissen für Bissen genoss sie die Köstlichkeit. Mathias hatte längst aufgegessen, als sie sich langsam das letzte Stück in den Mund schob.

»Deine Augen leuchten jetzt schöner als jedes Juwel«, stellte er fest. Nachdenklich holte er noch einmal Friederikes Ring hervor. »Ich glaube, ich möchte ihn gar nicht mehr verkaufen. Ich käme mir dabei immer noch schäbig vor, obwohl ich weiß, dass die Meistersfrau ihn nicht mehr haben will. Wobei ich mir da letztendlich nicht sicher bin und du bestimmt auch nicht.« Mathias drehte den Ring zwischen Daumen und Zeigefinger, sodass der Stein im Licht mal heller und mal dunkler leuchtete. »Ich könnte mir den Schmuck an deiner Hand sehr schön vorstellen.«

Juliane zog ihren Arm instinktiv zurück. »Aber nein, das steht mir nicht zu, so einen Reichtum darf ich als Magd nicht zur Schau tragen.«

»Du könntest ihn in der Goldschmiede tragen und dabei an mich denken.«

»Ich denke auch so an dich. Dazu brauche ich keine so wertvolle Erinnerungshilfe.«

»Probier ihn wenigstens an, nur kurz, bitte. Ich will wissen, wie er an dir aussieht.«

Etwas widerstrebend, jedoch von ihrer eigenen Neugierde getrieben, steckte Juliane den Ring auf den Mittelfinger der linken Hand. Einen anderen Platz gestand sie ihm nicht zu. Er passte. Ein wenig locker vielleicht, aber sie würde ihn ja auch nicht den ganzen Tag tragen wollen. Was dachte sie da nur, schalt sie sich selbst. Sein Geschenk durfte und konnte sie nicht annehmen. Die Meistersfrau würde ihr ohnehin niemals erlauben, den Ring zu tragen. Allerdings würde er auf diese Weise wenigstens wieder in Friederikes Besitz zurückkehren.

»Behalte den Ring«, entschied Mathias. »Ich möchte, dass du ihn trägst. Und wenn die Meistersfrau etwas dagegen hat, so sage ihr, dass ich ihr den Ring zurückgebe und auf mein Geld verzichte. Sie muss es mir nicht zurückzahlen, wenn du ihn trägst. Letztendlich dürfte das auch in ihrem Sinne sein, meinst du nicht?«

»Ich werde Friederike fragen, in Ordnung?« Mit sanftem Zug streifte sie sich den Schmuck wieder ab und legte ihn in die Handfläche.

Mathias schloss ihre Hand. »Und wenn alle Stricke reißen, so gib mir Bescheid. Dann kaufe ich dem Händler doch noch einen seiner kostbaren Steine ab, die er unbedingt loswerden wollte. Obwohl ich ihm ja eure Goldschmiede empfohlen habe.«

»Was sagst du da?« Juliane glaubte keine Luft mehr zu bekommen. »Wer war dieser Händler? Und woher hatte er die Juwelen?«

»Das weiß ich nicht. Er kam in den Gasthof, wahrscheinlich

weil er wusste, dass viele Händler mit guten Beziehungen zu den Adelshäusern hier ihr Quartier nehmen, Verbindungen, die ihm anscheinend fehlen. Die Herrschaften kaufen nicht beim Fußvolk ein, verstehst du?«

»Und diesen Mann hast du zu uns geschickt?« Julianes Gedanken überschlugen sich.

»Ja, warum nicht? Ein Goldschmied kann doch immer Steine brauchen. Deshalb habe ich ihm die Drentwett'sche Goldschmiede als erste Adresse genannt. Vielleicht macht er euch ein gutes Angebot. Ich habe jedenfalls nur deshalb dankend abgelehnt, weil mir das Risiko viel zu hoch ist, wegen des glänzenden Plunders überfallen zu werden, ehe ich mich überhaupt auf den Weg zu einem Käufer machen kann.«

Ihr wurde schwindlig und schlecht zugleich. »Mathias, ich habe allen Grund zu der Annahme, dass der Mann die Juwelen gestohlen haben könnte. Und du kennst ihn wirklich nicht?« Sie fieberte um seine Antwort.

»Nein. Aber im Nachhinein kommt mir der Mann auch etwas merkwürdig vor. Irgendwie hat mich von Anfang an etwas an ihm gestört, aber ich dachte, das läge daran, dass ich erschöpft war und nur noch meine Ruhe haben wollte.«

»Was war auffällig an ihm? Beschreib ihn mir!«

»Nun ja, er sah ordentlich aus, war gut gekleidet, wie ein Händler eben.« Er grinste schief. »Allerdings roch er ziemlich streng, die Gesichtshaut sah aus wie Leder, und sein silberfarbener Bart wirkte nicht eben gepflegt.«

»Und was mache ich, wenn er ein Räuber ist und in die Goldschmiede kommt?«

»Nur keine Angst. Wenn er kommt und dir die Juwelen anbietet, zeigst du Interesse, sagst aber, dass du erst Geld besorgen musst, und verabredest dich mit ihm. Wenn er wiederkommt, erwartet ihn der Büttel in der Werkstatt.«

Voller Angst schüttelte Juliane den Kopf.

»Ach, das wird schon nicht gefährlich werden. Wenn du willst, bin ich in deiner Nähe. Im Zweifelsfall wird der Büttel den Räuber samt Diebesgut verhaften, und ehe er sich versieht, sitzt er schon im Gefängnis ein.«

»Genau das ist ja das Schlimme!«

Mathias zog die Stirn kraus. »Muss ich dich jetzt verstehen?«

»Nein, aber gleich wirst du es. Dann wirst du erkennen, wie schwierig und ernst die Lage ist, und weißt mir hoffentlich einen Rat.« Im Flüsterton erzählte sie Mathias vom kaiserlichen Auftrag, von der Erschaffung der Hauskrone und vom Brief des künftigen Kaisers. Gerade als sie ihm klarmachen wollte, dass der Büttel wohl kaum die geeignete Person sei, die Juwelen ihrem Bestimmungsort zuzuführen, da seine Leidenschaft für eigene krumme Machenschaften ein offenes Geheimnis war – just in diesem Moment ging die Tür auf, und Biller betrat den Schankraum.

»Küss mich, schnell!« Sie zog Mathias an den Schultern zu sich herüber, und ehe er sich's versah, trafen sich ihre Lippen. Juliane versuchte, nichts dabei zu fühlen, einfach nur diesen alten Trick anzuwenden, um ihr Gesicht vor Biller zu verbergen.

Prompt reagierte der Geschaumeister: »He, Wirt. Komm mal aus deiner Küche! Schon mal was von Kuppelei gehört? Die zwei hier sind doch bestimmt nicht verheiratet.«

Juliane hielt ihren Freund mit den Lippen fest und beobachtete aus dem Augenwinkel, dass Biller in die Küche ging, um sich den Wirt vorzuknöpfen.

Auf diesen Moment hatte sie gehofft. Sie löste sich blitzschnell von Mathias, schenkte ihm noch ein Lächeln und rannte dann zur Tür hinaus. Um ihren Freund machte sie sich keine Sorgen. Wie immer würde sich der Wirt in so einer Sache mit wohlfeilen Worten aus der Affäre ziehen, die anderen Gäste würden ihm für ein kleines Sümmchen beipflichten und Mathias nach einem üppigen Trinkgeld den Gasthof verlassen, als wäre nichts gewesen.

***

Am Rand der Lichtung hatte sich Stine in ihre Decken gehüllt. Seit dem Morgengrauen saß sie zusammengekauert da. Zu ihren Füßen lagen zwei der Hirtenhunde und wärmten sie. Der dritte war bei seinem Herrn geblieben und rührte sich dort nicht von der Stelle.

Silberbart hockte am Feuer, die Ellenbogen auf die Knie gestützt, und betrachtete mit ausdrucksloser Miene einen Zweig in seiner Hand, brach immer wieder ein Stück davon ab und warf es in die Flammen. Das Knacken und Knistern waren die einzigen Laute, die sie seit Stunden begleiteten.

Die anderen Männer saßen in gebührendem Abstand von Silberbart auf Baumstümpfen, in Decken gehüllt und frierend. Keiner von ihnen wagte es, sich dem Anführer zu nähern, geschweige denn das Wort zu ergreifen. Alle warteten auf seinen Befehl, und derweil starrte jeder hilflos auf einen Punkt, als gäbe es dort etwas Interessantes zu sehen.

Stine quälte die Gewissheit, an dieser unerträglichen und beinahe beängstigenden Stimmung durch ihre Lüge Schuld zu tragen, Silberbart in reglose Trauer versetzt und den Rest der Bande gelähmt zu haben.

Und wofür hatte sie das getan? Damit ihr Kind nun von beinahe fremden Menschen versorgt wurde, während sie immer noch hier saß? Wie oft hatte sie heute Morgen schon versucht, sich innerlich einen Ruck zu geben, aufzustehen, an Silberbart vorbeizugehen und ihm Lebewohl zu sagen. Doch sie fühlte sich, als hätte Silberbart ihr Fesseln angelegt.

Stine atmete tief durch und sog dabei den würzigen Duft des Baumharzes und den süßlichherben Geruch ihrer Hunde in sich auf. Die beiden Tiere wussten nichts von irgendwelchen Problemen, lagen einfach nur bei ihr und gaben ihr das, was sie jetzt am meisten brauchte: Nähe und Wärme.

Silberbart hatte ihr eine Seite von sich gezeigt, von der sie bisher nichts gewusst hatte. Würde es ihm gelingen, sich eine einfache, ordentliche Arbeit zu verschaffen? Käme er mit seinem neuen Leben zurecht? Er hatte den Willen dazu, keine Frage, aber nur solange sie bei ihm bliebe. Andernfalls würde er wahrscheinlich wieder aufgeben und in sein altes Leben zurückkehren. Doch was geschähe mit ihrem Sohn, wenn sie bei Silberbart bliebe? Es war undenkbar.

»Stine?«

Gerade als sie nicht hingesehen hatte, musste Silberbart sich zu ihr umgedreht haben.

»Kommst du zu mir?«, rief er. »Oder willst du nicht?«

Zögernd kletterte sie aus ihrem Unterschlupf und ging, begleitet von den beiden Hunden, zum Feuer. Sie blieb vor ihrem Mann stehen.

»Du bist jetzt nur zu mir gekommen, weil ich dich gerufen hab, stimmt's?«, fragte er.

»Nein, ich wollte ebenfalls mit dir reden«, verteidigte sie sich. »Weil ich die Stille nicht mehr aushalte.«

Als Silberbart lächelte, schalt sie sich im selben Augenblick für ihre Worte, die in seinen Ohren nach Zuneigung geklungen haben mussten.

Er sah sie an. »Und was hast du dir überlegt? Willst du mit mir in den Süden ziehen?«

Sag es ihm, befahl sie sich. »Ach, vieles habe ich mir überlegt und doch nichts. Ich weiß nicht so recht, wie es weitergehen soll.«

»Is' doch kein Wunder, dass du kaum mehr klar denken kannst, seit Simon in den Fluss gefallen is'.« Er schaute sie an. »Aber weißt du, was ich mir schon den ganzen Morgen überleg'? Ich könnt' mir vorstellen, dass unser Sohn vielleicht gar nicht tot is'.«

Ihr stockte der Atem. Was wusste Silberbart?

»Vielleicht hat ihn ja jemand aus'm Wasser gezogen«, fuhr er fort, »und nun wird er irgendwo gepflegt. Vielleicht müsstest du ja gar nicht trauern?«

Stine forschte in seinem Gesicht. Seine Miene wirkte wie ein Leintuch. Ebenmäßig und undurchsichtig. In seinem Blick lag nichts Lauerndes, eher Nachdenklichkeit und Betroffenheit.

»Ich weiß nicht …«, antwortete sie vage, ihre Stimme zitterte.

»Ich versteh' schon, dass du dir keine falschen Hoffnungen machen willst, aber es wär' doch immerhin möglich.«

»Ja … vielleicht.«

»Was hältst du davon, in die Stadt zu gehen und dich umzuhören? Wenn man unseren Sohn aus dem Lech gefischt hat, is' das bestimmt in aller Munde, und du wirst schnell herausfinden, wo er nun is'.«

»Ja, das könnte ich tun«, gab Stine zurück, immer noch unsicher, ob er mehr wusste, als er preisgab, und mit ihr sein Spiel spielte.

»Du musst nicht. Ich dacht' nur, es wär' ein Weg, dich auf andere Gedanken zu bringen.«

»Doch, doch. Ich gehe.« Immerhin wäre das eine Gelegenheit, ihr Kind heimlich zu besuchen.

»Und wenn du dann schon unterwegs bist …«, Silberbart erhob sich und zog einen Beutel unter dem Umhang hervor, »… nimmst du die Juwelen hier mit und versuchst sie zu verkaufen. Einem Weib traut man eher. Geh zur Drentwett'schen

Goldschmiede. Der Händler meinte, dort könnt man es versuchen.«

»Nein!«, stieß sie hervor.

Die Männer hoben die Köpfe.

»Nein?«, fragte Silberbart ungläubig. »Und warum nicht?«

»Weil ich ... weil das nicht geht!«

»Ach so, haste Angst? Hast ja Recht. Is' schließlich was anderes, als Brot und Wein zu klauen. Also bleibst du eben hier, und ich werd' mich in der Stadt umhören und die Juwelen an die Drentwett'sche Goldschmiede verkaufen.«

»Nein!« Ihr Ausruf klang wie ein Schmerzensschrei.

»Keine Angst, sie werden mich schon nich' aufgreifen und in den Turm stecken.«

»Lass nur! Ich gehe!«

Silberbart schüttelte verwundert den Kopf. »Wie du möchtest. Ich lass dir die Wahl.«

Stine nickte. Sie hatte keine Wahl.

»Also gut.« Er überreichte ihr den Beutel. »Pass gut drauf auf. Steck ihn am besten unter dein Kleid. Zwischen deinen Brüsten fällt er nicht auf.« Sein anrüchiges Lächeln schlich sich wieder in sein Gesicht. »Bring ordentlich Geld mit zurück ... und unseren Sohn, wenn du ihn findest.«

Weder noch, dachte sie bei sich, verjagte den Gedanken aber schnell wieder, aus Angst, er stände ihr ins Gesicht geschrieben. Stattdessen versuchte sie sich an einem Lächeln.

»Gut. Ich gehe dann jetzt zu den Drentwetts.«

»Weißt du überhaupt, wo sie wohnen?«

»Ach so. Ähm, nein.«

»In der Pfladergasse, das is im Handwerkerviertel, schräg unter dem Rathaus, am Kloster Maria Stern vorbei. Dort kannst du auch gleich nach unserem Sohn fragen. Aber versuch zuerst die Juwelen zu verkaufen. Ach, und was Ordentliches solltest du auch anziehen, damit man in der Goldschmiede keinen Verdacht schöpft. Unter der Beute ist ein Kleid, das sollte dir passen.«

Während sie sich unter den Augen der Männer neben dem Feuer umzog, fror sie erbärmlich und sie wusste zugleich, wie unsinnig das war, was sie gerade tat. Die Drentwetts würden sie erkennen, egal was sie trug. Keinen einzigen Stein würde sie verkaufen, schließlich verwandelte sich eine Bettlerin nicht von heute auf morgen in eine Juwelenhändlerin. Außerdem befand sich in der Goldschmiede bereits das Kostbarste, was es auf der Welt gab.

***

Um dem Markttrubel auszuweichen, wählte Juliane den längeren Rückweg durch das Handwerkerviertel. Sie überlegte, ob sie die Neuigkeiten von Mathias zuerst Friederike oder dem Meister mitteilen sollte. Dieser würde sich über die Aussicht freuen, die Juwelen vielleicht bald wieder in Empfang nehmen zu können, doch diese womöglich einem Räuber abnehmen zu müssen, würde ihm nicht behagen.

Ihrem Bauchgefühl folgend entschloss sie sich, zuerst nach Friederike zu sehen. Über die Außentreppe schlüpfte sie ins Haus.

Die Meistersfrau saß am Fenster, schaute hinaus und wiegte Simon in den Armen. Als die Dielen knirschten, fuhr Friederike herum.

»Ach, du bist es! Wo bist du so lange gewesen?«

»Ich ... war noch im Gasthof *Zu den drei Mohren*. Ist bei dir alles in Ordnung? Wo ist der Meister?«

»Unten in der Werkstatt. Seit einer Stunde. Sitzt da und starrt Löcher in die Luft. Er wollte nicht mal sein Mittagessen, aber das soll mir nur recht sein. Solange ich unten war, lag Simon ganz lieb hier oben im Bett, er hat mich angelächelt, als ich zurückkam, schau, so wie jetzt!« Friederike streichelte ihm über die Wange, und Simon gluckste vor Vergnügen. »Er hat heute Morgen schon einen Apfel und einen halben Pfannkuchen gegessen!«

»Das hatte ich heute auch schon«, begann Juliane zu erzählen. »Allerdings mit Schokolade. Mathias hat mich eingeladen.«

»Was?« Friederike vergaß vor Erstaunen den Mund zu schließen.

»Ja! Ich muss dir gleich alles erzählen.«

Die Meistersfrau schüttelte unduldsam den Kopf. »Zieh erst mal deine Schuhe aus, du stehst ja schon mitten in einer Pfütze.«

Juliane bemerkte erst jetzt, dass sie auch noch ihren Umhang trug. Sie legte ihn ab, wischte mit einem Tuch den Boden, zog die Stiefel aus und setzte sich anschließend auf ihr Bett.

»Und?«, hakte Friederike nun nach. »Hast du ihm den Bernsteinring zurückgegeben?«

»Nein. Er wollte ihn nicht mehr haben!«

»Was sagst du da? Das kann nicht wahr sein.«

»Doch. Ihm war das Geschäft mit dem Ring nicht mehr wichtig, Mathias war einfach nur froh, dass wir uns wiedergetroffen haben und uns aussprechen konnten. Und ich bin es auch.« Sie seufzte. »Er macht das Geschäft rückgängig, der Ring gehört wieder dir, und das Geld, das er dafür bezahlt hat, brauchst du ihm nicht wiederzugeben.«

»Warum tut er das?« In ihrer Stimme lag ein von Unsicherheit und Zweifeln durchwobenes Zittern.

»Du hast Recht, es ist eine Bedingung daran geknüpft. Zum Zeichen der Versöhnung möchte er, dass ich den Ring trage. Natürlich nur hier im Haus. Wenn es sonst niemand sieht«, fügte sie schnell hinzu. »Ach Friederike, würdest du mir erlauben, den Ring zu tragen? Ich weiß, dass er dich an dein Kind erinnert, aber jetzt ist doch Simon bei dir und ...«

»Glaubst du etwa, ich will dir deine Freude nehmen?«

»Das heißt ... ich darf?« Freudestrahlend fiel sie Friederike um den Hals.

»Gib acht, sei vorsichtig!« Schützend legte Friederike ihre Hand auf Simons Köpfchen.

»Oh Entschuldigung. Es ist nur ...«

Friederike lächelte. »Freu dich nur.«

»Es gibt noch eine gute Nachricht. Heute scheint tatsächlich ein Glückstag zu sein.« Juliane berichtete ihr in schnellen, sich beinahe überschlagenden Worten, was sie von Mathias über die Juwelen gehört hatte.

Friederike suchte nach einem Halt, obwohl sie bereits saß. »Das gibt es doch nicht!«

»Doch!«

»Und wie kommt der Händler dazu, uns diesen Räuber auf den Hals zu hetzen? Warum hat er nicht den Büttel gerufen?«

»Er konnte doch nicht wissen, dass es Diebesware ist! Der Räuber hatte sich täuschend echt als Händler verkleidet.«

»Aber jetzt weiß er es? Das heißt, du hast diesem Mathias nun doch von der Erschaffung der kaiserlichen Hauskrone erzählt?« Friederike blieb die Luft weg. Simon wurde unruhig. Er wand sich auf dem Schoß der Meistersfrau und gab Quäklaute von sich.

»Ja, weil ich ihm vertraue!«, entgegnete Juliane trotzig. »Mathias hat es schließlich nur gut gemeint.«

»Gut gemeint? Juliane? Bist du wirklich schon blind vor Liebe? Glaubst du allen Ernstes, er wäre nicht in der Lage, einen Räuber von einem Händler zu unterscheiden, selbst wenn sich dieser verkleidet hat?«

»Als ich ihm von meinem Verdacht erzählt habe, kam ihm der Mann auch merkwürdig vor.«

»Ach! Und vorher war er ebenfalls blind?« Friederike hatte Mühe, das Kind zu beruhigen. Simon wurde immer lauter.

»Ja! Weil Mathias müde war und sich eigentlich nur ausruhen wollte.« Juliane wusste nicht, was sie sonst noch entgegnen sollte.

»Oh Juliane. Warum willst du nicht auf eine alte Frau wie mich hören? Ich befürchte, du wirst mit diesem Mathias in dein Unglück rennen, wenn du nicht bald wieder zu Verstand kommst. Die Sache war mir von Anfang an nicht geheuer.«

Juliane schwieg, und ihre Gedanken wanderten zurück ins Gasthaus. Über das sonnige Gefühl in ihrem Bauch drohte sich eine Wolke zu schieben.

»Ich werde darüber nachdenken«, sagte sie, um das Gespräch zu beenden.

»Und was gedenkst du zu tun, wenn der Räuber mit den Juwelen vor der Tür steht? Weißt du, wie gefährlich diese Leute sein können? Die schrecken vor nichts zurück.« Friederike wiegte Simon in ihren Armen und flüsterte beschwichtigend auf ihn ein.

Juliane senkte den Kopf. »Ich weiß. Wir brauchen einen Plan, wie wir ihn überlisten können. Aber ich habe noch keine Idee. Du vielleicht?«, fragte sie kleinlaut.

»Nein. Geh zum Meister und berichte ihm. Er wird wissen, was zu tun ist. Vielleicht. Zieh dir aber vorher deine Gesellenkleidung an. Biller war vor einer Stunde da.«

»Biller? Was wollte er? Kommt er noch mal wieder?«

»Er hat jedenfalls nach dem Gesellen Julian gefragt.«

»Und was hat der Meister gesagt?«

»Nichts!«, stieß Friederike hervor. »Er hat nicht mal etwas gesagt, als Biller sein gesamtes Goldschmiedewerkzeug konfiszierte! König Philipp hatte ja bereits alles in die Truhe geräumt, und wenn er gekonnt hätte, hätte er dem Geschaumeister wohl noch die Tür aufgehalten!« Friederike erhob sich und trug Simon mit wiegenden Schritten im Zimmer umher. »Und nun geh, ehe ich den Kleinen überhaupt nicht mehr beruhigen kann.«

Juliane zog sich in Windeseile um, Friederike band ihr das Brusttuch so fest es ging und erinnerte sie daran, ihre Haube abzunehmen. Simon lag auf Friederikes Bett und streckte die Händchen danach aus. Kaum hatte er die Bänder zu fassen bekommen, zog er sie ihr aus der Hand und spielte damit.

Juliane nutzte den Moment der Stille, zog die Tür auf und verschwand aus dem Zimmer.

Gerade als sie die Stiege in die Küche hinunterging, hörte sie es an der Werkstatttür klopfen. Zuerst überlegte sie, ob sie schnell wieder nach oben verschwinden sollte, das Herz schlug ihr bis zum Hals, und im Geiste sah sie schon Biller mit Mathias im Schlepptau in der Werkstatt stehen, als sie eine fremde Stimme rufen hörte: »Ordinari-Post! Ein Brief für den Goldschmiedemeister Drentwett. Jemand im Hause?«

Juliane eilte in die Werkstatt, am Meister vorbei zur Tür und öffnete.

»Ja, bitte?«

»Gott zum Gruße, Geselle. Ein Brief für Meister Drentwett.«

»Ich nehme ihn entgegen«, bot sie mit rauer Stimme an.

Der Bote schaute skeptisch, entschloss sich dann aber angesichts der Kälte und seiner noch ausstehenden Aufträge, sie für vertrauenswürdig zu erklären, und händigte ihr den Brief aus.

Als er durchs Hoftor verschwunden war, blieb sie einfach in der Tür stehen und brach das Siegel auf. Das Schreiben enthielt zwei Einlasskarten in den Dom.

»Dem Augsburger Goldschmied Drentwett.

Am Krönungstage, den 12. Februar 1742 in die Kirche.«

Die Großbuchstaben der geschwungenen Handschrift wirkten wie eigene Kunstwerke, ineinander verschlungene Bögen, die schließlich in eine Randverzierung mündeten. Die obere Mitte schmückte das rotwächserne Wappen.

Ein Glücksgefühl stieg in ihr auf, und in diesem Augenblick kannte sie ihr Ziel. Sie wollte als Geselle nach Frankfurt reisen, den festlich geschmückten Dom betreten, den glanzvollen Einzug des künftigen Kaisers bewundern, im geeigneten Moment auf ihn zugehen und seiner Majestät mit den besten Empfehlungen des Meisters die gewünschte Hauskrone aus der Drentwett'schen Werkstatt darbieten, heimlich gefertigt und schließlich vollendet von einer Goldschmiedsmagd namens Juliane.

»Mach die Tür zu!«, polterte der Meister und riss sie damit aus ihrem Tagtraum. »Hier wird es eiskalt!«

Juliane ließ die Einladungen in die Rocktasche sinken. Als sie sich umdrehte, gewahrte sie im Augenwinkel eine Person, die den Hof betrat. Zuerst dachte sie, der Bote sei noch einmal zurückgekehrt, doch dann erkannte sie Johannes Merkle mit einer Gans im Tragekasten.

Schnell schlüpfte sie in die Werkstatt und schloss die Tür.

»Das wurde aber auch Zeit«, brummte der Meister. »Was hat der Bote gebracht? Die Einlasskarten, mit denen ich mir meine Schmach abholen kann?«

Juliane blieb ihm die Antwort schuldig und wisperte stattdessen: »Ich trage meine Gesellenkleidung, und gleich kommt ein Mann, der mich von früher kennt. Ihr müsst mir helfen.«

»Ach ja?«, höhnte der Meister.

»Bitte! Ihr müsst mich verleugnen.«

»Nichts lieber als das.«

Kaum hatte er zu Ende gesprochen, klopfte es.

»Wer ist da?«, fragte der Goldschmied so ruhig wie schon lange nicht mehr. Auch machte er sich nicht die Mühe, die Tür mit seinem Blick zu suchen, er ließ ihn einfach auf der leeren Werkbank ruhen.

»Der Gänsehirte Johannes Merkle, dereinst Mesner bei unserem seligen Pfarrer Hochstetter. Ich traf seine Tochter, eure Magd, heute auf dem Markt.«

»Sie ist nicht da.«

Juliane atmete tief durch.

»So darf ich dem werten Goldschmiedemeister meine prächtigste Gans zu einem wahrhaft günstigen Preis anbieten?«, rief Johannes Merkle durch die geschlossene Tür.

»Kein Bedarf. Martini ist längst vorbei. Außerdem geht mir das fette Fleisch auf die Galle.«

»Wohl könnte ich Euch auch nur die Federn anbieten, für ein neues Kopfkissen oder dergleichen.«

»Ich werde es Euch wissen lassen, sollte ich Bedarf haben.«

»Euer Wort! Eure Magd findet mein bescheidenes Haus am Milchberg.«

»Nichts anderes habe ich erwartet. In dieser Hütte seid ihr schon seit dreißig Jahren zu finden.«

Johannes Merkle empfahl sich unter dem Geschnatter seiner Gans, und es war nicht herauszuhören, wie er die letzte Bemerkung des Meisters aufgenommen hatte.

»Heute ist es gut gegangen. Doch irgendwann wird die Magd den falschen Gesellen verraten.«

»Ich weiß, Meister Drentwett. Doch seid beruhigt, ich habe in nächster Zeit ohnehin nicht vor, die Goldschmiede zu verlassen. Es gibt nämlich gute Nachrichten! Vielleicht kann ich die Krone doch noch vollenden. Stellt Euch das vor! Die Juwelen sind wieder aufgetaucht! Der Dieb wird versuchen, sie an uns zu verkaufen! Was sagt Ihr nun?«

Der Goldschmied schaute auf und verfehlte ihr Gesicht nur knapp. »Ich weiß.«

»Ihr wisst?« Verblüfft ließ sich Juliane auf ihren Schemel sinken. »Aber woher? Und warum habt Ihr Biller dann Euer Werkzeug mitgegeben?«

»Nun könnte ich wiederum fragen, woher du Letzteres weißt.«

»Ich habe mich gerade eben mit Friederike unterhalten.«

»Ich sagte, ich könnte fragen. Ich muss aber nicht. Die Wände sind hellhörig genug. Ich mag vielleicht blind geworden sein, aber nicht taub.«

»Ihr habt ... alles gehört? Dann ... habt Ihr auch mitbekommen, dass ...«

»Wir ein neues Familienmitglied haben, das man mir noch nicht vorgestellt hat?«

Juliane wich das Blut aus dem Gesicht. Die Ruhe des Meisters gefiel ihr nicht. »Und was geschieht nun?«

»Wir werden uns etwas ausdenken müssen, wie wir die Juwelen an uns bringen.«

»Nein ... ich meine, mit dem kleinen Jungen ... mit Simon.«

»Nichts. Er bleibt hier.«

»Ihr habt nichts dagegen?«

»Warum sollte ich? Hältst du mich für einen Unmenschen?«

»Ich ... nein, ich dachte nur ...«

»Ich weiß, wie mein Weib über mich spricht. Aber damit ist eben nicht alles gesagt.«

»Danke! Vielen Dank!«

»Sag mir lieber, wie wir dem Dieb das Handwerk legen wollen. Den Büttel können wir nicht bestellen. Dann sind wir die Juwelen wieder los, ehe wir sie recht gesehen haben.«

»Dasselbe habe ich zu Mathias auch schon gesagt. Mathias ist der Händler, den ich von früher ...«

Der Goldschmied schüttelte mit gespielter Ungeduld den Kopf. »Ich weiß.« Er zeigte nach oben und fasste sich dann ans Ohr. »Nur leider nützt mir das Hören allein nichts, falls wir uns verteidigen müssen.«

»Ich könnte Mathias bitten, uns zu helfen. Er hat sich ohnedies bereits angeboten.«

Der Meister wiegte den Kopf. »Ich weiß, du hast ihm von der Erschaffung der Hauskrone erzählt. In diesem Fall hat deine Redseligkeit vielleicht ihr Gutes. Friederike soll gehen und ihn bitten, herzukommen. Du bleibst lieber hier, auch falls Biller sich noch einmal sehen lässt.« Der Meister senkte den Kopf, und seine Hand tastete über den leeren Tisch. »Hätte ich Biller nur nicht das Werkzeug mitnehmen lassen!«

Juliane grübelte.

Auch der Meister hatte die Stirn in Falten geworfen. »Wir sollten Biller nicht noch mehr reizen«, überlegte er laut. »Aber wir brauchen unser Werkzeug.«

»Warum unser Werkzeug? Wir könnten uns doch auch welches borgen«, schlug Juliane vor.

»Borgen?«, echote der Meister. »Das würde kein Goldschmied tun. Keiner im Handwerk würde seinen Stand riskieren, indem er sich mit Biller anlegt.«

»Es sei denn, derjenige hat in dieser Hinsicht nicht mehr viel zu verlieren und weiß ohnehin schon von der Hauskrone. Ich meine den alten Goldschmied Jakob.« Juliane senkte den Blick, obwohl der Meister ihr ja gar nicht mehr in die Augen sehen konnte. »Ihn habe ich wegen der Vergoldung um Rat gefragt, als Ihr mir gram wart, und er gab mir Blutstein zum Polieren mit.« Als sie davon sprach, erinnerte sie sich daran, dass sie Jakob versprochen hatte, im Kirchenbuch nach seinem Taufeintrag zu suchen, und sie nahm sich vor, es morgen nicht zu vergessen.

Erstaunen breitete sich im Gesicht des Meisters aus. »Merkwürdig. Das hätte ich von dem alten Jakob nie gedacht.«

»Von Euch hätte ich manches auch nicht erwartet«, gab Juliane vorsichtig zurück. »Jakob kennt mich schon lange und er würde mir und Euch den Erfolg sicher gönnen. Ihm ist nichts mehr an Konkurrenz gelegen.«

»Es wird wohl unsere einzige Möglichkeit bleiben, und wenn du dir sicher bist, so frag ihn. Aber nun geh und schick Friederike nach dem Händler. Und sag meinem Weib, das Kind darf bleiben, wenn es mir nicht die Ohren vollheult. Du weißt ja, ich höre noch gut.«

Noch nie hatte Juliane ihren Meister so befreit, fast spitzbübisch lächeln sehen. Die wiedergekehrte Hoffnung auf die Erfüllung seines Lebenstraums schien ihn in einen anderen Menschen verwandelt zu haben.

***

Juliane polierte bis spät in die Nacht die goldene Krone. Immer wieder horchte sie nach draußen. Doch es zog nur hin und wieder eine Kutsche vorbei, deren Räder auf der festen Schneedecke knirschten.

Sie befeuchtete den Blutstein erneut mit Seifenwasser und rieb mit vorsichtigem Druck über die Kronenplatten, erst in kürzeren, dann in längeren Zügen. Es war schwierig, ständig hatte sie Angst, der schlüpfrige Polierstein würde ihr auf der Oberfläche ausgleiten, doch bald wurde sie mutiger, und das Gold schenkte ihr einen funkelnden Glanz. Als sie die letzte Platte bearbeitet hatte, stellte sie die Krone im Schein des Feuers auf die Werkbank. Sie beobachtete das Spiel des Lichts, wie es neben dem satten Gelb Spuren von Rot und Grün hervorzauberte.

Es war ein seltsames Gefühl, in der fast leeren Werkstatt zu sitzen, in der kaum mehr ein Gegenstand die einstige Bestimmung als Goldschmiede verriet. Und doch lag vor ihr die Krone des künftigen Kaisers.

Sie gönnte sich noch einen Moment der Bewunderung, bevor sie ihr Meisterstück in das Versteck unter den Dielen trug und die Luke schloss. Als sie nach oben ging, wünschte sie sich, die Juwelen endlich in Händen halten zu können, um die Krone zu vollenden. Wenn das Zusammentreffen mit dem Dieb nur schon vorüber wäre. Ob sie das ohne Mathias überstehen musste?

Friederike war vergebens aufgebrochen, sie hatte Mathias nicht im Gasthof angetroffen, und der Wirt hatte nicht gewusst, wo er hingegangen war. Juliane hoffte inständig, er möge nicht in Billers Fänge geraten sein.

Friederike und Simon schliefen tief und fest, als sie die Kammer betrat. Um dieses friedliche Bild nicht zu stören, legte sie sich leise, samt ihrer Kleidung ins Bett. Es war zwar nicht besonders bequem, das Brusttuch zwickte und behinderte sie beim Atmen, dafür war ihr wärmer als sonst und sie musste nicht frieren. Außerdem gaben ihr die Einlasskarten unter dem Kopfkissen ein gutes Gefühl.

Bevor sie einschlief, schaute sie zum Kammerfenster hinaus auf den vom Mondlicht erhellten Turm der Barfüßerkirche und dachte an zu Hause. An früher.

Als bald darauf ein Rabe krächzend seine Kreise um den Glockenturm zog, waren ihr die Augen bereits zugefallen.

Hast du den Raben heute wieder fliegen sehen? Ich mag diese Tiere. Ich beobachte sie gerne. Sie sind ungemein intelligent, man kann ihnen sogar Wörter beibringen, und was sie einmal gelernt haben, vergessen sie ihr Leben lang nicht mehr. Raben können sehr alt werden, bis zu 70 Jahre. Wusstest du das? Bewundernswert finde ich, dass sie stets an der Seite ihres Partners bleiben, selbst wenn die Umstände sie zeitweise getrennt haben, finden sie immer wieder zueinander. Darum sind sie nebenbei bemerkt auch vorbildliche Eltern. Beide kümmern sich um die Jungen, und während die Mutter brütet, wird sie vom Vater mit Nahrung versorgt. Doch mit Raben muss man vorsichtig sein. Sie zeigen oft nur eine Seite, haben aber dergleichen zwei. Gerade noch sind sie fürsorglich und bemüht und im nächsten Augenblick stoßen sie mit dem Schnabel zu. Spricht man deshalb von Rabeneltern, weil sie ihr Kind, eben noch gehegt und gepflegt, schon so bald aus dem Nest stoßen und es in der kalten, feindlichen Welt seinem Schicksal überlassen? Deshalb werden diese Vögel von den Menschen so zwiespältig aufgenommen. Die einen sehen in ihnen gar die Sendboten aus der Welt der Götter. Der Sage nach sind es zwei Raben, mit Namen Hugin und Munin, die auf der Schulter Odins saßen und ihm, Gedanken und Erinnerungen verkörpernd, berichteten, was in der Welt geschah. Auch Odin selbst verwandelte sich gelegentlich in einen Raben. Anderen hingegen gilt der Vogel als verhasster Unglücksbote. Wo er sich zeigt, ist der Tod nicht fern.

7. Tag

Samstag, 3. Februar 1742,
noch 9 Tage bis zur Krönung

Denn sie säen Wind und werden Sturm ernten …

Hosea 8,7

An diesem Morgen erwachte Juliane sehr früh. Die Glocken der Barfüßerkirche schlugen zur sechsten Stunde. Es war noch dunkel draußen, ein matter, grauer Lichtschleier hatte sich im Zimmer ausgebreitet und kündigte die Dämmerung an. Ihr erster Gedanke galt Jakob und der Frage, ob er ihr helfen würde.

»Kannst du auch nicht mehr schlafen?«, mischte sich Friederikes Stimme in ihre Gedanken.

»Du auch nicht?«, flüsterte sie zurück. »Irgendetwas lässt mich nicht schlafen.«

»Woran denkst du?«

»An Jakob.«

»Willst du nachher zu ihm gehen und nach seinem Werkzeug fragen?«

»Ja, das habe ich vor. Zuerst will ich aber bei Pfarrer Lehmann vorbeischauen, um Jakob zu beweisen, dass es seinen

Taufeintrag im Kirchenbuch gibt und der liebe Herrgott ihn nicht auf Erden vergessen haben kann.«

»Das glaubt der alte Jakob?« Friederike blieb eine Weile still, dann fragte sie unsicher: »Will er denn sterben?«

»Ich weiß nicht. Ich würde sagen, er hat Angst, nicht sterben zu dürfen.«

Simon bewegte sich unter der Bettdecke und gab ein paar Laute von sich.

»Schon seltsam«, murmelte Friederike und strich Simon über die Stirn, »wie nahe sich Leben und Tod doch sind. Da reden wir von Jakob, der sich womöglich glücklich schätzt, wenn er sterben darf, während ich hier mein ganzes Lebensglück in Händen halte, nachdem ich so lange trauern musste.«

»Ich habe eine wunderbare Neuigkeit für dich. Simon darf in der Goldschmiede bleiben! Der Meister hat nichts dagegen. Er wusste es längst. Die Wände haben Ohren. Du kannst nachher zu ihm gehen und ihm das Kind vorstellen.«

»Was? Nein!« Friederike schüttelte vehement den Kopf. »Du weißt, wie König Philipp ist. Er kann seine Meinung jederzeit ändern.«

»Ich glaube, er gönnt es dir.«

»Fragt sich nur, wie lange seine Stimmung anhält. Aber das soll nicht deine Sorge sein. Hast du dir vielmehr gut überlegt, ob du Jakob nach dem Werkzeug fragen willst? Soll er sich wirklich mit Biller anlegen?« Ihre Stimme zitterte, und Juliane ahnte, wie sehr sie sich fürchtete.

»Ich werde Jakob die Entscheidung überlassen, aber bitten werde ich ihn auf jeden Fall.«

Als es endlich hell geworden war, hatte Juliane bereits gefrühstückt und befand sich auf dem Weg zur Barfüßerkirche. Sie trug ihr Kleid, auch wenn sie dem Meister versprochen hatte, wegen Biller oder Thelott nur noch als Geselle auf die

Straße zu gehen. Es war riskant, sie wusste es, aber vor dem Pfarrer wollte sie sich nicht verstellen müssen.

In Gedanken versunken hatte sie nicht darauf geachtet, wer des Weges kam. Auf dem Platz vor der Metzg stand plötzlich Johannes Merkle vor ihr. Nun konnte sie von Glück reden, nicht ihre Gesellenkleidung zu tragen.

Obwohl sie nur ungern stehen blieb, grüßte sie den Mesner freundlich. Wieder konnte sie ihren Blick nicht von seinem Buckel abwenden, Abscheu und Faszination stachelten einander gegenseitig an.

»Ach, guten Morgen, Juliane. Schön, dich wiederzusehen. Hat dir dein Meister ausgerichtet, dass du bei mir günstig Gänsefedern kaufen kannst? Ach, ich sehe es dir schon an. Ist wohl nicht einfach mit ihm, richtig? Zu mir war er auch nicht gerade freundlich, aber das war er noch nie. Ich frage mich nur, womit ich das verdient habe. Er hegt wohl einen Groll gegen mich und alle, die mit der Kirche zu tun haben. Dein Vater hat so manches Mal versucht, ihn in die Kirche zu bewegen, aber dein Meister blieb ein schwarzes Schaf. Aber was erzähle ich dir das, hörst mir ja gar nicht richtig zu.«

Der Mann hatte recht, aber Juliane wollte nicht unhöflich sein, nur weil sie in Gedanken mit Jakob beschäftigt war. »Doch, doch. Es interessiert mich, was Ihr da erzählt.«

»Tatsächlich? Ja, dann komm doch mal bei mir vorbei, das kleine Haus am Milchberg, schräg gegenüber den Ulrichskirchen, gar nicht zu verfehlen. Dann können wir uns über alte Zeiten unterhalten. Ihr seid doch damals aufs Dorf gezogen. Muss schön gewesen sein. Ich war immer nur hier. Tagein, tagaus. Allein, ohne meine Magdalene. Würde mich freuen, wenn du mal bei mir vorbeischaust.«

»Herzlichen Dank, Johannes. Das ist sehr freundlich von Euch. Ich komme, sobald ich Zeit habe.«

»Ist gut. Auf Wiedersehen, Juliane.«

Mit dem Gefühl, ihn enttäuscht und vielleicht auch zu viel versprochen zu haben, ging sie weiter zur Barfüßerkirche. Er war ein netter Mann, kein Zweifel, und trotzdem fühlte sie sich unwohl in seiner Gegenwart.

Als sie am Pfarrhaus ankam, sagte man ihr, der Herr Pfarrer sei in der Kirche, um den morgigen Gottesdienst vorzubereiten. Das kam ihr gelegen, wusste sie doch von ihrem Vater, dass die Kirchenbücher auf einem Zwischenboden unterm Kirchendach lagerten, damit ihnen ein Stadtbrand nichts anhaben konnte. Es war ein merkwürdiges Gefühl gewesen, an das einstige Elternhaus anzuklopfen, mit einer fremden Frau zu sprechen und nach dem Pfarrer zu fragen.

Vor dem Kirchenportal klopfte sie sich den Schnee von den Schuhen. Im Inneren war es fast so kalt wie draußen. Ihre Schritte hallten durch den Raum, obwohl sie sich bemühte, leise zu gehen. An der linken Wand des Kirchenschiffs streckte ein Gerüst seine hölzernen Arme bis weit unters Dach. Von den Handwerkern war keiner zu sehen. Sie waren wahrscheinlich mit der Auswahl des Materials beschäftigt oder hockten über den Skizzen, nach denen die Kirche prächtiger ausgestaltet werden sollte. Schließlich wollte man der protestantischen Gemeinde in Zukunft auch einen festlichen Rahmen für ihren Gottesdienst bieten. Die Gläubigen beschwerten sich schon seit Jahren, dass die katholischen Kirchen schöner seien. Das war das Schicksal einer Stadt, in der es zwei gleichberechtigte Religionen gab, die dennoch oder gerade deshalb miteinander konkurrierten. Die Lutherischen wurden immer katholischer, und damit sich die Katholischen davon wieder abgrenzen konnten, nahmen sie es mit ihrem Glauben dreimal so genau.

Hier in der evangelischen Barfüßerkirche war man nun dabei, Stuckverzierungen anzubringen und ein weiteres Gemälde aufzuhängen. Noch zu Zeiten ihres Vaters hatte man den Wunsch nach einer aufwändig gestalteten Kanzel mit Goldfiguren und sogar eine Prunkorgel ins Gespräch gebracht. Ihr Vater. Warum konnte er nicht hier sein? Warum konnte nicht alles so sein wie noch vor wenigen Monaten?

In dem schwachen Licht, das in bunten Strahlen in den Chorraum rieselte, suchte sie nach dem Pfarrer. Sie entdeckte ihn in der vordersten Kirchenbank in der Bibel blätternd und ging den Mittelgang entlang auf ihn zu.

Er hatte sie gehört und schaute auf.

»Guten Morgen, Pfarrer Lehmann.«

»Oh, Juliane. Du bist es. Beinahe hätte ich dich nicht erkannt, du hast dich irgendwie verändert. Wie geht es dir? Habe dich schon im Gottesdienst vermisst. Du bist in der Drentwettschen Goldschmiede als Magd untergekommen, nicht wahr? Meine Anerkennung. Der Meister scheint mit dir zufrieden zu sein, sonst hätte er sich wohl längst dem Testament deines seligen Vaters widersetzt. Würde ihm jedenfalls ähnlich sehen, so lange wie er nicht mehr in der Kirche war, dein Meister. Und was führt dich her? Hast du Kummer?«

»Ja. Allerdings hat es nichts mit meinem Meister zu tun. Es geht um Jakob, den alten Goldschmiedemeister.« Sie erzählte in kurzen Worten, was Jakob bedrückte.

Der Pfarrer zeigte ein kurzes Lächeln. »Nun, da wollen wir doch unser Bestes tun, um ihn zu beruhigen. Hast Glück, ich habe gerade ein wenig Zeit übrig.« Er zog den Schlüsselbund unter dem Talar hervor, und sie gingen zu der kleinen Tür, hinter der die Stufen den Turm hinaufführten. Noch nie war sie dort oben gewesen, der Vater hatte ihr dieses Abenteuer als eines der wenigen immer verboten.

»Du bist hoffentlich schwindelfrei?«

»Schwindelfrei?« Juliane runzelte die Stirn. Dieses Wort hatte sie noch nie gehört. »Was bedeutet das?«

»Das wirst du im Zweifelsfall gleich merken.«

Sie stiegen die Stufen hinauf, bis sie nach unzähligen engen Kehren den Zwischenboden erreichten. Ihr Brustkorb bebte vor Anstrengung und Aufregung. Als sie durch eines der Fenster nach draußen sah und das Zwiebeldach des Rathausturmes auf gleicher Höhe entdeckte, glaubte sie erst, ihren Sinnen nicht mehr trauen zu können. Das war unglaublich, einfach unbeschreiblich. So musste man sich als Vogel fühlen. Über allem erhaben, mit weitem Blick. So also sah die Welt aus der Sicht des Raben aus, der immer um den Glockenturm kreiste.

Sie musste an Mathias denken. Ob er die Welt schon einmal von oben gesehen hatte? Der schmale Perlachturm neben dem breiten Rathausturm war sogar noch um einiges höher, wie Mann und Frau standen diese beiden Türme nebeneinander und schauten in die Ferne.

Juliane riss sich von dem Anblick los, als sie den Pfarrer blättern hörte.

»Und? Hast du weiche Knie bekommen? Wenn nicht, so bist du schwindelfrei. Dann solltest du unbedingt mal auf den Perlachturm steigen. Von dort oben kann man über die ganze Stadt bis zu den Alpen sehen. Musst allerdings einen Kreuzer dafür bezahlen. Nun komm aber mal her. Schließlich willst du den guten alten Jakob von seinem Irrglauben befreien. Weißt du denn, wann er geboren ist? Und wie heißt er mit vollem Namen?«

»Jakob Holeisen. Er sagt, er sei ungefähr 80 Jahre alt. Demnach müsste er um 1660 geboren sein.«

Der Pfarrer richtete den Blick mit einem Seufzer zur Decke. »Weißt du, wie dick so ein Kirchenbuch ist?« Er zog einen der Wälzer hervor, kniete sich auf den Boden und öffnete den Folianten mit einem staubigen Knirschen. Er tippte auf eine der eng beschriebenen Seiten. »Hier sind alle Taufen, Hochzeiten, Konversionen und Sterbefälle um 1660 eingetragen. Weißt du, wie viele Einträge das sind?«

»Er könnte im Dezember geboren sein. Er sagte, er sei kurz vor dem Christfest auf die Welt gekommen.«

»Nun, das sollte uns weiterhelfen.«

Juliane kniete sich neben Pfarrer Lehmann, während dieser blätterte. Mit schnellem Blick überflog er die Zeilen, kurze Eintragungen, hinter denen sich ein ganzes Leben und so manch schlimmes Schicksal verbargen. Irgendwann fuhr der Finger des Pfarrers langsamer über das Papier. Juliane beugte sich vor, in der Hoffnung, etwas entziffern zu können. Kleine, ineinander verkeilte Schriftzeichen, hin und wieder aufgelockert durch schwungvolle Bögen, die bis in die nächste Zeile rankten und sich in dem dortigen Wort verhakten.

Der Pfarrer richtete sich auf und holte tief Luft. »Sieht nicht gut aus. Nichts über einen Jakob Holeisen.«

»Das kann doch nicht sein! Vielleicht haben wir uns im Jahr geirrt, oder vielleicht müsste man die Monate November und Januar auch noch berücksichtigen.«

»Einfacher wäre es, ich würde zu Jakob gehen und mit ihm reden.«

Juliane wagte keinen Widerspruch, obwohl sie wusste, dass es ein sinnloses Unterfangen werden würde.

»Deinem Gesichtsausdruck nach zu urteilen kann ich mir den Weg wohl sparen. Ich weiß schon. So sind die alten Leute, nicht wahr? Obwohl ich mich nun durchaus gekränkt fühlen könnte, dass er einem Kirchenbuch mehr Glauben schenkt als mir und damit auch Gott selbst.«

»Bitte, würdet Ihr mir trotzdem helfen?«

»Könnte ich der Tochter meines Vorgängers einen Wunsch abschlagen?«

Er nahm sich das Buch erneut vor, und Juliane beobachtete ihn stumm, wie er Seite um Seite umschlug, ab und zu den Staub vom Papier wischte, wie sein Lesefinger ins Stocken geriet, dann aber weiterglitt.

Es war einige Zeit vergangen, als der Pfarrer schließlich den Kopf schüttelte. »Tut mir leid, aber ich werde nicht fündig.«

Juliane schluckte ihre Enttäuschung herunter und lächelte. Sie hatte längst damit gerechnet. »Trotzdem ganz herzlichen Dank. Den Versuch war es auf jeden Fall wert.«

»Eine Möglichkeit gibt es vielleicht noch«, gab der Pfarrer nachdenklich zur Antwort. »Auch wenn ich das nicht gerne zugebe, aber in Augsburg werden sehr viele Ehen geschlossen, bei denen die Eheleute unterschiedlicher Konfession sind. Die Ehe wird entweder katholisch oder lutherisch geschlossen, doch einer der beiden bleibt trotzdem bei seinem alten Glauben. Diese Mischehen missfallen mir ehrlich gesagt, und meist schweigen sich auch die Kirchenbücher darüber aus, weil man hofft, dass der Andersgläubige früher oder später konvertiert. Aber oft ist das nicht der Fall, und spätestens wenn die Kinder kommen, fangen die Probleme an. Dann müssen die Eltern bei jeder Geburt eine Konfession für ihr Kind wählen, und meist werden die Söhne im Glauben des Vaters und die Töchter im Glauben der Mutter erzogen.«

»Demnach könnte Jakob katholisch getauft worden sein?«

»Ja, so wie hier zum Beispiel.« Er tippte auf die noch aufgeschlagene Seite des Kirchenbuchs. »Diese Randbemerkung hier: Der Junge wurde am 14. Januar in der katholischen Kirche zu St. Moritz getauft. Im Eintrag selbst heißt es: Das Zwillingstöchterlein wurde, weil die Mutter lutherischer Religion ist, von der Pfarrei zur Barfüßerkirche evangelisch getauft.«

»So etwas gibt es wirklich?«

»Warum nicht? Der Glaube ist in dieser Stadt nichts weiter

als eine Spielfigur. Für die Kinder wird gewürfelt, und später schiebt man die eigene Figur so über das Brett, wie es einem strategisch günstig erscheint. Wenn man als lutherischer Lehrling nur eine Anstellung bei einem katholischen Meister findet, als katholische Magd nur eine Stelle bei einem lutherischen Dienstherren, als Braut eine gute Partie bei der Gegenseite in Aussicht hat oder gar wegen einer Liebelei den eigenen Glauben mit einem Wisch umstößt, ja, wundert dich da noch irgendetwas? Und sobald sich das Leben ändert, kehren diese Leute reumütig zu ihrem alten Glauben zurück. Ein ewiges Bäumchen-wechsel-dich-Spiel. Aber wir Pfarrer sind daran nicht ganz unschuldig. Wir sitzen auf der Wiese und zählen ständig unsere Schäfchen, sind todtraurig, wenn uns eines davonläuft, und tun alles, damit sie wieder zu uns zurückkommen oder gleich bei uns bleiben, weshalb einem auch hin und wieder ein neugeborenes Lämmchen aus der Herde gestohlen wird.«

»Was wollt Ihr damit sagen?«

»Ach, diese Geschichten sind eigentlich nicht für die Ohren des Volkes bestimmt.«

Juliane schmunzelte. »Aber wir sind doch unter uns.«

Der Geistliche seufzte. »Hast du jemals von Winkeltaufen gehört?«

»Nein. Was ist das?«

Pfarrer Lehmann suchte wieder eines der Kirchenbücher heraus, überlegte kurz, blätterte und schlug schließlich eine schon recht abgegriffene Seite auf.

»Geschehen am 15. Januar 1727. Abraham Drentwett.« Er schaute auf. »Keine Sorge wegen des Namens. Er ist Maler und soll hier nur als Beispiel dienen. Also, dieser Drentwett, der lutherisch war, wie all seine Anverwandten, hatte eine Katholische geheiratet und ihr am Tag der Hochzeit vor dem Pfarrer versprochen, die künftigen Kinder trotz der lutherischen Ehe im Glauben der Mutter zu erziehen. Das hat den katholischen Pfarrer beruhigt und in seinen Grundfesten bestärkt. Als dann aber das erste Kind kam, wollte der Vater das Kind entgegen seinem Versprechen doch lieber lutherisch taufen lassen. Seine Frau Rosalia lag geschwächt im Wochenbett und widersetzte sich nicht der Entscheidung ihres Mannes. Als der katholische Pfarrer davon erfuhr, begab er sich unter einem Vorwand in das Haus, nutzte den Augenblick, den er mit der Mutter allein war, und taufte das Kind katholisch, auch wenn, wie er hier schreibt, der lutherische Vater wie ein reißender Wolf über ihn hergefallen sei, habe er ihm dennoch fest entgegnet: ›Jetzt ist das Kind katholisch getauft, und Ihr könnt es nicht mehr taufen lassen, wenn Ihr nicht wollt Wiedertäufer sein.‹ Schließlich sei die katholische die allein seligmachende Religion. Und keiner habe diesen gewissenlosen Eltern die Macht gegeben, den halben Teil ihrer Kinder zur Verdammnis zu verurteilen. Darum habe er eingegriffen, um das Kind dem rechten Glauben zuzuführen. Seinen Bericht schließt er hier mit einigen lateinischen Worten, ich übersetze sie dir: Das Töchterchen des Abraham Drentwett, das ich bereits am 15. Januar durch eine Kriegslist ohne Namensnennung getauft habe, wurde am heutigen Tage auf Beschluss des Rates öffentlich zur Kirche hingebracht, dabei habe ich in Gegenwart der Eltern zur größeren Sicherheit die Taufe erneuert und ihr den Namen Maria Christina gegeben.«

»Unglaublich!«

Der Geistliche wiegte den Kopf. »Nun ja, es muss bei deinem Jakob nicht so gewesen sein. Vielleicht ist er mit dem Einverständnis seiner Eltern katholisch getauft worden. Hauptsache, du findest seinen Eintrag, damit er beruhigt ist. Probier es am besten mal bei der Ulrichskirche. Dort wurden schon immer die meisten Taufen vorgenommen. Du solltest Pfarrer Kumreit gegenüber allerdings nicht unbedingt erwähnen, dass du etwas von diesen Winkeltaufen weißt. Sag einfach, ich hätte dich geschickt.«

»Keine Sorge. Außerdem habe ich bei Pfarrer Kumreit ohnehin noch etwas gut. Ich werde mein Glück versuchen.«

»Bist du jetzt enttäuscht?«

»Nein, nein. Es war ja nicht vergebens. Schließlich habe ich viel Neues von Euch gelernt und die wunderbare Aussicht auf Augsburg genossen.«

»Das freut mich. Und du warst wirklich noch nie hier oben?«

»Nein, mein Vater hat es mir nie erlaubt. Er war der Meinung, ich würde mit den Kirchenbüchern nicht sorgsam genug umgehen.«

»Seine Sorge war sicher begründet. Schließlich sind das einmalige amtliche Dokumente.«

»Aber wenn ich jetzt schon hier oben bin …« Sie zögerte. »Dürfte ich mir vielleicht meinen Taufeintrag ansehen? Nicht dass es mir wie Jakob ergeht«, setzte sie hinzu.

Der Pfarrer schmunzelte. »Aber sicher, nur zu. Wann bist du geboren?«

»Am 21. Dezember 1718.«

Nach kurzer Suche zog er das entsprechende Buch hervor und blätterte. Juliane hielt unwillkürlich die Luft an, obwohl sie wusste, dass ihre Sorge lächerlich war. Und tatsächlich, kaum einen Augenblick später hielt der Pfarrer inne und setzte dann seinen Finger unter die Zeile. »Hier. Schau her.«

Es war die Handschrift ihres Vaters. Sie konnte sie auf Anhieb lesen.

Den heutigen Tag geboren und getauft mein erstes Töchterlein auf den Namen Juliane. Vater: Hiesiger Pfarrer der Barfüßerkirche, Gottfried Hochstetter. Mutter Anna Barbara, eine geborene Schmiedlin.

Juliane spürte einen Kloß im Hals. Es war, als ob ihre Eltern sie durch diese Zeilen ansahen, sie anlächelten. Mein erstes Töchterlein. All seine väterlichen Gefühle hatte er in diese Worte gelegt. Auch wenn ihre Eltern nun nicht mehr da waren, wusste sie, dass sie von ihnen immer noch geliebt wurde. Und das war das Allerwichtigste. Tränen stiegen ihr in die Augen, und sie suchte nach einer Ablenkung.

Zum Glück schlug der Pfarrer das Buch in diesem Augenblick zu.

»Du trauerst wohl noch sehr um deinen Vater?«

»Ich vermisse sie beide. Und ehrlich gesagt hadere ich mit dem Herrn, dass beide so früh gehen mussten, und gleichzeitig bin ich dankbar, dass ich mich an eine so schöne Kindheit erinnern darf.« Sie hielt inne, weil sie an Mathias denken musste. Für einen Moment spielte sie mit dem Gedanken, einfach nachzusehen, wer Mathias' Eltern waren. Dass er sie auf der Durchreise kennengelernt hatte, glaubte sie ihm nicht.

»Dich beschäftigt etwas«, stellte Pfarrer Lehmann behutsam fest.

»Ja.« Sie gab sich einen Ruck. »Dürfte ich vielleicht noch etwas nachsehen? Der 26. November 1717.«

Bereitwillig schob ihr der Geistliche das Buch hin. Obwohl sie mit der Handschrift ihres Vaters gut zurechtkam, musste sie lange suchen, bis sie den Eintrag fand. Sie hatte ihn zuerst übersehen, weil er links unten auf der Seite stand. Was sie dann las, nahm ihr vor Überraschung den Atem.

Am heutigen Tage im Hause des Mesners von mir, dem hiesigen Pfarrer zur Barfüßerkirche, getauft: Das Kind der Eheleute Johannes und Magdalene Merkle, geborene Weiglin, auf den Namen Mathias.

Sie starrte auf die Zeilen. Warum hatte Johannes Merkle kein Wort darüber verloren? Wusste er, dass sein Sohn in der Stadt war? War das der Grund, warum der Mesner ihr plötzlich immerzu über den Weg lief? Wusste Mathias davon?

Sie beschloss es herauszufinden, indem sie beide mit der nötigen Behutsamkeit und Vorsicht zur Rede stellen würde. Johannes Merkle hatte sie ja ohnehin eingeladen, und Mathias würde sich wohl spätestens an diesem Abend wieder sehen lassen.

»Kann ich dir helfen?« Mit seinen Worten wob sich der Pfarrer in ihre Gedanken.

Erst jetzt bemerkte sie, dass sie noch immer in das Buch starrte.

»Nein, danke. Ist in Ordnung«, gab sie mit gleichmütiger Stimme zur Antwort. »Ich gehe dann jetzt zu Pfarrer Kumreit.« Sie erhob sich. »Vielen Dank für Eure Mühe.«

»Gern geschehen. Ich hoffe, ich habe dir weitergeholfen.«

***

Der Besuch bei Pfarrer Kumreit war erfolgreicher gewesen als gedacht. Zudem war ihr noch rechtzeitig, schon auf halbem Weg zur Ulrichskirche, siedendheiß eingefallen, dass sie ihre Gesellenkleidung getragen hatte, als sie Pfarrer Kumreit vor dem Steinewerfer gewarnt hatte. Zum Glück lag die Werkstatt auf dem Weg zwischen Barfüßerkirche und Ulrichskirche, sodass sie sich schnell umziehen konnte.

Tatsächlich hatte sie Jakobs Taufeintrag im Kirchenbuch gefunden. Er war katholisch getauft worden, der Nachfolger ihres Vaters hatte Recht behalten. Es war eine Winkeltaufe gewesen. Pfarrer Kumreit hatte es sogar zugegeben, auch wenn seine Worte nicht von Reue für das Tun des damaligen Pfarrers zeugten. Eine Mischehe sei es gewesen, ja, die Mutter katholisch, der Vater lutherisch. Nur hatte Jakob sein Leben lang nichts davon gewusst, weil sein Vater ihn offenkundig entgegen dem katholischen Bekenntnis evangelisch erzogen hatte. Darüber hatte sie sich allerdings nicht mit Pfarrer Kumreit auseinandergesetzt, das hätte Jakobs Leben in Ungewissheit auch nicht mehr rückgängig gemacht. Ganz abgesehen davon hatte sie sich in ihrer Rolle als Geselle vor Pfarrer Kumreit sehr unwohl gefühlt und zudem musste sie das, was sie erfahren hatte, möglichst schnell dem alten Goldschmied mitteilen.

Als sie auf ihrem Weg zu Jakob zum zweiten Mal an der Drentwett'schen Goldschmiede vorbeikam, beschloss sie trotzdem, ihre Gesellenkleidung wieder abzulegen. Überrascht hielt sie am Hoftor inne. Vor der Werkstatttür stand Stine. Sie unterhielt sich mit Friederike. Die junge Frau wollte ihren Sohn wieder abholen. Erleichterung und Freude keimten in Juliane auf, doch beim Blick in Friederikes trauriges Gesicht wurde ihr das Herz schwer. Sie wollte auf die beiden Frauen zugehen, doch die Meistersfrau gab ihr ein Zeichen weiterzugehen, und Juliane begriff, dass Friederike den Abschied von Simon alleine durchstehen wollte. Betrübt verließ sie die Pfladergasse und betrat den unteren Rathausplatz vor dem Kloster Maria Stern.

Zu spät entdeckte sie den Goldschmied Thelott.

»Oh, der Geselle des kleinen Drentwett. Guten Morgen. Welch Überraschung. Gehst du wieder auf den Markt oder begibst du dich gerade zu einem neuen Meister?«

Sie schwieg und starrte durch ihn hindurch. Inständig hoffte sie, er möge sie in Ruhe lassen und vor allem nicht hinter ihr Geheimnis kommen.

Seine hervorstehenden Augen musterten sie von oben bis unten. »Einen hübschen Gesellen hat sich mein Schwager da ausgesucht, zugegebenermaßen, auch wenn er dummerweise nur den Verstand eines Weibes hat. Aber als solches könntest du mir direkt gefallen. Wahrscheinlich hegt mein Schwager ähnliche Gedanken, aber er wird schon noch sehen, was er davon hat, dich meinem Sohn vorgezogen zu haben. Es war beschlossene Sache, dass er ihn bei sich als Gesellen aufnimmt. Deinetwegen hat er unsere Abmachung gebrochen.«

»Bringt doch Euren Sohn bei einem anderen Goldschmied unter, es gibt genügend in der Stadt, oder lehrt ihn doch selbst!«, stieß sie ohne nachzudenken hervor. Dieser Thelott war ihr einfach zuwider.

»Dir als Geselle muss ich ja wohl nicht erklären, wie rar diese Stellen gesät sind. Nach der Goldschmiedeordnung darf ich nur drei Gesellen beschäftigen, habe aber vier Söhne, und nun muss ich eine nicht unbeträchtliche Summe für die Wanderschaft des einen aufbringen oder mich vor dem Handwerk lächerlich machen und aus der vierteljährlichen Kollekte Wanderschaftsbeihilfe für meinen Sohn beantragen.«

»Ich weiß sehr wohl, wovon Ihr sprecht. Aber Euch scheint es noch nicht in den Sinn gekommen, für Euren Sohn nach einer Meistertochter oder Meisterwitwe Ausschau zu halten. Damit könntet Ihr ihm zwei Jahre Ersitzzeit ersparen, und er hätte einen rechtmäßigen Anspruch auf außerordentliche und vorzeitige Zulassung zum Meisterstück, was gar nicht so übel wäre, angesichts der langen Warteliste.«

»Willst du damit sagen, mein Sohn wäre nicht klug genug, um einen der sechs Plätze im Jahr zur Meisterprüfung einzunehmen?«

»Das hängt wohl eher von Eurem Geldbeutel ab. Abgesehen davon entscheidet die Wartezeit, nicht die Klugheit, das wisst Ihr selbst. Ich hatte also keineswegs vor, Euren Sohn zu beleidigen.«

»Das will ich auch für dich hoffen.«

»Ich schlage Euch im Gegenteil nur vor, mich und Meister Drentwett in Ruhe zu lassen. Findet für Euren Sohn eine Verlobte, von deren Vater er die Meistergerechtigkeit samt der Werkstatt ererben kann.«

»Ich weiß selbst, dass das in diesen Zeiten der einfachste Weg ist, Meister zu werden und es zu etwas zu bringen, das musst du mir nicht erzählen. Aber hier geht es ums Prinzip! Dein Meister hat sein Wort gebrochen, und nach dem Gesetz wird so etwas bestraft!« Er lächelte. »Übrigens sollte es dich interessieren, dass dich mein lieber Schwager nicht in das Gesellenbuch hat eintragen lassen, wohl weil er sich den Gulden sparen wollte. Es dürfte für dich also schwierig werden, deine sechs Ersitzjahre bei der Zulassung zum Meisterstück nachzuweisen. An deiner Stelle würde ich mich schnellstens bei ihm beschweren.«

»Das lasst meine Sorge sein«, gab sie mit rauer Stimme zur Antwort.

»Du wirst schon noch sehen, was du von deiner Widerspenstigkeit hast«, zischte Thelott. »Deine Starrköpfigkeit wird dir noch zum Verhängnis werden, das prophezeie ich dir! Ich rate dir, sehr vorsichtig zu sein. Überleg dir gut, was du tust. Ich finde, du hast ein viel zu hübsches Köpfchen, als dass es am Galgen baumeln sollte.«

Mit diesen Worten ließ er sie stehen.

Juliane überkam das unbändige Bedürfnis, ihre Gesellenkleidung loszuwerden. Als sie zur Goldschmiede zurückgelaufen war, stand Stine allerdings noch immer vor der Werkstatttür, und Juliane war gezwungen, in der Kälte zu warten. Währenddessen versuchte sie, Thelotts bedrohliche Worte aus ihrem Kopf zu verbannen und an Jakob zu denken. An die gute Nachricht, die sie ihm überbringen wollte, und an das Werkzeug, das er ihr sicherlich borgte. Vor allem aber an die Krone, die aus ihren Händen entstehen sollte. Komme, was wolle.

***

Stine senkte den Kopf und betrachtete angestrengt die hölzerne Türschwelle der Goldschmiedewerkstatt. Vor ihr stand die Meistersfrau. Das blühende Leben sprach aus ihrem Gesicht, eine frische Röte lag auf den Wangen, und die Hüften schienen rundlicher geworden zu sein. Fast wie eine Frau, die vor kurzem ein Kind geboren hatte, ging es Stine durch den Kopf. Sie selbst sah aus wie ein vertrockneter Strauch. Dünn und grau, mit verknoteten Haaren wie Wurzelwerk.

Ihr kleiner Junge saß bei der Meistersfrau auf dem Arm. Mit der Faust umschloss er einen Pfannkuchen, Marmelade klebte an seinen Fingerchen.

Die Meistersfrau hatte ihm neue Kleidung genäht. Die Mütze und das Hemdchen waren aus weicher Baumwolle, und darüber trug er ein gestricktes rotbraunes Jäckchen. Noch nie hatte Simon so schöne und saubere Sachen angehabt.

»Kommt doch herein«, wurde sie von der Meistersfrau abermals leise gebeten.

Stine reagierte nicht auf die höfliche Anrede. Am liebsten hätte sie sich in ein Mauseloch verkrochen. Sie hatte die Freundlichkeit dieser Frau nicht verdient. Im Gegenteil, das machte alles nur noch schlimmer.

Nach einer weiteren Aufforderung gab sie sich jedoch endlich einen Ruck und trat zögernd ein.

In der Werkstatt war es sauber und mollig warm. Die Meistersfrau führte sie in die Küche, in der es nach Pfannkuchen duftete, und bot ihr etwas zu essen und zu trinken an. Doch ihr Magen war wie zugeschnürt, sie hätte nichts zu sich nehmen können. Die Meistersfrau stellte ihr trotzdem einen Becher Milch und eine Schüssel mit warmem Apfelmus hin. Es duftete nach Zimt und Vanille.

Als Stine sich an dem großen Eichentisch niederließ, streckte ihr Sohn plötzlich die Ärmchen nach ihr aus. Eine Woge des

Glücks durchflutete sie. »Mein kleiner Schatz, komm zu mir.« Sie machte eine einladende Geste.

Die Meistersfrau versteifte sich. Sie sahen einander an, mit einem Hauch von Rivalität, und doch lag im Blick der Meistersfrau ein Funke Verständnis.

Friederike ging einen Schritt auf den Tisch zu, und in diesem Augenblick verschwand das Lächeln aus Simons Gesicht. Er schien sich an etwas zu erinnern, Unsicherheit legte sich über seine Züge, und als die Meistersfrau noch einen Schritt tat, breitete sich Furcht in seinen Augen aus. Er wandte sich ab und versteckte sein Gesicht an der Brust der Frau, die ihm eine Mutter geworden war.

Die Meistersfrau versuchte die Situation mit einem Lächeln zu überspielen und setzte sich zu Stine an den Tisch.

Schweigend schauten die beiden Frauen aneinander vorbei.

»Geht es ihm gut?«, flüsterte Stine, als die Stille unerträglich wurde.

»Ja, natürlich.«

Wieder entstand eine Pause.

»Schläft er nachts gut?«, setzte sie erneut an. »Ich habe leider vergessen, ihm sein Gutenachtlied aufzuschreiben.«

»Ich erzähle ihm am Abend eine Geschichte, so schläft er immer bald ein und nachts ist er noch nie aufgewacht.«

»Oh, ja dann.«

Wieder riss das Gespräch zwischen ihnen ab. Simon schaute über die Schulter der Meistersfrau dem offenen Herdfeuer zu und schien vergessen zu haben, dass seine Mutter gekommen war.

Diesmal war es die Meistersfrau, die die Stille brach: »Möchtet Ihr wirklich nichts essen?«

Wieder diese förmliche Anrede, die sie so schmerzte. Sie schüttelte nur den Kopf.

»Simon? Möchtest du deiner Mutter einmal zeigen, was du seit gestern kannst?« Die Meistersfrau erhob sich aus ihrer Verlegenheit und setzte den Kleinen vor sich auf den Boden. Sofort beugte er sich nach vorn und krabbelte mit patschenden Handbewegungen los. Friederike lachte und fing ihn nach wenigen Schritten wieder ein.

Stine traten die Tränen in die Augen. Vor Rührung, aber auch weil der Anblick wehtat. »Schön!«, sagte sie und schluckte die Traurigkeit hinunter, die ihr als Kloß im Hals stecken blieb.

Die Meistersfrau kam wieder zurück an den Tisch. Simon aber wollte nicht mehr ruhig sitzen bleiben. Er stemmte sich gegen Friederikes Oberschenkel und zog sich mit wackeligen Beinchen an ihrer Hand nach oben. Als ihm das gelungen war, tat er mit einigen spitzen Schreien sein Vergnügen kund.

Mit einem Lächeln, und doch bestimmt, legte die Meistersfrau ihm den Finger auf die Lippen, setzte ihn wieder auf ihren Schoß, nahm den Becher vom Tisch und bot ihm zu trinken an.

Simon umfasste den Becher mit beiden Händen und zog ihn begierig zu sich heran.

»Er kann bald alleine trinken.«

Stine nickte beklommen. Wie sehr sich ihr kleiner Sohn in dieser kurzen Zeit verändert hatte. Auch sein Köpfchen schien ihr etwas größer geworden, der blonde Haarflaum dichter und die Beine kräftiger, als habe sein Körper nur darauf gewartet zu wachsen.

Kaum hatte Simon ausgetrunken, griff er nach dem Ärmel der Meistersfrau und begann daran zu kauen. Friederike entschuldigte sich mit einem Lächeln.

»Er zahnt gerade. Seit heute Morgen blitzt der erste Schneidezahn im Unterkiefer durch.« Die Meistersfrau hielt inne. »Ihr könnt Euch nicht so recht daran freuen, nicht wahr? Ihr seid traurig, man sieht Euch den Kummer an. Euch quält die Schuld, und Ihr seid zornig auf Euch selbst, aber das müsst Ihr nicht sein.«

»Doch!«, brach es aus Stine heraus. »Ich bin eine Rabenmutter! Ich habe meinen kleinen Jungen seinem Schicksal überlassen. Anstatt dass ich trotz aller Widrigkeiten versuchen würde, ihm eine gute Mutter zu sein, habe ich ihn im Stich gelassen, weil ich nicht mehr aus noch ein weiß, versteht Ihr?«

»Als wenn das kein triftiger Grund wäre. Außerdem habt Ihr für ihn gesorgt, indem Ihr Euch mit dem Brief an uns gewandt habt. Und das war richtig und gut so.«

Simon spürte die Unruhe zwischen den beiden Frauen und schloss sich mit lautem Gebrabbel dem Gespräch an. Beruhigend redete die Meistersfrau auf ihn ein, doch seine Laute wurden immer höher und kraftvoller.

»Was sagt überhaupt Euer Mann dazu, dass Ihr meinen Jungen bei Euch aufgenommen habt? Hat er nichts dagegen?«

»Oh, nein, nein, es stört ihn nicht. Simon ist ja ein so lieber kleiner Junge, er weint kaum, wird nur selten laut und sonst ist er immer mit sich und der Welt zufrieden. Ich weiß, wie viel Kummer Euch die Trennung bereitet, aber versucht Euch trotzdem darüber zu freuen, dass es ihm hier gut geht. Überlegt es Euch. Er kann so lange bleiben, wie Ihr wollt.«

Stine nickte. Die Vernunft sagte ihr, dass es ihrem Kleinen in der Goldschmiede besser erging als bei ihr im Wald. Aber sie war seine Mutter. Sie liebte ihn. Oder durfte sie das nun nicht mehr? Wo sollte sie nur hin mit ihren Gefühlen?

Sie erhob sich. »Darf ich ihn kurz umarmen, ihn an mich drücken, bevor ich wieder gehe?«

»Selbstverständlich!«

Langsam, fast ängstlich streckte sie ihm diesmal ihre Hände entgegen und lächelte ihren Sohn mit Tränen in den Augen an.

Tatsächlich beugte er sich jetzt zu ihr vor, und die Meistersfrau gab ihr Simon auf den Arm. Es war ein Gefühl wie damals, als sie ihn zum ersten Mal halten durfte.

Simon griff nach ihren Haaren, zog daran, klopfte auf ihre Brust und untersuchte den Stoff ihres Kleides. Dann ging alles ganz schnell. Seine kleinen Finger fanden den Weg über ihren Ausschnitt zur Brust, verhakten sich in dem Beutel mit den Juwelen, zogen ihn hervor und ließen ihn auf den Boden fallen.

»Nicht!«, rief sie entsetzt aus. Sie packte den Beutel, bevor einer der funkelnden Steine herausfallen konnte, starrte die Meistersfrau wie von Sinnen an, überlegte nicht lange und floh mit ihrem Kind auf dem Arm aus der Goldschmiede.

***

Als Juliane als Magd endlich am Haus des alten Goldschmieds Jakob ankam, waren die Fensterläden noch geschlossen. Ein merkwürdiges Gefühl beschlich sie. Sie schaute auf die Kirchturmuhr. Die Wintersonne blendete und brachte die goldenen Zeiger zum Glänzen. Es war mittlerweile früher Vormittag, um diese Uhrzeit war Jakob für gewöhnlich längst aufgestanden. Er war doch nicht etwa ...?

Juliane näherte sich der Werkstatt und horchte. Doch der Lärm der Fuhrwerke überdeckte jegliches Geräusch, das aus der Goldschmiede hätte dringen können.

Sie klopfte an. »Jakob?«

Noch einmal. »Jakob?«

Nichts.

Als Nächstes versuchte sie es am Fensterladen. Sie klopfte, rüttelte daran und rief laut nach ihm. Ihr Verdacht wurde zu einer immer schlimmeren Gewissheit.

Plötzlich hörte Juliane, wie im Nachbarhaus ein Fenster

geöffnet wurde. Eine Frau streckte den Kopf heraus und zeterte: »Was ist denn hier heute los? Ach, Juliane!«

Juliane grüßte die Nachbarin. »Verzeihung, Elsbeth. Ich wollte zu Jakob. Aber er macht nicht auf. Ich glaube ... er ist ... habt Ihr ihn heute vielleicht schon gesehen?«

»Den Jakob? Ja, freilich. Den haben's vorhin abgeholt. Aber lebendig. Ins Eisenberg-Gefängnis haben's ihn gesteckt. Falschmünzerei haben's ihm nachgewiesen.«

Juliane glaubte sich verhört zu haben.

»Ja, ja! Auf die Schliche sind's ihm gekommen, weil er minderwertige Ablassmünzen an die Kirch' verkauft hat. Da sind's schauen gekommen, haben alles in der Werkstatt umgedreht und da haben's beutelweise Falschgeld gefunden! Das kann man sich gar nicht vorstellen! Jahrzehntelang lebt man mit so einem Verbrecher Tür an Tür. Aber ehrlich gesagt, hätt' ich ihm das nie zugetraut. Er hat auch geschrien, sich zu wehren versucht, immerfort gerufen, er habe nichts getan, er sei unschuldig. Aber die Männer haben ihm die Händ' auf den Rücken gedreht und ihn abgeführt. In Schurz und Pantoffeln. So wie er war.«

Fassungslos versuchte Juliane, ihre Gedanken zu sortieren.

»Wann war das?«

»Na vorhin, in aller Herrgottsfrüh. Ich war gerad' eben angezogen, als ich den Lärm gehört hab'.«

»Und wer waren die Männer? Habt Ihr einen von Ihnen gekannt?«

»Ja, freilich. Das Wort hat der Herr Geschaumeister Biller geführt, die anderen waren wohl vom Handwerkergericht, und dieser eine Goldschmied war auch noch dabei. Der Katholische. Ach, wie heißt er doch gleich? Hat schon oft große Aufträge von der Kirche oder sogar von Königshäusern bekommen.«

»Thelott?«

»Ja genau, so heißt er.«

»Dachte ich es mir doch. Ihr entschuldigt mich, aber ich muss jetzt weiter.«

»Zum Jakob? Die werden dich kaum zu ihm lassen.«

»Das werden wir ja noch sehen. Auf jeden Fall muss ich herausfinden, was es mit seiner Verhaftung auf sich hat, ob man ihn zu Recht beschuldigt.«

Juliane sah sich noch einmal nach der Goldschmiede um und machte sich dann auf den Weg zum Eisenberg.

Es war nicht weit, der Platz vor der Metzg war schnell überquert, die Kleinhändler, Milchfrauen und streunenden Hunde nahm sie kaum wahr. Sie drängte sich einfach kreuz und quer an ihnen vorbei, wich Fuhrwerken aus, die mit geschlachtetem Vieh beladen waren, ohne diese richtig bemerkt zu haben.

Als sie am Eisenberg anlangte, ging ihr Atem schneller. Der flache Bau mit winzigen, vergitterten Fenstern ruhte wie die Pranke eines Löwen vor dem Rathaus. Sie wollte ihren Blick abwenden, aber sie konnte nicht. Irgendwo dort drinnen war Jakob. Vielleicht in einer der oberen Zellen mit Tageslicht, die den Gefangenen vorbehalten waren, deren Angehörige Geld dafür bezahlten. Alle anderen vegetierten, vom Eisenvater zahllose Treppen hinabgestoßen, in feuchten Kellerlöchern.

Juliane ahnte, dass man sich hier nur scheinbar human gab, von neuem Denken beseelt, abgewandt von mittelalterlichen Strafen, doch die Wahrheit lag wie immer – und in diesem Falle wohl wörtlich zu nehmen – tief vergraben.

Als sie langsam näher kam, zog sich ihr Magen zusammen. Das unebene Kopfsteinpflaster gaukelte ihr vor, über unzählige Menschenleiber zu gehen, Gefangene, die wie Jakob unter ihr lagen, schuldig oder unschuldig.

Kaum dass sie noch drei weitere Schritte auf das Gefängnis zugegangen war, wurde die eisenbeschlagene Tür aufgezogen, und der Eisenvater, ein Wärter von hünenhafter Gestalt, blieb in geduckter Haltung im Türrahmen stehen. Er sah aus wie ein Raubtier vor dem Beutesprung.

Einzig sein unablässiges Blinzeln, verursacht durch die Helligkeit, verriet menschliche Schwäche.

»Was ist?«, herrschte er sie an.

»Verzeihung.« Ihre Stimme zitterte vor Angst. »Ist ... ist Jakob hier ... Jakob Holeisen ... der alte Goldschmied?«

Der Wärter lachte dröhnend. »Aber sicher doch. Das Gerippe wird wohl kaum geflohen sein. Ihm ist ziemlich schnell die Puste ausgegangen. Dem hätte ich aber auch was erzählt, wenn er noch länger seine Unschuldsbeteuerungen in die Welt hinausgeschrien hätte. Hört ihm doch eh keiner zu, macht mir nur meine Gefangenen verrückt. Aber seit ein paar deutlichen Worten mit der Peitsche liegt er brav wie ein Lämmlein in seiner Zelle und rührt sich nicht mehr.«

»Was sagt Ihr da? Lasst mich zu ihm, bitte, ich will ihn sehen, ich muss mit ihm reden! Ihr müsst mich zu ihm lassen!«

»Ich muss überhaupt nichts. Und wenn du etwas von mir willst, so musst du mir entweder zu Diensten sein oder mich mit einer Goldmünze bezahlen. So einfach ist das.«

»Bezahlen?« Juliane sammelte ihre Kraft. »Bezahlen nennst du das? Das ist Erpressung!« Sie hielt es nicht für nötig, noch länger höflich zu bleiben.

»Nenn es, wie du willst. Das sind jedenfalls die Regeln. Und jetzt verschwinde! Und wage es erst wieder zu kommen, wenn du bereit bist, in einer der Währungen zu bezahlen. Solltest dich aber bald entscheiden, ich kann dir nämlich nicht versprechen, dass der Alte morgen noch lebt.«

Der Eisenvater trat ohne ein weiteres Wort zurück in den Raum, verschmolz mit der Dunkelheit, die Tür fiel krachend ins Schloss.

Juliane blieb reglos stehen, starrte auf die Eisenbeschläge, bald ging ihr Atem stoßweise, sie ballte die Hände zu Fäusten, spürte Wut in sich aufsteigen, unaufhaltsam nach außen drängend. Sie schlug gegen die Tür, immer und immer wieder. Sie schrie und schlug. Doch drinnen rührte sich nichts mehr.

Irgendwann wandte sie sich ab. Sie umkreiste das Rathaus, ging den Eisenberg hinauf und hinunter, blieb vor dem Gefängnis stehen, lief den Stadtfluss entlang durch das Handwerkerviertel, kam nach einer Weile wieder am Gefängnis vorbei, und rief noch einmal nach dem Wärter.

Schließlich irrte sie ziellos durch Augsburg, auf der Flucht vor den grausamen Bildern, die sie vor Augen hatte, Stunde um Stunde verging auf der Suche nach einer Lösung. Doch sie wusste sich keinen Rat.

Als die Sonne hinter den Häusern verschwand, fragte Juliane im Gasthaus *Zu den drei Mohren* nach Mathias, doch er war nicht da. Bis es dunkel wurde, ging sie vor dem großen Gebäude auf und ab. Dann gab sie auch diese Hoffnung auf. Als nächtlicher Schatten stolperte sie durch die spärlich beleuchteten Straßen zurück zur Drentwett'schen Goldschmiede.

***

Karl Albrecht tupfte sich mit einer unauffälligen Handbewegung den kalten Schweiß ab, den ihm die Schmerzen auf die Stirn trieben. Seit über einer Stunde fuhr er mit seiner Familie in der Kutsche durch das abendliche Frankfurt, um die eigens für ihn prächtig geschmückten Häuser und illuminierten Fassaden in Augenschein zu nehmen. Sämtliche Kurfürsten und Wahlbotschafter – auch jene aus Spanien und Frankreich – und sogar der päpstliche Nuntius, Monsignore Doria, hatten ihre meist drei- oder vierstöckigen Palais mit einer Schmuckfassade verblenden lassen und in wahre Kunstwerke verwandelt.

Eben fuhren sie am Palais Wachtendonck vorbei, vor dem sich bereits zahlreiche schaulustige Frankfurter Bürger versammelt hatten, dazwischen, als goldene Farbtupfer, die Sänften und Kutschen einiger hoher Herrschaften.

Um das Palais des ersten Wahlgesandten von der Pfalz gebührend zu betrachten, ließ Karl Albrecht die Karosse anhalten. Seine dreijährige Tochter Maria Josepha und ihre fünf Jahre ältere Schwester Maria Anna hielt es nicht mehr auf ihren Plätzen. Sie knieten sich in ihren Kleidchen auf die samtbezogene Sitzbank, pressten ihre Näschen an die Scheibe und berichteten ihm in mehr oder weniger zusammenhängenden Worten, was draußen zu sehen war: In jedem der Fenster stünde ein kleines, rund geschnittenes Bäumchen, doch eigentlich seien es gar keine Bäumchen, sondern Lampions. Als er sich unter Schmerzen vorbeugte, musste er seinen Töchtern Recht geben. Außerdem entdeckte er sein Abbild als kaiserliche Reiterstatue umgeben von lebensgroßen mythologischen Figuren in den ebenerdigen Arkadennischen, und als sein Blick die mit Blumenranken bemalte Fassade emporkletterte, begeisterte ihn die Darstellung eines Adlers in einem kronenähnlich gestalteten Nest.

Mit einem Seufzer ließ er sich zurücksinken. All dies hatte man für ihn errichtet, zu seiner Ehre geschaffen. Längst war Applaus aufgebrandet, und die Leute drängten sich um die Kutsche. Immer wieder hörte er seinen Namen, von Vivat-Rufen verstärkt. Wie gerne wäre er ausgestiegen, um sich seinem künftigen Volk zu zeigen, doch das Stechen in den Nieren ließ kaum eine Bewegung zu. Trotzdem war sein Wille ungebrochen, die Krönungsfeierlichkeiten wie geplant stattfinden zu lassen. Niemand würde ihn daran hindern, da müsste schon der Tod höchstpersönlich vorbeikommen.

Beim Gedanken an den bevorstehenden Abend keimten allerdings Zweifel in ihm auf, ob seine Kräfte ausreichen würden. Zunächst war ein kleines Abendessen geplant, später gedachte er seinen Lakaien Michael Sickinger wegen der Augsburger Goldschmiede zu sprechen. Anschließend wollte er zum ersten Mal die Reichsinsignien in Augenschein nehmen, das Zepter, den Reichsapfel, die nahezu 800 Jahre alte Kaiserkrone berühren, und man sollte ihm auch zum ersten Mal den Krönungsmantel zur Anprobe umlegen. Wenn dies alles geschehen war, musste er noch den Goldschmied Nikolaus Nell empfangen, damit dieser eine Zeichnung von der Kaiserkrone anfertigen konnte, nach deren Vorbild er die Hauskrone fertigen sollte. Dazu blieben dem Mann noch neun Tage Zeit. Hoffentlich war dieser damit nicht überfordert, denn wie er gehört hatte, war der Goldschmied schon ein betagter Mann, aber da man ihn den besten seiner Zunft nannte, bestand wohl kein Grund zur Sorge.

Reißende Schmerzen vom Rücken bis in die Beine kündigten ihm an, dass der Abend für ihn eine Herausforderung werden würde.

Um seine Familie nicht länger dem Trubel auszusetzen, gab er dem Kutscher das Zeichen weiterzufahren. Seine Frau dankte ihm die Entscheidung mit einem kurzen, erleichterten Lächeln. Maria Amalia stand die Sorge um ihn, um sein Wohlergehen ins Gesicht geschrieben. Als er das erkannte, durchströmte ihn ein warmes Gefühl voller Dankbarkeit für die Liebe, die sie ihm bedingungslos entgegenbrachte. Seit genau zwanzig Jahren waren sie verheiratet, und in dieser Zeit hatte ihm seine Frau sieben Kinder geschenkt, und nur zwei von ihnen hatte der Herrgott wieder zu sich geholt. Vier seiner Kinder saßen bei ihm in der Kutsche, nur seine zweitälteste Tochter fehlte. Es war nun schon über ein Jahr her, dass er sie zum letzten Mal gesehen hatte. Er hatte ihr noch eine gute Nacht gewünscht, und seit jenem nächsten Morgen fehlte jede Spur von ihr. Nach und nach trug man ihm zu, es habe eine Liebschaft zwischen ihr und einem Diener gegeben, doch niemand wollte etwas Genaues beobachtet haben. Er hatte den Verdächtigen zur Rede gestellt, doch der versicherte glaubhaft, es nicht gewesen zu sein.

Es schmerzte ihn, dass seine Tochter nichts von sich hören ließ, ihm nicht vertraute und noch schlimmer – sogar Angst vor ihm hatte.

Maria Amalia ließ sich ihren Kummer um die zweitälteste Tochter nur selten anmerken, verlangten doch die anderen Kinder ihre ungeteilte Aufmerksamkeit. Besonders die älteste Tochter war ebenfalls in einem heiklen Alter. Versonnen betrachtete er seine Antonia, die neben ihrer Mutter saß. Ihr gehörte insgeheim sein ganzer väterlicher Stolz. Sie war noch hübscher als ihre Mutter, voller Anmut, und noch nie hatte sie ihm Anlass zu Kummer gegeben.

Als sich die Fahrt der Kutsche verlangsamte und seine beiden jüngsten Töchter sich wieder mit vor Eifer geröteten Wangen auf die Sitzbank knieten, ahnte er, dass sie das Quartier des französischen Wahlbotschafters erreicht hatten. Die Illuminationen am Haus Cronstetten standen den anderen in nichts nach – im Gegenteil. Marschall Belle-Isle war kein Freund halber Sachen. Der Franzose hatte nicht nur bei der Wahl für ihn gestimmt, sondern auch die französischen Truppen geführt, die ihm im Feldzug gegen Maria Theresia zu Hilfe geeilt waren.

Karl Albrecht seufzte. Er hatte seinem Freund und Förderer mehr zu verdanken, als er in Worte fassen konnte. Dieser Mann mit der hohen Stirn, dessen Mundwinkel trotz seines Lächelns immer eng blieben, war ein Feingeist und kühner Stratege. Nur mit seinem letzten Plan hatte sich Belle-Isle verkalkuliert.

Es war ein verhängnisvoller Fehler gewesen, im letzten Oktober nicht nach Wien einmarschiert zu sein, das Herz unverwundet gelassen und stattdessen Prag erobert zu haben. Statt der flüchtenden österreichischen Armee den Garaus zu machen und zum entscheidenden Schlag auszuholen, hatten sie Maria Theresia nach Wien zurückkehren lassen. Sie hatten diese Frau unterschätzt.

Warum nur hatte er den Vorschlägen Belle-Isles zugestimmt? Vielleicht, weil er nicht gewohnt war, gegen eine Frau zu kämpfen. Ihre Art zu denken war eine andere. Niemals hätte er mit ihrer unkonventionellen Kriegsführung gerechnet, die sie, gepaart mit einem unbändigen Siegeswillen, an den Tag legte: Vor kurzem erst hatte sie erneut zum Gegenangriff ausgeholt. Diese Frau war eine Wahnsinnige. Eine Wahnsinnige, die genau wusste, was sie tat. Selten wagte ein Herrscher einen Feldzug bei derart menschenfeindlicher Kälte wie in diesen Wochen – darum war es ein umso wirkungsvollerer Schachzug gewesen.

Seit Ende Dezember befanden sich ihre Truppen vor Linz, wohin sich seine und die französische Armee zurückgezogen hatten. Von Linz aus hatte sich Maria Theresia über Österreich auf bayerisches Gebiet vorgetastet, und seit einigen Tagen überschlugen sich die Nachrichten, welche seiner Städte gefallen seien. Besonders schmerzte ihn der kursierende Spottvers über seinen General Tönning. Dieser Mann gleiche einer Pauke. Von ihm höre man nur, wenn er geschlagen werde.

Bei dem Gedanken an eine große Niederlage bemächtigte sich wieder die Angst seiner Gefühle. Er sah Maria Theresia, ein Heer feindlicher Truppen, unüberschaubar groß vor den Toren Münchens. Schwarze Leiber rückten wie ein aufziehendes Gewitter auf seine Residenzstadt zu, bedrohten den Hort seiner kaiserlichen Existenz und stürmten schließlich mit ohrenbetäubendem Lärm die Stadttore.

Es war eine grauenhafte Vision, die Nahrung seiner allnächtlichen Albträume – von der Realität gespeist. Vor vier Tagen, am 30. Januar, hatten die Österreicher Braunau, seine wichtigste Festung am Inn und die Hauptstadt des Rentamts Kurbayern besetzt.

Wie sollte das alles nur weitergehen?

Stechende Schmerzen im Rücken raubten ihm jeden klaren Gedanken. Ein künftiger Kaiser ohne eigenes Land, ein besiegter Fürst mit leerer Staatskasse, der Lächerlichkeit preisgegeben, eine Enttäuschung auf ganzer Linie. Welcher Kurfürst wäre unter diesen Umständen noch bereit, ihm die Krone aufs Haupt zu setzen? Keiner. Und genau darauf spekulierte Maria Theresia. Dass sich das Blatt buchstäblich noch im letzten Augenblick zu ihren Gunsten wendete.

In einem Akt verzweifelter Hoffnung hatte er Kuriere nach Linz geschickt, um den Rückzug seiner Truppen zum Schutz seines eigenen Landes anzuordnen. Zur gleichen Stunde hatte er an den König von Preußen und den Kurfürsten von Sachsen einen Eilbrief geschrieben mit der dringenden Bitte, mächtige Ablenkungs- und Entlastungsangriffe in Böhmen zu unternehmen. Was die beiden jetzt von ihm denken mussten! Noch schwerer allerdings wog die Sorge, ob die Kuriere überhaupt in Linz ankämen oder zuvor im feindlich besetzten Umland dem Kriegsgegner in die Hände fielen.

Karl Albrecht war froh, als die Kutsche nach einer weiteren Zwischenstation endlich vor seinem Palais Barckhaus auf der Zeil hielt.

Viel länger hätte er es auch nicht mehr geschafft, die wühlenden Schmerzen in ein Lächeln zu kleiden, um seine Familie zu beruhigen.

Am Portal des Palais Barckhaus erwartete ihn sein erster Diener. Ein Wink genügte, und der alte Mann eilte in die Küche, um ihm dort seinen Medizintee zuzubereiten.

Während sich seine Frau mit den Kindern in die Retirade zurückzog, um dort mit den königlichen Jagdhunden zu spielen, musste er nicht lange warten, bis ihm sein treu ergebener Diener die Medizin brachte. Bärentraubenblättertee mit einer genau dosierten Menge Opium.

Mit einem Nicken nahm er seinem Diener den Becher ab. Nur selten fiel ein Wort zwischen ihnen, Josef konnte ihm die Wünsche buchstäblich von den Augen ablesen, diente der fromme Mann ihm doch schon seit sechzehn Jahren, seit seiner Ernennung zum Kurfürsten von Bayern. Treu ergeben und immer für ihn sorgend. Das Dienen war sein Lebensinhalt, Tag für Tag, immer zufrieden, ohne ein einziges Wort der Klage, obwohl Josef nun ein beinahe biblisch zu nennendes Alter erreicht hatte.

Mit einem langen Zug trank Karl Albrecht den Becher leer, danach ließ er sich auf den gepolsterten Stuhl am Schreibtisch sinken. Wohltuende Wärme durchströmte ihn, und die reißenden Schmerzen verwandelten sich, wie von Honigbalsam überzogen, in ein kaum noch spürbares Zupfen.

»Ist mein ...«, begann er nach einer Weile an seinen Diener gewandt, der solange reglos an der Flügeltür gestanden hatte.

Josef verbeugte sich augenblicklich und trat einen halben Schritt nach vorn. »Jawohl, Eure Römisch-Kaiserliche Majestät. Der Lakai Michael Sickinger ist vor zwei Stunden eingetroffen.«

»Sag ihm, ich werde ihn morgen empfangen. Ich bin furchtbar müde.«

»Die Schmerzmittel«, stellte sein Diener mit schuldbewusster Miene fest, als könne er etwas für die Müdigkeit seines Herrn.

»Ich möchte mich ausruhen. Zur achten Stunde sollen die Anprobe des Krönungsmantels und die Darbietung der Reichsinsignien sein. Außerdem steht noch die Besprechung mit dem Frankfurter Goldschmied an.«

»Eure Römisch-Kaiserliche Majestät sollten ein wenig schlafen, wenn ich mir diesen Vorschlag erlauben darf, damit Eure Majestät wieder zu Kräften kommen.«

»Ach Josef, meine gute Seele. Du hast ja Recht. Ich werde mich für eine knappe Stunde in mein Schlafgemach begeben. Ich gehe davon aus, dass du mich beizeiten wieder aufweckst.« Er gähnte.

»Sehr wohl, Eure Majestät.«

Als er sich in Begleitung seines Dieners zum Ankleidezimmer begab, konnte er einen kurzen Blick in das Audienzzimmer werfen. Und was er sah, stimmte ihn wohlgemut, als lächle ihm die Sonne vom strahlend blauen Himmel zu. Eine Schar von Dienern war dabei, den Fußboden mit rotem Tuch auszulegen und die spanischen Gobelins an den Wänden akribisch vom Ruß zu säubern. Überhaupt wurde in allen Ecken geputzt und gewienert und in der Mitte des Raumes wurde gerade der meterlange, rotsamtene Stoff für den Baldachin ausgebreitet, unter dem er nachher stehen würde, um das Krönungsornat anzuprobieren und sich die Reichsinsignien präsentieren zu lassen.

Als er in dem übergroßen Bett seines Schlafgemaches lag, fühlte er sich einsam, doch seine Träume versöhnten ihn mit glanzvollen Bildern seiner Krönung.

Einige Zeit später mischte sich das Gebell seiner Jagdhunde unter die Szene, und er kam wieder zu sich, ehe sein Diener Josef die helle Glocke im Ankleidezimmer läutete. Eilig setzte er sich auf, ein wenig zu schnell, denn für einen Moment wurde ihm schwarz vor Augen. Doch dann erhob er sich, ging festen Schrittes in sein Ankleidezimmer und fühlte sich ausgeruht. Nur seiner Gicht hatte das Liegen nicht gutgetan. Seine rechte Hand war bis zum Handgelenk angeschwollen, sodass er beschloss, seinen Arm von Josef in eine Schlinge legen zu lassen.

Immerhin musste dieses Leiden nicht verheimlicht werden, zeugte es doch von Wohlstand. Er warf einen prüfenden Blick in den Spiegel. Die dunklen Augenringe gefielen ihm nicht, allerdings konnten seine strahlend blauen Augen leicht davon ablenken, und seine zugegebenermaßen imposante Statur verriet nichts über seinen schwachen körperlichen Zustand. So konnte er die Nürnberger Patrizier empfangen.

Er schritt in das mittlerweile festlich geschmückte Audienzzimmer, sah sich um und nahm auf dem Thronsessel unter dem Baldachin Platz.

Auf sein Zeichen hin öffneten sich die Flügeltüren. Die beiden Patrizier Friedrich Behaim von Schwarzbach und Jobst Wilhelm Ebner von Eschenbach betraten mit einigem Gefolge den Saal. Sie hatten die Reichsinsignien von ihrem Aufbewahrungsort Nürnberg sicher nach Frankfurt geleitet. In den Händen des ersten Patriziers ruhte die funkelnde Kaiserkrone auf einem rotsamtenen Kissen. Ehrfurcht überkam ihn beim Anblick dieses bald 800 Jahre alten Herrschaftszeichens, das seit Otto I. schon unzählige Kaiser getragen hatten – und nun sollte er damit gekrönt werden. Brennend heiß stieg der Wunsch in ihm auf, sie zu berühren, und vor allem, bis zur Krönung endlich eine Nachbildung dieses Juwels zu besitzen, die er auf immer sein Eigen nennen konnte – seine eigene Kaiserkrone.

Wieder keimte Ärger in ihm auf, die Erschaffung der Hauskrone nicht gleich in die Hände des Frankfurter Goldschmieds gegeben zu haben. Hoffentlich gelang es diesem Mann, innerhalb von neun Tagen eine Nachbildung der Reichsinsignien zu erschaffen. Ein beinahe aussichtsloses Unterfangen. Doch was würde man von einem Kaiser denken, dem schon ein so einfaches Vorhaben aus den Fingern geglitten war? Sie würden einen Kaiser in ihm sehen, dem es neben Geld an Durchsetzungskraft und Unterstützung fehlte. Und damit hätten sie Recht.

Die trüben Gedanken verflüchtigten sich erst, als er den Reichsapfel und das Zepter betrachtete. Die vergoldete Kugel des Reichsapfels mit dem darauf stehenden juwelenbesetzten Lilienkreuz symbolisierte die Erde, ja die Welt in ihrer Gesamtheit, wie sie von Gott erschaffen worden war. Und er als Statthalter Gottes auf Erden würde diese Kugel in Händen halten. Seine Finger zitterten bei dem Gedanken.

Noch aufgeregter wurde er beim Anblick des Krönungsmantels. Er wurde von zwei stolz und gemessen schreitenden Lakaien getragen. Der purpurne Stoff maß über 15 Fuß, war mit Goldfäden bestickt und mit mehr als einhunderttausend Perlen und Emailplättchen besetzt. Diese fügten sich bei näherem Hinsehen zu einem Bild: Löwen, die Kamele im Kampf zu Boden drückten, eingerahmt von einem Dattelbaum – dem Lebensbaum der arabischen Welt. An dieses für einen christlichen Herrscher wundersame Motiv hatte er sich bereits gewöhnt, wünschte doch die arabische Inschrift am Mantelsaum Erfolg im Diesseits. Dies galt für alle christlichen Herrscher, seit Friedrich II. das Erbe Rogers II. angetreten hatte, für den der Mantel einst gefertigt worden war.

Als die Abordnung vor ihm stand, breiteten die Männer mit tiefen, sich wiederholenden Verbeugungen die Reichskleinodien vor ihm aus, um ihn anschließend in aller Form zu begrüßen. Er dankte den Patriziern aufrichtig für die gelungene Überführung der Reichsinsignien, und die beiden erwiesen ihm wiederum die Ehre in Form eines Handkusses.

Als der nächste Mann vortrat, gab es einen kleinen Tumult, da ihm als Hauptmann diese Art der Ehrerbietung nach höfischen Regeln nicht gestattet war. Man entschuldigte sich erschrocken für sein Verhalten, doch Karl Albrecht blieb ruhig. Es war der Blick in die beseelten Augen dieses Mannes. Er liebte diese ehrlichen Gesten, drückten sie doch wahrhaftige Gefühle aus, wie sie bei Hofe nur selten zu finden waren. Darum erhob er sich und sagte mit einer begütigenden Handbewegung: »Es ist gut. Der Vorfall hat nichts zu bedeuten und wäre er ein einfacher, braver Soldat. Heute freuen wir uns und stellen die Etikette hintan.« Mit diesen Worten begab er sich ins Ankleidezimmer, um sich das Krönungsornat anlegen zu lassen.

Zuerst zog man ihm die goldbestickten Strümpfe aus roter Seide an, daraufhin schlüpfte er in die mit Perlen und Edelsteinen geschmückten Stoffschuhe. Sie liefen vorne spitz zu, passten ihm aber wider Erwarten recht gut, nur am großen Zeh spürte er einen leichten Druck. Einige Mühe bereitete ihm das Anziehen des etwas engen Unterkleids. Doch als er schließlich in der tiefdunkelblauen Dalmatica dastand, fühlte er nur noch das angenehm schwere Gewicht der perlenbesetzten, roten Borten an Rock und Ärmeln. Darüber wurde ihm das etwas kürzere Oberkleid angezogen, sodass der rote Saum des unteren Gewandes sichtbar blieb. Die Alba trug ähnlich reiche Goldstickereien und Perlen.

Als ihm schließlich die vor Verzierungen fast schon steife Stola umgelegt und vor der Brust gekreuzt wurde, fühlte er sich recht unbeweglich, doch er war fasziniert, wie gut ihm die Kleidungsstücke passten. Nur den rechten, mit großen Edelsteinen besetzten Handschuh konnten sie ihm nicht über die von der Gicht geschwollenen Finger ziehen. Dafür legte man ihm nun den Krönungsmantel um die Schultern. Für einen Augenblick glaubte er, seine Knie müssten unter dem Gewicht nachgeben. Der Stoff wog so schwer, als habe man ihm eines seiner Kinder an die Schultern gehängt. Wenn ihn seine Frau jetzt sehen könnte, jetzt, wo es ihm gerade so gut ging und seine Schmerzen betäubt waren. Ein funkelnder Glanz umhüllte hin, machte alles Irdische vergessen und ließ ihn von den ersten süßen Strahlen der kommenden Kaiserherrschaft kosten.

»Ist der Goldschmied Nikolaus Nell bereits eingetroffen?«, fragte er seinen Diener Josef.

»Jawohl, Eure Römisch-Kaiserliche Majestät. Eure Majestät können ihn empfangen.«

»Sodann stellt die Reichsinsignien auf dem runden Tisch aus, damit der Goldschmied eine wohlfeile Zeichnung davon anfertigen kann.«

Karl Albrecht legte das Krönungsornat Lage um Lage ab und betrat dann wieder den Audienzsaal, verabschiedete die Patrizier mit reichen Worten und ließ Nikolaus Nell hereinrufen.

Sein kaiserlicher Schatz- und Garderobenmeister Dengelbach öffnete die Flügeltür und stellte zunächst einen Juwelier aus München vor, dem man der zeitlichen Umstände wegen die Arbeit an den kostbaren Steinen übertragen könne, außerdem einen Goldschmied aus Mannheim, der bei Bedarf die Vorarbeiten übernehmen würde.

Danach betrat ein alter Mann den Raum, seine Kleidung schlotterte ihm am Leib, als hinge sie noch auf der Wäscheleine. Seine Haut war faltig wie ungebügelter Stoff, beim Gehen schlurfte der Goldschmied, als habe er seiner Lebtag als Knecht gearbeitet.

»Ihr seid Nikolaus Nell? Frankfurts berühmtester Goldschmied?«, frage Karl Albrecht, obwohl er die Antwort kannte.

»Jawohl, Eure Römisch-Kaiserliche Majestät«, gab der Mann mit brüchiger Stimme Auskunft. Kaum ein Heben oder Senken lag darin, als sei er dem Tod schon näher als dem Leben.

»Und Ihr seht Euch in der Lage, binnen neun Tagen eine Nachbildung der Reichsinsignien zu erschaffen?«, fragte er mehr aus Höflichkeit, denn spätestens beim Anblick der zitternden Hände dieses alten Männleins war jegliche Hoffnung von ihm gewichen, und er musste sich beherrschen, ihn nicht aus Enttäuschung mit deutlichen Worten seines Palais zu verweisen.

Dieser Goldschmied war einmal der beste seiner Zunft gewesen, war, war, war! Wie konnte er sich nur auf den Rat seines Bruders verlassen? Die glanzvollen Zeiten dieses Goldschmiedemeisters waren doch längst vergangen. Einzig seine hellblauen Augen wirkten noch lebendig, ja fast begierig.

»Gewiss, Eure Römisch-Kaiserliche Majestät. Ich werde den Auftrag erfüllen, wie es von mir verlangt wird. Wenn Eure Majestät erlauben, würde ich alsdann gerne die Musterzeichnungen anfertigen, damit ich noch heute Nacht mit der Arbeit beginnen kann.«

Karl Albrecht glaubte sich verhört zu haben und ließ ihn verdutzt gewähren.

Der Goldschmied schlurfte zu dem Tisch, auf dem die Krone, das Zepter und der Reichsapfel präsentiert wurden. Am liebsten hätte er ihn zurückgehalten. Doch der Goldschmied hatte sich bereits von einem Diener die bereitliegenden Zeichenutensilien geben lassen, und kaum hielt der Mann die Feder in der Hand, hörten seine Finger auf zu zittern.

Karl Albrecht schaute dem Goldschmied wie gebannt zu. Mit sicherer Hand zeichnete dieser die Umrisse der Krone. Zwischendurch schaute der Alte immer wieder auf, nahm mit zusammengekniffenen Augen Maß und zeichnete das nächste Detail. Aus scheinbar zusammenhanglosen Strichen entwickelte sich plötzlich der Apostel Paulus in seinem Gewand. Der Goldschmied zog die Augenbrauen hoch, prüfte, nickte zufrieden, und ein kurzes Lächeln huschte über seine Lippen.

Es dauerte noch eine Weile, bis er von allen wichtigen Stellen Detailzeichnungen angefertigt hatte, doch keiner im Raum wurde ungeduldig. Alle schienen damit beschäftigt, das Wesen dieses alten Mannes ergründen zu wollen, zu erfahren, woraus sich seine Kraft speiste.

Als der Goldschmied fertig war, reichte man ihm ein Glas

Wein, doch er lehnte dankend ab. Er wolle mit der Arbeit beginnen, schließlich bliebe ihm nicht mehr viel Zeit. Die Doppeldeutigkeit seiner Worte schien ihm gar nicht in den Sinn zu kommen, sein hohes Alter kümmerte ihn nicht, die körperlichen Gebrechen ordneten sich seinem Geist unter, der nur noch ein Ziel zu kennen schien: Die Erschaffung der Hauskrone für den künftigen Kaiser als Triumph und Krönung seines eigenen Lebenswerkes.

8. Tag

Sonntag, 4. Februar 1742,
noch 8 Tage bis zur Krönung

Dann werden sie nach mir rufen, aber ich werde nicht antworten; sie werden mich suchen und nicht finden.

Sprüche 1,28

Winzige Schneeflocken rieselten dicht an dicht auf Augsburg herab. Es war ein Tag, an dem es nicht hell werden wollte. Das schwere Grau des Himmels hatte sich über die Häuser gelegt, machte aus den Bäumen dunkle, vage Gestalten und nahm das Blau aus dem Stadtfluss fort, als ob jemand alle Farben stehlen wollte, alle warmen und lichten Töne.

In der Werkstatt herrschte seit dem Morgen gedrückte Stimmung. Der Meister saß Juliane gegenüber an der Werkbank, starrte auf den Tisch und schob den Treibhammer hin und her, das einzige Werkzeug, das ihm noch geblieben war. Das ständige schabende Geräusch war kaum auszuhalten, ebenso wenig die Stille, in der es geschah, und die Lähmung, die sich in dieser Bewegung ausdrückte.

Der Meister hatte die Nachricht von Jakobs Verhaftung lediglich mit einem Nicken zur Kenntnis genommen und seither kein Wort mehr gesprochen. Juliane hatte ihn um Hilfe gebeten, um Geld, um einen Rat. Doch dem Meister fehlte die Kraft, einem anderen Ertrinkenden ein Seil zuzuwerfen. Er hatte mit dem Leben abgeschlossen; der Auftrag war der Strohhalm, an den er sich noch klammerte.

Friederike putzte seit Stunden die Werkstatt. Tränen liefen ihr dabei über die Wangen, stumme Tränen, die sie mit der Arbeit zu vertreiben suchte, als könne sie die Gedanken an den kleinen Simon damit fortwischen.

Besonders lange hatte sie sich dem Fensterputz gewidmet. Sie hatte hinausgeschaut und darüber immer wieder das Wischen vergessen. Manchmal hatte sich in Erinnerung an Simon sogar ein winziges Lächeln in ihre Mundwinkel geschlichen. Doch kaum waren die Tränen verebbt, wurde sie von einer neuen Welle der Traurigkeit überflutet.

Juliane dachte immer wieder an Jakob. Sie versuchte sich den alten Goldschmied in seiner Werkstatt vorzustellen, aber sie hatte immer das Gefängnis vor Augen, wo Jakob in einem der feuchten Kellerverliese lag, zusammengekrümmt und angekettet.

Ob Mathias ihr helfen könnte, sich Zugang zu Jakob zu verschaffen? Früher hatte er immer die besten Pläne geschmiedet und die tollsten Einfälle gehabt. Ein Hoffnungsschimmer breitete sich in ihr aus. Sie musste mit Mathias reden.

Erinnerungen an das gemeinsame Pfannkuchenessen stiegen in ihr auf. Es war ein so schöner Moment gewesen, wäre er nur nicht so jäh von Biller unterbrochen worden. Ob Mathias etwas bei ihrem Kuss gefühlt hatte? Was er jetzt über sie denken mochte? Sie sehnte sich nach ihm.

Doch was würde er zu ihrer Entdeckung im Kirchenbuch sagen? Wusste er, dass er eine Familie hatte? Dass seine Eltern Merkle hießen? Wollte er das überhaupt wissen? Je länger sie darüber nachdachte, desto klarer wurde ihr, wie wenig sie ihn kannte. Die gemeinsamen Kindertage, die Erinnerungen an ihn, waren die einzige Quelle, aus der sie schöpfte. Sie wusste nicht, wie dieser Brunnen heute im Inneren aussah, was sich in seiner Tiefe verbarg, trotzdem glaubte sie, immer noch gefahrlos daraus schöpfen zu können.

Aber warum war Mathias seither nicht mehr bei ihr gewesen? Warum hatte sie ihn gestern Abend nicht im Gasthaus angetroffen? Plötzlich keimte ein Verdacht in ihr auf. Wäre es möglich, dass Mathias festgehalten worden war? Hatte Biller ihn vielleicht sogar unter Arrest stellen lassen? Wartete der Geschaumeister nur darauf, dass sie sich bei ihm nach Mathias erkundigte? War das die Falle, in die sie tappen sollte? Natürlich. Billers Plan war raffiniert, er hatte gewusst, dass ihr nur dieser Weg blieb. Doch so leicht würde er sie nicht zu fassen bekommen.

Juliane erhob sich. »Ich gehe dann jetzt.«

»Wohin?«, fragte der Meister.

»Zu Biller«, gab Juliane knapp zur Antwort.

Friederike hielt in ihrer Arbeit inne. »Juliane. Willst du das wirklich tun?«

Der Meister nickte. »Lass sie gehen. Sie ist die Einzige, die noch Hoffnung hat.«

»Richtig!« Juliane prüfte den Sitz ihrer Gesellenkleidung und legte den Mantel um. »Und die Hoffnung stirbt immer zuletzt.«

Draußen tobte der Schnee um die Häuser. Juliane kniff die Augen zusammen. Die feinen Flocken benetzten ihre Wimpern und verhakten sich in der Kleidung. Es war kaum jemand unterwegs, nur zwei Kutschen und ein paar Männer mit tief in die Stirn gezogenem Dreispitz kamen ihr auf der Hauptstraße entgegen. Sie hatte beschlossen, nicht auf direktem Weg zu Biller zu gehen, sondern erst noch einmal im Gasthof *Zu den drei Mohren* nach Mathias zu fragen.

Der feiste Wirt schaute sie seltsam an, er forschte in ihrem Gesicht, doch gerade, als Juliane sich bereits für ihren Leichtsinn schalt, ließ er es dabei bewenden und erklärte, dass er den jungen Herrn nicht mehr gesehen habe, seit dieser mit einem Fräulein hier im Gasthof gegessen habe. Seine Kleidung sei aber noch auf dem Zimmer und so lange würde auch Miete verlangt werden. Es folgte dann eine Schimpftirade auf seine Gäste im Allgemeinen, und Juliane war froh, als sie endlich wieder draußen war. Besonders, weil sie nicht einschätzen konnte, ob der Wirt ihr Gesicht wiedererkannt hatte und nun einen Verdacht hegte. Vielleicht hatte er deshalb so lange auf sie eingeredet. Vielleicht wollte er mit seiner Beobachtung ganz sicher gehen. Aber sie spürte von diesem Wirt keine Gefahr ausgehen, er mochte zwar ob seines Berufes ein gutes Gedächtnis für Gesichter haben, doch sie hielt ihn nicht für intelligent genug, die richtigen Schlüsse zu ziehen.

Je näher sie dem Beschauamt kam, desto langsamer wurden ihre Schritte. Offenbar hatte sie der prüfende Blick des Wirts doch mehr verunsichert, als sie sich eingestehen wollte. Sie fühlte sich unwohl in der fremden Haut als Geselle. Wenn sie gleich vor Biller stehen würde, genügte wahrscheinlich ein Blick aus seiner stechenden Pupille, und sie würde enttarnt sein.

Zahlreiche frische Fußspuren führten zum Eingang des Beschauamts. Juliane setzte ihre Schritte leise auf, in der Hoffnung, das Knirschen des Schnees verhindern zu können. Sie wollte nicht gehört werden, um vielleicht doch noch umkehren zu können.

Zögernd blieb sie vor der Tür stehen und schaute sich um. Vielleicht fand sie einen Grund, nicht anklopfen zu müssen.

Womöglich kam Mathias gerade die Straße herauf oder bog gleich um die Ecke?

Es war Unsinn, auf dieses Wunder zu warten – doch erst als sie sich vergegenwärtigte, dass Mathias tatsächlich bei Biller festsitzen und auf ihre Hilfe warten könnte, griff ihre Hand wie von selbst nach dem vergoldeten Türring.

Bald hörte sie das stumpfe Knarren der Treppenstufen, und nur einen Augenblick später öffnete sich die Tür.

»Oh, wen haben wir denn da? Den hübschen Gesellen aus der Drentwett'schen Goldschmiede. Wie war doch gleich dein Name?«

Alle Fasern ihres Körpers spannten sich unter Billers bohrendem Blick.

»Julian«, presste sie hervor.

»Ach ja, Julian. Komm doch herein.«

Sie beschloss, ihre Angst nicht zu zeigen, und folgte seiner einladenden Geste.

Bereits im Flur war es warm, es roch kaum nach Ruß, und an den Kalkwänden wiesen teure Wachskerzen den Weg.

»Was führt dich zu mir?« Er trat dichter an sie heran, als nötig gewesen wäre.

Sie brachte kein Wort heraus.

»Bist du gekommen, um mir Gesellschaft zu leisten?«

»Ich wollte mit Euch reden.«

Biller prüfte die Länge der Kerzendochte, als habe er nichts Besseres zu tun. Hier und da legte er die Lichtputzschere an. »So, so«, sagte er in das Zischeln hinein. »Worum geht es? Hat der kleine Drentwett dich geschickt?«

»Nein, es war mein Wunsch hierherzukommen.«

»Ach?« Sein Mund verschob sich zu einem anzüglichen Lächeln. »Und was willst du von mir?«

»Eine Auskunft.«

»So, so. Eine Auskunft. Bedauerlich, dass ich keine einseitigen Geschäfte mag. Wie wäre es mit einer Gegenleistung?«

»Was wollt Ihr? Wenn es sich um die Goldschmiede dreht, müsst Ihr mit Meister Drentwett selbst sprechen.«

»Oh, darum geht es mir gar nicht.«

»Sondern? Um Geld? Ihr wisst genau, dass wir keines besitzen!«

»Geld.« Er lächelte. »Wer redet denn von Geld?«

Sie folgte ihm den Flur entlang bis zur Treppe. Als er Anstalten machte, nach oben zu gehen, blieb sie wie festgefroren stehen.

»Nur nicht so zögerlich. Darfst mir ruhig in mein Schlafgemach folgen.«

»Was soll das? Nein! Das werde ich nicht tun!« Angst jagte ihr durch den Körper und trieb ihr den Schweiß aus den Poren. Mit einem Mal fand sie es unerträglich heiß und stickig.

»Was ist denn los mit dir? Du führst dich ja auf wie ein Weib. Ich wollte lediglich in mein Schlafgemach, weil dort noch eine Kerze brennt. Ich war eben dabei, mir einige Notizen zu machen. Vielleicht erlaubst du mir, die Kerze zu löschen, ehe das Beschauamt niederbrennt und dabei noch jemand zu Schaden kommt.«

Sie atmete tief durch. »Ich warte trotzdem lieber hier unten.«

Biller lächelte, sodass seine Augenklappe hässliche Falten warf. »Irrtum. Du kommst schön mit mir.«

»Und warum?«, fragte sie mit möglichst tiefer und halbwegs fester Stimme, während sie sich unauffällig nach der Tür umsah.

»Ganz einfach. Weil das hier das Beschauamt ist und hier niemand ohne meine Aufsicht herumspaziert. Entweder du hältst dich an die Regeln oder du kannst auf der Stelle wieder verschwinden. Also?«

In sicherem Abstand folgte sie ihm nach oben, jederzeit bereit, die Flucht zu ergreifen. Immer wieder horchte sie nach einem Laut von Mathias.

In der Schlafkammer war es drückend warm. Die Fensterscheiben waren beschlagen, und an der niedrigen Decke hatten sich sogar einige Tropfen gebildet. Die Wände waren ringsum mit Holzregalen verkleidet, in denen sich Buch an Buch reihte. Niemals hätte sie Biller eine derart umfangreiche Bibliothek zugetraut. Auf den ersten Blick überwiegend Werke zu Religion und Geschichte. Rechts neben dem Bett standen dicke, in helles Leder gebundene Bücher, die einander in Größe und Aussehen glichen. Nur durch die Aufschrift unterschieden sie sich. Jedes trug eine andere Jahreszahl, von 1717 bis 1741. Dahinter war noch Platz für einige weitere Bände.

Biller ging an einer Holztruhe vorbei, die Juliane als Meister Drentwetts Werkzeugkiste wiedererkannte. Er nahm das Notizheft vom Nachtkasten und blies die Kerze mit einem feinen Hauch aus.

»Nun?«, fragte er, während er seine Aufzeichnungen neben die Bücher ins Regal legte. »Wie sieht deine Gegenleistung aus?«

Eine Mischung aus Angst und Wut begann in ihr zu brodeln. Jetzt nur keinen Fehler machen. Sorgsam legte sie sich ihre Worte zurecht.

»Wie soll ich die Höhe meines Dankeszolls benennen, wenn ich den Wert Eures Angebots nicht kenne?«

Amüsiert hob Biller eine Augenbraue. »So viel Verstand hätte ich dir gar nicht zugetraut. Zu viel Wissen kann allerdings sehr ungesund sein. Manch einer hat schon wegen geringerer Schuld den Kopf unterm Henkersschwert eingebüßt.«

»Habt Ihr den alten Goldschmied Jakob verhaften und in Ketten legen lassen?«, platzte sie heraus.

Er nickte und besah sich dabei seine Fingernägel. »Ganz

recht. Ob der Wärter ihn in Ketten gelegt hat und was er sonst mit ihm gemacht hat, entzieht sich zwar meiner Kenntnis, aber dieser alte Gauner wird es verdient haben.«

»Das hat er nicht!« Sie bemühte sich, ihre Stimme nicht nach oben schießen zu lassen. »Wie kommt Ihr dazu, ihn ins Gefängnis zu stecken? Das wird Jakob nicht überleben!«

»Ich sagte doch, er wird es verdient haben. Ihm wurde Falschmünzerei in beträchtlichem Umfange nachgewiesen, und somit habe ich ihn rechtmäßig verhaften lassen. Nun wartet er, wie es sich gehört, auf sein Urteil. Wenn er Glück hat, lässt der Richter Gnade walten und er wird nicht erhängt, sondern stirbt den schnellen Tod durch das Schwert.«

Der Geschaumeister quittierte ihre Fassungslosigkeit mit einem Schulterzucken. »Ist zwar eine blutigere Angelegenheit, aber ich finde es durchaus humaner. Der Alte kann froh sein, dass er in der heutigen Zeit sterben darf. Vor fünfzig Jahren hätte das noch ganz anders ausgesehen. Da hätte er mit dem Kopf in der Schlinge baumelnd endlose Qualen erleiden müssen, und erst nachdem sein Fleisch in der Sonne gut abgehangen gewesen wäre, hätten ihn die Raben vom Galgen gepickt.«

»Warum seid Ihr nur so grausam? Was hat Jakob Euch getan? Sagt es mir!«

»Nichts. Er hat Unrecht getan, das ist alles. Und dafür muss er bestraft werden.«

»Das werde ich verhindern!«

Biller runzelte die Stirn. »Es verwundert mich sehr, dass du dich so für den Mann einsetzt. Kennst du ihn näher? Du bist doch erst vor kurzem als Geselle nach Augsburg gekommen.«

Sie gab ihm keine Antwort.

»Wie dem auch sei. Du solltest wissen, dass im Gefängnis keine Besucher gestattet sind. Das sind die Regeln, und an Regeln muss man sich halten.«

Biller ging wieder nach unten, in ein Zimmer, das als Essstube diente. Juliane folgte ihm.

Ungemütlicher hätte man einen Raum nicht einrichten können. Die Wände waren kahl, und in der Mitte stand ein schmuckloser Eichentisch mit einem Stuhl, sogar das Fenster war gegen mögliche Eindringlinge vergittert.

Juliane blieb unschlüssig in der Tür stehen. Sollte sie noch nach Mathias fragen, oder war es klüger zu verschwinden?

Biller nahm ihr die Entscheidung ab. »Sonst noch etwas, oder kann ich die Rechnung schreiben?«

Juliane beschloss, nicht darauf einzugehen und es im unverfänglichen Plauderton zu versuchen: »Ach, vielleicht könntet Ihr mir noch eine kleine Auskunft geben. Wir warten schon seit Tagen auf einen Händler, bei dem die Meistersfrau einige wollene Tücher bestellt hat. Nach Auskunft des Wirts im Gasthaus *Zu den drei Mohren* hat dieser ihn zuletzt mit Euch gesehen.«

Der Geschaumeister nahm die Feder aus der Rocktasche und kratzte sich damit an der Stirn. »Im Gasthof? Ja, ich erinnere mich. Er hat mit einer jungen Magd poussiert und somit gegen Zucht und Ordnung verstoßen. Aber das muss ich dir ja wohl nicht erklären.«

»Und was habt Ihr mit ihm gemacht?«

Biller hob die Augenbrauen. »Nichts. Was soll ich mit ihm gemacht haben? Wenn ich alle brunftigen Kerle dem Stadtbüttel übergeben würde, hätte ich viel zu tun. Nach einer Verwarnung hab ich den Burschen laufen lassen.«

»Ihr lügt! Das stimmt nicht! Sonst wäre er nicht spurlos verschwunden!«

»Holla! Nun aber mal ganz langsam mit den jungen Pferden. Dein Gemüt scheint mir ziemlich überhitzt zu sein. Wie wäre es mit einem kühlen Bier, damit deine Körpersäfte wieder besser fließen? Danach können wir uns vielleicht etwas ruhiger unterhalten. Ich habe auch noch feine Kalbsnierchen auf dem Herd. Möchtest du zum Essen bleiben?«

»Nein, danke! Auf Eure Gesellschaft kann ich verzichten.«

»Das ist aber jammerschade. In diesem Fall muss ich dich leider freundlich bitten, doch noch etwas zu bleiben.« Er packte sie am Handgelenk und stieß sie auf den Tisch zu. Sie stolperte und fiel mit dem Stuhl zu Boden.

»Was soll das?«, schrie sie entsetzt auf.

»Du hast es so gewollt. Jetzt kann ich mir in aller Ruhe überlegen, was ich mit dir anstelle.«

Biller verließ den Raum, noch ehe sie sich aufrappeln konnte. Die Tür schnappte hinter ihm ins Schloss.

Sie sprang auf und rüttelte an der Klinke. Verschlossen.

Schreiend schlug sie gegen die Tür. Vergeblich. Er hatte sie eingesperrt.

***

Stine war mit ihrem Sohn einfach losgelaufen, mitten in den Wald hinein, immer weiter, bis sie am Ende ihrer Kräfte auf die Hütte gestoßen war. Nachdem sie einigen Schutt beiseitegeräumt hatte, konnte sie sogar in einer gemauerten Nische Feuer machen und sich nahe der Wärme einen Schlafplatz aus Tannenzweigen einrichten. Es war nicht besonders bequem gewesen, in der Nacht hatte sie kein Auge zugetan, doch das war nicht schlimm. Sie hatte ihr Kind wieder bei sich. Das war die Hauptsache. Simon hatte auf ihrem Bauch gelegen, sie konnte seinen Atemzügen lauschen, den kleinen Körper riechen und spüren. Gab es etwas Schöneres?

Um sich auf die bevorstehende Nacht vorzubereiten, verließ Stine in der Abenddämmerung noch einmal die halb verfallene

Hütte, um nach Holz zu suchen. Simon saß auf ihrer Hüfte. Er hielt sich mit einer Hand an ihrem Umhang fest und griff mit der anderen nach den Schneeflocken. Er versuchte jede einzelne zu fangen und jauchzte dabei.

Sie lächelte. Nie mehr würde sie zu Silberbart zurückkehren. Endlich hatte sie es geschafft, sie war frei. In manchen Augenblicken tat es ihr leid, Silberbart hintergangen und verlassen zu haben. Er war zwar grob und ungehobelt, doch er hatte immer gut für sie gesorgt.

Einzig ihre Hunde vermisste sie wirklich. Und die Juwelen in der Rocktasche beschwerten ihr Gewissen. Doch darauf hatte Silberbart genauso wenig ein Anrecht. Sie könnte die Juwelen auch vergraben, die kostbaren Steine würde ihr ohnehin niemand abkaufen, dann gehörten sie wieder der Erde.

Kurz entschlossen suchte sie im Umkreis der Hütte nach einem hohlen Baumstumpf, in den sie den Beutel hineinlegte.

Sofort fühlte sie sich wie von einer großen Last befreit.

Auf dem Rückweg sammelte sie noch ein paar Zweige auf und brachte sie zum Trocknen in die Hütte. Schließlich wusste sie nicht, wie lange sie hier noch bleiben würde. Brot und Schinken hatte sie gestern bei einem Bauern stehlen müssen. Es würde für die nächsten drei oder vier Tage reichen, wenn sie selbst nicht viel aß. An Wasser würde es ihnen nicht mangeln, den Schnee könnte sie in dem dünnwandigen, rostigen Kesseltopf schmelzen, den sie in dem Gerümpel gefunden hatte.

In der Hütte legte sie das Brennholz in die Nähe des Feuers, holte das Brot aus dem Versteck und wickelte es aus dem Tuch. Aus dem Leinen würde sie nachher eine zweite Windel machen, so könnte sie stets eine auskochen und trocknen, solange Simon die andere trug.

Stine stellte ihren Jungen auf den wurmstichigen Tisch vor dem kleinen, blinden Fenster und roch an seiner Hose. Simon schien das lustig zu finden. Er gluckste und federte in den Knien, sodass sie Mühe hatte, ihn zu halten. Sie lachte, rümpfte die Nase und schnüffelte an ihm wie ein Hund. Da trampelte er mit seinen Beinchen auf den Tisch und kreischte vor Vergnügen. Sie wiederholte das Spielchen noch ein paarmal, bis sie ganz außer Atem war. Simon schien das noch lange nicht genug zu sein.

»Du bist ja ganz schön munter, mein Schatz. Aber deine Mutter braucht jetzt eine Verschnaufpause. Komm, lass uns etwas von dem Brot essen.«

Sie setzte sich auf ihr Lager und brach ein Stück von dem Brot ab, während Simon auf ihrem Schoß zappelte. Sie ertappte sich bei dem Gedanken, wie schön es wäre, wenn sein Vater nun bei ihnen sein könnte. Gemeinsam könnten sie sich aus dieser Hütte vielleicht ein neues Heim schaffen. Er könnte ihr helfen, die Hütte zu entrümpeln und das Dach neu zu decken. Während sie sich um das Essen kümmern würde, könnte er mit Simon spielen, und später könnten sie Streifzüge in den Wald unternehmen. Und in der Nacht würden sie alle drei dicht beieinander liegen, in einem bequemen Bett, als richtige kleine Familie.

Simon holte sie mit einem weinerlichen Laut aus ihrem Tagtraum. Schnell löste sie das Brot von der Rinde und gab es ihm. Er nuckelte daran, schob es mit der Zunge immer wieder aus dem Mund, und sie musste ihn ermahnen, sich im Kauen zu üben.

Es fühlte sich noch immer an wie ein Traum, ihr Kind wieder im Arm zu halten. Sie schaute ihn an und konnte ihr Glück kaum fassen. So plötzlich hatte es sich entschieden, dass sie wieder beieinander sein sollten. Auch wenn sie der Meistersfrau sehr dankbar war, hätte sie es nicht mehr lange ertragen, ihr die Mutterrolle zu überlassen, Simon immerzu bei ihr auf dem Arm zu sehen und erleben zu müssen, wie er sich seiner eigenen Mutter entfremdete.

Wie Simon wohl auf seinen Vater reagieren würde? Und umgekehrt?

Simon gähnte und streckte sich auf ihrem Arm. Sie gab ihm ein wenig von dem geschmolzenen Schnee zu trinken und wiegte ihn in den Armen. Er nahm sein letztes Stückchen Brot von ihr an und noch während er kaute, fielen ihm die Augen zu. Als er eingeschlafen war, schloss auch sie die Augen und dachte an den Menschen, der ihr Glück vollständig machen würde. Leise sang sie das Lied von den beiden Königskindern, das sie schon als junges Mädchen so beeindruckt hatte.

Bevor sie einschlief, beschloss sie, morgen in die Stadt zu gehen und Simons Vater aufzusuchen.

***

Seit Stunden war Juliane auf dem Beschauamt gefangen. Die Zeit des Wartens nagte an ihr und machte sie mürbe. Sie ging im Zimmer auf und ab, mit jedem Schritt baute sich ihre Hoffnung von neuem auf, gleich freigelassen zu werden, um im nächsten Augenblick wieder in sich zusammenzufallen.

Immer weniger Lichtstrahlen fanden den Weg durchs Fenster, stattdessen gesellte sich die Nacht zu ihr und breitete ihre gespenstischen Arme aus. Die Glut auf der Feuerstelle erlosch, Licht und Wärme verschwanden und ließen sie allein in der Finsternis zurück.

Mittlerweile hatte sie die Hoffnung aufgegeben, Mathias befände sich im Haus.

Juliane horchte auf, ob sich oben in der Schlafkammer etwas regte. Billers Schritte schabten mit einem kratzenden Geräusch über den Holzboden, wie schon einige Male an diesem Tag. Inständig hoffte sie, er würde diesmal die Treppe herunterkommen und sie endlich freilassen. Sie lauerte jedem Tritt nach, sie bangte und hoffte, doch als es wiederum ruhig wurde, wurde ihr endgültig klar, dass Biller es ernst meinte. Sie war seine Gefangene.

Geräuschlos ließ sie sich auf dem Stuhl am Esstisch nieder und ging im Geiste sämtliche Fluchtmöglichkeiten durch: Die Tür eintreten, die Fenstergitter nach Schwachstellen absuchen, die Scheibe mit dem Stuhlbein zerschlagen, laut um Hilfe schreien – doch nichts von alledem wagte sie. Biller lähmte sie. Sie fühlte sich schuldig. Zu lange hatte sie seine Warnungen missachtet.

Ihre einzige Chance war, zu warten, bis das Beschauamt sich morgen früh mit Goldschmieden füllte. Wenn Hochbetrieb herrschte, könnte sie sich bemerkbar machen. Denn selbst er als Geschaumeister hatte nicht das Recht, jemanden gefangenzusetzen, und schon gar nicht im eigenen Haus. Ein Gedanke durchfuhr sie. Was, wenn er genau das bedacht hatte? Wenn er sie heute Nacht wegschaffen wollte, fort aus Augsburg. Erschrocken über diesen einleuchtenden Gedankengang beschloss sie, wach zu bleiben. Sie setzte sich in die hinterste Ecke des Raumes, schlang die Arme um die Knie, damit sie weniger fror, und behielt die Tür im Blick. Nur nicht einschlafen.

***

Es war schon spät in der Nacht, und Juliane war noch immer nicht in die Goldschmiede zurückgekehrt. Philipp Drentwett saß an dem großen Tisch in der Küche und wartete.

»Willst du nicht zu Bett gehen?«, fragte der dunkle Fleck vor seinen Augen mit der Stimme seines Weibes. Seine Frau saß ihm gegenüber, am Rand seines Gesichtsfeldes erkannte er aber nur die Kanten des Tisches. Schaute sie ihn an? War ihr Blick freundlich, besorgt, oder war sie gereizt? Er wusste es nicht. Sie war ihm fremd geworden. Er hingegen konnte nichts vor ihr verbergen. Kein Zucken des Mundwinkels, nicht einen Lidschlag.

»Soll ich dir die Treppe hinaufhelfen und dich in dein Zimmer bringen?«, fragte die Stimme.

»Nein, zum Donnerwetter! Ich bin nicht blind! Ich kann mich immer noch frei bewegen!«

»So? Dann geh doch und such Juliane!«

»Warum ich? Geh du! Tu du doch etwas!« Er wollte seinen Worten Nachdruck verleihen, indem er sein Weib aus alter Gewohnheit zu fixieren versuchte. Der Versuch scheiterte kläglich.

»Ich kann mich als Frau zu dieser nachtschlafenden Zeit nicht mehr auf der Gasse sehen lassen«, gab sie ruhig zur Antwort.

»Sehen, sehen, sehen! Verdammt noch mal! Ich kann dieses Wort nicht mehr hören! Warum bestraft mich der Herrgott? Was habe ich getan? Lieber will ich morgen sterben, als noch länger dieses Dasein fristen zu müssen!«

»Versündige dich nicht!«, entgegnete Friederike scharf.

»Halt dein Maul. Soll Er mir doch die Pest an den Hals schicken, dieser mich so liebende Gott, dieser ach so gütige und barmherzige Vater! Dafür würde ich ihm sogar danken! Dann wäre ich erlöst.«

»Und was würde aus mir werden? Denkst du vielleicht auch einmal in deinem Leben an mich?«

»Tu doch nicht so, als ob du mich noch brauchen würdest. Das da ...« Er hob die Hände in die Höhe. »Siehst du das? Das war mein wertvollstes Werkzeug. Nun ist es verloren! Aber nicht, weil Biller es mir genommen hat, sondern weil ich meine eigenen Hände nicht mehr sehen kann! Aus mir ist ein Nichtsnutz geworden, ein Taugenichts, ein Krüppel!«

Am anderen Ende des Tisches blieb es still.

»Was ist?«, herrschte er sie an. »Sag etwas!«

»Du könntest das Korbflechten erlernen oder das Töpfern. Das machen viele Leute mit schlechten Augen. Davon kann man auch leben.«

»Ich bin Goldschmied, begreifst du das nicht? Goldschmied! Nichts anderes! Und ich werde dafür sorgen, dass mein Lebenstraum in Erfüllung geht. Egal wie! Ob mit oder ohne Juliane. Ob mit dir oder ohne dich!« Er griff nach seinem Zinnbecher, verfehlte ihn und stieß ihn um. Der Wein ergoss sich über den Tisch. Er hörte, wie ein Stuhl über den Boden schabte und die Schritte seines Weibes sich näherten.

»Steh auf, Philipp. Ich bringe dich jetzt ins Bett. Es hat keinen Sinn, noch länger auf Juliane zu warten. Wahrscheinlich hat sie diesen Mathias getroffen und darüber die Zeit vergessen. Das wäre nicht das erste Mal. Es verstößt gegen die Sitte, ich weiß, aber wir waren alle mal jung, und ich bin mir sicher, dass sie auf ihre Ehre achtet und er sie bald nach Hause geleiten wird.«

»Ich bleibe hier sitzen. Auch ich kann alleine entscheiden, wann ich zu Bett gehe!«

»Der Wein hat dein Hemd besprenkelt und gleich tropft er vom Tisch auf deine Beine. Steh auf. Den Kragen muss ich mit Salz bestreuen, sonst gehen die Flecken nie wieder raus.«

»Gib her, den Streuer! Das kann ich selbst. Ich bin kein Kleinkind!« Er tastete nach der Hand seines Weibes und nahm ihr das Gefäß ab.

»Nicht! Das ist das Fässchen! Oh nein! Das Salz! Das kostbare Salz! Jetzt hast du alles ausgeschüttet!«

»Na und? Stell dich nicht so an! Wie oft hast du das Salzfass schon umgeworfen?«

»Ich wollte dir nur helfen.«

»Lass mich! Geh jetzt in deine Kammer und lass mich in Ruhe!« Er scheuchte sie mit einer Handbewegung fort.

»Wie du möchtest. Gute Nacht.«

Er wartete, bis sich ihre Schritte auf der Stiege verloren hatten, dann tastete er sich in Richtung Werkstatt. Niemals hätte er geglaubt, dass der Weg zwischen zwei Räumen so endlos lang sein könnte.

Mit Wucht stieß er seitlich gegen den Türrahmen. Der Schmerz fuhr ihm in die Schulter. Aus dem Augenwinkel hatte er den Durchgang zwar noch erkannt, doch als er darauf zugegangen war, hatte sich die Tür einfach aufgelöst.

Wo war nur der Treibhammer? Irgendwo in der Werkstatt musste er doch liegen. Er wollte dieses Werkzeug in der Hand spüren, es festhalten.

Er löste sich von der Tür und ging weiter, quer durch den Raum. Dieses Gefühl der Verlorenheit war das Schlimmste. Jeder Schritt kam einer Mutprobe gleich.

Als er sich dem Fenster näherte, erkannte er im Augenwinkel den Treibhammer auf dem Tisch. Er streckte die Hand danach aus und griff ins Leere. Beim Nachfassen stupfte er sich an zahllosen Borsten. Die Putzbürste. Sein Weib hatte diese elende Putzbürste liegen lassen. Wutentbrannt schleuderte er das Utensil in Richtung der Küchentür.

Seine Finger ertasteten die gläserne Wasserkugel, fanden die Lichtputzschere, das Tintenfass und die Schreibfeder. Was sollte er damit, verdammt! Die Schreibfeder beugte sich mit einem fächernden Knistern dem Druck seines Daumens. Er zerbrach die Feder und ließ sie fallen. Mit einem zarten Klacken kam sie auf dem Boden auf. Er hielt sich die Ohren zu. Diese leisen, unerträglichen Geräusche, die er früher nie wahrgenommen hatte, grauenhaft! Er wollte das nicht hören! Er wollte wieder sehen! War das denn zu viel verlangt? War es ein vermessener Wunsch, sich draußen allein bewegen zu wollen, allein die Kleiderwahl zu bestimmen, ohne Begleitung den Weg zum Abort zu gehen?

Nach einigen vergeblichen Versuchen fand er die Öffnung der Bodenluke. Merkwürdig, dass Biller sich beim Abtransport der Werkzeugkiste nicht dafür interessiert hatte. Nachdem die Luke von der Truhe nicht mehr verdeckt gewesen war, musste ihm diese verräterische Stelle im Boden doch aufgefallen sein.

Er holte die Krone aus dem Versteck, wickelte sie behutsam aus der samtenen Umhüllung und berührte die Reliefs der Apostel Petrus und Paulus. Er konnte fühlen, dass Juliane gute Arbeit geleistet hatte. Wenn er nur Werkzeug hätte und dieser verdammte Juwelenräuber endlich hier auftauchen würde – dann könnte er seinen Gesellen Julian dazu bringen, die Krone zu vollenden. Handwerkliches Geschick besaß dieses Mädchen, das musste er zugeben. Wenn ihnen nur die Zeit nicht davonlaufen würde.

Ja, meine liebe Sonne, das Leben läuft nicht immer so, wie man sich das vorstellt, nicht wahr? So manchen Lebenstraum muss man zu Grabe tragen, viele unserer Ziele rücken in immer weitere Ferne, manche verlieren wir auch einfach aus den Augen. Dabei müsste man doch meinen, einem sehenden Menschen dürfte nichts entgehen.

Erinnerst du dich noch daran, wie ich dir von den Raben Hugin und Munin erzählt habe, die auf den Schultern Odins sitzen? Wusstest du, dass Odin der höchste der nordischen Götter ist und von seinem Wohnsitz aus die gesamte Welt überblicken kann? Eine faszinierende Vorstellung. Er mischt sich aber auch gerne unter die Menschen und nimmt dabei unterschiedliche Gestalt an. Er kann sich überall, an jedem beliebigen Ort aufhalten. Ein Meister der Verwandlung. Besonders oft erscheint er als großer Mann im langen blauen Mantel und mit tief ins Gesicht gezogenem Hut, um sein einäugiges Antlitz zu verbergen. Ja, er gab tatsächlich ein Auge für einen Schluck aus Mimirs Brunnen, um seherische Kräfte zu erlangen. Ist das nicht sonderbar?

Odin ist mir sympathisch. Er ist ein rastloser Wanderer, stets auf der Suche nach Wissen, ein Zauberer und Dichter – aber auch ein Kriegsgott.

Als besonders ergreifend empfinde ich die Menschenopfer, die man Odin dargebracht hat. Am liebsten sah er es, wenn man sie erhängte oder mit dem Speer aufspießte.

Aber nun genug davon, du sollst ja heute Nacht in deiner ungewohnten Umgebung gut schlafen können. Ich hätte dir vielleicht lieber etwas von unserem christlichen Gott erzählen sollen, denn auch hier hat der Mensch das Auge als Symbol für die Wachsamkeit, Allwissenheit und Allgegenwart unseres Herrn gewählt. Aber du wirst bereits bemerkt haben, dass ich mich vom Glauben abgewandt habe. Gott hat mir nie geholfen, im Gegenteil, er hat mich gestraft.

Nun mach schön die Augen zu, meine Sonne, und schlaf gut. Wir sehen uns morgen wieder. Aber denk daran, als Sehender ist man blind. Du hast mich noch lange nicht erkannt, auch wenn du das glaubst.

9. Tag

Montag, 5. Februar 1742,
noch 7 Tage bis zur Krönung

Darum sendet ihnen Gott die Macht der Verführung, sodass sie der Lüge glauben.

2. Thessalonicher 2,11

Am Morgen erwachte Juliane von einem dumpfen Laut. Das Herz schlug ihr bis zum Hals. Mit aufgerissenen Augen schaute sie sich um und musste sich eingestehen, dass sie eingeschlafen war. Sie blieb reglos auf dem Boden liegen. Was war das eben für ein Geräusch gewesen? Sie horchte, doch nun blieb es still.

Offenbar war Biller in der Nacht nicht bei ihr gewesen. Bestimmt würde er gleich kommen.

Ob Meister Drentwett schon nach ihr suchte?

Ihre Glieder waren steif vor Kälte, sie konnte Arme und Beine nur langsam bewegen, der Rücken schmerzte.

Sie setzte sich auf und merkte erst jetzt, wie sehr sie die Blase drückte. Sollte sie etwa hier? Ihre Blase reagierte mit einem deutlichen Druck. Aber sie konnte doch hier nirgends, hier war doch nichts, wo sie ... Entschlossen stand sie auf. Sie setzte sich, noch immer etwas steif, auf den Stuhl, schlug die Beine übereinander und versuchte an etwas anderes zu denken.

Das Bedürfnis ließ für einen Moment nach, kehrte dann aber umso heftiger zurück. Ein heißkalter Schauer durchlief sie. Doch sie ließ sich davon nicht beeindrucken und blieb sitzen. Sie würde das hier schon durchstehen – niemals würde sie ihre Notdurft in diesem Zimmer verrichten.

Obwohl es draußen mittlerweile hell war, blieb es im Haus des Geschaumeisters still. Heute war doch Montag, da müsste sein Amt längst geöffnet sein? Von Biller selbst war nichts zu hören. War das Geräusch vorhin womöglich das Zufallen der Haustür gewesen? Hatte er sie hier allein gelassen?

Panik stieg in ihr auf. Sie musste hier raus.

Als die Kirchturmuhr ein weiteres Mal schlug, hielt sie auch das Drücken der Blase kaum mehr aus. Mittlerweile hatte es sich zu einem beständigen Ziehen und Krampfen gesteigert. Wenn Biller jetzt nicht sofort käme ...

Sie stand auf, rüttelte an der Klinke, drückte sie nieder und ... Vor Überraschung erstarrte sie.

Die Tür ging auf.

Wie konnte das sein? War das eine Falle?

Vorsichtig streckte sie den Kopf hinaus. Der Flur war leer. Leise setzte sie einen Fuß über die Schwelle. Das Dielenbrett knarzte. Schritt für Schritt, dicht an die Wand gepresst, näherte sie sich der Eingangstür.

Sie drehte sich um, ihr Atem ging stoßweise. Blitzschnell riss sie die Haustür auf, stürmte hinaus auf die Straße und rannte los.

Sie rannte, quer über die Hauptstraße, hinein ins Handwerkerviertel, wo sie keuchend in einem Winkel Schutz suchte.

Noch immer konnte sie kaum glauben, Biller so einfach entkommen zu sein. Es war so leicht gewesen. Zu leicht – das war der Haken daran.

Sie versuchte sich zu beruhigen, was ihr allerdings nur leidlich gelang. Immer wieder glaubte sie seine Schritte zu hören, doch es näherte sich niemand. Als sie wieder zu Atem gekommen war, erleichterte sie sich, angespannt wie ein schutzloses Tier, das nun besonders leichte Beute war.

Kaum hatte sie die Gesellenhose wieder hochgezogen, rannte sie weiter in die Pfladergasse bis zur Goldschmiede. Juliane vergaß, sich die Schuhe am Trittbalken abzuklopfen. Zu eilig hatte sie es, dem Meister zu berichten.

In der Werkstatt war er nicht. Sie stürmte in die Küche.

»Friederike! Ich muss mit dem Meister sprechen! Ist er oben?«

Die Meistersfrau ließ vor Schreck den Teller fallen, den sie eben auf den Tisch stellen wollte.

»Um Gottes willen! Juliane? Wo kommst du denn her?«

»Biller hatte mich eingesperrt und heute Morgen ließ er mich einfach wieder gehen, also das heißt, die Tür war plötzlich wieder offen. Wo steckt der Meister? Ich muss ihm das alles erzählen. Ich habe auch unsere Werkzeugkiste in Billers Schlafkammer gesehen und dessen Notizen – bändeweise! Möchte wissen, was da über uns geschrieben steht.«

»Was höre ich da?«, tönte unvermittelt die Stimme des Meisters von oben. Er tastete sich die Stiege hinunter, und Friederike schob ihm unauffällig einen Stuhl in seine Nähe.

»Ja! Biller hat mich festgehalten! Ich glaube, er ist uns auf die Schliche gekommen. Er hat zwar nichts gesagt, aber sein Blick und seine Andeutungen waren so merkwürdig. Noch seltsamer allerdings ist, dass ich ihm eben entkommen konnte. Warum hat er mich nicht selbst hinausgelassen? Warum sollte es so aussehen, als ob ich geflohen wäre?«

Der Blick des Goldschmieds ging an ihr vorbei. Vergebens wartete sie auf eine Äußerung von ihm.

Stattdessen ergriff Friederike das Wort, während sie auf dem Boden kniend alle Scherben säuberlich auflas, um den Teller vielleicht noch retten zu können. »Ich nehme an, der Geschaumeister verfolgt einen Plan. Biller tut nichts ohne Hintergedanken. Oh Juliane! Ich wusste von Anfang an, dass die Sache nicht gut ausgeht.«

»Noch sind wir nicht am Ende. Aber ich stimme dir zu. So langsam wird es brenzlig. Mir wird ganz übel, wenn ich nur daran denke.«

»Das sind die Nerven. Du hast bestimmt seit gestern nichts mehr gegessen, dann ist das ja kein Wunder.« Friederike stellte einen Topf auf den Tisch. »Hier. Iss erst mal.«

Bereitwillig rückte Juliane ihren Stuhl näher und kostete einen Löffel von dem Eintopf. Die Bohnen schmeckten angenehm mehlig, begleitet von einer leichten Säure des Fleisches.

»Gut?«, hakte Friederike mit einem Blick auf den Meister nach, der sein Essen nicht anrührte.

»Ja. Danke.« Ihr Magen zog sich zusammen. Das warme Essen erinnerte sie an die letzte Begegnung mit Mathias. Würde sie ihn überhaupt wiedersehen?

»Freut mich.« Friederike sortierte die Scherben und fügte die passenden Teile mit Leim zusammen, bis ein rissiger, aber dennoch vollständiger Teller vor ihr lag.

Juliane aß, obwohl sie keinen Hunger verspürte. Bei jedem weiteren Bissen musste sie an Jakob denken, wie er in seiner Zelle zu leiden hatte. Sie legte den Löffel weg.

»Schon fertig?«, fragte Friederike bestürzt. »Du hast kaum etwas gegessen!«

»Ich bekomme nichts herunter. Mir ist nicht gut.«

Friederike seufzte. »Für wen koche ich hier eigentlich? Niemand isst etwas.«

Juliane hielt sich den mittlerweile schmerzenden Magen.

»Jakob sitzt im Gefängnis! Da kann ich nichts essen. Ich werde jetzt nach Mathias suchen, so lange, bis ich ihn gefunden habe! Er muss mir helfen!« Ein Stechen fuhr ihr in den Bauch, als sie den Teller wegstellte.

Der Meister erhob sich mit einem Nicken und ging, noch immer schweigend, schlurfenden Schrittes die Stiege hinauf.

Juliane zog sich ihren Umhang an, obwohl sie sich miserabel fühlte.

»Viel Glück!«, rief Friederike ihr nach. »Aber gib Obacht! Ich schätze, Biller wird nicht so leicht aufgeben.«

Juliane hob die Hand zum Zeichen, dass sie verstanden hatte. Eine Welle der Übelkeit überkam sie.

Sie schaffte es gerade noch nach draußen, bevor sie sich übergeben musste. Keuchend lehnte sie sich gegen das Tor. Sie musste sich eingestehen, dass sie an ihre Grenzen stieß.

Sie wollte diese Verkleidung nicht mehr, sie sehnte sich danach, einfach wieder sie selbst zu sein. Warum durfte sie als Frau nicht das leisten, was sie konnte? Warum musste sie sich als Mann ausgeben? Sie schaute an sich hinunter. Ihre Hosenbeine waren mit Erbrochenem besprenkelt. Ihre Wut auf das Gesellendasein verwandelte sich in Ekel. Sie beschloss, sich umzuziehen. Über die Außentreppe ging sie hinauf in die Kammer, zog sich mit spitzen Fingern die Hose aus, warf das Brustband in die Ecke und stieg mit einem erleichterten Seufzer in ihr schönstes Kleid. Es war ein karminroter Rock mit einer silbergrauen Schürze. Das Schürzenband betonte ihre Taille, und das Mieder formte ihre Brüste zu zwei kleinen Kugeln, deren weiche Ränder sich über dem Ausschnitt abzeichneten. Nachdenklich fuhr sie sich durch die kurzen Haare, nahm dann schnell ihre Haube und setzte sie auf. Sie zog die Spitzenränder bis tief ins Gesicht. Das müsste genügen, um nicht von Biller oder Thelott erkannt zu werden. Falls es die beiden nicht ohnehin längst wussten. Sie bedeckte ihr Dekolleté mit einem Tuch und verließ die Goldschmiede.

Es hatte aufgeklart, nur ein paar vereinzelte Wolken schwebten noch am eisblauen Himmel. Die Sonne gewann allmählich ihre Kraft zurück, es war wärmer geworden, mit dem Wind wehte eine Ahnung von Frühling über Augsburg herein.

Vor dem Rathaus angelangt, schaute sie sich unschlüssig um und überlegte, wo sie zuerst nach Mathias suchen sollte.

Heute war Fischmarkt auf dem Platz zwischen Rathaus und Perlachturm. In Bottichen und Körben wurden Fische aller Größen und Preisklassen angeboten. Ihr Magen schmerzte noch immer, und der Fischgeruch war keine Wohltat. Besonders schlimm wurde es in der Nähe des Händlers mit den Stockfischen. Sie drängte sich an zwei schwatzenden Frauen vorbei, die die Welt um sich herum vergessen zu haben schienen. Ebenso musste sie Mägden ausweichen, die sich stur auf ihre Aufgabe besannen und nur noch Augen für die Ware hatten. Regen Zulauf erhielt ein Händler angesichts der feilgebotenen Frösche, Krebse und Schnecken. Geld und Ware wechselten ohne Unterlass den Besitzer. Juliane aber zog es weiter, denn ihr Magen rebellierte schon wieder.

Bald stand sie mitten auf dem Vogelmarkt. Juliane vermied es, nach rechts oder links zu sehen, um sich den Anblick der toten Wachteln, Schnepfen und Enten zu ersparen, die aufgespießt auf einen Wiedel, ähnlich einem Baum aus Eisen, auf ihren Käufer warteten.

Als sie weiter vorne Gezwitscher hörte, schaute sie dennoch auf. Die lebenden Singvögel durften nur sonntags nach der Kirche angeboten werden. Allerdings waren die Tiere zur Unterhaltung besonders in den tristen Wintermonaten sehr beliebt, und so war der Händler gerne bereit, ein Strafgeld des Marktaufsehers zu riskieren.

Die Leute standen in Gruppen um ihn herum, Frauen mit ihren Kindern, die wiederum ganz aufgeregt auf die Vögel zeigten. Als besondere Attraktion waren wie immer zwei Kanarienvögel dabei, die jedoch für die meisten unerschwinglich waren. Eine Frau, die ganz vorne stand, versuchte ihrem kleinen Kind zu erklären, dass diese exotischen Vögel nur zum Anschauen seien, woraufhin der Kleine auf einen Buchfinken zeigte. Es war ein Tier mit besonders ausgeprägten Gefiederfarben. Der wunderschöne blaue Kopf ging in die rote Brust über, und die Flügel lehnten sich als schwarzweiße Akzente an den Körper. Aufmerksamkeit zogen auch die Singdrosseln wegen ihrer schönen Melodien mit abwechselnd flötenden oder zwitschernden Strophen auf sich. Ein Vogel stach jedoch mit seinem Gesang die anderen aus. Es war eine Nachtigall. Mit ihrer warmen Stimme übertönte sie alle, sie schien einen unerschöpflichen Vorrat an Liedern zu haben. Auch der kleine Junge auf dem Arm der Mutter war kaum mehr zu halten. Diese hatte jedoch genug, wandte sich zum Gehen und kam auf sie zu. Es war Stine.

Juliane hob die Hand zum Gruß und lächelte ihr entgegen. »Das ist aber schön, dass wir uns treffen. Wie geht es Simon? Und Euch?«

Stine runzelte die Stirn. »Wer seid Ihr? Ich kenne Euch nicht.«

»Aber natürlich! Ich bin Juliane! Aus der Drentwett'schen ...« Sie stockte, als ihr der verhängnisvolle Fehler bewusst wurde.

»Der Geselle?«, kombinierte Stine, und aus ihrer Stimme sprachen Erstaunen und Entsetzen zugleich.

»Ja«, flüsterte sie. »Aber Ihr werdet mich doch nicht verraten, oder?«

Stine schien sich von der Neuigkeit noch nicht erholt zu haben, ihr Blick war gedankenverloren in die Ferne gerichtet.

»Ihr werdet mein Geheimnis hüten, nicht wahr?«, hakte Juliane nach.

»Gewiss. Warum auch nicht? Ihr habt viel für mich getan.«

»Ja, dann danke ich Euch und wünsche Euch und dem Kind alles Gute. Wenn Ihr uns noch einmal braucht, Ihr wisst, unsere Tür steht Euch immer offen.«

Stine senkte den Kopf. »Der Dank liegt ganz auf meiner Seite. Ich vermute und hoffe, dass sich in meinem Leben bald einiges ändern wird, und so werde ich nicht mehr auf Eure Hilfe und Wohltätigkeit angewiesen sein. Bestellt der Meistersfrau bitte meinen Dank. Ich bin an dem Vormittag doch sehr plötzlich aufgebrochen.«

»Das mache ich gerne. Auf Wiedersehen. Wer weiß, vielleicht begegnen wir uns ja mal wieder.«

»Ja. Wer weiß. Auf Wiedersehen.« Stine wandte sich stadtauswärts Richtung Gögginger Tor.

Juliane ging weiter zum Gasthof *Zu den drei Mohren*. Nie hätte sie geglaubt, sich auf diese Weise selbst zu verraten. Wie hatte ihr das nur passieren können? Bisher war sie sich so sicher gewesen – zu sicher. Nun aber verdrängte die Angst die Gewissheit. Ihr wurde klar, dass sie jederzeit wieder in solch eine Situation geraten könnte. Und beim nächsten Mal würde es vielleicht nicht so glimpflich ausgehen.

Unschlüssig blieb sie vor dem Gasthof *Zu den drei Mohren* stehen. Vielleicht war Mathias gerade hinter einem der Fenster oder er kam gleich zur Tür heraus – ansonsten blieb ihr nichts anderes übrig, als zu warten.

Ein Dreispänner rumpelte an ihr vorbei, vollbeladen mit Weinfässern. Er hielt nicht weit von ihr entfernt vor dem Siegelhaus, einem lang gezogenen, prächtigen Gebäude mit einer Adlerfigur als Giebelbekrönung, das mitten auf der Hauptstraße stand und diese in zwei dicht befahrene Gassen aufteilte.

Juliane beobachtete die großen Uhrzeiger am Siegelhaus, während die Fässer abgeladen wurden und der Händler das Ungeld entrichtete, wie für alle schwankenden Waren üblich. Der Händler erhielt vom Stadelmeister eine Abgabebestätigung und begab sich damit zur Hinterseite des Hauses, wo das Salzlager untergebracht war, um seine Bezahlung in Form von weißem Gold entgegenzunehmen. Als Weinfuhrmann war er zugleich auch Salzhändler. Schließlich bot es sich an, leere Weinfässer mit Salz zu füllen und diese begehrte Ware auch außerhalb Augsburgs zu verkaufen. Wer mit Wein und Salz handelte, hatte meist für den Rest seines Lebens ausgesorgt, wohl deshalb standen rund um den Weinmarkt die vornehmsten Häuser. Es war aber auch ein riskantes Geschäft, vor allem für diejenigen, die die Ware transportieren mussten. Ob es nun ein einfacher Fuhrmann war oder ein Händler, der auf eigene Rechnung arbeitete – oft bezahlten sie ihr Streben nach Wohlstand mit dem Leben.

»Juliane?«

Sie erschrak.

Mathias hatte sich neben sie gestellt und lächelte sie an. Sein Zopf war heute etwas nachlässiger frisiert, seitlich hatte sich eine Strähne gelöst.

»Wartest du auf mich?«

»Natürlich! Auf wen denn sonst? Glaubst du, ich stehe zum Vergnügen hier in der Kälte? Wo hast du denn gesteckt?«

»Ich?« Er schaute sich um, als könne sie jemand anderen gemeint haben. »Ich war gerade auf dem Vogelmarkt.«

»Ich auch! Warum haben wir uns da nicht gesehen?«

»Keine Ahnung. Wahrscheinlich haben wir uns knapp verpasst.«

»Und vorgestern? Wo warst du da?«

»Vorgestern? Vorgestern war ich, glaube ich, auf dem Hafnermarkt oder bei St. Ulrich auf dem Wochenmarkt.«

Sie zog die Stirn kraus. »Samstags findet der Markt vor der Metzg statt, nicht bei St. Ulrich.«

»Oh ja, stimmt. Ich meinte ja auch vor der Metzg. Mit den wechselnden Marktplätzen komme ich als Auswärtiger ganz durcheinander, daran habe ich mich immer noch nicht gewöhnt.«

»Und später am Samstag?«, fragte sie, obwohl dieses Aushorchen nicht ihre Art war. Aber ihr Bauchgefühl sagte ihr, dass irgendetwas nicht stimmte. »Warum warst du nicht im Gasthof? Ich habe dich bis in den Abend hinein gesucht, weil ich deine Hilfe brauche, außerdem habe ich mir Sorgen um dich gemacht wegen Biller.«

»Dieser Geschaumeister?« Mathias lachte auf. »Mit dem habe ich mich sogar noch nett unterhalten. Zwar wollte er zuerst ganz genau wissen, wer ich bin und was ich mache, aber dann hat er mich nach einer kleinen Ermahnung ziehen lassen.«

»Und warum hast du dich in den letzten beiden Tagen nicht mehr in der Goldschmiede sehen lassen? Ist es …«, sie senkte den Kopf, »… weil ich dich geküsst … ?«

»Nein!« Mathias schüttelte energisch den Kopf. »Im Gegenteil. Es war sehr schön«, flüsterte er und strich ihr mit einer flüchtigen und dennoch zärtlichen Bewegung über die Lippen. »Sei mir bitte nicht böse, dass es die letzten Tage so still um mich war. Vergiss nicht, ich bin als Händler hier in Augsburg.«

Sie verbarg ihre Enttäuschung hinter einem verständnisvollen Nicken.

Schweigen gesellte sich zu ihnen.

»Mir wird kalt«, sagte sie nach einer Weile.

»Wolltest du nicht mit mir reden? Du bräuchtest meine Hilfe, hast du gesagt.«

»Das stimmt. Aber …«

»Ja, dann komm mit in den Gasthof. Auf mein Zimmer. Dort ist es warm und gemütlich. Oder hast du einen besseren Vorschlag?«

»Nein. Aber der Wirt ...«

»Ist um diese Zeit in der Küche. Außerdem hat jeder Gast seinen eigenen Zimmerschlüssel, was man bei diesen Preisen ja auch erwarten kann.«

»Wie kannst du dir überhaupt diesen teuren Gasthof so lange leisten?«

Mathias verzog den Mund und dachte einen Augenblick nach. »Ich kann es mir nicht leisten, wohne aber trotzdem hier. Mancher Versuchung kann man einfach nicht widerstehen.« Er setzte seinen Worten ein Lächeln hinzu. »Möchtest du mit mir nach oben kommen? Vor mir musst du keine Angst haben.«

Juliane erwiderte den sanften Druck seiner Hand. Ihre Gefühle ließen keine andere Entscheidung zu. Sie folgte ihm.

Mathias führte sie auf sein Zimmer.

»Ist das schön hier!«, staunte sie, als er die Tür hinter ihr schloss. In der Ecke stand ein schmaler, blauer Kachelofen, daneben ein Waschtisch mit einem neuen, klaren Spiegel. Auf dem Bett lag eine Federdecke von solch verschwenderischer Fülle, wie sie es noch nie gesehen hatte.

»Du bist zu beneiden«, seufzte sie ehrlich. »Und hier darfst du ganz allein schlafen?«

»Ja, leider.« Er zeigte ein spitzbübisches Lächeln.

Sie ließ sich nicht beirren und ging näher ans Bett, um über die Federdecke zu streichen.

»Nur nicht so vorsichtig. Geh mal ein Stück beiseite!« Er trat ein paar Schritte zurück, um Anlauf zu nehmen. »So musst du das machen!«, rief er, während er sich mit Schwung in die Federn warf. »Komm, probier es auch mal aus!«

»Ach nein, Mathias. Wir sind doch keine Kinder mehr!«

Er rappelte sich auf. »Nein? Sind wir das nicht mehr?« Langsam kam er auf sie zu, vorsichtig, als könne er jeden Moment an eine Grenze stoßen. Mit jedem seiner Schritte wurde das Prickeln in ihr stärker.

Er nahm ihre Hand, hob sie an seine Lippen und schaute ihr in die Augen. Als er keinen Widerstand darin las, liebkoste er ihre Fingerspitzen. Vom Daumen bis zum kleinen Finger. Zärtlich bog er ihre halb geschlossene Hand auf, berührte die Innenfläche, seine Küsse wanderten hinunter zu ihrem Handgelenk, verweilten, wo das Blut in den Adern pulsierte.

»Wo ist eigentlich der Bernsteinring? Hast du mein Geschenk bei dir?«, flüsterte er.

»Ja. In der Rocktasche.«

Mit bewunderndem Blick streichelte er ihr über die Wange. Die andere Hand wanderte an ihrem Hals entlang, fuhr in kleinen Kreisen über ihre Schulter, an der Seite ihres Körpers hinab und blieb auf der Hüfte ruhen. Ein warmes Gefühl strömte in ihren Schoß. Durfte sie das zulassen?

»Mathias ...«

»Keine Angst. Ich tue nichts, was du nicht willst.« Seine Hand glitt weiter in ihre Rocktasche. »Hier wollte ich hin. Der Bernstein gefällt mir so sehr zu deinen leuchtenden Augen.« Er zog den Ring hervor und schob ihn ihr auf den Ringfinger.

»Am Mittelfinger passt er besser«, protestierte sie schwach.

»Da gehört er aber nicht hin.«

»Mathias?« Ihr wurde heiß und kalt zugleich. »Wie meinst du das?«

Er lächelte. »Ich habe dich sehr, sehr gerne. Das will ich dir damit sagen. Wie viel mehr der Ring bedeuten soll, darfst du entscheiden.«

Sie brachte vor Überraschung kein Wort heraus, spürte nur ihr Herz schlagen.

»Du musst jetzt nichts sagen oder besser noch, du darfst jetzt nichts sagen. Ich möchte, dass du in aller Ruhe darüber nachdenken kannst, wie dein zukünftiges Leben aussehen soll. Ob du es an meiner Seite verbringen willst.«

Sie schmiegte sich als Zeichen ihrer Zuneigung an ihn. Trotzdem wusste sie nicht, welche Antwort sie ihm hätte geben wollen.

Er legte die Arme um sie, aber nur so leicht, dass sie sich nicht bedrängt fühlte.

Nach einer Weile fragte er in die Stille hinein: »Und nun sag mir, warum du meine Hilfe brauchst.«

Sie schluckte. Stockend erzählte sie ihm, was Jakob widerfahren war. »Und ich hatte gehofft, du könntest mir vielleicht helfen, mir Zutritt in das Gefängnis zu verschaffen.«

Mathias rieb sich das Kinn. »Das wird schwierig werden. Ich bin fremd hier und kenne niemanden, der die entsprechenden Verbindungen hätte.«

Juliane senkte den Kopf. Irgendeine Möglichkeit musste es doch geben.

»Weißt du was?«, schlug er vor. »Wir gehen morgen einfach gemeinsam zum Gefängnis und dann werden wir sehen, wie wir den Wärter überzeugen können. Und wenn Worte nicht weiterhelfen, so wird vielleicht eine Goldmünze das beste Argument sein.«

»Aber Mathias ... So viel Geld?«

»Keine Widerrede. Die Hauptsache ist, dass Jakob schnellstens freikommt.«

»Vielleicht könnte auch Pfarrer Lehmann von der Barfüßerkirche ein gutes Wort für ihn einlegen«, überlegte sie.

»Das glaube ich nicht. Der kann Jakob vielleicht Trost spenden und ihm erzählen, wie schön es dort oben im Himmel ist, aber er wird wohl kaum mit dem Wärter Tacheles reden können. Was versteht ein Pfarrer schon vom richtigen, irdischen Leben?«

Juliane schaute an ihm vorbei zum Fenster. »Einiges mehr, als du glaubst.«

»Wie meinst du das?«

»Mathias? Warst du immer ehrlich zu mir?«

Er schlug die Augen nieder. Kein Wort wich ihm über die Lippen. Quälend lang. Bis er unvermittelt seinen Blick hob, als habe er eine Entscheidung getroffen.

»Nein, ich habe dich belogen.«

Der Schreck fuhr ihr in die Glieder, obwohl sie mit dieser Antwort gerechnet hatte.

»Du hast deine richtigen Eltern nie getroffen, nicht wahr?«

Mathias nickte. Er ließ ihre Hand los und setzte sich auf das Bett. »Du weißt, wer sie sind?«

Sie antwortete nicht sofort, sondern betrachtete seine Gesichtszüge. »Warum hast du dann behauptet, sie kennengelernt zu haben?«

Ein von Verzweiflung getränkter Seufzer entwich ihm, seine Schultern fielen nach vorn, und sein Rücken wurde rund. »Weil ich Angst habe, Juliane. Furchtbare Angst. Was ist, wenn meine Eltern nichts mit mir zu tun haben möchten, wenn sie mich vergessen wollen, oder ich komme womöglich zu spät und beide sind längst tot? Ist es da verwerflich, wenn ich mir den Schmerz ersparen will und ich wegen meiner glücklichen Kindheit bei euch nicht nach einer anderen Vergangenheit suche?«

Juliane schwieg.

»Kennst du ihre Namen?«, fragte Mathias nach geraumer Zeit.

»Ja.«

»Leben sie noch?«

»Dein Vater, ja. Deine Mutter starb vor einigen Jahren am Fieber.«

»Will er mich sehen?«

»Ich weiß es nicht. Er hat dich mir gegenüber noch nicht erwähnt, aber das muss nichts heißen. So gut kenne ich ihn nicht. Aber wenn du möchtest, werde ich zu ihm gehen und mit ihm reden.«

»Das würdest du für mich tun?«

»Natürlich! Wir sind doch Freunde!«

»Nur Freunde?« Er zog sie an sich.

Sie schloss die Augen und näherte sich ihm zu einem Kuss. Sein Mund war wunderbar warm und weich. Behutsam knabberte er an ihrer Unterlippe.

»He!«, schalt sie ihn mit gespieltem Ernst. »Mich kann man nicht essen!«

»Lüge!«, murmelte er genießerisch. »Du schmeckst besser als jeder Schokoladenpfannkuchen.«

10. Tag

Dienstag, 6. Februar 1742,
noch 6 Tage bis zur Krönung

Ist's nicht so? Wer will mich Lügen strafen und erweisen, dass meine Rede nichts sei?

Hiob 24,25

Am Morgen blieb Juliane gemütlich im Bett liegen, um mit offenen Augen weiterzuträumen. Auch wenn zwischen ihr und Mathias gestern nicht mehr als ein Kuss gewesen war, so waren es doch genau diese behutsamen und leisen Töne, die eine immer deutlicher vernehmbare Melodie in ihr erklingen ließen. Seine Berührungen hatten unbekannte Saiten in ihr angeschlagen, Gefühle, die erforscht werden wollten. Sie legte den Finger auf den Mund, spürte ihre weichen Lippenbögen und dachte an ihn. Wie oft hatte sie sich in den letzten Jahren sein Gesicht in Erinnerung gerufen und dabei nicht mehr als Freundschaft für ihn empfunden. Aber nun war dieses Kribbeln da, das alles veränderte.

Ihre Hand wanderte den Hals hinab und blieb auf dem Dekolleté liegen. Das Herz klopfte sanft dagegen, ein zartes Pulsieren, leicht flatternd vor Unruhe. In ihrem Atem lag ein feines

Zittern, als sie wie zufällig über ihren Busen strich. Die Brustwarzen hatten sich in harte Knospen verwandelt. Ein wohliger Schauer lief ihr über den Rücken, als ihre Hand den Bauchnabel umkreiste und weiter nach unten wanderte. Wie es sich wohl anfühlte, wenn sie dort zum ersten Mal von einem Mann berührt werden würde? Schön? Sie schloss die Augen und ließ die Fingerspitzen auf dem kleinen Hügelansatz ruhen.

Sie hörte Friederike erst, als diese bereits in der Tür stand. Schnell zog sie ihre Hand unter der Bettdecke hervor.

»Du bist ja immer noch nicht aufgestanden, Juliane! Träumst du mit offenen Augen?«

»Entschuldige.« Sie schwang sich aus dem Bett, wusch sich das Gesicht mit eiskaltem Wasser und rubbelte die Haut mit einem kratzigen Leintuch trocken, bis sie die Röte auf den Wangen spürte. Als sie in ihre Gesellenkleidung schlüpfen wollte, schüttelte Friederike den Kopf.

»Wie lange soll das noch so gehen? Der Meister wird es dir niemals danken, dass du dich für ihn in Gefahr begibst. Verstehst du denn nicht? Und was ist, wenn der Geschaumeister kommt und euch verhaften lässt, so wie Jakob? Du siehst doch, wozu Biller fähig ist. Was wird dann aus mir? Soll ich am Ende noch zusehen, wie sie euch aufhängen?«

»So weit wird es nicht kommen. Ich habe jemanden, der an meiner Seite steht und mir immer helfen würde. Mathias würde alles für mich tun«, sagte sie, während sie Strümpfe und Kniebundhose anzog. Als sie das Brustband vom Stuhl nahm, hielt sie inne. »Friederike? Kannst du ein Geheimnis für dich behalten?«

»Aber natürlich!«

»Ich glaube, ich habe mich verliebt. Mathias und ich ... wir haben uns gestern geküsst.«

»Oh!« Friederike ließ sich auf den Schemel am Fenster sinken. »Na, das sind ja Neuigkeiten! Andererseits habe ich mir das schon gedacht und nur darauf gewartet. Du weißt hoffentlich, dass du jetzt gut auf dich aufpassen musst als Frau.«

Juliane legte der besorgten Friederike die Hand auf die Schulter und reichte ihr das Brustband. »Keine Sorge. Ich bin vorsichtig. Als Frau und als Geselle.«

»Dein Wort in Gottes Ohr.« Friederike schnürte ihr das Brustband, bis die flach gedrückten Brüste schmerzten, doch Juliane gab keinen Laut von sich. Der Schein musste gewahrt bleiben.

Sie schaute hinaus auf die Kirchturmuhr. In einer Stunde wollte Mathias kommen, um mit ihr zum Gefängnis zu gehen. Bis dahin wollte sie Friederike in der Küche noch ein wenig zur Hand gehen. In der Werkstatt gab es ja nichts zu tun. Laufkundschaft hatten sie seit langem nicht mehr zu Gesicht bekommen, und was die Auftragsvergabe betraf, schienen sie von allen Listen verschwunden zu sein. Offenkundig waren Biller und womöglich sogar Thelott auch Meister im Verleumden.

In der Küche schürte sie gemeinsam mit Friederike das Feuer, anschließend begannen sie, die Äpfel für das Mittagessen zu schälen. Dabei sprachen sie kaum miteinander. Jede hing ihren Gedanken nach. Friederike dachte bestimmt an den kleinen Simon, und sie selbst malte sich die furchtbarsten Dinge aus, wie der Wärter am Eisenberg diesmal auf ihr Anliegen reagieren würde.

Als Juliane den letzten Apfelschnitz in die Schüssel warf, wurde die Meistersfrau auf die groben Schalen aufmerksam. Missbilligend schüttelte sie den Kopf.

»So wie du deine Arbeit verrichtet hast, bekommen ja die Säue mehr von den Äpfeln ab, als wir in den Topf. Sieh mal, wie viel hier noch an der Schale hängt. Aber ich sage ja, die Arbeit als Geselle tut dir nicht gut. Überhaupt, wenn uns jemand so sähe. Der würde sofort merken, dass hier etwas nicht stimmt. Ein Geselle in der Küche – wo gibt es denn so etwas?«

»Ich bin ja bald weg. Mathias kommt in einer halben Stunde, und dann wollen wir sehen, was wir für Jakob tun können.«

»Willst du nicht lieber dein Kleid anziehen? Dieser Mathias kennt dich doch nur als Magd, oder?«

»Das stimmt.« Juliane dachte nach. Vieles hatte sie Mathias mittlerweile anvertraut, aber noch nicht die Wahrheit über ihre kurzen Haare. Sie hätte es ihm längst erzählen können, aber etwas in ihr hatte sich immer dagegen gesträubt. Es war kein Misstrauen, sondern ein unbewusster Wunsch. Mathias sollte in ihr nicht den Gesellen, sondern eine Frau sehen, er sollte ihre Weiblichkeit entdecken, die sie sich selbst so lange nicht zugestanden hatte.

Aber nun fühlte sie sich sicherer, und so würde Mathias gleich eine kleine Überraschung erleben. Es wäre ohnehin besser, wenn sie sich nur noch als Geselle auf der Straße zeigen würde. Biller wusste, dass sie zum Eisenberg wollte, und es konnte sein, dass er sie dort erwartete. Damit musste sie rechnen, aber ihre Angst war kein Grund, Jakob seinem Schicksal zu überlassen.

Ein Klopfen an der Werkstatttür riss sie aus ihren Überlegungen. Stirnrunzelnd sah sie zu Friederike hinüber. Konnte das schon Mathias sein? Gut möglich.

Als sie in die Werkstatt ging, stellte sie überrascht fest, dass Meister Drentwett dort saß. Es war ein befremdliches Gefühl, die mächtige Gestalt des Meisters so in sich zusammengesunken an der Werkbank sitzen zu sehen.

Er wies sie mit einem Nicken zur Tür, ein Nicken, das keinen Widerspruch duldete. Sie öffnete den Riegel.

Der Mann war ihr fremd. Klein, drahtig, mit Hut und Umhang.

»Eilpost. Abzugeben bei dem Goldschmiedemeister Philipp Jakob VI. Drentwett.«

»Gib meinem Gesellen das Schriftstück, ich habe zu tun«, rief der Meister aus der Werkstatt.

»Wie Ihr wünscht.« Der Bote übergab ihr den Brief und machte auf dem Absatz kehrt, ohne ein Trinkgeld zu erwarten.

»Leg das Papier irgendwohin und geh wieder in die Küche«, befahl der Meister, als sie die Tür schloss.

»Ja, aber, wollt Ihr nicht lesen ... also, ich meine, soll ich Euch nicht vorlesen?«

»Die Welt da draußen geht mich nichts mehr an. Ich gehöre nicht mehr dazu und erwarte nichts mehr vom Leben, also haben andere auch nichts mehr von mir zu wollen.«

»Aber vielleicht ist es wichtig.«

»Dann lies den Brief alleine. Aber lass mir meine Ruhe.«

Als sie sich an dem Siegel zu schaffen machte, überfiel sie ein plötzlicher Verdacht, von wem das Schreiben stammen könnte. Daran glauben konnte sie allerdings noch nicht. Sie begann zu lesen:

Unser Allerdurchlauchtigster, Großmächtigster und Unüberwindlichster Fürst und Herr, nunmehro Römischer König und künftiger Kaiser, geruht dem Augsburger Goldschmied, Meister Philipp Jakob VI. Drentwett, mitzuteilen, dass Ihro Römisch-Kaiserliche Majestät sich mittels der Auskünfte unseres Lakaien Michael Sickinger ein genaueres Bild von dem Juwelenraub des Augsburger Banditengesindels machen konnte und ein Mitverschulden seitens der Drentwett'schen Goldschmiede ausgeschlossen werden kann.

Um diesem Umstand Rechnung zu tragen, soll die Erschaffung der Hauskrone und aller sonstig geforderten Werke wieder in die Hände der Drentwett'schen Goldschmiede gegeben werden. Die Lieferung wird binnen der wenigen verbleibenden Tage bis zur Krönung erwartet.

Der Auftrag erübrigt sich allerdings, sollten die kostbaren Steine nicht innert der nächsten zwei Tage aufgefunden und der Werkstatt zur rechtmäßigen Verwendung zugeführt werden können.

Für diese Eventualität wurde durch Ihro Römisch-Kaiserliche Majestät bereits Vorsorge getroffen und ein zweiter Auftrag an den berühmten Frankfurter Goldschmied Nikolaus Nell vergeben, der im Falle der Nichtlieferung aus Augsburg die Ehre des Zuschlags erhält.

Actum, den 4. Februar 1742, dem achten Tage vor der Krönung des Römischen Königs zum Kaiser des Heiligen Römischen Reiches.

***

Während Juliane vor Freude jubelte, war die Reaktion des Meisters eher verhalten gewesen. Der Hoffnungsschimmer reichte nicht aus, seinen Ehrgeiz neu zu entfachen.

Zum Glück war Mathias gleich nach dem Boten gekommen, und so war sie ihm im Freudentaumel über die Nachricht noch im Hof um den Hals gefallen. Mathias hatte nicht schlecht über den Gesellen gestaunt, der ihn unversehens umarmte. Nach einigen Sätzen der Erklärung hatte er sich wieder gefangen und teilte die Freude mit ihr. Er schaute sie bewundernd an, lachte mit ihr, rügte sie dann aber doch in freundschaftlicher Manier für ihren leichtsinnigen Mut, sich als Geselle auszugeben, und mahnte sie zur Vorsicht.

»Ich weiß«, gab sie ihm zur Antwort. »Aber der Gang zum Eisenberg liegt mir im Moment schwerer im Magen als alles andere. Wir müssen Jakob da rausholen!« Von ihrer Vermutung, Biller könnte ihr vor dem Gefängnis auflauern, sagte sie nichts.

Heute war ein Tag, an dem der Winter noch einmal all seine Kräfte bündelte, ein eisiger Wind trieb die Schneeflocken durch die Gassen.

Mathias und Juliane hielten die Köpfe gesenkt und die Umhänge fest geschlossen, als sie in leicht vorgebeugter Haltung ihrem Ziel entgegenmarschierten.

Auf dem Dach des Eisenberg-Gefängnisses lag eine dicke Schneeschicht, an den Rändern drohten schwere, weißglitzernde Wülste jeden Moment abzustürzen.

Langsam näherten sie sich der eisenbeschlagenen Tür.

Wie gerne hätte sie jetzt nach Mathias' Hand gegriffen.

Noch ehe sie angeklopft hatten, stand plötzlich der Wärter vor ihnen. Der Hüne gab ein Grunzen von sich und betrachtete sie beide von oben bis unten.

»Dich kenne ich.« Sein fleischiger Finger stieß gegen ihre Schulter. »Ist noch nicht lang her. Dein Gesicht kommt mir bekannt vor.«

Ihr stockte der Atem.

»Ach, jetzt hab ich es. Du bist wohl der Bruder von der Magd, die zum alten Goldschmied Jakob wollte.«

»Ja, ja. Genau. Genau der bin ich«, stotterte sie.

»So, so. Ihr seid also ihre Verstärkung. Damit habe ich gerechnet.« Er deutete mit einem Nicken auf Mathias. »Hat gute Kleidung an, dein junger Freund. Ihr wollt also zum alten Goldschmied.« Der Hüne kratzte sich über das stoppelige Kinn. »Hm. Sagen wir ... drei Golddukaten. Dann lasse ich euch zu ihm. Aber keine krummen Sachen, das sage ich euch gleich.«

»Einen Golddukaten«, gab Mathias mit unbewegter Miene zurück.

Juliane starrte ihn an. Wie konnte er jetzt anfangen zu handeln? Sie konnten doch froh sein, wenn ...

»Also gut. Für einen Golddukaten darf einer von euch zu ihm.«

Mathias holte eine Münze hervor und hielt sie dem Wärter hin. »Bring uns zu ihm. Beide. Sofort.«

Der Hüne biss mit dem Eckzahn in das Geldstück und schien zufrieden. »In Ordnung.«

Kaum hatten sie den düsteren Vorraum betreten, schloss der Eisenvater hinter ihnen die Tür. Ein scharfer Geruch stieg ihr in die Nase, der ihren Magen reizte. Ihr wurde übel.

Ein stetiges Tropfen begleitete sie auf den glitschigen Treppen nach unten, Wasser perlte an den Steinwänden, die mit Moos überzogen waren.

Unter das schmatzende und schlürfende Geräusch ihrer Schritte mischte sich bald das monotone Gemurmel der Gefangenen, dazwischen immer wieder ein schmerzgetränktes Stöhnen.

»Ruhe hier unten!«, brüllte der Wärter. Seine Worte hallten durch den Gang und drangen Juliane in Mark und Bein.

Er deutete auf eine Tür, deren Umrisse in dem flackernden Licht kaum zu erkennen waren.

»Hier drin liegt er. Hat 'ne Einzelzelle, die er nur mit ein paar Ratten teilen muss. Ihm geht's sehr gut hier unten. Wir mussten ihn nicht mal richtig foltern. Kaum lag er auf der Streckbank, hat er schon die Falschmünzerei gestanden.«

»Folter?« Mathias hob die Augenbrauen. »Mach dich nicht lächerlich. So schnell wird heutzutage niemand mehr gefoltert. Die Zeiten sind Gott sei Dank andere geworden.«

»Das meint auch nur Ihr. Was die Menschen da oben auf der Straße denken und glauben, muss hier unten noch lange nicht geschehen. Ich habe immer noch meine bewährten Methoden. Ja, wo käme ich denn hin, wenn keiner mehr gestehen würde – und das möglichst schnell? Da würden sich die Untersuchungen ewig hinziehen, und mein feines Haus hier würde aus allen Nähten platzen. Also, was ist? Wollt ihr nun zu dem Alten, oder nicht? Ihr könnt ihn auch in den nächsten Tagen am Galgen besuchen, käme auf dasselbe raus. Das Männlein ist in letzter Zeit kaum mehr ansprechbar.«

»Galgen! In den nächsten Tagen!« Mathias stemmte die Fäuste in die Hüften. »Nun ist aber genug mit diesen Schreckensvorstellungen und Halbwahrheiten. Immerhin wird der Geheime Rat vor der Urteilsverkündung eine Empfehlung der Juristenfakultät Würzburg einholen, was die Bemessung des Strafmaßes anbelangt. Oder willst du mir erzählen, dass das plötzlich nicht mehr üblich wäre?«

»Doch, doch. Aber mir ist zu Ohren gekommen, dass dieser Wisch dem Geheimen Rat schon vorliegt.«

»Das kann nicht sein. Ein solches Gutachten lässt immer ein paar Wochen auf sich warten, Jakob wurde erst am Samstag verhaftet, also haben wir noch Zeit, etwas für seine Freilassung zu tun. Und jetzt lass uns endlich zu ihm!«

»Gewiss doch. Ihr habt den Eintritt bezahlt. Ich bin schließlich ein ehrlicher Mensch.«

In der Zelle war es stockdunkel. Erst auf Mathias' Drängen hin überließ ihnen der Wärter für einen weiteren Groschen ein Kienspanlicht, dann schloss er hinter ihnen ab.

In der rechten Ecke des kleinen, niedrigen Raumes lag Jakob zusammengekauert auf einer dünnen Strohschicht. Als Juliane sich langsam näherte, drang Wasser in ihre Schuhe. Durch den nahen Stadtfluss gab es keine trockene Stelle in diesem Raum. Es roch faulig, das Stroh war durchnässt, und die Feuchtigkeit war bis in Jakobs Kleider gedrungen. Er zitterte.

»Jakob«, flüsterte sie und rüttelte ihn vorsichtig am Arm. »Ich bin es. Deine Juliane.«

»Lavendel«, murmelte er kaum verständlich.

Juliane sah sich fragend nach Mathias um. Dieser zuckte mit den Schultern.

»Was ist mit Lavendel, Jakob?«

»Lavendel. Baldrian.«

»Er meint ein Mittel zur Beruhigung«, stellte Mathias fest.

Plötzlich erinnerte sich Juliane wieder daran, dass ihr bei ihrem letzten Besuch in Jakobs Werkstatt dieser andere Geruch aufgefallen war. Lavendel. Hatte Jakob etwas geahnt? Hatte er vielleicht sogar gewusst, dass man ihn verhaften würde?

»Jakob, bitte komm zu dir. Du musst mit mir reden!«

Er brachte kein Wort heraus. Lange nicht. Erst als Mathias nach einem neuerlichen Entgelt vom Wärter einen Krug mit frischem Wasser bekam, das sie Jakob vorsichtig einflößte, kam der alte Goldschmied langsam zu sich.

Zuerst erzählte sie ihm, was sie selbst von den Geschehnissen wusste, und er bestätigte jeden ihrer Sätze mit einem Nicken.

»Aber du bist doch unschuldig! Du hast doch mit Münzfälscherei nichts zu tun. Ich kenne dich! Für dich würde ich meine Hand ins Feuer legen.«

»Lass nur. Ich habe es gleich beim ersten Verhör zugegeben. Es ist besser so. Ich weiß genau, warum man mich verhaftet hat. Ich habe damit gerechnet.«

»Aber warum denn? Was hast du getan?«

Jakob schaute an ihr vorbei, dorthin, wo Mathias stand. »Lass gut sein. Mein Ende naht. Wahrscheinlich hat Gott endlich ein Einsehen mit mir. Zwar wäre ich lieber daheim in meiner Werkstatt gestorben, aber nun soll es eben anders sein.«

Es pochte an der Zellentür. »Die Besuchszeit ist um!«

»Jakob, du darfst nicht aufgeben.«

»Nein. Ich war zu lange auf dieser Welt und habe zu viel gesehen. Mein Leben habe ich längst verwirkt.«

Der Eisenvater öffnete die Tür und leuchtete mit einer Fackel herein. »Na, wird's bald?«

Während Mathias sich mit dem Wärter in ein Wortgefecht verstrickte, beugte sie sich zu Jakob hinunter und flüsterte:

»Mathias und ich werden für dich kämpfen. Ruh dich aus und sammle deine Kräfte. Wir kommen morgen wieder.«

Als sie sich erheben wollte, hielt Jakob sie am Ärmel fest. Seine Augen richteten sich wieder auf Mathias, während er mit rauer Stimme sprach: »Es ist nicht gut, dass du mit diesem Mann zusammen bist. Halte dich von ihm fern. Er wird dich ins Unglück stürzen.«

Sie erschrak über Jakobs Worte.

»Juliane?«, fragte Mathias. »Kommst du?«

»Ja.« Verwirrt stieg sie hinter den beiden Männern die Treppe hinauf. Als sie mit Mathias ins Freie trat, konnte sie noch immer keinen klaren Gedanken fassen, aber sie ließ sich nichts anmerken.

»Sei nicht traurig, Juliane. Jakob wird nichts passieren. Vertrau mir.«

»Mhm«, brachte sie nur hervor. Sie konnte ihn nicht ansehen.

Plötzlich hörte sie Schritte hinter sich.

»Oh, da ist ja der Geselle aus der Drentwett'schen Werkstatt. So ein Zufall.« Thelott kam näher.

Sofort sah sie sich nach Biller um. Ihr Herz raste.

»Ich habe keine Zeit. Ich muss zurück in die Goldschmiede.«

»So? Ich dachte schon, du wärst auf dem Weg ins Gefängnis. Oder hast du nur jemanden besucht?« Seine Miene verformte sich zu einem hohlwangigen, lautlosen Lachen. »Und wer ist dein netter Begleiter?«

»Ich bin Euch bestimmt keine Rechenschaft schuldig!« Sie ließ Thelott stehen und näherte sich schnellen Schrittes der Pfladergasse. Sie hörte, dass Mathias dicht hinter ihr blieb.

Vor dem Tor zur Goldschmiede holte er sie ein.

»Wer war das?«, fragte er.

»Goldschmied Thelott. Schwager meines Meisters«, entgegnete sie knapp.

»Hat er etwas gegen dich? Er hat sich ziemlich merkwürdig aufgeführt.«

»Das muss nichts heißen.«

»Ich dachte ja nur, du solltest dich vielleicht vor ihm in Acht nehmen.«

»Das lass nur meine Sorge sein. Es sind nicht die bellenden Hunde, die beißen.«

»Du lässt dich nicht so leicht einschüchtern, das weiß ich. So warst du schon immer.«

»Ich würde jetzt gerne in die Werkstatt zurückgehen. Mir ist kalt.«

»Arbeitest du an der Krone weiter? Hat dieser seltsame Mann euch mittlerweile die Juwelen angeboten? Es tut mir leid, dass ich im Gasthof nicht reagiert habe, als er mir die kostbaren Steine verkaufen wollte, aber wie sollte ich ahnen, dass du an der Hauskrone arbeitest.«

Warum zitterte seine Stimme? Log er, oder war die Kälte daran schuld?

»Wir haben die Steine nicht. Keine Juwelen und kein Werkzeug. Außerdem hat der Meister längst aufgegeben.«

»Na und? Du kämpfst doch für ihn weiter.«

»Ach ja? Das empfiehlst du mir? Und was ist, wenn der Meister das gar nicht mehr will? Wenn es nur eine Frage der Zeit ist, bis er mich fortschickt?«

»Das würde er nicht wagen. Er würde sich niemals dem letzten Willen deines Vaters widersetz…« Mathias brach ab.

Sie erstarrte. »Woher weißt du das? Ich habe den Tod meines Vaters bis heute mit keinem Wort erwähnt. Von dem Testament kannst du erst recht nichts wissen. Ich habe dir nie erzählt, wie ich in die Drentwett'sche Goldschmiede gekommen bin. Als du mich danach gefragt hast, sind wir von Friederike unterbrochen worden.«

Seine Augen weiteten sich. Er öffnete den Mund, schloss ihn wieder, machte auf dem Absatz kehrt und rannte davon.

***

Schon seit Stunden saß Juliane auf ihrem Bett in der Kammer. Wortlos hatte sie sich dahin zurückgezogen. Den Bernsteinring hatte sie Friederike auf den Nachtkasten gelegt. Wer war Mathias wirklich? Warum war er wieder in ihr Leben getreten? Weil sie an der Krone arbeitete? Er wusste mehr über sie, als er zugeben wollte. Womöglich hätte sie sich schon viel früher Friederikes Misstrauen zu Herzen nehmen sollen. Oder maß sie dem vorhin Geschehenen und Jakobs Warnung zu viel Bedeutung bei?

Sie stand auf und zog sich die Gesellenkleidung aus. Schicht für Schicht legte sie ihre Lügen ab. In dieser Hinsicht war sie keinen Deut besser als Mathias, doch im Gegensatz zu ihm hatte sie sich ihm offenbart. Er hatte alles über ihr Leben erfahren. Fast alles. Warum hatte er sie glauben machen wollen, er wisse nichts vom Tod ihres Vaters? Was hatte er vorgehabt?

Nachdem sie ihr dunkelgrünes Kleid angezogen hatte, nahm sie die zerfledderte Bibel ihres Vaters aus dem Nachtkasten und überprüfte die Ordnung der losen Seiten, so lange, bis alle Blätter wieder in der richtigen Reihenfolge lagen.

Schon vor ein paar Tagen hatte Friederike Buchleim besorgt, den sie nun aus dem Nachtkasten holte. Vorsichtig bestrich sie die Innenkante der ersten Seite, passte diese in den Buchblock ein und arbeitete sich auf diese Weise Blatt für Blatt vor. Es wurde nicht besonders schön, die Spuren der Zerstörung blieben sichtbar. Aber die Beschäftigung lenkte sie ab, und das Gefühl, Ordnung schaffen zu können, beruhigte sie.

Als sie die Bibel noch einmal durchblätterte, bemerkte sie

beim Hohelied Salomos eine fehlende Seite aus dem Kapitel, das von der Liebe handelte. Zuerst glaubte sie an einen Fehler ihrerseits beim Sortieren, noch einmal zählte sie alle Blätter durch und stellte dabei fest, dass auch eine Seite aus der Offenbarung des Johannes fehlte. Sie suchte unter den Betten, im Nachtkasten, überall. Nichts. Die beiden Seiten blieben verschwunden, als hätte sie jemand mitgenommen.

Sie fröstelte bei dem Gedanken, Mathias geküsst zu haben. Der Mann, den sie liebte, hatte offenbar zwei Gesichter. Trotzdem änderte sich nichts an ihren Gefühlen für ihn. Diese Zerrissenheit nagte an ihr, fraß sich immer tiefer in sie hinein, bis die Schmerzen unerträglich wurden. Womöglich arbeitete er gegen sie, vielleicht wünschte er ihr Böses, und trotzdem mochte sie ihn. Sehr. Am liebsten hätte sie das Gefühl aus sich herausgerissen, mit Füßen getreten und fortgeschleudert. Doch es ließ sich nicht so einfach ausmerzen wie die Seiten aus der Bibel. Es saß fest.

Plötzlich hörte sie ein Geräusch am Kammerfenster. Es hatte wie ein Kratzen geklungen. Sie schaute auf, sah aber nichts Ungewöhnliches.

Verwundert klappte sie die Bibel zu und legte den schwarzen Folianten zum Trocknen unter den Sockel ihres Nachtkastens.

Wieder schabte etwas am Fenster. Sie drehte sich um – und entdeckte die Taube des Zauberers. Es war Amalia! Unverkennbar! Wie kam sie nur hierher?

Als sie auf den Flur hinausging und die Tür zur Außentreppe öffnete, ahnte sie schon etwas. Und tatsächlich. Raphael stand unten im Hof und hob verlegen lächelnd die Hand zum Gruß.

»Ich wollte Euch meine Taube zurückbringen. Sie ist mir in altbekannte Gefilde nach Frankfurt gefolgt.«

Juliane spürte, wie sie rot wurde. »Oh, vielen Dank. Aber ich schätze, sie hat sich bei mir nicht wohlgefühlt.«

»Das kann ich mir nicht vorstellen. Wer würde sich in Eurer Gegenwart nicht wohlfühlen?«

»Das wird Eure Taube wohl kaum bemerkt haben, geschweige denn interessieren. Sie gehört zu Euch.«

Der Zauberer runzelte die Stirn. »Ihr seid so verschlossen und abweisend. Bedrückt Euch etwas?«

»Mag sein. Aber das geht Euch nichts an.«

»Das stimmt. Aber vielleicht kann ich Euch trotzdem ein wenig trösten.«

Raphael zog ein Taschentuch hervor und zeigte es ihr von beiden Seiten. Anschließend holte er einen schmalen, silberglänzenden Ring unter seinem Umhang hervor und wickelte ihn in das Taschentuch.

»Damit Ihr mir dieses Kunststück glaubt, würde ich als zweites gerne Euer Taschentuch verwenden. Würdet Ihr es mir geben?«

Widerstrebend, aber neugierig, ging sie die Treppe hinunter und reichte ihm ihr kostbares weißes Spitzentaschentuch.

Er legte zwei Münzen hinein und behielt es bei sich. Im Austausch reichte er ihr sein Taschentuch mit dem Ring darin.

»Spürt Ihr den Schmuck?«

Sie nickte.

»Dann gebt jetzt gut darauf Acht. Ich werde den Ring aus dem Taschentuch in Euer Spitzentuch zu den Münzen wandern lassen.«

»Das glaube ich nicht! Ich halte den Ring doch in der Hand.«

»So einen Ring kann man aber schnell verlieren. Genauso wie die Liebe.«

»Ach ja?« Sie forschte in seinem Gesicht und hielt den Ring umklammert.

»Ja. Es kommt immer darauf an, ob man an sie glaubt, wie stark sie ist und wie sehr man an ihr festhält.«

»Dann versucht Euer Glück«, entschied sie.

»Nun gut. Ring! Du hörst mein Wort. Wandere fort, wenn dich nichts hält, ansonsten bleibe an deinem Ort.«

Erleichtert spürte sie, dass seine Worte keine Wirkung zeigten. Sie lächelte. »Da müsst Ihr wohl noch ein wenig üben. Der Ring ist noch immer in meiner Hand.«

»Seid Ihr ganz sicher?«

»Natürlich!«

»So gewiss, wie Euer Herz einem bestimmten Mann gehört?«

Sie nickte, sagte aber nichts.

»Nun gut. Dann werde ich damit leben müssen. Schüttelt den Ring aus dem Taschentuch und lasst ihn in den Schnee fallen.«

Sie hielt es an einem Zipfel hoch, doch der Ring wollte nicht herausfallen. Mit Schrecken bemerkte sie, dass es leer war.

Raphael faltete derweil ihr Spitzentuch auf und holte den Silberring zwischen den Münzen hervor.

Er lächelte. »Hier. Er soll Euch gehören, als mein Geschenk.« Er gab der Taube den Ring in den Schnabel. »Bring ihn ihr und dann komm wieder zu mir.«

Fassungslos nahm Juliane Amalia den Silberring ab und streichelte ihr übers Gefieder.

Sie schaute dem Zauberer direkt in die Augen. »Was führt Euch her?«, fragte sie ihn mit Nachdruck. »Warum seid Ihr zurückgekommen?«

»Ich weiß nicht, ob ich Euch die Wahrheit sagen soll.«

Juliane atmete tief durch. »Ich bitte darum«, sagte sie schärfer als beabsichtigt.

Raphael trat von einem Bein auf das andere. »Als Zauberer gaukle ich den Leuten etwas vor, es fällt mir leicht, mit ihnen zu spielen. Ich bin ein anderer, wenn ich auf der Bühne stehe und große Reden schwinge. Doch wenn es um mich geht, finde ich selten die richtigen Worte. Aber ich will es versuchen: Seit meiner Abreise nach Frankfurt habe ich ... wie soll ich sagen, ist mir unsere Begegnung nicht mehr aus dem Kopf gegangen. Und so dachte ich mir, dass mein Gastspiel in Augsburg im Grunde genommen viel zu kurz war und dass mich die Leute vielleicht noch einmal zur Fastnachtszeit im Gasthof würden sehen wollen. Nun ja. Da trete ich also heute Abend auf. Deshalb habe ich mir überlegt, ich könnte ... also ich würde Euch gerne einladen. Es gibt auch Tanz und Musik, wie sich das eben für den Fastnachtsdienstag gehört.«

Sie antwortete nicht gleich. Mathias ging ihr durch den Kopf, der Wirt, vor dem sie sich hüten musste, und zudem beschlich sie eine Ahnung, dass Raphael ihr gefährlich werden könnte. In welcher Weise auch immer.

»Es tut mir leid, aber ich werde Euch enttäuschen müssen.«

Raphaels eben noch glänzender Blick wurde leer. Er sah zu Boden und schien zu überlegen, ob er besser gehen oder sie überzeugen sollte.

»Ist das Euer letztes Wort?«, fragte er leise.

»Ja.«

»Und ein andermal?« Raphael kostete die Frage sichtbar Mut. »Sehen wir uns vielleicht ein andermal wieder?«

»Das weiß ich nicht. Ihr seid doch der Zauberer.«

Augenblicklich hellte sich seine Miene auf. Er schien etwas sagen zu wollen, blieb dann aber stumm.

»Also dann«, half sie nach. »Auf bald vielleicht.« Sie gab ihm Amalia zurück, die noch immer auf ihrem Arm gesessen hatte. »Ich gehe jetzt wieder hinein. Es ist kalt.«

»Wartet!«

Sie drehte sich um. »Ja?«

»Da ist noch etwas, was ich Euch sagen will.« Er schaute sich um, bevor er flüsterte: »Ich weiß, dass Ihr an der Hauskrone für den Kaiser arbeitet.«

Sie erstarrte. Und jetzt? Plötzlich erinnerte sie sich wieder, dass Raphael ihr erklärt hatte, wie man das Überschießen der Metalle verhinderte. Wer war dieser Zauberer? War er selbst ein Goldschmied und gab sich nur als Zauberer aus?

»Wer seid Ihr?«, brachte sie schließlich hervor. »Was wisst Ihr noch über mich? Und woher?«

Er schenkte ihr einen beruhigenden Blick und hob den Finger an die Lippen.

»Ich weiß alles über Euch, und ich stehe auf Eurer Seite. Ihr braucht keine Angst vor mir zu haben. Im Gegenteil, ich will Euch helfen.« Wieder schaute er sich um. »Ich kann Euch sagen, wo sich die Juwelen befinden. Ich kann Euch hinführen. Es gibt nur eine einzige Bedingung: Ihr dürft mich nicht fragen, woher ich das alles weiß und wer ich bin. Ihr müsst mir vertrauen, wenn Ihr das könnt.«

Juliane starrte ihn an. Vertrauen? Ihm glauben? Wäre das tatsächlich die Rettung des Auftrags, oder trat sie gerade sehenden Auges in eine Falle?

Raphael wandte sich zum Gehen. »Ich ahne, wie schwer es für Euch sein muss, mir blindlings zu folgen, aber Ihr werdet es nicht bereuen, das verspreche ich Euch. Mehr kann ich nicht sagen. Ich habe mich ohnehin schon viel zu weit aus meiner Deckung hervorgewagt. Aber Ihr seid es mir wert.«

***

Juliane sah vom Kammerfenster aus zu, wie sich die Dunkelheit über Augsburg ausbreitete. Der Turm der Barfüßerkirche verlor vor dem grauen Himmel seine Umrisse, bevor er sich schwarz färbte und mit der Dunkelheit verschmolz.

Friederike kam herein, zündete eine Kerze an und widmete sich dem Ausbessern verschiedener Kleidungsstücke. Auch bei dieser Arbeit war die Meistersfrau behände. Kaum dass der Knopf einer Weste etwas locker geworden war, nähte sie gleich die komplette Reihe wieder fest, eine Socke wurde mit Stopfgarn ausgebessert, sobald die Ferse etwas fadenscheinig geworden war, und gerade war Friederike dabei, einen Rocksaum rundum neu zu versäubern, weil sich an einer Stelle die Naht gelockert hatte.

Juliane konnte über diesen Eifer nur den Kopf schütteln. Sie hasste diese Arbeit. Gott sei Dank durfte sie sich damit begnügen, die Kleider auszubürsten, auf schadhafte Stellen zu überprüfen und gegebenenfalls an Friederike weiterzureichen.

Wie spät es jetzt sein mochte? Die Vorstellung des Zauberers hatte wahrscheinlich längst begonnen. Ob Mathias auch dort war? Den ganzen Nachmittag hatte sie versucht, sich von dem Gedanken an ihn abzulenken, doch es war ihr nur leidlich gelungen, und zudem quälte sie die Frage, ob der Zauberer ihr wirklich zeigen würde, wo die Juwelen versteckt waren.

»Friederike? Ich würde gerne zum Gasthof *Zu den drei Mohren* gehen.«

»So spät noch? An Fastnacht? Das halte ich für keine gute Idee. Alles Volk treibt sich auf der Gasse herum, lärmt und zecht. Willst du dich dieser rasenden Meute aussetzen?« Friederike hielt inne. »Ach so, du willst noch zu diesem Mathias?«

»Nein. Das heißt, vielleicht. Wenn ich ihn sehe. Ich will im Gasthof mit jemandem reden, der weiß, wo die Juwelen für die Hauskrone hingeraten sind. Er kann mich angeblich dorthin führen.«

»Juliane! Was sagst du da? Was hast du vor?«

»Dem Mann vertrauen. Ich werde es darauf ankommen lassen müssen. Ich kann nur noch gewinnen. Verloren haben wir bereits.«

»Oh Gott, Juliane! Du hast wirklich vor nichts Angst. Bis es eines Tages zu spät ist! Merkst du denn nicht, in welcher Gefahr du schwebst?«

»Du meinst, ich soll nicht gehen?«

Friederike wiegte den Kopf. »Meine Meinung kennst du, aber mein Wort wird dich ohnehin nicht aufhalten.«

Juliane nickte nachdenklich. »Du hast ja recht, aber ich muss es versuchen, sonst mache ich mir für immer Vorwürfe. Kann ich trotzdem auf dich zählen, wenn ich jetzt bei Nacht noch einmal auf die Straße gehe?«

»Natürlich! Der Meister wird nichts von mir erfahren. Aber sieh dich vor!«

Juliane zog ihre Schuhe an und nahm den Umhang vom Stuhl. Mit einem Nicken verschwand sie aus der Kammer und verließ das Haus über die schneebedeckte Außentreppe.

Sie ging durch das Handwerkerviertel zur Hauptstraße, um nicht am Eisenberg vorbeizumüssen.

Schon von weitem hörte man die ausgelassenen Rufe und Schreie der Feiernden. Die Hauptstraße hatte sich in einen Festsaal für die Narren verwandelt. Die Leute tanzten lachend im Kreis, sangen und trieben den Fiedelspieler zu immer wilderen Liedern an. An einem langen Stock schwebte über einer Gruppe eine mit getrockneten Erbsen gefüllte Schweinsblase. Der Schabernacktreiber wartete nur noch auf einen passenden Moment, um das aufgeblasene Spielzeug, mit dem Kinder normalerweise Ball spielten, über den Ahnungslosen aufzustechen. Währenddessen versuchte ein anderer mit einer mannslangen Streckschere etwas von den süßen Leckereien zu stibitzen, die am Rande der Straße feilgeboten wurden. Alles, was ein Katholik an diesem Tag an Essbarem zwischen die Finger bekam, wanderte in den Magen, auch der Alkohol floss in Strömen, um die tags darauf beginnende Fastenzeit zu überstehen. Die Kirche sah dem bunten Treiben mit gemischten Gefühlen zu, duldete es aber. So konnte sie ihren Gläubigen die Notwendigkeit der Umkehr ob der Nachwirkungen vor Augen führen. Nur der Büttel hatte seine liebe Mühe, die Trunkenen an größeren Dummheiten zu hindern und einige Streithähne auseinanderzubringen.

Juliane schlüpfte zwischen den Feiernden hindurch und hielt auf den Lichtkegel vor dem Gasthaus zu. Gerade setzte Applaus ein.

Diesmal war sie nicht die Einzige, die von draußen zuschaute. Einige Neugierige hatten sich vor dem Gasthaus versammelt. Wie schon einmal zog sie sich an einem der Fenstersimse hoch und wischte sich ein Guckloch frei.

Raphael hatte soeben ein Zauberkunststück beendet und verbeugte sich galant vor dem Publikum.

Für einen Augenblick hatte sie das Gefühl, als habe er sie durch die Fensterscheibe gesehen.

Er kündigte an, nun einen vorzüglich schmeckenden Pfannkuchen im Hut eines beliebigen Herrn zu backen und anschließend dessen Gattin zu servieren.

Juliane schluckte, weil sie an Mathias denken musste. Sie schaute sich im Publikum um, entdeckte ihn aber nirgends. Auch sein Zimmer im oberen Stockwerk war nicht erleuchtet.

Raphael hatte sich mittlerweile einen Hut geborgt und begann nun unter erstaunten Zurufen zuerst Mehl, dann Eier, Milch, Zucker und schließlich noch Butter in den Hut zu geben.

Der Besitzer dieses guten Stückes wurde zusehends unruhig, aber Raphael versicherte, der Herr würde den Hut unbeschadet zurückerhalten und dazu noch einen köstlichen Pfannkuchen.

Raphael hielt den Hut über eine Kerzenflamme und ließ einige Zeit verstreichen. Als das Publikum vor Spannung langsam ungeduldig wurde, zog er mit einer theatralischen Geste einen Teller aus dem Hut, auf dem ein goldgelber Pfannkuchen lag. Er reichte ihn der Frau des Hutbesitzers, die vorsichtig probierte und kurz darauf überzeugt nickte.

Raphael nutzte die allgemeine Begeisterung, dankte seinen Gästen für ihre Aufmerksamkeit und wünschte ihnen noch eine schöne Fastnacht.

Er sprang von der Bühne und steuerte direkt auf den Ausgang zu. Juliane schlug das Herz bis zum Hals. Vermutlich würde er gleich neben ihr stehen.

»Guten Abend, Juliane. Habe ich doch richtig gesehen. Ich freue mich, dass Ihr da seid. Wolltet Ihr nicht hereinkommen?«

»Nein, danke.«

»Hat Euch meine Vorstellung gefallen?«

»Ja. Aber Ihr verratet mir ja ohnehin nicht, wie Ihr das alles macht. Habt Ihr das Kunststück mit dem Pfannkuchen neu im Programm?«

»Ja, es ist mir dieser Tage eingefallen. Die Leute mögen es. Wollt Ihr nicht doch hereinkommen? In der Gaststube ist es viel wärmer.«

Sie schaute an der Fassade nach oben. Noch immer kein Licht in Mathias' Zimmer.

»Sucht Ihr den Händler? Der ist mit Sack und Pack abgereist.«

Sie versuchte seine Auskunft mit gleichgültiger Miene hinzunehmen. »Nein, ich bin gekommen, um mich mit Euch über ... die Juwelen zu unterhalten.«

Raphael senkte den Blick. »Ach so, deshalb.« Nach geraumer Zeit schaute er wieder auf. »Wollt Ihr die Juwelen haben? Dann kommt im Morgengrauen an die Stadtmauer zum

Einlass. In der Nacht ist es zu gefährlich, dort wo wir hinmüssen.«

Juliane runzelte die Stirn. »Und ich kann Euch vertrauen?«

Der Zauberer wiegte den Kopf. »Das müsst Ihr entscheiden. Eine Stunde vor Sonnenaufgang am Einlass. Ich werde dort auf Euch warten.«

Mit diesen Worten ließ er sie zurück und verschwand im Gasthof.

11. Tag

Mittwoch, 7. Februar 1742,
noch 5 Tage bis zur Krönung

Doch zuvor will ich dir kundtun, was geschrieben ist im Buch der Wahrheit …

Daniel 10,21

Es war noch dunkel, als Stine in der Waldhütte von einem Geräusch erwachte. Unwillkürlich legte sie einen Arm um Simon, der auf ihrem Bauch schlief. Vorsichtig hob sie den Kopf und schaute sich um. War es Silberbart? Hatte er sie aufgespürt? Oder hatte Simons Vater zu ihnen gefunden? Ihm hatte sie im Gasthof *Zu den drei Mohren* eine Nachricht hinterlassen, den Weg zur Waldhütte erklärt und als Markierung das Viereck mit dem aufgesetzten Dreieck beschrieben, das er an bestimmten Stellen in die Baumrinde geritzt finden würde. Doch warum sollte er in der Nacht zu ihnen kommen?

Ihre Hoffnung schwand. Bestimmt war es Silberbart. Anhand der Gaunerzinken könnte es ihm leicht gelungen sein, sie aufzuspüren. Hätte sie doch nur auf die Zeichen verzichtet. Silberbart konnte sich denken, dass diese von ihr stammten, kein anderer Räuber würde sich in sein Gebiet wagen.

Es knackte und schabte am Türriegel. Ihr Herz raste. Nur Silberbart würde sich gewaltsam Zutritt verschaffen, nur er kannte keine Grenzen.

Sie gab Simon einen Kuss auf die Stirn und hoffte inständig, der Kleine möge nicht aufwachen.

»Stine? Bist du da drin? Gib Antwort!«

Es war Silberbart.

Stocksteif blieb sie liegen, atmete kaum.

»Lass mich sofort rein, oder ich brech die Tür auf!« Ein fürchterlicher Schlag. Holz knirschte.

Simon zuckte in ihren Armen zusammen. Zitternd streichelte sie sein Köpfchen. Was sollte sie nur tun? Alles würde sie tun. Alles. Wenn nur ihrem Kind nichts geschähe.

Plötzlich wurde eine zweite Männerstimme laut: »Was soll das? Fort von der Tür!«

Erleichtert schloss sie die Augen. Mathias. Er war gekommen.

»Niemals! Da drin ist mein Eheweib. Sie gehört mir!«

»Eheweib? Dass ich nicht lache. Warum kommt sie dann nicht heraus?«

»Stine? Hörst du mich? Ich bin es, Silberbart. Mach sofort auf!«

Sie hielt still. Doch Simon erwachte. Draußen ging einer der Männer mit einem dumpfen Schlag zu Boden. Ein Gerangel entstand, Schläge und unerbittliches Gebrüll. Wie gelähmt hörte sie alles mit an.

Bald kamen die Stimmen von weiter her, sie schienen sich im Kampf von der Hütte zu entfernen, aber noch hörte sie beide Männer brüllen – bis plötzlich Ruhe einkehrte.

Sie erhob sich, ihr Herz klopfte bis zum Hals. Nichts, kein Laut mehr. Doch, da. Schritte.

»Stine? Bist du da drin?«

Es war Mathias. Vor Erleichterung und Freude bekam sie weiche Knie. »Wo ist Silberbart?«, fragte sie durch die Tür.

»Keine Sorge, der Mann tut dir nichts mehr.«

Sie atmete tief durch, nahm Simon auf den Arm, küsste ihm die Tränen von den Wangen und entriegelte die morsche Tür.

»Mathias! Endlich bist du da!«

Er hob eine Lampe hoch, schaute dabei aber zu Boden, als wolle er sie und sein Kind nicht ansehen.

»Ich bin erst spät nachts in den Gasthof zurückgekehrt, aber als ich deine Nachricht gefunden habe, bin ich sofort aufgebrochen.«

»Das ist schön. Ja, also, komm doch herein. Es ist zwar etwas eng hier, aber wärmer.«

Sein Blick blieb am Boden haften, während sie die Tür schloss.

»War das wirklich dein Mann, mit dem ich gekämpft habe?«

»Ja, aber ich bin nicht aus Liebe mit ihm zusammen, sondern weil ich bei ihm Unterschlupf gefunden habe.«

»Du hast mir damals nicht gesagt, dass du schwanger bist.«

»Nein. Ich hatte Angst vor deiner Reaktion. Bis heute. Ich weiß nicht, ob du ihm ein guter Vater sein willst oder kannst.«

»Du hast ihn Simon genannt?«

»Ja. Es bedeutet von Gott erhört. Gefällt dir der Name?«

»Er ist schön, ja.« Noch immer sah er sie nicht an.

»Möchtest du deinen Sohn auf den Arm nehmen?«

***

Weiße Dämmerschleier schlichen sich über den nächtlichen Himmel, als Juliane den Einlass an der westlichen Stadtmauer erreichte.

Von Raphael war weit und breit nichts zu sehen. Nicht eine Menschenseele war unterwegs. Im hinteren Teil der Gasse hatten sich die Häuser in die Dunkelheit zurückgezogen, man erkannte nicht einmal mehr die Holzfassaden.

Eisiger Wind pfiff an der Mauer entlang. Sie zog ihren Umhang enger und wartete.

Ständig schaute sie sich um, horchte, ob sich Schritte näherten.

Die Zeit verging. Ihr Gesicht wurde eiskalt, die Haut schmerzte, und ihre Füße spürte sie längst nicht mehr. Als sie kurz davor war, das Warten aufzugeben, kam eine Gestalt auf sie zu.

Raphael.

»Seid gegrüßt. Verzeiht meine Verspätung. Gehen wir.« Er bedeutete ihr mit einer knappen Kopfbewegung, ihm zu folgen.

Vergeblich hoffte sie auf ein aufmunterndes, vertrauliches Wort von ihm. Sie blieb mit ihrer Angst allein.

Schnell näherten sie sich dem Nachttor, jener gespenstisch anmutenden Schleuse, deren Türen sich wie von Geisterhand bewegten, um Leute passieren zu lassen, die zur Unzeit die Stadt betreten oder verlassen wollten. Auch wenn sie selbst noch nie in diese Verlegenheit gekommen war, so hatte sie doch von dieser einmaligen, weithin bekannten Anlage gehört.

Raphael betätigte das Glockenseil. Als Antwort öffnete sich die Eisentür ohne menschliches Zutun gerade so weit, dass sie sich hintereinander hindurchzwängen konnten. Raphael ging voraus.

Sie gelangten in einen hohen, von Fackeln erleuchteten Raum.

»Wer da?«, ertönte eine Stimme aus dem Nichts. »Was ist Euer Begehr?«

Raphael richtete seinen Blick nach oben. In sicherer Höhe stand ein Mann auf einer Galerie, der nun an einem Seil einen von einer Kerze beleuchteten Teller zu ihnen herunterließ.

»Raphael Ankler mein Name.« Er legte ein paar Münzen auf

die Messingfläche. »Ich muss mit meinem Weib nach Friedberg, der Vater liegt dort im Sterben.«

Juliane stieg angesichts dieser schamlosen Lüge die Röte ins Gesicht.

Der Einlasser schien mit dem Entgelt zufrieden und zog das Seil nach oben. »Gut. Ihr seht nicht aus wie gesuchte Verbrecher. Passieren!«

Die nächste Tür öffnete sich. Es gab weder ein Seil, noch einen Türgriff. Wie war das nur möglich?

»Ist das Zauberei?«, flüsterte sie.

Raphael lächelte. »Mag sein. Für meinen Zweck jedenfalls sehr praktisch. Ab hier müssen wir getrennt weitergehen«, sagte er noch, ehe er sich in den nächsten Raum zwängte und die Tür sich hinter ihm schloss.

»Raphael?« Der Widerhall ihrer Stimme zitterte. »Wartet auf mich, ja?«

»Na? Angst, junge Frau?« Die höhnenden Worte des Mannes schwebten von der Galerie zu ihr herunter, legten sich wie ein kalter Schauer auf ihre Haut.

Noch ehe sie etwas entgegnen konnte, öffnete sich wider Erwarten vor ihr die Tür. Eilig schlüpfte sie hindurch, verfolgt von dröhnendem Lachen. Sogleich huschte sie durch die nächste Türsperre, die Angst noch immer im Genick.

Im folgenden Raum war es noch dunkler, die Seitenwände waren kaum auszumachen.

»Raphael? Wo seid Ihr?«

Die Tür schlug hinter ihr zu.

Keine Antwort. Nur das Tropfen von den Wänden, wie ein ständiges Flüstern. Sie wartete. Als sich nach einer Weile noch immer nichts rührte, stieg Panik in ihr hoch.

»Raphael?«

Weit und breit niemand, der sie hörte oder hören wollte.

Hätte sie ihm nur nicht vertraut. Tränen sammelten sich in ihren Augen. Raphael hatte sie in eine Falle gelockt. Hemmungslos pochte sie gegen die Eisentür, die ihre Schläge und Rufe ungerührt verschluckte. Sie tastete den Türrand ab, suchte nach einem Spalt, einer geheimen Öffnung. Vergeblich. Sie schrie um Hilfe, bis sie erschöpft in die Knie sank. Sie verbarg ihr Gesicht in den Händen und ließ ihren Tränen freien Lauf.

Wie zum Spott öffnete sich in diesem Moment das Maul ihres Gefängnisses und spie sie durch einen langen Schlund vor ein eisernes Gittertor. Dahinter tat sich ein Abgrund auf wie beim Blick in ein Verließ. Wohin jetzt?

»Raphael!«

Keine Spur von ihm.

Plötzlich ein Geräusch. Eine Zugbrücke senkte sich über die Grube. In diesem Moment gab ihr das Gitter wie von Zauberhand den Weg frei.

Sie rannte über einen langen überdachten Brückengang auf das Kerzenlicht am anderen Ende zu. Die Bohlen dröhnten unter ihren Füßen, sie glaubte jeden Moment abzustürzen.

Eine letzte Tür noch, sie stolperte den Wall hinunter und fand sich keuchend vor der Stadtmauer in Freiheit wieder.

Ein Schatten löste sich aus der Dunkelheit. »Das hat aber lang gedauert. Ich dachte schon, man hätte Euch eingesperrt.«

»Das war ich auch!«, schleuderte sie Raphael entgegen.

»Was schaut Ihr mich so vorwurfsvoll an? Glaubt Ihr, es wäre meine Schuld? Der Einlasser hat sich einen Scherz mit Euch erlaubt. Wahrscheinlich macht er das mit allen Leuten, die den ausgeklügelten Mechanismus der versteckten Winden, Hebel und in Schächten verlaufenden Seile und Ketten nicht kennen.«

»Also doch keine Zauberei?«

»So ist es. Es dient der Einschüchterung des Volkes.« Er hielt inne. »Seht Ihr, hiermit habe ich Euch schon wieder ein Geheimnis verraten, trotzdem misstraut Ihr mir noch immer. Aber das ist Euer gutes Recht. Also, gehen wir!«

Mehr stolpernd als gehend folgte sie ihm in den Wald. Ohne Licht, denn das könnte sie vorzeitig verraten.

Raphael drehte sich nicht ein einziges Mal nach ihr um, half ihr nicht über Bachläufe oder umgestürzte Baumstämme, nur die schneebedeckten Dickichtzweige hielt er länger beiseite, als für ihn allein nötig gewesen wäre.

Anfangs hatte sie noch geglaubt, er könne ihr keine Aufmerksamkeit widmen, weil er sich voll und ganz darauf konzentrieren müsse, sie sicher durch den Wald zu führen. Mittlerweile zweifelte Juliane an dieser Erklärung. Das mulmige Gefühl in ihr wurde stärker, nicht zuletzt, weil sie sich irgendwo mitten im Wald befanden und sie längst die Orientierung verloren hatte. Auf ihre erste Nachfrage hatte er erklärt, sie zum Lager einer Räuberbande führen zu wollen – aber womöglich war das nur die halbe Wahrheit.

»Wie weit ist es denn noch?«, fragte sie, als sie ein paar Schritte zu ihm aufgeholt hatte.

»Es dauert noch.« Sein Flüstern klang so kalt wie das Knirschen des Schnees.

»Ich möchte umkehren. Bitte.«

»Leise! Ich höre etwas! Da vorne sind Stimmen!«

Plötzlich stieß sie mit dem Fuß gegen einen am Boden liegenden menschlichen Körper. Sie unterdrückte einen Schrei, hielt sich die Hand vor den Mund.

Ein Mann lag verkrümmt auf dem Rücken, Blut rann ihm von der Stirn über die Schläfe in den silbernen Bart.

Raphael löste sich aus seiner Erstarrung, packte sie am Ellenbogen und zog sie zu der Hütte, aus der die Stimmen drangen.

»Was tut Ihr, Raphael? Seid vorsichtig!« Juliane versuchte ihn zurückzuhalten. »Ihr wisst nicht, mit wem Ihr es zu tun bekommt!«

»Irrtum. Ich weiß es.«

Er öffnete die Tür.

Drinnen wurde es schlagartig ruhig.

Noch halb hinter dem Türrahmen versteckt erkannte Juliane die Gestalt von Stine. Die junge Frau war blass, aber augenscheinlich unverletzt. Neben ihr löste sich ein Mann aus der dunklen Ecke. Über der Augenbraue klaffte eine Wunde. Er hielt Simon auf dem Arm.

»Mathias?«, fragte Juliane ungläubig. Ihre Knie drohten nachzugeben. »Was … was machst du hier?« Sie bangte um die Antwort, hoffte auf eine harmlose Erklärung. Vielleicht kannten sich die beiden einfach nur. So war es bestimmt. Wahrscheinlich war Mathias sogar nur zufällig an der Hütte vorbeigekommen. Mitten in der Nacht.

Stines Blick verriet ihr die Wahrheit. Juliane glaubte, ihr Herz müsse zerspringen, als Stine sich Mathias näherte, ihn anlächelte und ihrem Sohn liebevoll über die Wange streichelte.

»Nun sind wir endlich eine Familie. Vereint und glücklich. Ich bin Euch und der Meistersfrau wirklich sehr dankbar. Ihr habt mir über die schwierigste Zeit hinweggeholfen. So hatte ich endlich den Mut, Mathias einen Brief zu schreiben und ihn im Gasthaus zu hinterlegen. Allerdings habe ich immer noch befürchtet, er würde vielleicht nichts mehr von mir wissen wollen. Doch er ist gekommen, auch gerade rechtzeitig, um Silberbart zu vertreiben.«

»Der Mann, der draußen liegt?«, kombinierte Juliane.

»Ja. Ein Glück nur, dass mein kleiner Simon keinen Laut von sich gegeben hat, sonst wäre Silberbart rasend geworden.«

»Ist der Mann tot?«

»Ja«, antwortete Mathias nun mit rauer Kehle.

»Du? Du hast ihn umgebracht?«

»Es war keine Absicht«, mischte sich Stine ein. »Es war ein Kampf Mann gegen Mann, und Mathias war der Überlegene.«

»Ein Held also? Ja?« Ihre Stimme überschlug sich. »Gratuliere, Mathias! Gratuliere! Du bist sicher sehr stolz auf dich. Genauso wie auf deinen Sohn, von dem du natürlich nie etwas gewusst hast.«

»Das stimmt«, setzte Mathias zur Verteidigung an.

»Aber du warst mit Stine zusammen?«

»Ja.«

»Und wer sagt dir, dass es dein Sohn ist? Behauptet sie das?«

Mathias senkte den Kopf. »Er bekommt meine Augen. Schau sie dir doch genau an. Das eine wird braun, das andere grün.«

Sie blieb auf Distanz, wollte der Wahrheit nicht ins Gesicht sehen. »Und warum hast du mir dann nie von ihr erzählt? Du hast mich betrogen! Und du hast sie betrogen!«

»Was sagt Ihr da?«, hakte Stine ein.

»Ja. Vorgestern noch wollte Mathias sein Leben mit mir verbringen.«

»Mit Euch?« Stine schaute in die Ferne. Es war derselbe Blick wie vor ein paar Tagen auf dem Vogelmarkt, als Juliane sich selbst verraten hatte. »Er hat mir oft von einem Augsburger Mädchen erzählt, wie gut er sich mit ihr verstanden habe, wie er Dummheiten mit ihr angestellt und für sie geschwärmt habe.« Stine sprach nicht weiter, als wollte sie sich selbst am Weiterdenken hindern. »Aber nun hat sich Mathias für mich und unser Kind entschieden. Ich bin am Ziel meiner Träume. Und ich hoffe, Ihr seid klug genug, mir die Sonne nicht wieder aus meinem Leben zu nehmen. Was führt Euch überhaupt mit Weidenkätzchenkarl in den Wald? Was wollt Ihr hier?«

Juliane runzelte die Stirn und schaute den Zauberer von der

Seite an. »Weidenkätzchenkarl? Was ist denn das für ein Name?«

»Das würde mich allerdings auch interessieren«, meldete sich Mathias zu Wort. »Ich dachte, Eure Profession wäre die des Zauberkünstlers und Euer Name lautet Raphael Ankler? Oder sollte mir da etwas entgangen sein? Und woher kennst du ihn, Stine?«

»Ich könnte dich genauso fragen, woher du Weidenkätzchenkarl kennst«, entgegnete sie.

»Das ist ganz einfach«, hob Mathias an. »Der Zauberer ... und ich ...«

»Wir ...«, fiel Raphael ihm ins Wort. »... haben im Gasthof ein paar Worte miteinander gewechselt. Und nun bin ich gekommen, weil dieser Mann, der dort draußen liegt, Juwelen gestohlen hat und ich sie dem rechtmäßigen Besitzer übergeben will.«

Stine lächelte. »Du meinst, die kostbaren Steine werden zur Verarbeitung gebraucht. Für die Hauskrone unseres künftigen Kaisers?«

»Woher weißt du das?«

»Ich dachte es mir. Die Steine musst du nicht länger suchen, ich habe sie. Und ich gebe sie heraus. Aber ich stelle eine Bedingung.«

Juliane fühlte sich von Stines Blick durchbohrt.

»Sie muss sich von Mathias fernhalten. Ab sofort und für immer. Andernfalls könnte es für sie unangenehm werden.«

Juliane hielt die Luft an, als hätte man sie in eiskaltes Wasser gestoßen. Sie fühlte sich von einer mächtigen Hand in die Tiefe gedrückt. Das konnte Stine nicht von ihr verlangen. Mathias nie wieder sehen? Niemals! Doch es galt den Auftrag des Kaisers zu erfüllen. Um welchen Preis? Sie schaute Mathias an. Sie sah, dass er seine Wahl bereits getroffen hatte: Er würde bei seinem

Sohn und Stine bleiben. Wäre es vielleicht sogar besser, wenn sie ihn losließe? Aber sie hatten sich doch erst vor ein paar Tagen wieder gefunden, und es hatte alles so schön angefangen.

Sie rang und kämpfte, wehrte sich, doch sie hatte kein Recht, sich in diese kleine Familie einzumischen. Sie gab nach.

»Einverstanden.« Es tat weh. Sie schaute Mathias ein letztes Mal an, um sich seine Erscheinung einzuprägen und sich wortlos von ihm zu verabschieden.

»Gut.« Stine nickte. »Der Steinbeutel ist draußen in einem hohlen Baumstumpf versteckt.« Sie öffnete die Tür.

Mathias blieb in der Hütte und hielt seinen Sohn fest im Arm. Als Juliane an ihm vorbeiging, trafen sich ihre Blicke. Deutlich las sie darin den Wunsch nach einem Wiedersehen. Im selben Moment wurde ihr klar, dass sie mit ihrem Versprechen einen Fehler begangen hatte. Sie waren sich heute nicht zum letzten Mal begegnet.

Es schneite wieder. Sie waren gerade losgegangen, als Juliane knirschende Tritte hörte und nur einen Moment später eine Gestalt hinter einem Baum hervortrat. Der Mann mit dem silberfarbenen Bart.

Stine entfuhr ein spitzer Schrei. »Er ist nicht tot! Er hat uns aufgelauert! Lauft weg! Lauft!«

Ein Messer schwirrte durch die Luft und verfehlte sie nur um Haaresbreite. Auf wen hatte es der tollwütige Mann abgesehen? Sie stoben auseinander, jeder in eine andere Richtung. Aus dem Augenwinkel sah sie, dass Mathias mit Simon auf dem Arm aus der Hütte rannte und unbemerkt von dem wutentbrannten Mann im Wald verschwand.

Nur Stine blieb stehen, als Faustpfand für ihren Sohn.

***

Juliane irrte im Wald umher, bis sie am frühen Vormittag endlich wieder die Stadt erreichte.

Zitternd vor Kälte und zu keinem klaren Gedanken mehr fähig, betrat sie die Goldschmiede über die Außentreppe, legte sich samt Kleidern und Schuhen ins Bett und fiel in einen traumlosen Schlaf.

Sie wusste nicht, wie spät es war, als ihr der angenehme Duft von Kräutertee in die Nase stieg und sie die schweren Lider hob. Friederike ließ sich auf der Bettkante nieder und nahm ihre Hand.

»Du bist ja vollkommen erschöpft, Mädchen. Was ist denn geschehen? Hier. Trink. Das wird dir guttun.«

Juliane nahm einen Schluck. Der Tee brannte ihr auf den Lippen und floss mit einem heißen und doch wohltuenden Schmerz die Kehle hinunter.

»Sei mir nicht böse, Friederike, aber ich möchte im Augenblick nicht erzählen. Die Juwelen habe ich jedenfalls nicht mitgebracht.« Ihre Gedanken kannten nur noch ein Ziel. Sie musste zum Gasthof.

»Schon gut. Hauptsache, es ist nichts geschehen. Schlaf jetzt noch ein wenig.«

»Nein! Ich will ...«, sie zögerte, was sie Friederike sagen sollte. »Ich will noch zum Rathaus! Weil ich mich jetzt allein um Jakobs Freilassung kümmern muss.« Es war zumindest die halbe Wahrheit.

Friederike drückte sie sanft in die Kissen zurück. »Trink von dem Tee und ruh dich aus.«

»Nein. Es geht schon.«

Mit dem gestrengen Blick einer fürsorglichen Mutter hob ihr die Meistersfrau den Becher an die Lippen.

Juliane trank noch ein wenig, weil sie wusste, dass Widerstand zwecklos wäre.

»So ist es recht.« Friederike strich die Bettdecke glatt, ordnete die Kissen und wies ein paar vorwitzigen Strohhalmen wieder den Weg unter das Laken.

»Nachher muss ich mich aber um Jakob kümmern«, beharrte Juliane.

Friederike hielt in der Bewegung inne, überlegte und schüttelte schließlich den Kopf. »Ich glaube, dazu ist es zu spät.« Die Meistersfrau holte tief Luft. »Der alte Goldschmied wird heute ... hingerichtet.«

Juliane fuhr auf. »Nein! Woher weißt du das?« Nichts hielt sie mehr im Bett. Der Zinnbecher fiel zu Boden, und der Tee schwappte der Meistersfrau über die Füße.

Friederike sprang mit einem unduldsamen Fluch zur Seite, rief sich aber sogleich wieder zur Räson und hob das Gefäß auf. »Als ich heute Morgen einkaufen war, habe ich Biller auf dem Fischmarkt getroffen, wo gerade alles für die Hinrichtung bereit gemacht wurde.«

»Das ist nicht wahr! So schnell kann das Urteil niemals erwirkt worden sein! Biller muss sich irren.«

Friederike schüttelte den Kopf. »Das halte ich für ausgeschlossen. Wahrscheinlich musste es so schnell gehen. Wer weiß, was dahintersteckt. Du kennst die Hintergründe nicht.«

»Ich laufe zum Fischmarkt!« Juliane riss die Tür auf.

Die Meistersfrau hob den Arm, als wolle sie noch etwas einwenden, doch dann ließ sie ihn sinken, und ihr Blick verlor sich in dem leeren Zinnbecher.

»Oh, Juliane. Tu dir das nicht an. Du wirst den Lauf der Dinge nicht verändern können. Die Hinrichtung ist um zwölf Uhr. Wahrscheinlich hat sie schon begonnen.«

***

Die Glocken läuteten, als Juliane den Eisenberg hinaufhastete, dabei zahllose Männer und Frauen anrempelte, die alle in Richtung des Platzes zwischen Rathaus und Perlachturm strömten. Atemlos, mit schmerzender Kehle, erreichte Juliane den Fischmarkt, auf dem sich die Menschen drängten. Die Richtstätte war bereits aufgebaut, ein nüchternes, hölzernes Ungetüm mit einem Baumstumpf in der Mitte. Eine Krähe hatte sich darauf niedergelassen, um die menschlichen Überreste der letzten Hinrichtung aus dem zerfurchten Holz zu picken, unbeeindruckt von dem Trubel um sie herum.

Für die Lutherischen wurde süßes Backwerk an einer Seite der Menschentraube angeboten, ein Weinfass war angezapft worden, und der rote Trank floss in die durstigen Kehlen der wartenden Menge.

»Na, junges Fräulein? Möchtest du auch ein Podest für einen Heller mieten? Damit kannst du über die Köpfe der anderen hinweg alles sehen. Ich habe nur noch wenige frei, dort drüben. Nur einen Heller, das ist ein unschlagbarer Preis, beste Sicht auf das Spektakel.«

Ihr wurde übel. Sie verneinte mit einem Kopfschütteln, und der Mann zog weiter. Dort fand er sofort einen Interessenten, der das geforderte Entgelt mit erwartungsfroher Miene entrichtete.

Plötzlich ging ein Zischeln und Raunen durch die vorderen Reihen. Stille breitete sich wie ein schweres Tuch über der Menge aus.

Unter dumpfen Glockenschlägen setzte sich das Gericht nach feierlichem Einzug an den schwarzverhangenen Tisch vor der Richtstätte. Der Richter nahm am oberen Ende Platz. Er trug ein rotes Gewand und legte einen Stab vor sich.

Kaum war dies geschehen, erhob sich der Gerichtsschreiber. »Hiermit eröffne ich die Gerichtssitzung mit der Frage, ob das endliche Gericht zur Hegung peinlicher Handlung wohl besetzt sei.« Die Worte klangen flach, ohne Melodie gesprochen.

Der Geistliche, Pfarrer Lehmann, und die anwesenden Beisitzer bejahten mit dumpfem Gemurmel. Auf ein Zeichen hin öffnete sich die Tür des Rathauses. Begleitet vom Scharfrichter wurde Jakob an den Händen gebunden vorgeführt. Der alte Goldschmied ging langsam, wie von einer schweren Last gebeugt. Er hielt den Kopf gesenkt, als suche er ein Grab, um sich hineinzustürzen.

Der Richter sprach ihn an: »Ihr steht allhier vor dem öffentlich redlichen Stadt-Peinlichen Gerichte und wisset, dass Ihr begangener Münzfälscherei wegen angeklagt seid, Euch bei vollzogener Inquisition dazu bekannt habt und nun wider Euch ein Urteil ergangen ist. Ehe dasselbe nun verlesen wird, so tut nochmals vor diesem Gericht Euer Bekenntnis und bedenket dabei, dass Ihr vor dem allwissenden Gott und vor einer von demselben eingesetzten Obrigkeit steht.«

Nun erhob sich auch Pfarrer Lehmann. Er wirkte ruhig und gelassen, beinahe distanziert.

»Im Übrigen möge sich der Schuldige zu Gott bekehren, alle Sünden bereuen und all diejenigen um Verzeihung bitten, die durch ihn Schaden erlitten haben.«

Jakob fror und zitterte in seinem Sündergewand. Er schaute auf und sprach mit erstaunlich fester Stimme, einsam schallten seine Worte über den Platz. »Ich, Jakob Holeisen, gebürtig zu Augsburg, bekenne mich der Münzfälschung für schuldig. Ich nehme das Urteil und die mir gebührende Strafe mit dem Dank des Sünders entgegen und bitte all jene um Verzeihung, denen ich durch meine Tat Ungemach bereitet habe, und warne einen jeden, meinem unehrenhaften Beispiel zu folgen. Ihr seht, die Strafe ist ohne Barmherzigkeit für jeden, der nicht ein gottgefälliges Leben führt.«

Der Richter war sichtlich erleichtert, keinen halsstarrigen Delinquenten vor sich zu haben, wodurch das Volk in Unruhe und Verwirrung hätte geraten können und schon manch brenzlige Situation entstanden war. Er nickte Pfarrer Lehmann milde lächelnd zu, da es dessen Aufgabe gewesen war, den Gefangenen so auf das Gericht vorzubereiten, dass dieser willig seine Schuld eingestand.

Das Gericht erhob sich. Der Richter verlas das Urteil. Seine Worte waren laut und deutlich, doch sie drangen nicht zu Juliane vor. Das alles hatte nichts mit ihrem Jakob zu tun, der dort vorne in einem Sündergewand steckte. Niemals. Es war wie ein böser Traum, in dem sie gefangen war, zum tatenlosen Zusehen verurteilt. Wenn nur Mathias jetzt an ihrer Seite sein könnte.

»... und darum ist der Delinquent mit dem Schwert vom Leben zum Tode zu bringen. Gott gnade seiner armen Seele.« Der Richter brach den Stab und warf ihn Jakob vor die Füße.

Der Scharfrichter trat an Jakobs Seite, noch während der Richter sprach: »Das Urteil soll sogleich vollstreckt werden. Bei Leib und Gut wird allen Beiwohnern der Hinrichtung geboten, den Nachrichterfrieden zu achten, den Scharfrichter bei der Ausführung seiner Arbeit nicht zu behindern, und für den Fall, dass der erste Streich misslingt, ist es bei Strafe verboten, selbst Hand anzulegen. Hiermit ist das Halsgericht aufgehoben.«

Zum Zeichen wurden die Stühle umgestoßen.

Die Leute jubelten und schrien in gespannter Erwartung auf das Schauspiel. Jakob wurde mit Schimpf- und Zornesrufen überschüttet, während der Scharfrichter ihn zum Blutgerüst führte.

Als der alte Goldschmied die Stufen erklomm, wurde es plötzlich still. Jakob schaute sich um, als suche er jemanden.

Sie hatte nicht die Kraft, die Hand zu heben.

Seine Lippen öffneten sich. Eine Melodie wehte zu ihr herüber. Jakobs Worte waren nur schwer zu verstehen, die Laute kamen mit letzter Kraft aus seiner Kehle.

»Gelassen will ich von dir scheiden,
von dir und deinen tausend Leiden.
Welt, eine Wüste warst du mir,
wo ich voll Glut, voll Durst und Bangen
im heißen Sand umhergegangen
im schnöden Drange der Begier.
Nun kommt die Ruh
der stillen Nacht.
Es ist vollbracht.«

Pfarrer Lehmann trat an seine Seite, jedoch ohne ein Zeichen der Zuwendung. Stattdessen richtete er sich mit erhobener Stimme an das Publikum.

»Seht! Jeder, der sündhaften Neigungen nachgibt, kann so schauerlich enden. Hochmut, Wollust, Geiz, Arbeitsscheu, Spielsucht, Nichtachtung der Gewissensbisse, dies alles kann den Menschen auf die Richtstätte führen! Darum schaffet und machet, dass ihr fröhlich, sanft und stille auf eurem Bette oder Stroh aus der Welt fahren könnt, als dass ihr auf einem solch schaurigen Richtplatz mit Furcht und Herzeleid euer Leben endigen müsst. Ja, ihr! Schaffet und machet, dass eure entseelten Leiber auf den Schultern ehrlicher Christen zu Grabe getragen werden können, als dass eure erkalteten Gebeine durch die Henkersknechte dahin gebracht werden müssen! Hört und seht, was hier zu Recht geschieht!«

»Betet alle für mich«, bat Jakob mit fester Stimme. »Ich hoffe zu Gott zu kommen und werde dann sogleich für euch beten und euch so bare Münze schenken.«

Mit einem Lächeln nahm Pfarrer Lehmann Jakobs Worte entgegen. »Wir erkennen alle seine gänzliche Sinnesänderung, das aufrichtige Bekenntnis seiner Vergehen, die schmerzliche Reue, das Vertrauen auf den Erlöser und die Bereitwilligkeit, mit der er sich der Hinrichtung, seiner gerechten Strafe, unterzieht.«

Der Scharfrichter hatte mit einem Tuch in der Hand das Ende der Rede abgewartet. Nun verband er Jakob die Augen und führte ihn die letzten Schritte seines Lebens. Die Krähe breitete mit einem durchdringenden Krächzen die Schwingen aus und hob sich in die Luft.

Jakob kniete auf der Richtstätte nieder, die Hände auf den Rücken gefesselt, den Hals entblößt.

Juliane wollte schreien, doch es drang kein Laut hervor. Ihre Knie drohten nachzugeben.

Sie spürte, wie jemand ihren Arm nahm und sie festhielt.

»Komm weg hier. Das ist nicht der richtige Ort für dich.«

Es war der Zauberer, der unversehens neben ihr stand und sie stützte.

Aus dem Augenwinkel sah sie, wie der Scharfrichter ein silberglänzendes Schwert aus der Scheide zog. Das scharfe Geräusch setzte sich als brennendes Geflüster im Publikum fort.

Sie schloss die Augen.

Raphael legte den Arm um ihre Schultern und führte sie aus der Menge. Ihre Beine bewegten sich wie von selbst, sie hatte keine Gewalt mehr über ihren Körper. Ein Zittern überfiel sie.

Aufschreie jagten über den Fischmarkt, danach erhob sich wilder Applaus. Die Hinrichtung war vollzogen.

»Wo möchtest du hin?«, fragte Raphael mit belegter Stimme, als sie den Rand des Schauplatzes erreicht hatten. Sie wehrte sich nicht gegen die vertrauliche Anrede.

»Weg. Am liebsten ganz weit weg.«

»Sodann weiß ich einen Ort. Er ist zwar nicht weit weg, aber vielleicht reicht es schon, die Dinge mit etwas Abstand zu betrachten, um die Übersicht wiederzugewinnen.« Der Zauberer zeigte hinauf zum Turm der Perlachkirche.

Woher wusste er, dass sie sich gewünscht hatte, einmal dort oben zu stehen?

Sie nickte schwach. »Vielleicht kann ich Jakob dort oben ein bisschen näher sein.«

»Da bin ich mir ganz sicher.«

Am Eingang bezahlte Raphael dem Mesner das Treppengeld, und sie stiegen nach oben. Juliane wusste nicht, woher sie die Kraft nahm. Doch die Trauer zog sie dem Himmel entgegen. Alle geliebten Menschen hatte sie verloren. Zuerst ihre Mutter, dann den Vater und nun auch noch Jakob. Und Mathias.

Ein frischer Wind wehte auf dem Turm. Sie zog den Umhang enger und schaute in die Ferne. Raphael blieb dicht neben ihr stehen.

»Du glaubst an die Unschuld des alten Goldschmieds, nicht wahr?«, fragte er sanft.

»Er war wie ein Großvater für mich. Er hätte niemals gegen das Gesetz gehandelt. Das weiß ich.«

»Er hat das Verbrechen aber zugegeben.«

»Weil man ihn dazu gezwungen hat!«

»Die Wahrheit wirst du wohl nie mehr erfahren. Das Leben kann mitunter grausam sein.«

Wie oft hatte Juliane diesen Satz schon gehört, doch nie hatte sie geglaubt, dass er eines Tages für sie Bedeutung haben könnte.

»Warum, Raphael? Warum haben sie Jakob getötet?«

»Weil sie ihn für schuldig gehalten haben. Und die Hinrichtung durch das Schwert ist immerhin noch die leichteste und ehrbarste der Todesstrafen, auch wenn das für dich kein Trost sein mag. Aber für Jakob wäre das Sterben um einiges qualvoller geworden, hätte man ihm nicht diesen Gnadenbeweis erbracht und ihn stattdessen gerädert, erhängt oder verbrannt.«

»Das rechtfertigt aber noch lange nicht, ihn wegen Münzfälscherei hinzurichten!«

»Doch. Leider. Wenn er in einer anderen Stadt gelebt hätte, wäre er vielleicht nur des Landes verwiesen worden. Die Strafen fallen je nach Gericht unterschiedlich aus, aber der hiesige Richter hat das Gesetz nicht gebeugt. Das Strafmaß war angemessen.«

»Ja! Wenn Jakob schuldig gewesen wäre! Aber das war er nicht! Warum, Raphael? Warum musste Jakob sterben? Warum ging alles so schnell?«

»Das weiß ich nicht. Ich wäre froh, wenn ich es dir erklären könnte. So wie die Zauberei. Die Kunststücke sind unbegreiflich und doch so leicht zu verstehen, wenn man ihr Geheimnis kennt.«

Sie drehte sich zu ihm. »Ja, wenn. Aber mir sagt ja niemand irgendetwas. Auch du bist mir fremd.«

Betroffen sah er zu Boden. »Ich verstehe dich. Aber du kannst mir vertrauen, das verspreche ich dir. Du musst mir vertrauen.«

Sie schüttelte den Kopf.

»Weißt du noch, an dem Abend, als wir uns vor dem Gasthof zum ersten Mal begegnet sind? Welches war das erste Kunststück, das du von mir gesehen hast?«

»Brennendes Papier. Du hast ein Stück Papier mit der Zunge benetzt, zwischen den Fingern gerieben und so zum Brennen gebracht«, sagte sie müde.

»Soll ich dir sagen, wie ich das gemacht habe?«

»Ach, das darfst du doch gar nicht! Das verstößt gegen euren Ehrenkodex!«

»Das mag sein. Aber für dich tue ich es. Damit du mir vertraust.«

Noch während sie überlegte, warum ihm ihr Vertrauen so wichtig war, begann er zu erzählen.

»Vor fünfzig Jahren wurde ein Mittel entdeckt, das heißt Phosphor. Eigentlich war der Entdecker auf der Suche nach dem Stein der Weisen, er wollte herausfinden, wie man Gold herstellt, und stieß dabei auf den Stein des Lichts. Von diesem Phosphor habe ich nun ein winziges Kügelchen im Mund. Wenn ich es mit Papier in Verbindung bringe, entzündet es sich, und das Kunststück ist gelungen. So einfach und doch geheimnisvoll ist das.«

Sie verbarg ihr Staunen hinter einem skeptischen Blick. »Und warum sagst du mir das alles so plötzlich? Warum soll ich dir unbedingt vertrauen?«

»Weil ich möchte, dass du die Hauskrone für den Kaiser vollendest.«

Sie sah ihn an, forschte in seinem Blick. »Und warum?«

»Wärst du überhaupt noch dazu bereit?«, fragte er anstelle einer Antwort.

»Ich habe weder Material noch Werkzeug«, konterte sie.

Raphael griff unter seinen Umhang und holte einen Beutel hervor. »Hier sind die Steine. Ich bin noch einmal zu der Hütte zurückgekehrt und habe alle hohlen Bäume in deren Umgebung abgesucht, bis ich fündig wurde.«

»Wo ist Stine?«, fragte Juliane ohne dem Beutel Beachtung zu schenken. »Hast du sie gesehen?«

»Nein. Sie wird wieder bei den Räubern sein. Ihr ist bestimmt nichts geschehen, und ihr Kind ist beim richtigen Vater in Sicherheit.« Er hielt ihr den Beutel hin. »Willst du die Juwelen an dich nehmen?«

Zögernd öffnete sie das Säckchen. Rote, blaue, grüne, gelbe

und klare Steine und zahllose Perlen lagen funkelnd darin. Die Diamanten hatten den Umfang eines kleinen Fingernagels, die Rubine waren fast daumennagelgroß.

»Ich habe mir erlaubt, drei der Steine im Versteck zurückzulassen, falls Stine dorthin zurückkehrt.«

»Das ist gut.« Sie zögerte noch immer.

»Willst du die Krone vollenden? Du könntest das Werkzeug des alten Goldschmieds nehmen. Du hast die Wahl.«

Der Gedanke an Jakob trieb ihr die Tränen in die Augen. Wieder sah sie ihn vor sich. Aber nicht auf der Richtstätte, sondern in seiner Werkstatt, wie er arbeitete und sie ihm dabei über den Rand ihrer Knie zuschaute. Der alte Goldschmied lächelte ihr zu.

»Ich hole das Werkzeug«, sagte sie leise. »Jakob hätte es so gewollt.«

Als sie vom Turm hinabstiegen, begleitete sie das Krächzen eines Raben, und der Zauberer sprach davon, dass ein Mensch niemals frei wie ein Vogel sein könne.

Unten angelangt bestand Raphael darauf, sie zur Werkstatt des alten Jakob zu begleiten. Zuerst hatte sie ablehnend reagiert, aber sie musste zugeben, dass sie die Werkzeugkiste allein nicht würde tragen können. Außerdem fühlte sie sich überhaupt nicht wohl bei dem Gedanken, mit dem kostbaren Beutel unter dem Umhang allein durch die Stadt zu gehen.

Auf dem Weg zu Jakobs kleinem Haus schaute sie Raphael immer wieder von der Seite an. Alles an ihm war widersprüchlich. Sein Äußeres war das eines Herumtreibers, markant und rau. Sein Inneres dagegen schien fein und verletzlich, sein wahres Wesen blieb unter einer schützenden Hülle verborgen. Er wirkte auf sie vertrauenswürdig, aber sie hatte sich schon einmal getäuscht. Ein letzter Zweifel blieb.

Die Fensterläden der kleinen Goldschmiede waren noch immer geschlossen, und vor dem Eingang hatte sich eine Menge Schnee und Unrat angehäuft.

Raphael versuchte die Tür zu öffnen. Zuerst sanft, dann mit Gewalt. Schneekristalle stoben aus dem Holz, als er dagegentrat, doch die Tür blieb verschlossen.

»Was ist denn hier los? Kaum ist der arme alte Goldschmied tot, schon wird geplündert!«

Juliane drehte sich um. Die Nachbarin kam im Eilschritt näher. Offenbar hatte auch sie der Hinrichtung beigewohnt.

»Ach, Juliane! Du bist's! Schlimm, was mit unserem Jakob passiert ist, schlimm, schlimm. Hoffentlich erbarmt sich der Herrgott seiner Seele. Der arme Jakob wollt' doch immer in den Himmel kommen. All die Jahre hat er geglaubt, er dürf' nicht sterben, und nun musst' er solch ein grausam's Ende finden.«

Juliane nickte. Nach Reden war ihr nicht zumute.

»Wollts ihr beiden seine Sachen holen? Wartets, ich hab den Schlüssel. Ich hab das Haus abgesperrt, sonst hättens längst alles geplündert. Aber dir kann ich die Sachen ja geben. Hätt' er bestimmt so g'wollt. Warst ja wie ein Kindskind für ihn.«

Die Nachbarin verschwand in ihrem Haus und kam mit einem Schlüssel wieder zurück.

»Danke, Elsbeth.«

»Soll ich mit reinkommen?«

»Ich glaube, das ist nicht nötig. Vielen Dank, Elsbeth.«

»Wie ihr meints.« Sichtlich enttäuscht zog sich die Nachbarin einen Schritt zurück.

»Wir holen nur das Werkzeug. Unter allem anderen sucht Euch aus, was Euch gefällt. Etwas Leinenzeug wird sicher dabei sein. Jakob wird es Euch danken, dass Ihr auf sein Haus aufgepasst habt. Nehmt Euch, was Ihr brauchen könnt, ehe die Verordneten vom Handwerksgericht kommen, um sich des Hauses anzunehmen.«

Ein Strahlen wanderte über das Gesicht der Frau. »Vergelt's Gott!«

Raphael schloss die Tür auf. Das Eis knirschte in den Angeln. Durch ein geöffnetes Fenster hatte es hereingeschneit, die Flocken waren wie Staub auf dem Werktisch liegen geblieben.

Während der Zauberer nach einer Kiste suchte, ging Juliane langsam in dem Raum umher, in dem es kein Leben mehr gab. Jeglicher Glanz schien mit Jakobs Tod verschwunden zu sein. Sie berührte die kalten Kohlen im Ofen, strich ein paar Spinnenweben an der Werkzeugwand fort und berührte den Schemel, auf dem Jakob immer gesessen hatte. Sie ließ sich gegenüber auf dem kalten Holzstuhl nieder, zog die Knie an, schaute auf den Goldschmiedetisch und lächelte unter Tränen.

Raphael räumte nach und nach das Werkzeug in eine Kiste. Nun war sie dankbar für seine Hilfe.

Als er die Schusterkugel vom Werktisch nahm und die Goldwaage einpackte, fiel ihr ein Stück Papier auf, das dort lag. Jakob hatte nur selten in seinem Leben geschrieben, außerdem hatte er all seine Zeichnungen und Kommentare stets im Musterbuch festgehalten, niemals auf losem Papier.

»Was ist das?«, fragte Raphael.

Sie stand auf, um zu lesen.

»Lass mir mein Leben, es ist ja für dich selbst besser, dass ich fortgehe. Du hast auch keine Gefahr, dass ich mich hierumb werde aufhalten. Wenn ich jeh eine gute Menschenseele auf der Welt vermutet, so wärst es du gewesen.«

Juliane ließ den Zettel sinken. »Das hat Jakob geschrieben. Das klingt, als wäre er jemandem im Weg gewesen.«

»Vielleicht musste er sein Leben lassen, weil er zu viel wusste«, ergänzte Raphael nachdenklich.

»Meinst du?« Tränen liefen ihr über die Wangen. »Jakob hat geahnt, dass er sterben muss, nicht wahr?«

Raphael nahm sie stumm in den Arm. Er sagte nichts. Er hielt sie einfach nur fest.

»Eines ist sicher«, sagte er nach einer Weile. »Es hat mit der Krone zu tun. Jemand wusste, dass Jakob deine letzte Hilfe sein würde. Sein Tod sollte dir eine Warnung sein und dich zum Aufgeben zwingen.«

Juliane wischte sich die Tränen fort und löste sich von Raphael. »Und genau diesen Gefallen werde ich diesem grausamen Menschen nicht tun. Ich werde die Krone vollenden.«

»Sodann bleiben dir noch fünf Tage. Allein drei davon benötigst du für die Reise nach Frankfurt.«

»Der künftige Kaiser muss schnell erfahren, dass die Steine gefunden wurden, sonst erhält dieser Nikolaus Nell aus Frankfurt den Zuschlag. Die Frist läuft morgen ab. Wie sollen wir das nur machen? Niemand kann so schnell reiten.«

»Das ist wahr. Aber vergiss meine Taube nicht. Sie wird sich freuen, wieder ihre Flügel strecken zu dürfen, um ihre Heimatstadt wiederzusehen.«

Meine arme Sonne. Fast könnte ich Mitleid mit dir haben. Schlimm, was mit deinem Jakob passiert ist, schlimm, schlimm. Aber Leben heißt Leiden, das weiß ich und das musst du nun auch erfahren. Du hast Jakob zu sehr gemocht, das war dein Fehler. Ihr wart eine wunderbare Einheit, und er hätte dir geholfen, die Hauskrone zu vollenden. Das konnte ich leider nicht zulassen.

Immerhin hat der Scharfrichter nur einmal mit dem Schwert ausholen müssen, um Jakob zu töten. Schade, dass du nicht hingesehen hast, er hat seine Arbeit gut gemacht.

Hast du gewusst, dass Zauberer Menschen wie Tieren den

Kopf abtrennen und anschließend mit beschwörenden Worten wieder anfügen können? Natürlich ist das nur eine Täuschung und dein Jakob wird nicht auferstehen, aber du findest es doch auch faszinierend, was ein Zauberer durch das Geschick seiner Hände zustande bringt, nicht wahr? Das habe ich schon bemerkt.

Weißt du eigentlich, wie alt die Zauberei ist?

Schon zwei Jahrtausende vor Christus gelang es dem Zauberer Dedi von Desnefu am Hofe des Pharaos Cheops, den Tieren die Köpfe abzutrennen und sie hernach wieder lebendig zu machen. Auf Wunsch des Pharaos sollte er dasselbe auch an einem der Sklaven vorführen, Dedi lehnte jedoch ab. Warum nur? Er hätte sich damit auf alle Zeiten ein Denkmal gesetzt. Das muss doch ein herrliches Gefühl sein. Die Menschen hätten zu ihm aufgeschaut und ihn bewundert. Zauberer sind kluge Leute, ihrer Zeit weit voraus.

Darum ist es nicht verwunderlich, dass so mancher Angst vor einem Zauberer hat, er ihnen unheimlich ist und man Zweifel hegt, ob er nicht vielleicht mit dunklen Mächten im Bunde steht. Gut möglich. Man weiß nie, ob ein Zauberer gute oder schlechte Absichten hegt. Schließlich gehört er dem fahrenden Volk an und hat oftmals Kontakt zu Betrügern, Räubern und Dieben.

Aber es wäre wirklich schade, meine Sonne, wenn du nun Angst vor Zauberern haben würdest. Die meisten sind harmlose Taschenspieler und Gaukler, ihre Kunststücke lassen sich leicht aufdecken und erklären. Manche jedoch verstehen ihr Handwerk und beherrschen die perfekte Kunst der Verwandlung.

Das kann man nur bewundern, nicht wahr, meine Sonne? Immer wieder faszinierend zu beobachten, wie das Wissen um die Dinge erstaunliche Macht über den Unwissenden verleiht.

Allerdings solltest du nicht in Versuchung geraten, mein Geheimnis aufdecken zu wollen.

Schlaf gut, meine Sonne. Oder sollte ich besser sagen: Ruhe sanft – so wie dein Jakob?

12. Tag

Donnerstag, 8. Februar 1742,
noch 4 Tage bis zur Krönung

Die Gedanken der Gerechten sind redlich; aber was die Gottlosen planen, ist lauter Trug.

Sprüche 12,5

Als die Glocken der Barfüßerkirche den Sonnenaufgang mit buntem, langanhaltendem Geläut begleiteten, erhob sich Philipp Drentwett von seiner Bettstatt. Für ihn spielte es keine Rolle mehr, ob die Sonne wirklich schien. Schließlich unterschied sich die Nacht vom Tag nur noch durch das Geläut der Kirchenglocken, verbunden mit dem Wechsel von schwarz nach hellgrau am Rande seiner Augen. Den Schatten und der Abfolge von dumpfen, lauten, leisen und hellen Tönen musste er glauben, dass der Tag begonnen hatte.

Er tastete nach seinem Umhang am Bettende. Wozu sollte er sich noch anständig anziehen? Für wen? Seine Füße fanden den Weg in die fellgefütterten Schuhe. Er schlurfte zur Tür.

Aus der Werkstatt drang gleichmäßiges Hämmern herauf. Klirrende Schläge auf den Amboss. In seinen Ohren Melodie und Schmerz zugleich.

Vermutlich hatte sein Geselle die Nacht hindurch gearbeitet – das wollte er Julian aber auch geraten haben. Dieses Mädchen hatte ihm Bewunderung abgetrotzt, gestern Abend war er regelrecht sprachlos gewesen, als sie ihm den Beutel mit den Juwelen in die Hände gelegt hatte. Sein verkümmerter Wille war wie durch eine Stichflamme entzündet wieder aufgelodert. Es blieb ihnen nur noch ein Tag und eine Nacht Zeit, bis sie nach Frankfurt aufbrechen mussten. Der Kronenbügel und das Kreuz mussten bis dahin noch erschaffen und einhundertvierundvierzig kostbare Steine und Perlen eingefasst und aufgelötet werden. In den verbleibenden Stunden eine nahezu unlösbare, für die Schaffenskraft eines Menschen unmögliche Aufgabe, aber sein Geselle hatte sich vorgenommen, der Zeit und den eigenen Grenzen zu trotzen.

Vorsichtig ging er die Stiege nach unten. Seine Knie zitterten bei jedem Schritt in den scheinbaren Abgrund, bis er das nächste Brett unter der Sohle spürte.

»Guten Morgen, Philipp.«

Er fuhr zusammen. Der freundliche Gruß seines Weibes hatte ihm den Schrecken in die Glieder gejagt. Vermutlich saß sie am Küchentisch.

»Möchtest du etwas essen? Es gibt Grießbrei mit Pflaumenmus.«

»Geh mir fort mit deinem Essen! Immer nur essen, essen, essen! Im Moment gibt es wichtigere Dinge, als den Löffel ins Maul zu schieben! Begreifst du das nicht?«

»Doch. Das hat mir Juliane auch schon gesagt. Allerdings etwas freundlicher. Dabei wäre es gerade jetzt umso wichtiger, sich zu stärken. Diese Raubzüge am eigenen Körper sind gefährlich. Bring Juliane wenigstens von dem Tee und trink du auch etwas.«

Sie drückte ihm zwei Becher in die Hände und führte ihn

in die Werkstatt. Er konnte sich gegen ihre Fürsorge nicht wehren.

Das Hämmern verstummte, als er die Werkstatt betrat.

»Guten Morgen, Meister Drentwett. Habt Ihr wohl geruht?«

Er nickte und kam sich dabei schäbig vor, als habe er gefaulenzt. Julian hatte es freundlich gemeint, und doch klang es in seinen Ohren wie ein Vorwurf.

Eigentlich wollte er sich erkundigen, ob Julian die ganze Nacht gearbeitet habe, und ihn dafür loben, doch die Frage brachte er nun nicht mehr über die Lippen.

»Wie weit bist du?«, fragte er stattdessen in gereiztem Ton.

»Der Kronenbügel und das Kreuz sind fertig. Gerade bin ich dabei, schmale Streifen für die Einfassung der Juwelen vorzubereiten. Ich habe die ganze Nacht durchgearbeitet.«

»Wo ist die Krone?«

Zuerst bekam er keine Antwort.

Dann sagte sein Geselle mit vor Enttäuschung schwankender Stimme: »Die Krone steht hier auf der Werkbank. Auf Eurer Seite.«

Er ging noch ein paar Schritte vorwärts, bis er mit dem Oberschenkel an die Tischkante stieß. Er stellte die Becher ab. Wahrscheinlich hatte Julian ein Lob erwartet, doch die Worte blieben ihm wie Steine auf der Zunge liegen. Wie gerne hätte er selbst diese Krone vollendet. Er selbst. Nicht sein Geselle. Nicht dieses Mädchen. Eine einfache Goldschmiedsmagd. Ein Nichts gegen ihn. »Hier. Du sollst etwas trinken.«

»Danke, ich möchte nichts.«

Er hob das fast erkaltete Getränk an die Lippen und trank den Becher in einem Zug leer. Der Tee schmeckte bitter, nach zu lang gezogenen Kräutern, aber er erfrischte.

Langsam ließ er sich auf seinem Schemel nieder. Er streckte die Hände aus, seine Finger tasteten sich über das zerfurchte

Holz des Werktisches, spürten den Unebenheiten nach, bis sie an einen rundlichen, metallisch-glatten Gegenstand stießen. Die Krone. Sie fühlte sich warm an. Wärmer als seine Hand. Seine Fingerspitzen blieben immer wieder an der vergoldeten Oberfläche haften und doch glitten sie leicht über die rankenartigen Verzierungen an der Unterseite, wanderten an einer der Kronenplatten nach oben, berührten das faltenreiche Gewand eines Apostels und zeichneten das Relief nach. Als er den erhabenen Schlüssel ertastete, wusste er, dass er Petrus vor sich hatte.

Es fehlten nur noch die Verankerung des Goldkreuzes an der Stirnplatte und der Juwelenbesatz, dann war sie perfekt. Eine vollkommene Schöpfung für den künftigen Kaiser. Ein Lächeln breitete sich in seinem Inneren aus. Die Krone des Kaisers. In seiner Hand.

Mit zitternden Fingern hob er die Krone an und richtete den Rücken auf. Bald war sein Lebenswerk vollkommen.

Mit einer langsamen, feierlichen Bewegung setzte er sich die Krone aufs Haupt. Er schloss die Augen. Ein erhabenes, nie dagewesenes Gefühl durchströmte ihn, und er genoss die Unbeschreiblichkeit des Moments. So also musste sich der Kaiser fühlen, wenn man ihm in einer prächtigen Zeremonie die Hauskrone übergab, gefertigt von einem Goldschmied namens Philipp Drentwett.

Die Wahrheit versetzte ihm einen schmerzhaften Stich in die Brust. Tränen des Zorns glänzten ihm in den Augen, als er die Krone abnahm und sie vor seine Gesellenmagd auf den Werktisch stellte.

»Ach, da ist ja der Gravierstichel wieder«, hörte er Julian sagen. »Den habe ich die ganze Zeit über gesucht. Wie kommt der denn plötzlich wieder hier auf den Tisch?«

Mit einem Schulterzucken drehte Philipp Drentwett sich zur

Küche um. Auch als Sehender war man des Öfteren blind. Nichts mehr als eine beruhigende Tatsache.

»Weib? Wo bist du?«

»Hier in der Küche!«

»Komm her!«

»Möchtest du etwas essen?«

»Himmeldonnerwetter!« Nicht genug, dass er nur eine Wand vor sich sah, er redete tatsächlich gegen eine solche. Einigermaßen beherrscht fuhr er fort: »Ich möchte, dass du sofort damit anfängst, alles Nötige für die Reise vorzubereiten und einzupacken. Kleidung, Felle und Decken, Papiere, eine unscheinbare Transportkiste, in der man die Krone gut verstecken kann, und damit du zufrieden bist, auch jede Menge Proviant für die nächsten Tage. Sobald du damit fertig bist, gehst du in die Stadt und suchst einen Lohnkutscher. Frag dich so lange durch, bis der Preis stimmt.«

»Warum können wir nicht mit der Ordinari-Post fahren? Das wäre doch nicht teuer.«

»Wohl wahr, aber dafür werden auch bei jedem Dorfhalt Fahrgäste aufgenommen und abgesetzt. Das dauert! Willst du erst in einer Woche in Frankfurt ankommen?«

»Wie lange dauert denn die Reise?«

»Drei Tage – wenn wir Tag und Nacht durchfahren. Mit der Extra-Post ist das zu schaffen, allerdings kostet das ein Vermögen. Also sieh dich nach einem Lohnkutscher um! Morgen in aller Herrgottsfrühe müssen wir los, wenn wir rechtzeitig zur Krönung da sein wollen! Lass die Schürze wackeln und beweg dich.«

»Gewiss. Ich beeile mich.«

Mit einem zufriedenen Nicken wandte er sich wieder dem Werktisch zu.

»Und nun zu dir, Julian.« Er hoffte, dass ihm sein Geselle

noch gegenübersaß, ließ sich die Unsicherheit aber nicht anmerken. »Du befestigst jetzt Kreuz und Kronenbügel mit Scharnierschrauben an der Krone. Das goldene Kreuz muss über der Stirnplatte ausgerichtet sein. Das sollte dir hoffentlich gelingen, wenn du nicht wieder beim Anblick von Jakobs Werkzeug in Tränen ausbrichst.«

»Wie könnt Ihr nur so herzlos sein, Meister Drentwett! Er war doch einer von euch. Ohne ihn wäre ich mit der Krone niemals so weit gekommen. Außerdem ...« Es entstand eine Pause. »Außerdem heiße ich Juliane und trage die Kleidung einer Magd. Und daran beabsichtige ich auch nichts mehr zu ändern.«

»Das werden wir ja noch sehen. Ich reise jedenfalls nur mit einem Gesellen nach ...« Jäh wurde er von einem Poltern in der Küche unterbrochen. Kurz darauf hörte er die wimmernden Schreie seines Weibes.

Sein Geselle war bereits aufgesprungen, um nachzusehen, was passiert war. Er blieb reglos auf seinem Schemel sitzen.

Die Zeit der Ungewissheit wurde zur Qual. Die wildesten Bilder tanzten ihm vor Augen, während er sich beschwor, ruhig zu bleiben.

Er hörte hin- und herfliegende Stimmen in der Küche, dazwischen beruhigende Worte, dann wieder Schritte in der Werkstatt.

»Friederike ist mitsamt einer Truhe die Stiege hinuntergefallen. Aber es scheint Eurer Frau Gott sei Dank nichts Schlimmes passiert zu sein.«

Er ließ die angestaute Luft mit einem Seufzer entweichen.

»Allerdings leidet Eure Frau Schmerzen, weil sie sich die Rippen gestoßen hat, und beim Fallen ist sie mit dem rechten Fuß umgeknickt und nun kann sie nicht mehr auftreten. Aber sie will keinen Medicus.«

»Ist etwas gebrochen?«

»Es fühlt sich nicht so an. Aber das Gebein ist heftig gestaucht. Das kann mehr wehtun, als ein ...«

»Halt mir keine Vorträge! Himmeldonnerwetter, warum musste das jetzt passieren? Lauf zum Apotheker und lass dir eine Salbe geben, falls nötig auch einen ordentlichen Verband. Mein Weib soll dir von ihrem Marktgeld geben. Und wenn du schon unterwegs bist, dann kümmere dich auch gleich um eine Kutsche. Hier.« Er legte ein paar Münzen auf den Tisch, von denen er hoffte, dass deren Wert für die Anmietung einer Kutsche genügen würde. Er ahnte, dass es ein Fehler sein würde, Julian gehen zu lassen. Doch hatte er eine andere Wahl?

Ein klimperndes Kratzen auf dem Holz sagte ihm, dass Julian das Geld genommen hatte.

»Beeil dich und zieh deinen Umhang tief ins Gesicht. Lauf bloß nicht Biller oder Thelott in die Arme!«

***

Die Räuber saßen um das Feuer und schauten Stine dabei zu, wie sie in einem Kupferkessel das Fleisch kochte. Sie spürte die Flammenhitze glühend an ihren Beinen emporkriechen, während sie mit einem Holzstab umrührte. Der beißende Qualm rechtfertigte ihre Tränen, und so ließ sie ihnen freien Lauf. Silberbart bemerkte nichts von ihrem Kummer, obwohl er sie unablässig beobachtete. Noch auf dem Weg ins Lager hatte er das Geld für die Juwelen sehen wollen. Beim Anblick seines Messers hatte sie ihm die Wahrheit gesagt. Merkwürdigerweise war er nicht erbost darüber, dass die Juwelen ohne Gegenleistung den Weg in die Goldschmiede gefunden hatten. Er lächelte verschlagen und meinte, er habe ohnehin noch Großes vor. Dann wollte er von ihr wissen, wer der Mann gewesen sei, der ihn vor der Waldhütte überfallen hatte. Silberbart wurde nicht müde zu betonen, dass dieser Mann ihn wohl umgebracht hätte, wenn er sich nicht totgestellt hätte. Bevor er sich in Rage reden konnte, gab Stine ihm zur Antwort, dass sie den Mann nicht kenne. Leider war Silberbart nicht naiv, und ihr gelang es nicht, sein Misstrauen zu zerstreuen. Von ihr würde er die Wahrheit jedoch nie erfahren, es sei denn, er prügelte sie aus ihr heraus – und das würde er nicht tun. Er war kein Mann, der die Hand gegen eine Frau erhob. Ihm standen andere Mittel zur Verfügung.

»Wie lange dauert es denn noch, bis das Essen fertig ist?«, maulte einer der Räuber. »Wir haben Hunger!«

»Wart's ab!« Silberbart brachte den neben ihm sitzenden Narbenpaule mit einer Kopfnuss zum Schweigen. »Mein Weib kann auch nicht schneller kochen als Wasser, dafür aber besser als jede andere weit und breit!«

»Hoffentlich ist auch ordentlich Bärlauch dran. Ich hab Kohldampf für drei«, verkündete Holzfußbert. »Dein Weib sollte dir nicht so schnell wieder davonlaufen. Ich will nicht noch mal hungern ...« Er brach ab, als ihm Silberbarts Messer an die Kehle schnellte.

»Noch ein Wort gegen mich oder mein Weib, und du kannst dir dein eigenes Grab schaufeln.«

Holzfußbert hob abwehrend die Hand, aber so langsam, dass die Klinge an seinem Hals nicht verrutschte. »Wird nicht wieder vorkommen«, keuchte er.

Silberbart ließ das Messer sinken.

Plötzlich hoben die Hunde die Köpfe und starrten auf einen Punkt am Rande der Lichtung.

»An die Waffen, Männer!«, zischte Silberbart.

Ein gedrungener Mann mit Buckel tauchte aus dem Dickicht auf. »Ich bin es. Merkle. Johannes Merkle«, rief er von weitem.

Erleichtertes Gemurmel machte sich in der Runde breit.

Der Mann kam trotz seiner krummen Beine erstaunlich schnell näher.

»Sieh an, der alte Mesner!« Silberbart schlug ihm freundschaftlich auf den Buckel. »Und? Was gibt es Neues aus der Goldschmiede?«

»Morgen früh wollen sie abreisen.«

Silberbarts Lippen spannten sich zu einem breiten Grinsen über den Zahnstumpen. »Habt ihr gehört, Männer? Das klingt nach Arbeit.« An Johannes Merkle gewandt, fragte er: »Und deine Quelle ist sicher?«

»Natürlich!«, gab dieser fast ein wenig gekränkt zurück. »Ich selbst bin die Quelle. Wie schon beim ersten Mal. Es ist zugegebenermaßen schwierig, an sie heranzukommen, aber die Wände haben wie immer Ohren.«

»Sehr schön, sehr schön!« Silberbart verfiel in ein berauschtes Lachen. »Morgen früh, also?«

Johannes Merkle nickte.

»Ach, wie kann das Leben schön sein! Hier, Merkle, trink einen Schluck. Bei uns wird erst heute Nacht gefastet.«

Der Mesner lehnte dankend ab. »Ich trinke keinen Wein. Hatte mein Leben lang genug davon. Bis demnächst. Ich gehe jetzt wieder in die Stadt zurück.«

Blass vor Schreck sah Stine dem Mann nach, der eilends im Unterholz verschwand.

Die Männer gerieten in Freudentaumel. Sie fischten sich das Fleisch mit ihren Messern aus dem Kessel und bissen die Stücke wie Raubtiere ab.

Nur Silberbart bedankte sich mit einem Lächeln bei ihr, als er den größten Brocken aus dem Kessel holte. »Der Drentwett wird sich umschauen! Warte nur ab, das wird lustig morgen!«

»Was hast du vor?«, fragte sie scharf.

»Nichts, mein Täubchen, nichts.« Er nahm einen Bissen und

sprach mit vollem Mund weiter: »Ich sorge nur dafür, dass du dir nie mehr darüber Sorgen machen musst, wie du uns am nächsten Tag satt bekommen sollst.«

»Du hast mir versprochen, mit der Räuberei aufzuhören! Hast du das schon wieder vergessen?«

»Keine Sorge. Nur den Raubzug noch. Wenn der gelingt, muss ich nie wieder jemanden überfallen.« Er lachte dröhnend.

Sie starrte in das sprudelnde Wasser im Kessel. Sollte sie die Drentwetts warnen? Sie hatten so gut für Simon gesorgt.

»Was ist? Was starrst du so vor dich hin? Hier, iss auch was, damit du deine Rundungen behältst.«

»Ich muss noch mal in die Stadt, etwas besorgen.«

»In die Stadt? Nichts da, du bleibst schön hier. Der Wald ist viel zu gefährlich, und ich möcht dich nicht noch einmal suchen müssen, das verstehst du doch, oder? Sonst werd ich dich leider an mich binden müssen, damit du immer schön an meiner Seite bleibst, aber so schlimm wirst du das ja nicht finden, oder mein Täubchen?«

***

Juliane hatte sich erlaubt, die Salbe vom Apotheker gleich in die Goldschmiede zu bringen, noch ehe sie sich um eine Kutsche gekümmert hatte. Friederike hatte es ihr mit einem erleichterten, aber noch immer schmerzverzerrten Lächeln gedankt. Eigentlich hätte sie Friederike noch den Fuß verbinden wollen, doch die Meistersfrau lehnte dankend ab. Sie verwies auf den Meister, der toben würde, wenn beide Frauen nicht mehr ihren Aufgaben nachkommen würden. Und Friederike sollte Recht behalten.

Mit gesenktem Blick ließ Juliane den Zorn des Meisters über sich ergehen. Er hielt ihr die knapp werdende Zeit vor, wies sie an, auf der Stelle eine Kutsche zu suchen und danach umgehend wieder in die Werkstatt zurückzukehren.

Sie gehorchte.

Als sie das Haus zum zweiten Mal an diesem Tag verließ, schien die Sonne, nur ein paar Schäfchenwolken hatten sich wie eine verlorene Herde am Himmel verstreut.

Sie war nur wenige Schritte gegangen, als ein Mann mit blondem Zopf in die Pfladergasse einbog.

Juliane erstarrte.

Mathias. Im ersten Moment wollte sie weglaufen. Der Schmerz trieb sie von ihm fort, doch die Liebe hielt sie fest.

Sie blieb stehen.

Mathias näherte sich nur zögernd. Er schien ihre Abwehr zu spüren, den schmalen Grat, auf dem er sich bewegte.

»Hallo Juliane.«

Sie nickte nur. Die Traurigkeit verschlang ihre Worte.

Er ging noch einen Schritt auf sie zu. »Ich wollte fragen, wie es dir geht.«

»Gut.« Ihr Kinn zitterte. Warum sagte sie *gut*, wenn ihr bei seinem Anblick jede Faser ihres Körpers schmerzte? War alles in Ordnung, wenn sein Lächeln ihr die Tränen in die Augen trieb?

»Das ist schön zu hören, Juliane.«

Sie schwieg. Sie wünschte sich in seine Arme und im nächsten Augenblick wieder ganz weit fort.

»Wo ist Simon?«, fragte sie, um das Gespräch in andere Bahnen zu lenken.

»Im Gasthof. Die junge Magd passt auf ihn auf. Er ist wirklich ein sehr lieber Junge. Juliane, bitte. Du musst mir glauben. Ich wusste nichts von ihm.«

»Ändert das etwas?«

»Nein, du hast Recht. Das ändert nichts. Er ist mein Sohn,

und ich nehme ihn an. Ich weiß nur nicht, wie wir in Zukunft miteinander umgehen sollen. Wir haben uns doch gemocht.«

Gemocht? Sie liebte ihn!

Sie atmete tief durch. »Ich habe Stine ein Versprechen gegeben, das weißt du.«

»Du möchtest, dass wir getrennte Wege gehen?«

Natürlich wollte sie das nicht. Sie wollte mit ihm zusammen sein. Mit dem Mathias, den sie noch vor ein paar Tagen gekannt hatte. Bevor alles anders geworden war. Aber diese Zeit war unwiederbringlich vorbei. Er hatte jetzt einen Sohn, dem er ein guter Vater werden sollte, und eine Frau, die seiner Zuneigung und Fürsorge bedurfte. Hier war kein Platz mehr für eine alte Freundin, die ihn liebte.

»Ja. Es ist wohl besser, wenn wir uns nicht mehr sehen.«

»Willst du das wirklich?«

Sie schaute ihn noch einmal an. So wie in der Nacht, in der er nach Jahren zum ersten Mal wieder vor ihr gestanden hatte. Der drahtige Körper, die blonden, zum Zopf gebundenen Haare, sein Bart und die unterschiedlichen Augen. Das rechte hellbraun, das linke grün. Diese Augen würde sie wiedererkennen. Immer wieder. Auch noch in dreißig Jahren, wenn sie sich eines Tages wieder begegnen würden.

In Erinnerung an die alte Vertrautheit drehte sie sich nach einem kurzen Lächeln des Abschieds von ihm weg und entfernte sich Schritt für Schritt von ihm.

Mathias folgte ihr, er berührte sie am Rücken. Juliane blieb stehen.

Mathias zog seine Hand zurück, als hätte er sich verbrannt.

Als sie weitergehen wollte, umarmte er sie. »Oh Juliane, warum tut es so weh, wenn man jemanden liebt?«

Sie wandte sich ihm zu. »Ich weiß es nicht.« Die Sehnsucht brannte ihr bis in die Glieder. Jede seiner Berührungen gab ihr einen Stich ins Herz. Sie wusste, dass sie ihn wieder loslassen musste. Er gehörte in eine andere Welt. Und doch war es ein Gefühl, als würde er ein Stück von ihr mitnehmen. Lange hielten sie sich umarmt, sie nahm den salzigen Geruch seiner Haut tief in sich auf. Es war der Duft von Weite und Freiheit.

»Ich lasse dich jetzt los.« Ihre Stimme klang belegt.

Mathias verstärkte seine Umarmung für einen Moment, sie spürte seinen Atem im Nacken, dann ließ er seine Arme sinken, und die Wärme seines Körpers verschwand.

»Ja. Es ist besser so, Juliane. Wir müssen vernünftig sein.« Langsam entfernten sich seine schweren Schritte.

»Natürlich. Es ist besser so«, versuchte sie sich selbst zu überzeugen, während ihr gemeinsamer Platz hinter einem Tränenschleier verschwand.

Weinend verließ sie die Pfladergasse.

Juliane wischte sich die Tränen von den kalten Wangen. Durch die Nase bekam sie keine Luft mehr. Sie versuchte durch den Mund zu atmen, um den Schein zu wahren. Das Leben musste weitergehen. Irgendwie.

Sie besann sich auf Meister Drentwetts Geheiß. Zuerst erkundigte sie sich im Barfüßerviertel und anschließend in der Jakobervorstadt nach einer Kutsche, doch die Leute dort waren zu arm, als dass jemand ein solches Gefährt zu vermieten gehabt hätte.

Auch der Wirt von der Traube verneinte bedauernd, während man im Hirschen nur den Kopf schüttelte und sie an den Gasthof *Zu den drei Mohren* verwies. Dort allerdings würde sie nicht fragen. Nie. Niemals. Sie würde es ohne Mathias schaffen.

Nachdem sie sämtliche in Frage kommenden Personen die Hauptstraße hinauf und wieder hinunter befragt hatte und diese ihr entweder nicht weiterhelfen konnten oder annähernd den Kaufpreis als Miete verlangten, war sie ratlos. Unschlüssig trat sie von einem Bein auf das andere. Die Füße schmerzten. Sollten die vielen Stunden in der Werkstatt, ihre Mühen, Qualen und Ängste, sogar Jakobs Tod vergebens gewesen sein, nur weil sie jetzt keine Kutsche fand?

Wenn doch nur Jakob noch da wäre, er hätte ihr sicher einen Rat geben können. Oder ihr Vater.

In ihrer Verzweiflung kam ihr die Goldschmiedekapelle an der St.-Anna-Kirche in den Sinn. Juliane war noch nie dort gewesen, sie wusste nur, dass Martin Luther vor rund zweihundert Jahren bei seinem Besuch in Augsburg dort in einer Mönchszelle gewohnt hatte und dass die Kapelle vor langer Zeit von einem Ehepaar aus Dankbarkeit für eine überstandene Pestwelle gestiftet worden war. Vielleicht könnte sie Jakob dort nahe sein. Gott selbst wagte sie nicht um Hilfe zu bitten.

Langsam, damit die Schuhe nicht zu sehr an den wunden Fersen rieben, machte sie sich auf den Weg zum Rathaus, bog dort an der Moritzkirche nach links und folgte dem verschlungenen Weg, bis die St.-Anna-Kirche vor ihr auftauchte. Sie ging hinein, durchquerte den hinteren Teil der Kirche, um von dort aus in die Kapelle zu gelangen.

Lautlos setzte sie sich in die hinterste Reihe des schmalen, dunklen Raumes. Es war kalt. Leer und trostlos. Einzig die entzündeten Kerzen auf dem Altar schufen ein wenig Leben in der Kapelle. Ihr schwaches Licht verfing sich in der erdfarbenen Wandbemalung. Die Heiligen Drei Könige waren auf einem Bild als Heerführer mit großem bewaffnetem Gefolge dargestellt. Eigenwillig auch das angrenzende Bild, in dem die Legende um den Zauberer Hermogenes erzählt wurde, der Jakobus in einen Machtkampf verwickelte. Die Nordwand beherrschte die Erzählung von der Heiligen Helena. Wie sie die Juden befragte, dann die drei Kreuze vom Berg Golgatha fand und schließlich anhand der Kreuzprobe erkannte, an welchem

Christus gestorben war und welche den beiden Schächern gehörten.

In Juliane wollte keine Ruhe einkehren.

Eine Weile noch blieb sie sitzen, doch als sich Schritte vom Chorraum her näherten, nahm sie dies zum Anlass, sich zu erheben. Im Eingang zur Kapelle stieß sie mit Johannes Merkle zusammen.

Was suchte der Mann hier in der Goldschmiedekapelle? Warum ging er nicht in die Barfüßerkirche, seine frühere Wirkungsstätte?

Sie richtete die Frage laut an ihn.

»Oh, guten Tag, Juliane. Ja, warum bin ich hier? Weil es hier ruhig ist. In der Barfüßerkirche sind doch die Maler und Stuckateure am Werk. Und was führt dich hierher?«

»Ich habe des Goldschmieds Jakob gedacht. Man hat ihn mit dem Schwert hingerichtet.«

»Ich weiß. Schlimm ist das. Wirklich schlimm. Man fragt sich, wo der Herrgott in solchen Stunden ist, nicht wahr? Aber wahrscheinlich müssen wir so handeln wie die Heilige Helena. Das Kreuz Christi umarmen. Ein jeder muss seine Lebensaufgabe finden, die Gott ihm zuweist, und dann sich selbst, seinem Nächsten und Gott darin eine Freude bereiten. Ist das nicht die wahre Bestimmung unseres Daseins?«

Juliane nickte beiläufig. Heimlich forschte sie in seinen Gesichtszügen nach Ähnlichkeiten zu Mathias. Sie überlegte, ob sie den Mesner auf seinen Sohn ansprechen sollte.

»Habt Ihr vielleicht einen Augenblick Zeit für mich? Ich würde gerne mit Euch reden.«

»Oh, ähm ... selbstverständlich. Für dich habe ich immer Zeit. Sag ruhig Johannes zu mir. Ich hatte dich ja auch zu mir eingeladen. Mein bescheidenes Heim steht dir jederzeit offen. Es ist aber ein Stück des Weges.«

»Das macht nichts.«

Schweigend folgte sie den schnellen Schritten des Mesners, bis sie am Milchberg sein Zuhause erreichten.

Die Fassade neigte sich ihnen entgegen, als versuche das Haus verzweifelt am Hang sein Gleichgewicht zu halten. Innen bestand es lediglich aus zwei kleinen Räumen mit schiefen Wänden. Johannes Merkle bat sie in die Küche und wandte ihr den Rücken zu, um das Feuer zu schüren. Trotz des Rauchs, der sich an der rußgeschwärzten Decke fing, war es sehr sauber in der Küche. Die Dielen waren gefegt, die beiden an der Wand aufgehängten Messingtöpfe glänzten, und die Holzschüsseln zeigten kaum Spuren der Benutzung.

»Setz dich doch.«

Sie folgte seiner Aufforderung.

Der Mesner betrachtete den kleinen Tisch. Wehmut lag in seinem Blick. »Nun ja. Hier sitze ich jeden Morgen und jeden Abend, zünde eine Kerze an und unterhalte mich mit meiner Magdalene, Gott hab sie selig. Wir hätten uns noch so viel zu sagen gehabt, hätten noch so viel miteinander erleben können. Bis zum letzten Atemzug bin ich bei ihr gewesen, als sie im Fieber lag. Der Herrgott wollte sie mir nicht lassen. Er hat mich dazu ausersehen, mein Kreuz allein zu tragen. Ach, ich rede schon wieder viel zu viel. Möchtest du etwas trinken?« Er holte zwei Becher und schenkte Wasser ein. »Ich habe leider nichts anderes. Du musst mich für einen furchtbar schlechten Gastgeber halten. Entschuldige. Ich bin es nicht gewohnt, jemanden zu umsorgen.«

»War das früher anders?«

»Was meinst du? Natürlich habe ich mich damals um Magdalene gekümmert.«

»Und um Mathias?«, fragte sie geradeheraus.

Johannes Merkle erstarrte. Nur einen Atemzug lang, aber sie hatte es bemerkt.

»Mathias? Was für ein Mathias?«, fragte er stirnrunzelnd.

Sie zögerte mit der Antwort, um seine Nervosität herauszufordern. Wie zu erwarten wich er ihrem Blick aus und begann die Finger zu kneten.

»Ich rede von deinem Sohn.«

Der Mesner wurde kreideweiß.

»Sohn? Ich habe keinen Sohn. Du musst dich irren.« Die Züge um seinen Mund wurden hart.

»Es wäre durchaus möglich, dass ich etwas Falsches gehört haben könnte.«

»Na siehst du.« Sein Atem ging flach.

»Es könnte sein. So ist es aber nicht. Die Wahrheit steht im Kirchenbuch geschrieben. Ich habe den Taufeintrag mit eigenen Augen gesehen.«

Der Mesner sprang auf. »Es wäre gesünder für dich, wenn du das ganz schnell wieder vergessen würdest! Hörst du? Lass die Finger davon! Und jetzt geh! Verschwinde! Dieses Gespräch hat nie stattgefunden.«

***

Entsetzt über das Verhalten des Mannes lief sie wie betäubt die Hauptstraße entlang.

Warum nur hatten die Merkles ihr Kind fortgegeben? Warum verleugnete Johannes Merkle seinen Sohn? Wenn sie das nur herausfinden könnte. Es ließ ihr keine Ruhe.

Sie schaute gen Himmel. Wenn ihr Vater noch da wäre, könnte er ihr die Wahrheit erzählen. Doch sein Wissen war mit kühler Erde bedeckt. Er hatte nicht einmal Briefe oder Aufzeichnungen hinterlassen, aus denen sie hätte schlau werden können. Es war aussichtslos.

Plötzlich durchfuhr sie ein Gedanke. Briefe. Aufzeichnungen. Biller. Das wäre eine Möglichkeit. Seine Akribie, mit der er alles aufschrieb, könnte ihr womöglich einen Hinweis liefern – vielleicht sogar auf den Namen ihres Widersachers.

Konnte sie sich noch einmal auf das Beschauamt wagen? An Biller vorbei? Unmöglich. Vielleicht, wenn er in den Gasthof ging. Aber wie sollte sie währenddessen in sein Haus eindringen? Sie beschloss, es herauszufinden.

Auf der Hauptstraße herrschte mittlerweile reger Betrieb. Am Siegelhaus war wegen der unzähligen Weinfuhrleute kaum ein Durchkommen. Es roch nach Pferdeäpfeln und dem schweißnassen Fell der Tiere. Wenigstens gab ein Fuhrmann hier und da dem Drängen eines Burschen nach, die dampfenden Pferdeleiber gegen eine kleine Münze mit Stroh trockenreiben zu dürfen.

Traurig dachte sie wieder an den Befehl des Meisters.

Sie fragte den ihr am nächsten stehenden Fuhrmann, doch dieser scheuchte sie mit einer Handbewegung weiter, als wäre sie eine Fliege im Auge eines seiner Pferde.

»Frankfurt?«, fragte der nächste. »Was will ich denn da? Da ist nur zur Messe was los. Im Süden spielt die Musik.«

So ging es weiter, bis schließlich der letzte abwinkte. »Viel zu gefährlich. Man hört von so vielen Kutschenüberfällen auf der Strecke nach Frankfurt, da bleibe ich lieber auf meiner bewährten Route in den Süden.«

Es war zum aus der Haut fahren. Der Verzweiflung nahe schaute sie die Straße entlang zum Gasthof *Zu den drei Mohren*. Sollte sie doch?

»Guten Tag, Juliane«, hörte sie unvermittelt die Stimme des Zauberers am Ohr. »Bist du unter die Weinhändler gegangen?«

Sie fuhr herum. »Ich wusste nicht, dass Zauberer Spaß daran haben, Leute zu erschrecken.«

»Oh.« Raphael wirkte verlegen. »Das lag nicht in meiner Absicht. Ich habe mich gewundert, dich hier zu sehen, und da dachte ich mir, ich frage mal nach und sage Guten Tag. Meine Taube ist übrigens auf dem Weg nach Frankfurt, und dich glaubte ich damit beschäftigt, die kostbaren Steine einzufassen.«

»Psst! Das wäre ich auch, wenn die Meistersfrau heute Morgen nicht die Treppe hinuntergestürzt wäre. Jetzt muss ich mich um eine Kutsche kümmern. Ich würde liebend gerne weiterarbeiten, aber im Augenblick sieht es so aus, als müssten wir morgen früh nach Frankfurt laufen. Es ist wie verhext. Niemand hat eine Kutsche für uns.«

»Das lass nur meine Sorge sein.« Er lächelte. »Verlass dich auf mich. Morgen bei Sonnenaufgang warte ich mit einer Kutsche vor der Goldschmiede.«

»Und wie willst du das anstellen?«

Raphael schmunzelte, sodass seine Grübchen sichtbar wurden. »Du vergisst, dass ich zaubern kann.«

»Willst du mich auf den Arm nehmen? Die Sache ist durchaus ernst.«

»Anders habe ich mein Angebot auch nicht gemeint.« Raphael wandte sich ab. »Also, bis morgen früh.«

»Danke!«, rief sie ihm noch nach, aber da war er schon hinter dem Siegelhaus verschwunden.

Unschlüssig blieb sie stehen. Sollte sie jetzt noch zu Biller gehen? Es war nicht weit.

Als sie in die verschlungene Seitenstraße zum Beschauamt bog, blieb der Lärm der Kutschenräder und der vielen Menschen hinter ihr zurück.

Zwei Goldschmiedemeister kamen ihr entgegen. Der eine trug eine Monstranz wie bei einer Prozession vor sich her, der andere hatte vier Weihrauchgefäße zwischen Arme und Brust geklemmt, während sie sich unterhielten. Das Gespräch wehte zu ihr herüber.

»Der Franz Schneider sollte immer die Beschau durchführen. Wir können froh sein, wenn der den Biller im nächsten Jahr im Amt ablöst. So genau wie unser Biller hat es wirklich noch keiner genommen.«

»Ja, gut, dass er nicht da war.«

»Verzeihung.« Juliane hielt die Männer auf, als sie an ihr vorübergehen wollten. »Geschaumeister Biller ist nicht da?«

»So ist es. Musste kurzfristig nach Frankfurt reisen. Keine Ahnung, wann er wieder zurückkommt. Aber geh ruhig zu seinem Vertreter, der ist ohnehin besser zu haben.«

»Ah, vielen Dank für die Auskunft. Einen schönen Tag noch, die Herren.«

Biller war unterwegs nach Frankfurt? Ein Grund mehr, seine Aufzeichnungen anzusehen.

Billers Abreise machte ihren Besuch auf dem Beschauamt einfacher, doch wie sollte sie in seine Privaträume gelangen? Die Türen hatte er bestimmt abgeschlossen.

Und so war es. Als sie das Beschauamt betrat und auf dem Weg in das Prüfzimmer an der Essstube vorbeikam, drückte sie unauffällig die Klinke hinunter. Abgeschlossen.

Auf dem Amt herrschte ein Kommen und Gehen. Wie sollte sie unter diesen Umständen ungesehen in Billers Schlafkammer gelangen, noch dazu, wenn diese abgeschlossen war?

Die Lösung war naheliegend. Sie würde Billers Vertretung bitten, ihr aufzuschließen. Manchmal war es doch gut, eine Magd zu sein. In diesem Falle Billers Wäschemagd.

Sie drängte sich in das Prüfzimmer, in dem sie schon einmal mit ihrem Meister gewesen war. Als Jakob noch lebte.

Der Geschaumeister wies ihr ohne aufzusehen einen Platz in der hintersten Reihe an.

»Verzeihung. Ich habe keine Ware zu proben. Ich bin die Wäschemagd von Geschaumeister Biller.«

»Er ist nicht da, das siehst du doch.«

»Ich komme alle vier Wochen, um seine Kleidung und das Bettlaken abzuholen. Wahrscheinlich hat er mich vergessen. Habt Ihr den Schlüssel zu seiner Schlafkammer?«

Geschaumeister Schneider musterte sie von oben bis unten. »Ich habe zu tun. Siehst du nicht, was hier los ist? Komm nächste Woche wieder, wenn er selbst wieder da ist.«

»Das wird ihm aber gar nicht gefallen. Ihr wisst, wie penibel er ist. Alles muss seine Ordnung haben. Er wird es nicht gutheißen, dass Ihr keine Zeit hattet, mir die Kammer aufzuschließen. Stellt Euch nur seinen Ärger vor, falls er nächste Woche in verschmutzter Kleidung auftreten muss.«

Schneider rieb sich das Kinn. Er schaute zur Seite, wieder zu ihr, rieb sich wieder das Kinn.

Für Juliane verging eine Ewigkeit, obwohl es nur ein paar Herzschläge lang gedauert haben mochte, bis er sagte:

»Nun gut. Meinetwegen. Komm mit.«

Mit weichen Knien folgte sie dem Geschaumeister hinauf in Billers Schlafkammer.

Wenn dieser ahnungslose Mann wüsste, wer sie wirklich war.

Die Schlafkammer sah unverändert aus. Die umfangreiche Büchersammlung und rechts neben dem Bett noch immer das Regal mit den begehrten Aufzeichnungen – doch sie vermisste die Holzkiste mit dem Werkzeug aus der Drentwett'schen Goldschmiede. Es genügte ein Augenblick des Nachdenkens, um Billers Plan zu verstehen: Er war mit dem Werkzeug nach Frankfurt gereist. Da Meister Drentwett auf jeden Hammer und jede Feile seine Initialen aufgebracht hatte, wollte Biller wahrscheinlich auf diese Weise seinen Konkurrenten der Betrügerei bezichtigen. Der Geschaumeister würde behaupten, man habe geringlötiges Material bei ihrem Meister gefunden, deshalb sei das Werkzeug konfisziert worden, Meister Drentwett habe die Krone also gar nicht selbst fertigen können. Wenn ihr Meister nun versuchen würde, sich zu wehren, müsste er zugeben, sich verbotenerweise des Werkzeugs eines anderen bedient zu haben, und falls seine schwache Sehkraft bei dieser Gelegenheit auffiele, müsste er noch viel mehr zugeben. Das wäre das Ende. Billers genial geplantes Finale.

»Was ist, warum stehst du herum und hältst Maulaffen feil?«

»Verzeihung.« Sie bückte sich zum Bett hinunter, zupfte am Laken und hob es am Kopfende ein wenig an, als wolle sie dessen Sauberkeit prüfen. Aus dem Augenwinkel beobachtete sie den Geschaumeister. Warum verschwand er nicht endlich? Angelegentlich klopfte sie das Kissen zurecht. Als er immer noch nicht aus dem Türrahmen verschwand, beschloss sie, sich Billers Kleidung zu widmen. Sie legte das Kissen zurück und spürte dabei einen Gegenstand unter dem Laken. Von Neugierde getrieben, fühlte sie blitzschnell unter das Tuch und ertastete einen Lederbeutel mit kleinen Steinen darin. Juwelen? Der Gedanke durchfuhr sie wie ein Messerstich.

Tiefe, ineinander verkeilte Stimmen drangen aus dem Prüfzimmer zu ihnen herauf.

»Wie lange dauert das denn noch da oben?«

»Ich komme«, brüllte der Geschaumeister zurück und zu ihr gewandt: »Beeil dich mit deiner Arbeit. Mach keinen Unsinn.«

»Was sollte ich denn anstellen?« Ihre Stimme bebte, aber sie schaute sich unschuldig um. »Hier sind schließlich nur Bücher, und wir Mägde können nicht lesen.«

Der Geschaumeister Schneider schien mit der Antwort zufrieden und wandte sich wieder seiner Aufgabe zu.

Kaum war er verschwunden, zog sie den Beutel hervor und riss ihn auf.

Was sie sah, nahm ihr den Atem. Zwanzig oder dreißig Juwelen. Solcher Art, wie sie für die Krone bestimmt waren. Die hellen hatten den Umfang eines kleinen Fingernagels, die Rubine waren fast daumennagelgroß. Wie kam Biller zu diesen Steinen?

Nichts hinderte sie mehr daran, es herauszufinden. Nur, wo anfangen?

Sie nahm den Band von 1741 und schlug ihn mit einem Knirschen auf. Der Name ihres Vaters sprang ihr entgegen. Juliane erschrak. Sie blätterte weiter. Immer wieder war die Rede davon, dass Biller sich im letzten Jahr mit ihrem Vater getroffen habe und sie sich über *ihn* unterhalten hatten. Der Name dieser Person wurde nie genannt.

Daneben gab es Einträge über Meister Drentwett. Was er an diesem oder jenem Tag getan hatte, wann er aufgestanden und zu Bett gegangen war.

Vereinzelt fand sie den Namen des Mesners. Johannes Merkle wurde immer mit guten Worten bedacht, sein Eifer gelobt.

Was hatten die drei miteinander zu schaffen gehabt? Und wer war die Person, deren Name nicht genannt wurde?

Sie musste zu den Anfängen zurückkehren, um alles zu verstehen.

Der erste Band stammte von 1717, dem Jahr vor ihrer Geburt.

Sie schlug die erste Seite auf.

Mit ein wenig Mühe konnte sie die schmalen, über die Zeilen miteinander verhakten Buchstaben entziffern.

»Der Chirurgus sagt, ich kann mein Auge nie mehr gebrauchen und muss für den Rest meines Lebens eine Augenklappe tragen. Das wird mir Jakob Holeisen büßen. Eines Tages werde ich mich rächen.«

Sie ließ das Buch zu Boden sinken. Hinter Billers Augenklappe verbarg sich also gar keine Kriegsverletzung? Was hatte den guten alten Jakob dazu veranlasst, Biller das anzutun? Und warum war ausgerechnet sie Billers Zielscheibe geworden?

Sie ahnte, dass Biller ihren Geburtstag nicht unerwähnt gelassen hatte. Und tatsächlich.

»21. Dezember 1718. Meinem Freund, dem Pfarrer zur Barfüßerkirche, und seiner Frau Anna Barbara wurde heute ein Mägdelein geboren. Dem Kind soll der Goldschmiedemeister Philipp Jakob VI. Drentwett ein Pate werden.«

Juliane verstand die Welt nicht mehr. Warum war Meister Drentwett ihr Pate? Und vor allem: Warum hatte ihr das bisher niemand gesagt? Sie dachte an das Kirchenbuch. Nun erst fiel ihr auf, dass darin kein Pate erwähnt gewesen war. Darum also das Testament ihres Vaters. Er wollte sichergehen, dass Meister Drentwett sich an eine Abmachung hielt, die bei ihrer Geburt vermutlich nur mit Handschlag besiegelt worden war. Doch warum war Meister Drentwett ihr Pate geworden? Was hatte ihren Vater zu dieser Entscheidung bewogen?

»Wie lange dauert das denn noch?« Das Gebrüll des stellvertretenden Geschaumeisters fuhr ihr ins Gebein.

»Ich komme!« Eilends räumte sie die Bücher wieder an ihren Platz.

Und nun? Mit leeren Händen konnte sie ihm nicht unter die Augen treten. Hitze stieg ihr in den Kopf. Sie schaute sich um. Es blieb ihr nichts anderes übrig, als einen Korb zu nehmen, eine Garnitur von Billers Kleidung hineinzulegen, dazwischen noch ein Leintuch, und damit die Treppe hinunterzugehen.

»Herzlichen Dank, werter Geschaumeister Schneider.« Unten angelangt schenkte sie ihm ein gewinnendes Lächeln und knickste, obwohl ihr die Knie zitterten. Sie eilte hinaus, ohne sich noch einmal umzudrehen.

***

»Herrgottsakrament, wo bleibst du denn so lange?«, tobte Meister Drentwett, kaum dass sie die Werkstatt betreten hatte. Er saß kerzengerade auf dem Schemel und starrte auf das leere Werkbrett.

Friederike kam aus der Küche gehumpelt und stellte sich an die Seite ihres Mannes. Als ihr Blick auf den Wäschekorb in Julianes Händen fiel, runzelte sie die Stirn. Juliane gab ihr stumm zu verstehen, vor dem Meister keine Fragen zu stellen.

»Ich habe jemanden getroffen, der uns eine Kutsche besorgen wird, Meister Drentwett. Ich selbst war leider erfolglos. Deshalb hat es so lange gedauert.«

»Das dachte ich mir schon. Und wer ist derjenige?«

»Kann man ihm vertrauen?«, setzte Friederike hinzu.

»Er heißt Raphael Ankler und ist Zauberkünstler von Beruf. Er wird morgen vor Sonnenaufgang mit einer Kutsche vor der Tür stehen, dessen bin ich mir sicher.«

»Du trägst die Verantwortung. Wir benötigen über achtzig Stunden nach Frankfurt, also dreieinhalb Tage. Nur wenn wir morgen in aller Herrgottsfrühe aufbrechen, erreichen wir Frankfurt noch rechtzeitig zur am Mittag stattfindenden Krönung. Nichts, aber auch gar nichts darf uns dazwischenkommen! Du solltest dir also gut überlegen, ob man diesem Mann trauen kann.«

Juliane horchte in sich hinein, während sie an den Zauberer dachte. »Es wird gut gehen«, entschied sie. »Macht Euch keine Sorgen, Meister Drentwett.«

»Also gut. Wenn das so ist, dann mach dich jetzt endlich daran, die Steine einzufassen! Und du Weib, du räumst die Trinkbecher für das Tafelservice des Kaisers in die Reisetruhe und dazu das restliche Silber, aus dem die Magd nichts geschaffen hat, weil sie sich lieber den ganzen Tag auf der Gass' herumgetrieben hat. Schlimmer als ein Taugenichts!«

Juliane fixierte den Mann, der ihr Pate sein sollte. Für ihn sollte sie noch einen Handstreich tun? Wer war sie denn? Musste sie sich das gefallen lassen? Bestimmt nicht.

»Wenn das so ist ...«, sie ahmte seinen Tonfall nach, »... dann kann ich ja jetzt gehen.«

Friederike blieb der Mund offen stehen, während der Meister nach Luft schnappte.

»So war das nicht gemeint«, presste er schließlich zwischen den Zähnen hervor.

»Ach! Ihr wollt also, dass ich bleibe?«

Der Meister wiegte den Kopf. Schließlich rang er sich ein kaum zu verstehendes ›Ja‹ ab.

»Auch wenn ich fortan keine Gesellenkleidung mehr tragen werde?«

»Das ist deine Entscheidung. Als Magd wird man dich wohl kaum zum Kaiser vorlassen.«

»Das werden wir ja erleben!«

Sie holte das Säckchen mit den Edelsteinen an den Werktisch, wo sie es ehrfürchtig ausleerte. Sofort zählte sie nach. Einhundertvierundzwanzig lagen vor ihr. Einhundertvierundvierzig Juwelen schrieb das Musterbuch für die Krone vor. Biller! Er hatte es tatsächlich geschafft, einige der Steine an sich zu bringen! Nur wie? Und was sollte sie jetzt tun? Noch einmal in sein Haus eindringen und die Juwelen entwenden? Sie rang mit sich. Zu häufig hatte sie in letzter Zeit Kopf und Kragen riskiert. Noch hatte sie genügend Arbeit, noch konnte sie über einen Plan nachdenken. Aber die Zeit lief ihr davon.

Das Einfassen der Juwelen wurde zur Geduldsprobe. Zuerst versuchte sie einen der vorbereiteten Goldstreifen um einen Rubin zu legen, so wie sie es schon bei Jakob gesehen hatte. Mit einer feinen Zange galt es, die Rundungen des Juwels nachzubilden, sodass die Fassung weder zu fest noch zu locker saß. Immer wieder legte sie die entstehende Zarge zur Probe um den Rubin.

Darüber verging die Zeit. Kurz vor Mitternacht hatte sie noch immer keine brauchbare Fassung geschaffen. Nach dem Rubin hatte sie es an einem Saphir, danach an einem Opal und wieder an einem Rubin versucht und war kläglich gescheitert. An einen Diamanten wagte sie sich erst gar nicht heran. Ihre Verzweiflung wuchs, besonders weil ihr der Meister noch immer gegenübersaß. Er hatte sich seit dem Abend nicht einmal von seinem Platz gerührt und horchte nach jedem ihrer Handgriffe.

Das einzig Tröstliche war die Fürsorge der Meistersfrau. Obwohl Friederike offensichtlich erhebliche Schmerzen im Fuß und an den Rippen litt, wurde sie nicht müde, ihnen zur Stärkung einen Kräutertee nach dem anderen zu bringen. Trotzdem schwanden Juliane allmählich die Kräfte. Der fehlende Schlaf machte sich bemerkbar. Immer häufiger musste sie ein Gähnen unterdrücken.

Trotzdem versuchte sie sich noch einmal an einer Fassung und ärgerte sich maßlos, dass die Steine nicht so rund und sauber geschliffen waren, wie man sich das vorstellen könnte. Offenbar kümmerten einen Steinaufbereiter die Mühen eines Goldschmieds wenig.

Diesmal war sie mit der Zarge sogar halbwegs zufrieden, nur an einer Stelle stand die Fassung noch etwas vom Stein ab. Sie bog die Zarge etwas enger, probierte wieder – dafür klemmte es nun an der anderen Seite. Also wieder mit einer winzigen Handbewegung aufdehnen, einpassen – zu weit. Wie sollte das jemals etwas werden? Vor allem benötigte sie für jeden Stein zwei solch perfekt geformte Fassungen. Eine äußere Zarge als Rand und darin eingepasst eine etwas kleinere Zarge als Steinauflage. Diese musste breit genug sein, absolut eben und so tief sitzen, dass der äußere Rand für den endgültigen Halt um den Stein gebördelt werden konnte.

Juliane unternahm noch einen Versuch, sie sammelte all ihre Konzentration in der Hand, um die Form des Steins nachzuempfinden – wieder misslungen.

Außer sich vor Zorn schmetterte sie die Fassung auf den Werktisch.

Der Meister horchte auf. »Was war das?«

Tränen schossen ihr in die Augen. »Ich kann es nicht! Ich kann es einfach nicht!«

»Das sagst du mir erst jetzt? Soll die Krone deinetwegen unvollendet bleiben? Zeig her, deine Versuche! Vielleicht taugen sie ja doch zu etwas.«

Sie reichte ihm den Rubin und die dazugehörige Zarge.

Der Meister setzte den Stein in die Fassung und fühlte am Rand entlang.

»Missraten!« Er spuckte das Wort vor ihr aus. »Vollkommen missraten!«

Juliane konnte den Meister hinter dem Tränenschleier kaum mehr erkennen. »Ich kann es eben nicht besser, woher auch!«

»Dann lernst du es eben jetzt!«

»Wie denn? Ich habe mir den Stein genau angesehen und versucht, jede Rundung exakt nachzubilden. Ich kann es einfach nicht! Dabei habe ich mir wirklich alle Mühe gegeben.«

»Das ist der Fehler! Du darfst nicht hinsehen. Du musst fühlen. Verstehst du? Fühlen! Du musst die Form des Juwels ertasten, sie muss dir in die Hand übergehen, die das Werkzeug führt. Gib mir die Zange! Siehst du, so! Drei, vier feine Drehungen aus dem Handgelenk, mehr nicht!«

Kaum zwei Augenblicke waren vergangen, als er die Fassung um den Rubin legte. Sie passte.

»Du erledigst jetzt die Feinarbeit mit dem Umbördeln, ich mache an den Fassungen weiter! Weib? Komm aus der Küche und hilf uns! Nimm den Dreuel, bohr die Perlen an und verstifte sie. Aber sei vorsichtig! Wehe, wenn dir auch nur eine zerbricht.«

Friederike kam zögernd an den Werktisch. Zum einen stand ihr die Angst ins Gesicht geschrieben, zum anderen zitterten ihr die Hände vor Schmerzen. Letztendlich begann sie jedoch ohne Widerspruch mit der Arbeit.

Nun würden sie es vielleicht doch noch schaffen.

Friederike zerbrachen vier oder fünf Perlen, doch der Meister reagierte auf keines der platzenden Geräusche. Er sagte auch nichts, als Friederike von Zeit zu Zeit um eine Pause bat.

Alle drei arbeiteten bis an den Rand der Erschöpfung. Kurz vor dem Morgengrauen konnten sie die Augen kaum mehr offen halten.

Als es nur noch darum ging, die Steine und Perlen mit der Krone zu verdrahten, ging Friederike nach oben und der Meister folgte ihr kurze Zeit später, um sich vor der langen Reise wenigstens noch ein bisschen auszuruhen.

Nur Juliane erlebte, wie aus der vergoldeten Karkasse ein Schmuckstück von unglaublicher Schönheit wurde. Mit jedem Juwel, mit jeder Perle. Auch wenn ein paar davon fehlten.

Als draußen die erste Kutsche vorbeirollte, war die Krone vollendet. Juliane betrachtete die im Kerzenlicht funkelnden Steine, deren Farben sich in der blanken Vergoldung widerspiegelten. Tränen der Erleichterung rannen ihr über die Wangen. Ihre Krone. Sie konnte es kaum glauben – sie hatte es geschafft.

Sie zitterte vor Glück und Erschöpfung, der Druck der letzten Tage löste sich wie eine eiserne Fessel von ihr. Dafür wurde sie nun von der Müdigkeit sanft umarmt.

Sie legte den Kopf auf die Tischplatte. Nur kurz die Augen schließen. Für einen winzigen Moment. Sie blinzelte. Nur ganz kurz. Sie gab der Schwere ihrer Augenlider nach.

Der Schlaf entführte sie in eine Welt fernab der Goldschmiede.

***

Guten Abend, meine Sonne. Wie leichtsinnig von dir, die Tür nicht zu verriegeln, während du mit deinem Köpfchen auf der Werkbank liegst und schläfst.

Du siehst so unschuldig aus, bist ein hübsches Mädchen und so fleißig – beinahe vollkommen. Du bist müde, du hast zu viel gearbeitet, nicht wahr? Sei vorsichtig, wenn man erschöpft ist, schleichen sich schnell Fehler ein.

Zeig mir doch mal, wie schön die Krone geworden ist. Oh, wahrlich ein berauschendes Gefühl, sie in Händen zu halten, das muss ich zugeben.

Aber sie ist nicht vollkommen. Das freut mich. Der künftige Kaiser wird sehr enttäuscht sein, ihm werden die fehlenden Juwelen auffallen, denn ihre Zahl war nicht beliebig. Acht Diamanten sollten die Krone schmücken, denn die Acht ist eine heilige Zahl. Vor der Sintflut konnten sich acht Menschen in die Arche Noah retten, das achteckige Taufbecken symbolisiert die Auferstehung Christi am sogenannten achten Schöpfungstag. Außerdem ist der Diamant wegen seiner Unvergänglichkeit ein Symbol für Christus, als dessen Statthalter auf Erden sich der Kaiser sieht.

Dabei ist ein Diamant gar nicht so unvergänglich, wie immer behauptet wird. Das finde ich tröstlich. Im Feuer ver-

brennt er als helles Licht, ohne eine Spur zu hinterlassen. Man findet keine Überreste, der Stein verschwindet einfach. Es muss ein schauerliches Gefühl sein, dabei zuzusehen, glaubst du nicht auch? Trotzdem hat der Stein die Menschen schon immer fasziniert, sodass man auch nicht vor Fälschungen zurückschreckt. Zum Beispiel verliert ein kornblumenblauer Saphir durch Erhitzen seine Farbe und sieht danach einem Diamanten ähnlich. Verblüffend, oder? Überhaupt muss man schon genau hinsehen, will man einen Halbedelstein von einem Edelstein unterscheiden. Gut geschliffen und poliert sehen einfache Glassteine echten Juwelen oft täuschend ähnlich.

Besonders schön finde ich den Opal, ein sehr seltenes Juwel, aus dem das Licht ein lebhaftes Farbspiel hervorzaubern kann, dann leuchtet er in allen Regenbogenfarben. Wie schön, dass ich davon einige für mich behalten kann. Wusstest du, dass der Opal der Talisman der Diebe und Räuber ist?

Auch die Perlen gefallen mir. Beeindruckend finde ich vor allem ihre Entstehung, denn die Auster wehrt sich gegen einen Eindringling, indem sie ihn Schicht um Schicht mit Perlmutt umhüllt. Von außen sieht man der Muschel ihr wertvolles Geheimnis nicht an, der Mensch muss Schale um Schale öffnen, so er fündig werden will.

Einhundertvierundvierzig Juwelen sollen die Krone zieren, zwölf mal zwölf, die Zahl der Auserwählten im himmlischen Jerusalem. In der Apokalypse ist die Rede von zwölf Toren und zwölf Engeln. Zwölf Stämme gab es im alten Israel, auf sie folgten die zwölf Apostel im Neuen Testament.

Hörst du mir eigentlich zu? Ich glaube kaum, so tief wie du schläfst. Du wachst nicht einmal auf, wenn ich deine weiße Haut berühre. Du bist ein Engel. Ich aber bin der Teufel, und darum bist du mir ein Dorn im Auge. Ich will dich leiden sehen, so wie ich all die Jahre gelitten habe.

Schlaf schön, ruh dich aus und sammle deine Kraft. Auf so einer großen Reise kann viel passieren, weißt du? Bewundernswert, dass du immer noch glaubst, in Frankfurt anzukommen. Du kennst mich anscheinend noch nicht gut genug.

13. Tag

Freitag, 9. Februar 1742,
noch 3 Tage bis zur Krönung

Dass wir früh aufbrechen zu den Weinbergen und sehen, ob der Weinstock sprosst und seine Blüten aufgehen, ob die Granatbäume blühen …

Hohelied 7,13

Ein gleichmäßiges Hämmern mischte sich in ihre Träume. Juliane hielt das Werkzeug in der Hand und betrachtete es. Es fühlte sich leicht an, und sie überlegte, was sie damit tun sollte. Schließlich war die Krone vollendet. Sie befand sich in der Kutsche auf dem Weg nach Frankfurt und sie durfte sich jetzt ausruhen.

Eine Stimme rief ihren Namen. Sie schaute sich um. Die Kutsche war leer. Wo waren die anderen?

Juliane öffnete die Augen.

Ihr Kopf lag noch immer auf der Werkbank, ihr linker Unterarm war nass vom Speichel. Vorsichtig bewegte sie ihren steifen Nacken und richtete den Oberkörper auf. Bleierne Müdigkeit hielt sie fest. Sie blinzelte in die Morgensonne, deren Strahlen sich in der vom Rußstaub geschwängerten Luft fingen. Warum war es schon so hell?

Der Schreck fuhr ihr in die Glieder.

Wieder klopfte es. »Juliane? Was ist los? Bist du schon fort?«

Sie stürzte zur Tür.

Raphael sah ihr erleichtert entgegen.

Ihr Atem ging flach. »Wie spät ist es?«

»Höchste Zeit für die Abfahrt. Die Kutsche wartet.« Raphael äugte in die Werkstatt. »Ist alles bereit? Wo ist dein Meister?«

Sie ließ ihn stehen, rannte die Stiege hinauf und riss die Tür zu Meister Drentwetts Kammer auf.

Der Lärm ließ den Meister derart unsanft aus dem Schlaf hochfahren, dass er abwechselnd Flüche auf sie und sein unzuverlässiges Weib ausstieß, während Juliane die Meistersfrau weckte.

Friederike sammelte sich schnell und schien im Gegensatz zu ihr und dem Meister nicht lange mit der Müdigkeit zu kämpfen zu haben. Dafür konnte sie sich kaum bewegen, geschweige denn mit anpacken. So musste Juliane die Habseligkeiten für die Reise allein vor die Tür schleppen, wo Raphael sie ihr abnahm und bis zur Kutsche trug. Zuerst übergab sie ihm in einer unscheinbaren Kiste die zwölf silbernen Becher, die nur durch Mathias' Mithilfe fertig geworden waren. Wehmütig dachte sie an die arbeitsame Nacht, in der zwischen ihnen noch alles in Ordnung gewesen war. Schnell packte sie noch das restliche Silber zusammen. Was der Kaiser dazu sagen würde, dass nur ein Teil seines Auftrags ausgeführt worden war? Ob er mit der Hauskrone überhaupt zufrieden sein würde? War ihre Arbeit gut genug, um vor den Augen des Herrschers zu bestehen? Plötzlich wurde ihr wieder bewusst, dass sie bei der Krönung dabei sein würde. Sie rannte nach oben und schlüpfte in ihr schönstes Kleid. Das karminrote mit der silbergrauen Schürze. Es hatte zwar einen schwarzen Fleck auf der Brust, von dem sie nicht wusste, wie er dort hingekommen war, aber sie hatte nichts Besseres – und auf den ersten Blick würde er vielleicht nicht auffallen.

Lange musste sie nach den Einlasskarten suchen, fand sie aber schließlich im Bettstroh, obwohl sie unter dem Kissen hätten liegen sollen.

Dann stürmte sie hinunter in die Küche und schleppte den Proviant und die Decken vor die Tür.

Raphael lud alles ein und gestand ihr, dass es sich bei der Kutsche um eine Extra-Post handle, weil auch er keinen Lohnkutscher gefunden habe. Aber sie solle sich wegen des Preises keine Sorgen machen. Tatsächlich fand sie auch keine Zeit, darüber nachzudenken. Vielmehr wusste sie nicht mehr, wo ihr der Kopf stand. Eigentlich müssten sie längst unterwegs sein.

Jeder ihrer Handgriffe schien unendlich lange zu dauern, obwohl es nur noch darum ging, ein paar frische Vorräte einzupacken und Wasser abzufüllen. Jedes Mal, wenn sie an der kleinen Holzkiste vorbeikam, in der die in Samt gebettete Krone lag, schlug ihr Herz schneller.

Endlich fand auch der Meister den Weg in die Werkstatt, dabei hatte er sich nur anziehen müssen. Er ließ sich die Kiste mit der Krone geben und stolzierte damit zur Kutsche. Sie ging neben ihm her und wies ihm die Richtung, doch er schüttelte ihren helfenden Arm immer wieder ab.

Friederike brauchte wegen der Schmerzen noch länger. Erst als die Kutsche schon beladen war, erschien sie humpelnd und mit tränengefüllten Augen vor dem Hoftor.

Juliane half Friederike auf den mäßig gepolsterten Sitz in der engen Kutsche. Die Meistersfrau jammerte nur leise, obwohl es ihr offensichtlich schlecht ging.

Vor die Kutsche waren vier braune, leidlich geputzte Pferde gespannt. Zwei der Wallache hatten den Hinterhuf zur Entspannung eingeknickt, als stünden sie auf der Weide, und das linke, hintere Sattelpferd hing mit müdem Kopf in den Zügeln, als seien diese zur Stütze da. Auf diesem saß der Postillion, um die Kutsche zu lenken.

Der gedrungene Mann trug weiße Hosen und schwarze Schaftstiefel, die bis über die Oberschenkel reichten. Den Hut hatte er in die Stirn gezogen, als könne er mittels des Schattens über seinen müden Augen die Nacht noch ein wenig verlängern. Er machte sich nicht die Mühe, beim Aufladen zu helfen. Mit krummem Rücken blieb er auf dem Sattelpferd sitzen und beobachtete seine Umgebung mit dumpfem Blick. Für einen Postillion nicht ungewöhnlich – war er doch der Diener unter den Dienern. Tagaus, tagein fuhr er auf seiner Strecke mit seinen Pferden hin und her, der Dank waren ein paar vor die Füße geworfene Kreuzer aus den Händen des reichen Posthalters und die Flüche seiner Fahrgäste über die miserablen Verbindungen, den mangelnden Komfort, die andauernden Verspätungen und die überteuerten Postenpreise.

Raphael half Meister Drentwett beim Einsteigen. Im Gegensatz zu Friederike ließ sich der Meister ungern helfen und trat prompt seiner Frau auf den verletzten Fuß, als er sich neben ihr niederließ. Sie ließ sich nichts anmerken. Stattdessen breitete sie die Felldecke über seine Beine und begnügte sich selbst mit dem knappen Ende.

Als die beiden versorgt waren, stieg Raphael aus, um die Befestigung der Truhen auf dem Kutschkasten zu überprüfen.

Der Zauberer trug heute zum ersten Mal ordentliche Kleidung. Er gefiel Juliane ausnehmend gut in der schwarzen Kniebundhose, der roten Weste und dem hellen Hemd. Außerdem bewunderte sie ihn ehrlich dafür, dass er eine Kutsche aufgetrieben hatte, und genau das sagte sie ihm bei dieser Gelegenheit, auch wenn er ihr den Reisepreis partout nicht nennen wollte.

Er lächelte, sodass seine verführerischen Grübchen sichtbar wurden. »Keine Ursache. Ich habe gern für dich gezaubert.«

Sie ließ sich auf das Spiel ein und erwiderte schmunzelnd: »Nun, dann hoffen wir mal, dass du dich mit einem so großen Kunststück nicht übernommen hast. Eine Extra-Post habe ich mir nämlich anders vorgestellt. Der Postillion würde mit seinen Pferden inmitten einer Herde von Faultieren wohl kaum Aufsehen erregen.«

»Keine Sorge. Er begleitet uns ja nur die nächsten vier oder fünf Posten bis Heidenheim. Dort steigt er dann mit seinen Pferden in der Posthalterei ab und wartet auf eine Retourkutsche. So, und nun lass uns einsteigen.«

»Du willst mit uns nach Frankfurt fahren?«

»Gewiss. Ich dachte, du würdest dich über meine Begleitung freuen. So eine Reise ist nicht ungefährlich, und die beiden Drentwetts sind dir mit Verlaub eher eine Last denn eine Hilfe.«

»Das mag sein. Aber ich muss zuerst Meister Drentwett fragen, ob er damit einverstanden ist.«

»Das habe ich bereits getan. Meister Drentwett und ich waren uns schnell einig, denn die Sache ist ganz einfach: Ich kenne sein Geheimnis und ich habe die Kutsche organisiert. Er hat sogleich verstanden, dass er mich mitnehmen sollte. Alles andere würde ihm zum Nachteil gereichen.«

»Soll das eine Erpressung sein?« Sie wich einen Schritt zurück.

Er hob beschwichtigend die Hand. »Vertrau mir. Du hast es doch schon einmal getan, als ich dich zu den Juwelen geführt habe. Ich habe dir geholfen, Jakobs Werkzeug zu holen, und nun habe ich die Kutsche besorgt. Ist das nicht Beweis genug?«

»Und warum tust du das alles?«, fragte sie herausfordernd.

Er zuckte mit den Schultern. »Vielleicht, weil nur Zaubern

auf die Dauer zu langweilig ist. Ohne meine Taube als Zauberpartner bin ich sowieso nur ein halber Künstler.«

»Und das soll die Wahrheit sein?« Juliane verschränkte die Arme vor der Brust.

»Nein. Aber in deinen Ohren würde die Wahrheit unglaubwürdiger klingen als jede Lüge.« Behutsam legte er eine Hand auf ihre Arme. »Mit deiner Abreise hält mich nichts mehr in Augsburg. Warum sollte ich noch hierbleiben?«

»Was willst du damit sagen? Es gibt genügend Männer und vor allem Frauen, die dir jeden Abend zujubeln.«

»Es geht mir um dich«, flüsterte er. »Verstehst du?«

»Um mich?«

Er nahm ihre Hand. Für einen Beobachter schien es nichts weiter als eine Geste, um einer Frau in die Kutsche zu helfen. Doch zwischen ihnen hatte sich in diesem Augenblick etwas verändert. Sie sträubte sich gegen das Gefühl und je mehr sie sich widersetzte, umso klarer wurde es.

Sie setzte eine gleichgültige Miene auf und nahm in der Kutsche in Fahrtrichtung Platz. Raphael setzte sich neben sie. Als wäre nichts geschehen, breitete er die Felldecke über ihren und seinen Beinen aus.

Raphael gab dem Postillion das Zeichen zur Abfahrt. Die Kutsche setzte sich rumpelnd in Bewegung.

Nur Juliane sah seine Hände zittern.

»Wie lange sind wir denn nun unterwegs?«, fragte sie zur Ablenkung in die Runde.

Meister Drentwett hielt den Blick starr zu Boden gerichtet.

»Wir nehmen den Weg über Canstadt, Heilbronn und Heidelberg, demnach sind es zweiundzwanzigeinhalb Posten bis Frankfurt«, gab Raphael deshalb bereitwillig Auskunft.

»Was bedeutet das? Ich bin noch nie mit einer Postkutsche gefahren.« Tatsächlich interessierte sie sich gar nicht für irgendwelche Ausführungen, sie wollte nur wissen, ob sie es noch rechtzeitig schaffen würden.

»Mit einer Post bezeichnet man den Abstand zwischen zwei Stationen, an denen die Pferde versorgt oder gewechselt werden können. Oft liegen diese Haltepunkte zwei Wegstunden voneinander entfernt, also eine Post.«

»Moment.« Der Atem reichte Friederike kaum zum Sprechen. »Das heißt, es sind demnach fünfundvierzig Meilen von hier bis Frankfurt?« Mit verschlungenen Armen versuchte die Meistersfrau unauffällig die Rippen zu stützen.

»So ungefähr. Die Fahrt wird rund achtzig Stunden dauern. Damit wären wir in dreieinhalb Tagen zu Mittag in der Reichsstadt und damit gerade noch rechtzeitig zur Krönung. Wir können uns also keine einzige Verzögerung leisten. Im Gegenteil.«

»Das heißt, wir fahren wirklich Tag und Nacht?« Der Meistersfrau entwich ein Stöhnen.

»Sozusagen. Etwa alle zwei bis vier Stunden werden wir eine Poststation erreichen. Das Versorgen der Pferde nimmt meist eine halbe Stunde in Anspruch. In dieser Zeit können wir uns in den Gasthäusern zur Post stärken oder uns die Beine vertreten. So ist das üblich bei einer Fahrt mit der Extra-Post. Schließlich wollen wir schnell ans Ziel kommen.«

»Weib, hast du Schmierfett eingepackt?«, meldete sich Meister Drentwett unvermittelt zu Wort.

»Schmierfett? Nein. Davon hast du mir nichts gesagt. Wozu brauchen wir das?«

»Kannst du dir vielleicht in deinem kleinen Hirn vorstellen, dass ein Radlager nur läuft, wenn es geschmiert ist?«

»Verzeihung.« Friederike senkte den Blick.

»Nun denn«, versuchte Raphael zu vermitteln. »So schlimm ist das nicht. In dem Fall genügt es, wenn Ihr an jeder Station sechs Kreuzer Schmiergeld an den Postillion entrichtet, damit es weiter läuft.«

»Was kostet mich denn nun die ganze Sache?«, fragte der Meister.

Raphael räusperte sich. »Wenn Ihr es genau wissen wollt: Einen Gulden und dreißig Kreuzer pro Pferd und Station, dazu je vierzig Kreuzer Trinkgeld für den Kutscher und eine kleine Einschreibegebühr in das Postbuch.«

»Das macht bei ungefähr zwanzig Stationen ...«

»Rund einhundertfünfunddreißig Gulden.«

Meister Drentwett fuhr auf. »Seid Ihr des Wahnsinns fette Beute? Wollt Ihr mich ruinieren?«

»Das liegt keineswegs in meiner Absicht.«

»Ach nein? Juliane! Wer ist dieser Mann? Was hast du uns da für ein Kuckucksei ins Nest gelegt? Wie konntest du so jemandem vertrauen? Wie soll ich das je bezahlen? Deinetwegen geht alles schief. Wir werden niemals in Frankfurt ankommen! Du trägst die Verantwortung, dass ich meinen Lebenstraum begraben muss und niemals unsterblichen Ruhm erlangen werde! Du wirst schuld sein!«

Worte der Verteidigung brannten ihr auf den Lippen, doch sie sah zu Boden, auf die Füße des Meisters, und schwieg.

Sie legte ihren Arm auf die unscheinbare Holzkiste zu ihrer linken Seite. Endlich fuhren sie nach Frankfurt. Noch in der Nacht hatte sie geglaubt, nicht rechtzeitig fertig zu werden, noch vor einer Stunde hatte sie mit dem Kopf auf der Werkbank gelegen, und wenn Raphael sie nicht geweckt hätte, säße sie jetzt nicht hier. Sie schickte ein Stoßgebet zum Himmel, rechtzeitig und wohlbehalten mit der Krone zur Zeremonie anzukommen. Wusste sie doch immer noch nicht, wie sie den Zauberer einschätzen sollte.

Sie schaute ihn an.

Er las in ihrem seelenwunden Blick und verstand ihre verzweifelte Forderung nach Ehrlichkeit. Er konnte sich ohne Worte mit ihr unterhalten. Das hatte sie bisher nur mit Mathias erlebt.

Raphael ließ sich den stummen Dialog nicht anmerken. Er wandte sich wieder an Meister Drentwett.

»Macht Euch keine Gedanken über die Bezahlung der Reise. Ich übernehme die Kosten. Vielleicht bringt Euch diese Geste dazu, mir etwas mehr Vertrauen zu schenken und mich nicht mehr mit einem Kuckuck zu vergleichen. Ich mag diese Tiere nämlich nicht.«

Noch während er das sagte, spürte Juliane eine sanfte Bewegung unter der Felldecke. Raphael tastete nach ihrer Hand. Sie hielt still, als seine Fingerspitzen ihre Haut berührten.

Das hat nichts zu bedeuten, sagte sie sich. Nichts weiter als ein wenig Trost.

»Das nehme ich nicht an«, entgegnete Meister Drentwett scharf.

»Das müsst Ihr auch nicht. Schließlich wird Euch der Kaiser für Eure Arbeit entlohnen. Sodann könnt Ihr Eure Schulden bei mir begleichen.«

»Wenn wir rechtzeitig ankommen. Dann ja. Warum fahren wir überhaupt so langsam? Zu Fuß wäre ich schneller.«

Juliane staunte über das Vermögen des Meisters, Geschwindigkeiten einzuschätzen. Die Kutsche bewegte sich so langsam wie ein Wanderer. Die Landschaft zog so gemächlich am Fenster vorbei, dass Zeit genug blieb, an jedem Baum die schneeglitzernden Zweige zu studieren.

»Sicher könntet Ihr nebenhergehen, ich habe nie behauptet, dass eine Kutsche schneller fahren kann. Auch eine Extra-Post nicht. Aber wollt Ihr deshalb die Strecke nach Frankfurt zu Fuß zurücklegen?«

»Natürlich nicht!«

»Wann kommt denn der erste Halt?«, fragte Friederike mit dünner Stimme.

»Das dauert noch«, entgegnete Raphael mitfühlend. »Wir durchqueren eben erst den Wald hinter Augsburg.«

»Wir machen dort Station, wo es vorgesehen ist. Keinen Schritt eher«, ließ Meister Drentwett seine Frau wissen.

Es kehrte Stille in der Kutsche ein.

Raphael hielt noch immer ihre Hand.

Die Kutschenräder rumpelten über die festgefrorene Schneedecke, begleitet vom gleichmäßigen Gewühl der Hufe.

Juliane schaute nach draußen. Der Schnee glitzerte in der Morgensonne und blendete sie. Hier und da streifte die Kutsche einen Zweig, sodass die feine Pracht wie ein silbergewebter Vorhang zu Boden schwebte. Sie konnte die einzelnen Flocken beobachten, als die Kutsche langsamer wurde und schließlich zum Stehen kam.

»Was ist los?«, schimpfte Meister Drentwett. »Warum halten wir? Ich habe doch ge...«

»He, du da! Weg mit dir!«, schrie der Postillion.

Juliane hörte die Peitsche knallen.

Eine Gestalt lief am Fenster vorbei und verschwand im Unterholz.

Der Mesner? Hatte sie eben richtig gesehen?

Raphael gab ein Zeichen, sich ruhig zu verhalten.

Juliane zog die Kiste mit der Krone geräuschlos an ihren Körper. Ihre Hand krallte sich um die Holzkante.

Meister Drentwett hielt die Augen geschlossen.

Sie horchten.

Plötzlich setzte sich die Kutsche wieder in Bewegung.

Vor Verblüffung stieß Juliane den angehaltenen Atem aus.

»Was war das?«, rief Raphael nach vorn zum Postillion.

»Keine Ahnung. Der Mann hatte sich mir mitten in den Weg gestellt. Ist keinen Schritt zur Seite gewichen, bis ich halten musste. Aber meine Peitsche hat den Irren verjagt. Dachte schon, wir wären in einen Hinterhalt geraten.«

***

Mit Spannung erwarteten die Räuber die Rückkehr des Mesners. Sie schauten über das Lagerfeuer hinweg auf den Punkt am Rande der Lichtung, wo sie sein Auftauchen vermuteten.

Endlich war es so weit. Die Hunde hoben die Köpfe, die schneebedeckten Zweige bogen sich auseinander, und Johannes Merkle näherte sich mit schnellen Schritten. Seine Wangen waren vor Eifer und Kälte gerötet.

Silberbart bot ihm einen Platz am Feuer, doch der Mesner blieb stehen.

»Und? Was hast du uns zu berichten? Sind sie auf dem Weg?«

»Jawohl. Sie passieren den Wald auf der vorgesehenen Strecke. Ich habe mich ihnen sogar in den Weg gestellt, um mich davon zu überzeugen, dass die Richtigen in der Kutsche sitzen.«

»Sehr gut, Merkle. Sehr gut. Und bist du sicher, dass sie die Route nicht ändern?«

»Ganz sicher, gewiss! Ich habe es doch selbst gehört.«

Silberbart erhob sich und schaute in die Runde. »Männer, es wird ernst. Ihr kennt den Plan.«

Während Johannes Merkle wieder im Wald verschwand, schleppten Narbenpaule und Holzfußbert die Holzkiste heran, in der sich die gute Kleidung befand.

Ein Räuber nach dem anderen verwandelte sich in einen stattlichen Herrn. Goldene Knöpfe und Stickereien, samtene

Aufschläge und kräftige Farben waren Ausdruck der ungewohnten Pracht.

Nun war es an Stine, den Männern vollends zu einem gepflegten Äußeren zu verhelfen.

Silberbart hielt ihr sein Messer hin. Sein Blick duldete keinen Widerspruch. Während sie mit dem Messer über seinen Bart schabte, dachte sie mehr als einmal daran, einfach mit der Klinge abzurutschen. Es wäre nur eine kleine, eine winzige Handbewegung.

Sie tat es nicht. Seine entspannten Gesichtszüge ließen es nicht zu. Die Freundlichkeit in dem rauen Gesicht machte ihn wieder zum Sieger.

Sie ließ das Messer sinken.

»Danke, mein Täubchen. Und nun noch die anderen. Säbel den Männern die Bärte ab, so gut du kannst, und wo's nötig is, kürz' auch noch die Haare.«

Nach geraumer Zeit war keiner der Räuber mehr wiederzuerkennen.

Silberbart war voll des Lobes für sie, während sich ihr Magen immer stärker zusammenzog und sie aus Angst vor dem Bevorstehenden von Übelkeit überfallen wurde.

Sie ließ sich jedoch nichts anmerken. Stattdessen begann sie damit, die Spuren des Lagers zu beseitigen, die Bündel zu schnüren und das Feuer zu löschen, wie sie es schon so oft getan hatte. Bisher hatte sie allerdings immer ihren Sohn bei sich gehabt. Nun war sie allein und im Begriff, sich von Augsburg zu entfernen, ohne Mathias Bescheid geben zu können.

»Was ist, mein Täubchen? Bist so nachdenklich?«

Stine schüttelte mit einer beiläufigen Geste den Kopf, um ihn von weiteren Fragen abzubringen. Seit ihrem Fluchtversuch ließ er sie nicht mehr aus den Augen, sie fühlte sich wie mit einem unsichtbaren Seil an ihn gebunden. Es blieb ihr nur, sich in Geduld zu üben und keinen Fehler zu machen, wenn sie bald wieder bei ihrem Kind sein wollte. Jeder Herzschlag ohne Simon schmerzte.

»Is alles fertig gepackt, mein Täubchen? Tut mir ja leid, dass ich dich dieses Mal auf'n Raubzug mitnehmen muss. Aber du verstehst bestimmt, dass ich dich nich mehr allein lassen kann. Sonst wirst du mir noch gestohlen.« Er lachte über seinen Scherz. Als er ihren Ärger bemerkte, wurde er sogleich wieder freundlich. »Sei nicht bös. Ich mein's doch nur gut. Wenn wir die Krone erst erbeutet hab'n, reisen wir, wohin du willst. Versprochen. Musst auch jetzt nicht weit laufen. Sobald uns das erste Fuhrwerk querkommt, sorg' ich für fahrbaren Untersatz. Sozusagen zum Aufwärmen. Männer! Es geht los!«

Die Hunde stimmten ein fiebriges Gebell an und rannten zwischen den Beinen der Räuber hin und her. Silberbart brachte die aufgeregten Tiere mit einer Handbewegung zum Schweigen. Die Hunde hatten gelernt, wie wichtig ihre Lautlosigkeit bei der Arbeit ihres Herrn war und dass die Belohnung umso größer ausfiel, je schneller sie die Fährte eines Wagens aufnahmen.

»Narbenpaule? Hast du das Posthorn?«

»Natürlich!« Der Räuber hob es mit verschlagenem Blick in die Höhe.

»Also los! Folgen wir ihnen! Suchen wir uns den schönsten Hinterhalt aus. Mein letzter Raubzug wird in die Geschichte eingehen, das verspreche ich euch!«

***

Mathias war erstaunt, wie gut sein kleiner Sohn die Fahrt mit der Kutsche vertrug. Jedes andere Kind hätte von der unablässigen Rüttelei längst Durchfall bekommen, sich erbrochen oder andauernd geschrien.

Trotzdem wusste er nicht, ob es ein Fehler gewesen war, noch gestern Nacht nach Frankfurt aufzubrechen. Seinen Entschluss hatte er gefasst, nachdem ein buckliger Mann ihm ein Stück Papier übergeben hatte. Dieser war mit schnellen Schritten ins Gasthaus gekommen und eilig wieder verschwunden, kaum dass der Mann seiner ansichtig geworden war.

Eine Nachricht von Stine. Es ginge ihr gut, Silberbart hätte ihr nichts angetan und sie wolle zu fliehen versuchen, sobald sich die Wogen etwas geglättet hätten. Er solle derweil nichts unternehmen, außer gut auf Simon aufzupassen.

Genau das hatte er sich vorgenommen, aber es gab Fragen, die nach einer Antwort verlangten.

Er hatte die neue Situation noch nicht verinnerlicht. Er mochte Stine, er schätzte ihr umgängliches Wesen, ihre Fröhlichkeit und die Art, wie sie ihr Leben zu meistern verstand. Ihr unbändiger Wille und ihre Unabhängigkeit hatten ihn am meisten fasziniert, damit hatte sie ihn damals für sich eingenommen.

Juliane war Stine in dieser Hinsicht zwar ähnlich, doch fühlte es sich anders an. Wie sollte er es beschreiben? Juliane war ein Teil von ihm, sie gehörte zu ihm, zu seinem Leben. Doch sein Platz war nun woanders, das wusste er. Er wollte Simon ein guter Vater werden. Dem Kleinen sollte es nicht so ergehen wie ihm. Simon sollte immer wissen, wer seine Eltern waren.

Er betrachtete den Jungen auf seinem Schoß, der ihn seinerseits nicht minder genau beobachtete. Mit großen Augen schaute Simon zu ihm auf, die dichten Wimpern bewegten sich kaum. In dem kindlichen Blick lag Erstaunen, vielleicht sogar ein wenig Furcht, aber auch Vertrauen. Ein Wunder, was ein so kleines Gesicht bereits alles erzählen konnte. Das Faszinierendste war jedoch die Ähnlichkeit. Er konnte sich selbst in dem Kind sehen, besonders, wenn er in die unterschiedlich farbigen Augen sah, war es, als schaute er in einen Spiegel.

Ob sein Vater an einem längst vergangenen Tag vielleicht auch so mit ihm dagesessen hatte? Er versuchte sich an ein Gesicht zu erinnern, forschte in seinem Gedächtnis, ob sich Erinnerungen einstellten. Er wusste, sie hatten sich gesehen. Das spürte er. Und seine Mutter?

Wer von beiden hatte ihm die unterschiedlich farbigen Augen gegeben? Sah er einem von beiden heute ähnlich?

Würde er darauf jemals eine Antwort bekommen?

Der Hauderer ließ die Peitsche knallen und jagte die Pferde im kurzen Galopp durch ein schmatzendes Morastloch.

Mit dem Lohnkutscher hatte Mathias Glück gehabt. Der Hauderer war ein erfahrener, guter Mann mit ausgeruhten Pferden und solider Kutsche. Nicht gerade selbstverständlich, traten doch auch einige Halunken in Konkurrenz zur Thurn- und Taxis'schen Fahrpost. Sie boten ihre Dienste deutlich günstiger an, aber oft mit geringerer Chance, jemals das Ziel zu erreichen.

Mathias streichelte seinem Jungen mit einer scheuen Bewegung über die Wange. Er hätte niemals geglaubt, dass Simon so ruhig sein würde. Sein Sohn weinte nicht einmal, wenn er Hunger hatte. Er deutete nur mit einem kurzen Klagelaut sein Bedürfnis an, war danach wieder still und wartete geduldig, bis er gefüttert wurde. Als ob er die Nöte seines Vaters spüren könne. Anfangs hatte Mathias gar nicht gewusst, was er seinem Kind zu essen geben sollte, wo er frische Milch oder einen Brei bekommen würde. Besondere Geduld zeigte Simon, wenn sein Vater ihm mit ungelenker Hand das Windeltuch wechselte.

Ob der Kleine seine Mutter vermisste? Bestimmt.

Wie Stine an diesen Silberbart geraten konnte, war ihm ein Rätsel. Wie lange würde es dauern, bis Simon seine Mutter wiedersah?

Mit seinem Hauderer war er seit gestern unterwegs, bis Ulm waren sie noch am Abend gekommen. Dort mussten sie übernachten, weil ein Lohnkutscher keine Möglichkeit hatte, die Pferde zu wechseln.

Seit dem frühen Morgen saßen sie in der Kutsche. Der Hauderer hatte die Strecke über Ulm, Heidenheim, Aalen und Gmünd gewählt, da diese ihm am sichersten erschien.

Bis Amstetten waren sie auf der ausgebauten Chausseestraße gut vorangekommen. Danach ging es bei Urspring und dem Steighof schon etwas gemächlicher voran. Hinter Steinenkirch verließen sie das Ulmer Territorium. Bei Bartholomä lenkte der Kutscher sein Gefährt endlich Richtung Westen. Sie passierten den Möhnhof und nach einer langen Fahrt über die Kitzinger Ebene, die von deutlich mehr Schafen als Menschen bevölkert wurde, erreichten sie schließlich die viel befahrene Bargauer Steige. Einer der besten Wege, um den Albauf- oder abstieg verhältnismäßig rasch zu bewältigen. Ein Fuhrwerk nach dem anderen quälte sich nach oben. Für sie ging es hinab, was für die Pferde ein gefährliches Unterfangen war und dem Kutscher trotz der Kälte den Schweiß auf die Stirn trieb. Er legte den Hemmschuh an das hintere Wagenrad an und brachte seine Tiere mit beruhigenden Zurufen dazu, langsam und vorsichtig auszuschreiten.

Mathias konnte erst wieder tief durchatmen, als sie Oberbettringen erreicht hatten. Nun war es nicht mehr weit bis Gmünd. Er kannte den Ort. Hin und wieder hatte er dort zu tun. In dieser schwäbischen Reichsstadt gab es mindestens ebenso viele Goldschmiede wie in Augsburg, allerdings hatte man sich hier eher auf Filigranarbeiten spezialisiert.

Die Sonne beendete gerade mit schwindender Kraft ihr Tagwerk, als entlang der Rems die Stadtmauer vor ihm auftauchte. Mit vierundzwanzig Türmen bildete diese das wehrhafte Nest, in dem die imposante Stiftskirche wie eine Glucke saß und die Häuser sich wie Küken in wildem Durcheinander dicht an sie gepresst hielten.

Die Einfahrt durch eines der fünf Tore in die katholische Stadt erwies sich für zwei fremde Männer mit einem kleinen Kind als recht schwierig. Man fragte sie, wo die Mutter sei und was sie in der Stadt wollten. Es bedurfte klingender Münze, bis der Wärter sich endlich beruhigt hatte und sich bereit erklärte, das Tor zu öffnen.

Die Poststation lag in der Bocksgasse, abseits des Marktplatzes. Im Gasthaus zum Schwarzen Adler schwebte wie immer heitere Ausgelassenheit über den Köpfen der dicht gedrängt sitzenden Menschen. Reisende und Gmünder, die sich Geschichten aus der nahen und fernen Welt erzählen ließen. Böse Zungen behaupteten, dass die hiesigen Handwerker nur am Vormittag arbeiteten, am Nachmittag seien sie auf Wallfahrt und am Abend am Biertisch zu finden.

Mathias bestellte für das Kind einen Haferbrei, einen kleinen Becher Milch und für sich selbst ein Wasser aus Niederselters. Er wollte nur noch schlafen. Das Schwanken der Kutsche spürte er noch immer im Körper, als er sich mit Simon auf das Strohlager legte. Es würde eine kurze Nacht werden. Morgen mussten sie in aller Herrgottsfrühe weiter, wenn sie Frankfurt rechtzeitig erreichen wollten.

Das Knirschen der Räder und das Schlagen der Hufe verfolgten ihn bis in den Schlaf. Wie weit Juliane gekommen sein mochte?

***

Tiefer Schlaf lag über der Postkutsche. Es war weit nach Mitternacht. Der Kopf des Meisters hing wie eine welke Blume herab und baumelte im Takt der Kutsche hin und her. Sein Mund war geöffnet, die Lippen leicht geschwollen und die mit Mühe frisierte Perücke war am Hinterkopf zerzaust.

Auch Friederike war über ihren Schmerzen eingeschlafen, die steile Furche zwischen den Augenbrauen und der zusammengekniffene Mund verrieten ihre Anstrengung. Immer wieder hatte sie ihren Mann um eine Rast gebeten, doch der Meister ließ sich nicht erweichen.

Noch immer hielt Raphael Julianes Hand unter der Felldecke. Er hatte die Augen geschlossen und schien glücklich. Ein entspanntes Lächeln umspielte seinen Mund. Ob er tatsächlich schlief, war schwer zu sagen, denn hin und wieder schaute er nach der Glut in der Kohlenschale, die er sich bei der letzten Poststation in Heidenheim hatte geben lassen. Zwar roch es unangenehm, allerdings hatten sie es nun wesentlich wärmer.

Nachdem sie vor Wertingen die Zusam überqueren konnten, hatte sie der Weg bei Heidenheim entlang der Brenz nach Aalen geführt. Dort hatten sie gegen Mitternacht Station gemacht. Nun wollten sie noch vor Sonnenaufgang Gmünd erreichen, ihre Kutsche war für fünf Uhr in der Früh per Laufzettel angemeldet worden, was den dortigen Postmeister wiederum verpflichtete, die benötigte Anzahl an Pferden frisch getränkt und gefüttert zur Weiterfahrt bereitzuhalten. Sollten sie sich verspäten, bekäme ein Reisender ohne Reservierung die Tiere zugeteilt.

Das stete Rumpeln der Kutsche ließ ihre Augenlider schwer werden. Doch es gelang ihr, den Schlaf zu verdrängen. Glaubte sie.

Als das Posthorn ertönte, schreckte sie aus ihren Träumen hoch.

Raphael schlug ebenfalls die Augen auf.

»Was ist das?«, fragte sie und horchte auf die Abfolge von langen und kurzen Tönen, mal tief, mal hoch gespielt.

»Das kennst du doch schon. Der Kutscher hat soeben dem Postmeister in Gmünd angekündigt, dass nun die angemeldete Extra-Post da ist und vier Pferde bereitstehen sollen.«

»Haben wir Gmünd schon erreicht?« Überrascht band sie den Ledervorhang zur Seite, und tatsächlich zogen die ersten Häuserfronten an ihr vorüber.

Auch der Meister und Friederike hoben die Köpfe.

Der Kutscher fuhr mit unverminderter Geschwindigkeit in die Stadt ein, die Pferdehufe hallten über das Pflaster, die Räder rumpelten und hüpften der Zugkraft machtlos hinterher.

Die Erschütterungen waren auf dem harten Sitz kaum auszuhalten. Die Augen der Meistersfrau weiteten sich vor Schmerz. Sie starrte geradeaus, atmete flach und stoßweise.

»Anhalten. Bitte anhalten! Ich kann nicht mehr«, stöhnte sie.

»Gleich«, versuchte Raphael sie zu beruhigen. »Es sind nur noch ein paar Pferdelängen, dann sind wir am Gasthof zum Schwarzen Adler angelangt.«

Friederike hielt sich die Rippen. »Es tut so weh! Bitte! Ich kann nicht mehr.«

Juliane zählte die Herzschläge, bis die Kutsche endlich hielt. Friederikes erbärmlicher Anblick ließ sie die Qualen mitfühlen.

Raphael musste die halb ohnmächtige Meistersfrau ins Gasthaus tragen. Juliane folgte mit Meister Drentwett. Die Holzkiste presste sie fest an sich.

Als sie die leere Wirtsstube betraten, verhandelte Raphael bereits mit dem Wirt.

Friederike hatte sich gegen den Türrahmen gelehnt und hörte ergeben zu. Sie zitterte am ganzen Leib und hielt den Brustkorb umschlungen.

»Wir machen eine Pause«, erklärte Raphael dem Meister. »Euer Weib muss sich ausruhen, sonst kommen wir nicht mehr weit. Der Wirt hat noch zwei gute Strohbetten unterm Dach frei und wird gleich nach dem Bader schicken.«

»Das kommt gar nicht in Frage!«, donnerte der Meister. »Ich habe weder Zeit noch Geld zu verschenken!«

»Das heißt, Ihr wollt Euer Weib hier zurücklassen oder sie womöglich irgendwo am Wegesrand liegen lassen, wenn sie nicht mehr kann?«

Der Meister antwortete nicht sogleich. Er ahnte, was die Anderen von ihm erwarteten.

»Bitte Philipp, nur zwei oder drei Stunden, damit ich wieder Kraft sammeln kann. Es braucht auch kein Bader zu kommen.«

»Na schön«, knurrte Meister Drentwett. »Zwei Stunden, aber keinen Augenblick länger.«

Der Wirt brachte die beiden die Treppe hinauf zu den Betten. Wie schlecht es Friederike ging, war allein daran zu erkennen, dass diese sich anstandslos mit ihrem Mann in eine Kammer legen wollte.

Nachdem der Postillion die Pferde in den Stall gebracht hatte, begab er sich nach einer knappen Verabschiedung in den großen Schlafraum nebenan, aus dem unzählige Schnarchgeräusche drangen. Er wolle ein wenig schlafen, bis die Retourkutsche käme, und wünschte ihnen eine gute Weiterfahrt.

Juliane blieb mit Raphael im Schankraum zurück.

»Warum fährt er nicht mit uns weiter?«, fragte sie.

»Der Kutscher bleibt immer bei seinen Pferden und pendelt nur auf einer bestimmten Strecke. So sind sich Ross und Reiter vertraut und beiden ist jedes Schlagloch, jeder Stein und jede Morastpfütze bekannt. Alles andere wäre gemeingefährlich.«

Stille breitete sich zwischen ihnen aus. Beide blieben sie verloren im Raum stehen, und keiner ergriff das Wort.

Nach geraumer Zeit hielt sie es nicht mehr aus.

»Und wir?«, fragte sie unschlüssig. »Was machen wir jetzt?«

»Ach, ich für meinen Teil habe keine Lust, mich drüben unter das stinkende und schnarchende Volk zu mischen.«

»Das geht mir ähnlich. Aber ich würde mich doch gerne ein bisschen hinlegen. Ich kann nicht mehr sitzen. Mir tut alles weh.«

»Weißt du was? Ich hole schnell aus dem Pferdestall ein paar Bündel Stroh. Darüber wird der Wirt zwar nicht gerade erfreut sein, aber den Ärger nehme ich in Kauf.«

Ehe sie es sich versah, war er nach draußen verschwunden.

Sie blieb allein zwischen den Reisetruhen zurück. Während sie sich nahezu reglos umschaute, hielt sie die Kiste mit der Krone noch immer fest umschlungen, als könnte sie ihr jederzeit jemand entreißen.

Als Raphael bald darauf mit einigen Bündeln Stroh zurückkehrte, atmete sie erleichtert durch. Er bereitete ihnen neben einem Tisch im äußersten Winkel des Raumes ein Lager. Unaufgefordert ließ Juliane sich darauf nieder, stellte die Krone ans Kopfende und bedeckte die Kiste mit Stroh. Mit einem Seufzer legte sie sich hin und streckte die müden Glieder aus.

»Willst du dich nicht umziehen?«, fragte Raphael, der vor ihr stehen geblieben war.

Sie lachte auf. »Das hättest du wohl gerne!«

»Natürlich«, gab er unumwunden zu. Sein Lächeln war nicht anzüglich, vielmehr drückte es Respekt aus. »Würde es dich stören, wenn ich mich umziehe? Ich würde mein Hemd gerne wechseln.«

»So etwas gehört sich nicht vor einer unverheirateten Frau!«

»Oh, Verzeihung. Alsdann trifft es sich ja gut, dass ich zaubern kann. So kann ich mein Hemd ausziehen, ohne dabei Rock und Weste ablegen zu müssen.« Seelenruhig löste er die Bänder an den Handgelenken.

Wie gebannt beobachtete Juliane ihn. Sie konnte nicht anders.

Raphael lockerte den Kragen und zog am Rüschenstoff. »Hemd, du hörst mein Wort. Wandere fort von deinem Ort!«

Kaum hatte er ausgesprochen, verschwanden die Manschetten in den Ärmeln, und er konnte das Hemd am Kragen unter der Weste hervorziehen.

Sie lachte. »So leicht beeindruckst du mich nicht. Das ist doch bestimmt nur ein einfaches Tuch, das du dir dem Anschein nach als Hemd auf die Brust gelegt hast!«

»Meinst du?« Er ließ den Stoff neben ihr auf das Strohlager fallen. »Hier. Überzeuge dich selbst.«

Es war ein gewöhnliches Hemd mit Vorder- und Rückseite. Keine falschen Nähte oder Ausgänge.

Es roch nach ihm. War das schon ein Zeichen von Vertrautheit, wenn man einen Menschen am Geruch erkannte? Wie Mathias wohl reagieren würde, wenn er sie mit Raphael zusammen sähe?

»Denkst du an ihn?«

Sie schaute erstaunt auf.

»Ich kann keine Gedanken lesen. Dein Gesicht hat mir deinen Kummer verraten.« Er ging neben ihr in die Knie. »Die düsteren Wolken hier zwischen deinen Augenbrauen ...« Langsam hob er die Hand, als könne eine unbedachte Bewegung den kostbaren Augenblick zerstören. Mit sanftem Druck strich er die Wölbung beiseite. »... erzählen mir von deinen Gefühlen. Außerdem sind deine Augen schmal ...« Er fuhr an ihrer Schläfe entlang, »... und die Züge um deinen Mund sind hart geworden.« Sachte fand sein Zeigefinger den Weg über die Wange an ihren Mundwinkel, während seine Augen sie nicht mehr losließen.

Sie versuchte klar zu denken, ihren schnellen Atem zu beruhigen, zu begreifen, was hier gerade geschah.

Raphael forderte nichts. Er schenkte ihr einfach nur Zärtlichkeit. Er fuhr die Konturen ihres Gesichts entlang, als wolle er sie malen. Wie ein Künstler studierte er aufmerksam jedes Detail. Sie genoss sein Streicheln, war fasziniert von dem Beben in ihr und gleichzeitig fühlte sie sich bei dem Gedanken an Mathias wie eine Hure, die ihren Körper, ja, ihre Seele einem Fremden preisgab.

»Soll ich aufhören?«

Wieder hatte er ihre Zerrissenheit gespürt.

»Du musst es nur sagen.«

Sie schüttelte den Kopf. Sagen konnte sie nichts. Sie zitterte vor Anspannung und Erregung. Wenn nun jemand in den Raum käme? Was dann?

Er hob ihr Kinn an, damit sie ihn ansehen musste. Langsam kam sein Gesicht näher. Sie ließ es zu. Klar denken konnte sie nicht mehr. Sie wusste nicht, ob es ein Fehler sein würde. Doch als er sich zu ihr beugte, seine Hand um ihre Taille schmiegte, sie sanft an sich zog und ihre Lippen sich berührten, bereute sie nichts. Ihre Zweifel lösten sich im Spiel seiner Lippen auf. Als er ihr das Kleid von den Schultern streifte, wanderte ein Prickeln auf ihrer Haut entlang. Ihr wurde schwindelig vor Aufregung, als er sie behutsam in das knisternde Stroh drückte.

Sie spürte seine Erregung an ihrem Schenkel, doch er ließ sich Zeit. Langsam schob er ihre Röcke nach oben. Das Stroh kitzelte an ihren Knien, intuitiv zog sie die Beine an. Seine hungrigen Lippen suchten ihren Mund, sein ungestümer Atem berührte ihre Wangen. Als er ihren Hals mit zärtlich saugenden Küssen bedeckte, glaubte sie den Verstand zu verlieren.

Sie schmiegte sich an ihn, seine Hand schob sich zwischen ihre Schenkel, mit der Fingerspitze umkreiste er ihren Venushügel, während er selbst seine Hose öffnete.

Die Meistersfrau hat gesagt, ich muss mit Männern vorsichtig sein, dachte sie noch, während er behutsam in sie eindrang. Es ziepte.

»Hab keine Angst. Ich passe auf. Es geschieht dir nichts.«

Sie legte ihren Kopf zurück und gab sich seinen Bewegungen hin. Ihre innere Anspannung ließ nach. Während er mit jedem Atemstoß tiefer in sie eindrang, wünschte sie sich, es möge niemals enden. Die Furcht, ertappt zu werden, verblasste in der Ferne.

14. Tag

Samstag, 10. Februar 1742,
noch 2 Tage bis zur Krönung

Hab ich meine Übertretungen, wie Menschen tun, zugedeckt, um heimlich meine Schuld zu verbergen.

Hiob 31,33

Mathias hielt es in dem stickigen Raum zwischen den schnarchenden Leibern nicht mehr aus. Die letzten Stunden hatte er mit Simon im Arm mehr gedöst als geschlafen. Fortwährend waren seine Gedanken nach Augsburg zurückgewandert. Zu Stine und zu Juliane. Im Halbschlaf war er ihr so nah gewesen, dass er geglaubt hatte, ihre Stimme zu hören, so deutlich, dass ihm noch immer das Herz klopfte.

Er erhob sich, nahm Simon auf den Arm und stieg über die Schlafenden in Richtung Tür.

Im Schankraum webten sich die ersten grauen Lichtschleier durch die Dunkelheit.

Im hintersten Winkel sah er zwei Gestalten liegen, die es wohl in ihrer Trunkenheit nicht mehr bis in den Schlafraum geschafft hatten. Gerade als er sich amüsiert abwenden wollte, bewegte sich einer der Körper. Es war eine Frau in einem karminroten Kleid mit silbergrauer Schürze. Ihm stockte der Atem. Ihre Stimme heute Nacht ... Ungläubig schlich er sich näher, seinen Sohn dabei fest an sich gedrückt.

Das Strohlager war zerwühlt, Juliane und dieser Zauberer lagen dicht beisammen, die Gesichter einander zugewandt. Ein nie gekannter Schmerz durchfuhr ihn. Es schnürte ihm die Kehle zu, er hielt den Anblick kaum aus. Ihm wurde heiß und kalt zugleich. Was sollte er jetzt tun? Juliane von ihm wegreißen? Wortlos verschwinden, als habe er nichts gesehen? Wenigstens tragen beide ihre Kleidung, versuchte er sich zu beruhigen. Vielleicht ging auch nur seine Phantasie mit ihm durch. Zwischen den beiden war bestimmt nichts vorgefallen und wenn doch, dann hatte dieser elende Zauberer sie verführt. Diesem Raphael hatte er von Anfang an misstraut. Juliane gehörte nicht in die Arme dieses Mannes. Nie und nimmer durfte er zulassen, dass sie in ihr Unglück lief, schließlich liebte er sie.

Gerade als er die Tragweite seiner Gedanken begriff, sprang die Tür vom Schlafraum auf, und sein Lohnkutscher kam hereingewankt.

»Ach, da seid Ihr! Ich dachte schon, der Herr hätte sich eine andere Fahrgelegenheit nach Frankfurt gesucht!«

»Frankfurt!« Juliane fuhr auf. Der Zauberer war ebenfalls sofort wach.

Peinlich berührt rappelten sich die beiden auf.

Mathias wandte sich an seinen Hauderer, um nicht mit ansehen zu müssen, wie die beiden ihre Kleidung ordneten und sich gegenseitig die Haare vom Stroh befreiten.

»Falls ich deine Fahrdienste noch benötige, gebe ich dir Bescheid. Solange kannst du dich noch mal schlafen legen.«

Der Hauderer verschwand vor sich hin murrend und schimpfend wieder im Nebenraum.

»Mathias!« Juliane kam zwei Schritte näher, als könne sie ihren Augen nicht trauen. »Was machst du denn hier?«

»Ich bin auf dem Weg nach Frankfurt. Eine Kaiserkrönung erlebt man schließlich nicht alle Tage.« Seine Stimme klang noch kühler als beabsichtigt.

»Ihr seid mit einem Lohnkutscher unterwegs?«, mischte sich der Zauberer ein. »Ziemlich aussichtslos, mit Verlaub. Da werdet Ihr wohl zu spät kommen.«

»Mag sein. Euren Worten entnehme ich wiederum, dass Ihr mit einer Extra-Post fahrt. Ziemlich teure Angelegenheit. So könnte ich mir vorstellen, dass Meister Drentwett nichts dagegen hat, wenn ich dazusteige und mich an den Fahrtkosten beteilige.«

»Ja aber ...« Julianes Widerspruch versiegte, weil just in dem Moment Friederike und der Meister in der Tür erschienen.

Während Juliane die Situation sichtlich unangenehm war, nutzte Mathias die Gelegenheit, sich dem Meister selbstbewusst vorzustellen und ihm eine großzügige Kostenbeteiligung anzubieten. Für die Summe hätte er beinahe eine eigene Extra-Post mieten können, doch das Wort des Meisters war entscheidend und darum einiges wert. Die Meistersfrau war im Zweifelsfall leichter zu überzeugen, schließlich hatte er Simon auf dem Arm. Allerdings schien diese das Kind noch gar nicht wahrgenommen zu haben. Offenkundig ging es ihr nicht gut, sie litt wohl starke Schmerzen und starrte immerzu auf den Boden.

»Ein alter Bekannter von Juliane also«, wiederholte der Meister nachdenklich. »Zugegebenermaßen, Euer Angebot klingt gut. Wenn Ihr mir das Geld sofort gebt, stimme ich zu.«

Mit dem Geklimper der Münzen schien die Meistersfrau zu erwachen. »Ihr Männer! Wie könnt Ihr einem kleinen Kind eine solche Fahrt überhaupt zumuten? Wie kann man nur so rücksichtslos sein? Das Kind gehört auf den Schoß der Mutter, nicht auf den harten Sitz einer Kutsche! Er soll sofort umkehren und das Kind der Mutter bringen! Selbst wenn ich wollte, ich könnte mich diesmal nicht um den Kleinen kümmern. Meine Schmerzen sind zu stark.«

»Keine Sorge«, beschwichtigte Mathias sie. »Ich komme gut mit Simon zurecht, und er verträgt die Kutschenfahrt ausgezeichnet. Außerdem kann seine Mutter gerade nicht bei uns sein.«

»Dann sorgt dafür, dass sie es kann! So ein kleines Kind braucht seine Mutter!«

»Schluss jetzt mit dem Zinnober!«, herrschte Meister Drentwett sein Weib an. »Der junge Mann begleitet uns mitsamt dem Kind nach Frankfurt. Fertig. Aus. Ende! Geld ist, was zählt.«

Mathias nahm die Worte des Meisters freudig auf. Die Meistersfrau fügte sich der Entscheidung. Wortlos ging sie auf ihn zu, nahm ihm Simon aus dem Arm und humpelte hinaus zur Kutsche. Juliane folgte ihr hastig, froh, der unangenehmen Situation zu entkommen.

Mathias blieb mit dem Zauberer zurück. Ein Blick zwischen ihnen genügte, und ihre Feindschaft war besiegelt. Keiner hatte die Absicht, freiwillig die Stelle des Verlierers einzunehmen.

***

In der Goldschmiede des Nikolaus Nell wurde seit sieben Tagen und Nächten fieberhaft gearbeitet. Keiner der drei Gesellen durfte länger als vier Stunden schlafen, nie durften Hammer oder Feile ruhen, mit jedem Herzschlag musste die Arbeit vorangetrieben werden.

Es wurde nur das Nötigste gesprochen, die Geräusche der Werkzeuge und das Knistern des unermüdlich brennenden Feuers beherrschten den Raum.

Nikolaus Nell hatte seine Augen überall gleichzeitig. An den Werktischen, am Amboss, an der Drahtziehbank, beim Löten und an der Beize. Seinen Gesellen und den beiden Lehrjungen gab er die Anweisungen im Flüsterton, so waren sie gezwungen, ihm genau zuzuhören.

»Du musst zwischenglühen. Spürst du nicht, wie widerspenstig das Silber wird? Und du! Sieh genauer auf die Zeichnung!«

Die beiden Angesprochenen nickten eilfertig. Namen hatten seine Gesellen für ihn nicht. Auf dieser Welt existierten nur sein Name, der des künftigen Kaisers und ein Name, der ihm Zungenbrennen verursachte: Philipp Jakob Drentwett.

Diesen angeblich so berühmten Mann würde er besiegen. Niemals hätte der künftige Kaiser einem Goldschmied aus Augsburg den Vorzug geben dürfen. Vom ersten Moment an war ihm klar gewesen, dass dieser Drentwett scheitern würde – versagen musste. Nannte man ihn in Augsburg nicht ›den Kleinen‹? Recht hatten sie.

Ihm, dem Goldschmiedemeister Nikolaus Nell gebührte die Ehre, sein Meisterzeichen auf der Krone zu verewigen. Unsterblich zu sein in dieser vergänglichen Welt, das war sein Wunsch. Auf nichts anderes hatte er all die Jahre hingearbeitet, auf alles verzichtet, was das Leben angenehmer machte, auf Frau und Kind, Haus und Hof. Sein Ruf, sein Name sollte über die Erde schallen, auch wenn sein Körper längst zu Staub verfallen war.

Ein Tag noch, ein letzter Tag Arbeit, dann hatte sein Lebenswerk einen krönenden Abschluss gefunden. Glanzvoll und reich – wie es ihm gebührte.

Er allein besaß das Vertrauen des künftigen Kaisers, nur er hatte neben der Krone den Auftrag für die Nachbildung des Zepters und des Reichsapfels erhalten.

Der bereits vollendete Reichsapfel ruhte in blauen Samt gebettet auf dem Tisch, es war ein gelungener Globus aus zwei silbernen Hälften, mit Äquatorspange, aufgelötetem Meridianband und Bergkristallen auf dem aufgesetzten Kreuz. Für das Zepter wurde gerade flüssiges Silber in eine eichenblattähnliche Form gegossen.

Es störte ihn nicht, dass seine Gesellen für ihn arbeiteten – waren es nicht schon immer die Schüler gewesen, die in Wahrheit das Kunstwerk für den Meister schufen? Ein Narr, wer das nicht zu nutzen wusste – so blieb kostbare Zeit für andere Dinge. Wichtige Verbindungen zu pflegen, zum Beispiel.

Längst füllte sich die Straße vor seiner Goldschmiede mit einem bunten Menschenzug. Bauern aus dem Umland, Bürger aus fremden Städten, Botschafter und der Adel aus so fernen Ländern wie Spanien, Italien, Frankreich und England. Von fünfzigtausend Zuschauern war die Rede, Fahnen überall, die Mainbrücke war verstopft, für Kutschen gab es schon jetzt kein Durchkommen mehr. Alle wollten sie den Wittelsbacher Kaiser sehen, der die kluge und mächtige Maria Theresia wider Erwarten in ihre Schranken gewiesen und damit dem seit Jahrhunderten wachsenden Zweig der Habsburger Kaiser die frischen Knospen abgeschlagen hatte.

Niemand wollte den Augenblick dieser denkwürdigen Krönung verpassen, von der noch in einigen hundert Jahren die Rede sein würde. Der Dom wurde geschmückt, die Wege mit Holzplanken ausgelegt, um den Schmutz der Straße zu verdecken, und die Volksbelustigungen wurden auf dem Römerberg, dem Platz vor dem Rathaus, aufgebaut. Traditionell, wie nach jeder Krönung, sollte im Anschluss an die symbolische Ausübung der Erzämter für das Volk Wein aus einem Springbrunnen fließen. Außerdem galt es einen riesigen Korn- und Haferhaufen zu erstürmen und den Kampf um den Ochsen und die Bratküche zu gewinnen. Wer es zudem noch schaffte, ein Stück Holz zu ergattern, über das der Kaiser geschritten war, oder ein anderes Erinnerungsstück als Trophäe mit nach Hause zu nehmen und vielleicht sogar noch eine der ausgeworfenen Münzen zu erwischen, der konnte sich an diesem Tag selbst als Kaiser fühlen.

Es versprach ein rauschendes Fest zu werden, eine Zeremonie von ungeahnter Herrlichkeit, und inmitten dieser Prachtentfaltung ein Goldschmied namens Nikolaus Nell.

***

In der Kutsche war es eng geworden, die Stimmung unter ihnen war aufgeladen, wie die Luft vor einem Gewitter. Juliane fühlte sich wie in einem wandernden Gefängnis. An ihrer rechten Seite saß Mathias, zu ihrer linken Raphael, die Holzkiste stand unter ihren Füßen. Sie bemühte sich krampfhaft, trotz des Schaukelns keinen der beiden Männer aus Versehen zu berühren. Sie presste ihre mittlerweile wundgescheuerten Knie noch fester gegeneinander. Hoffentlich blieben diese Schmerzen die einzige Strafe Gottes für ihr sündiges Verhalten. Sie bereute diese innigen Stunden zutiefst und trotzdem musste sie ständig an die letzte Nacht denken, noch immer spürte sie die Wärme seines Körpers, seine Zärtlichkeiten und innigen Berührungen.

Raphael versuchte hin und wieder ein Gespräch zu beginnen. Er lobte das ruhige Winterwetter, bewunderte die Aussicht oder machte auf eine Sehenswürdigkeit aufmerksam. Höflich schaute Juliane nach draußen, nickte mit einem unverbindlichen Lächeln, um sogleich wieder auf das Fell auf ihren Knien zu starren. Mathias kanzelte den Zauberer meist mit einem Wort ab und versuchte dann seinerseits zu unterhalten, indem er von seinen Reisen als Händler und besonders von

Frankfurt erzählte, was Raphael wiederum veranlasste dort zu unterbrechen, wo ihm der Bericht zu phantasievoll erschien.

Friederike wies die beiden kampfeslustigen Männer an, endlich Ruhe zu geben. Schon bei der Abfahrt in Gmünd hatte sie für Mathias einige deutliche Worte gefunden und ihm erklärt, was sie von eigennützig denkenden Vätern hielt. Seitdem kümmerte sie sich rührend um Simon, der auf ihrem Schoß lag und schlief. Es hatte den Anschein, als könne sie darüber sogar ihre Schmerzen vergessen. Trotzdem bat sie ihren Mann nahezu alle Viertelstunde darum, doch endlich Pause zu machen. Meister Drentwett schien der Einzige zu sein, den die Stimmung in der Kutsche nicht anfocht. Meistens hielt er die Augen geschlossen, und seinem Gesichtsausdruck nach zu urteilen, weilte er längst bei der Krönung in Frankfurt.

Gegen Nachmittag wurde immerhin das Fahren angenehmer, als sie auf eine der wenigen angelegten Straßen im Reich stießen. Rechts der neuen Chaussee erhoben sich die schneebedeckten Weinberge, deren Rebstöcke wie schwarze Mahnpfeiler in der Erde steckten.

Plötzlich wurde die Kutsche langsamer. Unsicherheit breitete sich im Wageninneren aus.

Die Kutsche hielt.

»Was ist los?«, fragte Raphael den Postillion, der sie seit Gmünd begleitete.

»Wir erreichen bald Canstadt. Haben sich die Reisenden überlegt, wie die Fahrt weitergehen soll?«, rief der Kutscher. »Den Neckar entlang über Heilbronn und Fürfeld, oder über Bruchsal? Das sollte jetzt entschieden werden.«

»Natürlich den Neckar entlang, über Heilbronn«, antwortete Raphael ungeduldig.

»Halt!«, schrie Mathias, als die Kutsche gerade wieder anrollte und zu Raphael gewandt: »Warum nicht über Bruchsal?«

»Weil es so geplant war«, gab der Zauberer ungerührt zurück.

»Über Bruchsal wären wir bestimmt schneller. Ich kenne die Strecken.«

Raphael winkte ab, als fühle er sich von einer Fliege belästigt. »Das schenkt sich nichts. Mal geht es hier, mal dort schneller, je nachdem, wo weniger Kutschen liegengeblieben sind. Wir fahren wie geplant über Ludwigsburg, Heilbronn, Fürfeld und Sinzheim nach Wieseloch.«

»Am Rand des Odenwalds entlang?«, ereiferte sich Mathias. »Hat der werte Herr Zauberer im Entferntesten eine Ahnung, wie gefährlich das ist?«

Juliane wurde auf ihrem Sitz immer kleiner. Als Raphael mit den Schultern zuckte, löste die Berührung einen Schauer in ihr aus.

»Auch nicht gefährlicher als anderswo. Ist doch eine nette und liebreizende Gegend, ich begreife nicht, warum Ihr Euch derart ereifert.«

»Wir sind hier nicht auf Vergnügungsfahrt! Schön mag der Odenwald zwar sein, aber nicht von ungefähr leitet sich der Name des Waldes von dem nordischen Gott Odin ab. Dort treiben sich von jeher zwielichtige Gestalten und Diebsgesindel wie Steine auf dem Acker herum! Ich bestehe darauf, dass wir über Bruchsal fahren.«

Mathias war kaum mehr wiederzuerkennen.

Raphael blieb gefährlich ruhig. »Das habt nicht Ihr zu entscheiden.«

»Ruhe jetzt!«, donnerte Meister Drentwett. »Wir nehmen den Weg über Heilbronn, wie vorgesehen!«, rief er dem Kutscher zu und machte damit jedes weitere Wort überflüssig.

Juliane schloss die Augen. Hätte sie für einen der beiden Partei ergreifen sollen? Weder dem einen noch dem anderen konnte sie zustimmen, obwohl ihr Herz danach verlangte. Ihr Verstand drängte auf eine Entscheidung. Sie lehnte sich nach vorn, um keinen der beiden sehen zu müssen, und überlegte.

Die Fahrt wurde wieder unruhiger, der Weg steiler. Sie hörte die Pferde keuchen.

Plötzlich ein Krachen, ein heftiger Stoß ließ die Kutsche erzittern.

Juliane schrie auf. Meister Drentwett wurde kreidebleich. Simon erwachte und verfiel in markerschütterndes Gebrüll. Friederike mühte sich verzweifelt, ihn zu beruhigen.

Raphael und Mathias stürzten nahezu gleichzeitig aus der Kutsche, um nachzusehen, was passiert war.

»Oh nein!«, hörte sie Raphael rufen.

Ein zweiter Stoß, die Kutsche wankte gefährlich. Im Gespann rasselte und knirschte es.

Nun hielt auch Juliane nichts mehr. Trotz Friederikes Ermahnung öffnete sie den Wagenschlag.

Die beiden vorderen Zugpferde lagen auf der Straße, im Geschirr zusammengebrochen, die Beine ineinander verkeilt.

Der Postillion saß jammernd und wehklagend auf dem Sattelpferd und versuchte seine beiden unversehrten Tiere vergeblich zu beruhigen, während Raphael die vorderen ausschirrte.

Juliane schaute sich um. Sollte sie lieber wieder zurück in den Wagen? Könnte das hier eine Falle sein? Wenn jemand die Krone stehlen wollte, wäre dies der perfekte Augenblick.

»Was ist denn passiert?«, fragte sie Raphael, ohne ihren Blick vom Wagenschlag zu lösen.

»Beide Wallache haben eine Kolik! Unglaublich! Die Bäuche sind aufgebläht und steinhart. Sieh dir das nur an!«

Schweißnass und mit geweiteten Augen blieben die Tiere liegen und ließen sich durch keinen Peitschenknall, durch kein Zurufen mehr dazu bewegen, aufzustehen.

Juliane schüttelte den Kopf. »Wie kann das sein? Sie haben sich doch immerfort bewegt, und warum trifft es beide Tiere nahezu gleichzeitig?«

»Vielleicht haben sie bei der letzten Station etwas zu fressen bekommen, was sie nicht verdauen konnten«, mutmaßte Mathias.

»Man hat meine Pferde vergiftet!«, schrie der Postillion seinen Verdacht in die Welt hinaus. »Man hat sie vergiftet!«

Nun stieg auch Friederike mit Simon und dem Meister aus der Kutsche.

»Himmelherrgott noch mal, wie sollen wir denn jetzt weiterkommen? Mit zwei Pferden wohl nicht! Das wird mich Stunden ...«

»Was tut dieser Mathias da?«, rief Friederike dazwischen. »Die armen Pferde!«

Juliane hätte besser nicht hingesehen, als Mathias sein Messer durch die Kehlen der Pferde zog, um die Tiere von ihren Qualen zu erlösen. Hatte er wirklich keine Wahl mehr gehabt? Musste er so schnell handeln?

Die ersten Opfer der Reise. Wie viele würden noch folgen müssen? Weinend ließ sie sich an der Flanke eines der toten Pferde nieder.

Mathias bemühte sich um Sachlichkeit. »Postillion, gib mir dein Sattelpferd, bleib du bei der Kutsche. Ich reite zur nächsten Station und sage Bescheid, damit man uns hilft.«

Keiner widersprach, als er das blutige Messer einsteckte, sich auf das Sattelpferd schwang und davonritt.

***

Wie gelähmt starrten sie ihm nach.

Nach geraumer Zeit rührte sich Friederike als Erste. Mit Simon auf dem Arm humpelte sie abseits der Kutsche den Weg auf und ab, um sich und das Kind warmzuhalten. Sie sprach fortwährend auf den Kleinen ein, bis er sich wieder vollkommen von seinem Schreck erholt hatte, doch selbst als er eingeschlafen war, hörte sie nicht auf zu erzählen.

Der Postillion, ein Hüne im Gegensatz zum vorherigen Kutscher, schlich mit gebeugtem Haupt zu dem ihm einzig noch verbliebenen Pferd, tätschelte ihm den Hals, befreite es vom Geschirr und führte es weg von den toten Artgenossen zu einem nahen Baum.

Als er zurückkehrte, bedeckte er die im Blut liegenden Pferdeleiber mit Schnee, als wolle er sie begraben, um damit das Geschehene vergessen zu machen.

»Ich kümmere mich um ein Feuer, damit wir es wärmer haben«, beschloss Raphael in die Stille hinein und ging zur Kutsche, um das Kohlenbecken zu holen.

Seine Worte schienen Meister Drentwett aus der Erstarrung geweckt zu haben.

»Ich brauche kein Feuer!«, schrie er. »Ich will es mir hier nicht gemütlich machen wie die Hirten auf dem Feld, um dann fernab des Geschehens den Stern aufleuchten zu sehen. Ach, verflucht noch mal! Sehen! Nicht einmal sehen könnte ich ihn! Ich will jetzt nach Frankfurt, auf der Stelle! Es bleibt keine Zeit mehr! Gebt mir das Pferd und die Holzkiste. Der Postillion soll mich führen!« Der Meister taumelte auf die Kutsche zu, stolperte und fiel hin. Sein Kopf verfehlte das Wagenrad um Haaresbreite.

Raphael half ihm auf und dirigierte den am ganzen Leib zitternden Meister geduldig, aber mit Bestimmtheit in die Kutsche und wies den Verzweifelten mit deutlichen Worten an, sitzen zu bleiben, ansonsten könne er ihn auch anders zur Vernunft bringen.

Während der Zauberer die Kohlenpfanne und zusätzliche Holzkohle aus der Kutsche holte, schaute Juliane sich immer wieder um. Sie wurde dieses merkwürdige Gefühl einfach nicht los, dass etwas passieren würde. Lag es an Mathias, weil er fortgeritten war? Ihren leisen Zweifeln, ob er zurückkommen würde?

Sie dachte an Friederikes Warnung. Hatte sie Mathias durchschaut? Wenn er ein falsches Spiel mit ihnen trieb, warum konnte sie dann ihre Zuneigung zu ihm nicht ablegen? Warum flammte dieses Gefühl immer wieder auf, wenn sie an ihn dachte? Es war die tief verwurzelte Verbundenheit, die allen Stürmen trotzte. Diese Liebe kümmerte es nicht, ob er ein Kind mit einer anderen Frau hatte, wie er sein Leben führte und was er ihr verschwieg, denn die Gefühle für ihn bewegten sich jenseits jeglicher Vernunft.

Mathias würde bestimmt bald zurückkommen, er würde seinen Sohn nicht einfach seinem Schicksal überlassen. Das traute sie ihm nicht zu.

»Denkst du wieder an ihn?« Raphael war leise an sie herangetreten. Sie hatte nicht bemerkt, dass das Feuer bereits brannte.

»Komm und wärm dich.«

Sie trat näher und starrte in die Flammen.

»Sieh mich an, bitte Juliane.«

Sie schüttelte den Kopf.

»Soll ich vergessen, was letzte Nacht zwischen uns gewesen ist?«

Sie schwieg.

»Wenn du es von mir verlangst, dann vergesse ich es. Aber nur, wenn auch du nicht mehr an unsere Küsse denkst, an die Wärme, die zwischen uns war, an das Prickeln bei jeder Berührung.«

Sie lenkte ihren Blick auf den schneebedeckten Boden, wo sich das Feuer als orangefarbenes Glitzern spiegelte. Für einen

Augenblick war sie versucht, Raphael anzusehen – denn auch sie dachte noch immer an die letzte Nacht.

»Sprich mit mir, Juliane. Kannst du es vergessen?«

Sie drehte den Kopf zur Seite, zerrissen von ihren Gefühlen.

»Solange du mir keine Antwort gibst, werde ich um deine Liebe kämpfen, Juliane.«

Seine Hand näherte sich ihrer Schulter.

»Nicht!«, keuchte sie. »Lass mich. Ich will in die Kutsche!«

Er ließ seine Hand sinken.

Sie wandte sich vom Feuer ab. Die Kälte umfing sie mit eisigen Klauen.

Als sie sich der Kutsche näherte, sah sie plötzlich etwas im Schnee liegen, das beinahe so aussah, wie eine Seite aus der Bibel ihres Vaters. Sie hob das Blatt auf. Tatsächlich! Es war eine der fehlenden Seiten, ein Abschnitt aus dem ersten Kapitel des Hoheliedes.

Sage mir an, du, den meine Seele liebt,
wo du weidest, wo du ruhst am Mittag,
damit ich nicht herumlaufen muss
bei den Herden deiner Gesellen.

Weißt du es nicht, du Schönste unter den Frauen,
so geh hinaus auf die Spuren der Schafe
und weide deine Zicklein bei den Zelten der Hirten.

Ich vergleiche dich, meine Freundin,
einer Stute an den Wagen des Pharao.
Deine Wangen sind lieblich mit den Kettchen
und dein Hals mit den Perlenschnüren.
Wir wollen dir goldene Kettchen machen
mit kleinen silbernen Kugeln.

Als der König sich herwandte, gab meine Narde ihren Duft.
Mein Freund ist mir ein Büschel Myrrhen,
das zwischen meinen Brüsten hängt.
Mein Freund ist mir eine Traube von Zyperblumen
in den Weingärten von En-Gedi.

Siehe, meine Freundin, du bist schön; schön bist du,
deine Augen sind wie Taubenaugen.

Siehe, mein Freund, du bist schön und lieblich.
Unser Lager ist grün.
Die Balken unserer Häuser sind Zedern,
unsere Täfelung Zypressen.

Sie drehte sich zu Raphael um. Er hatte ihr den Rücken zugekehrt und schaute ins Feuer. Er oder Mathias? Wer von beiden hatte die Seite verloren? Mathias, als er in der Eile aus der Kutsche gesprungen war, um nach den Pferden zu sehen, oder Raphael, spätestens als er das Kohlebecken herausgeholt hatte?

Sie würde es herausfinden, denn einer von beiden musste noch die Seite aus der Offenbarung bei sich tragen.

Zitternd steckte sie das Blatt unter ihren Umhang und stieg zu Meister Drentwett in die Kutsche.

***

Ich habe wieder Hoffnung.

Ich muss immer an dich denken, du lässt mir einfach keine Ruhe, seit du in mein Leben getreten bist. Weißt du, wie schlimm es ist, wenn zwei Menschen, die zueinander gehören, nicht zueinander finden können? Wenn man gezwungen wird, eine Liebe aufzugeben, kaum dass sie entstanden ist?

Ich leide in deiner Gegenwart und trotzdem suche ich deine Nähe, in der Hoffnung, mich damit vom Schmerz befreien zu können. Ich versuche deine Zuneigung zu gewinnen und verliere dich mehr und mehr. Doch daran bin ich selbst schuld. Ich sehne mich nach einem Blick in deine Seele, möchte wissen, was dort über mich geschrieben steht.

Ich achte auf jede deiner Bewegungen, ich versuche mit dir ins Gespräch zu kommen, mit jedem Herzschlag hege ich neue Hoffnung, dass ich bald nicht mehr allein bin. Es ist ein Wagnis, mich dir zu offenbaren, wer weiß, wie du die Wahrheit aufnimmst. Auch du bist auf der Suche, und ich hoffe, du deutest meine Zeichen richtig. Denn sie sind missverständlich, weil jeder Mensch fehlbar ist und man im Leben nicht immer das Richtige tut.

Man ist von einer Person fasziniert, obwohl man vielleicht gar nicht zueinanderpasst. Es beginnt mit Bewunderung, das Leben des anderen erscheint aufregend, weil es neu und anders ist. Jetzt reicht ein kurzer Gedanke an eine mögliche Zweisamkeit, und das Feuer ist entfacht. Doch es wird nur von der Hoffnung genährt. Die Arbeit geht plötzlich leichter von der Hand, das Leben erscheint unbeschwerter, man freut sich, wenn der andere sich freut, man ist bereit, alles zu tun, um Unglück im Leben des anderen abzuwenden, und man leidet, wenn der andere leidet. Aber was passiert, wenn die Gefühle nicht erwidert werden oder nicht erwidert werden können? Man beschäftigt sich tagelang mit einem Satz oder einem Blick, befürchtet, etwas falsch gemacht zu haben, und diese Angst raubt einem den Schlaf.

Auch wenn wir vielleicht niemals zueinanderfinden werden, meine Liebe zu dir bleibt bestehen. Auch wenn ich dich niemals mehr in meinem Leben umarmen darf, auch wenn mich jeder Gedanke an dich wie ein Messer durchbohrt, verfluche ich nicht dein Dasein. Im Gegenteil. Mein Leben wäre arm ohne dich.

Wenn man aber die einzige Liebe verliert, einem das Wichtigste auf der Welt aus den Händen gleitet und man es nicht halten kann, so stirbt ein Teil der eigenen Seele, qualvoll wird einem dieses Stück entrissen.

Jemand, der Ähnliches erlebt hat, kann diesen Schmerz vielleicht nachempfinden, und doch ist jedes Leid einzigartig, so wie jede Liebe einzigartig ist. Man wird diesen Menschen nie vergessen. Die Wunden auf der Seele verheilen mit der Zeit, aber die Spuren bleiben und damit auf ewig die Erinnerung. Liebe vergisst nicht.

Ist die Liebe nicht die größte Macht auf Erden, der wir alle unterworfen sind? Jeder kann sie erlangen und weitergeben. Ist es da nicht vermessen, nach Höherem zu streben?

Bald sind wir am Ende der Reise, aber ich werde vor euch allen das Ziel erreichen. Wovon ich immer geträumt habe, ist nun zum Greifen nah.

15. Tag

Sonntag, 11. Februar 1742,
noch ein Tag bis zur Krönung

Denn du überschüttest ihn mit gutem Segen,
du setzest eine goldene Krone auf sein Haupt …
Er hat grosse Herrlichkeit durch deine Hilfe;
Pracht und Hoheit legst du auf ihn.

Psalm 21,4.6

Morgen bin ich Kaiser des Heiligen Römischen Reiches, war Karl Albrechts erster Gedanke, als er nach einer kurzen Nacht die Augen öffnete. Ein angenehmes Gefühl durchflutete ihn, es betäubte seine Schmerzen. Die Gicht und die Nierensteine hatten ihn in der Nacht erneut kaum schlafen lassen. Doch da war noch etwas anderes, was ihn beunruhigte. Irgendetwas war passiert, das spürte er, obwohl er sich gleichzeitig wünschte, das Gefühl würde ihn trügen.

Er versuchte es zu verdrängen. Er lächelte den Sonnenstrahlen entgegen, die in sein Gemach fielen, und lenkte seine Gedanken auf die Vorbereitungen, die seinetwegen im Gange waren. Mit jedem Tag war die Stadt bunter geworden, Fahnen schmückten den Weg vom kaiserlichen Palais zum Dom, in dem man heute den Krönungsbaldachin aufbauen und die kahlen Säulen mit kostbaren Gobelins behängen wollte. Einzig die

Hauskrone hatte der Goldschmied Nell noch nicht fertiggestellt.

Dafür hatte er gestern per Brieftaube aus Augsburg erfahren, dass das dortige Exemplar trotz aller Widrigkeiten noch rechtzeitig an den Ort der Bestimmung käme. War es das, was ihn so beunruhigte? Ein Kaiser bei seiner Krönung, womöglich ohne Nachbildung der Reichsinsignien – undenkbar. Er konnte das Gerede schon hören, wie Feuer knisterte es ihm in den Ohren. Ein Kaiser ohne Hauskrone war wie ein Mann ohne Stammbaum. Wurzellos, unbedeutend, nach dem Tode dem Vergessen anheimgefallen.

Karl Albrecht erhob sich, um die trüben Gedanken zu vertreiben, und läutete nach seinem treuen Diener. Noch hatte er Hoffnung, er glaubte fest an ein gutes Ende, an eine Krönung, von der man noch lange sprechen würde.

Anstelle seines Dieners kam unvermutet sein Bruder Clemens herein, dessen Fürsorge und Begleitung er schon beim Einzug in die Stadt genossen hatte, und der den ordnungsgemäßen Verlauf der Vorbereitungen überwachte. Clemens hatte nicht eher geruht, bis der Mainzer Erzkanzler auf das Krönungsrecht zugunsten der engen familiären Beziehung zwischen dem künftigen Kaiser und dem Kurfürsten zu Köln verzichtet hatte.

Er konnte sich glücklich schätzen, solch einen Bruder zu haben. Nicht einen Funken Neid hatte er seit seiner Wahl zum Römischen König in den Augen des drei Jahre jüngeren Bruders gesehen.

Karl August lächelte Clemens entgegen, und es war ihm, als lächle sein Spiegelbild zurück. Die gleichen blauen Augen, die gleiche längliche Gesichtsform – nur eine Kleinigkeit stimmte heute nicht überein. Die Züge um den Mund des Bruders blieben reglos. Irgendetwas war passiert.

»Clemens, was führt dich zu mir?«, fragte er herzlich, als könne der unverfängliche Plauderton eine schlechte Nachricht verhindern.

»Ach, ich wollte nur sehen, wie es dir geht.«

Wenn er so anfing, war es schlimmer als gedacht.

»Sag, was ist passiert? Wird die Hauskrone nicht rechtzeitig fertig? Ist jemand erkrankt?«

»Schlimmer. Soeben erhielt ich Nachricht aus München. Die Österreicher belagern die Tore deiner Residenzstadt. Es ist nur noch eine Frage von Stunden, bis der Widerstand fällt. Maria Theresia hat das Unglaubliche geschafft. Sie hat nicht nur ihr eigenes Land von deinen kaiserlichen Truppen und den Franzosen befreit – nein, sie hat den Spieß soeben umgedreht.«

Karl Albrecht beugte sich nach vorn und verschränkte die Arme vor der Brust, als habe ihn ein Dolchstoß getroffen.

»Ist das wahr?«, keuchte er, und seine Schmerzen wurden augenblicklich stärker. Sein Rücken verkrampfte, er stützte sich auf die Schulter des Bruders, die Gelenke fühlten sich an, als rieben Sandkörner in den entzündeten Stellen.

»Leider ja. Aber du darfst dich jetzt nicht aufregen.«

»Nicht aufregen? Die Nachricht wird sich wie ein Lauffeuer verbreiten! Ein Kaiser ohne Residenzstadt, den Feind im eigenen Land, über das er herrschen sollte. Die Leute werden begreifen, warum ich mich nach der Krönung in Frankfurt niederlassen wollte! Nicht weil die Stadt den Mittelpunkt des Reiches bildet, nicht weil die Menschen hier angeblich so freundlich sind – nein! Weil ich den Vorstoß Maria Theresias geahnt habe und Vorsorge treffen wollte! Mein Volk wird erkennen, dass ich es belogen habe!«

»Reg dich nicht auf, das tut dir nicht gut. Das Volk wird dich trotzdem verehren, sie mögen dich, die Frauen lieben dich gar, alle werden dein Handeln goutieren.«

»Glaubst du! Es war schwer genug, die Herzen der Frankfurter zu erobern. Wie leicht kann ich ihre Gunst wieder verlieren! Du weißt, dass sie viel lieber Maria Theresia auf dem Thron gesehen hätten, das ist kein Geheimnis.« Er rang nach Atem. »Außerdem geht es hier nicht allein um das Volk. Du weißt, wie mühsam ich mir beinahe jede Kurstimme für die Wahl erkämpfen musste. Wenn jetzt nur einer von ihnen seine Meinung ändert und sein Votum zurückzieht, weil er das Vermögen seiner Gunst auf der Gegenseite besser angelegt sieht, dann werde ich niemals Kaiser und die Feierlichkeiten müssen abgesagt werden. So weit wird es doch nicht kommen, oder?«

»Gewiss nicht. Mach dir keine Sorgen. Du musst jetzt stark sein, hörst du? Du musst deine Macht demonstrieren. Maria Theresia wird dich nicht besiegen, niemals!«

Karl Albrecht ließ sich auf das Bett sinken, ihm wurde übel, sein Herz raste.

»Hörst du, Bruder? Nur noch einen Schritt, nur noch ein Tag, und du bist Kaiser des Heiligen Römischen Reiches, der erste Wittelsbacher seit vierhundert Jahren.«

Die Worte des Bruders zeigten Wirkung. Er straffte den Rücken und atmete tief durch.

»Ich werde kämpfen.«

Sein Bruder tupfte ihm mit den bloßen Fingern den Schweiß von der Stirn. »Geht es dir jetzt wieder besser?«

»Mir geht es gut. Keine Sorge. Aber sage Amalia nichts. Sie soll sich nicht unnötig aufregen. Wo ist sie denn gerade?«

»Bei den Kindern. Seit dem Morgenmahl vergnügen sie sich im großen Salon und spielen mit den Jagdhunden.«

Ein Lächeln flog ihm auf die Lippen. »Gut. Das ist gut.« Er lehnte sich mit schmerzverzerrtem Gesicht in die Kissen. »Ich will mich noch einen Augenblick ausruhen, ehe ich aufstehe.

Bitte sorge derweil dafür, dass die Vorbereitungen nicht nachlassen.«

»Gewiss, mein Bruder.« Er deutete eine Verbeugung an und fügte mit Pathos in der Stimme hinzu: »Gewiss, Eure Kaiserliche Majestät.«

Karl Albrecht schloss die Augen und gab sich seinen Gedanken hin, nachdem sein Bruder gegangen war.

Ich könnte glücklich sein, so viel Freundschaft, Güte, Größe und Lebensfreude, kurz alles, was die Welt scheinbar Glänzendes bietet, darf ich erfahren. In Wahrheit aber ist dies alles nicht mehr als ein falscher, nichtiger Schimmer. So ließ ich Narr des Glücks mich als Kaiser wählen, tat so, als hätte ich Frankfurt zu meiner Residenz auserkoren, weil es in der Mitte des Reiches liegt, in Wahrheit aber bin ich ein Verdammter, der keine Heimat hat, weil mein Land vom Feind besetzt ist. Nun heißt es den Kopf hochhalten, mich durch das Missgeschick nicht entwaffnen lassen, das Traurigste ertragen, ja sogar kalten Blutes meinem österreichischen Feind ins Antlitz schauen – die Lage ist verzweifelt, das nackte Elend ist mein Los, ich habe keine Unterstützung, keine Truppen, kein Geld und soll den Schein der Größe wahren, obwohl ich doch in Wirklichkeit so ganz klein geworden bin. Krank, ohne Land, ohne Geld kann ich mich wahrlich mit Hiob, dem Mann der Schmerzen vergleichen, kann nur auf Gott meine Hoffnung bauen, auf ihn, der dieses Unheil zuließ, der mir aber auch wieder Rettung senden kann.

Ein schwerer Stein lag auf seiner Brust, dennoch raffte er sich nach einer Weile aus seinem Kummer auf und läutete erneut nach seinem Diener.

Josef erschien sogleich in der Tür. Dem alten Mann stand die Sorge um seinen Herrn ins Gesicht geschrieben, und Karl Albrecht gab sich alle Mühe, seine Schmerzen zu verbergen.

Von seinem Morgenmahl trank er nur den Tee, der wie üblich eine gehörige Menge schmerzlindernder Tropfen enthielt.

Wie jeden Morgen trank er den Becher in einem Zug leer, und sein Diener schien erleichtert, etwas Gutes für seinen Herrn tun zu können. Karl Albrecht verriet weder ihm noch den Ärzten, dass die Medizin von Tag zu Tag weniger gegen sein Leiden auszurichten vermochte.

Josef half ihm mit der nötigen Sorgfalt in das Gewand, er führte das schmerzende Handgelenk mit größter Vorsicht durch den Ärmel, es war heiß und so dick, dass die Haut spannte. Karl Albrecht lenkte sich ab, indem er zum Fenster hinausschaute und das geschäftige Treiben auf dem Hof beobachtete.

Gerade wurde der Baldachin an vergoldeten Stangen hereingetragen, unter dem er morgen zum Dom reiten sollte. Ein Himmel aus gelbem Damast mit Fransen, mit einem schwarzen Reichsadler bestickt. Die Bediensteten brachten den kostbaren Stoff in die Eingangshalle des Barkhausen'schen Palais und begaben sich anschließend zur Remise, wo der Krönungswagen stand. »Mon carosse.« Er lächelte. Vier Diener waren bereits damit beschäftigt, das Gold in seinem Glanz erstrahlen zu lassen. Majestätische Pracht entfaltete sich vor seinen Augen. Unbeschreibliche Vorfreude durchflutete ihn, die Sorgen schrumpften zu einer kleinen Wolke am strahlend blauen Himmel.

Während Josef ihm vorsichtig die Schuhe anzog und zu guter Letzt noch einmal den makellosen Sitz der Perücke überprüfte, klopfte es erneut.

»Herein!«

Clemens erschien in der Tür. »Verzeih, dass ich noch einmal störe, aber hier ist ein Goldschmiedemeister, der dich unbedingt zu sprechen wünscht.«

»Wer ist es? Nell? Drentwett?«

»Sein Name ist Johann Ludwig Biller. Er sagt, er habe wichtige Nachricht aus Augsburg.«

»Aus Augsburg? Bitte führ ihn ins Audienzzimmer. Ich empfange ihn sogleich.«

***

Mathias war zurückgekommen. Juliane konnte es noch immer kaum glauben. Er hatte einen Postillion mitgebracht, der mit seinen Pferden die Kutsche wieder ins Rollen brachte. Seit dem gestrigen Tag waren sie wieder unterwegs.

Sie hatte Mathias gedankt, dabei allerdings fast keinen Ton herausgebracht. Der innere Sturm verwirbelte ihre Worte, noch ehe ihr diese über die Lippen kamen. Ihr schlechtes Gewissen plagte sie. Sie hatte an Mathias gezweifelt, aber er war wieder bei ihr und ließ keine Gelegenheit aus, sie anzulächeln und mit ihr zu reden.

Ihr allerdings war nach Ruhe zumute. Sie wollte nachdenken, über ihn und Raphael, herausfinden, wer die Bibelseite bei sich trug. Nur einer von beiden meinte es ehrlich mit ihr, und dieses Wissen trieb sie beinahe in den Wahnsinn.

Der neue Kutscher peitschte seine Pferde auf Geheiß des Meisters voran, obwohl an eine schnelle Fahrt wegen der Wegverhältnisse kaum zu denken war. Gegen Mitternacht hatten sie den Neckar bei Heilbronn hinter sich gelassen, am Morgen Fürfeld und Sinzheim passiert und gegen Nachmittag wollten sie Heidelberg erreichen. Von der schönen Stadt würden sie allerdings nichts zu sehen bekommen, denn der Meister hatte sämtliche Ruhepausen gestrichen, er wurde rasend, wenn die Austauschpferde an einer Poststation nicht sofort bereitstanden. Ständig rechnete er ihnen vor, wie viel Zeit noch blieb, und das Ergebnis besagte seit dem gestrigen Zwischenfall, dass sie zu spät kommen würden. Zwei Stunden fehlten ihnen, die Ruhezeit, die der Goldschmied seinem Weib zu Beginn der

Reise zugestanden hatte – und diesen Umstand ließ er sie spüren.

Friederike blieb tapfer. Sie konzentrierte sich auf Simon und schaute nur selten auf, als würde die Reisezeit so schneller verstreichen. Sie behandelte Simons Vater wie Luft. Sie hatte Mathias noch immer nicht verziehen, dass er das Kind einer solchen Strapaze aussetzte.

Juliane beobachtete Friederike noch eine Weile, bis sie plötzlich eine Idee hatte, wie sie Mathias und Raphael dazu bringen könnte, ihr wahres Gesicht zu zeigen. Sie musste nur achtgeben, wie unterschiedlich die beiden reagieren würden, und Friederike würde hoffentlich schnell begreifen und mitspielen.

Als sie Heidelberg wieder verlassen hatten, beschloss Juliane die Flucht nach vorne anzutreten.

»Ach, Friederike, sieh mal, was ich gestern vor der Kutsche gefunden habe. Eine der fehlenden Seiten aus der Bibel meines Vaters.«

Die Meistersfrau erschrak. »Wie kann das sein?«

»Das frage ich mich auch.«

Beide Männer hatten sich ihr zugewandt, und ihnen stand das Erstaunen gleichermaßen ins Gesicht geschrieben. Wer von beiden auch immer das Spiel spielte – er spielte es sehr gut.

»Du weißt, an wen ich jetzt denke?«, fragte die Meistersfrau, den Blick in die Ferne gerichtet.

»Nicht sicher.«

»Gib mir mal die Bibelseite.«

Juliane jubelte innerlich, weil Friederike den Köder erkannt hatte und ihr nun beim Auswerfen half.

»Nein, Simon, das Papier ist nicht zum Spielen. Hier steht ... lass mich lesen ... das ist aus dem ersten Kapitel des Hoheliedes, dem Lied der Lieder. Es wird König Salomo zugeschrieben, der eintausendfünf Lieder gedichtet haben soll.«

»Warum wurde ausgerechnet diese Seite herausgerissen?«

»Das ist tatsächlich merkwürdig, vor allem weil diesem Buch der Bibel meist zu wenig Bedeutung beigemessen wird. Aber das scheint ja in unserem Fall anders zu sein. Vielleicht sollten wir mal ein wenig genauer hinhören, ob uns derjenige mit dem Lied etwas sagen will.«

»Also ich habe den Text bisher nicht verstanden.«

»Gib nicht gleich auf. Er ist zugegebenermaßen schwer verständlich, und bestimmt liest jeder für sich und seine Zeit etwas anderes darin, aber es geht eindeutig um Sehnsucht und die Liebe zwischen zwei jungen Menschen.«

»Aber wer sind die beiden?«

»Hm, die Fragende ist die Frau, der Antwortende könnte der Geliebte sein, aber wenn du den spöttischen Unterton auf dich wirken lässt, vielleicht auch ein anderer, eifersüchtiger Mann.«

Juliane fiel keine Erwiderung ein, auch wagte sie nicht, Mathias oder Raphael anzusehen.

Glücklicherweise sprach Friederike weiter: »Interessanterweise ist nirgendwo im Hohelied von Gott die Rede, deshalb weiß der Pfarrer oft nicht, wie er dieses Liebesgedicht, in dem jeder religiöse Gedanke zu fehlen scheint, der Gemeinde vermitteln soll. Was sagen denn die Herren zu diesen Versen?«

Mathias zuckte mit den Schultern. »Mir fiel bisher immer nur auf, dass auch am Schluss des gesamten Liedes nicht von einer Hochzeit die Rede ist, ich weiß nicht, ob der Mann die Frau heiraten möchte, obwohl er sie immer wieder als Braut bezeichnet. Am Ende klingt es sogar eher nach einer Trennung, aber vielleicht birgt die Aufforderung zu fliehen den Wunsch, sich anderswo wieder zu vereinen.«

Raphael schüttelte den Kopf. »Warum so unsicher? Hier geht es darum, die zarte Liebe nicht zu stören. Die geheimnisvolle Kraft, die zwei Menschen verbindet, die Liebe um der

Liebe willen wird hier besungen, doch die Frau ist sich nicht sicher, ob nicht noch ein Rivale die Stimmen hört.«

Friederike ließ das Blatt sinken. »Jedenfalls ist es am Ende die Frau, die die Entscheidung herbeiführt.«

Schweigen breitete sich aus.

Juliane dachte noch über die Worte von Mathias und Raphael nach, als die Kutsche in die Dämmerung rumpelte.

***

Während die Sonne unterging, hielt sich Stine mit den Hunden abseits des Feuers, obwohl ihre Muskeln zitterten und die Zähne überhaupt nicht mehr zu klappern aufhörten. Doch lieber wollte sie erfrieren, als Silberbart zu nahe zu kommen. Ihr Mann saß mit den anderen Räubern um den Fleischkessel, er redete ohne Unterlass, plante und phantasierte, und beschwor mit großen Gesten den Überfall herbei. Narbenpaule war mit einem der gestohlenen Pferde als Späher ausgeschickt worden, die anderen Wallache warteten an Bäumen angebunden und scharrten mit den Hufen, ihre Leiber dampften.

Das Lager war geschickt gewählt. Es lag zwei Stunden hinter Heidelberg, am Rande des Odenwalds, mit weitem Blick über die Rheinebene. Die Kutsche musste von Süden kommend am Waldrand entlang an ihnen vorbeiziehen, wie eine gebratene Taube würde sie den Räubern ins Maul fliegen.

Stine hätte vor Wut am liebsten geschrien, Silberbart ins Gesicht geschleudert, wie mies sie sein Verhalten fand, wie feige er war und was sie von Menschen hielt, die sich auf Kosten anderer bereicherten und nicht davor zurückschreckten, über Leichen zu gehen. Doch ihr fehlte es an Courage, und das machte sie noch wütender. Sie sah dem drohenden Unheil ins Auge, ohne es zu verhindern. Konnte sie das wirklich verantworten?

Aber was sollte sie in die Waagschale werfen, um Silberbart von seinem Vorhaben abzubringen?

»Was schaust du denn so trübe, mein Täubchen? Komm doch her und wärm dich an meiner Seite. Holst dir ja noch den Tod in der Kälte.«

Ihre Augen wurden schmal. »Ach, würde dich das kümmern?«

»Wie meinst du das denn jetzt?«

Stine trat näher. Die anderen Räuber wichen unwillkürlich zur Seite.

»Damit meine ich, dass dir das Leben anderer nichts bedeutet! Du kennst nur deine Ziele, bist dir selbst der Nächste!«

»Hab' ich mich nicht genug um dich gekümmert? Ich weiß, ich hätt' dich nicht auf den Raubzug mitnehmen soll'n. Is nichts für zarte Weibergemüter, das versteh' ich ja.«

»Du verstehst gar nichts! Du sollst diesen Leuten in der Kutsche kein Leid zufügen, du darfst ihnen nichts antun!«

»Was denkst du denn von mir? Ich bin doch kein Unmensch. Ich werde sie freundlich bitten, die Krone herauszugeben. Erst wenn sie darauf nicht eingehen woll'n, werde ich leider zu andren Mitteln greifen müss'n.«

Zweige knackten, die Hunde schauten auf.

Ein Pferd tauchte zwischen den Bäumen auf, kurz darauf drang Narbenpaules heisere Stimme zu ihnen vor. »Sie kommen!«

»Sie kommen?« Silberbart geriet in einen Rausch. »Es geht los. Auf die Pferde!«

»Es gibt noch ein Problem«, wandte Narbenpaule unterwürfig ein. »Es sitzt ein Mann mehr als gedacht in der Kutsche – und ein kleines Kind ist dabei.«

»Darauf kann ich jetzt keine Rücksicht nehmen.« Silberbart schwang sich auf sein Pferd und schlug diesem die Hacken in die Seiten. »Zum Angriff!«

Stine wurde schwarz vor Augen. »Nicht, Silberbart, nicht!«

Ihr Rufen erstickte im Hundegebell und dem Trampeln von Pferdehufen.

***

Ein Posthorn ertönte.

Vier stakkatoartige, dunkle Töne, sich steigernd wie eine Triumphfanfare, mündeten in den Galopp einer hohen Melodie.

»Was ist das?«, fragte Juliane in die schlafende Runde.

»Klingt nach einer entgegenkommenden Kutsche«, mutmaßte Meister Drentwett, der auch keine Ruhe gefunden hatte.

Der Postillion verlangsamte die Fahrt und hielt an einer Ausweichstelle an. Juliane lehnte sich zurück, um die Vorbeifahrt der anderen Kutsche zu beobachten.

Plötzlich ein Schrei des Postillions.

Hundegebell, Gebrüll.

Mathias hob die Ledervorhänge zur Seite.

Die Kutsche war umzingelt.

»Räuber«, flüsterte sie. Ihr Magen zog sich zusammen und schmerzte bei jedem Atemzug. »Was machen wir jetzt?«

»Wie viele sind es?«, fragte Meister Drentwett erstaunlich ruhig.

»Schwer zu sagen.« Ihre Stimme zitterte. »Vier sehe ich, aber …«

»Es sind fünf«, stellte Raphael fest. Niemand fragte ihn, woher er das wusste.

»Gut. Juliane – du nimmst die Krone an dich!«, wies der Meister sie an. »Einer Frau werden sie so schnell nichts tun.«

Friederike schlug die Hände vors Gesicht. »Wir dürfen uns nicht wehren. Keinen Kampf, bitte! Gebt ihnen die Krone lieber freiwillig. Denkt doch an Simon!«

Der Wagenschlag sprang auf.

Mathias' Hand schnellte an die Messerscheide.

Juliane stieß einen Schrei aus. Der Mann mit dem silberfarbenen Bart. Die Glut im Kohlenbecken warf bizarre rote Schatten auf die blank polierte Messerklinge des Räubers.

Mathias verhielt sich ruhig. Der Mann hatte ihn in der Dunkelheit der Kutsche noch nicht bemerkt. Er hielt die Klingenspitze auf Raphael gerichtet.

»Sieh einer an, da ist ja unser Weidenkätzchenkarl. Was machst denn du hier?« Sein Ton wurde schärfer. »Ich dacht', du wärst im Lech ertrunken, zusammen mit meinem Sohn?«

Noch ehe Raphael antworten konnte, hörten sie Stine rufen und schreien. Sie lief stolpernd und mit den Armen rudernd herbei.

»Silberbart! Tu meinem Kind nichts! Sonst ... sonst bringe ich dich um! Lass Mathias und Simon in Frieden!«

Der Räuber starrte auf das Bündel in Friederikes Armen, das die Meistersfrau festhielt, als ginge es um ihr eigenes Leben.

»Mein Sohn ist gar nicht tot? Er lebt?« Silberbart streckte die Hand nach Simon aus.

In diesem Augenblick stürzte Mathias nach vorn, warf sich mit dem Gewicht seines Körpers auf den Gegner, sodass dieser rücklings vor der Kutsche in den Schnee fiel.

»Er ist nicht dein Sohn! Begreif das endlich! Genauso wenig wie dir Stine gehört!«

»Oh doch, so leicht wird Stine mich nicht los!« Silberbart rappelte sich auf und wollte auf seine Frau zugehen, die atemlos den Schauplatz erreicht hatte.

»Glaubst du!« Mathias warf sich voller Erbitterung auf ihn und schlug ihm das Messer aus der Hand.

Silberbart ging zu Boden, wehrte sich aber mit einem Kinnhaken.

Mathias hockte wie betäubt auf seinem Gegner und befühlte

die aufgeplatzte Lippe. Blut floss als Rinnsal über sein Kinn und tropfte auf den Hemdkragen.

Silberbart nutzte die Gunst des Augenblicks. Er versetzte Mathias einen Schlag in den Magen, packte ihn an den Schultern und wälzte sich auf ihn. Hasserfüllt griff er Mathias an die Kehle, seine schwieligen Hände bedeckten den sehnigen Hals des schwächeren Gegners. Silberbart drückte zu. Mathias keuchte und würgte.

»Hör auf!«, schrie Stine voller Verzweiflung und griff nach den Schultern ihres Mannes, doch er schleuderte sie mit einer kräftigen Armbewegung fort wie eine räudige Katze.

Mit letzter Kraft nutzte Mathias die Gelegenheit, um sein Messer zu ziehen. Silberbart fuhr herum und umklammerte die bewaffnete Hand, ehe Mathias zustechen konnte. Der Räuber drückte so lange zu, bis sich Mathias' Finger von selbst öffneten. Mit einem kalten Lächeln nahm er das Messer entgegen. »Du wirst mich kein zweites Mal verletzen. Diesmal werde ich den Sieg davontragen – und zwar endgültig.« Silberbart holte aus.

»Nein!« Julianes Schrei verhallte ungehört.

Die Klinge sauste nieder und verfehlte nur knapp den Hals des sich windenden Mathias.

Keiner der anderen Männer wagte in den Kampf einzugreifen. Die Räuber waren von ihren Pferden gestiegen und bildeten ein Halbrund um die Kämpfenden.

»Warum bringt sie denn niemand auseinander?«, rief Juliane unter Tränen.

»Hört auf!«, würgte Stine aus der verkrampften Kehle hervor.

Silberbart hob erneut den Arm. »Nur deinetwegen tu ich das hier.«

»Nicht! Du bringst ihn um!«

»So ist es, Stine! Und deine Strafe folgt erst noch! Pass gut auf!«

Silberbart stach zu. Das Messer blieb in Mathias' Brust stecken. Mathias stöhnte auf, röchelte, versuchte Luft zu bekommen. Mühsam hob er die Arme, um die Waffe aus seiner Brust zu ziehen, doch sein Körper erschlaffte, bevor er das Messer greifen konnte. Sein Kopf fiel zur Seite.

Für Juliane brach eine Welt zusammen. Sie starrte auf den leblosen Körper, auf das Blut, das den Schnee rot färbte. Die Tränen steckten als schmerzender Kloß in ihr fest. Sie konnte sich nicht rühren und nichts mehr denken.

Sie spürte nur eine unfassliche Angst, als Silberbart sich erhob und auf die Kutsche zukam.

»Und nun hole ich mir zurück, was mir gehört. Gebt mir mein Kind und die Krone. Oder wollt ihr enden wie dieser Hundsfott?«

Raphael umschloss ihre Hand. Wenn er nur endlich etwas unternehmen würde. Doch er machte nicht den Eindruck, als wollte er sich zur Wehr setzen. Vielleicht war das klüger, wollten sie selbst lebend hier herauskommen.

In Friederikes Blick standen Entsetzen und blanker Hass. Sie rutschte ein wenig zur Seite und legte Simon neben sich auf die Bank, damit der Räuber ungehindert zugreifen konnte. Juliane tat es ihr gleich und schob die Kronenkiste mit der Fußspitze über das Bodenstroh nahe an den Einstieg. Warum boten sie ihm nicht die Stirn?

In Friederike schien das Gleiche vorzugehen. Sie schaute zwischen Simons totem Vater und dem Kind hin und her.

Als Silberbart bis auf einen Schritt herangekommen war, sprang die Meistersfrau auf, packte das Kohlenbecken mit der Zange und warf ihm den glühenden Inhalt entgegen.

Dem Räuber entfuhr ein kehliger Laut, als die Kohlen sein Gesicht und die Brust trafen. Vor Schmerzen sank er in die Knie und warf sich keuchend in den Schnee. Plötzlich erstarben seine Bewegungen, als hätte ihn der Schlag getroffen. »Rache ... Krone ... Sim...«, waren seine letzten, kaum mehr verständlichen Worte.

»Ist er tot?«, flüsterte Juliane. Es war alles so unbegreiflich schnell gegangen.

Stine kniete neben den beiden Männern im Schnee und bedeckte ihr Gesicht mit den Händen. Ihre Schultern zuckten unaufhörlich.

»Unser Anführer ist tot!«, schrie einer der Räuber in die Stille hinein. »Niemand tötet Silberbart, ohne unsere Rache zu spüren! Schnappt euch die Krone und das Kind!«

Diesmal reagierte Raphael. Er legte sich in Windeseile ein Bündel Stroh auf den Arm und schnappte sich die Holzkiste.

»Ich nehme die Krone mit. Ihr müsst es bis Frankfurt schaffen! Ich versuche es auch!« Ohne ein Wort des Abschieds huschte er auf der anderen Seite zur Kutsche hinaus und schwang sich auf eines der Pferde.

»Hier bin ich! Holt euch doch das Kind und die Krone!«

Mit diesen Worten galoppierte Raphael davon.

***

Die Räuber verfolgten die aufgewirbelten Schneewolken in den Wald hinein. Noch lange war ihr Gebrüll zu hören. Juliane konnte nicht mehr. Am ganzen Körper zitternd, brachen die Tränen aus ihr hervor und liefen ihr übers Gesicht. Mathias war tot, und Raphael riskierte für Simon sein Leben. Warum träumte sie nicht? Warum war Gott so grausam zu ihr?

Friederike weinte ebenfalls vor Erschöpfung. Jetzt, nachdem der Überfall vorbei war, begann auch Simon lauthals zu schreien. Die Meistersfrau schloss Simon fest in die Arme, bis Stine völlig aufgelöst in die Kutsche stürmte und erleichtert feststellte, dass ihr Sohn sich gar nicht bei Raphael befand.

Meister Drentwetts Zorn war kaum mehr zu bändigen.

»Ich wusste, dass auf Juliane kein Verlass ist! Ich wusste es! Anstatt dass sie die Krone rettet, gibt sie dem Mann die Holzkiste mit, als wäre es ein Proviantkorb!«

»Beruhigt Euch, bitte!«, flehte Juliane. »Raphael hat versprochen, die Krone nach Frankfurt zu bringen!«

»Er macht doch mit den Räubern gemeinsame Sache! Der Anführer nannte ihn beim Namen, hast du das nicht gehört? Und diesem Raphael sollte ich vertrauen?« Juliane schwieg.

Simon begann zu weinen, aber das kümmerte den Meister nicht.

Mit unverminderter Wut fuhr er fort: »Das war von Anfang an ein abgekartetes Spiel! Warum hat er wohl die Kutsche für uns besorgt, warum wollte er unbedingt mitfahren? Warum hat er auf dieser Route beharrt?«

Juliane verließ wortlos die Kutsche. Der Meister hatte Recht. Warum war sie nur so blind gewesen? Ihretwegen lag ihr Freund nun dort im Schnee. Tot. Warum hatte sie sich nicht auf seine Seite gestellt, als er unbedingt über Bruchsal fahren wollte! Wahrscheinlich hatte er etwas geahnt, und sie hätte seinen Tod verhindern können.

Im Angesicht ihrer Schuld sammelten sich wieder Tränen in ihren Augen. Sie kniete neben ihm nieder. Sein Körper war ausgekühlt, und doch sah sein Gesicht aus, als schliefe er. Aber er war tot, vielleicht saß er schon neben dem alten Jakob im Himmel und schaute auf sie herunter. War es verwerflich, in den Taschen des Toten nach Gewissheit zu suchen? Würde sie die Bibelseite finden? Ihre Finger zitterten, forschten, fanden aber nichts.

Warum musste er sterben? Sie konnte Mathias nicht so liegen

lassen, sie wollte ihn beerdigen. Ihr wurde übel, als sie nach dem Messer in seiner Brust griff. Mit einem Ruck zog sie es heraus.

Hatte Mathias sich bewegt? Oder war das der Zug des Messers gewesen? Wie versteinert starrte sie ihn an. Doch sie hatte sich getäuscht. Oder zuckte sein Augenlid? Wurde sie jetzt wahnsinnig? Sie beugte sich zu ihm, legte ihre Hand an seinen kalten Hals, auf dem sich Würgemale abzeichneten. Sie spürte etwas. Flach schlug das Leben in ihm gegen ihre Fingerspitzen.

»Er lebt!«, schrie sie. »Mathias lebt!«

Sie konnte ihr Glück kaum fassen.

»Lass ihn liegen, das sind nur die letzten Zuckungen. Wir können keinen Sterbenden mit uns mitschleifen!«, war Meister Drentwetts zorngefärbter Kommentar.

Stine eilte mit Simon auf dem Arm zu ihr, Friederike folgte.

Sie riefen den Postillion herbei, der sich vor den Räubern in den Wald geflüchtet hatte, und unter gewaltigen Anstrengungen gelang es ihnen, Mathias vorsichtig in die Kutsche zu heben. Sie legten ihn auf die Sitzbank, schoben Stroh unter seinen Körper, und Juliane bettete schließlich seinen Kopf auf ihren Schoß. Stine setzte sich mit Simon ans andere Ende und wickelte die Füße des Verletzten in wärmendes Fell.

»Oh Gott.« Friederike sank völlig erschöpft und bleich vor Schmerzen auf den Platz neben ihrem fluchenden Mann, den keiner beachtete. »Sorgt dafür, dass Mathias möglichst wenige Stöße abbekommt«, ermahnte sie die beiden jungen Frauen.

Stine nickte. »Wenn er es bis zur nächsten Station schafft, gehen wir dort zum Bader.«

»Das werden wir ja noch sehen!«, fauchte Meister Drentwett. »Uns fehlen über zwei Stunden! Vorwärts, Kutscher!«

»Aber langsam!«, schrie Stine nach vorn.

16. Tag

Montag, 12. Februar 1742,
am Tage der Krönung

Nackt kam ich hervor aus dem Schoß meiner Mutter; nackt kehre ich dahin zurück. Der Herr hat gegeben, der Herr hat genommen; gelobt sei der Name des Herrn.

Hiob 1,21

Halte durch. Die ganze Nacht hatte Stine diese Worte geflüstert. Das Rattern der Kutsche verwandelte ihre Bitte in ein Flüstern. Der Vater ihres Kindes befand sich an der Grenze zwischen Leben und Tod. Sein Gesicht war blutleer, die Augen geschlossen, nur seine Lippen bewegten sich, als wolle er noch etwas sagen, das ihn mit letzter Kraft am Leben hielt.

Der Bader hatte nur müde abgewinkt und ihnen für teure Münzen Opium verkauft, um Mathias den qualvollen Übergang ins Jenseits zu erleichtern. Die Geste, mit der er sein niederschmetterndes Urteil unterstrichen hatte, ging Stine nicht mehr aus dem Kopf.

Mathias atmete flach. Sie ließ ihre Fingerspitzen auf der Innenseite seines Handgelenks ruhen, um nach dem schwachen Leben in ihm zu fühlen. Mathias war zäh. Das wusste sie und darauf hoffte sie.

Stine wandte den Kopf nach der Frau, die ihr die Liebe zu Mathias streitig machte. Mit Juliane hatte sie seit dem Überfall nicht einen Blick gewechselt. Beide hatten sie nur Augen für Mathias.

Julianes Hand lag auf seinem Brustkorb, neben der Wunde, in der Nähe des Herzens. Auch sie sprach unermüdlich mit ihm und flößte ihm regelmäßig mit Opium versetztes Wasser ein, von dem das meiste wieder aus seinen Mundwinkeln floss und über seine eingefallenen Wangen in Julianes Schoß tropfte.

Auch Friederike hatte sich etwas von dem Opium erbeten, um ihre Schmerzen zu betäuben. Nun lehnte die Meistersfrau müde gegen die Kutschenwand, erlaubte sich jedoch nicht, die Augen zu schließen und sich dem Schlaf zu überlassen.

Stine beobachtete ihren Jungen, wie er unbeeindruckt von den Geschehnissen in den Armen der Meistersfrau schlief. Sie beneidete ihn um diese kindliche Gabe. Ob Simon bald wieder in den Armen seines Vaters liegen konnte? Was, wenn Mathias … Sie konnte es nicht zu Ende denken. Die Vorstellung war zu grausam. Simon für immer ohne Vater und sie selbst ohne Mann und Zukunft. Das konnte Gott nicht von ihr verlangen. Sie lehnte sich zurück und atmete tief durch.

Je näher sie Frankfurt kamen, desto mehr Angst verspürte Stine. Auch wenn die Erinnerung an ihre behütete Kindheit nach Versöhnung mit ihren Eltern rief, sie konnte ihnen nicht mehr unter die Augen treten. In Schande war sie geflohen. Vor ihrem Vater und der Kirche hatte sie sich versündigt. Eine Tochter mit einem Bastard war so undenkbar, dass man diesen Schandfleck lieber totschwieg, als das politische Ansehen zu riskieren.

Sie wollte nicht nach Frankfurt zurück, aber sie wollte an der Seite von Mathias bleiben. Und sie brauchte Geld für Medizin und eine Unterkunft. Für ihren Vater würde das nur einen Griff in die goldene Truhe bedeuten, für sie harte Arbeit. Aber dazu war sie bereit. Bestimmt könnte sie unerkannt in einem Haushalt eine Anstellung finden, schließlich hatte sie sich in der Zeit im Wald äußerlich sehr verändert. Während der Arbeit könnte sie Simon in Friederikes Obhut lassen, wobei ihr der Gedanke daran sehr, sehr schwer fiel, obwohl sich die Meistersfrau rührend um Simon kümmerte – und genau das war der Keim ihrer Gewissensbisse. Doch es wäre ja nur für eine hoffentlich kurze Zeit. Wenn aber die Drentwetts nach der Krönung nach Augsburg zurückkehren wollten?

Als Simon erwachte und mit einigen Quäklauten seinen Hunger kundtat, wollte Stine ihn trotz ihrer beengten Sitzposition auf den Arm nehmen und füttern.

Doch die Meistersfrau winkte ab und gab Simon ein Stück Brot, das sie sorgfältig von der Rinde befreit hatte, und einen Becher Milch, den sie über dem Kohlenbecken erwärmte, ehe er trinken durfte.

Stine konnte den beiden nur zusehen.

Einige Zeit nachdem Simons Hunger gestillt war, wurde die Fahrt allmählich langsamer.

In der Kutsche breitete sich Unruhe aus.

»Frankfurt!«, schrie der Postillion. »Die Mauern von Frankfurt in Sicht!«

***

Der lange Krönungszug setzte sich in Bewegung. Überwältigt vom Anblick tausender jubelnder Menschen ritt Karl Albrecht auf seinem reich geschmückten Pferd in Richtung Dom. Er hielt die mit Silber belegten Zügel fest in der gichtgeschwollenen Hand und genoss die herrliche Pracht, die sich ihm darbot.

Allen voran schritt der Reichsprofos mit dem Marschallstab, diesem folgten neben unzähligen Pagen und Edelknaben die

Minister, Reichsgrafen und über fünfzig Reichsfürsten zu Fuß und mit entblößtem Haupt. Über deren nahezu geschlossene Anwesenheit freute er sich besonders, nahm diese ihm doch die Zweifel an seiner Reputation im Reich.

Die kaiserlichen Pauker und Trompeter schmetterten die Töne mit aller Kraft in den Himmel. Jeder sollte hören, dass der große Tag gekommen war. Hinter den Hofmusikern tänzelten die Pferde der kurfürstlichen Wahlbotschafter, und nur wenige Schritte vor ihm ritten schließlich die Reichserbbeamten in Prunkgewändern. Sie präsentierten dem begeisterten Volk den Reichsapfel, das Zepter und die Kaiserkrone aus Nürnberg. Mit Beifallsrufen brachte die Menge am Straßensaum ihre Bewunderung und Ehrfurcht vor den jahrhundertealten Reichsinsignien zum Ausdruck.

Er hob die Hand zum Gruß und erwiderte das ihm tausendfach entgegengebrachte Lächeln. Wie glücklich er doch war! Besonders seit er wusste, dass seine Krönung mit der Hauskrone stattfinden würde. Der Goldschmied Nikolaus Nell hatte am Morgen seine Arbeit zwar spät, aber in großartiger Weise vollendet und ihn mit dieser Nachricht endgültig vom schmalen Grat zwischen schmerzlichem Verzicht und wunderbarer Erfüllung auf die sonnige Seite des kaiserlichen Daseins gezogen.

Karl Albrecht streichelte über das samtweiche, dunkelgolden schimmernde Fell seines Pferdes und klopfte ihm den kraftvoll gebogenen Hals, an dem die lange, helle Mähne im Takt der anmutigen Bewegungen sanft hin- und herwiegte – wie das offene Haar seiner Frau im Wind. So selten wie dieser Anblick, so besonders war dieser Tag. Seit er aufgestanden war, fühlte er keine Schmerzen. Er dankte dem Herrgott für seine Gnade, diesen Tag voller Glanz und Reichtum, befreit von allem Übel erleben zu dürfen. Er stand auf der höchsten Stufe seines Lebens, er fühlte sich groß und erhaben, doch er wusste, dass es Gottes Hand war, die ihn auf diesen Gipfel gestellt hatte, und vom Himmel aus betrachtet war auch er nur ein kleines Wesen, eines von Gottes Geschöpfen.

Unter nicht enden wollendem Jubel gelangte er schließlich zum äußeren Kirchentor des Doms. Dort wurde er mit Mitra und Bischofsstab von seinem Bruder Clemens und dem greisen Mainzer Kurfürsten empfangen, dem das Warten bereits beschwerlich geworden war.

Karl Albrecht fühlte alle Augen auf sich gerichtet, als er vom Pferd stieg und der Zeremonie seines Lebens entgegenschritt.

***

Sei gegrüßt, meine Sonne. Du hast es geschafft, du bist tatsächlich in Frankfurt angekommen. Allerdings ohne die Krone – genau wie ich es gewollt habe. Beinahe wärst du mir überlegen gewesen. Du hast meine Pläne durchkreuzt, ohne es zu wissen. Es war Zufall, dass ich mein Ziel noch erreicht habe, ein schöner Zufall. Ich bin sogar versucht, es eine zauberhafte Fügung zu nennen.

Wie fühlt es sich eigentlich an, einen geliebten Menschen verloren zu glauben? Hat dich der Anblick geschmerzt? Fast hättest du mir ein wenig leidgetan, und ich war selbst erleichtert, als sich der Tod nicht einstellte, denn dieses Opfer wäre zu viel gewesen. Der Meinung bist du ja auch, nicht wahr?

Die Zeit naht, mich dir zu offenbaren. Du weißt, ich trage noch die andere Buchseite bei mir, aus dem Teil der Bibel, in dem geschrieben steht, was geschehen wird, wenn Gottes Sohn die Menschen vom Teufel und den Ungläubigen befreit. So, wie Jesus Christus sich am Kreuz für uns geopfert und alle Schuld auf sich genommen hat, habe ich die Last lange genug mit Mühsal und Geduld getragen und bin dabei nicht müde geworden. Ich habe Buße getan, doch mein Schmerz wurde mir nicht genommen. Im Gegenteil. Du bist gekommen, um deinen Finger in meine Wunde zu legen und mich an mein verlorenes Leben zu erinnern. Jetzt wirst du büßen müssen, obwohl du dich unschuldig fühlst.

Mein Ausblick auf den Dom ist herrlich. Wenn die Glocken läuten, werde ich an dich denken und das Schwinden deiner Hoffnung genießen.

***

Die Zeiger der Domuhr rückten auf zwölf, als Juliane an der Seite von Meister Drentwett unter den letzten Gästen den Ort der Krönung betrat. Die Meistersfrau war mit Simon im Gasthaus am Römer geblieben, wo auch Stine sich um den Verletzten kümmerte. Juliane hatte ihn schweren Herzens zurückgelassen. Er hatte das Bewusstsein noch immer nicht wiedererlangt. Doch er hatte die Fahrt überstanden, und Juliane war voller Zuversicht, dass er überleben würde. Sie tröstete sich damit, dass Mathias gut versorgt war, immerhin befand er sich in einem der besten Gasthäuser mit sauberen, hellen und gut gelüfteten Zimmern. Ein Luxus, den sich nicht jeder leisten konnte, und genau deshalb hatten sie sich für eine dieser letzten, noch freien Übernachtungsgelegenheiten entscheiden müssen. Keiner wusste, wer das bezahlen sollte.

Scheinbar gelassen legte Juliane die geforderten Einlasskarten vor, und man wies ihnen die Plätze im seitlichen Kirchenschiff bei den Längsreihen der mit roten Tüchern geschmückten Bänke zu. Gobelins umhüllten die mächtigen Säulen, die sich gen Himmel streckten, um die Decke weit über ihnen zu stützen. Die haushohen Kirchenfenster zauberten aus dem schwachen Winterlicht die lang vermissten Farben hervor und schickten die blauen, roten und gelben Töne auf milchigen Strahlen durch das Kirchenschiff. Umsichtig führte Juliane den Meister zu den letzten noch freien Plätzen unterhalb der Empore. Die flüsternden Gespräche der unzähligen Gäste verloren sich auf unheimliche Weise im Raum, der mit weltlichen Maßstäben nicht mehr zu messen war.

Der Meister setzte sich wortlos nieder, während sie sich nach Raphael umschaute. Vergeblich versuchte sie ihn in der Menge auszumachen, doch sie rechnete fest mit seiner Anwesenheit, denn zu Pferde hatte er den Rest des Weges schneller zurücklegen können.

Meister Drentwett blieb stumm und starrte geradeaus.

Im Hauptschiff saßen bereits die hohen wichtigen Herren auf samtbezogenen Kirchenbänken, angefangen bei sämtlichen Ministern, Kurfürsten und Reichsfürsten bis hin zu den unmittelbar an der Krönung Beteiligten, die unter samtschweren, goldbestickten Baldachinen rund um den drei Stufen erhöhten Thron ihre Plätze eingenommen hatten. Die Reichsinsignien lagen funkelnd auf einem eigens daneben errichteten Altar.

»Ist meine Hauskrone da?«, fragte Meister Drentwett in das Glockengeläut hinein, während die Gemahlin des Kaisers von den Anwesenden unbeachtet von der Sakristei her den Dom betrat. Maria Amalia nahm in Begleitung ihrer Kinder und Hofdamen abseits des Throns unter einem samtbehangenen Podest Platz, um der Krönung ihres Gemahls beizuwohnen.

»Gib deinem Meister gefälligst Antwort!«

»Bisher konnte ich die Hauskrone noch nirgends entdecken, aber sie wird sicher gleich hereingetragen.«

»Das hoffe ich für dich«, zischte der Meister.

Nach einer Zeit gespannten Wartens begann das Orgelspiel. Die Gäste erhoben sich mit raschelnden Gewändern. Die festlichen Klänge der kaiserlichen Kapelle schwebten vermischt mit den Orgeltönen von der Empore zu ihnen herunter.

Juliane wurde es zunehmend flau im Magen. Mit angehaltenem Atem verfolgte sie den Einzug des künftigen Kaisers. Leibhaftig schritt er an ihr vorüber. Seine große Gestalt und die beeindruckenden blauen Augen verursachten ihr Gänsehaut.

»Er hat mich angeschaut«, flüsterte sie ihrem Meister zu.

»Schön für dich.«

Juliane streifte ihren Meister mit einem Seitenblick. Tränen standen ihm in den Augen.

»Ich sehe ihn nicht. Diese Dämonen rechts und links meiner Nase quälen mich bis zum Unerträglichen. Sie liefern mir nur seitliche Eindrücke vom Geschehen wie billige Randnotizen in einem Weiberjournal!«

Randnotiz. Dasselbe dachte wohl auch Maria Amalia über sich, als ihr Mann unter den Augen aller am Altar angekommen war und mit Weihwasser gesegnet wurde. Es folgten einige lateinische Fürbitten und der erste Eid Karl Albrechts, in dem er schwor, die Kirche zu schützen und in seinem Reich Gerechtigkeit walten zu lassen. Während ein langes Segnungsgebet der Salbung des künftigen Kaisers voranging, schenkte er seiner Frau und den Kindern ein kurzes Lächeln. Ob Maria Amalia stolz auf ihren Mann war? Fühlte sie sich wohl als Schatten an seiner Seite oder wäre sie selbst gerne in seine Rolle geschlüpft? Die Antwort darauf interessierte Juliane brennend, obwohl sie sich deren Wortlaut längst denken konnte: Der von Gott gedachte Platz einer Frau war neben dem Mann, nicht vor ihm.

Wenn Raphael nur endlich käme.

Die Zeremonie näherte sich unaufhaltsam ihrem Höhepunkt.

Während sich der künftige Herrscher die Krönungsgewänder anlegen ließ, schaute Juliane auf der Suche nach Raphael in jedes Gesicht.

»Glaubst du mir jetzt, dass dieser Zauberer mit den Räubern im Bunde stand? Das war eine von Anfang an geplante Verschwörung, und du hast es nicht erkannt, vertrauensselig wie du bist!«

»Vielleicht ist ihm auf dem Weg etwas zugestoßen.«

»Das ändert nichts an der Sache! Gleich bekommt der Kaiser die Reichsinsignien überreicht, dann erfolgt die Krönung, und nach dem Eid soll ihm die Hauskrone aufgesetzt werden!«

»Demnach bleibt uns doch noch ein wenig Zeit. Bis dahin kommt Raphael ...« Die übrigen Worte blieben ihr im Hals stecken. Ein Mann in adliger Kleidung hatte den Dom betreten. Er trug eine Krone auf einem blausamtenen Kissen an ihr vorüber. Es war nicht ihre Krone, das erkannte sie sofort an der spitzeren Plattenform. Es musste das Werk des Frankfurter Goldschmieds sein.

Sie starrte dem Adligen nach, wie er an den raunenden Fürsten vorbei vor den Altar schritt und sich dort aufstellte.

»Das war aber ziemlich knapp«, flüsterte ein Mann vor ihr seiner Gattin zu.

»Was war knapp?«, fragte Meister Drentwett.

»Nichts«, versicherte Juliane ihm mit tränenerstickter Stimme. »Nichts von Bedeutung.«

Die Krönung nahm ihren Lauf. Juliane verfolgte wie gelähmt das Geschehen. Karl Albrecht erschien in schweren, funkelnden Gewändern und schritt langsam, als habe er Schmerzen, zum Altar.

Dort steckte ihm einer der Erzbischöfe mit reichen Worten einen Ring auf und gab ihm den Reichsapfel als Symbol der Herrschaft über das christliche Abendland in die linke Hand und das Zepter als den Stab der Tugend und der Weisheit in die rechte. Zum Ende der Übergabe der Reichsinsignien wurde ihm der prachtvoll ausgebreitete Krönungsmantel um die Schultern gelegt.

Die Kaiserkrone wurde herbeigetragen. Umgeben von den drei geistlichen Kurfürsten kniete Karl Albrecht vor dem Altar nieder.

Einer der Kürfürsten, der dem künftigen Kaiser erstaunlich ähnlich sah, trat einen Schritt vor.

»Accipe Coronam Regni ... Nehmet hin die Reichskrone, welche Euch, obwohl von unwürdigen, jedoch bischöflichen Händen, auf das Haupt gesetzt wird und wisset, dass sie ausdrücklich die Herrlichkeit der Heiligung und ein Werk der Tapferkeit vorstelle, ja dass Ihr dadurch auch unseres geistlichen Amts teilhaftig werdet und bei aller Widerwärtigkeit ein tapferer Beschützer der Kirche Christi und des von Gott verliehenen Reiches sein sollt.«

In die ehrfürchtige Stille hinein griff Meister Drentwett nach ihrem Arm und hielt ihr Handgelenk schmerzhaft umklammert.

»Gleich ist es zu spät. Gleich muss ich meinen Lebenstraum zu Grabe tragen. Hörst du? Nur noch der Krönungseid! Danach findet alle Hoffnung ihr jähes und bitteres Ende!«

Juliane nickte geistesabwesend. Sie konnte ihren Blick nicht mehr von der Hauskrone des anderen Goldschmieds abwenden. Warum konnte nicht die aus ihren Händen entstandene Krone auf dem Kissen liegen? Wenn Raphael jetzt den Dom betreten würde, würde der Kaiser ihr Werk dann noch annehmen? Schließlich hatte sie den Auftrag längst erfüllt. Das musste doch auch der Kaiser wissen. Zumindest hatte Raphael behauptet, eine Brieftaube nach Frankfurt geschickt zu haben, damit man den Kaiser von ihrer Ankunft in Kenntnis setzen könne.

Karl VII., wie er sich fortan nannte, trat bedächtig und in leicht gebeugter Haltung vor das ihm dargebotene Aachener

Evangelienbuch und legte zwei Finger auf die jahrhundertealten, noch aus der Zeit Karls des Großen stammenden Seiten.

Als er den Eid sprach, färbte ein leichtes Zittern seine Worte: »Ich gelobe und verspreche vor Gott und seinen Engeln, dass ich jetzt und hinfüro das Gesetz und Gerechtigkeit, auch den Frieden der heiligen Kirche Gottes will halten und handhaben ...«

Juliane wandte den Kopf. Keine Spur von Raphael. Das Unvorstellbare rückte immer näher, die Zeit lief ab.

»... dem Allerheiligsten Römischen Bischof und der Römischen Kirche, auch den anderen Bischöfen und Dienern Gottes, gebührende geistliche Ehre zeigen und diese Dinge, welche von Kaisern und Königen der Kirche und den geistlichen Männern verliehen und gegeben sind, will ich ihnen ungeschwächt erhalten und ...«

Juliane hörte kaum zu, nicht einen Satz verstand sie in seiner Bedeutung, alles erschien ihr nebensächlich und trotzdem wünschte sie sich, der Eid möge ewig dauern und das Unvermeidliche sich noch hinauszögern. Doch der Eid näherte sich noch schneller als befürchtet dem Ende.

»... den Prälaten, Ständen und Lehensleuten des Reichs gebührende Ehre tragen und beweisen, so viel mir unser Herr Jesus Christus Hilfe, Stärke und Gnade verleihet.«

Ein greiser Kurfürst hob seine knochigen Hände, um Karl VII. die Kaiserkrone wieder vom Haupt zu nehmen.

Juliane schloss die Augen, als der Adlige vortrat, um die Hauskrone darzubieten. Das musste ein böser Traum sein. Sie faltete die Hände und betete, dass noch im letzten Augenblick ein Wunder geschehen möge.

Doch es geschah nicht. Unter feierlichen Klängen wurde Karl VII. die Hauskrone des Nikolaus Nell aufs Haupt gesetzt. Während der Kaiser vor Glückseligkeit strahlte, brach für Juliane eine Welt zusammen.

Fassungslos verfolgte sie die anschließende Kommunion und den Schlusssegen. Sie wollte es noch immer nicht wahrhaben. Tränen glänzten ihr in den Augen.

Wie aus weiter Ferne vernahm sie Meister Drentwetts kehlige Stimme. »Es ist vorbei, nicht wahr?«

Karl VII. begab sich, nun wieder mit der Kaiserkrone auf dem Haupt, unter dem Gefolge sämtlicher Kurfürsten und Bischöfe, Prälaten und Erbbeamten auf den Thron, wo ihm unter Vivat-Rufen einige auserwählte Gäste ihre Glückwünsche überbrachten.

Währenddessen wurden Kanonen von den Stadtmauern abgefeuert, die Glocken läuteten, Pauken und Trompeten erklangen im Dom.

Meister Drentwett hielt sich die Ohren zu. Wenn er gekonnt hätte, wäre er wohl am liebsten geflohen.

Die Bilder der Krönung verschwammen Juliane vor Augen. Eine Weile noch konnte sie sich beherrschen, dann wurde sie von einem Tränenausbruch geschüttelt. Sie sank in sich zusammen. Alles war vorbei. Alles vergebens. Die Hoffnung und die Vorfreude, die viele Arbeit, der Ärger und die Angst. Nichts war aus der vergangenen Zeit geblieben, außer dass Mathias schwer verletzt worden war und Jakob sterben musste. Die Tränen wollten nicht versiegen. Sie ließ ihnen freien Lauf.

Unvermittelt legte ihr jemand die Hand auf die Schulter. Sie schaute auf.

Raphael stand atemlos neben ihr, die Kronenkiste in der Hand. »Ich bin zu spät, nicht wahr? Es tut mir leid, es tut mir unendlich leid.«

Juliane wäre ihm am liebsten an die Kehle gesprungen. »Das hilft mir nichts, spar dir deine Worte!«

»Ich wäre schneller hier gewesen, wenn ich meine Verfolger eher hätte abschütteln können. Weil sie mein Ziel kannten, musste ich Umwege reiten und konnte mich nur in der Nacht einigermaßen sicher bewegen. Es tut mir wirklich leid, Juliane. Bitte verzeih mir.«

Sie lenkte ihren Blick auf den Kaiser, der zum Abschluss der Krönung einige Grafen zu Rittern schlug, und beobachtete, wie sich das Schwert auf deren Schultern senkte. Bald darauf formierte sich das kaiserliche Gefolge zum Auszug aus dem Dom. Die kurfürstlichen Gesandten und Erbbeamten trugen den Reichsapfel, das Zepter und die Hauskrone voran und gaben dem Kaiser das Geleit.

Juliane erhob sich und nahm Raphael wortlos die Kiste ab.

»Wo willst du hin?«, fragte Meister Drentwett, während er ihren Arm suchte.

»Dem Kaiser die Krone übergeben.« Ihre Stimme klang fest. Unter wilder Entschlossenheit spannte sich jeder Muskel ihres Körpers.

Sie drängte sich mit Meister Drentwett im Schlepptau aus der Kirchenbank. Raphael blieb dicht hinter ihr, als sie sich zum Mittelgang vorkämpfte.

Nahe dem Ausgang kam der Kaiser auf sie zu. Ihr Herz klopfte so stark wie noch nie in ihrem Leben, und sie ahnte, dass der kühne Mut sie gleich wieder verlassen würde. Im letzten Augenblick trat sie vor, sodass der Kaiser abrupt stehen bleiben musste.

Ein Raunen ging durch das Volk. Karl VII. hob die Augenbrauen und musterte die tollkühne Frau vor sich.

Noch ehe Juliane ihm die Krone entgegenhalten, geschweige denn ein Wort sagen konnte, erhob der Kaiser seine Stimme.

»Ach, hier ist das Völkchen aus Augsburg. Ich habe zwischenzeitlich so manche Ungeheuerlichkeit über diese Drentwett'sche Werkstätte gehört. Unglaubliche Vorgänge spielen sich dort ab. Auf meinen höchst kaiserlichen Befehl möge sich der Goldschmiedemeister innert einer Stunde im Römer einfinden.«

***

Unter Kanonendonner verließ Juliane in gebührendem Abstand zum Kaiser den Dom. Bei jedem neuerlichen Krachen zuckte sie zusammen, als befände sie sich mitten in einem Kriegsangriff. Ihre Wange brannte noch immer von der schallenden Ohrfeige des Meisters. Zweimal hatte er danebengeschlagen, beim dritten Mal hatte er getroffen. Mit hasserfüllter Miene ließ er sich von ihr durch die Menge führen. Liebend gerne hätte sie den Meister einfach stehen lassen, doch ihr Gewissen rief sie zur Ordnung. Sie musste ihn zum Kaiser begleiten.

»Es wird schon nicht so schlimm werden«, flüsterte Raphael nahe an ihrem Ohr. »Mach dir keine Sorgen.«

»Hör auf, mich in falscher Sicherheit zu wiegen! Du verkennst die Zeit, in der wir leben. Ich habe als Frau mehr geleistet als mir zusteht, wovon der Kaiser vermutlich durch unseren Geschaumeister Biller erfahren hat. Meinetwegen hat sich der Meister nun vor dem Kaiser zu verantworten und meinetwegen musste der Herrscher eine zweite Hauskrone anfertigen lassen. Wegen einer Magd! Was glaubst du, wie schnell dieser zweite Auftrag seine Schatztruhen geleert hat? Der Krieg gegen Maria Theresia hat ihn einen See voller Gulden gekostet, das ist ein offenes Geheimnis. Wen wundert es da, dass er auf ein weiteres, kostspieliges Weib wie mich nicht gut zu sprechen ist. Fragt sich nur noch, wie hoch meine Strafe und die des Meisters ausfallen wird.«

»Ich stehe dir bei. Gemeinsam wird es uns gelingen, den Kaiser zu besänftigen.«

»Sei still und lass mich mit deinen haltlosen Beteuerungen zufrieden! Dir ist es nicht gelungen, die Krone rechtzeitig zu überbringen. Hättest du sie bei uns in der Kutsche gelassen, wäre jetzt alles gut!« Juliane wusste, dass ihn diese Bemerkung verletzen würde, doch sie musste es ihm an den Kopf werfen, um den eigenen Schmerz zu lindern. Wie ein waidwundes Tier biss sie um sich und schlug mit Worten zu, auch wenn sie dabei eine helfende Hand traf. Wut, Enttäuschung und Angst steckten wie ein vergifteter Pfeil in ihr.

»Lass mich in Ruhe, Raphael! Ich weiß nicht, wer du bist und was du von mir willst! Verschwinde!«

»Recht so«, pflichtete ihr der Meister bei, der ihren Oberarm umklammert hielt.

Raphael ließ sich in der Menge nicht abschütteln. Auf der mit gelbem, schwarzem, blauem und weißem Tuch geschmückten Triumphstraße kamen sie nur langsam voran. Erst nach einer guten halben Stunde erreichten sie im Strom der Massen den großen Platz vor dem Römer, wo sich auch das Gasthaus befand, in dem die Frauen mit Mathias zurückgeblieben waren. Wie gerne hätte sie ihn jetzt an ihrer Seite gehabt. Hoffentlich ging es ihm gut.

Als das Gasthaus in Sichtweite kam, war sie für einen Moment versucht, zu ihm zu gehen, allerdings war die Gefahr zu groß, sich deshalb zu verspäten. Keinesfalls durften sie den Kaiser warten lassen.

Als die Erzämter vor dem Römer ausgeführt wurden, war an ein weiteres Durchkommen nicht mehr zu denken. Der Kaiser verfolgte das Spektakel aus sicherer Entfernung hinter einem der Fenster im oberen Stockwerk.

Die Zeremonie begann, wie lautstark angekündigt, mit dem Grafen von Pappenheim, der in einen mannshoch aufgeschütteten Haferhaufen hineinritt, dort das versilberte Fruchtmaß in die Körner tauchte und sich sodann unter Pauken- und Trompetenschall zum Eingang des Römers begab, um dem Kaiser den Hafer als symbolische Geste zu überbringen.

Gleich darauf ritt der nächste Adlige zu einem neben dem Justitia-Brunnen aufgestellten Tisch, wo er sich eine silberne Schale, eine wassergefüllte Kanne und eine weiße Serviette reichen ließ, um damit zum Römer zu reiten.

Juliane runzelte die Stirn und schaute sich um eine Erklärung bittend nach Raphael um.

Der Zauberer war verschwunden, wie vom Erdboden verschluckt.

»Was ist?«, fragte der Meister, der ihre Bewegung gespürt hatte.

»Nichts. Gar nichts. Ich schaue mich nur um.«

Unter erneutem Paukenschlag ritt der Graf von Wachtendonck zur eigens aufgebauten Ochsenbratküche und nahm dort ein Stück Fleisch auf einem Silbergeschirr entgegen.

Juliane ließ ihren Blick über die Menge schweifen, die zunehmend unruhiger wurde, als wartete sie auf etwas. Auf der Suche nach Raphael blieb ihr Blick am Gasthaus hängen. Sie glaubte ihren Augen nicht zu trauen: Biller verschwand dort in der Tür.

Angst durchfuhr sie.

In diesem Moment brach ein Tumult aus, denn der Erbschatzmeister hatte damit begonnen, aus zwei prall gefüllten rotsamtenen Satteltaschen goldene und silberne Münzen mit voller Hand unter das drängende und schiebende Volk zu werfen.

»Schnell, kommt mit, Meister Drentwett!« Mit eingezogenem Genick dirigierte sie ihn in mühsamen Schlangenlinien durch das haltlose Volk auf das Gasthaus zu. Was wollte Biller dort? Warum war Raphael verschwunden?

Sie erhielt zahllose Tritte und Stöße, wüste Beschimpfungen

prasselten auf sie ein, bis sie endlich den Eingang erreichte und mit Meister Drentwett am rechten Arm und der Kronenkiste im linken Arm so schnell wie möglich die Treppen hinaufhastete. Atemlos stürmte sie in das Zimmer.

Friederike drehte sich erschrocken vom Fenster weg. Mathias lag bleich in seinem Bett und schlief.

»Wo ist Biller?«, keuchte Juliane.

Die Meistersfrau runzelte die Stirn. »Biller? Um Gottes willen! Warum sollte der hier sein?«

Juliane stutzte. Litt sie denn nun schon unter Wahnvorstellungen? Es war doch eindeutig Biller gewesen, den sie gesehen hatte. Fassungslos schaute sie sich um.

»Und wo ist Stine?«

»Die ist fort. Mit Simon. Wohin weiß ich nicht. Plötzlich war sie verschwunden, als ich vom Abtritt zurückkam.«

»Stine hat Mathias allein gelassen?« Juliane machte sich von ihrem Meister los und kniete sich neben dem Krankenlager nieder. Mathias sah schlecht aus. Schweiß stand ihm auf der Stirn. Sein Atem ging flach.

»Er hat hohes Fieber«, ergänzte Friederike. »Ich mache ihm alle halbe Stunde kalte Wickel.«

»Wird er überleben?«

»Ich hoffe es. Auch für dich und noch mehr für den kleinen Simon.«

Juliane nahm Mathias' kraftlose Hand in die ihre und gab ihm vor den Augen der Meistersfrau einen Kuss auf die Wange.

»Wie war es denn im Dom«, fragte Friederike offenbar peinlich berührt, um von der gefühlsbetonten Situation abzulenken.

»Raphael kam zu spät.« Sie räusperte sich. Das Sprechen fiel ihr schwer. »Außerdem hat Biller uns verraten. Darum hat uns der Kaiser in den Römer vorgeladen.«

»Oh.«

Ihrer Reaktion nach schien Friederike eher in Ehrfurcht vor dem Kaiser zu versinken, als die Tragweite des Ganzen zu erfassen. Doch gerade deshalb unterließ Juliane weitere Erklärungen, neigte doch die Meistersfrau ohnehin dazu, sich übertriebene Sorgen zu machen. Wobei diese nun wohl zum ersten Mal berechtigt wären.

Juliane verabschiedete sich von Friederike. Im Hinausgehen schenkte sie Mathias noch einen letzten Blick, den er, so hoffte sie, spüren konnte.

Nirgendwo im Gasthaus war eine Spur von Biller oder Raphael zu finden.

Nur mühsam gelangten sie über den Platz zu der breiten Stiege, die in den Römer führte. Als Juliane den Wachsoldaten gegenüberstand, zog sich ihr Magen schmerzhaft zusammen. In knappen Worten brachte sie ihr Anliegen vor und nannte Namen und Herkunft. Die bewehrten Männer traten sofort zur Seite. Einer der Wachhabenden führte sie ins Innere. Über ein prunkvolles Treppenhaus mit aufwändig geschmiedetem Geländer gelangten sie auf eine Empore.

»Wartet hier.« Der Soldat entfernte sich.

Die Geräusche und Gerüche des Festmahls schwebten zu ihnen herauf.

Juliane wagte einen Blick hinunter in den riesigen Festsaal.

Die kaiserliche Tafel befand sich unter einem roten Baldachin auf einem vierstufig erhöhten Podest. Dort hätte das aus ihrer Hand entstandene Tafelsilber stehen sollen. Den Kaiser konnte sie nirgendwo erspähen. Sein Platz war verwaist, und eine sich quer durch den Raum spannende Reihe von Reichsgrafen, in rote, blaue und gelbe Röcke gekleidet, bereitete die Tische für den nächsten Gang vor. Am anderen Ende des Saals entdeckte sie die Gemahlin des Kaisers mit ihren Kindern in einer Loge unterhalb der kaiserlichen Hofkapelle. Juliane stutzte und schaute noch einmal auf die junge Frau neben Maria Amalia.

»Stine!«, entfuhr es ihr. Die einstige Bettlerin saß dort in neuen Gewändern mit Simon auf dem Schoß und sprach heftig gestikulierend mit der Gemahlin des Kaisers.

»Ja, das ist meine Tochter«, hörte sie plötzlich eine Stimme hinter sich. Sie wirbelte herum und versank sofort in eine tiefe Verneigung.

»Der Kaiser«, raunte sie ihrem Meister zu.

Karl VII. bedachte ihre Reverenzen mit einem Lächeln und bedeutete ihnen mit einer Handbewegung, sich wieder aufrichten zu dürfen.

»Eigentlich heißt sie Theresia. Vor bald eineinhalb Jahren ist sie davongelaufen, weil sie ein kleines Lebewesen in sich trug, wie ich mittlerweile weiß. Meinen ersten Enkelsohn. Zwar nicht im Licht der politischen Bühne, aber in meinem Herzen.«

Juliane war es, als tobte ein Sturm in ihr. Mathias und die Tochter des Kaisers? Wie war das möglich? Er war ein einfacher Händler. Im Geiste schlug sie sich vor die Stirn. Einfacher Händler – ein kaiserlicher Hofhändler war er geworden! Darum war er nach Augsburg gekommen. Als ihm zu Ohren gekommen war, wie die Magd in der Drentwett'schen Goldschmiede hieß, hatte er sich wahrscheinlich freiwillig angeboten, ein schützendes Auge auf sie und die Vorgänge um Augsburg zu haben. Er hatte alles gewusst und sie nichts.

»Ich bin so froh«, fuhr der Kaiser fort. »All die Zeit war ich in Sorge um meine Tochter. Ich danke Gott, dass Er ihr den Mut gegeben hat zurückzukehren. Wie konnte sie nur glauben, ich würde sie verstoßen? Weil sie wegen ihres Fehltritts für den politischen Heiratsmarkt verloren ist? Was ist wohl das größere Unglück? Die eigene Tochter zu verlieren oder der Moral nicht zu genügen? Auf diese Frage gibt es für mich nur eine Antwort.«

Juliane nickte geflissentlich, während sich ihre Gedanken überschlugen. Stines saubere Handschrift und das Wissen um die Krone bedurften keiner Erklärung mehr. Vielleicht würde ihnen der Kaiser doch noch wohlgesinnt sein, wenn er erfuhr, dass die Meistersfrau eine Zeit lang für Simon gesorgt hatte.

»Hochverehrtes, gnädiges Publikum«, ertönte unvermittelt eine Stimme im Festsaal. »Darf ich im Namen Seiner Kaiserlichen Majestät um gnädigste Aufmerksamkeit für einige kleine Zauberkunststücke bitten, die den Herrschaften nun zum Amüsement vorgeführt werden sollen?«

Raphael war kaum wiederzuerkennen. Er trug höfische Kleidung und eine Perücke. Wie im Gasthof *Zu den drei Mohren* zog er das Publikum sofort in seinen Bann. Er stand neben einer kompliziert aussehenden Vorrichtung, die er Elektrisiermaschine nannte. Ehe er mit der Vorstellung beginne, wolle er aber gerne alle anwesenden Damen mit einem Handkuss begrüßen, wenn ihm das gestattet sei. Als es bei der Berührung mit der ersten Frau Funken schlug, erschrak Juliane zunächst, doch dann musste sie wie alle anderen lachen.

»Wirklich formidabel, dieser Michael Sickinger«, sagte der Kaiser in den Applaus hinein. »Mit diesem wundersamen Gerät wird er eines Tages noch berühmt.«

»Verzeihung, Eure Kaiserliche Majestät. Ich dachte, sein Name sei Raphael Ankler?«

»Wie du siehst, hat jeder Mensch zwei Seiten, eine sichtbare und eine unsichtbare, so wie jedes seiner Kunststücke. Er ist erst seit einem halben Jahr in meinen Diensten, aber von seinen Fähigkeiten bin ich restlos überzeugt. Mein Hofzauberer Michael Sickinger hat auch als Raphael Ankler alles richtig gemacht. Selbst den Namen hat er mit Verstand gewählt. Er bedeutet so viel wie ›der im Verborgenen wirkende Diener‹. Er war es, der beschloss, meine Tochter zu suchen und dafür seine Kontakte zum fahrenden Volk zu nutzen. Als er sie gefunden hatte, gab er sich ihr nicht als mein Diener zu erkennen. Auch erhielt ich keine Nachricht von ihm. Er hatte lediglich ein Auge auf sie, bis sie aus freien Stücken den Mut fand zurückzukehren. Anders hätte ich es auch nicht gewollt.« Der Kaiser lächelte, wurde dann aber sogleich wieder ernst. »Nun aber zu dir, Julian, Geselle in der Goldschmiede des Meister Drentwett: Stimmt es, was ich von dem Geschaumeister Biller hören musste?«

Juliane nickte. Mit einem Mal verspürte sie keine Angst mehr.

»Ja, Eure Kaiserliche Majestät.«

»Und wo ist dein unglaubliches Werk?«

Juliane bückte sich und öffnete mit fliegenden Fingern die Kiste.

Nun war der Moment gekommen. Zitternd bot sie ihm ihr Werk dar. In die Augen schauen konnte sie ihm nicht.

Der Kaiser nahm die Hauskrone aus ihren Händen entgegen. Tränen der Erleichterung schlichen sich in ihre Augenwinkel.

Karl VII. begutachtete ihre Arbeit. Prüfend befühlte er das Relief und den Schliff der einzelnen Platten.

»Es fehlen Steine«, bemerkte er sofort. »Und Perlen.«

»Das kann ich Eurer Kaiserlichen Majestät erklären.«

Er schüttelte missbilligend den Kopf. »Davon gehe ich aus. Sag mir lieber, was ich mit einer zweiten Hauskrone anfangen soll, in der zudem Steine fehlen?«

All ihre Hoffnung zerfiel mit einem Schlag.

»Kannst du mir sagen, was ich damit anfangen soll?«, hakte er nach.

»Nein, Eure Kaiserliche Majestät. Ich kann nur um Verzeihung bitten, Euch derart kostspielige Umstände bereitet zu haben, und erwarte die mir zustehende Strafe.«

»Nun«, der Kaiser rieb sich das Kinn. »Ich könnte diese zweite Hauskrone dazu verwenden, meiner Frau bei einer außerordentlich stattfindenden Krönung den Titel einer Kaiserin zu verleihen. Was hältst du davon? Glaubst du, darüber würde sie sich freuen? Und wegen der Steine habe ich auch schon eine Idee.«

Juliane verschlug es vor Freude die Sprache, und im nächsten Moment musste sie sich beherrschen, ihr Glück nicht laut hinauszuschreien.

»Danke! Eure Kaiserliche Majestät. Danke! Ich weiß gar nicht, was ich sagen soll.«

Mit ernstem Gesicht hob Karl VII. die Hand. »Noch haben wir nicht gehört, was dein Meister dazu sagt. Er ist der Goldschmied.«

Meister Drentwett blieb stumm. Juliane betrachtete die Szene mit Entsetzen. Wie eine Statue stand der Meister da. »Nun?«, fragte der Kaiser.

Erst nach endlos langer Zeit rührte sich der Meister, als habe er soeben eine Entscheidung mit sich ausgefochten.

»Bisher ist es vielleicht noch niemandem aufgefallen, aber ich habe mein Meisterzeichen noch nicht aufgeschlagen. Es wird lange dauern, bis man dieser Krone meinen Namen zuordnen kann. Das ist der Dank an meinen Gesellen Julian ... und an meine Magd Juliane.«

Juliane schluckte und legte die Hand auf seinen Arm.

»Wie wäre es jetzt mit einer kleinen Stärkung?«, bot ihnen Karl VII. an. »Im Nebenraum ist ein Tisch für meine Gäste aus Augsburg gedeckt.«

Trotz ihrer Freude senkte Juliane den Kopf. Der Kaiser schien ihre Gedanken zu erraten.

»Du wärst jetzt lieber bei meinem Hofhändler, nicht wahr? Meine Tochter hat mir gesagt, wie schlecht es um ihn steht. Ich habe bereits einen meiner Ärzte in das Gasthaus schicken lassen.« Der Kaiser lächelte. »Geh ruhig nach ihm schauen, wenn dir danach ist. Ich nehme die Ablehnung meiner Einladung nicht persönlich.«

Der Meister räusperte sich: »Ich würde die Einladung recht gerne annehmen. Ich sehe zwar nicht mehr viel, aber schmecken kann ich dafür umso besser.«

***

Deine Hand ist kalt. Ich halte sie, während ich in dein friedliches Angesicht schaue. Ich habe dir deine Augen geschlossen. Du hast dich still aus dem Leben verabschiedet, ohne deine Mutter noch einmal gesehen zu haben. Aber ich war bei deinem letzten Atemzug bei dir. Auch dein Vater war noch einmal hier, und ich habe ihn wieder vor den anderen verleugnet. Ich wünschte, du könntest mich mit in den Himmel nehmen, ich wäre so gerne bei dir. Niemals hätte ich geglaubt, eines Tages mein eigenes Kind zu Grabe tragen zu müssen. Wozu soll ich jetzt noch auf Erden bleiben? Fünfundzwanzig Jahre ist es nun her, seit du auf die Welt gekommen bist. Ich kann mich noch genau an den Tag erinnern, der glücklichste und zugleich verzweifeltste Tag meines Lebens. In zwei Wochen wäre dein Geburtstag gewesen. Du hast geglaubt, dein Geburtstag sei erst in neun Monaten, am 26. November, weil man es dir so erzählt hat. Im Kirchenbuch bist du als Kind der Merkles eingetragen, um der Moral Genüge zu tun und damit du in einer heilen Welt aufwachsen kannst. Nicht als der Bastard einer Gefallenen.

Die ersten neun Monate deines Lebens durfte ich eine glückliche Mutter sein und dich in meinen Armen halten, bis zu dem Tag, an dem ich bemerkte, dass sich deine blauen Augen veränderten. Das eine wurde braun, das andere grün. Es war der Tag, an dem ich dich aus meinen Armen in die Hände einer fremden Frau gegeben habe. Aber das ist noch nicht alles, was ich getan habe. Meine Seele ist mit

Blut befleckt. Doch bevor du über mich urteilen darfst, sollst du die Wahrheit über mich und mein Leben erfahren.

Alles begann mit dem Tod meiner Eltern. Auf mich allein gestellt, glaubte ich, auf dem größeren Heiratsmarkt der Gegenseite schneller einen Mann und damit eine Versorgung zu finden, deshalb trat ich zum katholischen Glauben über. Sehr zum Missfallen meines Onkels mütterlicherseits, des Goldschmieds Jakob Holeisen, und meines Bruders, der sich schon damals der Theologie verschrieben hatte. Auch ihn kennst du. Er ist Julianes Vater. Dein Ziehvater. Aber ich darf nicht vorausgreifen, wenn du alles verstehen willst.

Beide waren der Meinung, ich solle nicht meine erste Liebe, sondern den evangelischen Gesellen Philipp Jakob Drentwett heiraten. Er habe Talent und aus ihm würde sicher bald ein erfolgreicher Meister werden, der eine Familie ernähren könne. Zuvorderst fehle ihm dazu allerdings die Handwerksgerechtigkeit.

Da mein Bruder Pfarrer wurde, erbte ich von unseren Eltern die Goldschmiedewerkstatt und die dazugehörige Meistergerechtigkeit. Dies war meine Aussteuer. Sonst nichts. Ich bin nie besonders hübsch gewesen und hatte auch kein Vermögen, aber Philipp Drentwett griff sofort zu und ersparte sich die Jahre des Wartens auf die Zulassung zum Meisterstück.

Es hätte vielleicht eine glückliche Ehe werden können, schließlich gewöhnt man sich mit der Zeit aneinander, doch es vergingen die Jahre, ohne dass sich mein Bauch in freudiger Erwartung wölbte. Nichts wünschte ich mir sehnlicher als ein Kind. Bald jede Nacht ließ ich meinen Ehemann bei mir liegen. Dass es keine Wirkung zeigte, schob Philipp Drentwett auf mich. Denn wie sollte ein Weib, das nach dem Beruf eines Mannes trachtet, Kinder gebären? Doch nur weil ich kein Kind bekam, bettelte ich jeden Tag in der Werkstatt darum, er möge mir das Goldschmieden beibringen. Vergeblich. So wurde mein Leben arm. Ich wurde ein Niemand. Weder eine Goldschmiedin noch eine Mutter, denn eine geliebte Ehefrau.

Meine erste Liebe bot mir all das. Biller passte mich jeden Tag auf dem Markt ab, hofierte mich und trug mir die Einkäufe bis in die Pfladergasse. Eines Mittags bin ich mit ihm in eine andere Gasse eingebogen und in das Haus gegangen, in dem sich heute das Beschauamt befindet. Ich durfte in seinen Büchern lesen, saugte das Wissen in mich auf, erfuhr etwas von der Geschichte und bald auch vom richtigen Leben. Von der Liebe zwischen Mann und Frau. Wie konnte ich ahnen, welche Folgen seine Aufmerksamkeiten haben würden? Ich glaubte ja, mir würde dieses kleine Glück im Leben versagt bleiben. Neun Monate später wurde ich Mutter eines gesunden Jungen, allerdings als Ehefrau des Meister Drentwett. Ihm wurde die Nachricht in die Werkstatt überbracht, woraufhin er die Arbeit kurz unterbrach und noch mit Feile und Werkstück in der Hand nach uns schaute. Nach der Versicherung, dass wir beide wohlauf seien, machte er sich wieder an die Arbeit. Doch das war mir in diesem Moment gleichgültig, denn ich hielt mein eigenes, größtes Glück in Händen.

Dein Vater wiederum platzte bald vor heimlichem Stolz und schenkte mir zu deiner Geburt einen Bernsteinring, von dem ich später behauptete, es sei ein Erbstück meiner Mutter. Nun soll er dir gehören. Nimm ihn mit auf deine Reise, auch wenn du ihn zuerst aus Unwissenheit nicht behalten wolltest. Stattdessen hast du ihn Juliane geschenkt. Das hat mich sehr geschmerzt. Doch ich muss der Reihe nach erzählen.

Der erste Schreck stellte sich ein, als noch am Abend deiner Geburt der katholische Pfarrer plötzlich an meinem Bett stand und dich in aller Eile taufte, als ginge es um dein Leben. Meister Drentwett scherte sich nicht um den Vorfall, sein lutherischer Glaube kümmerte ihn ohnehin nicht, wie alles, was nicht unmittelbar mit seiner Arbeit als Goldschmied zu tun hatte. Mein Bruder hingegen, mittlerweile Pfarrer zur Barfüßerkirche, war höchst verärgert über das Verhalten seines katholischen Amtsbruders, doch dabei blieb es.

Es änderte sich nichts in unserem Leben – bis ich ihn neun Monate später um Hilfe bitten musste. Deine unterschiedlich farbigen Augen drohten mein Geheimnis aller Welt preiszugeben. Kaum hatte mein Bruder von meinem Fehltritt erfahren, verbot er mir den Mund. Er hielt mir einen hitzigen Vortrag über christliche Moral und dass sein Ansehen als Pfarrer ruiniert wäre, wenn bekannt würde, dass seine Schwester einen Bastard geboren habe.

Meinen gutmütigen Onkel Jakob habe ich zum ersten Mal in meinem Leben toben sehen. Doch sein Zorn galt nicht mir. Wutentbrannt rannte er zu Biller, dem Mann, der das Weib eines anderen, seine Nichte, leichtfertig verführt hatte. Er bezichtigte ihn der Geilheit, des mangelnden Anstands und des Verstoßes gegen Gottes Gebote. Es kam zu einem Kampf zwischen den beiden, bei dem dein Vater sein rechtes Auge verlor.

Auch mein Bruder handelte schnell. Noch in derselben Stunde brachte er dich zu seinem Mesner. Dem kinderlosen Ehepaar stand ein Findelkind gut zu Gesicht, und sie freuten sich auch ehrlich über dich. Ich wusste schon auf dem Heimweg vor Kummer nicht mehr ein noch aus und erzählte Meister Drentwett eine wirre Geschichte von einem Mann, der dich entführt habe.

Ich weiß bis heute nicht, ob er mir geglaubt hat oder die Wahrheit ahnte. Er band mich an ein unsichtbares Seil, er nutzte die Macht der Freundlichkeit im richtigen Moment. Sobald ich mich ein Stück weit von ihm in Richtung Biller entfernt hatte, zog er mich an meinem schlechten Gewissen wieder zu sich zurück.

Ich musste mit ansehen, wie du in den Armen einer fremden Frau heranwuchst und gediehst, wie sie ihre Freude an dir hatte. Ein Jahr lang habe ich es ausgehalten und tagtäglich gelitten. Bis heute glauben alle, Magdalene Merkle sei an einem Fieber gestorben.

Wieder machte mein Bruder kurzen Prozess und nahm dich bei sich auf. Als deine unterschiedlichen Augen in so manchen Häusern die Wurzel blühender Phantasien an langen Winterabenden wur-

den, bewarb er sich auf die Stelle eines einfachen Dorfpfarrers. Man könnte meinen, er hätte es aus Nächstenliebe getan, doch er versäumte nicht, seinen Lohn für die Mühen und den beruflichen Abstieg einzufordern. Als ihm seine Frau vier Wochen später eine Tochter namens Juliane gebar, schrieb er keinen Taufpaten in das Kirchenbuch. Stattdessen musste ich dabei sein, als er sein Testament aufsetzte. ›Gottes Mühlen mahlen langsam‹, waren die einzigen Worte, die er an jenem Morgen an mich richtete. Ich musste gehen, ohne dich noch einmal gesehen zu haben, und euch bald darauf aufs Dorf ziehen lassen.

Die folgenden Jahre wurden zu einer einzigen Qual. Von Ferne musste ich zusehen, wie du bei meinem Bruder und seiner Frau groß wurdest. Als Mutter und Schwester wurde ich verleugnet, oder sollte ich besser sagen: totgeschwiegen? Auch Juliane erfuhr nie etwas von einer Tante. Unbeschwert vom Leben habt ihr miteinander gespielt, gelacht und euch auf kindliche Art geliebt. Kannst du dir vorstellen, wie eifersüchtig ich auf dieses Mädchen war? Für den Verstand nicht zu ermessen. Ob ihre Mutter tatsächlich an Typhus gestorben ist? Die Ärzte dachten es.

Die nächsten Jahre wurden ruhiger. Still habe ich deine Lehrjahre als Händler und deinen Werdegang bis an den Hof Karl Albrechts mit mütterlichem Stolz verfolgt.

Doch schon als der Auftrag des künftigen Kaisers bei uns eintraf, ahnte ich, was passieren würde. Meine schlimmste Befürchtung und zugleich mein sehnlichster Wunsch gingen in Erfüllung, als du vor meiner Tür standest. Dass ich die Schneeglöckchen für Juliane nicht mit ansehen konnte, verstehst du nun vielleicht. Auch musste ich die Bibel ihres Vaters in Stücke reißen, ich habe das Buch nicht in meiner Nähe ertragen, während ich seinen letzten Willen erfüllen musste. Nicht nur, dass Juliane an meiner Stelle all die Jahre bei dir war, nun hatte ich sie tagtäglich um mich, und zudem ließ sie auch noch den Lebenstraum des Meisters Wirklichkeit werden, den Lebens-

traum meines Mannes, mit dem ich nie glücklich geworden bin. Wieder ging ich leer aus und lief zugleich Gefahr, durch ihre und deine Anwesenheit auch noch der Lüge überführt zu werden, auf deren wankenden Säulen meine Ehe stand.

Vielleicht fragst du dich, warum ich das überhaupt getan habe, warum ich nicht zur Wahrheit gestanden habe und an die Seite deines Vaters Biller gezogen bin. Die Antwort ist so einfach wie schmerzhaft. Ich war zu schwach, und mir fehlte der Mut. Auch in einem erwachsenen Menschen wohnt manchmal noch ein Kind. Dieses Wesen ist oft ungestüm, dadurch vorschnell und unbedacht, im einen Moment stark und schon im nächsten Augenblick wieder schutzbedürftig, voller Angst vor dem Leben abseits gewohnter Wege. Vor allem aber bin ich ein Kind meiner Zeit. Was für meine Nächsten vielleicht möglich ist, ist für mich heute undenkbar.

Das Rad der Geschichte dreht sich. Mein Leben geht zu Ende, während neues heranwächst. Meinen kleinen Enkel weiß ich gut versorgt und bin dankbar, dass ich ihn einige Tage in den Armen halten durfte, so wie dich vor fünfundzwanzig Jahren. Als ob keine Zeit vergangen wäre. Doch sie ist vergangen, und meine Taten lassen sich nicht ungeschehen machen.

Julianes reifende Liebe zu dir war mir ein Dorn im Auge, es tat mir weh, weil ich dich nur still im Grunde meines Herzens lieben durfte. Mit Billers Hilfe sollte Juliane verschwinden. Es war leicht, ihn für meine Pläne zu gewinnen, weil er immer noch auf ein Leben mit mir hoffte. Biller wurde zu meiner rechten Hand, er sollte Juliane an der Arbeit für den Meister hindern. Seine Idee mit dem verbotenen Silber war sehr gut, doch noch nicht wirkungsvoll genug. Er schürte Thelotts Zorn, es war leicht, ihn wegen der Zwistigkeiten mit seinem Schwager Drentwett für uns einzunehmen. Juliane aber ließ sich davon nicht beeindrucken und blieb eisern bei ihrem Vorhaben. So machte er schließlich auch noch Merkle zu seinem Instrument. Nebenbei ließ er sich von den Räubern für seinen Hinweis auf die

Juwelen gut bezahlen und er rächte sich auch noch ohne mein Wissen an Jakob, indem er das Urteil der Juristenfakultät fälschte. Er plante immer drastischere Mittel, um Juliane für mich loszuwerden, weil er keine Geduld hatte. Als er Juliane, ohne über die Konsequenzen nachzudenken, kurzerhand auf dem Beschauamt festsetzte, musste ich eingreifen.

Doch Juliane ließ sich auf ihrem Weg nicht mehr aufhalten. Nicht durch den Schierling im Bohneneintopf, nicht durch das Laudanum im Kräutertee in der Nacht vor der Abreise, nicht durch meinen gespielten Sturz, bei dem ich mich angeblich so schwer verletzt habe, um die Fahrt zu verlangsamen, und nicht durch die beiden Kutschenpferde, die ich vergiftet habe.

Ich habe Juliane immer gewarnt, habe ihr oft genug gesagt, sie soll vorsichtig sein, doch sie hat nicht auf mich gehört. Juliane hat immer geglaubt, ich würde mich nachts mit dir unterhalten, dabei galten ihr meine Worte. Trotzdem konnte ich sie nicht aufhalten. Auch deinen Tod konnte ich nicht verhindern. Ich habe versagt.

Dir steht es frei, über mich zu richten, ich bin mir sicher, du hast meine Worte gehört.

Mein eigenes Urteil habe ich bereits gefällt. Vor mir steht ein Glas reines Wasser. Es wird mein letztes sein. Denn es ist nicht so rein, wie es scheint.

***

Epilog

Drei Wochen später fand die Krönung Maria Amalias statt. Die Zeremonie stand der ihres Mannes an Schönheit und Herrlichkeit in nichts nach. Als sich der festliche Zug anschließend vom Dom zum Römer begab, stiegen in Juliane die Erinnerungen hoch. Die Geschehnisse der letzten Tage spielten sich noch einmal vor ihrem inneren Auge ab.

Auf dem Römerplatz angelangt, schaute sie wehmütig zum Gasthaus hinüber. Erst nach einer Weile nahm sie den zusammengesunkenen Mann wahr, der dort in der Nähe stand und zu einem der Fenster hinaufblickte. Er trug eine Augenklappe.

Sie ging auf ihn zu, sprach ihn an, doch er reagierte nicht.

Nach geraumer Zeit aber formte er leise Worte.

»Ich war blind. Mein Leben lang habe ich nicht wahrhaben wollen, dass Liebe sich nicht erzwingen lässt. Ich wollte immer ein anderes Leben führen, als ich es gelebt habe. Ich habe die Menschen um mich herum beobachtet und beneidet, anstatt aus mir selbst etwas zu machen. Aus Angst vor Fehlern. Ich habe die Liebe meines Lebens verschenkt, weil ich zu ungestüm war. Deshalb habe ich all die Jahre versucht, Ordnung in mein Dasein zu bringen, ich wollte alles richtig machen, unfehlbar sein und von anderen respektiert werden. Und geliebt. Von Friederike. Als ich nach langen qualvollen Jahren die Dinge selbst in die Hand nahm und nach meinem Willen geschehen lassen wollte, musste ich einsehen, dass auf Erden ein anderer regiert. Ich habe das Schicksal herausgefordert und mir selbst meinen Sohn genommen. Woher hätte ich ahnen sollen, dass er sich in der Kutsche befand, auf die ich die Räuber angesetzt hatte? Gott hat mir das Wertvollste genommen, damit ich aufwache und begreife. Friederike und Mathias sind tot, aber meinen Enkelsohn hat Er mir gelassen, damit ich in diesen Augen immer meinen Sohn erkenne und jeden Tag meine Taten bereue. Doch ich nehme sein Urteil an und gehe den Weg, den Er für mich ausersehen hat.« Mit diesen Worten wandte sich Biller ab. Ein Stück weit konnte sie seine Schritte zwischen den Menschen noch verfolgen, dann verlor sich seine Gestalt in der Menge.

Gegen Nachmittag bestiegen sie die Kutsche, die sie zurück nach Augsburg bringen sollte. Meister Drentwett saß zu ihrer Rechten, Raphael ihr gegenüber. Der Zauberer war dem Wunsch des Kaisers gerne nachgekommen, sie auf der Rückfahrt zu begleiten, obwohl er wusste, dass für die Erwiderung seiner Gefühle die Zeit noch nicht gekommen war, solange die Wunden ihrer Seele nicht verheilt waren.

Juliane schaute nach draußen. Der Schnee auf der Straße und den Dächern der Stadt wich allmählich dem aufkeimenden Frühling. Sie dachte darüber nach, wie sehr das Leben doch den Jahreszeiten glich. Angefangen von den zarten Sprossen einer ersten Begegnung, über strahlenden Sonnenschein bis hin zu stürmischen Zeiten. Die unvermeidbaren kalten, trostlosen und leeren Tage waren besonders schwer zu ertragen, doch so sicher wie auf den Winter der Frühling folgte, so sehr hoffte sie auf ein Leben jenseits der Trauer. Als sie am Friedhof vorbeifuhren, bat Juliane den Lohnkutscher anzuhalten.

Die beiden Gräber waren noch frisch. Die lockere Erde wölbte sich wie eine aufgeschüttelte Federdecke über der Stelle, wo Friederike und Mathias nebeneinander begraben lagen. Ein einfaches Holzkreuz verriet ihre Namen.

Nach einem kurzen Gebet pflückte Juliane abseits der Gräber ein paar Schneeglöckchen, die unter einem mächtigen Kastanienbaum ihre Köpfe aus dem Boden reckten. Sie suchte einen Tannenzweig, bettete die weißen Blüten darauf und legte ihn auf dem Grab ihres Freundes nieder. Schweigend gedachte sie der gemeinsamen Zeit, seinem Lächeln, seinen Worten und dem Blick aus seinen Augen. Unwiederbringlich. All das lebte jetzt nur noch in ihrer Erinnerung.

»Hast du etwas auf das Grab gelegt?«, fragte Meister Drentwett in die Stille hinein.

»Ja. Ich habe Schneeglöckchen gepflückt«, gab sie mit kehliger Stimme zurück.

»Würdest du mir auch eines geben? Bitte?«

»Natürlich«, gab sie überrascht zurück.

Meister Drentwett kniete nieder, der Goldschmied berührte das Grab seiner Frau und steckte schließlich die kleine Blume in die feuchte Erde.

»Jahrzehntelang war ich blind, obwohl ich sehen konnte, weil ich die Augen vor der Wirklichkeit verschlossen habe. Ich musste erst erblinden, um sehen zu lernen.« Er richtete sich auf. »Danke Julian ... und Juliane. Für alles.«

Sie nickte, während sich Tränen in ihren Augen sammelten. Auch sie hatte gewonnen und verloren. Wie nahe doch manchmal beides zusammenlag.

»Ich glaube ...«, murmelte Meister Drentwett, »... ich möchte hier in Frankfurt bleiben. Zuhause erwartet mich niemand. Mein Platz ist jetzt hier.«

»Und wovon wollt Ihr leben?«, wandte Raphael vorsichtig ein, der in respektvollem Abstand zu den Gräbern stehen geblieben war.

»Ich könnte das Korbflechten oder das Töpfern erlernen. Das machen viele Leute mit schlechten Augen. Davon kann man auch leben.«

»Und was geschieht mit mir?«, brachte Juliane hervor.

»Du wolltest doch Goldschmiedin werden«, entgegnete der Meister.

»Ihr wisst genau, dass das für mich als Frau unmöglich ist!«

»Warum? In Augsburg steht eine Werkstatt leer, du besitzt Jakobs Werkzeug und von mir ein Testament, in dem ich meinem Patenkind mangels eigener Nachkommen meine Goldschmiede vererbe. Oder kann jemand behaupten, ich hätte die Heimreise nach Augsburg überlebt, wenn ich dort nie mehr ankomme?«

Juliane hielt den Atem an. Das konnte sie unmöglich annehmen. Dieses Glück stand ihr nicht zu.

Sie schüttelte den Kopf. »Das ist sehr großzügig von Euch, Meister Drentwett, aber ich weiß nicht, womit ich das verdient hätte. Und außerdem ...«

»Ist Augsburg eine schöne Stadt und hin und wieder gastiert dort auch ein recht netter Zauberer«, fiel Raphael ihr ins Wort. »Ach, und da fällt mir ein ...« Umständlich kramte er in seiner Tasche. »Es gibt schon einen ersten Kunden.« Er zog einen kleinen Beutel hervor und reichte ihn ihr zusammen mit einem versiegelten Brief. »Wärst du bereit, einen Auftrag des Kaisers anzunehmen?«

Vor Überraschung lief ihr ein Lächeln übers Gesicht. Trotz ihrer Freude versuchte sie ruhig nachzudenken. Sie stand vor einem der Momente, in dem ein Wort das Leben verändern konnte.

»Unter einer Bedingung. Nur, wenn du für mich zum Kaiser gehst und ihn darum bittest, meinen Namen im Zusammenhang mit der Hauskrone zu vergessen. Das ist der Dank einer Gesellenmagd an ihren Meister. Es spielt keine Rolle, wer die Krone gefertigt hat. Es ist nur wichtig, dass es sie gibt. Auch du musst meine Geschichte für dich behalten, versprichst du mir das, Raphael?«

Der Zauberer legte ihr eine flache Münze in die Hand. »Weißt du noch? Ich schenke sie dir in Erinnerung an das Kunststück und mein Wort, das ich dir jetzt gebe. Sieh dir die Münze genau an. Sie hat eine goldene und eine silberne Seite. Und du weißt ja, Reden ist Silber und Schweigen ist Gold.« Raphael runzelte in gespielter Verwirrung die Stirn. »Oder war es doch umgekehrt?«

Sie schüttelte den Kopf und wandte sich nach einem letzten Blick von den Gräbern ab. »Niemand soll je von mir erfahren!«, bekräftigte sie.

»In Ordnung. Wie du willst.«

Der Meister nickte anerkennend und ließ sich von ihr zur Kutsche führen, die sie zurück in die Stadt brachte.

Als Juliane am Abend gemeinsam mit Raphael die Kutsche nach Augsburg bestieg, verabschiedete sich der Goldschmied mit einem stillen Lächeln von ihr.

»Falls ich nicht eines Tages mein Schweigen breche und deine Geschichte erzähle.«

***

STEPHANVS·F
IN·AVGVSTA
1576

Glossar

Blutstein: Auch als Hämatit (von griech. haimatoeis = blutig) bezeichnet. Chemischer Bestandteil Eisenoxid. Zusammen mit einer Seifenlösung dient er zum Polieren von Gold- oder Silberoberflächen. Durch den Druck verdichtet sich die Oberfläche, und es entsteht ein besonderer Glanz.

Dreuel: Kleiner Bohrer, der sich nach dem Kreiselprinzip durch Auf- und Abwärtsbewegung der Hand dreht.

Einlass: Der alte Einlass diente bis 1867 als Nachttor, zwischen Gögginger- und Klinkertor, auf Höhe des heutigen Stadttheaters. Nach Meinung des Volkes angeblich automatisch funktionierend. Aufgrund der für die damalige Zeit ausgeklügelten Türmechanismen konnten einzelne Personen die Stadt zur Unzeit verlassen oder betreten.

Erzämter: Diese obersten Ämter der höfischen Haushaltung (z. B. Mundschenk, Kämmerer) wurden seit dem ausgehenden Mittelalter nur noch bei Krönungszeremonien symbolisch ausgeübt und waren mit der Kurwürde verbunden. Seit der Reformation ließen sich die Kurfürsten jedoch meist von dem Mitglied einer Adelsfamilie vertreten.

Feingehalt: Benennt den Anteil reinen Edelmetalls an einer Legierung. Reines Gold ist 24karätig und reines Silber 16lötig, wobei 24 Karat oder 16 Lot jeweils einer Mark (233,8 g) entsprechen. Da die reinen Edelmetalle zur Verarbeitung zu weich wären, müssen Fremdmetalle beigemischt werden. Zum Beispiel: Bei einer vorschriftsmäßigen 13lötigen Silberlegierung besteht die Gesamtmenge ausgehend von 1 Mark (16 Lot) aus 13 Lot Feinsilber und 3 Lot Fremdmetall. Seit 1888 (Stempelgesetz) wird in Deutschland der Feinsilbergehalt (Entsprechendes gilt für den Goldgehalt) in Tausendteile angegeben. 585 Gold enthält 58,5 % reines Gold und 41,5 % sonstige Legierungsbestandteile.

GESCHAUMEISTER: Auch Geschworene genannt. Je ein katholischer und ein evangelischer Goldschmiedemeister wurden vom Rat auf vier Jahre bestimmt und vereidigt. Sie hatten auf dem Beschauamt zu prüfen, ob die Goldschmiedemeister den vorgeschriebenen Feingehalt einhielten.

GESCHAUORDNUNG: In der Goldschmiedeordnung von 1702, die nur leicht verändert bis 1778 Gültigkeit besaß, ist auch die Geschauordnung geregelt. Das goldene oder silberne Kunstwerk musste neben der Meistermarke den → Pyr als Stadtbeschauzeichen tragen, bevor es abgegeben oder verkauft werden durfte. Im Falle einer abweichenden Legierung wurde das Kunstwerk zerschlagen und der betrügerisch arbeitende Meister dem Rat gemeldet.

GRAN: Auch Grän, oder engl. grain = Korn. Eine alte Gewichtseinheit für Edelmetalle. 1 Gran = 0,812 g.

HANDWERKSGERECHTIGKEIT: Nach Vorlage des Meisterstücks war ein Meister erst durch Ausstellung des Gerechtigkeitsscheins zur Ausübung seines Handwerks berechtigt. Außerdem war dieser Schein für jeden Gesellen Bedingung zur Erlaubnis einer Eheschließung. Von einer Verheiratung war wiederum abhängig, dass der Meister eine eigene Werkstatt führen durfte. Ledige Meister mussten sich weiterhin als Gesellen verdingen.

HAUDERER: Ein im süddeutschen Raum verwendeter Begriff für einen privaten Lohnkutscher, der zu günstigeren Preisen in Konkurrenz zum Postkutschenwesen arbeitete.

HAUSKRONE: Da die Reichskrone nach der Krönungszeremonie wieder an ihren Aufbewahrungsort in Nürnberg verbracht wurde, ließen sich die Herrschergeschlechter zu Repräsentationszwecken eine Privatkrone in Kopie der Reichskrone anfertigen.

KARAT: Eine Gewichtseinheit. 1 Karat entspricht einem Edelsteingewicht von 0,2 g. Ursprünglich bezieht sich das Karat auf das recht einheitliche Gewicht eines Samenkerns des Johannisbrotbaums. Aus Keration (griech. für das hörnchenförmige Samenkorn) entwickelte sich letztlich das Wort Karat. Unabhängig davon wurde auch der → Feingehalt von Goldlegierungen in Karat angegeben.

KOKILLE: Gussform aus Metall oder Grafit unterschiedlicher Größe, in die nach dem Schmelzen ein Metall eingegossen wird, um Formteile herzustellen.

KUPELLE: Dickwandiger Schmelztiegel, früher meist aus Knochenasche.

LEGIERUNG: Verbindung, die beim Zusammenschmelzen von zwei oder mehreren Metallen entsteht. Ziel ist eine Veränderung des Ausgangsmetalls hinsichtlich Härte, Farbe, Dehnbarkeit oder Korrosionsbeständigkeit. Eine der ersten und damit im geschichtlichen Sinne wichtigsten Legierungen ist Bronze aus Kupfer und Zinn.

LOT: Ein Begriff, der unterschiedliche Sachverhalte benennt. Zum einen den metallischen Zusatzwerkstoff beim Löten, zum anderen eine Gewichtseinheit. Unabhängig davon wurde auch der → Feingehalt von Silber in Lot angegeben. Ein Lot entsprach 18 → Gran oder nach heutiger Gewichtseinheit ca. 14,6 g. Die Lotzahl gibt bezogen auf 16 Teile (reines Silber) den Anteil des Edelmetalls in einer Silberlegierung an.

LÖTEN: Ein Vorgang, bei dem zwei metallische Werkteile mithilfe eines metallischen Zusatzwerkstoffes (Lot / Lotpaillen) und eines chemischen Flussmittels (Lötmittel) unter Hitzeeinwirkung miteinander verbunden werden.

MEISTERZEICHEN: Auch Meistermarke. Bestehen in der Regel aus den Initialen des Meisters, manchmal auch aus Symbolen (z. B. Löwe). Das Einstempeln der Marke wurde zur Identifizierung gefordert. Ohne diese wäre heutzutage eine Zuordnung der Gold- und Silberschmiedearbeiten zu den Meistern der Vergangenheit deutlich aufwändiger.

PHOSPHOR: Der Deutsche Henning Brandt entdeckte um 1669, ursprünglich auf der Suche nach dem ›Stein der Weisen‹, den ›Stein des Lichts‹. Lange blieb Phosphor eine Jahrmarktsattraktion ohne praktischen Nutzen. Erst seit Anfang des 19. Jahrhunderts wurde Phosphor bei der Zündholzherstellung verwendet.

Probzettel: Wurde vom → Geschaumeister auf dem Beschauamt ausgestellt, nachdem die Einhaltung des richtigen → Feingehalts überprüft worden war, damit der Meister die Stadtbeschaumarke unter Vorlage des Probzettels aufschlagen lassen konnte.

Punzieren: Mit einer Punze, eine Art stabförmiger Stempel, und einem Treibhammer kann man Verzierungen in das kalte Metall prägen. Die Köpfe der Punzierstempel haben je nach Bedarf eine andere Form.

Pyr: Der Name geht vermutlich auf das lateinische Wort für Beere oder Birne (pyrus) zurück. Der Form nach eine aufrecht stehende, geschlossene Zirbelnuss (Pinienzapfen). Sie war das Zeichen der römischen Legion, in deren Lager die Stadt Augsburg ihren Anfang nahm. Darum findet sich der Pyr auch im Augsburger Stadtwappen wieder. Mit diesem Zeichen wurden neben dem Meisterzeichen alle auf dem Augsburger Beschauamt geprüften Werkstücke versehen. Seit 1735 wurden außerdem Jahresbuchstaben hinzugefügt, dadurch ist eine annähernd genaue Datierung früher Kunstwerke möglich.

Reichsinsignien: Auch Reichskleinodien. Die überwiegend in Nürnberg aufbewahrten Herrschaftszeichen, wie u. a. Reichskrone, Reichsapfel, Zepter, Reichsschwert und Krönungsornat, wurden bis zum Ende des Heiligen Römischen Reiches 1806 bei Krönungen verwendet und werden heute in der Schatzkammer der Wiener Hofburg aufbewahrt.

Schusterkugel: Mit Wasser gefüllte Glaskugel, in der sich das einfallende Tages- oder Kerzenlicht nach dem Prinzip einer optischen Linse bündeln lässt.

TRAGANT: Gummiähnliche Absonderung einer Wildpflanze, auch Bärenschote oder Süßer Tragant genannt, wird beispielsweise verwendet, um Kleinteile vor dem Löten an der richtigen Stelle zu positionieren.

TREIBEN: Eine Technik, um ein vorgeglühtes Blech in nunmehr kaltem Zustand auf einer nachgiebigen Unterlage (Treibpech) mithilfe verschiedener Hämmer und Punzen zu bearbeiten, wodurch es Verzierungen oder eine andere Form erhält. Ein Relief wird von der Rückseite mit Meißel und Punzen sowie Schlegel- und Treibhammer herausgearbeitet. Dies erfordert handwerkliches Können, da von den entstehenden Vertiefungen auf das Aussehen der Vorderseite geschlossen werden muss.

VERORDNETE: Sie gehörten dem Kunstgewerb- und Handwerksgericht an, waren selbst keine Goldschmiede, sondern fungierten als Mittler zwischen Rat und Zunft und wachten über die Einhaltung der Goldschmiedeordnung.

ZARGE: Die Zargenfassung lässt im Unterschied zur häufig verwendeten Kastenfassung das Licht von der Rückseite auf den Stein fallen und eignet sich deshalb besonders für Juwelen.

ZIEHBANK: Eine Vorrichtung, bei der mithilfe einer Winde das Edelmetall durch die unterschiedlich großen Öffnungen einer Metallplatte gezogen wird, um Drähte verschiedener Durchmesser herzustellen.

ZISELIEREN: Mit dem Ziselierhammer werden bei dieser Technik unter Verwendung eines Meißels und vor allem unterschiedlicher → Punzen Ornamente als Verzierungen auf der glatten Metalloberfläche eingearbeitet.

Nachwort

Ein Satz von Dr. Lorenz Seelig, inmitten eines opulenten Katalogbandes über die Augsburger Goldschmiedekunst, faszinierte mich und ließ mich nicht eher ruhen, bis dieses Buch geschrieben war: *Ferner fiel dem überragenden Goldschmied Philipp Jakob VI. Drentwett die Aufgabe zu, zur Krönung Kaiser Karls VII. 1742 innerhalb kürzester Frist eine interpretierende Kopie der ottonischen Reichskrone anzufertigen.*

Bereits bei meinen ersten Nachforschungen kristallisierten sich in diesem Zusammenhang historisch ungeklärte Fragen, zahlreiche Ungereimtheiten und spannende Begebenheiten heraus.

Da die ottonische Reichskrone nach der Krönungszeremonie wieder an ihren Aufbewahrungsort in Nürnberg verbracht wurde, ließen sich die Herrschergeschlechter zu Repräsentationszwecken eine Privatkrone in Kopie der Reichskrone anfertigen. Für die Krönung des Kurfürsten Karl Albrecht wurden zwei Hauskronen angefertigt. Bis heute ist unklar, warum es diesen zweifachen Auftrag gab. Die von dem Frankfurter Goldschmiedemeister Nikolaus Nell (1682-1751) binnen vier Tagen erschaffene Krone (er erhielt den Auftrag wie im Roman beschrieben wohl erst am 8. Februar 1742) trägt die Zeichen eiligster Herstellung und könnte laut den Tagebuchaufzeichnungen Karls VII. bei der Krönungszeremonie ihre Funktion erfüllt haben. Die Krone aus der Goldschmiedewerkstatt des

Philipp Jakob Drentwett fand offenbar bei der Krönung der Kaisergemahlin Maria Amalia Verwendung.

1745 tauchen die beiden Kronen erstmals im Inventar der Münchner Schatzkammer auf. »Zwey Haus cronen von Silber, und vergoldet, auf ieder gestochen der H. Petrus und Paulus.« Bislang ist nicht abschließend geklärt, warum der Steinschmuck schon zu diesem Zeitpunkt fehlte und was aus ihm geworden ist. Geschah die Entfernung der Juwelen noch auf Betreiben Karls VII. oder möglicherweise erst beim Friedensschluss von Füssen am 22. April 1745, um der Forderung nach dem künftigen Verzicht Bayerns auf die Kaiserwürde Nachdruck zu verleihen?

Heute werden die Kronen als Karkassen in der Schatzkammer der Münchner Residenz aufbewahrt. Beide tragen die Meisterzeichen, und trotzdem glaubte man bei der Augsburger Krone, wie von Meister Drentwett prophezeit, bis in die erste Hälfte des 19. Jahrhunderts, die Krone Ludwigs des Bayern vor sich zu haben, bis Emil von Schauß 1879 den Irrtum erkannte und die Krone als die Karls VII. identifizierte und diese somit dem Augsburger Goldschmiedemeister Philipp Jakob VI. Drentwett zugeordnet werden konnte. Trotzdem hat die Krone in das später erstellte Werkverzeichnis des Meisters auffälligerweise bis heute keinen Eingang gefunden.

Autobiographische Informationen über Kaiser Karl VII. liefert das erhaltene Tagebuch, in dem sich der zähe, kämpferische und zugleich persönlich bescheidene und fromme Charakter des Herrschers eindrücklich offenbart. Auch sein Schwanken zwischen Machthunger und Kapitulation aufgrund seiner physischen Schmerzen und der Übermacht Maria Theresias findet hier in vielen Zeilen seinen Ausdruck. Einzelne Passagen aus dem Tagebuch sind deshalb in den Roman eingeflochten. Im Rückblick auf die Kaiser des Heiligen Römischen Reiches ist Karl VII. eine tragische Figur. Er hatte sich das ehrgeizige Ziel gesetzt, den Kaisertitel nach mehr als vierhundert Jahren wieder in den Stamm der Wittelsbacher zu holen und damit der zweite Kaiser aus dem bayerischen Geschlecht in der Geschichte des Heiligen Römischen Reiches zu werden. Vom bayerischen Volk geliebt, weil er als König dem Land durch längst überfällige Reformen zu neuer Blüte verhalf und zugleich den vom Vater hinterlassenen Staatsschuldenberg abtrug, blieb er auf der politischen Bühne im Kampf gegen Maria Theresia auf die Hilfe Frankreichs und Preußens angewiesen. Allerdings stellte er im Spiel dieser beiden Mächte lediglich eine günstig positionierte Schachfigur dar.

Maria Theresia begriff sich aufgrund der von ihrem Vater Karl VI. erlassenen »Pragmatischen Sanktion« als nachfolgende Herrscherin über die habsburgischen Erbländer, da es keine männlichen Nachkommen gab, und folgerichtig als künftige Kaiserin. Karl Albrecht erhob jedoch als Nachfahre Leopolds I. und Schwiegersohn des vormaligen Habsburger Kaisers Joseph I. ebenfalls Ansprüche auf den Kaiserthron. Daran entzündete sich der Österreichische Erbfolgekrieg, dessen Ausläufer auch in Augsburg durch zahlreiche Truppeneinquartierungen spürbar wurden, obwohl die Stadt neutral geblieben war.

Die Übermacht Maria Theresias änderte allerdings nichts mehr an der Entscheidung der Kurfürsten, obwohl es bis zum letzten Augenblick spannend blieb und nur eine Stimme den Wahlausgang entschied. Als Karl VII. am 12. Februar 1742 gekrönt wurde, zogen Maria Theresias Truppen brandschatzend durch seine Residenzstadt München. Nur drei Jahre nach seiner Krönung, am 20. Januar 1745, starb Karl VII. im Alter von

47 Jahren als glückloser und politisch gescheiterter Kaiser. Seine Tochter Theresia, die im Roman in die Figur der Stine schlüpfte, starb unverheiratet ein Jahr nach der Krönung.

Den besonderen Stellenwert der Augsburger Goldschmiedekunst seit dem Mittelalter und besonders zu Zeiten Karls VII. verdeutlicht die Zahl von rund zweihundertsiebzig Meistern im Verhältnis zu dreißigtausend Einwohnern um 1740. In München gab es trotz vergleichbarer Einwohnerzahl nur ungefähr dreißig Gold- und Silberschmiede. Drei der berühmtesten Vertreter aus Augsburg begegnen uns im Roman: Philipp Jakob VI. Drentwett, Johann Ludwig II. Biller und Johann Andreas Thelott. Deren Lebensläufe haben weitgehend unverändert Aufnahme gefunden, allerdings mögen mir die Meister der Goldschmiedekunst verzeihen, dass ich mir hinsichtlich der verwandtschaftlichen Beziehungen ein paar Freiheiten erlaubt habe und im Hinblick auf die Charaktereigenschaften, sofern es keine Quellen gibt, meiner Phantasie die Federführung überließ. Die geschilderten Auswüchse des Nebeneinanders von Protestanten und Katholiken in der Freien Reichsstadt Augsburg seit dem Augsburger Religionsfrieden von 1555 beruhen auf historischen Quellen. Aktenkundig sind neben der paritätischen Ämterbesetzung auch die sogenannten Winkeltaufen. Fiktiv sind die Namen der Pfarrer im Roman.

Der 1686 geborene Philipp Jakob VI. Drentwett entstammte einer berühmten Goldschmiededynastie, in die er sich seit Erhalt seines Meisterbriefs 1718 erfolgreich einreihte. Zur Unterscheidung seiner Person von gleichnamigen Verwandten nannten ihn seine Zeitgenossen ›den Kleinen‹, weil er der Jüngste unter ihnen war, wohl nicht in Anspielung auf sein Können. Zweimal war er in seinem Leben verheiratet, allerdings nie mit

Friederike, die nur in der Welt des Romans mit ihm gelebt und gelitten hat. Als er 1754 starb, hinterließ er ein beachtliches Œuvre. Neben den in Privatbesitz befindlichen Stücken kann man seine Werke in der Schatzkammer der Residenz zu München, in der Barfüßerkirche zu Augsburg, aber auch in Kopenhagen, Leningrad oder Moskau besichtigen.

Die dem Goldschmiedemeister Drentwett zugeschriebene Augenkrankheit nennt sich Makuladegeneration. Es gibt unterschiedliche Formen dieser Netzhauterkrankung. Gemeinsam ist ihnen der schmerzlose Verlauf. Erkannt wird die Krankheit häufig erst dann, wenn beim Lesen plötzlich Buchstaben verschwimmen oder zu fehlen scheinen. Aufgrund des fortschreitenden Absterbens der zentralen Netzhautzellen wird die Mitte des Sehfeldes bald von einem dunklen Fleck dominiert, der sich immer weiter vergrößert, bis die Person beispielsweise nur noch am äußersten Rand des Gesichtsfeldes etwas erkennen kann. Zur Früherkennung kann man heute den einfachen Amsler-Gitter-Test selbst durchführen.

Der alte Goldschmied Jakob Holeisen ist eine historisch belegte Figur. Er starb 1742, allerdings glücklicherweise nicht durch das Schwert, vielmehr durch natürliche Umstände. Im Roman muss er jedoch erleben, was eine Gerichtsakte von 1748 aus dem nahegelegenen Biberach über einen Goldschmied berichtet, der begangener Münzfälscherei wegen durch das Schwert den Tod findet. Mit diesen, für das zunehmend human geprägte 18. Jahrhundert ungewöhnlichen, drastischen Strafen beabsichtigte man potenzielle Täter abzuschrecken, da die Gefahr von Nachahmern gerade zu dieser Zeit aufgrund der hohen Anzahl notleidender Meister besonders eklatant war. So manches Elend verführte die Meister außerdem dazu, unter dem vorgeschriebenen Wert zu legieren, um an wertvollem Edelmetall zu sparen. Auf dem Beschauamt war der Satz: »Das geht auf keine Nadel« wohl so häufig zu hören, dass es sich zu einem geflügelten Wort entwickelte, wollte jemand ausdrücken, dass eine Sache jeglicher Beschreibung spotte.

Die Räuberbande und deren Anführer Silberbart hat es in dieser Form nie gegeben, die Überfalltechnik mit dem Posthorn und das soziale Leben innerhalb der Gruppe ist allerdings bekannten wie historisch untersuchten Figuren nachempfunden. Obwohl die Protagonisten der historischen Fahrtroute nach Frankfurt folgen, gab es die Zwischenfälle beim Transport der Hauskrone nur in der Romanwelt, was beinahe verwunderlich anmutet, wenn man den unzähligen Zeitzeugen vertraut, die von der Mühsal und vor allem von der Gefährlichkeit des Reisens mit der Kutsche berichten.

Das Gasthaus *Zu den drei Mohren* wurde 1722 von dem Münchner Baumeister Gunetzrhainer als palastähnliches Gebäude mit Rokokofassade im Auftrag des Weinwirts Andreas Wahl errichtet. Die namensgebenden Steinköpfe der drei Mohren beobachten seitdem von der Hausfront das Eintreten der Gäste. Berühmte Personen wie Goethe, Metternich, Mozart und Napoleon haben in diesem Hotel übernachtet. 1944 fiel das Gebäude dem Krieg zum Opfer, 1955/56 wurde es wieder errichtet.

Raphaels Kunststücke entsprechen dem Können und Wissen eines Zauberers des 18. Jahrhunderts. Auch wenn er nie am Hofe Karls VII. und im Gasthof *Zu den drei Mohren* auftrat, so wären der Kaiser und die Augsburger bestimmt so begeistert von ihm gewesen, wie sie es von den kurzweiligen Auftritten seiner Kollegen der damaligen Zeit waren.

Er musste mit dem Händler Mathias auch nicht um Julianes Zuneigung konkurrieren, denn die Magd lebt nur in der Welt des Romans. Es ist aber durchaus möglich, dass es eine Frau wie Juliane gegeben hat, wie zahlreiche Quellen eindrucksvoll belegen, die das Leben der Augsburger Frauen im Handwerk des 18. Jahrhunderts beschreiben.

Da die Maximilianstraße erst seit dem Beginn des 19. Jahrhunderts so bezeichnet wird und zuvor lediglich als eine Aneinanderreihung von Plätzen angesehen wurde, die je nach ihrer Marktfunktion unterschiedliche Namen wie Brotmarkt oder Weinmarkt trugen, habe ich zur besseren Orientierung den Begriff Hauptstraße im Roman verwendet. In der historischen Innenstadt sind zahlreiche Schauplätze des Romans wiederzufinden, so auch das Haus im Handwerkerviertel, in dem Juliane an der Krone gearbeitet haben könnte. In dem denkmalgeschützten Gebäude »Alte Silberschmiede« in der Pfladergasse wird das Handwerk bis heute ausgeübt. In den vergangenen Jahrhunderten lebten und arbeiteten hier in nahezu ununterbrochener Folge Generationen von Gold- und Silberschmieden. Seit Mitte des 16. Jahrhunderts ist das Haus in seiner heutigen Bauform erhalten. Wenn Sie auf den Spuren von Juliane wandeln möchten, sollten Sie auf die niedrige Tür- und Deckenhöhe achtgeben. Die Personen der damaligen Zeit waren klein gewachsen – dafür ist unser Interesse an ihnen heute umso größer.

Den Federn, die Flügel verleihen …

Ich danke:

Ihnen, weil Sie dieses Buch immer noch in der Hand halten und mir damit Ihre kostbare Lesezeit zum Geschenk gemacht haben. (Es sei denn, Sie haben die Angewohnheit, am Ende zu beginnen. Dann heiße ich Sie an dieser Stelle herzlich willkommen!)

Den Inhabern der Alten Silberschmiede in Augsburg, Familie Bartel, für die herzliche Aufnahme. Trotz Hochbetriebs haben sie mir während der Recherchezeit eigens einen ihrer Mitarbeiter zur Verfügung gestellt.

Insbesondere dem Goldschmiedemeister Ulrich Hogrebe, dem ich stundenlang über die Schulter sehen durfte, der mich selbst am Werkbrett sitzen ließ und schließlich die handwerklichen Buchszenen mit mir besprach, die er in seiner Freizeit gegengelesen hatte. Etwaige Fehler oder Ungenauigkeiten gehen zu meinen Lasten. Das gilt auch für die weiteren Dankesworte.

Den Mitarbeitern der Schatzkammer der Residenz München, insbesondere Anke Lünsmann, M. A., für die kompetente und ausführliche Beantwortung zahlreicher Fragen zur Krone Karls VII.

Petra Kraft, der lebendigsten Augsburger Magd aus vergangener Zeit, für eine hervorragende, unvergessliche Stadtführung. Sollten Sie eines Tages nach Augsburg kommen, fragen Sie nach ihr. In stundenlangen, sehr freundschaftlichen Gesprächen hat sie geduldig und sachkundig meine unzähligen Detailfragen geklärt.

Meinem Agenten Thomas Montasser. Er hat mich entdeckt, die Goldschmiedin an die sichere Hand genommen und uns zu einem wunderbaren Verlag geführt. Vom ersten Schritt an hat er mich gefördert und zugleich hat er mich als Debütantin wie selbstverständlich in den Kreis jener Bestsellerautoren aufgenommen, die er für gewöhnlich betreut.

All den Menschen, besonders meiner Lektorin Kirsten Gotthold, die an die Goldschmiedin geglaubt haben und die mit viel Fingerspitzengefühl zu jeder Tages- und Nachtzeit an den Worten der Geschichte geschliffen und sie poliert haben, bis diese glänzten.

Meinem Mann Michael. Dafür, dass er immer zum richtigen Zeitpunkt die richtigen Fragen stellt, und für seine (selbst für eine Autorin im wahrsten Sinne des Wortes) unbeschreibliche Liebe und Unterstützung – im Hier und Jetzt und auf den Reisen in die Vergangenheit.